剑履山河
——辛弃疾传奇

时代出版传媒股份有限公司
安徽文艺出版社

作者简介

张一帆，又名张帆，本名张盛碌，成都客家人。有工人、军人、警察等人生经历。曾任峨影·西南影视艺术中心纪录片部主任、编导、文化传媒总策划、艺术总监等职。现系中国散文学会、中国航空摄影家协会、四川省文艺创作促进会、成都市作家协会、成都市金牛区作家协会、成都市成华区作家协会会员。创作发表有影视剧本、散文、小说、话剧、诗歌等多类作品，并有不少作品获奖在省市台、央视播出。长篇小说《剑履山河》是作者以原创影视文学剧本改编而成的又一力作。

作者交流电话：13540027847

剑履山河
——辛弃疾传奇
JIANLVSHANHE
—— XIN QIJI CHUANQI

张一帆 ◎ 著

时代出版传媒股份有限公司
安徽文艺出版社

图书在版编目（CIP）数据

剑履山河：辛弃疾传奇/张一帆著.--合肥：安徽文艺出版社，2022.3
ISBN 978-7-5396-7323-3

Ⅰ．①剑… Ⅱ．①张… Ⅲ．①长篇历史小说－中国－当代 Ⅳ．①I247.5

中国版本图书馆CIP数据核字(2021)第217423号

出 版 人：姚 巍
责任编辑：张 磊　　　　　　装帧设计：徐 睿

出版发行：时代出版传媒股份有限公司　www.press-mart.com
　　　　　安徽文艺出版社　www.awpub.com
地　　址：合肥市翡翠路1118号　邮政编码：230071
营 销 部：(0551)63533889
印　　制：安徽新华印刷股份有限公司　(0551)65859551

开本：787×1092　1/16　印张：28.75　字数：500千字
版次：2022年3月第1版
印次：2022年3月第1次印刷
定价：58.00元

（如发现印装质量问题，影响阅读，请与出版社联系调换）

版权所有，侵权必究

目录

第一章　历城离乱 / 001

第二章　燕都情仇 / 053

第三章　泰山虎啸 / 094

第四章　中原豪剑 / 145

第五章　江南游子 / 198

第六章　滁州涅槃 / 269

第七章　潇湘风云 / 321

第八章　稼轩识愁 / 370

第九章　京口悲歌 / 404

后记 / 458

第一章　历城离乱

一

邯郸通往济南的官道上，一匹枣红马四蹄生风，扬尘飞驰。马上一位六十开外的老人，身形魁伟，面容沧桑，却目光机敏而深邃。仲夏的风不时撩动他满头的银发，玄青色长衫也随风飞舞，在身后发出呼啦啦的声响，仿佛也在替他催马疾行。老人名叫辛赞，济南历城四凤闸人氏。十三年前，即公元一一二七年，宋国为收回被辽国长期占据的燕云十六州，联合崛起于北方的金国，灭了辽国。谁知金国不仅将收复的燕云十六州占为己有，还攻破宋国都城汴京（今河南开封），俘走宋国太上皇宋徽宗赵佶和皇帝宋钦宗赵桓及后妃、朝臣，占领了山东、河北、河南大片土地，史称靖康之乱。从乱军中逃回的赵佶第九子康王赵构，由李纲、宗泽等老臣拥立为帝，国号南宋，建都临安（今浙江杭州）。辛赞因家口拖累，未能南渡，滞留济南十三年，饱尝了亡国之痛、离乱之苦。听说岳飞正率岳家军在郾城一带与金兀术率领的金国大军激战，其次子辛文杰也在岳家军中却久无音讯，他便前往河南，希望能打听到儿子的消息。谁知刚赶到邯郸，得知岳家军在郾城大败金军拐子马后，已班师回朝，他只好披星戴月、昼夜兼程返回济南。今天是孙子满一周岁的生辰，全家都盼着他早些赶回去，一是举行孙子的抓周之礼，二是要为孩子正式取下大名。辛氏一门历代以诗剑传家，极重礼数，如今添了孙子，辛氏根脉得以传承，作为一家之主，辛赞自然不肯耽搁，顾不得路途劳累，六百里路程仅用三日便赶回。

辛家大院内，辛赞的长子辛文郁乐呵呵地在炕席上摆上毫笔、木剑、铜钱、苹果等物。他的相貌身形极像父亲，体格魁梧，豪气十足。三十添丁，中年得子，让他心花怒放，喜形于色。妻子孙英将一个长得浓眉虎目的男孩抱到炕上，笑着叮嘱："幼安，乖儿子，你今天满周岁，我们来抓周！"一边说一边把毫笔、铜钱和苹果送到儿子手边,"乖儿子,抓笔,抓笔读书做官;抓钱,抓钱不愁吃穿;抓苹果,一生平平安安。"

"你抓的不算,让儿子自己抓!"辛文郁将妻子的手挡住,将木剑推到儿子面前,"抓剑,乖儿子抓剑,抓剑将来好拜将封侯!"

"哎哟,朝廷又不是你开的,拜将封侯哪轮到咱家,还是好好读书,考个状元好光宗耀祖!"孙英清秀端庄的脸庞涨得通红,与丈夫争执起来。她出身书香门第,自然希望儿子饱读诗书,状元及第。

"灵空大师都说了,俺儿子是青兕化身,日后必成大器。"辛文郁为了说服妻子,搬出了灵空大师。这灵空大师是济南灵岩寺长老,主持寺中事务数十载,十愿九灵。孩子满月时,夫妻二人带着孩子上山烧香许愿,灵空当时一见这孩子,便连声称奇:"此子有青兕之相,日后必成大器!"此言辛文郁笃信不疑。

夫妻二人一文一武相持不下,却逗得小家伙咯咯直笑。随着一串爽朗的笑声,辛赞风尘仆仆地走进来:"抓周抓到什么了?呵呵,好乖孙,怎么还没动手呀?快抓,快抓剑,回头爷爷把辛家开天剑术传授给你!"

孩子露出两颗小门牙冲着爷爷笑了笑,伸出两只小手分别抓起木剑和毫笔不停地舞动。

辛文郁又惊又喜:"文武双全!"

辛赞兴奋异常:"俺辛家看样子真要出个能文能武的英才了,哈哈……"

辛文郁频频点头:"爹,该给孩子取大名了!"

孙英接口道:"我觉得就用幼安这个名字好,从小平平安安!"

"幼安这名字固然不错,这是你们做父母的一番心愿。不过……"辛赞神情凝重,沉吟少许,"生逢乱世,家陷逆境,谈何平安?国土分裂,苍生离乱,即便个人能平平安安,也不过苟活于世,做一个平平安安、心安理得的亡国奴罢了。应当给这孩子取个兴家复国的大名!"

辛文郁接口道:"兴家复国的大名?看来您老早就心中有数了。"

辛赞微微颔首:"就叫'弃疾'如何?"

辛文郁一时未解:"弃疾!这名字怎么讲?"

孙英道:"这还不懂,去除疾病,一生平安。对吧,他爷爷?"

辛文郁见父亲笑而不答,便说道:"爹的意思哪会如此肤浅,其中定有深意!"

辛赞问道:"知道霍去病吗?"

辛文郁道:"知道知道,西汉骠骑大将军霍去病,常听爹说起他。"

辛赞道："霍去病年仅二十就率军西征,六败匈奴大军,横扫戈壁大漠,让敌寇不敢东窥,从而封狼居胥,威震天下,名扬古今。希望这孩子将来也如霍大将军一样忠肝义胆、心怀天下,成为驱除胡虏、统一山河的济世英才!"

辛文郁不住点头:"一个去病,一个弃疾,太妙了!"

辛赞神思悠远:"去病,去己之病,去天下之病。弃疾,弃己之疾,弃天下之疾!"

"弃己之疾,弃天下之疾,好,好,就叫辛弃疾!"辛文郁频频点头,赞不绝口。

"哎呀,俺儿子命好苦,还不会走路,你们就急着送他上战场打天下了!"孙英笑嗔道,"我还是觉得幼安好!"

"你当母亲的说好,那就留着,幼安就做他的字吧!"辛赞抱起孙子在他的小脸上亲了一口,高举过顶,朗声大呼,"辛弃疾——"

辛弃疾这三个字,看似脱口而出,其实在辛赞心中酝酿了好长时间。这三个字,不仅凝结着他对孙儿的祝福,更寄托着如他这样的中原遗民沉重而悲壮的期许。不过老爷子料想不到的是,辛弃疾日后果然成为与岳飞同威,与苏轼齐名,文武双全的惊世英才。

辛弃疾来到这个动乱的世界刚好一年,宋金两国大军也在中原大地上激战了整整一年。南宋岳家军所向披靡,接连收复多处失地,在河南朱仙镇重创金军。正当岳家军乘胜追击溃败的金军,眼看就要打到山东收复济南之际,当朝丞相秦桧一心媚敌乞和,构陷岳飞拥兵自重,意欲谋反,南宋高宗皇帝赵构也担心岳飞一旦扫平金国,迎回被金兀术俘走的宋徽宗赵佶和宋钦宗赵桓二帝,自己便皇位难保,于是默许秦桧连降十二道御前金牌,强行将岳飞从战场召回,并以"莫须有"的罪名将岳飞父子残害于风波亭。噩耗传出,世人共愤,天下震惊。辛赞为此悲伤过度,大病一场,经常咯血不止,身体日渐衰弱,决定尽早亲手将祖传辛家开天剑术传授给孙子。辛弃疾虽然年幼,却天资聪颖,悟性极高,不到九岁,在爷爷精心教导下,开天剑术已练得日趋熟练,功力大进。练剑习武,是辛弃疾每日必修之课,父亲给他削的木剑,不知劈断了多少把。

这天一大早,辛弃疾手执父亲新做的木剑,在爷爷的指导下斩劈挑刺,练得正起劲。哐的一声,院门被踢开,金军百户长图热黑领着几名金兵闯入前院,厉声大喝:"私藏兵器,格杀勿论!"这图热黑是济南府一名统领,年过二十,凶横无比,当地人称黑罗刹,与他弟弟图热力有济南双刹之称。

辛赞强作笑颜:"这位军爷,这剑是木头做的,哄小孩子玩呢!"

图热黑一把从辛弃疾手中夺过木剑看了看,大声下令:"给我仔细搜!"

金兵们闻令各自散开,翻箱倒柜,四处搜查。一金兵拎着一把菜刀从厨房走出:"将军,搜到一件兵器!"

孙英从厨房追出:"这是切菜用的菜刀,怎么也成兵器了?!"

图热黑双眼一瞪:"菜刀也能杀人,统统收缴!"

辛赞强忍怒火,拦住孙英:"算了算了,缴就缴吧。"

"还我的剑!"辛弃疾突然冲过去抓住图热黑手中的木剑。

图热黑不禁一怔:"嘀,这小东西胆子不小,快放手!"

辛弃疾紧紧抓住木剑,毫无惧色:"这是我的剑,还给我!"

辛赞急忙拉开辛弃疾:"不要了,不要了!"

叭的一声,图热黑将木剑折为两截,扔在地上,狠狠瞪了辛弃疾一眼,带着手下士兵扬长而去。

辛弃疾捡起折断的木剑,伤心大哭。孙英紧紧抱着儿子,轻声安慰:"好了,乖儿子,不哭了,回头让你爹再做一把新的!"

辛弃疾问道:"娘,他们是什么人?为什么抢我们家东西?"

"他们是一帮强盗!"孙英怒容满面。

辛赞愤然说道:"他们是金人,就是《满江红》里说的胡虏,是霸占我们国土和家园的强盗!"

辛弃疾问道:"爷爷为什么不把他们赶走?"

辛赞一声长叹:"爷爷老了,心有余而力不足啊,将来都指望你了!"

孙英端出饭菜摆在石桌上,吩咐儿子快去洗手,吃完饭上学去。辛赞朝屋中看了看,问道:"文郁呢,还没起床?"

孙英道:"天没亮就起床出去了,说是与朋友相约去济南玩耍。"

辛赞埋怨道:"整天不着家,到底在外面干什么?回来得好好问问他!"

辛弃疾洗完手从屋内走出:"爷爷,今天还讲岳飞的故事吗?"

辛赞微笑点头:"讲,当然讲,你放学回来,爷爷接着讲岳飞大战金兀术!"

孙英戏谑一笑:"爹,您老成天讲岳飞,我们耳朵都听得起茧子了!"

辛弃疾摸着耳朵,调皮地说道:"我的耳朵不会长茧子!"

孙英揪着辛弃疾的小耳朵:"还说没长,越来越不听娘的话了!"

辛弃疾道:"我最爱听爷爷讲岳飞的故事!"

辛赞道:"胡虏一天不灭,这岳飞就得一直讲下去,这《满江红》就得一直写下去、唱下去。快吃,爷爷一会儿陪你去仰啸学馆,顺便去看看范先生。"

二

仰啸学馆距离辛家大院约一里之遥,在四凤闸东南头一座小松岗之下,清寂幽静,野趣怡然。

范先生名叫范邦彦,三年前避难从河北流落到四凤闸。辛赞见他孤身一人带着一个幼女,言谈中又觉得他满腹经纶,谈吐不俗,正好塾师蔡光因年迈返乡,便将范邦彦父女安顿在学馆住下,为本地学童教授学业。

范邦彦四十出头,面容清癯,儒雅斯文中透出一股豪气。辛赞与他性情相投,结成至交。范邦彦尤喜江南景色,在池塘里种上荷花,池边栽上杨柳,并从岳飞壮词《满江红》"仰天长啸,壮怀激烈"句中摘取二字,将学馆更名为"仰啸学馆"。从此,辛弃疾和庄里一些学童就在学馆里读书受教。仰啸学馆也成了辛赞与范邦彦叙志遣怀、谈古论今的常聚之处。

辛弃疾跟随爷爷刚走到学馆外,便听到一阵琴声歌吟传出,吟唱的正是岳飞写的那阕悲壮激烈的《满江红》:"怒发冲冠,凭栏处,潇潇雨歇。抬望眼,仰天长啸,壮怀激烈。三十功名尘与土,八千里路云和月。莫等闲,白了少年头,空悲切。靖康耻,犹未雪,臣子恨,何时灭?驾长车,踏破贺兰山缺。壮志饥餐胡虏肉,笑谈渴饮匈奴血。待从头,收拾旧山河,朝天阙。"抚琴的是范邦彦五岁的女儿寒鹃,眉清目秀,乖巧聪慧,一曲《满江红》从她幼小纤细的指间荡漾而出,悲切而激越,使人豪气顿生。"弃疾哥哥,快来写字,我为你抚琴!"寒鹃见辛弃疾走到园中,兴奋地跑过去拉住辛弃疾来到石桌前。在寒鹃琴声的伴合下,辛弃疾挥毫在宣纸上写下"满江红"三个笔力遒劲的行楷大字。每日开课前,弹奏、书写《满江红》是范邦彦定下的第一道功课,从开馆至今,已成学馆的必修学业。

正在这时,孙英匆匆而入,神色慌张:"爹,我总觉得文郁今天出门不大对劲!"

辛赞问道:"有什么地方不对劲?"

孙英道:"他从未这么早出过门,问他干啥也是支支吾吾的,更奇怪的是,我藏起来的七星镖袋也不见了!"

"你是说文郁带走了七星镖袋?"辛赞不禁一怔。这七星镖袋原是辛赞过去行走江湖时的防身暗器,袋内插有七支状似星芒的铁镖,镖尖浸入一种慢性奇毒,一旦见血,中镖者十日之内必死无疑,无药可救。辛赞虽向儿子传授过七星镖术,但担心他惹事,从不传镖。他退隐江湖后,便将七星镖袋交给细心的儿媳保管。凭着他对儿子的了解,文郁突然私自取走镖袋,必有什么非同小可的大事。到底是什么事呢?一种不祥的预感顿时袭上辛赞心头:"这臭小子会去哪儿呢?"

辛弃疾得意地笑道:"我知道爹去哪儿了!"

孙英急忙追问:"快说,你爹去哪儿了?"

辛弃疾一脸神秘:"我爹杀金兀朮去了!"

孙英脸色一沉:"别胡说,这孩子听岳飞的故事走火入魔了!"

辛弃疾分辩道:"真的,前天我在书房写字,听到爹和李诚叔在窗外小声说话。"

辛赞问道:"他们说什么?"

辛弃疾答道:"只听清一句,去刺杀金兀朮!"

辛赞问:"你真的听清了?"

范邦彦道:"这孩子不会撒谎,看来真有其事!"

孙英慌乱不安:"哎呀,连岳飞都杀不了金兀朮,文郁这不是去找死吗?爹,该怎么办?"

辛弃疾道:"我爹一定能杀死金兀朮!"

"你闭嘴!"孙英双眼一瞪,辛弃疾不再吭声。

辛赞沉思道:"莫非文郁加入了铁血会?"

范邦彦道:"铁血会?从未听说过。"

辛赞道:"我退隐江湖多年,只知道铁血会大都是些热血侠士,专行刺杀金人高官显贵和汉奸恶贼。"

范邦彦神情振奋:"刺杀金兀朮,这可是一件惊天动地的大事呀!"

辛赞忧喜参半:"臭小子,藏得倒挺严实的,连我这老江湖都给瞒住了!"

孙英神情焦急:"爹,大祸就要临头了,你看该怎么办呢?"

范邦彦道:"难道金兀朮来山东了?"

辛赞略作思索:"我这就去济南打听打听。"

范邦彦道:"我也去吧,多个人多个主意。"

孙英道:"爹,范先生,你们快去把文郁找回来吧!"

辛弃疾拉往辛赞:"爷爷,我也去!"

孙英道："你别添乱了，牵着寒鹊妹妹，跟娘回家！"

辛弃疾拉往辛赞恳求道："爷爷，让我去吧！"

范邦彦一旁诚挚地说："老爷子，我看该让弃疾这孩子出去长长见识了！"

辛赞略一沉吟，拉起辛弃疾小手："走，去济南！"

三

济南郊外，山边驿道，三名行商模样的壮汉各乘一骑，缓辔而行。走在前面的正是名震天下的大金国名将完颜宗弼，女真名兀朮，自称金兀朮，金国开国皇帝阿骨打的四太子，当朝执掌军政大权的都元帅。他虽年近暮年，却依旧精神抖擞，英气逼人。这位曾经在中原大地上横扫千军，为大金国拓展了大片疆土的战神，如今仍是大金朝坚如磐石的守护神。紧随金兀朮左右的是他两个年轻的侄儿，一个是金兀朮长兄完颜宗干的次子，龙威上将军完颜亮，女真名迪古乃；另一个是他三哥完颜宗辅之子，虎威大将军完颜雍，女真名乌禄。二人都继承了完颜家族的血统，长得如金兀朮一般魁梧强壮。完颜雍英俊而沉稳，完颜亮则风流倜傥、霸气十足。二人无论血统、治国能力还是宗族实力，都是接替都元帅的合适人选。金兀朮借暗访铁血会动向之机，有意带着二人随行护驾，一路再行考查。

中午时分，三人进入济南地界。

完颜雍道："这铁血会果然奸诈诡秘，我们从河北一路暗访到山东，竟然毫无蛛丝马迹！"

"铁血会在济南一带尤为猖獗，一定会露出狐狸尾巴的！"金兀朮自信地说道。近几年，多名金国高官和降金的汉人要员遭到铁血会刺杀。同时，铁血会在河北、河南、山东等地策动叛乱，袭击抢劫南宋岁贡车队，对大金国构成了严重威胁，朝廷虽派出大量干员明察暗访，却毫无结果。此次他亲自出马暗访，势必要找到铁血会踪迹，一举剿灭。

完颜雍道："四叔，听说当年你在山东境内征战，打了不少胜仗？"

一提当年，金兀朮顿时面色得意，抚须傲笑道："是呀，天会六年，你父亲任右副元帅之时，我跟着他在这一带平息叛乱，的确打了不少胜仗，也打了不少恶仗啊！"

完颜亮道："四叔，你当年都已经打到临安了，为什么不一鼓作气把南宋小皇帝抓住呢？"

金兀术道:"哼,要不是答懒一伙把持朝政,力主议和,怂恿陛下召我速回上京,那赵构早成我的阶下囚了!"

"君王昏庸无能,才有奸臣专权,合剌这样的昏君早该废了他!"完颜亮一脸不满。他提到的合剌便是金国当今皇帝完颜亶,女真名合剌。

金兀术脸色一沉道:"住口,这种大逆不道的话要是传出去,废的就应该是你了!"

完颜雍道:"当今陛下虽然有些软弱,但并不昏庸,不然怎会支持四叔除掉答懒一伙,澄清了朝纲,迎来我大金今日的强盛?"

金兀术瞪了完颜亮一眼:"迪古乃,你听听,什么时候能像乌禄这样宽怀持重,秉忠守义,你就能担当大任了!"

完颜亮忌色顿生道:"在四叔眼中,迪古乃永远不如乌禄。早晚有一天,一定会让四叔看看,迪古乃是怎样担当大任的!"说毕发泄般地挥鞭纵马,负气而去。

完颜雍摇头苦笑道:"真是一匹烈马!"

金兀术目光冷峻道:"我还健在他便如此张狂,这一匹烈马,将来恐怕没人能降得住!"

完颜雍劝慰道:"迪古乃一向任性,四叔别放在心上!"

金兀术道:"四叔英雄一世,但毕竟老了,日后朝中军政要务,你可要多担当了!"

完颜雍道:"四叔请放心,乌禄定会倾尽全力守护我大金的万世基业!"

金兀术欣然点头道:"四叔相信你,等返回上京,我便请准陛下,将都元帅一职全权托交与你。"

完颜雍急忙摇手道:"四叔千万不可……"

金兀术道:"你是担心迪古乃不肯善罢甘休?可是朝中大权真要落入他手,我大金国几代人流血拼杀创下的基业恐怕也将毁于他手!"

完颜雍道:"可是他旗下拥有重兵,依他的性子和野心,一旦反目,只怕会引起朝野动荡,天下大乱!"

"正因如此,不能再拖了,待返回上京,便要尽快有个了断!"金兀术猛挥一鞭,策马驰进前面一片松林。

树林深处,小路一分为二,各向一方。路旁树荫下,一樵夫斗笠遮头,倚树而憩。

金兀术与完颜雍来到路口,难辨去向。完颜雍转向樵夫,客气询问:"这位老乡,请问去济南怎么走?"

樵夫并未抬头,声色平静道:"怎么走都是死路一条!"

"你这人怎么说话的?"完颜雍十分不悦。

樵夫一跃而起,来到二人马前站定,揭下斗笠,原来正是辛文郁。

"铁血会?"金兀术略微一怔,立即猜到一直寻找的对手终于出现了,随即得意一笑,"终于露面了。"

辛文郁神情冷静道:"我也终于等到你这头恶狼了!"

完颜雍大声呵斥道:"放肆,你知道他是谁吗?"

辛文郁轻蔑一笑道:"被岳飞杀得丢盔弃甲的金兀术!"

金兀术面红耳赤、肌肉抽搐,转而傲然冷笑道:"可岳飞早已魂绕风波亭,而我金兀术还在,还活生生站在你们大宋的土地上,哈哈……"

"今天你就要死在大宋的土地上!"辛文郁用力将斗笠抛向空中,大喊一声,"杀敌!"

"杀敌!"李诚和数十名铁血会义士一齐发喊,冲出树林。

金兀术不屑地一声冷笑,拔刀相迎,连斩数人。铁血会义士将二人团团围住,辛文郁扬手一镖,正中金兀术右臂。一阵剧痛由伤口迅速传遍金兀术的全身,他脸色突变,咬紧牙关喊了一声:"镖上有毒!"完颜雍闻言大惊,急忙扶住金兀术,且战且走。

树林外,济南府参军沾必汗领着一队金兵急奔而来,围住铁血会厮杀。完颜雍大喜道:"沾必汗,你来得正好!"

"我接到密报,得知有铁血会在这一带出没,便赶了过来。"

"都元帅身中毒镖,我先送他回城中疗伤!"完颜雍将金兀术扶上马背,飞奔离去。

这时,完颜亮不知从何处冲出,挥刀大喊:"给我杀,一个不留!"

因沾必汗突然率军出现,局势逆转,铁血会义士伤亡惨重。辛文郁挥剑连斩数敌,朝李诚喊道:"老二,快带大伙冲出去,我来断后!"

完颜亮挥刀大喊:"放箭!"金兵们一齐放箭。李诚挺身向前,护住辛文郁,身中数箭。辛文郁上前来救,也中箭倒地。金兵们一拥上前,将辛文郁按在地上。

完颜亮凑近辛文郁道:"是你发的毒镖?"

辛文郁将头一昂道:"是又怎样?老贼活不了几天了。"

"好,我会给你留个全尸的,哈哈……"完颜亮禁不住放声狂笑。为了布好这一局,他煞费苦心,提前将金兀术暗查铁血会的行踪放出风去,让铁血会途中设伏刺杀金兀术。如今金兀术身中毒镖,铁血会首领被擒,一箭双雕,结果比预想的更妙。

四

济南城门外,阴雾沉郁,寒风凄凄,戏台下面挤满了被金兵驱赶而来的汉人百姓。

经过一番救治的金兀术由完颜雍搀扶来到戏台中央坐下,他吊着伤臂,脸色苍白,威仪大减。

人群中一阵骚动,辛文郁满身鞭痕,被金兵五花大绑押到老槐树下。

辛赞带着辛弃疾挤进人群。辛弃疾一下看到了父亲,张口欲呼,辛赞急忙捂住,压低声音叮嘱:"孩子,千万别喊,你一出声,庄里几百口子就没命了!"

完颜亮指着辛文郁扫视台下道:"有谁能说出这个反贼姓甚名谁,家居何处,赏银千两,知情不报者,全家杀光!"

戏台下一片寂静,鸦雀无声。完颜亮气急败坏,手执长弓指着辛文郁道:"快说,你们铁血会到底有多少人?"

辛文郁强忍伤痛道:"多得是,山东、河北、河南,无处不在!"

金兀术神情傲然道:"一群乌合之众能杀得了我金兀术吗?"

辛文郁轻蔑一笑道:"老贼,你中的是天下绝毒,十日之内,你就能见到岳元帅了,哈哈……"

金兀术浑身一震,感觉伤口一阵剧痛,紧咬牙关,扶住伤臂,极力保持着威严和镇定。完颜亮一挥手,金兵们拽动绳索,将辛文郁吊至半空。

辛赞心如刀绞,仍然紧紧捂住辛弃疾的嘴。辛弃疾挣扎着朝父亲挥动小手。辛文郁突然看到在人群中挥手的儿子和老泪纵横的父亲,双目一亮,激动异常。看着父亲和儿子却不敢相认,欲呼不能,他突然想到了《满江红》,只有《满江红》才能与亲人心灵相通,才是对亲人最好的慰藉,才能表达对儿子寄托的希望。他目不转睛地注视着儿子,嘴唇蠕动,轻声哼出:"怒发冲冠。凭栏处,潇潇雨歇……"辛弃疾情绪激动,不顾一切地从辛赞手中挣脱,大声跟唱:"抬望眼,仰天长啸,壮怀激烈!……"辛赞双眼含泪,义愤填膺,情难自禁地跟着辛弃疾一起激愤唱和:"靖康耻,犹未雪,臣子恨,何时灭……"

金兀术怒不可遏,猛然站起吼道:"快把那个唱《满江红》的臭小子抓起来!"金兵们冲入人群。范邦彦急中生智,朝身边人群大喊:"大家一起唱!"人群中顿时响起一片《满江红》的歌声,此起彼伏,震荡天地。

高吊树上的辛文郁激动异常,放声高唱。完颜亮弯弓控弦,对准辛文郁道:"不准唱!"辛文郁越唱越响,完颜亮一箭射出,正中辛文郁前胸。辛文郁歌声未停:"壮志饥餐胡虏肉,笑谈渴饮匈奴血……"完颜亮又发一箭,辛文郁歌声渐弱。完颜亮连发数箭,辛文郁全身鲜血四溅。悲壮的歌声变成愤怒的叫骂,人群潮水般冲向戏台。混在人群中的铁血会义士亮出刀剑,围往金兵厮杀。

金兀术恼羞成怒,挥舞右臂:"给我杀,杀死这些乱民!"突然伤口崩裂,他一头跌坐椅上,昏厥过去。完颜雍急忙扶起金兀术,仓皇离开戏台。

辛弃疾从人群里挤到戏台下,一边怒骂一边捡起石头砸向戏台。石块正中完颜亮额头。完颜亮鲜血直流,一个趔趄,几乎摔倒。紧接着,暴雨般的石块飞向戏台,沾必汗上前搀扶着完颜亮道:"迪古乃将军,此处不宜久留,还是暂避锋芒为妙!"

"今天先饶过这帮乱民,撤!"完颜亮捂着伤口,跳下戏台匆匆而去。辛弃疾咬牙切齿,举着石块追向完颜亮,被辛赞紧紧拉住。范邦彦等人解开绳索,放下辛文郁。辛文郁双目微启,紧紧抓住儿子的小手,气息微弱:"记住你的名字,记住《满江红》……"

辛弃疾紧紧抓住父亲已经冰凉的手不肯松开,眼中没有一滴泪水,只是紧咬的嘴唇出现一道深深的血印,他在心中发誓:"一定要亲手杀了完颜亮,为爹报仇!"

五

会宁城都元帅府笼罩在一片死亡般的寂静中。病榻上,金兀术面如死灰,气息微弱。从济南到中都会宁府,昼夜跋涉,千里颠簸,金兀术已经被折腾得奄奄一息。万万没有料到,曾经在千军万马中斩将夺旗,万夫莫挡的他,如今竟然倒在一个乱民手上,尤其是那个小孩在人群中高声唱响的《满江红》,至今仍在撞击着他的耳鼓,如奔雷轰鸣。《满江红》是他最喜欢听到,也是最害怕听到的一首词曲,悲壮而激越的词曲令人振奋、冲动,甚至疯狂。这首词的作者正是他当年在中原大地上的生死宿敌,同时也是他最为敬佩的真英雄。每逢两军对决,只要对方阵中响起慷慨激昂的《满江红》,他便感到手中的螭尾凤头金雀斧有些坠手,同时还发现他的士兵们开始犹豫不前。每一次败退，他似乎感觉到击败他的不是岳飞，而是这曲充满神奇力量的《满江红》。他后悔没有抓住那个领头高唱《满江红》的乳臭未干的小子，这般年纪便有如此胆识，说不定将来又是一个像岳飞一样的对手，成为大金国的可怕劲敌。他感到伤口很疼，忍不住轻轻哼了一声。

一直守在病榻旁的金熙宗完颜亶急忙俯身问候："四叔，你总算醒了！"

金兀术紧闭双目，没有回答。完颜雍、完颜亮，金兀术的女婿、礼部尚书纥石烈志宁以及闻讯赶到的一些宗王、近臣神情紧张地守候一旁。"四叔，你可千万要挺住，你一定能好起来的……"完颜亶紧紧握住金兀术枯瘦的手，伤心欲绝。他虽年过三十，却稚气未脱，哭起来像个孩子。自从被四叔金兀术扶持登上皇位，军国大事几乎都是依赖都元帅主持。他则高枕无忧地安享帝王的荣华富贵，沉湎酒色，荒疏朝政。朝中不满情绪日渐高涨，派系争斗越发激烈，加之域外契丹袭扰、蒙古威胁，内外交困，乱象横生。此时此刻，金兀术命在旦夕，他自然六神无主，惶恐不安。

金兀术微睁双眼，失血的嘴唇艰难地嚅动："让他们都出去……"完颜亶知道四叔有要事给自己交代，于是要众人各自回府。待众人拜辞后，他令内卫侍长阿里撒速守在门外，不得放任何人进入。也许是人们常说的回光返照，金兀术清醒了许多，他强打精神，断断续续地说道："臣恐怕不能再辅佐陛下了……"

完颜亶眼含热泪悲切地道："四叔，你会好起来的，没有你，合刺怎么办，大金怎么办？……"

金兀术艰难说道："都元帅一职，臣推荐你三叔宗辅之子乌禄……"

完颜亶却担心道："迪古乃对都元帅一职觊觎已久，只怕他不肯善罢甘休。"

金兀术悲愤地道："我怀疑此次暗访一事就是他有意泄漏消息，借铁血会之手将我除掉……"

完颜亶大惊："啊，迪古乃这一招真毒呀！四叔，现在该怎么办？"

金兀术沉默少许，语气坚定道："先下手为强……"

帷幕外面，隔帘窃听的阿里撒速转身匆匆离开。

卫国将军府内，烛灯下，完颜亮头缠绷带，余怒未消："这些刁民，迟早我要将他们统统杀光，尤其是扔石头那小兔崽子，逮住了饶不了他！"

"大哥不用生气，几个铁血会算不了什么，到时候交给我乌徒代便是了！"乌徒代一旁劝道。他是完颜亮帐下一员干将，也是完颜亮一碗酒分着喝的铁杆兄弟。

"对，还是先准备去接都元帅的大印吧！"萧裕显得有些焦急。他是完颜亮族亲，善于出谋划策,被完颜亮称为军师。

另外两个心腹额木图和仆散忽土也都焦急催促,心中都巴望完颜亮尽早夺得大权,自己也跟着沾光。

完颜亮面呈焦虑道:"不知此刻老头子断气没有。"

"你们还坐在这里闲聊,他们要先下手了!"阿里撒速匆匆而入,神色紧张。他虽是皇宫内卫侍长,却早为完颜亮收买。

完颜亮一下惊起问道:"他们要先下手?"

阿里撒速点点头:"老头子已经怀疑向铁血会透露行踪的事了,他向合剌举荐了乌禄接替都元帅!"

萧裕道:"乌禄一旦执掌军政大权,咱们可就白忙活了!"

额木图道:"现在咋办,莫非就这么完了?!"

"不需再等他断气了,得抢先下手,走!"完颜亮咬牙切齿,抓过佩刀急急而去。众人也拿起兵器,紧随其后,直奔都元帅府。

都元帅府内灯火昏暗,静得瘆人。病榻前,完颜亶眼含热泪道:"合剌当初能登上皇位,全靠四叔力排众议,独撑危局,否则我这个皇帝做不到今天。"

金兀术说话开始吃力起来:"别说这些了,也别只知道哭,快叫人去把乌禄请过来,我怕是熬不过今晚了。"

完颜亶仍然哭哭啼啼:"四叔千万别说这种话,你会好起来的,只要有你在,大金就会平安无恙。今晚我哪都不去,就在这里守着你!"

阿里撒速匆匆入报:"陛下,卫国将军迪古乃前来探望都元帅病情!"

"他这么晚来做什么?"完颜亶满腹疑惑。

金兀术气喘吁吁道:"他是来看我死了没有。不见!"

完颜亮带着萧裕和乌徒代、仆散忽土等人大步闯入:"四叔,你也太不领迪古乃的情了吧?!"

金兀术欲起身坐起,却无力动弹,竭力怒吼:"滚,快滚!"

"你们先退下吧,我与都元帅有要事商议!"完颜亶见众人一动不动,勃然大怒,"迪古乃,难道你真要谋反不成?"

完颜亮一声冷笑:"谋反?你身为一国之君,却不思朝政,无心国事,荒于酒色,任由金兀术专权独断,惹得朝野动荡,国运日衰,这个皇帝再让你做下去,大金国非得毁于你手!四叔,你说是不是?"

金兀术气得浑身颤抖,大口喘息,却说不出话来。完颜亮走近病榻,厉声怒目:"四叔,你不是说我迪古乃难当大任吗?今天我迪古乃就要当着你的面废了这个昏君,以正朝纲,夺下皇位,重开天颜!"

金兀术气喘吁吁道:"你……你能当得了吗?……"

完颜亮脚蹬床榻,傲然逼视着他的叔父,用低沉而坚定的声音吐出几个字:"迫不得已,舍我其谁?!"这几个字如一把利刃直刺金兀术心窝,他当场口喷鲜血,昏厥过去。阿里撒速上前以手试鼻,朝完颜亮摇了摇头:"都元帅归天了!"

完颜亶大惊失色,伏在金兀术身上大声哭呼:"四叔,四叔!你不能走……"

完颜亮哈哈大笑道:"四叔连自己的命都保不了,还保得了你吗?"

完颜亶猛然转身道:"阿里撒速,快将反贼拿下!"阿里撒速却似未听见,一动不动。

完颜亮一声冷笑:"别喊了,都元帅府和整个皇宫都换上我的人了!"

完颜亶顿觉不妙,欲拔刀自卫,被乌徒代等人以刀架住。

完颜亶悲愤交集道:"迪古乃,你敢弑兄篡位?!"

完颜亮一声冷笑:"你不过是我们宗干家的一个养子,算什么兄弟?"

完颜亶含泪怒斥:"四叔尸骨未寒,你便如此大逆不道,违乱纲常,四叔在天之灵,决不会饶你!"

"你既然离不开四叔,那就与他同行吧!"完颜亮一刀刺入完颜亶前胸,萧裕等人举刀一齐刺向完颜亶,完颜亶口吐鲜血,倒地身亡。

萧裕用脚踢了一下完颜亶的尸体道:"大哥,接下来该怎么办?"

乌徒代道:"还用问,该咱们大哥当皇帝了!"

阿里撒速担忧道:"大哥,各部族宗王要是不服怎么办?"

完颜亮狂傲大笑道:"皇帝都敢杀,那些狗屁宗王算得了什么?今夜便睡在皇宫里,妃子宫女随便挑!"

"皇帝万岁万万岁!"几个弑君篡政者高兴得伏地跪拜,连连山呼。

这一声山呼,完颜亮等了好久。他从小好文习武,胸怀奇志,颇受父亲和叔父们看重,称赞他年少英才,深沉且有大略。因此也为完颜亶所忌惮,恐为后患,不敢重用他。而他也从来看不起这位父亲代养的兄长,认为完颜亶才德庸常,孱弱无能,且心胸狭窄,不堪为帝治国,早与乌徒代等人怀有废立之意。于是他费尽心机谋划了此局,原本只想先夺取都元帅军权,再图帝位,没承想今夜如此轻易拿下了皇位,这真是天助于斯。

那一夜,整个皇宫里男人的狂笑声和女人尖叫哀号声交织不息,通宵达旦。

六

次日早朝,各宗王、臣僚或骑马,或驾车,从各自的府宅云集皇宫禁城,相继步入大殿。一切如常,似乎没有发现与往日有什么不同。

走在前面的是完颜雍和纥石烈志宁,他二人一直担心着金兀尗的病情,所以比其他王公大臣到得早一些。大臣们依照各自品级爵位排列站班,毕恭毕敬地静候皇上驾临。

金朝初期,朝廷上下仍然保留着游牧民族粗犷的习俗,君臣之间不甚注重礼仪,尊卑等级并不森严。完颜亶别无所长,却对汉文经史有较深研习,极为推崇汉族皇帝君主专制的礼仪律法,于是参照大宋汉律礼法,对宗庙、社稷、祭祀、尊号、谥法、朝参、车服、仪卫及宫禁制度等,颁行了周密详尽的礼仪规制,以显耀皇帝至高无上的权威和尊严。哪料想,自己费尽心思将皇家礼律制定完毕,却为完颜亮做了嫁衣裳。

大殿上一派肃静,阿里撒速来到殿前站定,高声长喝:"皇上驾到!"在萧裕、乌徒代等心腹的簇拥下,完颜亮趾高气扬地步入大殿,登上皇位。突如其来的变化将满朝王公大臣惊得目瞪口呆,不敢相信自己的眼睛。

阿里撒速大声宣告:"大金国熙宗皇帝已经与都元帅金兀尗一道殡天,由完颜亮继位,号海陵王,改元天德,各宗王、臣僚快快朝拜新皇!"

全殿震惊,一片哗然。一位辈分较高的白发宗王愤然大喝:"迪古乃,你这条疯狗,弑兄篡位,天理难容,给我滚下去!"完颜亮微微冷笑,弯弓控弦,只听"嗖"的一声,箭矢洞穿白发宗王的咽喉。另一个中年宗王愤然冲出恨恨地道:"迪古乃,我要杀了你……"话未落地,也中箭倒下。

完颜亮傲然冷笑道:"还有谁想试试本王箭法?"

萧裕拔刀大喝:"不从者,杀无赦,灭满门!"

乌徒代领着杀气腾腾的龙威卫队一拥而入,齐声大喊:"不从者,杀无赦,灭满门!"

一些胆小的宗王、臣僚早已吓得胆战心惊,纷纷跪下。位列前班的完颜雍义愤填膺,目眦欲裂,傲然不动。不少较有势力的宗王、臣僚也站立不动,这些人大都与宗干家族有着姑表姻亲关系,还有不少忠实的追随者,他们都将征询的目光投向完颜雍,期待着雍王的态度。

完颜亮一下站起,目光逼向完颜雍。他真想立即杀掉这个强悍的竞争对手,但又不敢下手,一是完颜雍宗族实力太大,朝中不少宗王、重臣与他关系甚密,现在杀了他,恐怕那些已经跪下的人会重新站起来。

金兀术曾经的左膀右臂,如今龙睛虎目地愤然怒视着对方。

纥石烈志宁忍无可忍,欲挺身上前斥责完颜亮,被完颜雍拉住衣袖,低声提醒:"不可冲动,且先从了他,否则今天还会死更多人!"纥石烈志宁咬牙切齿,跟着完颜雍缓缓跪下,其余宗王、臣僚见状紧跟着相继跪了下去。完颜亮扔下弓箭,放声狂笑,走下皇位来到完颜雍身旁,神色得意道:"这就对了,你们一个是金兀术的贤婿,一个是金兀术的爱将,咱们也本是兄弟,都是大金的栋梁之材,本王日后还需要你们的辅佐!"

完颜雍强压怒气,语气平淡:"事已至此,乌禄不想多说什么,只希望国家不乱,臣民不流血!"

完颜亮仰首大笑:"好,只要拥戴本王,你我相安无事。你不是极力推行科考新政吗?此事全权由你经略!"他转身扫视大殿,眼露凶光,"都元帅金兀术为反贼铁血会所杀,本王临朝头一件事,便是剿灭铁血会!"

就从这一天开始,整个会宁城几乎成了一个充满血腥的屠宰场,以私通、纵容铁血会和各种罪名,凡对他完颜亮不满或有潜在威胁的王室子孙和宗室大臣被满门杀绝,仅金太宗一系子孙就有百余人被杀。杀得兴起,他竟命人将过去与生母有些矛盾的嫡母徒单氏一家连同奴婢一并诛杀。

年仅二十七岁的迪古乃,一夜之间成为大金国第四任皇帝,同时也成为史上罕见的杀人如麻的恶魔暴君。

七

仰啸学馆小池塘边的柳树已经长成碗口粗细,长长的枝条被春风由鹅黄染成了深绿,千丝万缕,撩拨着无限春意。池中的荷叶不约而同地伸出水面,抖开娇嫩的碧裙,铺满整个池塘。池中央有三两株白色的荷花在暮春初夏的暖风中迫不及待地竞相绽放,引来两只彩蝶在花叶间翩翩起舞。

小园中央,一位身形矫健的少年以棍代剑,上下翻舞,风涛阵阵,从身形架势一看便知是辛弃疾。几年过去了,他已长成英俊少年,气宇轩昂,神态沉稳,目光敏锐,只是眉宇间隐露一丝忧郁。父亲遇害后,为了躲避金人追查报复,他跟着爷爷辗转于济州、濠州等地。最近母亲写信催他回济南参加州试,看看风声已过,他便随爷爷一道返回历城,继续在仰啸学馆就读。

小园中还有一位正捧卷阅读的少年,同辛弃疾年龄相仿,略显清瘦,温文尔雅,与辛弃疾气质迥然不同。他是辛弃疾在濠州刘瞻塾馆读书时的同窗好友党怀英,也是天资聪敏,勤奋好学。二人濠州乡试并列第一,被当地学子们称为"辛党"。听辛弃疾说范邦彦才学精深,党怀英有心求学,正好赶上州试,便也来到历城,寄住亲戚家中,专心在仰啸学馆深造学业。

"弃疾哥哥、怀英大哥,恭喜二位了!"随着一声清脆甜润的声音,寒鹊如一只彩蝶飞入。短短数年,她已出落成一个俊俏秀美、楚楚动人的大姑娘了。

党怀英急忙起身迎上前去,极显亲热地道:"寒鹊妹妹回来了?"

寒鹊递过信函道:"出榜了,怀英大哥,你考了第一名!"

党怀英又惊又喜:"第一名?!总算拿到第一了,谢天谢地,谢祖宗庇佑!"

寒鹊道:"恭喜你,怀英大哥,你和弃疾哥哥并列第一。"

党怀英从寒鹊中接过信函,略微一怔:"怎么又是并列第一,谁排名在前面?"

寒鹊轻盈一笑道:"这不写着吗?当然还是弃疾哥哥!"

"哦……"党怀英心头一凉,大感失望。乡试时他见辛弃疾成天只知练剑习武,似乎并不注重学业,谁知一开榜,虽然并列榜首,名次却排在辛弃疾之后,还不是相当于第二名吗?他心中不服,暗下功夫,决意在州试夺冠,谁知依然如旧。他把信函退回寒鹊手上道:"鹊妹,你等着瞧,明年京试,我定取第一。我要天下学子只知道党辛,而不再是辛党!"说毕他酸酸一笑,悻悻地回到池边看书去了。

寒鹊知他一向好胜,心中不悦,也不再多说,转身走近辛弃疾含情一笑:"弃疾哥哥,又得了第一名,怎么一点也不高兴?"

辛弃疾神情淡然道:"第一第二,于我何用?要不是娘催得紧,我才懒得去考呢!"

寒鹊道:"你若不去,党大哥可就是独居第一了!"

党怀英一旁插言:"那可不行,你不去我也要拉着你去!"

寒鹊不解,问道:"这又是为什么?"

"他若不去，即便我取了第一，天下学子依然不服，所以他辛弃疾非去不可！"党怀英诡谲一笑，"好了，鹃妹，我们回书屋练字去？"

寒鹃摇摇头道："我要看弃疾哥哥练剑。"

"那好吧！"党怀英面含妒忌，负气起身走进书屋。

寒鹃问道："弃疾哥哥，你为什么不愿去考试呢？"

辛弃疾道："考了又有什么用？难道还要去向那些杀父仇人求取功名富贵不成？我现在只想着一件事，练好武艺，杀死完颜亮，替我爹报仇！"

寒鹃道："弃疾哥哥，你教我练武吧，我也要为我娘报仇！"

辛弃疾道："那不行，辛家剑传男不传女。我先杀了完颜亮，再去为你娘报仇！"

寒鹃道："完颜亮现在当了皇帝，要杀死他，太难了！"

辛弃疾道："再难也要杀了他。杀金兀术不难吗？还不是被我爹杀死了！"

"你爹杀死了金兀术，又上来一个完颜亮，你杀得过来吗？"范邦彦走进院门，来到院中，接着辛弃疾话说道。

辛弃疾不解其意："老师是说，杀父之仇不必报了？"

范邦彦语重心长地道："胡虏不灭，国土不复，就算不上报仇。'靖康耻，犹未雪，臣子恨，何时灭？'弃疾，《满江红》你还需深谙其意啊！"

辛弃疾似有所悟："胡虏不灭，国土不复，就算不上报仇？老师，弃疾好像明白，又不明白……"

范邦彦道："还有什么不明白的？说来听听。"

辛弃疾道："不明白的是，我大宋本是泱泱大国，却任由小小金邦侵占疆土，宰割欺凌，这到底是为什么？"

范邦彦道："朝廷昏庸，奸佞横行，腐败泛滥，顽疾难治，才使得山河破碎，国土沦丧！"

辛弃疾问："那该怎么办呢？"

范邦彦道："你的名字不就是答案吗？"

辛弃疾和寒鹃几乎同时回答："弃己之疾，弃天下之疾！"

辛赞牵马入院，朗声笑道："子美不愧为解惑授业的先生，三言两语便将我十多年想说的话讲得如此透彻，看来老夫一心只教他练好武功是远远不够的！"

范邦彦道："前辈过奖了。您老这是打算去哪儿呢？"

辛赞语意深长道："我去泰安寻个朋友，顺道带弃疾到处走走，看看中原山河，故国美景！"

范邦彦会意一笑道："登高望远，指画山河，老爷子才真是有心之人呀！"

辛弃疾高兴地问道："爷爷，咱们去哪儿？"

辛赞道："好些地方已经带你去过了，家门口的反而没去……"

辛弃疾不假思索地道："登泰山，观日出！"

<h2 style="text-align:center">八</h2>

登泰山，观日出，这是辛弃疾向往已久的心愿，虽说济南离泰安近在咫尺，反倒未能如愿。古人留下的关于泰山的诗词文章，尤其是杜甫的五律《望岳》，更是他常常吟诵的名篇，从诗意中想象那喷薄而出的红日，震撼魂魄的浩瀚云海……

在避祸期间，爷爷就带着他游历了不少江河山川，从迤逦巍峨的太行山到千山鸟飞绝的秦岭，饱览了辽阔壮美的河山，同时也目睹了中原同胞在侵略者铁蹄下的悲惨疾苦。

辛赞此去泰安，其实并非寻访朋友，而是从濠州归来后听说在泰安一带有一支抗金的义军。铁血会被完颜亮剿灭之后，中原大地一片沉寂，如果真有这样一支义军，抗金复国，统一山河就会有一星希望。早在二十年前，他曾经和一个叫马大锤的铁匠联络了山东、河南一带的江湖义士成立抗金盟会，推举铁匠出身的马大锤为大盟主。谁知有人盗走他的七星镖暗害了马大锤，并谣传说是他想当大盟主才杀害了马大锤。盟会未战先乱，他也从此退隐江湖，暗中查访真凶，却毫无结果。随着年岁的增大，辛赞雄心渐凉。自从儿子辛文郁惨遭金人杀害后，复仇之火再次点燃，他要去泰安看看是否真有这样一支抗金的义军，能否对这支抗金义军有所帮助。

一路上，祖孙二人共乘一骑，来到了泰安地界。远处突然一阵战马嘶鸣，尘土飞扬，大队金兵杀气腾腾朝泰山方向疾驰。

辛赞跳下马背，神情惊疑地道："那是泰山方向，一定是出什么事了。"

辛弃疾也跳下马背问道："爷爷，我们还去泰山吗？"

正犹豫间，几名掉队金兵走过来，一疤脸小头目上前拍了拍马头道："这马不错，老子征用了！"随即不由分说，从辛赞手中夺过缰绳。辛弃疾冲上前去与疤脸争夺缰绳，疤脸抬腿将辛弃疾踢倒在地。辛弃疾从地上捡起一块石头，叫骂着再次冲向疤脸。疤脸拔出战刀呵斥道："想找死?!"金兵们纷纷提刀围了上来。辛赞急忙将辛弃疾紧紧抱住，强压怒火，不住赔笑道："小孩子不懂事，军爷别生气，别生气，这马你牵去吧！"

"算你这老东西识相，老子这是去泰安征剿反贼，保境安民，你们应当谢老子才对！"疤脸收回战刀，翻身上马，狂笑而去。

看来泰安义军确有其事，一匹老马换得如此好消息，辛赞差点笑出声来。

辛弃疾问："爷爷，泰安义军是做什么的？"

辛赞道："杀胡虏，报仇恨！"

辛弃疾神情振奋道："好呀，我也去当泰安义军，把那些胡虏全都杀光，为爹报仇！"

九

泰安义军的营地就设在泰山东南麓飞虎岭下。

飞虎岭因岭头一巨岩高仰，岭中有一峭壁斜飞如翼，岭后则是耸入云天的泰山雄峰，远远望去，如一只猛虎在云雾之中鼓翼欲飞，当地人因此称之为飞虎岭。此处地势险峻，易守难攻，据说当年黄巢曾屯兵于此。

义军首领耿京，原是当地农户，四十开外，性格质朴豪爽，武功高强，胆识过人，在泰安一带颇有威望。因不堪金人屯田军欺压，耿京聚结马全福、张安国、邵进、王彪、罗跃等当地乡民起义，号称泰安义军，眼下已聚结了三百余人，在山中安营扎寨，囤积粮草，打算与金人官府长期相抗。因兵器短缺，他还委派铁匠出身的二头领马全福下山召集铁匠到山中开炉打造兵器。

接到探马飞报，耿京立即召集几位头领商议对策。

"大哥，金军有五六百之众，咱义军不过三百来人，而且大半弟兄还没有兵器，这仗怎么打？"张安国神色惊慌，有些担心。他是当地一名破落子弟，虽不满四十，却练达老成，处事机警，因识得几个字，且小有谋略，在一伙庄稼汉中算得上一个人物，除威猛悍勇的铁匠马全福外，自然比农民出身的王彪和罗跃两个小头领更受耿京看重，成为寨中三头领。

"是呀，大哥，我看咱们不如先退到后山，暂避锋芒。"四头领邵进神情十分紧张。他是张安国的远房亲戚，不满三十，贩茶为生，因逃债务，随张安国上山参加了义军。

"先别慌！俺们山寨地势险要，易守难攻，他们占不到便宜。"耿京神情十分镇静。他心中很清楚，这一仗只要打赢了，不仅能鼓舞义军士气，更能影响更多的乡亲前来投奔。稍作思索，他当即下令："安国、邵进留守山寨，王彪、罗跃二人各率五十名弟兄预先到山前林中埋伏，听到号角一响，立即左右杀出，从背后打他个出其不意！"

率军前来攻寨的是新任济南留守使完颜雍亲随爱将阿烈呼，虽才二十出头，却勇武过人。阿烈呼自诩天下无敌的大金勇士，今日欲夺头功，点齐州府五百精兵，杀气腾腾来到寨前排开阵势。那个抢夺辛赞马匹的牙将疤脸凑上前讨好地提醒道："听说这帮反贼十分诡诈，领头的耿京功夫了得，将军小心为妙！"

阿烈呼狂傲一笑道："区区几个草寇山贼算得了什么？快去上前叫阵，叫那个耿京快快出来受降！"疤脸壮着胆子上前几步，嘶声大喊："耿京听着，你等快快下山投降，否则将军将踏平山寨，鸡犬不留！"寨中一箭飞来，正中疤脸大嘴，疤脸仆倒在地。

阿烈呼挥刀狂喊："给我杀进去，一个不留！"话音未落，一阵乱石从山上滚落，金军死伤无数，阿烈呼也险些摔下马背。寨门开处，耿京挥刀跃马，率领义军冲杀而出。

两军展开一场混战，耿京直取阿烈呼，二人杀作一团。号角响起，王彪、罗跃率领伏兵从左右林中突然杀出，金兵阵脚大乱。阿烈呼大惊失色，无心恋战，回马落荒而逃。金兵抵挡不住义军的勇猛冲杀，溃不成军，在义军摇旗呐喊、擂鼓欢呼声中，丢下十几具尸体狼狈而逃。

接到败报之时，完颜雍身着汉装素服，与刚提拔为通判的沾必汗踏着夕阳的余晖徜徉在趵突泉畔，商议收录整理济南全城的泉水名目事宜。时隔经年，他更显练达沉稳，雍容睿智中透出儒雅之气。完颜亮篡位登基后，曾封他为会宁牧，留在上京便于监视。而他则一再请求外任，完颜亮勉强应允他在老家辽阳做了一年的东京留守，又派往山西大同任西京留守，屁股还没坐热，又派他来到济南。他心中明白，完颜亮担心他在外培植扩大自己势力，估计他在济南也待不了多久。但他一如既往地推行怀柔新政，减轻包括汉人在内的税赋徭役，招募有学识有威望的汉人入仕参政，鼓励汉人学子参加科考，希望早日将一个只知掠夺杀戮的蛮夷之国变成礼仪文明之邦。

来到有泉都之称的济南，让他赞不绝口的便是满城形态各异、精彩纷呈的上百处涌泉，尤其是他眼前的趵突泉，三泉涌突，溅玉飞雪，声势如雷，蔚为壮观。此泉是泺水的源头，古称槛泉，北宋熙宁五年，时任济南知州、唐宋八大家之一的大文学家曾巩将其改名为趵突泉，并留下"一派遥从玉水分，暗来都洒历山尘"的美妙诗句。

完颜雍常来此观泉，着人在泉畔修筑凉亭，安放石凳，供游人歇息，并将全城七十二处最有名气的泉水录名入册，打算在趵突泉边立下一座《名泉碑》，以扬名天下，极力营造一种与民同乐的气氛，以此缓解民族间的矛盾。

他虽是女真王公贵族出身，却从小受到汉人出身的母亲李洪愿儒家和佛教思想的熏陶与教诲，主张仁政治国。对耿京的起义，他极力主张以抚为主，但完颜亮严令他必须尽快剿灭，结果第一仗便被泰安义军打得丢盔弃甲，死伤三十余人。

阿烈呼吃了败仗，心里很不服气，在一帮草寇面前太丢面子，便向完颜雍请求道："王爷，这次出战，小将有些轻敌，更不知道飞虎岭地势险要，贼寇彪悍。请王爷加派兵马，小将定将泰安反贼一鼓荡平！"

完颜雍转向沾必汗征询地问道："沾必汗，你意下如何？"

沾必汗比完颜雍年长几岁，一直在济南任普通参军，因无家族背景，少有提升。完颜雍出任济南留守，完颜亮暗令他监视完颜雍的一举一动。交往中，他见完颜雍为人坦诚谦和，温文尔雅，对他并无戒备，反而将他提拔为州府通判，总管府衙政务，对完颜雍知遇之恩他心存感激，二人渐成知己。他见完颜雍主动向他征询，便道："飞虎岭地势险要，易守难攻，人马再多也难以展开，弄不好反会自相拥挤踩踏。不妨先对泰安反贼围而不攻，断其粮草外援，不用多久，便不攻自破。"

阿烈呼不以为然道："那要等到何时？在与泰安反贼交手时，我见好些人使的是木棍和农具，说明他们兵器十分短缺，只需多派人马，荡平草寇易如反掌！"

完颜雍略为沉吟："粮草和兵器显然是反贼之要害，当务之急是加紧搜缴民间私藏兵器，一可防止乡民持械谋反，与泰安反贼勾结呼应；二可防止有人将兵器偷运上山。除了多设关卡，还需多派人手，挨家挨户，严加搜查！"

十

从泰安返回四凤闸，辛赞祖孙俩步行回到家中已响过三更。此行对辛弃疾年轻的心灵产生了极大的冲击，虽然他没有看见泰安义军是怎样与金兵厮杀搏斗的，但目睹了那些坏蛋被义军杀得丢盔弃甲、呼爹叫娘的狼狈相，着实痛快无比。那一夜，睡梦中几乎全是义军和金军厮杀的场景，而他也加入其中，与那杀害父亲的完颜亮厮杀了整整一夜。

而辛赞却是一夜没有合眼,在返回途中,远远看见从泰安败下阵来的金军残兵败将,他的心中既兴奋又激动——能将这么多金军击败,这股义军决非一般的乌合之众。沉寂已久的中原大地如一堆干柴,就差这么一点火星。只要不畏强敌,众虎同心,必将成为燎原之势,驱除鞑虏,雪耻复仇,山河一统,指日可待。他辗转难眠,一夜苦思,总觉得自己应该为义军做点什么。

而少夫人这一夜却噩梦不断,时而梦见丈夫被乱箭穿身,满身血迹;时而又梦见年迈的公公被金兵吊在树上打得死去活来;接着又梦见无数金兵冲进家中来抓儿子辛弃疾,她拉着儿子东奔西逃,四处躲藏……被噩梦惊醒之后,她大汗淋漓地躺在床上再也不敢入睡,心想这祖孙俩有一出没一出地折腾,早晚会招来祸端。昨夜祖孙二人从泰安脱险回家后,她越想越感到后怕。得想个什么法子让儿子待在家中好好读书,不能再跟着老爷子到处乱跑了,不然迟早大祸临头。她就这么在床上折腾了一宿,一早便敲响了公公的房门。

辛赞一夜无眠,他找出一幅点线交错的图帛,放在灯下时而细看,时而沉思。这是二十年前他筹划抗金盟会起兵攻打济南时,多次冒险混入济南城中刺探金军的兵力部署绘制的济南城防地势图,图中对街道、官衙、兵营、粮仓、马厩等都做了详尽标注。只可惜尚未起兵盟主便遭暗害,抗金盟会因内乱而灰飞烟灭,这幅地图也闲置至今。如果对济南城防再作探察,重绘一幅新图,也许会对将来壮大后的泰安义军有用处。想到这里,老人家心底涌起一股激动之情。

听到敲门声,辛赞急忙收好地图,轻轻咳嗽了一声。孙英听到咳嗽声,知道公公已经起床,便推开房门,满面笑容地走进兼作卧室的书房。辛赞见到儿媳妇满面笑容,不免感到好奇,便问道:"英子,何事这么高兴?"

孙英道:"爹,有件事想与您老商量商量。"

辛赞道:"瞧你如此高兴,一准是好事,快坐下说。"

"我打算为幼安说一门亲事。"孙英一直用幼安这个名字。

辛赞道:"说亲?确是好事。弃疾已近弱冠之年,是该成家立业了。"

孙英道:"可不是嘛,您老早过花甲,也该抱重孙了!"

辛赞朗声大笑道:"早就想了。快说说相中哪家姑娘了?"

孙英道:"除了鹊儿还能有谁?"

辛赞一听是寒鹊,正中下怀道:"好呀,与我想到一处去了。两人青梅竹马,两小无猜,两家也很是投缘,我这两天便抽空去向子美正式提亲,尽早把鹊儿娶过门!"

孙英见公公也很赞同这门亲事，便高兴说道："那媳妇这就去准备聘礼，虽然两家过往甚密，礼数总不能少。"将寒鹃娶过门，儿子自然会成天与娘子厮守，公公也不好意思再带着孙儿满世界乱跑，免去许多祸端，这是她昨夜在床上折腾了一宿想出的办法。

"好好好，还是你这个当婆婆的想得周全。"辛赞高兴地频频点头，儿媳妇过门至今，他还是头一次当她的面这么夸奖她。

十一

池塘里的荷花相继开了不少，贴在柳枝上的知了正此起彼伏地吟唱着，一只杜鹃飞过柳梢，低声啼鸣。

荷塘畔石桌前，寒鹃素手抚琴，和泪吟唱，辛弃疾倚树而立，长箫相和。琴声幽咽，箫鸣音喑，歌吟如泣：

啼鸟还知如许恨，料不啼清泪长啼血！谁共我，醉明月？

歌罢曲终，二人意犹未尽，沉浸在词意之中。

"你俩今天唱的是哪一出呀，什么事情让你们如此悲伤？"党怀英不知什么时候走了进来，不解地打量二人，又莫名其妙地从石桌上拿起一页素笺，略为浏览，苦笑道，"唉，南北分界已经三十余年，南宋朝廷除了向金人媾和纳贡，还有何作为？而你除了感发几句空洞嗟叹，又能如何呢？"

辛弃疾回过身来道："无论何时何地，都不能忘记我们是炎黄子孙，大宋臣民！难道你不再是大宋臣民了？"

党怀英放下词笺，淡然一笑道："可是你我一出娘胎，这里就已经是金人天下。南宋朝廷早将这半壁河山和中原遗民忘了，人家皇帝自己都不伤心，你们伤心何来？"

寒鹃道："可我们的亲人死在金人手上，我们过着无国无家无自由的日子，能不伤心吗？"

杜鹃鸟又飞了回来，落在柳树上，啼声凄切。"去去去，别在这里惹鹃妹伤心了！"党怀英拾起泥块抛向树梢轰走杜鹃，然后走近寒鹃柔声劝慰，"我说寒鹃妹妹，你别整天跟着辛弃疾这么忧郁悲切,庸人自扰,这样很快就会变成老太婆的。来,听听我新作的一首田园诗。"随即摇头晃脑吟诵起来,"雨前花间蕊,雨后叶底花。蜂蝶过墙去,春色到谁家?喜欢吗?"

辛弃疾神情伤感地道:"蜂蝶过墙,春色人家,诗情画意,美不胜收,既无刀兵之祸,也没有离乱之苦。请问,这是我们的河山,这像我们的家园吗?"

寒鹃一扬手中词笺道:"我只爱读弃疾哥哥的词。"说毕有意提高嗓音,深情吟诵,"啼鸟还知如许恨,料不啼清泪长啼血!谁共我,醉明月?"

范邦彦正好走出书室,听到寒鹃的吟诵,欣然赞叹:"'谁共我,醉明月。'好句呀!"

寒鹃将词笺呈给范邦彦道:"爹,这是弃疾哥哥刚写的。"

范邦彦浏览词笺道:"沉郁悲凉,情融意合,可惜只有这么几句……"

辛弃疾忙道:"弃疾方才听到杜鹃的鸣叫声,不由得想起杜鹃啼血的典故,联想到家仇国恨,一时伤感,便冒出了这么几句,让老师见笑了。"

范邦彦道:"这应该是一阕《贺新郎》的词牌韵节。"

辛弃疾道:"触景生情,不过仅得此几句,全篇尚无着落,还望老师开导。"

范邦彦语意深沉地道:"山河一统,亲人相聚,共醉圆月之下。如此美妙的意境和夙愿,也许会用你一生的凄厉悲壮才能去写成……"

辛弃疾神情激动地道:"老师说得是,弃疾愿用一生去写成它!"

"无病呻吟!"党怀英不以为然地走到一边。远处传来杜鹃凄泣悲切的鸣叫,范邦彦仰望苍穹,百感交集,禁不住老泪潸然地道:"啼鸟还知如许恨,连鸟儿都懂得仇恨与悲伤,深仇大恨,奇耻大辱,何时能雪?"

辛弃疾的小伙伴二猛急奔而入,气喘吁吁道:"范先生,金兵……金兵又来搜查兵器了!"

寒鹃诧异道:"前几天不是刚搜过吗,怎么又要搜查了?"

辛弃疾道:"完颜亮那狗贼是被铁血会吓怕了,他以为搜光兵器,便无人杀他了!"

二猛道:"这回搜得更严,还抓了不少人呢!"

范邦彦神情担忧地让学生们各自赶快回家,见辛弃疾一动不动,便催促道:"今天不上课了,弃疾,你也快回家去吧!"

"我才不怕呢。老师,鹃妹,有我在,你们也不用怕!"辛弃疾重重地摇头,说什么也不肯离开。

听到风声的庄户早早地藏好带有铁器的家什农具,关门闭户不敢出来。庄西头刘记铁匠铺内,年近花甲的老铁匠刘旺将一铲沙土抛入炉膛,压灭了火苗。旁边一个年近三十、满脸络腮胡子的汉子忙着将打铁工具装进麻袋,他便是泰安义军中的二头领马全福。因出身铁匠,他便专程下山四处召集铁匠上山为义军打造兵器。老铁匠刘旺是他父亲的师兄,听说是为义军打造兵器,当即灭火封炉,收拾家什准备上山。

看到刘旺灭火封炉,马全福心存歉意地道:"刘旺叔,让你把这座烧了几十年的火炉封了,实在对不住您老。"

刘旺豪爽一笑道:"封便封了,往后就在你们义军寨中重起一座大炉。"

马全福道:"到时候,一座大炉恐怕也不够用呢!"

刘旺也道:"那倒是。全福,你约的其他铁匠何时能到?"

马全福道:"都说定了,天黑前在柳庄小树林会齐,趁夜抄小路进山。"

院门突然被一脚踢开,图热黑率领几名金兵闯入,"是个铁匠铺,给我仔细搜!"他一眼看到长得五大三粗的马全福,一脸怀疑,"你是什么人?"

马全福毫无惧色地道:"走亲戚的,不行呀?"

刘旺急忙上前解释:"将军,这是我侄儿,柳庄的,来帮忙搬点东西。"

图热黑打开麻袋,取出一柄铁锤道:"就搬这些?"

刘旺连连点头道:"对对,这里用不上了。"

图热黑扔下铁锤,狡黠一笑道:"泰安山上用得上吧?来人,绑了!"

两名金兵猛扑过来,尚未靠近便被马全福打倒在地,图热黑拔刀便砍,马全福闪身躲过,抓起铁锤回击。刘旺也挥舞铁铲,与其他金兵杀成一团。外面金兵闻声赶来,围住二人厮杀。

马全福一边与图热黑厮杀,一边大喊:"刘旺叔,你快走!"

刘旺一铲砍翻两名金兵,大喊:"你先走,别管我!"

马全福道:"不行,要走一起走!"

刘旺靠近马全福,急切说道:"说什么屁话,再不走谁也走不了了,别误了大事!"说毕一掌推开马全福,从炉中铲出通红的炭渣朝金兵们撒去,金兵们惊叫着纷纷后退,四散躲避。

马全福趁机一跃而起,攀上后墙,图热黑大叫:"放箭,放箭!"马全福刚上墙头,一箭飞来,射中左腿,摔下墙外。

图热黑将刘旺一刀砍翻,领着金兵追出门外。

腿负箭伤的马全福逃进一条狭窄的小巷,见金兵在后紧追不舍,急忙闪身攀上一棵柳树,跳入一户院墙。

十二

范邦彦待党怀英、二猛离开后,蹙眉思索,愈感不安。"鹃儿,去把院门关上,在这里看着点。"随即他领着辛弃疾走进屋内,从床下拖出书箱,取出一个布包,"弃疾,你听说过吴钩吗?"

辛弃疾点点头道:"听爷爷讲过,吴钩是吴王夫差的佩剑,不仅是王权的象征,更是吴国的镇国之宝!"

范邦彦手抚布包,神情严肃地道:"这便是吴钩。"辛弃疾将信将疑,打开布包,一柄宽大的剑鞘出现在眼前。他从剑鞘中抽出一柄其形似刀,剑尖带钩的利刃。

范邦彦道:"此剑是一把亡国之剑,也是一把复仇之剑。当初吴国被越王勾践用计破城之后,吴王夫差便用此剑自尽而亡。他手下一名叫子卜的侍臣为不让吴钩落入敌手,便带着它混在难民之中逃出城外,并以此剑号令百姓奋起抗敌,收复国土!"吴钩的传奇来历,让辛弃疾听呆了。范邦彦接着说道:"吴钩不仅剑形奇特,锋利无比,更为神奇的是,一旦练成人剑合一,每遇紧急敌情,此剑便会在匣中鸣吼,催人亮剑杀敌!"

辛弃疾凝视吴钩,称奇不已,问道:"如此奇珍,为何会在老师手里?"

"那位藏剑的子卜便是先祖。"范邦彦满脸自豪,"为了保住神剑,先祖隐姓埋名,潜匿民间,将此剑世代相传。谁知秦桧老贼不知从何处探听到吴钩之秘,便令其门徒汤思退硬逼软磨,要我父亲交出吴钩。我父亲不从,死于老贼酷刑。我得到消息,便带着吴钩和妻女连夜逃往邢州,谁知不久邢州沦陷,鹃儿母亲也被金兵杀死。后来我们流落到山东,多亏遇上你爷爷仗义相助,才在历城安下身来。"

辛弃疾不胜感慨地道:"想不到这吴钩有如此惨烈的经历。老师一门世代忠义,无人可比。"

寒鹃突然推门而入,神色慌乱地道:"爹,外面来了好多金兵!"

范邦彦略一思索道:"弃疾,你快带上吴钩,从鹃儿内室后窗出去,到松树林里避一避。"

辛弃疾担忧道："老师,可我不放心你和鹃妹……"

屋外传来擂门之声,范邦彦催促道："快去吧,保住吴钩要紧,外面我去应付!"

辛弃疾收起吴钩避入室内,正欲翻越后窗,却又放心不下,返身隔着前窗朝院内窥视。

图热黑率领几名金兵踢开院门,闯入院内,横眉怒目地斥道："老东西,大白天关着门干什么?"

范邦彦强作笑脸道："害怕,有些害怕。"

"怕,怕是心中有鬼吧?搜!"图热黑一声冷笑,来到内屋门前。

范邦彦慌忙挡住房门道："这是小女闺房,多有不便。"

图热黑推开范邦彦,一脚踢开房门。室内门后,辛弃疾屏住呼吸,紧握吴钩,准备拼命。寒鹃上前挡在门口道："不能进去,女人的房间不能随便进!"

图热黑上下打量着寒鹃,一脸淫笑道："啊,小美人,是你的房间?那一定很香啊,就陪本将军一道进去吧!"他拉住寒鹃正欲进屋,远处传来一阵追赶喊叫之声。一金兵奔入院内报："将军,那个受箭伤的铁匠就在附近。"

"快追!"图热黑在寒鹃脸上摸了一把,"小美人,你让本将军快走不动路了,好好在家等着!"随即转身领着金兵们朝院外奔去。

范邦彦关好院门回到室内,抹去额头冷汗,从辛弃疾手中拿过吴钩凝视良久,百感交集,心情沉重地道："弃疾,你文思敏捷,笔锋遒劲,日后也许会以词文名世。只可惜如今国土沦亡,金瓯伤缺,此时此刻,需要的不仅是诗人墨客,更需要横刀跃马的猛将勇士。"他捧剑在手,神情严肃,"这把复仇之剑,不能再让它长期埋没了,应该是它出鞘的时候了。弃疾,为师希望你将来能以豪壮词文激励国人抗金斗志,用这把复仇之剑收复失地,重振河山,复我金瓯!"

辛弃疾单膝跪地,神情凝重,双手接过吴钩。此时此刻,他激动难言,周身热血沸腾。他心中明白,自己接下的不仅是一柄复仇的吴钩,更是接下了中原父老收复失地、重振河山的愿望与重托。他带着吴钩,翻出后窗,避开搜查的金兵回到家中。

当辛赞拔出吴钩的一刹那,这位驰名中原的剑术高手,见多识广的老江湖被震惊了。他凝视良久,连声称奇："果然是天下少有的神器!这个范邦彦,当初来历城之时,我就觉得他心里藏着什么事,这么多年,也真是难为他了。"

辛弃疾突然发现剑鞘两面分别刻着四个古篆小字,合起来是"剑影刀光,开天劈地":"爷爷,你看,这剑鞘上还有八个字!"

辛赞注视着剑鞘的篆字,思索道:"这八个字应该是吴钩剑诀!"

辛弃疾问:"爷爷,这八字剑诀应该怎么解?"

"既为剑诀,自然玄奥无穷,得靠你自己参悟。只有参悟透了,方能人剑合一,得心应手,出神入化!"辛赞捋须一笑,吩咐孙子将吴钩包上送到他母亲房中藏好,并再三叮嘱,为了神剑安全,也为了辛氏一门的安危,万万不可向外人泄露半点。

辛弃疾包好吴钩刚刚离去,长忠匆忙奔入道:"老太爷,有人翻墙进了后院。"辛赞大吃一惊,急忙跟随长忠来到后院,发现一个壮汉靠墙斜躺,腿带箭伤,血流一地,昏迷不醒。此人正是马全福,他摔下墙后,因失血过多,昏厥于墙下。

"听说金兵在到处追捕一个身中箭伤的铁匠,莫非是他?"辛赞伸手在马全福鼻尖前试了试,让长忠扶起马全福靠墙坐稳,按住他左腿,将箭头拔出。马全福大叫一声,再次昏厥。辛赞在伤口处敷上金创药,并以凉水喷他的头。马全福惊醒过来,睁开双目,一脸疑惑,警惕地问道:"你们是什么人?"

辛弃疾端上茶水,热情地说:"这位大哥,先喝口水,金兵已经走了,没事了!"

马全福接过茶碗,目光警惕地问:"你是谁?"

辛弃疾朗声应道:"我叫辛弃疾。"

"多谢了,辛兄弟。这里是哪儿?"马全福依然警惕四顾。

"放心吧,这里是辛家大院。"长忠指着辛赞说道,"这位便是辛老太爷。"

辛赞微笑道:"没伤着骨头,养息十来天就好了。"

马全福脸色突变道:"辛老太爷?哪个辛老太爷?"

长忠道:"历城还能有几位辛老太爷?"

马全福猛然站起,双目圆睁道:"这么说你就是辛赞,用暗器伤人的辛赞?!"

长忠脸色一沉道:"你胡说什么?"

辛赞一脸迷茫道:"你是?"

马全福激动地说:"还记得当初死在你暗器之下的马大锤吗?我就是他儿子马全福!"

辛赞一惊道:"你,你真是大锤的儿子?"

马全福一声冷笑道:"你不知道我,我可知道你,你这个卑鄙小人!"

辛弃疾忍无可忍地道:"住口,我爷爷好心给你治伤,怎么反倒出口伤人?"

马全福将茶碗一摔,"出口伤人?我可不会暗器杀人!"他推开辛弃疾,拉开后门,回过头来,一脸杀气,"总有一天,等我找到铁证,一定会来找你们算账!"说完掼门而去。

辛弃疾满脸狐疑地问道:"爷爷,那马全福的父亲到底是什么人?"

孙英不安地道:"爹,我看那马全福一脸杀气,可得当心呀!"

辛弃疾见爷爷来回踱步,一言不发,便疑惑地问道:"莫非马全福所言是真的?"

辛赞神情酸楚地道:"你看爷爷是那样的人吗?那是在二十年前,山东、河南一带武林各派约齐在灵岩寺聚会,商讨抗金方略,并推举一名盟主,就是马全福的父亲马大锤。可是就在当天夜里,马大锤身中毒镖,不久便死了,而这支七星镖正是我丢失的两支中的一支。我是百口莫辩。好在当夜我与老方丈灵空大师秉烛畅谈,中途也未曾离开半步,才算是洗脱干系。"

辛弃疾问:"抗金盟会呢?"

辛赞道:"江湖上传言我因与马大锤争夺盟主暗下毒手,抗金盟会也因此未战自散,我也从此退隐江湖。"

孙英神色忧虑道:"爹,范先生把吴钩传给了幼安,万一被金人查到,不仅有负范先生重托,还会给辛氏一门带来大祸呀!"

辛弃疾道:"娘,你不用担心,我会用吴钩把那些金兵全都杀光,为爹报仇!"

"尽说胡话,你爹要是不去刺杀什么金兀术,也不会……"孙英抱住儿子,泣不成声,"你要再有什么三长两短,叫娘怎么活呀?!"

辛赞神情凝重地道:"孩子,记住,报仇之事,不须放在嘴上,更不能仅凭血气之勇。有时候需要的是忍耐和等待,多向你老师学学。"

"明日一早,跟娘去灵岩寺烧香请愿,求佛祖保佑我们一家平安吧!"孙英心绪难宁。今日一大早,她坐着长忠的牛车到历城买了一应提亲的聘礼,还买了一匹大红绢帛,准备为儿子和寒鹃做一身拜堂时穿的喜服。谁知一回到家里,却遇上金兵收缴兵器,接着又是儿子把吴钩带回家中,马全福上门寻仇。接下来不知还会发生什么事情,她越想越害怕,别无他法,只有去灵岩寺祈求佛祖保佑了。

十三

灵岩寺深藏于泰山北麓灵岩山半山之间,始建于东晋,盛于唐宋。山中岩幽壁峭,柏檀叠翠,泉石灵秀,胜景层出。辛赞曾常来寺中焚香拜佛,与寺中已故方丈灵空大师意趣相投,甚为交好。

得知辛家少夫人来寺进香,现任住持义端率领僧众来到山门外迎接。辛家与灵岩寺佛缘深厚,又是寺庙捐资大户,他自然不会怠慢。义端四十出头,体格壮硕,声若洪钟,因在临沂老家酒醉伤了人流落到灵岩寺,半路出家在寺内当了和尚,寄身寺中。灵空见他武功出众,勤恳好学,便收他为徒,并将祖传劈地刀法传授与他。灵空圆寂后,他便顺理成章成为寺庙住持。辛弃疾跟爷爷常来寺中,与义端厮混得甚熟。义端十分喜欢辛弃疾,一心想收他为徒弟,辛赞却一直托词婉拒:其一是辛家开天剑术必须保持流派纯正,不能掺入任何杂套野路;其二是义端好胜斗强,武德欠缺,难为人师。

义端将孙英母子让进山门,径直来到大雄宝殿。待孙英捐罢功德,敬过香烛,义端便先行告退,去伙房安排斋饭。

因为战乱,灵岩寺香火冷落,大雄宝殿年久失修,不仅门窗破损,光亮昏暗,就连大殿上的三尊佛像也是金身失色,斑驳凋零。由于香资拮据,高坐正中的佛祖释迦牟尼身上有好几块破裂处都只能用黄泥修补,而肃立在他左右的两位得意弟子迦叶尊者和阿难尊者更是全身补丁叠缀,极显穷酸,尤其是右侧的阿难尊者,胖脸上用石灰捏补的大鼻子看上去格外滑稽。

孙英只想独自静心诵经,对辛弃疾说了一句"你自己玩去吧",便心情忧郁地在佛祖面前跪下,闭目诵念起她百诵不倦的《多心经》。

灵岩寺中有两个辛弃疾最喜欢的去处:一处是灵岩山顶上八角九层的辟支塔。塔高十丈,柱地擎天,伟岸雄奇。每次登临,凭高俯瞰绵延的群山,他都禁不住意气风发,胸襟浩然。另一处则是千丈峭壁下依山就势、飞檐斗拱的千佛殿。殿中五百尊罗汉神态各异,栩栩如生。小时候,每次来寺里,爷爷都要带他到千佛殿里数罗汉。但每一次数出的结果他都不满意,数到的罗汉不是愁眉苦脸就是老态龙钟,甚至有一次还数到一位拄着拐杖的跛子。十二岁那年,他选定一位慈眉善目的罗汉为起点,按年龄数到十二,当停在一位罗汉前,他兴奋地笑了。眼前的这位罗汉高大威猛,健硕有力,手托镇妖法器,脚下还踏着几个面目狰狞的魔鬼。灵空长老告诉他,这位佛陀名叫降魔罗汉,又名大力尊者。因这位佛陀在菩提树下悟道入定时,惊动了周围的诸凶魔鬼,恶魔们害怕佛陀得道后,它们将不能再为所欲为,于是群起而攻之。恶鬼们或口吐长舌,或双目喷火恐吓,或变作虎豹豺狼狂声怒吼,罗刹女鬼幻化成美色相诱,魔王波旬挥舞刀剑威逼,然而佛陀均不为所动,以神力将诸魔镇伏,被佛界尊为大力尊者。从那一刻起,这位大力尊者便成了辛弃疾供奉在心中的真神。

从千佛殿出来,辛弃疾听见阵阵呐喊之声,便循声来到辟支塔下,只见义端正领着十数个和尚练功习武,便在一旁驻足观看。义端见到辛弃疾,便走了过来招呼道:"幼安,怎么不陪你母亲念经呢?"

辛弃疾笑了笑道:"让她慢慢念吧,我来看看你们练武。"

义端问:"对了,你的辛家开天剑术练得如何了?"

辛弃疾神情沮丧地说:"金兵将兵器全搜光了,拿什么练?"

义端回身喊道:"取剑来!"

小和尚空净取来一柄长剑,辛弃疾接剑在手道:"大和尚,请多指教!"随即拉开架势,挥剑起舞。义端一旁看得连声叫好,一时兴起,取过劈地戒刀,与辛弃疾刀剑对舞。十数回合后辛弃疾渐渐不支,最后被义端以刀封喉,动弹不得。义端拍拍辛弃疾肩头笑道:"承让承让,这辛家开天剑术果然名不虚传,只是你根基太嫩,自然敌不住俺这劈地刀法!"

辛弃疾似被触动,好奇地问道:"大和尚使的是劈地刀法?"

"你们辛家开天剑术以柔克刚,俺的劈地刀法却是以刚制柔。据说当初你家老爷子曾与灵空大师刀剑切磋,你们辛家的开天剑竟然略胜一筹。柔乃阴,刚为阳,俺相信阳终会克阴,刚终会制柔的。"义端诡谲一笑,话语中有明显的不服与挑衅。

"这劈地刀法的确威力无比,刚猛异常!"辛弃疾突然想起吴钩"剑影刀光,开天劈地"的八字剑诀,似有所悟,暗自思忖:吴钩其形如剑似刀,莫不是应该将一种刀法与剑术融合化一,方是吴钩之魂?想到这里,他心中一喜,情难自禁地喊了一声:"太妙了!"

义端见辛弃疾神思不定,正奇怪时,又突然听他没头没尾地冒出一句"太妙了",更加莫名其妙地道:"什么太妙了?"

辛弃疾说道:"大和尚,我想跟你学劈地刀法!"

大和尚大惑不解,他一直想找到一名合适的人将劈地刀法传承下去,可寺中那帮小和尚都未能入他法眼。他曾听师父灵空方丈说辛弃疾有青咒之相,日后必成大器,便一直想收其为徒,一是劈地刀法可得以传承,二是此子日后若真能成大器,师为徒尊,在江湖上将是何等荣耀。但他多次在辛赞面前提及此事,却未得老爷子首肯。今天辛弃疾主动提出要学劈地刀法,他自然万分高兴,但嘴上说:"怎么突然要改学劈地刀法了,老爷子可最担心将他的开天剑术弄岔了。"

"岔不了,回头我还要将十八般武艺全都学会呢!"辛弃疾找了一个很是得体的理由,"大和尚不愿意?"

"有啥不愿意的?"义端爽快答道,接着又故作勉强,"既然你真心想学,俺只好收你为徒了!"

辛弃疾无暇多想,当即跪地参拜:"师父在上,请受小徒一拜!"

"徒儿快起,哈哈……"义端伸手扶起辛弃疾,开怀大笑,"从今日起,俺就单独传授你劈地刀法!"

十四

辛弃疾随母亲去了灵岩寺后,辛赞也早早来到仰啸学馆,完成儿媳妇交付的重托。

石桌前,范邦彦正独自抚琴,神情凝重,一曲《平沙落雁》在他手指间如行云流水般飘逸而出。辛赞趋步而入道:"子美今天好雅兴。"

范邦彦起身拱手施礼,欠身让座道:"前辈几天未来与我琴箫相和,只好独自闲弄一曲。弃疾怎么没来?"

辛赞道:"今天一大早陪他母亲去灵岩寺烧香拜佛去了。"

范邦彦心中略微一怔,语含歉意地道:"唉,昨日一时情急,顾不上多想。待弃疾将吴钩带走之后,晚辈又后悔万分,不该将此危险之物带到府上。"

辛赞摇动双手道:"哪里哪里,先生一门世代忠义,高风亮节,实为人之楷模。弃疾这孩子能受此殊荣,也是他的造化。你莫非是放心不下?"

范邦彦忙道:"岂敢岂敢!辛老前辈一世英雄,胸襟胆魄令世人敬重。弃疾虽说年少,却心志高洁,赤诚无二,且胆识过人,晚辈一百个放心!"

辛赞心存感激地道:"弃疾有如此长进,都是子美先生心血所至啊!"

范邦彦道:"前辈谬赞了,与其说晚辈是将平生所学传授与他,倒不如说是从他身上找到一种寄托,看到了一线希望。这把埋没了许久的复仇之剑,也许该是出鞘的时候了。"

辛赞感慨万端地道:"是呀!真能如此,也算不负你我此生梦寐之愿了!"

寒鹊端上茶水,四下寻望,问道:"爷爷,弃疾哥哥今天怎么没来呢?"

"陪他母亲到灵岩寺上香去了。"辛赞随即又逗趣说道,"呃,我说鹃儿,爷爷来了也不问个好,怎么开口就先问你弃疾哥哥呀?"

"爷爷!"寒鹃顿时两颊飞红,捂着脸跑开,引得范邦彦和辛赞一齐大笑起来。

范邦彦道:"这孩子,一天没见着她弃疾哥哥,就像丢了魂似的,哈哈……"

辛赞目送寒鹃离去的背影,略为沉吟道:"子美先生,我今天来,正是要与你商量孩子们的事。"

范邦彦道:"前辈何必客气,你我亲如一家,只管讲来。"

辛赞神情庄重地道:"鹃儿与弃疾青梅竹马,两小无猜。你我也是家境相似,志向相投。如不嫌弃,范辛两家不如早结秦晋之好……"

范邦彦道:"弃疾和鹃儿这两个孩子是我看着长大的,他们相亲相爱,情深意笃,若能结为伉俪,我是打心眼里高兴。再过两天,是鹃儿母亲的忌日,等忌日一过,你让少夫人前来提亲便是。"

辛赞大喜过望道:"如此甚好,如此甚好,昨日英子就已经将聘礼准备妥了!"

范邦彦兴奋地笑道:"你我皆非俗人,聘礼就免了吧,哈哈……不过,不妨让弃疾送一件定情之物,以证心迹便可!"

辛赞频频颔首道:"子美不愧风调高雅之士,一言为定,一言为定!哈哈……"

辛弃疾和母亲从灵岩寺回到家中已是掌灯时分。他高兴地向爷爷讲起拜义端大和尚为师和操练劈地刀法的事情。辛赞不由得一怔道:"你怎么想起跟义端和尚学刀法?"

辛弃疾问道:"爷爷,你知道大和尚的劈地刀法吗?"

辛赞道:"当然知道,是灵空大师传授与他的。他还说要用劈地刀法与开天剑术比个高低。这个和尚向来争强好胜,我也没在意。"

辛弃疾道:"我用辛家开天剑术和他的劈地刀法过了几招,没能赢他。"

辛赞道:"灵岩寺的劈地刀法也是武林中一门传世绝学,与辛家开天剑术江湖齐名,以你现在的功力当然非他对手。"

辛弃疾道:"对决之中,我感觉到劈地刀法刚猛有力,犀利刁钻,招招绝杀。而我们辛家开天剑术绵软藏锋,以柔化刚,巧伏杀机。二者刚柔相济,相克相生。如将开天剑术与劈地刀法融二为一,不正是暗合了'剑影刀光,开天劈地'八字剑诀吗?"

"对呀,八字剑诀还真让你悟出道道了!"辛赞不无赞赏地连连点头,"这八字剑诀看似简单,实则玄妙无穷。剑气刀风,合而为一,正是吴钩神剑之魂。品格风骨学你老师,劈地刀法学你师父,也算是相克相生吧,你这一趟灵岩寺倒也不虚此行!"

孙英走进书房道:"爹,瞧你祖孙俩凑一块不是剑就是刀的,提亲的事怎么样了?"

辛赞道:"还用问吗?子美比我还高兴呢!"

辛弃疾看着爷爷和母亲,好奇地问道:"提亲,给谁提亲?"

孙英道:"当然是给我儿子提亲,给我宝贝儿子娶媳妇呀!"

辛弃疾道:"娶媳妇?我不要!"

孙英问:"真不要?你都满十八了。"

辛弃疾道:"一百八也不要!"

孙英忍笑说道:"他爷爷,只好有劳你去向范先生把亲退了,让寒鹃另嫁他人吧!"

辛弃疾一听,急得一下跳起道:"娘,你怎么让鹃儿嫁给别人呢?"

孙英道:"你不是不娶媳妇吗?"

辛弃疾神情急切地道:"要娶要娶,我只娶鹃儿做媳妇!"

辛赞一旁大笑起来道:"傻孩子,你娘要你娶的就是鹃儿!"

"真的?谢谢娘,谢谢娘!"辛弃疾高兴地向母亲连连作揖。

"谢倒不必,别娶了媳妇忘了娘就行了!"孙英将手中一块红色绢包小心翼翼地打开,露出一块佩玉,其形浑圆,状如日月,晶莹剔透。

辛弃疾问:"这是什么?"

"这是日月清玉,我们辛氏传世之宝!"辛赞神情庄严,"此玉是辛氏的一位曾祖跟随霍去病征讨匈奴时所获,虽不过是一块无甚价值的和田璞玉,但被辛氏历代视作一件驱除敌寇的佐证之物,是辛氏一门的殊荣。"

孙英道:"明天正好是鹃儿的生辰,把日月清玉带去亲手送给鹃儿,一是生辰贺礼,二是定情信物。"

"这一殊荣代代传承,如今传给你们了。"辛赞捋须微笑,语意中充满豪迈和欣慰。

辛弃疾凝视着手中的日月清玉,激动万分,恨不得立刻到仰啸学馆,把日月清玉交到鹃儿妹妹手中……

那一夜,他失眠了。

十五

　　轻弦慢抚眸凝愁。情忧忧,意悠悠。藕莲相思,韶华为谁留？寂寞野塘烟柳处,花零落,泪空流。　　几番苦雨云鬓秋,雁声收,月牙钩。梦里心思,残夜数更漏。万缕千丝梳还乱,曲方尽,恨无休。

　　仰啸学馆内,一阵琴声歌吟在荷塘上空婉转飘萦,争相盛放的荷花在如泣如诉的低吟浅唱中随风曼舞。这是寒鹃一夜苦思酝酿的一阕《江城子·荷怨》。今天,她要把这埋藏已久的心曲唱给她的弃疾哥哥听。

　　辛弃疾一早出了门,怀揣着祖传宝贝兴冲冲地来到仰啸学馆。未近院门,便听到从院内飘出寒鹃轻柔甜润的歌吟声,他停下脚步,隔着院门静耳聆听,这每一句词意,每一个音符,仿佛都正在拨动他的心扉,浸入他的血液。

　　歌吟和琴弦的余音随着清凉的晨风缓缓远去,融化在池中的花叶之间。曲已终,意未尽,门内门外两个有情人仍然沉醉在歌吟的意境之中。

　　一声杜鹃的鸣叫将两个痴醉的情人惊醒过来。寒鹃一眼看见站在门外的辛弃疾,便起身迎了出去,问道:"弃疾哥哥,你怎么不进来？"

　　"鹃儿,我,我……"辛弃疾一路上已经想好,如何向寒鹃敞开心扉,如何述说心中久藏的倾慕之情,此时话到嘴边,舌头却不听使唤,憋得满脸通红。

　　寒鹃有些好奇地道:"弃疾哥哥,你今天怎么啦,说话吞吞吐吐的,脸红得像个小姑娘。"

　　辛弃疾努力让自己平静下来,从怀中取出日月清玉,双手捧上,道:"寒鹃妹妹,今天是你的生辰,祝福你快乐安康,长命百岁！"

　　寒鹃接过洁白无瑕的日月清玉,惊喜道:"好美呀！弃疾哥哥,谢谢你！"

　　辛弃疾说道:"这叫日月清玉,是我们辛家的祖传之宝。我娘说你已经满十六了,给你戴着避邪护身。"

　　寒鹃不解地问道:"你家的祖传宝物,怎么能给我呢？"

　　辛弃疾鼓足勇气,神情率真地道:"我娘说,娘说……你就要成辛家的媳妇了！"寒鹃一下羞得两颊通红,双手捂着脸背过身去,凝视着手中的日月清玉,眼中溢出幸福的泪花。

辛弃疾道:"鹃儿,刚才我听到你吟唱的词了。"

"真的?"寒鹃转过身来,向辛弃疾投过一道深情的目光,低声呢喃,"写得不好,只是把久藏的心曲吟唱出来……"话未说完,红着脸低下头去。

"写得真好,我想要说的也都在你的词中了……"辛弃疾看着一脸娇羞的寒鹃,想着眼前这心爱的女子马上就会成为自己朝夕相处的娘子了,一股热流顿时涌遍全身,他真想上前将可爱的鹃儿紧紧地抱在怀里……

"二位好早呀!"院门开处,党怀英一身胡服,风度翩翩地走进来,他额顶秃亮,脑后发辫飘拂,见二人相挨低语,醋意顿生,"呵,今天又箫瑟相和什么好词呢?"

辛弃疾和寒鹃同时一怔。寒鹃一脸惊诧道:"你,你真的剃头啦?"

党怀英坦然一笑道:"剃了,我决意去燕京参加京试大考,还要去夺第一名呢。弃疾,你也得去呀!"

"要去你去吧!"辛弃疾一脸冷淡,走到一边,不再理睬。

党怀英板起面孔道:"弃疾,你怎么如此迂腐? 现在大金皇帝已经下了诏书,准许汉人学子到燕京参加京试大考,我还听说遵从胡人习俗,剃发留辫应考者,将优先录用!"他见辛弃疾和寒鹃不再搭理他,无趣地走到荷塘边上,目光跟随着两只正在交尾的蜻蜓,他忌妒地拾起一块石头,朝两个缠绵的情侣狠狠砸去。

范邦彦走进院门,一眼看见池畔党怀英的背影,不禁一惊道:"怎么有个胡人在那儿,是谁呀?"

党怀英转身上前欠身一笑道:"老师,是我呀,怀英呀!"

"怀英?"范邦彦极为震惊,"你真的要穿着这一身腥膻去燕京考试?"

党怀英道:"学生以为,在老师这里学得的满腹经纶总该有所用,有所为……"

"可你还有读书人的风骨气节吗?"范邦彦色呈愠怒,瞟了一眼党怀英光秃的前额,一声长叹,不再理他。

一阵传喝声从外面传来:"大金国完颜雍王爷驾到!"院门外,完颜雍布衣素服,在地保王麻子的引导下款款而入,紧随其后的是阿烈呼和沽必汗。众人不由得一惊,范邦彦压低声音:"鹃儿,先回房去,千万别出来!"寒鹃转身避入内室,关上房门。

完颜雍来到范邦彦面前,彬彬有礼地问道:"这位一定是范先生了?"

范邦彦惊疑稍定,表情平淡地道:"素不相识,不知有何见教?"

完颜雍极显谦和地道:"在下大金国济南留守完颜雍,特来登门造访,敦请范先生出山做官参政,为我大金国效力。"

范邦彦不禁一怔,稍作沉吟,淡然答道:"在下区区一山野村夫,不会做什么官,也不懂什么政,还是另请高明吧!"

完颜雍和缓一笑,悠然踱步,环顾四周,赞赏不已道:"杨柳依依,荷花亭亭,范先生这里颇有几分江南景色呀!"他见范邦彦毫无表情,继续说道,"得知范先生满腹经纶、才学出众,在下十分仰慕,请不必推辞。"

沽必汗一旁劝道:"雍王爷是我大金皇帝的堂弟,励志推行科举新政,准许你们汉人学子进京科考,破格提拔像范先生这样的饱学之士做官参政。对范先生来说,这可是绝好的机会啊!"

范邦彦不卑不亢地道:"在下无德无能,才疏学浅,恕难从命。"

完颜雍雍容一笑,踱到石桌前,随手拨响琴弦,软中带硬地道:"先生如此断然推诿,实在是不给面子了!"

阿烈呼怒目上前斥道:"老东西,别不识抬举!"辛弃疾上前护住范邦彦,阿烈呼举鞭便抽,辛弃疾抬手接住,二人各执一头,互不相让,一阵僵持,辛弃疾突然松手,阿烈呼倒退数步,险些摔倒。院门外,二猛和苦生等后生哄然大笑。阿烈呼恼羞成怒,拔刀欲砍,完颜雍扬手止住,"在范先生面前,休得无礼!"转身走近辛弃疾,和善地问道,"小小年纪,有胆量!叫什么名字?"

辛弃疾毫无惧色地道:"辛弃疾!"

"辛弃疾?好一个不同凡响的名字!"完颜雍颔首称赞,"给你起名的人也一定非同寻常!"

辛弃疾一脸自豪地道:"我爷爷起的,要我弃己之疾,弃天下之疾!"

王麻子上前介绍地道:"他是辛赞辛老先生的孙少爷,也在范先生这里读书。"

完颜雍一脸欣喜:"啊,原来尊祖父就是中原剑术高手辛赞老先生,难怪难怪,本王已去拜访过他了。"随即转向范邦彦,语气逼人,"范先生,连辛赞老先生这等名震中原的人物都将与我大金合作,你还有什么架子放不下的呢?"

沽必汗拉下脸色道:"范先生,你可知道,违雍王爷之请便是违大金国皇帝之命!"

众金兵一齐捉刀在手。党怀英忙上前朝完颜雍打躬赔笑道:"王爷请息怒,请息怒,尊师性情一向清高率直,别无他意。"

完颜雍回过头来,朝着党怀英一番打量,问:"你是何人?"

党怀英躬身施礼道:"在下党怀英,在范先生门下就读。"

完颜雍道:"你剃头啦?"

党怀英回道:"在下去年在乡试、州试均考得头名,正准备前往中都参加京试,所以……"

完颜雍点头微笑道:"好,好,年轻人,只要真心归顺大金,前程无量!回头劝劝你的老师。"他随即转向范邦彦,"范先生,你的学生可比你识时务呀!请好好想想,明日由阿烈呼将军代我登门相请!"说毕转身踱出院门。

阿烈呼走到辛弃疾身边,语含挑衅地道:"记住,我叫阿烈呼!"

辛弃疾报以蔑笑道:"你也记住,我叫辛弃疾!"

"咱们的账,改日再算!"阿烈呼晃了晃手中的马鞭,傲然离去。

完颜雍突然登门,让范邦彦惊愤交集,方寸大乱。他在石桌前颓然坐下,拨动琴弦,将满腔忧愤倾注在《满江红》琴声之中。

党怀英近前劝慰:"老师,你注重名节固然可贵,但这里毕竟是金人的天下,不妨委曲求全,忍辱安生。你刚才也听那位王爷说了,连幼安的爷爷都愿与金人合作了,何况……"

辛弃疾急忙打断道:"别听他胡说,我爷爷顶天立地,怎么会去委身投靠胡虏?!"

寒鹊从室内走出,正色驳斥:"就是,辛爷爷不是那种人!"

党怀英道:"老师,你如此执拗,惹恼了金人,后果不堪设想呀!"

范邦彦默然不语,沉浸在悲愤的琴声之中。

党怀英道:"你不为自己着想,不能不为寒鹊妹妹着想呀!"

"嘣"的一声,琴弦断了,范邦彦微微一震。党怀英一句话,正好点中了他的命门。为不失名节,他死不足惜,可鹊儿怎么办?吴钩传给弃疾,已是悬剑之险,如再把寒鹊留在辛家,一旦败露,非但吴钩不保,还将危及辛氏满门。祸将临头,他不知该如何是好。

党怀英仍不甘心,再次劝说:"老师!……"范邦彦满腔忧愤正好无从发泄,掀翻古琴,声色俱厉地道:"我不配做你的老师,快走吧,别耽误了你的锦绣前程!"

辛弃疾推了推党怀英道:"你还是先走吧,别惹老师生气了。"党怀英自知无趣,只好转身悻悻离去。

辛弃疾神色忧虑地道:"老师,我看他们不会就此罢休的。"

范邦彦沉吟少许,决然说道:"鹊儿,收拾东西,明日一早离开此地!"

辛弃疾问道:"老师打算到何处去?"

范邦彦茫然摇头，双眸含泪道："亡命天涯十余年，这无家无国的日子过够了，还是回到江南去吧。"

辛弃疾一怔道："回江南，那里不是有老师的仇人吗？"

范邦彦眼神中闪过一丝忧郁，神情复杂道："可那里毕竟是大宋的土地！"

辛弃疾忧虑道："江淮一带金人定有重兵把守，你是过不了江的。"

范邦彦道："走一步是一步吧，先离开再说。"

空中传来几声杜鹃凄戚悲切的鸣叫声，范邦彦凝望云空，热泪潸然。完颜雍上门逼迫自己变节事敌，济南已无存身之地。辛赞仗义收留，情投志合，与弃疾亲如父子，情难割舍，却又不得不忍痛离别。此去江南，也是生死未卜。但无论如何，吴钩神剑已有可靠传人，凭着他的眼光，认定了辛弃疾将来必定是能够担负抗金复国大任的栋梁之材，也是最能配得上传承吴钩神剑的可靠之人。大愿有托，他再无牵挂。也不敢惊动任何人，次日头一声鸡鸣，范邦彦便催着不住哽咽的寒鹃摸黑走出房门。来到学馆门外，寒鹃站在门前朝四处张望。她知道，今天一旦离去，也许永远也不会再回到仰啸学馆，再难见到她的弃疾哥哥了。这里有她和弃疾哥哥的欢乐和眼泪，有她和弃疾哥哥的琴韵和箫声，有她和弃疾哥哥"谁共我，醉明月"的悲凉和憧憬……她紧紧握着弃疾哥哥送给她的日月清玉哭了整整一夜。

"鹃儿，别等了，再不走，就走不了了！"范邦彦在一旁焦急地催促。

寒鹃抱着门柱不肯离去，乞求道："弃疾哥哥说过要来送我们的，爹，再等等，他一定快到了……"

附近又响起一声鸡啼。"鸡叫二遍了，鹃儿，实在不能再耽误时间了，快走！"范邦彦沉下脸色，不由分说地强行拉着寒鹃匆匆走出庄外，沿着山边小道，爬上了坡顶。

"老师，鹃妹！"辛弃疾身背行囊一路飞奔追来。他一早便收拾行囊，偷偷溜出家门，追上范邦彦父女，他不能没有鹃儿，他要和鹃儿一道去江南。

"弃疾哥哥！"寒鹃从父亲手中挣脱，哭呼着一头扑到辛弃疾怀里，两人紧紧抱住失声痛哭。

辛弃疾为寒鹃抹去脸上泪水，劝道："鹃儿，别哭了，我跟你们一道去江南！"

"真的，这可太好了，我们不会分开了！"寒鹃破涕为笑，拉着辛弃疾便走。

范邦彦挡在二人面前，脸色严峻地道："胡闹，回去！"

"老师，让我跟你去吧，一路上我会保护你们的！"辛弃疾拉住范邦彦苦苦哀求。

范邦彦神色严肃："如今你已是神剑传人，肩负复仇重任，功业未成，岂能沉溺于儿女

私情？"

辛弃疾茫然失措地道："老师，我该怎么做?!"

范邦彦叮嘱道："牢记祖训，复仇雪耻，建功立业，否则你就把为师和鹃儿忘掉，永远忘掉！"

辛弃疾紧紧抓住范邦彦，毅然决然地说："我不会忘记的，决不会忘记的！"范邦彦强忍离痛，挣脱双手，拉着寒鹃转身便走。

辛弃疾一头跪倒在地，依依不舍地道："老师、鹃妹，我一定会去江南找你们的！"

"弃疾哥哥！"寒鹃挣脱父亲，转身扑进辛弃疾怀中，失声痛哭，"弃疾哥哥，你一定要来江南找我们，鹃儿等着你，到死也会等着你！"她将一个小绢包塞到辛弃疾手中，含泪转身飞跑离去。

辛弃疾长跪地上，怅然目送范邦彦父女行色匆匆地消失在晨雾之中。他打开寒鹃留给他的绢包，一方绢帕包着的正是半块日月清玉。凝视着一分为二的日月清玉，他的心也仿佛被刀割去了一半，在剧痛，在流血。亲人离乱，国土分裂，无情地撕裂着他的肉体，震撼着他的心灵。就在这时，他突然看到仰啸学馆方向浓烟滚滚，急忙将半块日月清玉装入怀中，扔掉背上行囊，飞奔下山，不顾一切冲进学馆，将正在纵火的金兵一脚踢翻，又将另一金兵打倒在地。阿烈呼大吃一惊道："好小子，还有两下子，都给我闪开！"他摘下佩刀扔给部下，上前站定，"来吧，辛弃疾，今天让你见识一下我阿烈呼的厉害！"

辛弃疾两眼通红，一声大吼，近乎疯狂地直扑上前，拳脚交加，与阿烈呼厮打成一团。阿烈呼抵挡不住辛弃疾近乎疯狂的猛烈攻击，闪到一旁。辛弃疾转身抓起水桶，从池中提水泼向大火。阿烈呼朝金兵们使了个眼色，金兵们乘他不备，一拥而上，将辛弃疾按倒在地。

阿烈呼问道："辛家少爷，你老师去哪儿啦？"

辛弃疾昂首怒目道："不知道！"

"剃头！"阿烈呼拔出短刀，将辛弃疾前额剃了个精光。辛弃疾挣扎难动，破口怒骂。阿烈呼用刀在辛弃疾前额拍了拍，傲然冷笑道："看在你家老头子面上，暂且将你这颗脑袋留下，回营！"说毕率领金兵们狂笑而去。

辛弃疾伏在地上，抓起落发，发出撕心裂肺般的悲愤呐喊。

乌云翻滚，雷声隐隐，一声巨响，学馆在熊熊大火中轰然倒塌。

长忠匆匆寻找而来，从地上扶起辛弃疾，怜惜地道："哎呀，怎么弄成这样？快回家吧少爷,老太爷正等着你一道去濠州呢!"他不由分说拉着失魂落魄的辛弃疾回到辛家大院。孙英看到儿子披头散发,衣衫破乱的狼狈样子,心疼地埋怨道:"哎呀,你怎么现在才回来?又跟谁打架了,瞧这一身脏的!"

辛弃疾满腹委屈,脸色铁青,低头不语。

"噢,已经剃头了?好,不用我操心了。"辛赞闻声走出,"范先生既然已经走了,你就随爷爷去濠州读书吧。"

孙英道:"快去洗洗换身衣裳,行李都收拾好了!"

辛赞见辛弃疾一动不动,便上前安慰道:"头剃了就剃了吧,用不着太难过,你看爷爷不也剃了吗?"

辛弃疾抬起头来,蓦地发现爷爷穿着金国官服,前额锃亮,大吃一惊道:"爷爷!你……"

辛赞理理官服,神色平静道:"爷爷如今已是大金国濠州知州了。"

辛弃疾浑身猛地一震,原以为自己被剃了头羞于见到爷爷,没想到从小教他如何抗金复国、统一河山的爷爷却先剃了头,穿上了金国官服,成了完颜亮的走狗,他简直不敢相信自己的眼睛。

一声霹雳突然在天外炸响,大雨倾盆而下。辛弃疾惊愤交加,发出一声近乎绝望的哀号,猛然转身奔出院门,冲入大雨之中。

十六

通往南方的山间小道上,寒鹃搀扶着父亲艰难前行。小道蜿蜒于山崖沟壑之间,父女俩走了大半天,还没走出济南地界。一阵马蹄声从身后传来,父女俩大吃一惊,急忙隐入路旁树丛之中。只见阿烈呼领着一队金兵马队疾驰而去。父女二人不敢再走小道,只好在荆棘丛生的山林中艰难穿行。就这么躲躲藏藏、胆战心惊地走了十几日,终于来到长江岸边。

范邦彦见天色已晚,便和女儿走进江边一个人烟稀少的小渔村,寻到一户人家借宿。这户人家只有一位年近六旬的孤身老汉,姓曹,江南吴县人氏,流落在此靠打鱼为生,兼做一些走私偷渡的营生,常暗中往来于南北两岸,对这一带水路极为熟悉。曹老汉对范邦彦父女的遭遇极为同情,一听范邦彦要去江南,他也动了回乡念头,索性邀范邦彦父女一道回吴县居住。

趁着黄昏,曹老汉和寒鹃扶着身体虚弱的范邦彦穿过一片芦苇,走向一只隐藏在芦苇丛中的篷船。阿烈呼领着金兵出现在江岸上,三人大惊,范邦彦不慎摔倒,曹老汉急忙搀起他朝篷船跑去。阿烈呼发现了三人,大声喊叫着纵马追来。寒鹃终于爬上篷船,和曹老汉不顾一切地将范邦彦拖到船上,曹老汉用力将篷船推入水中,跳上船头,竹篙一点,篷船飞快地驰离江岸。金兵纵马追向江边,一齐放箭。有几支箭矢穿透船篷,吓得父女二人急忙趴在船板上不敢动弹。曹老汉也低下身子避过飞矢,猛撑几篙,篷船拐进一片芦苇荡,渐渐隐没在茫然无际的芦苇荡中。

一连数日,曹老汉仗着水路熟悉,小船昼伏夜行,绕关过卡,终于进入吴县地界。天色渐亮,篷船顺流而下,曹老汉抹去一头热汗,长吁一口气道:"范先生放心吧,已经平安无事了。绕过前面那道江湾,就到家了!"

范邦彦如释重负,轻轻舒了口气,感激地道:"多亏曹大哥,这一路让你辛苦了!"

寒鹃问道:"曹大伯,这就是吴县吗?"

曹老汉道:"是呀,这就是吴县,江南有名的水乡呀!"

"水秀山清,岸芷汀兰,烟雨空蒙,简直太美了!"寒鹃自幼生长于北方,江南美景也只是在一些诗词中读到过,神游过。从今往后,就要在这如诗如画的水乡景色中开始新的生活,她心情格外激动。

范邦彦遥望江面,感慨万千:"日出江花红胜火,春来江水绿如蓝。能不忆江南?白居易这首《忆江南》不知吟诵过多少遍,直到今天才得以一见,简直如同做梦一样!"从邢州逃亡到济南,又从济南逃到吴县,亡命天涯十余年,总算回到属于自己的国家,从此将不再过那种担惊受怕、忍气吞声、任人欺凌的亡国奴生活。回首北望,依然沦陷铁蹄之下的中原父老,留在那里的仰啸学馆,还有情同父子的学生……范邦彦怅然生情,吟出一绝:

凄风苦雨袖带膻,欲附心思弦却断。

泪湿青衫天涯路,怅望胡尘蔽家山。

"爹,有好久没见你作诗了。"寒鹃为父亲诗意所感动,勾起心中情思。虽然逃离险境,却又与弃疾哥哥天各一方,音尘断绝,她不免又伤感起来,步着父亲韵律,凝望江北,低声吟哦:

春江和泪洗腥膻,无尽相思愁肠断。

载恨孤舟伤别离,圆月何时共秋山。

父女二人一唱一和,心境相似,刚刚脱离险境,来到江南的喜悦又蒙上一层离别之痛,思念之苦。

范邦彦道:"曹大哥,如今朝政还算平稳吧?"

曹老汉回道:"皇帝还是那个皇帝,秦桧死了,可朝中还是秦桧手下一帮主和派占着上风。近来又在到处征税搜宝,向金人交纳岁贡。今年还要选美女献给金国皇帝,闹得人心惶惶,不得安生!"

"秦桧死后,当朝首辅是谁?"

"过去秦桧手下红人汤思退!"

"汤思退?!"范邦彦心中不由得一惊,神情陡然暗淡下来。

十七

汤思退,当朝丞相,本是秦桧死党,秦桧临死前将时任枢密院正卿的他和参知政事董德元召到病榻前做临终嘱托,要二人当面立誓继承和金大政,并当场各赠黄金千两。董德元害怕秦桧疑他有二心,未敢推辞。汤思退则害怕秦桧是在试探他是否希望他早死,便跪伏在地上连呼:"恩相长寿安康!"拒不受金。

秦桧死后,以张浚为首的主战势力崛起,迫使南宋高宗皇帝赵构清除秦桧朋党,汤思退却因拒受秦桧贿赂备受称道,赵构升他为右仆射,不久又升为左仆射,主宰朝政。他为了向金国示好,得知金主完颜亮尤喜奇珍,更好女色,不仅加紧搜集奇珍异宝,还四处征选美女上贡金国,称为贡女。

礼部侍郎孙造是汤思退一手提拔重用的心腹,专事征收民间珍宝。近日,孙造又征到一批珍宝,送至相府官邸怡古斋,让汤思退一一过目。

汤思退为官不贪钱财、不重女色,有口皆碑,却对古玩奇珍嗜之如命。在秦桧执政期间,他借着征收贡品之机获得不少宝物,外界传说怡古斋珍宝不亚皇宫珍宝库,富可敌国。他在一件玲珑剔透、雕工精美的玉麒麟前停了下来,颇有兴致地抚摩把玩,不住地赞叹:"如此珍品贡给那些狗屁不通的胡人,也太浪费了!"

"恩相果然品位不凡!"孙造指着另外几件物品,"还有这几件也都是难得的珍品,只有摆放在恩相的怡古斋里才算物尽其用。在下特意叫三公子留了下来。"孙造说这几句时心中一阵酸疼。尽管他不到三十,但作为古董鉴赏世家出身,又在礼部混过多年,这几件宝贝的价值自然瞒不过他的眼睛。要不是汤思退让三公子汤致寸步不离地成天跟着,这些宝贝已经存放在自己的家中了。

汤思退赞赏地拈须颔首道:"你孙造的品位也不低呀!哈哈……"

汤致从箱内取出一件唐三彩,征询问道:"父亲,你看这件如何?"

汤思退面露不屑道:"这种东西给那些狗屁不通的鞑子倒是合适。"

汤思退年纪虽不过四十出头,但已有三子二女。长子汤硕,现任兵部侍郎,二子汤沫,残疾在家,三子汤致系二夫人所生。汤致虽是庶出,却聪明乖巧,能言善辩,汤思退甚是喜欢,年前由孙造出面举荐,在礼部给他补了个郎官的职位,随同孙造一道征收贡赋礼品。

孙造一旁替汤致解嘲地笑道:"三公子是故意考恩相眼力。"

汤思退道:"这些贡品倒也蒙得过去。挑选贡女的事你办得如何了?金人那边可催得紧呀!"

孙造一脸难色地道:"如今民间一听到选贡女,都躲的躲藏的藏,实在难办哪!"

汤思退不悦地道:"再难办也得办!这事拖不得,当心让张浚那班人搅黄了!"

孙造连连点头道:"恩相请放心,下官一定竭尽全力办妥这件事。"

汤思退嘱咐道:"还有,你和老三日后办事要多加小心,尤其是与金人交往之事,千万别落下什么口实!"

孙造道:"恩相说得极是,下官一定小心。噢,下官还有一件事要禀报恩相。"

汤思退道:"说吧。"

孙造问道:"恩相还记得十五年前逃走的范邦彦吗?"

汤思退一惊,道:"你是说带走吴钩的那个范邦彦?"

孙造道:"正是。有眼线来报,前两天他在吴县出现了。"

汤思退大喜道:"啊,太好了!当初秦太师要将吴钩弄到手献给金兀术,可谓费尽了心机。"

孙造道:"是哦,如若将吴钩献给当今的金国皇帝,恩相在朝中说话就更有分量了。"

汤致问道:"这吴钩到底是什么样子?"

汤思退摇摇头道:"谁都没见过,不过一直传得很神。"

孙造道："无论怎样，此剑绝非等闲之物，下官明日便带人去吴县！"

汤思退道："事不宜迟，只怕夜长梦多，你和汤致立即赶往吴县！"

十八

三间茅屋已经收拾得十分整洁，室内家什虽显陈旧，倒也实用。

范邦彦虽是一脸病容，心情却极好。从北边归来虽不过月余，却似乎觉得那种终日惶恐不安的亡国生涯远离好久了。这里才是自己的国，这里才是自己的家，踩着脚下这片土地心里才踏实。他指着小院前一处积水的洼地颇有兴致地说道："鹃儿，你不是喜爱荷花吗？过几日，请你曹大伯把这片洼地开成一个水塘，栽上荷花，你看可好？"

"当然好啦，江南雨水多，荷花一定比北边长得好！"寒鹃兴奋地说道，"在荷塘四周也种上柳树，在这里砌一张石桌，便可以写诗抚琴了。"来到吴县后，潮润清新的气候环境暂时舒缓了她分离的悲伤和苦痛，她凝视着眼前这片水洼，想象着那满池的荷花参差斗艳，随风曼舞，她和弃疾哥哥坐在柳树下石桌前琴箫相和，轻声吟唱着谁共我，醉明月……

父女二人正说话间，只听"哐"的一声院门被一脚踢开。孙造、汤致领着官兵闯入小院。孙造走近范邦彦，用威慑的目光审视少顷问道："你是范邦彦？"

范邦彦一脸惊疑，预感不祥地问："你们是什么人？"

汤致一脸傲慢地道："哼，连朝廷的人都看不出来！"

仇人还是到了！范邦彦顿时明白过来，没想到汤思退耳目如此之灵，这么快便找上门来，惊疑稍定，淡然冷笑道："应该说是汤思退的人！"

汤致阴鸷一笑道："知道就好，快把东西交出来！"

范邦彦神情坦然地道："你要的东西不在这里！"

"给我仔细搜查！"孙造领着官兵们翻箱倒柜，四处搜查，毫无结果。

汤致逼近范邦彦，威逼道："快说，吴钩在谁手里？"

范邦彦神情平静地道："自然在该在的人手里！"

汤致恼羞成怒道："哼，私藏国宝，带回京师严加审问！"

寒鹃紧紧拉住父亲乞求道："你们不能带走我爹，求求你们，不能……"

孙造注视着寒鹃，脸露狂喜道："哈哈，真是踏破铁鞋无觅处，得来全不费工夫。

来,把这女子也一并带走!"

范邦彦大惊,拼力挣扎道:"你们要干什么?"

孙造道:"奉朝廷之命,挑选美女进贡金国,恭喜你女儿被选中了!"

范邦彦惊怒交集,仰天哀号:"天理不公啊,天理不公啊!"他万没想到,历尽艰险从狼窝逃出却又落入虎口,悲愤欲绝,一口鲜血喷出,栽倒在地。

汤致伸手在范邦彦鼻尖处试了试,摇了摇头。

"私藏国宝,自绝身亡。不管他,把贡女带走,凑齐了上贡金国!"孙造一声冷笑,说罢拂袖而去。官兵们将悲痛欲绝的寒鹃拖出院门。汤致不住打量着寒鹃,双目放光,将孙造拉到一边压低声音道:"这女子国色天香,留给我吧!"

孙造瞥了他一眼道:"我说三公子,你怎么见一个要一个?"

汤致道:"谁知道会一个比一个更撩人,好大哥,我只要这个了!"

孙造讪笑道:"前几天不是给你留下了两个吗,还嫌不够?"

汤致道:"我就要刚进去的那一个!"

"她老子刚死,你不怕沾上晦气?这可是咱当官的大忌!"

汤致恍然大悟道:"哈哈,明白了,难怪你今天挺老实!"

孙造道:"手上有了征召贡女这差事,何愁没有美女?"

二人哈哈大笑,笑声惊起几只正歇在竹林中打盹的灰鸽,扑棱着翅膀飞得无影无踪。

十九

一只杜鹃低声鸣叫着飞过仰啸学馆上空,骤雨初歇,院中满目惨绿。寂静冷清的荷塘,出现辛弃疾的倒影,他形容憔悴,踽踽独行,若有所寻。

荷塘中,满池娇艳的荷花几无踪影,干枯发黑的莲蓬在秋风中垂头欲泣,仅剩的一株白色荷花也开始凋谢,花瓣飘落在长满浮萍的水面,令人怜惜,那是寒鹃最喜爱的一朵。他伫立塘畔,凝视着残荷,倍感孤寂。

近日来,除长忠来叫他回去吃饭睡觉,他几乎每天都待在这里。他曾多次向母亲提出要带着吴钩去投奔泰安义军,遭到母亲的坚决反对,并说如果他真敢去上山落草为寇,她也不想活了。

走在庄里,平时常在一起练武的二猛、苦生一帮小伙伴也不再跟他来往,背地里骂他爷爷是金人的走狗,那个年纪最小的苦生还当面骂他是小走狗。他无处可去,无人可交,只好成天来到仰啸学馆,跟眼前一片残舍断墙、枯柳焦荷为伴,希望在这里找到些许慰藉。

杜鹃飞掠树梢,啼声凄切。荷塘上仿佛飘过寒鹃凄婉的吟唱。辛弃疾僵坐塘畔,凝视着手中半块佩玉,一动不动,充满回忆的目光流露出失落、呆涩和彷徨。

暮色苍茫中,隐约传来灵岩寺低沉的钟声,辛弃疾泪眼蒙眬,抬头循声远望。母亲曾劝他到灵岩寺去暂住一段时日,他却不愿让义端因爷爷投靠了金人而看不起他。此时的钟声听起来更沉重也更恓惶,仿佛在召唤他应该去找到自己的归宿,或许,钟声响处正是他唯一能够安放灵魂的地方。

灵岩寺高大的钟楼上,四个健壮和尚正推动木杵,朝着巨大的铜钟撞击。这口铸于盛唐的大钟,重约千斤,声响洪亮,能传百里之外。此时,它正发出阵阵撼动天地的金属声响,在大雄宝殿轰鸣,在千佛殿回荡,越过了御书阁的飞檐,越过了辟支塔的尖顶,伴随着阵阵松风回荡在冥冥苍穹之中。

义端踏着钟声,身披袈裟,率领众僧,口念诵经,步入大雄宝殿。辛弃疾愿意落发为僧令他十分高兴,能将这位面带青咒之相的辛家少爷收于座下为徒,足显他义端神威,他要亲自为他主持受戒法事,以示重视。

辛弃疾神情麻木地跪在佛前,由剃度僧为他剃去脑后剩余的头发,削净他的凡尘六根。年迈枯瘦的剃度僧挥动剃刀,神情庄严,口中念念有词:"苦海无边,回头是岸,身遁佛门,万念皆空。尔若真心向佛,须断其尘念,绝其世俗,无恨无憎……"突然,辛弃疾浑身一震,骤然惊起,推开剃度僧,朝着佛祖神像悲切大呼:"无恨无憎,我做不到,做不到!"他一边喊叫一边逃遁般冲出大殿。

大殿上顿时乱作一团,义端更是又气又急。正不知如何是好,一阵急促的钟声在殿外骤然响起,义端和众僧大吃一惊,纷纷从蒲团上爬起,冲出大殿,直奔钟楼,只见辛弃疾正推动木杵,发狂般朝着大钟用力撞击。义端奔上钟楼,恼怒大喝:"你这是干什么?!"辛弃疾毫不理睬,一边撞击大钟,一边大喊:"无恨无憎,我做不到,做不到!"

义端气得双脚直跳,气急败坏地道:"疯了,疯了,快把他拉走!"空净等数名小和尚上前架起辛弃疾,将他拖下钟楼。辛弃疾疲乏地瘫倒在地,喃喃自语:"无恨无憎,我做不到,做不到……"

义端沉吟良久,挥手示意众僧散去,挨着辛弃疾盘腿坐下,待他喘息稍定后,责问道:"摩顶法事刚行一半,怎么跑来撞什么钟?法场全让你搅乱了!"

辛弃疾依旧喃喃自语:"无恨无憎,我做不到,做不到!"

"唉,你既然尘缘未了,就不必勉强自己了!"义端无奈地摇头,淡然一笑,"不过,你也不必责难你家老爷子,他此次一病不起,我看绝非偶感风寒,倒像是积郁成疾。"

辛弃疾道:"自作自受,又怨得何人?过去他常给我讲岳飞精忠报国,教我唱《满江红》,可他自己反而置晚节于不顾,认贼为父,在我心中,他早死了!"

义端摇摇头道:"你可曾想过,老爷子一向自视清高,无论文才武功,还是气节风骨,在中原一带都屈指可数,称得上一位顶天立地的汉子,为何竟在行将就木之时却不顾晚节而去投靠金人呢?这太让人费解了,依俺看来,其中必有隐情。"

辛弃疾凝视义端,若有所思:"隐情?……"

长忠匆匆奔来道:"少爷,不好了,老太爷快不行了。"

辛弃疾冷淡地应了一声:"知道了,你去吧!"

"老太爷一直咯血不止,他说有重要的事情要向你亲口交代!"

"快走吧,晚了只怕见不着了!"义端站起身来,伸手一把将辛弃疾从地上拉起,不由分说拖着他便往山下走。

辛赞骨瘦如柴,神志恍惚地躺在病床上。孙英端着药碗在一旁伺候,不住地安慰道:"爹,你别急,长忠已经去了多时,幼安马上就回来了。"

义端拉着辛弃疾匆匆入室道:"老爷子,俺把你孙子送回来了。"辛赞睁开双眼,神情激动地伸出手来:"弃疾——"辛弃疾低头站在床前一动不动,毫无表情。义端见状急忙上前握住辛赞枯瘦的手询问道:"老爷子,好些了吗?"

辛赞一阵急促的咳嗽,喘息良久,朝义端微微点头示意,道:"怕是好不起来了……"

义端爽朗一笑道:"会好的会好的,俺还要用劈地刀法与您老的开天剑术一决高下呢!"

"如果非要决个高下,只有将来弃疾与你比了!"辛赞勉强笑了笑,示意众人避去,吃力地说道,"弃疾,来,坐到爷爷身边。"

辛弃疾感情复杂地看着爷爷,仍然一动不动。

辛赞问:"你真的恨爷爷?"

辛弃疾神情冰冷地道:"我恨的是虏寇的走狗!"

辛赞欣然笑出,道:"走狗?骂得好啊!每当我听到有人骂我是走狗,我这心里反倒很是高兴……"

辛弃疾蔑然而视："你是以耻为荣！"

辛赞微微摇头道："我高兴的是有如此多的人骂我，就说明有如此多的人没有忘记大宋，没有忘记祖宗，骂我走狗的人越多，收复中原、统一河山就越有希望啊！"

辛弃疾一脸疑惑。辛赞从枕下取出一个小布包，递给辛弃疾："爷爷时间不多了，不再瞒你，打开看看吧！"

辛弃疾展开布包，原来是几幅用绢帛画成的地图，其中有《济南府城防地势图》及周边州县的城防地势图。

辛赞道："这就是爷爷这几年来的全部心血。"

辛弃疾将信将疑地问："你为金人做官原是为了这个？"

辛赞喘息不断地道："没有这身官服，能替你保住吴钩吗？没有这身官服，能到处随便走动吗？本打算过些日子上燕京看看，可惜……"

辛弃疾恍然大悟，悔恨交加："弃疾该死，错怪爷爷了，当初还真以为爷爷贪图富贵权势抛却一世清名！"

辛赞艰难地摇摇头，淡然一笑道："亡国之夫，只保全自己的清名而又无所作为，也只能是心安理得的亡国奴罢了。"

"爷爷，弃疾无知，错怪您了！"辛弃疾紧紧搂住辛赞，声泪俱下。为了保住吴钩，为了抗金复国，爷爷不惜抛却一世英名，不顾世人唾骂，忍辱负重，委身事敌，内心已是痛苦万分，而自己却让老人家痛上加痛，伤上添伤，想到这里，他悔恨到了极点。

"也是爷爷无能，才不得已出此下策，你能谅解爷爷，爷爷便没什么遗憾了。"辛赞反而安慰着孙儿。在临死之前能将大愿相托，能让孙儿懂得心中隐情，老爷子如释重负，心情好了许多。他用枯瘦的手掌为辛弃疾抹去眼泪，微微笑道："上次一起去泰山的事还记得吗？"

辛弃疾道："当然记得，正碰上金兵去攻打义军，还抢走了我们的马，不但泰山日出没看到，还害得我们步行到快天亮才回到家。"

辛赞道："后来我打听到，义军的首领耿京是一名有胆有识的抗金志士，将来对抗金复国必定大有作为。眼下义军的人数虽不算多，可如今整个中原如一堆干柴，就差这么一点火星了。"

辛弃疾问道："你是打算暗中帮助他们？"

辛赞点点头，指了指图帛道："收好它，日后必有大用。爷爷本想等病情好转后，再到燕京去看看,唉,怕是等不到那一天了!"

辛弃疾含泪说道:"不,爷爷,您会等到的,一定会等到的,到时候弃疾陪您一道去燕京!"

辛赞满意地点了点头,充满希望地轻声吟出:"三十功名尘与土,八千里路云和月。莫等闲,白了少年头,空悲切!"他沉默少许,长长舒了口气,"弃疾,给爷爷吹一段《满江红》吧!"

辛弃疾收好地图,取过竹箫,坐在床沿上神情凝重地吹奏起《满江红》。辛赞神态安详地闭目静听,枯瘦的手指在床沿轻轻拍打着韵节。辛弃疾忘情地吹奏着,双眸中泪光闪动。拍击韵节的手指越来越缓慢,最后无力地滑落床沿。辛家老太爷就这么走了,带着一腔仇恨,带着满怀屈辱,带着一身骂名,永远离开了苦难深重的世界。

辛家又一次的重大变故,让少夫人孙英再次遭到沉重打击。辛家两个顶天立地的男人相继而去,抛下她们孤儿寡母不知该怎么办。当初公公抛弃一世英名,背着一身骂名屈身事金,她虽不理解,但也不反对,至少那个图热黑不敢再随便闯进家中搜查兵器了。现在,她别无办法,只有每日跪在佛祖画像前烧香诵经,祈祷佛祖保佑辛家太平无事,保佑辛家的根苗安然无恙。近来,她发现儿子突然一下子懂事多了,不再去被烧得破烂不堪的仰啸学馆发呆,而是整日整夜地把自己关在书房里写字读书,几乎不再出门,让她确实也放心多了。谁知一天早上,她做了儿子最爱吃的荷包蛋,推开虚掩的房门,发现辛弃疾伏在书案上沉睡不醒。烛台上一支蜡炬已经燃尽,孙英从烛台旁边拿过一本《孙子兵法》,不禁一惊,彻夜未睡,竟然看的是这些打打杀杀的书。当她从儿子手臂下轻轻抽出写着《济南府城防地势图》的绢帛时,惊得目瞪口呆。"这是哪来的?"孙英摇醒沉睡的儿子,由惊疑转为恼怒。

辛弃疾猝然醒来,一时不知如何回答。

"是不是你爷爷留给你的?"孙英忽然醒悟。她见儿子低头不语,伤心地数落起来:"哎哟,你们祖孙三代都中了什么邪啊?你再如此胡闹,万一让金人得知,辛家就得灭门了!"

门外传来长忠的声音:"少爷,有你的书信!"孙英急忙将图帛藏入怀中,神情严厉:"你不用说了,从今以后只能在书房攻读诗书,不许碰这些东西!"

长忠进来,呈上书信道:"少爷,濠州有书信到了。"

孙英一脸怀疑地问:"谁的书信?"

辛弃疾拆信展读:"是党怀英的,他约我到燕京应试。"

孙英问:"他现在在哪儿?"

辛弃疾道:"他已经去了燕京。"

孙英松了一口气,略一思索:"也好,那你就去吧!"

辛弃疾道:"孩儿岂能去向杀父仇人乞求功名富贵?!"

"你成天这么瞎闹腾,让娘实在担心啊!"孙英想了想说,"娘知道,你在家里闷得慌,就当作到外面去散散心吧。"

辛弃疾若有所思,耳畔突然响起爷爷的话语:"本想等病情好转后,再到燕京去看看……"他不禁双目一亮,党怀英这封书信来得正是时候。这些天来,他一直思索着如何寻找机会去燕京,完成爷爷的遗愿,如何去亲手杀死杀父仇人完颜亮,想不到机会竟然从天而降。

第二章　燕都情仇

一

通往燕京的驿道上，一队插着"贡"字白旗的岁贡车队，由一队金兵监押着，在萧瑟的秋风中缓缓前行。车队共分三拨，第一拨在前，为贡绢车；中间为第二拨，装的是金银珠宝；最后是第三拨，为贡女车。

绍兴十一年宋金签订《绍兴和议》中规定，战败的南宋国向金国称臣，每年向金国输纳岁贡银二十五万两，绢二十五万匹，并约定贡银贡绢如难足数，可以用珠宝和美女折价冲抵。

跟在这一长溜满载贡品车后面的是十数辆窗帘紧闭的牛皮篷车，中间一辆篷车内，几名南宋贡女如同被搓揉的花朵，疲惫不堪地挤在一起。寒鹊靠窗而坐，昏昏欲睡，充满惶恐的脸上泪痕依旧。这些可怜而无辜的姑娘，都是穷苦百姓家的孩子，大的十六七岁，小的不过十二三岁，大都目不识丁，更不知贡女是做什么的，当地官府只是告诉她们到金国去能穿金戴银，吃穿不愁。而寒鹊不一样，她不仅识文断字，而且曾长期生活在金国占领的地方，知道金国是怎么回事，更知道贡女是做什么的。在吴县被汤致和孙造强行送到净居寺关了几日，然后坐车乘船，最后装进牛皮篷车，一路折腾，苦不堪言。途中她曾想寻找机会逃走，可押送的官差看得太紧，根本找不到一丝机会。她想到用死来解脱这种不堪忍受的痛苦和屈辱，但一想起生死不明的老父和等待她的弃疾哥哥，便又打消了寻死的念头，她要把希望留到最后。刚才她还梦见弃疾哥哥手执吴钩，骑着白色骏马追来救她……

或许是心灵感应，或许是事有凑巧，就在寒鹊梦到辛弃疾骑着白色骏马追来救她的时候，辛弃疾果真骑着一匹白马来到距岁贡车队不远的岔路口。他从济南出发，渡黄河，越莽原，来到燕京地界，足足走了半个多月，一边饱览中原大好河山，一边对沿途一些有用兵价值的州县做了详尽观察并绘制成图,只待去到燕京,对金国的中都进行探察,完成爷爷的遗愿。

辛弃疾跳下马背,站在路旁好奇地注视着缓缓走过的贡车队伍。他曾听爷爷说过,南宋朝廷每年都要向金国上贡好多金银珠宝和美女,当时他还不太相信一个有数百年历史根基的泱泱大国,会软弱到成为蛮荒部落的手下败将,甘愿用自己的金钱去养肥这些侵略者,用自己的绢帛去装饰他们的豪华,让自己的女人去供这些野兽糟蹋凌辱。尽管他一时还弄不清其中的奥秘,却进一步领悟出爷爷为什么要为他取辛弃疾这个名字:弃己之疾,弃天下之疾!

"看什么看,滚!"带队金将上前大声呵斥,几名金兵抽刀围了上来。

篷车内,寒鹃被外面的声音吵醒,微微睁开眼睛,隔帘倾听,见无甚动静,又合上双目,继续睡去。

辛弃疾不屑地瞟了金将一眼,擦过寒鹃的篷车,越过车队,策马远去。

时过中午,辛弃疾来到燕京郊外,已经能够远远地望见燕京高耸的城墙。赶了大半天路程,他饥渴难耐,见路旁有一座土墙小楼,门前酒旗招摇,上面写有"吉祥酒家"四个大字,于是便驱马来到酒家门前。

瘦小机灵的酒保辛十二乐呵呵地迎了出来,满脸热情道:"这位大哥,吃饭还是住店?"他虽不过十四五岁,却十分乖巧机灵。

辛弃疾跳下马背问:"可有吃的?"

"有有有,小店虽说不算大,水酒菜肴一应俱全,烹炸煎炒任你品尝,吃饱喝足,有干净上房供你歇息,上好马料不收分文!"辛十二一口气把酒店做了全面而简约的介绍。

辛弃疾道:"我只是打个尖,还得赶进城去。"

辛十二问:"大哥也是来燕京考试的吧?最近来了不少汉人学子,城里客栈都住满了,大哥就住我们这里吧!"

辛弃疾笑了笑道:"没看出,你小小年纪,还挺会做生意。我要进城找人,就吃饭吧!"

"大哥请!"辛十二接过马缰,将白马套在院旁马槽前,引辛弃疾走进店堂。

店堂还算宽敞整洁,一色的汉式桌椅擦得干净,一看便知店主人是个会做生意的行家。许是过了饭点,食客寥寥,辛弃疾挑个临窗位置坐下,要了简单的饭菜。

三名赶马汉模样的金人走进店中,粗声壮气地乱嚷乱叫:"店家,挑个好座,好酒

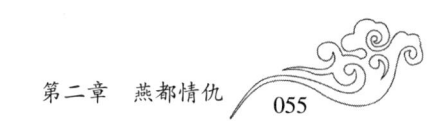

好肉只管上！"

辛十二慌忙迎上，将众人引到屋角一张圆桌前，为首的独眼龙抬手便是一记耳光道："这种角落也是大爷们坐的？"

店主钟义闻声急忙从厨内走出，战战兢兢地赔着不是："大爷请息怒，这就换，这就换。"他四十来岁，面容沧桑，朴实爽直的眼神中带着几分机敏。

独眼龙不耐烦道："快去快去，别耽误了大爷的正事！"

钟义极不情愿地来到辛弃疾桌前，客气地拱拱手道："这位小相公，实在对不住，你看……"

辛弃疾虽也不满独眼龙凶横粗暴，但还是息事宁人地站起身来准备让座。

"且慢！"邻桌一位胡帽貂裘的金人少年上前伸手拦住辛弃疾，"店家，我可是看见这位大哥先到的！"这少年也不过十五六岁，个头不高，却胆气过人。

钟义频频颔首道："是是，可是……"

"是怕这位大哥给不起钱？"金人少年迅即取出一大锭白银朝桌上一放，"今天这里我全包了，除了这位大哥，连桌下那只野狗也赶出去！"

"哪来的野小子，敢在大爷面前这般撒野，还护着汉人！"独眼龙气得哇哇大叫。

少年傲然一笑道："汉人怎么啦？连朝廷都让他们来京考试，请他们入朝做官。小爷我从来不分什么金人、汉人、契丹人，只分讲理和不讲理的人！"

"好小子，让我的拳头跟你讲理吧！"独眼龙将桌子一掀，一个箭步跃到少年跟前，抡拳便打。少年毫不示弱，挺身相迎，但几个回合后便渐渐不支，踉跄后退。

辛弃疾急上前护住少年，一脸不屑道："以强凌弱，算什么好汉？"

"你想找死！"独眼龙勃然大怒，挥拳直扑上前。辛弃疾将身一侧，闪过来拳，趁独眼龙立足未稳之际，反手一掌，将他击退数步。那金人少年惊奇地看着辛弃疾，连声赞叹："大哥，好身手！"

另外两名赶马汉大吃一惊，一齐跳起，吼叫着扑向辛弃疾。辛弃疾毫不示弱，奋起还击，一场激烈的搏斗，让酒店里桌凳横飞。一赶马汉从地上爬起，拔出短刀绕到辛弃疾身后，正欲下手，躲在柜台后的辛十二举起酒坛将他砸倒在地。赶马汉们从地上爬起，再次扑向辛弃疾，被辛弃疾再次打倒在地，呼爹叫娘。

金人少年不停拍手叫好。赶马汉们不敢恋战，爬起来狼狈逃窜。少年追出门外，冲着赶马汉的背影吹起响亮的呼哨。钟义伸出拇指："哎呀，了不起了不起，真是英雄出少年！小兄弟，敢问尊姓大名？"

辛弃疾朝钟义拱了拱手道："在下山东历城辛弃疾。"

钟义拱手还礼道："辛公子，失敬失敬！"

辛十二惊奇不已："大哥，我也姓辛，名叫辛十二，也是山东历城人！"

辛弃疾一怔："辛十二，你父亲是谁？"

辛十二道："我没见过我父亲，听娘说他叫辛文杰，在河南战死后十二天我才出世，娘便给我取名叫辛十二。"

辛弃疾惊讶道："辛文杰？那是我的二叔，小时候听爷爷常提起他，我也没见过他。你娘呢？"

钟义道："他娘和他在逃难途中走散了，我当时也和家人走散了，看见他的时候，他已经饿得快不行了，当时还不到五岁。"

辛十二回道："我娘告诉过我，爷爷叫辛赞！"

辛弃疾又惊又喜地道："这么说，你真是我的堂弟？"

"大哥！"辛十二一把抱住辛弃疾，悲喜交集，失声痛哭。钟义在一旁也是热泪潸然。少年却哈哈大笑："亲人相见，应当高兴才对呀，怎么反倒哭成一团了？"

钟义抹去眼泪道："对对对，应当高兴才对！"

辛十二道："大哥好功夫，一定要教我几招，以后那些马贼敢再来捣乱，我就叭叭叭……"

钟义失声笑道："行了行了，就凭你那身子骨，还是躲远些吧！"

辛弃疾拍了拍辛十二肩头："我的十二弟个头虽小，胆气倒是挺大的，人也机灵，刚才那一酒坛可救了我的命，一定教你！"

金人少年上前拱手道："辛大哥，我叫贞儿，也想跟你学功夫！"

辛弃疾这时才仔细地看了看，这位面目端庄却又野性十足的少年倒有几分可爱，但显然也是一位惹祸的主，不知底细，还是远离为好，于是只淡淡一笑，并未吭声。

贞儿不解道："怎么，我不行吗？"

辛弃疾也不答话，转身朝钟义致歉道："初来乍到，给大叔惹下如此麻烦，实在过意不去。"

贞儿取出一锭银子放在桌上，一脸豪气地说："麻烦是我惹的，自然算在我头上。再备些好酒好菜，庆贺辛大哥兄弟团聚！"

钟义急忙摆手道："哪能让客人破费，理应我来承担。"

"都不用费心了，天色不早，我还需尽快赶进城去找人，返回时再与钟大叔和十二弟好好叙叙。"辛弃疾从地上拾起行李,告别辛十二和钟义,走出店外。

贞儿追了出来,一脸敬慕地道:"辛大哥是进京赴考吗?"

"没见过你这样爱管闲事的。"辛弃疾一笑,上马走出数步又回看了贞儿一眼。他觉得贞儿衣着华丽,出手阔绰,不像是普通人家的孩子,虽然年龄不大,但那股路见不平拔刀相助的豪侠之气倒也值得赞赏。想到这里,他便朝贞儿友好地挥挥手,策马朝城里飞奔而去。

二

完颜亮的海陵王宫在京城的中心地段,内墙高筑,禁卫森严。王宫里羌管悠悠,弦歌轻扬,通宵达旦。

刚从北方边境返回中都的耶律元宜神情得意地策马来到王宫,他原是契丹国贵族,智勇双全,通晓兵法,是辽国第一猛将,被金太祖阿骨打收服后,因屡立战功,被委以重任,并赐他完颜姓氏。完颜亮称帝后,为拉拢他,升他为兵部尚书,并恢复了他的契丹姓氏。此次平息契丹叛乱,他再建奇勋,完颜亮在皇宫大摆酒宴为他庆功。

酒宴上,完颜亮亲自向耶律元宜连敬三杯,欣然称道:"此次一举扫灭契丹叛乱,不仅解除了我大金的北边忧患,还拓展了疆土,增加了牛羊和人口,耶律元帅不愧为我大金第一勇士!"

都元帅萧裕满脸嫉妒,不以为然地冷笑一声,端起酒杯起身来到完颜亮面前,故作高声:"此次剿灭契丹叛乱,是大王神威圣武,天下谁敢不服?臣等敬大王满杯!"

阿里撒速、额木图、仆散忽土等臣僚将佐一齐举杯高呼:"大王万岁万万岁!"

完颜亮满脸狂喜道:"一群契丹乱民算得了什么!我大金勇士天下无敌……"

在众臣欢呼声中,坐在后侧的完颜雍紧皱眉头,站起身来准备离开。他两天前才从济南返回燕京,完颜亮担心他德高望重,在外招揽人心,扎根生乱,任职济南留守未满两年,便将他召回中都述职待用。

完颜亮放下酒杯,侧目而视,问道:"乌禄,你不给耶律元帅敬酒道贺,要上哪儿去?"

完颜雍回道:"臣下有些胸闷,出去透透气。"

萧裕讥笑道:"乌禄知书达礼,又倡导儒学仁政,自然是看不惯我等蛮野粗汉打打杀杀了!"

额木图道:"我看是乌禄没分到女人和牛羊,心中不快了,哈哈……"

阿里撒速道:"乌禄哪里会稀罕契丹的女人呢?他的宠妃乌林答氏堪称天下绝色!"

完颜亮双目发亮道:"对呀!早就听说这位乌林答氏不仅美艳绝伦,而且温婉优雅,擅长汉文音韵,真是天生尤物。乌禄,去请乌林答氏来给本王助助酒兴吧!"他见完颜雍面呈难色,"你放心吧,你是大金栋梁之材,实力强大的一路宗王,又是我族弟,我不会对她怎么着的,哈哈……"

完颜雍推诿道:"小妃偶感风寒,抱恙在家,不便……"

完颜亮脸色一沉道:"哪有这么巧,是不肯赏脸吧?"

仆散忽土语带威胁:"圣意不可违呀!乌禄,还是快去请夫人进宫吧!"

众人跟着起哄:"对对对,把夫人请来!"

纥石烈志宁暗中拉了拉完颜雍的衣角,以目示意他暂且顺从。完颜雍心中也知道,今天如果不答应完颜亮的要求会是什么后果。这个色魔暴君,一旦听闻谁家女子有些姿色,便不择手段占为己有。曾经与他共同谋划篡位夺权的乌徒代,对他一直忠心耿耿,因娶了一个名叫石哥的绝色女子,完颜亮得知后,便要乌徒代献出石哥。乌徒代与石哥恩爱难舍,不愿顺从,完颜亮便找了个借口杀了乌徒代,将石哥据为己有。甚至他见到叔母阿兰绕十分娇艳,便找借口将亲叔父完颜阿鲁朴杀掉,将阿兰绕接进宫中封为贵妃。今天若不顺从这个暴君,不仅会有杀身之祸,还会累及宗族。想到这里,他不得不压下心头怒火,极力克制情绪:"大王请稍等,乌禄这就去请乌林答氏!"

乌林答氏出生在黑龙江海罗伊河畔乌林答部落首领家庭。乌林答部落累世与完颜家族通婚交好。乌林答氏的父亲乌林答热土黑随金太祖征伐辽国时任职行军猛安,并凭卓著战功世袭谋克。乌林答氏容貌端庄,清丽脱俗,而且聪颖机敏。在父亲担任东京留守期间,她拜过一些学识高深的汉人大儒为师,饱读史书经文,精通汉律音韵。五岁时她与完颜雍定亲,十六岁成婚,以博学多才、美貌绝伦、恭顺慈善赢得家族尊重,完颜雍更是将她宠若珍宝。

听到完颜雍要接自己去为完颜亮陪酒伴驾,从未对丈夫发过火的乌林答氏顿时一脸愠怒道:"去为他伴酒助兴,难道你不知道你这位堂兄是什么样的人吗?"

完颜雍道:"我怎能不知道?为了夺取皇位,他亲手杀了他的兄长;为了保住皇权,他将对他不满的皇族宗室满门灭绝。"

乌林答氏道:"他还奸淫有夫之妇,包括他的兄嫂弟媳、叔伯姊妹、叔母甥女,甚至连自己的亲姑姑也不放过!"

完颜雍道:"那暴君脾气你也该知道吧,他仅为几句气话,连自己的母后也敢杀,为了一个女人亲手杀了他亲叔……我是担心他一旦动怒,一族人性命难保!"

乌林答氏道:"说他是史上第一淫帝,毫不过分!简直把完颜家族的脸都丢尽了!这种逆来顺受的日子,真不知还要过多久!"

完颜雍道:"我贵为王爷尚且如此。如不用新政取代暴政,我大金的黎民百姓又如何能安生?"

乌林答氏道:"他虽然口头上同意你推行新政,其实只是摆摆样子,瞒哄天下。他身边那帮心腹宠臣对你是恨之入骨!"

完颜雍道:"他时刻都想除掉我,只是还没找到合适的借口!"

"王爷,你往后要倍加小心啊!"乌林答氏心中自然明白丈夫的处境,完颜亮一直忌惮他的才能声望,早就想除去这根心中芒刺,只是苦于找不到服众的借口。这次让自己去陪酒伴驾,显然不光是满足色欲,同时还要试探丈夫对他忠心与否。想到这里,她不再犹豫,便转身回房更衣。

"委屈夫人了。"完颜雍见妻子同意进宫,心中石头才算落下,急忙吩咐下人准备车驾,拿过乌林答氏常用的五弦琵琶在厅里等候。

乌林答氏从不化妆,只是在唇上淡淡地抿上些许口红,一身纯白的汉装长袍隐去了苗条的身段,比平日还要清淡素雅,毫不招摇,只是手中多了一把宝刀。

这把宝刀名叫"骨睹犀",是金太祖阿骨打灭辽时从辽王手中所获。据传此刀锋利无比,刃不沾血,因刀柄是用一种极为罕见的蛇角镶成,契丹语为"骨睹犀"。太祖在长期征战中曾用这把宝刀斩杀过无数敌军将领,将此刀视为稀世宝物。因完颜雍之父完颜宗辅军功卓著,太祖将骨睹犀赐给完颜宗辅,成为传家之宝。完颜雍见夫人提着骨睹犀出来,不禁大吃一惊:"夫人,你带着骨睹犀做什么,要去跟暴君拼命?!"

乌林答氏微微摇头道:"把骨睹犀宝刀献给他吧!"

完颜雍又是一惊道:"你要把骨睹犀宝刀献给暴君?"

乌林答氏道:"你不是说那暴君多次向你问到我们家的几件稀世宝物吗?珍珠玉带已经送给了熙宗皇帝。雪玉龙珠是我俩的定情之物,那是乌林答氏的命,我在它在。只有将这把骨睹犀宝刀给他了!"

完颜雍难舍地道:"这骨睹犀宝刀是先帝所赐,是我们家的传家之宝!"

"先保命吧,命没有了,你还传什么家!"乌林答氏凄凉一笑,将骨睹犀宝刀递给完颜雍,径直出门坐上车驾。

在完颜雍离开逍遥宫之后,完颜亮就将阿里撒速叫到身边低声吩咐道:"今日要么留下乌林答氏,要么留下乌禄的命,你相机行事!"

坐在一侧的耶律元宜似乎意识到完颜亮今日可能要强占乌林答氏,还可能会借机除掉完颜雍。他虽与完颜雍无甚私交,但对完颜雍的人品才德十分崇敬,对乌林答氏的贤良也非常敬重。契丹人果敢正义的骑侠风尚在他的血液中奔腾起来,似乎正在鼓动他去为自己敬重的女人血战一场。

突然之间,嬉戏喧闹之声戛然而止,所有目光一齐投向慢慢拉开的宫门。一名怀抱琵琶,宛若天仙的美妇人衣携清风,飘然而至,神态从容淡定。

从乌林答氏步上台阶,走进宫门,缓步来到毡毯中央站定,整座大殿如一片寂静的森林。

完颜雍紧随而来,不卑不亢道:"大王,臣妃乌林答氏到了。"他有意将"臣妃"二字提高语音,意在警告完颜亮,乌林答氏是我乌禄之妻,你迪古乃休要有非分之想。

完颜亮似乎没有听到完颜雍在说什么,抹去嘴角涎液,双目生辉,情难自持地走下座位,绕着乌林答氏赞不绝口:"美,美,美呀!"他对站在一旁的完颜雍视若无睹,旁若无人地贴近乌林答氏,将手抚住她的肩头。

一些大臣纷纷起身打算离开,他们熟知完颜亮的做派和习惯——他和女人亲热从不分场合时间。

完颜亮粗糙的手掌开始从乌林答氏肩背慢慢滑向丰盈挺拔的胸前,乌林答氏急忙低头侧身,以琵琶遮挡。完颜亮故作风雅:"犹抱琵琶半遮面,优雅至极,曼妙至极,太让本王喜爱了!"说毕顺势将乌林答氏拉到怀中紧紧搂住。就在这时,只听唰的一声,完颜雍突然拔出骨睹犀,一道凌厉的寒光直逼完颜亮。在场的所有人顿时发出一阵惊呼,早已埋伏在四周的弓弩手迅即冲出,弯弓控弦,一齐对准完颜雍。

乌林答氏急中生智道:"大王不用多心,乌禄是要把骨睹犀宝刀献给大王!"说毕暗朝完颜雍以目示意。完颜雍顿然领悟妻子之意,扬手将骨睹犀抛向空中,在宝刀落在头顶的一瞬间,左手以刀鞘相迎,骨睹犀不偏不倚回到刀鞘之中。

大殿上顿时响起一片喝彩之声。

不待完颜亮回过神,完颜雍双手捧刀躬身上前道:"骨睹犀是太祖所赐传国之宝,理应是皇家之物,乌禄不敢私藏,今日经乌林答氏提醒,特捧宝刀献与大王!"

完颜亮惊疑方定,接过骨睹犀,摸抚良久,叫过一名宫女,手起刀落,视其锋刃,滴血未沾,高兴地大声欢叫:"果然是骨睹犀,好刀好刀,本王收下了!"

乌林答氏看着昏倒在血泊中的宫女,早已吓得脸色惨白,躲到丈夫身后不停喘息。

完颜亮收起宝刀,得意大笑:"美人不用害怕,本王一时高兴,让美人受惊了。今日念你们献刀有功,本王封赏乌禄为中都留守,食万户!封赏乌林答氏为艳雪夫人,赏金万两!"

完颜雍和乌林答氏颇感意外,急忙躬身谢恩。完颜亮扫视二人,狡黠一笑道:"不过……如果你们能够再献一宝,还有更大的封赏!"

完颜雍和乌林答氏相视一怔,再献一宝,不就是指玉龙雪珠吗?想不到这暴君如此贪婪,得寸进尺。完颜雍急忙摇动双手,诚惶诚恐道:"谢过大王抬爱,臣下不敢贪心,不需什么封赏……"

完颜亮脸色一沉,拔出宝刀,上前在完颜雍脑后扯下一根头发,朝着刀锋一吹,发丝立断两截。"吹毛断发,宝刀果然锋利无比。如若用来砍个人头,也当如此,你说是吧,乌禄?!"

明目张胆的威胁和勒索,让乌林答氏愤慨万分,忍无可忍。她稍作沉吟,语气轻缓但十分坚定地说道:"玉龙雪珠是乌林答氏与夫君乌禄的定情之物,生死相随,怎可易手他人?大王请不必挂怀了!"语气不重,却斩钉截铁,完颜亮一时竟不知如何答对。乌林答氏话已说满,完颜亮无法下台,众大臣又不知该劝谁,双方一时僵住,整个大殿死一般沉寂。

"哎呀,什么宝不宝的,还是先让乌林答氏给大家唱上一曲助助酒兴吧!"耶律元宜不失时机地站出来打破僵局。

"对对对,先喝酒听曲!"众大臣早已等得不耐烦了,不论什么宝物都与他们无甚干系,此时有耶律元宜出头,便趁机一起鼓噪起来。

完颜亮自知当着众人也不便太过无理,便借梯下台道:"元宜说得是,喝酒听曲!"

乌林答氏强忍愤恨道:"大王请回座,让小妃献上一曲。"

完颜亮只好回身入座:"早听说美人通晓汉文音韵,本王最喜柳永的《望海潮·东南形胜》,就有劳美人了。"

乌林答氏优雅而礼貌地略一欠身,端坐锦凳,拨动琴弦,轻声吟唱:

　　东南形胜,三吴都会,钱塘自古繁华。烟柳画桥,风帘翠幕,参差十万人家。云树绕堤沙,怒涛卷霜雪,天堑无涯。市列珠玑,户盈罗绮,竞豪奢。　　重湖叠巘清嘉,有三秋桂子,十里荷花。羌管弄晴,菱歌泛夜,嬉嬉钓叟莲娃。千骑拥高牙,乘醉听箫鼓,吟赏烟霞。异日图将好景,归去凤池夸。

完颜亮连连击案称妙:"三秋桂子,十里荷花。这样的美景本王做梦都想去亲眼看一看。经美人这么一吟唱,本王现在就想渡江南去,直奔临安。来!把南宋皇帝上贡的锦玉苏绣取来,赏给美人!"

"谢过大王!小妃有恙在身,先行告退。"完颜雍从阿里撒速手中接过苏绣,搀扶乌林答氏匆匆离去。

完颜亮如醉如痴,目不转睛。耶律元宜在一旁拉了拉完颜亮衣袖,打趣笑道:"大王,人已走远了,喝酒吧!"

纥石烈志宁不失时机地高举酒杯道:"来来来,我等一起敬大王一杯!"

萧裕趁着酒兴,忽地站起道:"大王,明日我们就打过江去,砍了南宋小皇帝,把中都搬到临安,这样我等天天都能看到江南的美景了。"

额木图一听打仗便兴奋起来:"对,大王,干脆灭了南宋小朝廷,整个江南便都是我们大金的了!"

完颜亮一举酒杯道:"到那时本王不但天天与你们畅游江南的人间天堂,还要赏你们好多江南美女,哈哈哈……"

萧裕道:"陛下,听说南宋今年又送来不少江南美女哦。"

完颜亮得意地笑道:"近日就要到了,到时候让你们先开开眼。"

三

城门戒备不算森严,经守门军士简单盘问后,辛弃疾牵着马匹走进这座被金人称作中都的京城。

燕京,这座燕云十六州的首府城市,从宋国与辽国订立的澶渊之盟到与金国发生的靖康之变近两百年来,一直是宋国志在收复而又屡遭惨败的耻辱之城。此刻,辛弃疾踏上这片土地除了激动之外,更加感到爷爷的遗愿重若泰山。

入城不久,迎面见一名头束白巾的老者手敲绰板,吟唱而来:

> 后皇嘉树,橘徕服兮。
> 受命不迁,生南国兮。
> 深固难徙,更一志兮。
> ……

辛弃疾朝老者斜挎在腰间的布袋里投入几枚铜钱,礼貌地问道:"请问老伯,高升客栈怎么走?"

白巾老者既不推辞,也不言谢,将辛弃疾上下打量了一番,用沙哑的嗓音问道:"是来燕京应试的吧?"

辛弃疾点点头道:"正是!"

白巾老者道:"听口音是山东人?"

辛弃疾道:"祖籍山东济南。"

白巾老者微微点头道:"哦,还好,没忘了祖籍。"

辛弃疾问道:"老伯刚才吟唱的是《橘颂》吧?"

白巾老者道:"正是屈子的《橘颂》!"

辛弃疾一脸好奇道:"老伯饱读诗书,为何沿街卖唱行乞?"

白巾老者理了理头上白巾,避而不答:"高升客栈就在前面左转,那里住满了汉人学子,只是不知有几个还记得祖籍、未忘祖宗啊!"说毕击绰吟哦而去:

> 深固难徙,廓其无求兮。
> 苏世独立,横而不流兮。
> ……

一个乞丐凑过来道:"公子施舍点吧,我带你去高升客栈。"

辛弃疾问道:"那老者是什么人?"

乞丐回:"听说过去是个秀才,不肯为金人做官,宁愿卖唱乞讨。他头上束着白巾,说是为国土沦亡戴孝……"

辛弃疾回望白巾老者远去的背影，不由得肃然起敬。中原沦陷三十余年，中原遗民竟然不忘故国，不忘祖先，实在难得，他的心中不禁涌起一阵悲壮的波澜。

跟着乞丐穿过大街，左转，就看到了高升客栈的蓝底白字布招。辛弃疾掏出两枚铜钱递给乞丐，径直来到客栈。

岁贡车队也进入城中，在街市中一路穿行，引来路人围观。那个领队金将不停催促道："快走快走，马上到王宫了！"

篷车内，贡女们纷纷挤到车窗前，好奇地朝外窥望。寒鹃从昏睡中醒来，神情木讷地朝车窗外望去，突然，目光一下定住了："弃疾哥哥？！"

高升客栈门前，辛弃疾正向店小二打听事情，似乎听到有人喊他，回身朝车队这边看了看，除了贡车的铁皮轮子碾压在石板路面上发出的轰隆的响声，并无人喊他，便随小二走进了客栈。

篷车内，寒鹃突然哭喊着扑向车门："弃疾哥哥，弃疾哥哥——"

贡女们急忙将寒鹃抱住。寒鹃挣扎哭着大呼："弃疾哥哥，我要弃疾哥哥！"

金将闻声上前，举鞭怒喝："把她拖进去，快拖进去！"贡女们七手八脚地将寒鹃拉进车内。金将挥鞭催促："快走快走，马上到王宫了！"车队加快了速度，从高升客栈门前轰轰隆隆驶向皇城。

辛弃疾跟着小二走进客栈院内，党怀英迎下楼来，兴奋地喊道："幼安，你到底来了！"辛弃疾上前拉住党怀英，亲热异常："有你怀英兄相约，能不来吗？！"

几名汉人学子围了上来，党怀英向众学子介绍道："诸位，这便是我的同窗好友，山东历城辛弃疾。"

一名瘦学子沮丧地向身旁的胖学子低声道："有他二人来京应试，一名二名准没咱们的份了。唉，既生瑜，何生亮？完啦！"

胖学子一脸不屑道："完什么完，哪朝哪代科考还真凭才学呀？"

瘦学子问："凭什么？"

胖学子拍拍腰间道："凭这个，我不信考官不爱银子！"

党怀英将辛弃疾领进楼上客房，好奇地问道："幼安，依你的脾气，我还以为你不来呢。"

辛弃疾微微一笑道："原本不打算来，可母亲唠叨个没完，也就来了。"

"不管怎样，来了就好！这城中有一家酒楼的京菜味道不错，我做东，为你洗洗尘！"党怀英说毕拉着辛弃疾走出客栈。他们来到临街一家门面气派、厅堂豪华的酒楼,挑了个临窗座位,点了菜肴。党怀英一边殷勤地为辛弃疾斟满酒杯,一边打趣地问道:"你既然无意求取功名,千里迢迢,万般辛苦而来,是为了什么呢?"

辛弃疾淡然一笑道:"是为了……是为了验证一下自己的学识罢了。"

党怀英道:"验证学识?哈哈……谁来验证?是主考官、王公大臣,还是那个海陵王?"

辛弃疾神情茫然道:"不是说推行科举新政吗?"

党怀英看看四周,压低声音:"什么狗屁新政!实话告诉你吧,这里的官员买官、卖官、卖考题这一套,一点也不比南边差。"

辛弃疾恍然大悟道:"原来如此!听你一副胜券在握的口气,花了不少银两吧?"

党怀英将酒杯一放道:"来燕京之前,我典卖了祖上留下的所有田产房业,连典带借,凑足了三万两。我可是倾家荡产,志在必得!"

辛弃疾揶揄道:"你这叫卖祖求荣!"

党怀英无奈一笑道:"就让老祖宗暂且委屈一下吧,一旦我飞黄腾达,日后自然光宗耀祖。"

楼梯响处,胖学子和瘦学子引着一名衣着华贵的金人公子登上酒楼。胖学子挑好座位,显出格外殷勤:"徒单公子请上座。"

徒单大模大样地坐下道:"成天大鱼大肉,吃腻了,换些清淡的吧。"

瘦学子异常高兴道:"对对,清淡的好。小二,上清淡的,记住,越清淡越好!"

辛弃疾隔桌打量,向党怀英低声询问:"这位徒单公子何许人?"

党怀英道:"本届主考官的三公子,他老子就是借他之手榨取考生钱财的。"

小二将酒菜摆到徒单面前,胖、瘦学子殷勤招呼:"徒单公子,请用,请用。"徒单举起筷子一下了怔住了,皱起眉头放下筷子,起身欲走。胖、瘦学子面面相觑,不知如何是好。

党怀英不失时机地走过来道:"徒单公子怎么能用这样寒酸的酒菜呢?全撤掉!小二,叫你家老板将好酒、好菜摆上,多少银子尽管开口。"

徒单脸露笑容道:"哎呀,何劳党公子破费,坐坐坐。"

胖、瘦二学子自感无趣,尴尬地离去。

党怀英道:"我有位同窗好友,让他也过来陪陪徒单公子可好?"

徒单道:"好好好,请来同坐。"

党怀英转过身来,却见辛弃疾已不知去向,他急忙过去扶窗寻望,一脸茫然。

四

逍遥宫里,完颜亮拥着几名着不同民族服饰的佳丽嬉戏狂饮,傲然狂笑道:"本王拥有了你们,便如同拥有了天下。西域、蒙古、南诏、契丹、高丽、南宋……呃,南宋贡献的江南美女呢?"

帐幔半掩处,一名十五六岁的汉装女子倚柱而立,神色惶恐。

完颜亮色眯眯地道:"小美人,躲在那儿干什么?快来陪本王饮酒!"

肥胖的老宫女在一旁催促:"快去吧,皇帝陛下在等你呢!"

"皇帝,什么皇帝?"宋女抬起头来,不是别人,正是寒鹃。

老宫女道:"大金国皇帝完颜亮呀,你福气真好!"

"完颜亮?"寒鹃不禁一怔,心中自语,"弃疾哥哥来燕京,一定是来杀这狗贼的。正好,我今天就帮弃疾哥哥杀了他!"她乘老宫女转身之际,顺手从桌上拿过一把切肉短刀藏入袖中。

完颜亮催促道:"小美人,还害羞呢,快快过来吧!"老宫女扶着寒鹃来到完颜亮身旁。完颜亮打量着寒鹃,欣喜若狂:"江南美女果然娇俏可爱,来来来,让本王好好看看。"说罢他粗野地搂住寒鹃,一边乱摸狂吻,一边撕去她的衣裙。

寒鹃强忍羞愤,乘其不备,举起短刀刺向完颜亮。完颜亮大吃一惊,躲避不及,刀尖在他脸上划了一条长长的血口,惨叫一声跌倒地上。寒鹃追上去举刀猛刺。突如其来的袭击让完颜亮惊慌失措,惊叫着绕桌爬行。佳丽们吓得东躲西藏,乱作一团。阿里撒速和卫士们闻声而入,急忙上前抓住寒鹃,夺下短刀。完颜亮惊魂未定,仰面瘫倒地上,气喘吁吁。

"大王,恕臣救驾来迟。"阿里撒速扶起完颜亮,回头大喝,"快把这个疯女人拉出去砍了!"

完颜亮从毡毯上爬起道:"慢,本王就喜欢这种野性女子,放开她!"

卫士们松开寒鹃,退到一旁。完颜亮上前抓住寒鹃,撕开衣裙,一脸淫笑道:"来吧,与本王玩个痛快!哈哈……"

寒鹃毫无惧色道:"弃疾哥哥,我没替你杀死完颜亮这个狗贼,对不起了!"她突然从完颜亮手中挣脱,一头撞向庭柱。

寒鹃突然的举动,让众人一下愣住了。侍卫古尔刺走到倒在地上的寒鹃身旁以手试鼻:"大王,还有气!"

完颜亮气急败坏道:"这妖女一定是南宋小皇帝派来的刺客,先关起来,严加审问!"

古尔刺将昏厥的寒鹃拖出宫外,萧裕、仆散忽土、额木图等人闻讯纷纷赶来探问。完颜亮捂着伤口,暴跳如雷:"南宋小皇帝竟敢派刺客装扮贡女前来刺杀本王,本王不想再等了,立即出兵伐宋!"

萧裕上前道:"大王,臣愿率大军杀过江去,把南宋小皇帝一刀砍了!"

仆散忽土道:"对,晚打不如早打,大王,请下令吧!"

"萧裕,立即向各部族征集兵马粮草,打造战船。本王要提兵百万,御驾亲征,一举扫灭南宋小朝廷!"完颜亮怒气难消,一边跺脚一边下令,恨不得立马将南宋小朝廷一脚踏平。

五

雍王府后园内,完颜雍弯弓控弦,三箭连发,正中箭靶红心。

阿烈呼一旁大声称赞:"好,王爷三箭三中!"

纥石烈志宁来到后园,连声击掌赞叹:"乌禄大哥的连珠箭出神入化,大金第一箭果然名不虚传!"

"上不能安邦定国,下不能拯救百姓于苦难,这大金第一箭,也只能躲在家中弦声空鸣罢了!"完颜雍望空一声长叹,用力拉满雕弓,复又松开,扔在地上。

纥石烈志宁道:"大哥心疾,兄弟我也有同感。遇上这么一个暴君淫帝,真是我大金的灾难呀!"

完颜雍道:"一旦海陵王真的要跟南宋开仗,更大的灾难就要临头了!"

"要跟谁开仗了?"贞儿接着话音走进花园,取下毡帽,露出一头长发。

纥石烈志宁道:"哦,贞儿越长越漂亮了!"

阿烈呼上前施礼,极尽热情道:"贞儿公主好。"他一直在追求贞儿,贞儿却看不惯他的狂傲粗野,不愿搭理他。

完颜雍膝下一儿一女,长子完颜允恭是与乌林答氏所生,因担心完颜亮猜忌,一直留在辽东老家,由母亲李洪愿教养。贞儿是次夫人张氏所生。张氏早亡,完颜雍一直将她留在身边,虽是庶出,却宠爱有加。贞儿性格倔强豪爽,不肯习文,偏爱弓马骑射,好打抱不平,自称独行侠。

完颜雍爱怜地责怪道:"看你这不男不女的样子,又野到哪里去了?"

贞儿一脸得意道:"阿爸,今天我可真做了一件侠义之事。"

完颜雍不禁大笑道:"侠义之事,哈哈……不会又是去欺负了什么人吧?"

贞儿道:"真的,今天有几个赶马汉欺负一位来京赴考的汉人学子,我便出手相助。"

完颜雍一惊:"赶马汉?那些人都是盗马贼,比草原上的狼群还凶狠,你一个人敢去招惹他们?"

阿烈呼关心地询问:"贞儿公主没吃亏吧?"

贞儿故不作答,从地上拾起雕弓,连发三箭,正中红心。

纥石烈志宁连声赞扬:"好,贞儿的连珠箭不比你阿爸差!"

阿烈呼极力奉承:"贞儿好箭法!"

贞儿柳眉倒竖斥道:"贞儿是你叫的?"

阿烈呼尴尬欠身回道:"是,是,贞儿公主!"

完颜雍焦急催问:"问你呢,后来怎样了?"

贞儿故意慢吞吞地说:"多亏一位汉人学子身手不凡,三拳两脚便将几个马贼全都打跑了。"

阿烈呼惊疑问道:"一个赴考学子竟有如此功夫?"

完颜雍更感好奇道:"贞儿,他是谁?"

贞儿道:"好像叫什么辛弃疾。"

"辛弃疾?!"一个熟悉的名字让完颜雍和阿烈呼同时一惊。

六

人群熙攘的街市上,辛弃疾独自漫步闲逛,来到一条极为清静的街道,两旁除了高耸的围墙,没看到一户人家。他正感到奇怪时,几名荷刀执戟的金兵挡住去路,一军官模样的人上前喝问:"什么人敢私闯王宫禁地?!"

"王宫?"辛弃疾心中暗喜,这正是要找的去处,嘴上却说,"不识路,走错了。"

军官在辛弃疾身上搜了一遍,问道:"你是干什么的?"

辛弃疾赔上笑脸道:"来参加京试的学子,到处闲逛,走错路了……"边说边返身退回街市。刚走到街口,他被两名花枝招展、娇声滴滴的女子拦住:"这位公子长得好俊,陪我姐妹俩玩玩吧!"

辛弃疾从未见过这等场面,吓得左躲右闪,不知所措。"来嘛来嘛,开个张,只收一半的钱!"年轻一点的女子搔首弄姿,大献殷勤。

贞儿正巧从一家客栈走出,一下看到辛弃疾,又惊又喜道:"辛大哥,辛大哥,总算找到你了!"

"你这个小白脸也跑来抢什么生意,不要脸!"二女子还要纠缠,贞儿上前一人给了一记耳光,拉着辛弃疾便走。拐过小巷,辛弃疾挣脱贞儿的手,神情茫然道:"你们都是些什么人,找我做什么生意?"

贞儿哭笑不得:"是她们找你做生意!"

辛弃疾越发不解:"做什么生意?"

"是,是要和你做……"贞儿一下也不知该怎么说,着急地跺了跺脚,"她们是妓女!"

"妓女?!"辛弃疾似懂非懂,"那你找我做什么生意?"

贞儿道:"找你……找你教我武功呀!"

辛弃疾道:"你我素不相识,我为什么要教你?"

贞儿调皮笑道:"昨天在郊外吉祥酒家不是已经认识了吗?"

辛弃疾微微一笑道:"对,一个爱管闲事的……"

贞儿将头一昂接道:"独行侠!"

辛弃疾讥诮道:"脾气有点像,可惜……"

"可惜功夫差点儿。"贞儿自嘲一笑,眼珠一转,"辛大哥,咱们做个交易吧?"

辛弃疾道:"什么交易?说半天还是做生意。"

贞儿道:"你头回来燕京吧?想不想到处走一走、看一看?"

辛弃疾点点头:"正要到处走一走,看一看,刚才差点闯进王宫了。"

"那是王宫的一道侧门,是买菜送水用的。"贞儿扑哧一笑,"你要是跟着我就不会乱闯了。"

辛弃疾问:"你愿意给我带路?"

贞儿道:"你教我武功,我给你当向导,还算公平吧?"

辛弃疾略一思索地,伸出手来道:"成交!"

贞儿以掌相击道:"成交!"

有了贞儿做向导，无论是探察军情，还是游赏北国风光，辛弃疾的燕京之行方便了许多。他教贞儿武功，贞儿教他骑射，两人成天厮混在一起，形影不离。

阿烈呼得知辛弃疾来了燕京，一心要找他一较高低，便领着数名军士策马来到一家客栈。店主迎出，阿烈呼问道："你这店里住有山东人吗？"

店主回道："禀告将军，小店只住有河朔、河南的学子，没有山东的！"

小头目来报："将军，查到了，西街高升客栈住有一个叫辛弃疾的山东人！"

"快，去高升客栈！"阿烈呼领着军士离开客店，一路飞奔，冲入高升客栈，朝慌忙迎出的店主问道，"山东来的辛弃疾呢？"

店主回道："一大早就让一位小爷叫走了。"

阿烈呼问："去哪了？"

店主回道："小人不知道！"

阿烈呼问道："那小爷什么模样？"

店主道："中等个头，金人装束，长得好俊！"

阿烈呼不禁一惊："贞儿？！"

"对对对，辛公子像是这么称呼他的！"店主指着刚刚返回客栈的党怀英，"这位党公子是辛公子同乡，将军不妨问问他！"

阿烈呼一下认出："哦，原来是你！"

党怀英躬身施礼道："小人党怀英，将军还能记得，幸甚！幸甚！"

阿烈呼问道："我问你，辛弃疾他人呢？"

党怀英回："一大早就被一个人叫走了，是什么人小人没太留意。"

"听着，辛弃疾一回来，你立即到留守府向我禀报！"阿烈呼走出客栈，无从发泄地朝空中猛抽一鞭。开始，他要找到辛弃疾，只是为了狠狠羞辱一下这个山东学子。如今却发现贞儿与辛弃疾私下往来密切，说不定俩人已经……他不愿再往下想。他想不到的是，此时此刻，辛弃疾与贞儿手拉手登上了长城。

烽火台上，两人神情激扬。在崇山峻岭中蜿蜒起伏的长城如龙蛇起舞，壮美无比。辛弃疾慨然感叹："当初秦始皇筑起这道长城，无非是想阻挡异族的侵扰，没想到他的子孙却将他的万世功业葬送殆尽！"

贞儿不以为然道："什么异族侵扰，我不想听。我只希望天下是一家，四海皆兄弟，没有抢掠，没有杀戮。"

辛弃疾戏笑道："这些话你还是留着说与完颜亮听吧。"

贞儿道:"谁对他说也没用,他听不进去的!"

辛弃疾道:"是吗?那还是我去说吧!终有一天,我要向他讨回河山!"

贞儿道:"对,让他把别人的统统还给别人,还给西域,还给契丹,还给宋国!"

"贞儿,你说得太好啦!"辛弃疾大受感动,豪情陡涨,舒展双臂,面对大好河山,仰天长啸。贞儿也是激动异常,揭下毡帽不停挥舞。辛弃疾回过头来,一下怔住,只见贞儿忘情地挥舞着毡帽,一头秀发随风飘动。他惊奇地注视着贞儿,万难想到,成天与他厮混在一起的贞儿竟是个妙龄女子,顿时变得手足无措,一时不知该说什么。贞儿也注视着辛弃疾,往日充满野性的目光,一下变得温柔而羞涩。

四目相对,沉默少许,贞儿率先开口:"对不起辛大哥,不该瞒你这么久……"

"你,你也真能瞒的,嘿嘿……"辛弃疾回想起这几日与贞儿不分彼此相处的情景,一脸窘态。

"我母亲也是汉人,我知道汉人男女授受不亲的习俗。可是辛大哥,贞儿和你在一起好开心,好快乐……"贞儿显然后悔今天一时忘情,露了真容,眼含热泪说道,"辛大哥,以后我们还会是好朋友吗?"

辛弃疾神情复杂地看着眼前这位既可爱又顽劣的金人姑娘,爽朗一笑:"当然是好朋友,永远都是好朋友!"

"我们永远都是好朋友!"贞儿一扑到辛弃疾怀中,无比激动,"辛大哥,你不是想看看皇城吗?我现在就带你去!"

暮云之下,贞儿拉着辛弃疾登上一座古塔,凭高鸟瞰全城。

这是当年契丹人修造的瞭望塔,全用石条垒就,既无飞檐翘角,也无雕梁画栋。塔分九层,高达十丈,登顶放目,燕京全城尽收眼底。

辛弃疾指着塔下一片华楼丽阁,问道:"那是什么去处?"

贞儿回道:"那是海陵王府!"

"完颜亮的王宫?"辛弃疾举目凝视,眼前顿时闪现完颜亮射杀父亲的惨景。

"对,他就住在那里面。"

辛弃疾神色陡变,目光如焚道:"狗贼!总算找到你了,就等着吧!"

贞儿一脸疑惑道:"你在说什么?"

"我说这王宫修得真漂亮啊!"辛弃疾自感失态,急忙掩饰。有贞儿在一旁,他无法绘图,还得单独再次登塔,于是说道:"走吧,天色已晚,也该回家了!"

贞儿说道:"辛大哥,明天带你去一处好地方。"

辛弃疾问道:"什么好地方?"

贞儿故作神秘:"去了便知。"

七

西山之麓,被晚秋染成五色斑斓的树林掩映着一座寺院,灰墙黛瓦,肃穆而幽静。一尊汉白玉雕成的释迦牟尼神像前,住持李洪愿僧衣禅巾,拈香祷拜。她年逾六旬,慈眉善目,仙风道骨。

李洪愿出身辽东名门望族,诗书传家,自幼便喜爱汉文经史、词韵音律。她二十四岁嫁入完颜家族,成为金太祖第三个儿子完颜宗辅的汉人次妻,以才情德行深得宗辅喜爱,并生下儿子完颜雍。在完颜雍刚满十三岁时,身为大金国左副元帅的完颜宗辅突患疾病死在河朔军帐之中。按照女真人继婚习俗,寡居女人必须改嫁皇族中人。性格刚烈的李洪愿厌恶这种近乎乱伦的习俗,同时也看透了血雨腥风的宫廷争斗,毅然选择去辽阳郊外一座叫广佑寺的尼姑庵落发为尼,出家修行。笃信佛教的金熙宗完颜亶从小受到这位知书达礼的婶母的爱抚和培养,欣然应允,并诏令拨资三十万在辽阳修建寺院,亲自题匾为大清安寺,并赐李洪愿法号通慧圆明大师。

一心想脱离凡尘的通慧圆明大师却始终无法摆脱凡事的纠缠。宫廷中的明争暗斗随时威胁着儿子和宗族的安危,仁慈宽厚的完颜雍常常身陷险境。于是她精心选择了贤惠机敏的乌林答氏做儿子的贤内助,同时也想借助乌林答氏家族在渤海不可小视的势力,让对手有所顾忌,以求得平安自保。

完颜亮弑兄篡位,为大金国开启了一个极其恶劣的先例。宗辅家族的势力声望和完颜雍的才干能力自然也让他成为完颜亮势必要清除的对象。儿子和宗族时刻面临着生死存亡,老太太终日担惊受怕,惶恐不安。为防不测,她首先将孙儿完颜允恭留在辽东老家,一是保全宗辅家族血脉,二可亲自培养其成材。然后设法让儿子尽可能不待在完颜亮身边,减少产生冲突的机会。为此,她主动来到中都,寄住太清庵中,甘愿当作人质,打消完颜亮的疑虑。谁知不满二年,儿子就被召回中都,不知完颜亮心中打得什么盘算。李洪愿心中惶惑不安,终日在佛祖面前焚香参拜,祈求平安。

贞儿悄悄来到李洪愿身后,双手合十道:"见过师太!"

李洪愿回过身来,惊喜地抱着孙女:"贞儿,你可有些时候没来看望奶奶了!"

贞儿依偎在奶奶怀里撒起娇来:"奶奶,贞儿不是来了!"

李洪愿看向门外问道:"门外那是谁呀?"

贞儿回道:"是辛大哥,刚认识的朋友,山东来的汉人学子。"

李洪愿起身双手合十道:"小施主吉祥!"

辛弃疾急忙躬身还礼道:"师太吉祥!"

贞儿道:"辛大哥,这是我奶奶!"

辛弃疾礼貌地招呼道:"奶奶好!"

"好,好,读书人就是懂规矩,哪像我这孙女,又疯又野!"

贞儿撒娇道:"奶奶,你又说人家!"

"好,不说不说。都怨你阿妈过世得早,没人教,快请客人坐呀!"

"辛大哥快坐吧,我去给你拿好吃的。"

辛弃疾打量四周,庵堂不大,却简朴庄肃,禅意静穆,不由得感叹道:"老人家在这独守青灯,潜心修佛,实在难能可贵呀!"

李洪愿叹道:"阿弥陀佛。这蛮野荒域,太需要广布善道、修炼佛性了。可惜这里的人除了杀戮和抢掠,对佛的本真一无所知,就连我这孙女也不肯坐下来好好听我讲经布法。唉,要改变这世道,难呀!"

辛弃疾敬佩地说道:"老人家实在是用心良苦,善举感人。不过,从贞儿的身上也看得出老人家的谆谆教诲。老人家不像是金人。"

贞儿端着水果进来道:"我奶奶是汉人,对汉文诗词可精通呢!"

辛弃疾肃然起敬:"哦,原来是这样,佩服佩服!日后一定多多讨教。"

小尼姑入报:"师太,雍王爷到了。"

李洪愿又惊又喜道:"今天是什么日子?不来时一个不来,一来时全都来了!"

贞儿拉着辛弃疾躲到佛像后,示意辛弃疾不要出声。完颜雍一身素装,款款而入,朝母亲躬身施礼道:"乌禄见过阿妈。"

"好了好了,自家人别讲礼数了。好久没见了,快坐下跟阿妈说说话。"

贞儿悄悄从背后抱住完颜雍,完颜雍转身看到贞儿,假作生气道:"野丫头,整天不见人,原来上这里来了。"

"你自己难得来,还不许贞儿来看奶奶吗?"

贞儿拉过辛弃疾道:"阿爸你看,我带谁来了!"

完颜雍打量少许,一下认出:"辛弃疾!"

辛弃疾对他也似曾相识:"你是……"

完颜雍微微一笑道:"怎么,不记得了?在济南,在范先生的仰啸学馆!"

辛弃疾一下记起,神情突变道:"记得,当然记得,我的老师和师妹就是让你逼走的!"随即朝李洪愿略一欠身,"老人家,打扰了!"说毕转身便走。

贞儿上前拉住辛弃疾问道:"辛大哥,你这是干什么?"

完颜雍态度和善:"真是有其师必有其徒,不过我倒是很喜欢你这种脾气。"

贞儿将辛弃疾强按在椅上坐下道:"辛大哥,你先坐下!"

李洪愿道:"怎么,原来你们早就认识?"

完颜雍回道:"认识快两年了,辛公子无论文武均受高人传授,实在难得!"

贞儿直率地说:"哎呀,辛大哥,你有这样的本事还考什么试,直接到朝廷里当个将军元帅就行了,奶奶你说呢?"

李洪愿微笑点头道:"我看行。"

完颜雍道:"当初请尊祖父出任濠州知州之后,本打算请范先生随我来燕京相助推行科考新政,都因阿烈呼做事鲁莽,未能如愿。想不到今天竟然遇到了他的高徒来京应考,也算一桩幸事。"

贞儿拉住完颜雍,撒娇道:"阿爸,你不是十分爱才吗?辛大哥能文能武,还不算人才呀!"

完颜雍道:"我身边倒是正缺少文武兼备的帮手,如果辛公子不嫌弃……"

"在下无意功名,告辞了!"辛弃疾神色冰冷,起身朝外便走。

李洪愿笑道:"这孩子还真倔,不过倒是挺有骨气的!"

辛弃疾匆匆走出山门,与急急而来的阿烈呼迎头撞上。狭路相逢,二人怒目相视,不肯让路。

阿烈呼惊讶道:"好哇,辛弃疾,我到处找你,你小子居然跑这里来了!"

贞儿追上来斥责道:"阿烈呼,你要干什么?"

阿烈呼道:"贞儿公主,你看阿烈呼今天怎么教训他!"

"你想打架?好,辛大哥,跟他玩玩!"

"今天让你知道什么是大金勇士!"阿烈呼摆开架势,不由分说上前便打。辛弃疾左避右闪,不屑还手。

贞儿一旁鼓动:"还手呀辛大哥,这阿烈呼平日总欺负我,替我教训教训他!"

阿烈呼趁其不备,接连几招击中了辛弃疾。辛弃疾怒火顿起,奋起还击。二人拳来脚往，一场恶斗。阿烈呼渐渐招架不住，被打倒在地。贞儿一旁拍手叫好，辛弃疾乘势跃步上前，挥动拳头，准备好好教训一番狂傲自大的阿烈呼，又一下想起燕京此行的重要事情，不可节外生枝，拳头在阿烈呼的鼻尖前戛然收住，轻蔑一笑，转身下山而去。

阿烈呼挣扎站起，又羞又恼，取出短弩对准辛弃疾后背。贞儿挺身挡在阿烈呼面前，一脸轻蔑道："背后下黑手，算什么英雄？！"

八

辛弃疾心神难定地骑马返回城中。令他意想不到的是，竟然遇上完颜雍和阿烈呼，而且被他视作好朋友的贞儿竟然还是完颜雍的亲生女儿，这简直让他难以接受。当他心绪烦乱地回到高升客栈，却见学子们三五成群，交头接耳，议论纷纷，往日那种见面时的热情已不见踪影。正诧异间，党怀英从外面进来问道："幼安，又上何处去了？"

辛弃疾随口应道："闲着无聊，随便走走。"

党怀英语含讥讽："随便走走，便走了个大后门！辛弃疾，真没看出来呀！"

辛弃疾一脸茫然道："此话何意？"

店主上前热情地接过马缰，讨好地说道："今早还有一位将军来请过你呢！辛公子，日后小店可要沾你的光了，这店钱就给你免了！"

辛弃疾惑然不解："这，这从何说起？"

党怀英道："你就别再装了，听说你和雍王府的公主好上了，所有赴考学子都传遍了。"

瘦学子一脸羡慕道："有推行新政的雍王爷做靠山，从此你就攀龙附凤、飞黄腾达了！"

胖学子醋意十足道："辛老弟，你不露声色便成了王爷家的座上客，到底花了多少钱？"

党怀英道："我就说嘛，眼看快开科了，你却到处游山玩水，毫不着急，原来是找到靠山了！"

辛弃疾又气又急，却无言答对，一跺脚转身走出客栈。

天上飘起了雪花，寒风将热闹的街市变得冷清了许多。辛弃疾心绪烦乱，漫无目的地在冷清的街市上闲逛,见那位击节卖唱的白巾老者迎面缓步而来,便迎上前去招呼:"老人家,今天来这里卖唱?"

白巾老者停下脚步,轻轻摇头道:"今天不唱,在这里等候一位亲人!"

突然一阵呵斥声轰散人群,几个军士策马而过,挥鞭开道,人们迅即退避两旁。开道骑士过后,一行马队缓辔而来,为首的是一名手擎节杖的中年汉人,是南宋朝廷钦点派往五国城为宋徽宗、宋钦宗二位皇帝扫墓的使臣虞允文。他身着四品大员朝服,长翅乌纱帽檐上缠一条白巾,一袭纯青色披风更加映衬出他白净文弱的面容,儒雅斯文中透出一股威烈果敢之气。

虞允文祖籍四川仁寿,进士出身,文才超群,慷慨磊落,以文章置身台阁。他因力主抗金,耿直敢言,曾遭秦桧排挤,秦桧死后才除授秘书丞,进礼部侍郎。

金国礼部侍郎扎土出率十数骑校簇拥两侧,不准行人靠近。街市两旁的汉人有的掩面欲泣,有的伏地跪拜。虞允文神色严峻,感情压抑,眼角两滴热泪隐隐闪动。他有意放缓,向两旁遗民父老以目致意。

辛弃疾问:"这人是谁?"

"南宋使臣虞允文大人,来为二圣扫墓的!"白巾老者说毕,伏身跪拜。辛弃疾也不由得跪了下去。

白巾老者待虞允文骑马来到面前,倏然起身,冲出人群,迎着使臣马头双膝跪下,将一白色绢囊高举过头,声泪俱下道:"使臣大人,这是浸透血泪的中原沃土,请带回大宋朝廷吧!"

虞允文热泪盈眶,正欲下马,扎土出上前横鞭禁阻:"请使节大人慎行!"

两个军士冲过来拖开白巾老者。白巾老者挣扎狂呼:"亲人呀,莫忘了靖康之耻,莫忘了中原故土啊!"一军士举刀砍下,老者一声惨叫,倒在血泊之中,绢囊正好落在辛弃疾面前。

"你们视人命如草芥,何其野蛮!"虞允文悲愤至极,不顾扎土出阻拦,跳下马背,解下披风盖在白巾老者尸体上,眼含热泪,深鞠一躬。

两名军士强行将虞允文扶上马背。辛弃疾义愤填膺,目眦欲裂,拾起沾满鲜血的绢囊,毅然起身上前,被身后一人拖回:"你别找死!"

虞允文转头向辛弃疾微微颔首致意,强压激愤,高擎汉节,催马前行。

辛弃疾回头一看,拖住他的人原来是贞儿。他一时无从发泄,用力将她甩开,匆匆离去。一个无辜的人,就这样眼睁睁被野蛮地夺去生命,而自己却欲助无能,他恨那些杀人的恶魔,更恨自己的无用。

风雪越来越大,辛弃疾将带血的绢囊揣入怀中,紧裹衣裳,在城中漫无目的地踽踽独行。离天黑尚早,他不愿回到客栈听那些学子说三道四,便径直来到古塔暂避风雪。谁知一进塔门,却看见贞儿坐在石梯上,表情凄楚,泪流满面。他一怔,转身默然走开。

"辛大哥,那老者又不是我杀的!"贞儿站起身来,一脸无辜,声带哽咽。

辛弃疾停下脚步,悲愤异常道:"总是你金国人杀的!"

"你不肯理我,就因为我是金国王府的公主吗?"贞儿靠近辛弃疾,双眸含泪,"你现在很讨厌贞儿?"

辛弃疾一言不发,后退数步,将头扭向一旁。贞儿近乎哀求:"贞儿从此不做公主了,还不行吗?"

辛弃疾仍然低头不语。"辛大哥,贞儿要跟你走,愿意跟你去山东,愿意跟你去天涯海角!"贞儿冲上去紧紧抱住辛弃疾。

贞儿的真情让辛弃疾激动异常,他情不自禁地将贞儿紧抱在怀中。这个王府公主的真情,既让他感动,又让他惶惑。忽然,他想起了寒鹃,除了鹃儿,没有任何女子可以进入他的心里。他果断地推开贞儿,飞快离去。

回到高升客栈已是掌灯时分,辛弃疾复杂的心绪也平复了许多。烛灯下,他打开折扇,仔细检查画在扇面上的纵横交错的线条。这是他近半月来察看到的燕京城内的军营、武库、粮仓等军情布防图,随后用笔在中心处写上"海陵王府"字样。他合上折扇,凝视烛光,泪花闪动:"爷爷,你的心愿孙儿替你完成了。爹,儿子已经找到完颜亮的老巢,很快便可以替爹报仇了!"

房门开处,党怀英一脸酒气,踉跄而入。辛弃疾放下折扇,上前扶住党怀英,眉头微蹙道:"怀英,你怎么喝成这样?"

党怀英一头倒在床上,一脸怨恨:"岂有此理,岂有此理!"

辛弃疾略微一愣,询问道:"怀英,到底怎么回事?"

党怀英一头坐起,愤愤地说:"那帮蠢材,不学无术,却与我斗富。我卖掉祖业,连典带借凑足的三万两算是白花了,鸡飞蛋打一场空呀!"

辛弃疾戏嘲道:"你是把祖宗贱卖了。"

党怀英长叹一声:"唉,家产典尽,祖业卖光,重债压身,一旦落榜,我,我真不敢再往下想……"

辛弃疾问道："那位徒单公子不是答应帮你吗，变卦了？"

党怀英道："那头胖猪仗着万贯家财，听说在徒单身上已花了六七万两银子了。"

辛弃疾愤愤道："天下乌鸦一般黑！"

党怀英拉住辛弃疾，哀求道："幼安，你有雍王爷做靠山，无须考试便可前程似锦。你我同窗多年，你可要帮我！"

"这种事情，我可是爱莫能助。"辛弃疾心生厌恶，不再搭理，回到灯下独自看起书来。

"没想到你辛弃疾如此绝情……"党怀英一筹莫展地走到辛弃疾身旁坐下，顺手从桌上拿起折扇把玩，无意间展开折扇，一脸疑惑，"嗯？这上面画的是什么？"

辛弃疾暗吃一惊，急忙掩饰道："我怕外出迷路，便将城中街巷画在扇上。"他一把夺过折扇，急忙装入行囊。

党怀英一脸狐疑，蹙眉思索。

九

自与辛弃疾分手后，贞儿陷入迷茫和痛苦之中。这位向来无忧无虑、无拘无束的王府公主，突然变得闷闷不乐、心事重重。完颜雍默默地望着女儿，不住地摇头叹息。他并不反对女儿与辛弃疾交往，甚至还希望通过女儿将这个文武兼备的汉人学子收归自己帐下。他轻声安慰道："孩子，阿爸知道你心里难受，可你应该知道，他是汉人。"

贞儿道："奶奶不也是汉人吗？我阿妈不也是汉人吗？贞儿不在乎什么汉人金人！"

完颜雍道："可他在乎。说心里话，阿爸也很喜欢他，可他宋心未死，谁也留他不住。其实，阿烈呼也不错，又真心喜欢你。"

"可我不喜欢他，是你喜欢他！"贞儿推开父亲，走到一边不再说话。

侍女匆匆来报："王爷，阿烈呼将军在客厅等候！"

完颜雍问："有什么事吗？"

侍女回道："同来的一位汉人学子说有重要事情禀报！"

"贞儿，阿爸是为你好，你好好想想吧！"完颜雍无奈地摇了摇头，匆匆离去。

"汉人学子？"贞儿满腹狐疑，悄悄跟在阿爸后面来到客厅窗外好奇地朝内窥探。

客厅内,党怀英朝完颜雍伏地跪拜道:"山东学子党怀英拜见雍王爷!"

完颜雍一番打量,一下记起:"哦,是你呀!"

党怀英按捺激动道:"王爷还记得在下?"

完颜雍异常高兴道:"记得记得,范先生的得意门生,快起来吧!真没想到,范先生的两位高足都来燕京了,哈哈……"

阿烈呼说道:"党公子前来禀报,说他发现辛弃疾在一把折扇上画了燕京的地形图。"

完颜雍一脸惊诧,问道:"你可看清了?"

党怀英回道:"小人看得清清楚楚,折扇上画得密密麻麻,上面写有皇宫和军营等字样。"

完颜雍疑惑道:"这个辛弃疾到底是什么人?"

阿烈呼道:"这小子分明是南宋的奸细,借应考之机刺探我大金的军情!"

完颜雍大惑不解:"他怎么可能是奸细呢?"

阿烈呼道:"不是奸细,他画与城防有关的地图做什么?王爷,先把这小子抓起来再说!"

"小小年龄,却有这等心计,如不能为我所用,将来或许会成为劲敌!"完颜雍沉思少许,"快去,一定要找到他,拿到那把折扇!"

窗外,贞儿一听要抓她的辛大哥,不禁一惊,略作思索,飞快离去。

阿烈呼领着一群军士将高升客栈团团围住,冲进客房,翻箱倒柜,四处搜查。

金兵小头目回禀:"将军,没见到折扇!"

党怀英思索道:"一定在他身上!"

阿烈呼怀疑道:"莫非已经逃走了?"

党怀英说道:"行李和马匹都在,一定还在城里!"

阿烈呼蹙眉思索道:"你们说能够把燕京全都看清的地方是哪里?"

小头目回复:"只有城中的古塔!"

"走,去古塔!"阿烈呼恍然大悟,直奔古塔。

辛弃疾果然正在古塔上。他透过塔孔,凭高眺望,整个王宫在眼前一览无余。

王宫内岗哨林立、戒备森严,无数侍从宫娥端茶送酒,出入频繁。他判断那些宫女不停出入的地方,一定是完颜亮寻欢作乐之处。通过近几天的连续观察,他摸清了守卫换更的时辰和行走路线,计划在夜深人静时换上买来的金兵服饰,翻过宫墙,利用宫墙拐角处的一片阴影,躲到离宫门最近的一只大铜鼎下,趁守卫换更时混进宫中,寻机杀死完颜亮。想到这里,他按捺不住心中激动,以拳击栏,咬牙切齿道:"狗贼,今晚我便要取你狗命!"

一阵脚步声急促响起,辛弃疾一惊,急忙侧身闪避。"辛大哥,别躲了,我知道你在!"贞儿飞跑上来,气喘吁吁道,"快跟我走,阿烈呼正在满城找你!"

辛弃疾不以为意道:"不服气就让他来吧!"

贞儿道:"有人出卖了你,阿烈呼是带人来抓你的!"

辛弃疾惊疑道:"抓我,凭什么抓我?"

贞儿道:"你偷画燕京城防地图,还不该抓你?"

辛弃疾怔住,一时语塞。"你的同窗好友党怀英出卖了你,别发愣了,我送你出城!"贞儿不由分说,拉住辛弃疾来到塔外,跳上雪花马,让辛弃疾坐到身后,策马拐进一条胡同,径直来到南城门。城门已经戒严,守城军士上前盘问,贞儿取出一块腰牌朝军士晃了晃,策马出城而去,一口气跑到十里之外,才在燕河边上停了下来。贞儿将雪花马交给辛弃疾道:"你赶快走吧!"

辛弃疾神情复杂地问:"贞儿,你为什么要救我?"

贞儿眼含热泪道:"我,我不想他们抓住你。"辛弃疾激动难言,猛地将贞儿紧紧搂在怀中。

贞儿抬起头来道:"辛大哥,我不相信你是南宋派来的奸细!"

"我怎么会是奸细?我……"

"能让我看看你的折扇吗?"

辛弃疾犹豫地从怀中取出折扇。贞儿接过折扇打开,指点扇面:"城门、兵营、粮囤,连马厩都标注得如此详尽,还有海陵王府……"她抬起头来,一脸讥笑,"辛大哥,你还说不是奸细?"她见辛弃疾无言以对,一声冷笑,突然将折扇撕碎。

辛弃疾又气又急道:"贞儿,你这是干什么?"

贞儿感情复杂地说:"辛大哥,我知道,在你心中,我远不如你的大宋重要。可我也不允许你伤害我的大金,现在扯平了。"说话间一扬手将破碎的折扇扔进河中。

折扇随波而去,辛弃疾急得直跺脚。

贞儿说道:"你留着它有什么用,难道还想攻打燕京不成?"

"早晚有这一天的!"辛弃疾发狠地说。

"恐怕你等不到那一天了!"

"你这话什么意思？"

"宋金就要开战了。"

辛弃疾惊疑地问道："你说什么？"

"我叔叔完颜亮不日就要提兵百万，挥戈南下了！"

辛弃疾大惊失色，悔恨不已："可惜没来得及杀了他！"

贞儿一脸疑惑地问："你要杀谁？"

辛弃疾咬牙切齿道："完颜亮！"

"为什么？"

"我父亲死在他的乱箭之下！"

"哦，你父亲就是刺杀金兀术的铁血会成员？"

"不杀此贼，誓不为人！"

"父仇大如天，换了贞儿也会这么做。你赶快走吧，他们要知道你是铁血会成员后代，更不会放过你！"贞儿紧搂马头，伤感万分，"这是我最心爱的雪花马，你要好好待它！"随即拍了拍马背上的行囊，强作笑容，"辛大哥，这里面有些银子和干粮，够你路上用的。记住，千万别走原路！"说完将缰绳交到辛弃疾手中，捂着脸飞跑离开。

辛弃疾百感交集，深情地目送贞儿远去，直到她消失在视线尽头，才怅然若失地骑上雪花马，沿着河边小道朝南走去。他一路上懊恼不迭，燕京城防布局绘制成图，完成了爷爷心愿，今晚本可潜入海陵王府，亲手杀掉完颜亮，报杀父之仇，谁知一不小心，全坏在了党怀英身上。千里迢迢而来，却是空手而归，他越想越不甘心。

十

海陵王府逍遥宫内，完颜亮斜倚床榻，与一群美女饮酒嬉戏。

"大王，乌禄到了！"阿里撒速毫无拘束地走进来。完颜亮并不起身，只做了个进来的手势，便将一名美女拉到怀里。

作为贴身侍卫长，阿里撒速对眼前这些场景早就习以为常，见惯不惊。他只是十分羡慕佩服他这位大王，不知哪来的如此强健的劲头和欲望。

而对完颜雍而言，这样的场景令他十分厌恶和难堪。每当得知完颜亮要在逍遥宫召见，他便浑身起鸡皮疙瘩。但王命难违，每次进宫见驾时他都是低头俯身而入，状似恭敬，实则不堪启目。

"那个偷画燕京地图的汉人学子抓到了吗?"完颜亮从女人胸前抬起头来。

"正在全城搜查。"完颜雍依然弓着身子回答。

"我早就说汉人不可信,你总听不进去!"完颜亮横眉怒目,"阿里撒速,马上派人去将那些汉人学子统统抓起来严刑拷问,这当中定有不少是南宋朝廷派来的奸细!"

待阿里撒速领旨退出后,完颜亮情绪稍缓道:"这就是你推行的科考新政,这下该死心了吧?"

完颜雍无言对答。

完颜亮斥责道:"又是贡女行刺本王,又是学子偷画中都地图,这南宋小皇帝实在该杀。务必要抓住那个画图的汉人学子!"

完颜雍道:"全城已经戒严,正在搜查!"

阿里撒速领着萧裕、仆散忽土、纥石烈志宁等人来到宫内。纥石烈志宁上前奏报:"启奏大王,南宋使臣虞允文已从五国城返回燕京,等候大王召见行辞陛礼。"

完颜亮脸色一沉道:"本王不想再见到这些南蛮,让他们自己赶快滚蛋!"

萧裕道:"大王不可,征讨南宋军备尚未就绪,如果现在就翻脸,必然引起南宋警觉而有所防备,于战事不利!"

仆散忽土道:"萧裕说得是,不可打草惊蛇!"

完颜亮问道:"依你之见?"

萧裕道:"仍对南宋使臣以礼相待,不让他觉察到丝毫的异常。"

完颜亮点头道:"有道理。可是怎样才能稳住这个虞允文呢?"

阿里撒速道:"听说这个虞允文是南宋那边有名的文人,擅长诗词歌赋。不如咱们也找一个精通汉文词韵的人跟这个虞允文叙情交流、诗酒唱和,让他高高兴兴地回到南宋,他做梦也不会想到咱们要对南宋小朝廷动手了!"

完颜亮道:"这主意好,纥石烈志宁,你们礼部快去办吧!"

纥石烈志宁为难地说:"陛下,礼部无人通晓汉文词韵,这诗酒唱和之事实在难办呀!"

完颜亮脸色一变斥道:"难办,难道还要本王去陪那个小白脸诗酒唱和不成?这点事都办不了,你这个礼部尚书还有何用?来人,拖出去鞭打八十!"

完颜雍急忙上前道:"大王息怒,乌禄愿代纥石烈志宁去陪南宋使臣!"

仆散忽土道:"大王,我朝中精通汉文词韵的人的确不多,除了大王你,就只有乌禄了。"

完颜亮沉吟少许道："好吧,乌禄,这差事就交给你去办吧。周旋一番,派人尽快把他们送出燕京,以免夜长梦多!"待完颜雍领着一头冷汗的纥石烈志宁退出后,完颜亮沉吟片刻,又问道:"那个行刺的妖女醒了吗?"

阿里撒速道:"一直昏迷不醒。"

完颜亮问:"其余贡女可招了?"

阿里撒速摇摇头:"已经打死好几个了,都一口咬定是被朝廷抓来的。"

完颜亮极不耐烦地一挥手道:"不用费力了,把所有南宋贡女统统乱棍打死。那个行刺的妖女扔到荒郊,让野狗一口一口撕了她!"

十一

乌林答氏推门走进贞儿房间,看了看桌上未曾动过的饭菜,怜爱地劝道:"贞儿,你这是何苦呢?自己的身子要紧!"

贞儿独坐窗台,一动不动,泪珠凝眸。乌林答氏叹了口气,走出内室,正好碰到刚从外面返回的完颜雍。她将完颜雍拉到一旁,低声说道:"还是不吃不喝,也不说话,我也不知道该怎么办!"

完颜雍生气道:"这个死丫头,都是我把她给宠坏了!"

乌林答氏道:"王爷也不必自责,是我这个大娘没做好!"

完颜雍道:"夫人,快别这么说。随她去吧,一两顿不吃饿不死!"

乌林答氏道:"王爷别说气话了!"

完颜雍道:"气话,我简直让她气疯了!偷走腰牌,私自放走辛弃疾,这事万一让迪古乃知道了,全家性命难保!"

乌林答氏问:"他召你进宫去做什么?"

完颜雍道:"正是追问辛弃疾一事!"

乌林答氏问:"他知道得这么快?"

完颜雍道:"我的一举一动都在他监视之中,何况阿烈呼还弄出这么大动静!"

乌林答氏问:"他怎么说?"

完颜雍道:"他一怒之下,把应考的汉人学子全都抓了起来!"

乌林答氏问:"怎么会这样,仅仅因为一个汉人学子,就放弃了科考新政?"

完颜雍苦笑:"这算什么,因为一个贡女,他就要发动战争,不惜万千生灵涂炭!"

阿烈呼匆匆而入禀报："王爷，城里城外搜遍了，没有辛弃疾的踪影！"

完颜雍道："显然是逃回山东去了。"

阿烈呼道："我这就一路追到山东，亲手将辛弃疾缉拿归案！"

完颜雍道："慢，你随我去陪南宋使节，然后再护送他们尽快离开燕京！"

阿烈呼诧异道："陪南宋使节？我们留守府怎么干起礼部的差事了？"

完颜雍苦笑："别说了，为了这事，纥石烈志宁差点送了命。南宋使节的事不能出丝毫差错，否则正中别人圈套！"

阿烈呼问道："那辛弃疾不抓了？"

完颜雍道："让党怀英带上我的亲笔书信赶往济南，协助沽必汗去办吧。你去把党怀英找来！"

内室，贞儿隔着房门侧耳倾听，眼珠一转，推窗跳了出去。

近日，党怀英因为与雍王府拉上关系并得到完颜雍赏识，一直处在激动之中。尽管内心对同窗好友辛弃疾有些歉疚，但这是他唯一拯救自己、改变命运的机会。一听说完颜雍召见，他便兴致勃勃直奔雍王府。

王府门口，贞儿从府中迎出，挡住党怀英去路。党怀英急忙施礼问安："贞儿公主吉祥！"

贞儿一本正经道："你是党怀英？"

党怀英回道："正是在下！"

"阿爸正找你呢，跟我来吧！"贞儿说毕转身走回府中，拐入旁边一条小径。党怀英略一迟疑，快步跟着贞儿穿过小径，来到后园。

"我阿爸一会儿过来，你就在这里等着！"贞儿停下脚步，装作若无其事地闲聊，"听说你跟辛弃疾是同学，而且很是要好？"

党怀英不知如何回答，只是点点头。

贞儿故作平淡道："那你怎么会出卖他呢？是为了当官发财，对吧？"

党怀英一时语塞，尴尬一笑。

贞儿脸色突变道："那你以后会不会再出卖我阿爸呢？"

党怀英双手直摇道："不会不会，党怀英誓死效忠雍王爷！"

贞儿道："真的？"

"党怀英可以对天发誓！"

"真敢对天发誓？"贞儿狡黠一笑，随即取过一碗，"拿着，过去站到箭靶前面！"

党怀英接碗在手,疑惑地问道:"碗里装的是什么?"

"狗血!"

"狗血?"

"我们金人发誓要头顶狗血!"

党怀英将信将疑,却又不敢反抗,只好走到箭靶前,战战兢兢地将盛着狗血的碗放在头顶。

贞儿忍不住一下笑出声来,党怀英觉察不妙:"贞儿公主,你……"

"快说,我党怀英,卖友求荣,愧对苍天!"

党怀英方知上当:"贞儿公主,莫要耍弄小人了!"

贞儿弯弓控弦问道:"说不说?!"

党怀英又惊又吓:"说,我说。我党怀英,卖友求荣,愧对苍天!"

"我党怀英猪狗不如,应该狗血淋头!"

党怀英支吾不语,贞儿再次将弓拉满,党怀英大汗淋漓:"我党怀英猪狗不如,应该狗血淋头!"

"这可是你自己说的!"贞儿弓弦一松,箭矢飞出。党怀英吓得大声哭呼:"救命呀!"箭中血碗,应声而碎,狗血淋了他满头满身,他吓得一下瘫坐地上。贞儿笑得前俯后仰。完颜雍和阿烈呼闻声赶到,见状也哭笑不得。

完颜雍又气又恼道:"你这疯丫头,就知道闯祸!"

"辛大哥,贞儿总算为你出气了,哈哈……"贞儿大笑而去。

十二

就在贞儿捉弄党怀英的时候,辛弃疾已经骑着雪花马沿着燕河岸边小道,心情复杂地朝山东方向驰去。一路上,耳畔不时响着贞儿的话:"我叔叔完颜亮不日就要提兵百万,挥戈南下了!"跑出数里,他突然勒住马头,望着波涛翻滚的河水蹙眉思索:虽然眼下还无法确认贞儿的话是否当真,但是如果是真,而南宋王师毫无准备,岂不要吃大亏?如何才能将这一重大军情传送到南宋朝廷?他一筹莫展。取出怀中盛土的绢囊,凝神思索片刻,一下有了主意,他毅然拨转马头,来到吉祥酒家。

吉祥酒家院外泥墙上贴着画有辛弃疾图像的悬赏告示,围着不少过往行人。辛弃疾牵马走来,正欲走近人群,忽然身后有人在他肩上拍了一下。他大吃一惊,回头一看,原来是钟义。钟义将辛弃疾引到楼上一间僻静的小屋,抹去额上冷汗道:"哎呀,辛公子,你胆子也够大的,还敢再上这里来?"

"钟大叔,我是特来打听一件事的。"

"什么事比命要紧?快说吧!"

"为二圣祭扫的使臣虞允文大人不知何时返回?"

钟义奇怪地问道:"你就为这事?"

辛弃疾点点头道:"我有事关大宋危亡的机密军情要向他禀报!"

钟义神情惊疑地问:"什么机密军情?"

辛弃疾低声道:"我得到消息,完颜亮不日就要提兵百万,大举南侵!"

钟义一惊道:"难怪近日有不少兵马朝南开去。不过咱大宋王师也不是吃素的!"

辛弃疾道:"万一王师毫无准备,后果不堪设想!"

钟义频频颔首:"是该向王师大军通个消息,让他们早做准备!"

"所以我要在此等候使臣大人。"

"虞允文大人从五国城返回时也会在小店歇马,只是他身边有不少金国陪员,很难接近。"

"此事全仗大叔相助,一定要设法让我与使臣大人单独一见!"

"我这就让十二到城中打探消息,算日子虞大人也该返回了。"钟义略一思忖,匆匆下楼盼咐辛十二去燕京城中打探消息。

时近中午,辛十二从燕京匆匆返回,他打听到使臣大人一行已经从五国城返回,不用一个时辰便可到此。

辛弃疾问道:"有多少金国陪员?"

辛十二回道:"留守府阿烈呼将军和二十余名军士。"

阿烈呼?真是冤家路窄。辛弃疾略吃一惊,让辛十二赶快请钟义上楼来商量对策。辛十二未及出屋,钟义匆匆上楼道:"那个金人小公子来了。"

辛弃疾一怔:"贞儿,她怎么来了?"

钟义不解地问道:"这个贞儿到底是什么人?"

辛弃疾道:"雍王府女扮男装的公主,完颜亮出兵南侵的消息就是从她口中得知的。"

钟义焦急不安地问:"这个时候她来这里干什么?"

辛弃疾隔着窗户朝楼下看去,只见贞儿临窗独坐,神情孤寂而凄楚。她举起酒壶,将桌上两只酒杯斟满,然后端起酒杯,与另一只酒杯轻轻相碰,脉脉含情道:"辛大哥,贞儿在这里为你祝福了。"

钟义一脸难色地道:"唉,她这一来,事情就更难办了!"说话间,一阵狂乱的马蹄声从店外传来,三人隔窗下看,不禁大惊失色,只见独眼龙领着一帮赶马汉大呼小叫地闯进来,一赶马汉一眼认出贞儿:"大哥,这不是那个帮着汉人跟咱作对的臭小子吗?"

贞儿闻声回头,暗吃一惊。独眼龙心有余悸地扫视一番,喜形于色地说:"好小子,今天可没人给你撑腰啦!"

另一赶马汉问道:"你们说,今天怎么收拾这小子?"

又一赶马汉说:"大哥,先让他把你皮靴舔干净了!"

独眼龙抬腿将皮靴伸在贞儿面前,一脸狞笑。贞儿起身欲走,被两名赶马汉左右架住,将她的头用力朝皮靴按下。

楼上小屋里,辛弃疾忍无可忍,欲冲下楼,被钟义死死抱住,低声叮嘱:"千万沉住气,使臣大人就快到了!"

店堂里,贞儿一边怒骂,一边拼力挣扎,毡帽脱落,露出一头长发。赶马汉们先是一怔,随即爆发出一阵狂笑,一赶马汉从后面抱住贞儿,在她胸前一阵乱摸:"真是个妞!"

其余赶马汉们一拥而上。贞儿一边怒骂,一边拼命挣扎。

独眼龙一声大吼:"全都给我闪开!"众赶马汉闻声闪到一旁。独眼龙走到贞儿面前,一脸淫笑。贞儿后退无路,大声呵斥:"你别过来,我,我是王府公主!"独眼龙先是一怔,随即放声狂笑:"公主?那老子今天就要做驸马爷啦!哈哈……"他上前一下扛起贞儿,奔出店外。赶马汉们一齐拥出店外,打着呼哨驱马而去,远处传来贞儿绝望的哭喊声。

"贞儿!"辛弃疾挣脱钟义,不顾一切飞奔下楼。辛十二急忙上前阻拦,与钟义一起将辛弃疾强行拉回楼上,推进屋内。钟义极力劝慰道:"辛公子,千万冷静,别误了大事!"

一阵传喝之声从店外传来:"南宋使臣驾到,闲杂人等统统回避!"几名开道金兵走进店堂,四下把守,阿烈呼陪同虞允文步入店堂。

"机会来了!"钟义拉上屋门,飞快下楼,匆匆奔到阿烈呼面前,神色慌乱道,"将军,大事不好啦!"

阿烈呼一怔,问:"何事慌张?"

钟义回道:"一位王爷府的公主来小店饮酒,被一群马贼掠走了!"

阿烈呼不屑地冷笑道:"屁话,王爷府的公主会到你这里来喝酒?"

钟义道:"她说她是贞儿公主!"

阿烈呼大惊失色道:"贞儿公主,什么时候?"

钟义道:"刚走不久,将军快去救人吧,雪地上的马蹄印一旦被大风刮平,想追也无处可追了!"

阿烈呼看了看虞允文一行,犹豫不定。钟义催促道:"将军,贞儿公主万一有个三长两短,不但小店担待不起,就连将军你……"

阿烈呼似被提醒,顾不得多想,朝虞允文一拱手道:"使节大人,请自便吧。"随即率领众军士奔出店外,跳上马背,沿着雪地上的马蹄印疾驰而去。

钟义轻轻嘘了口气,朝虞允文一拱手道:"大人请入座吧。"随即朝内喊道,"给使臣大人上菜!"

小二打扮的辛弃疾端出一钵,放到虞允文面前道:"使臣大人,请!"虞允文揭开钵盖,一下怔住,瓦钵内正是装着中原故土的绢囊。钟义来到虞允文身旁道:"虞大人,为了与你见面,这位辛公子已经在此等候多时。"

辛弃疾手捧绢囊跪于地上道:"中原遗民辛弃疾,代中原百姓向使臣大人奉献中原故土!"

虞允文双手接过满是血迹的绢囊,激动难言。

辛弃疾道:"虞大人,在下还有紧急军情禀报,完颜亮不日就要提兵百万,大举南侵!"

虞允文一惊,问道:"啊,你是如何得知的?"

辛弃疾回道:"从一位王府的公主口中得知!"

"难怪沿途见到有大批兵马粮草朝南方调动,这消息看来可靠。"虞允文神色顿时紧张起来,朝辛弃疾一拱手,"小兄弟,你为大宋立了大功了。军情危急,不敢耽搁,后会有期!"继而转向钟义,"这位大哥,此事早晚败露,你们也不可久留!"他顾不上再说什么,率众策马飞奔而去。

目送远去的虞允文一行,辛弃疾终于松了口气道:"十二弟,快把我的马牵出来!"

钟义问道:"辛公子这就返回山东?"

辛弃疾道:"钟大叔,在哪儿才能找到那些马贼?"

钟义大惊:"西边荒原上,怎么,你还要去找他们?"

辛弃疾道:"贞儿救过我,我不能一走了之!"

辛十二道:"大哥,阿烈呼不是已经追去了吗?再说,那阿烈呼正在抓你,你这不是往他刀口上撞吗?!"

"我没见到贞儿,放心不下!"辛弃疾从辛十二手中夺过缰绳,跃上雪花马,双腿一夹,飞驰而去。

十三

茫茫荒原,一望无际,昨夜的一场大雪厚厚地压在地面上,仿佛所有的生命都失去了生机。

独眼龙驮着贞儿,一路打马狂奔。马背上,贞儿不停挣扎哭骂。独眼龙得意大笑道:"公主别急,洞房就快到了,哈哈……"

一赶马汉道:"大哥可别吃独食呀!"

独眼龙一脸淫笑道:"放心吧,见者有份!"

赶马汉们起哄狂笑着策马来到一处废墟,独眼龙将贞儿拖下马背,扔在地上。贞儿拼命挣扎,几名赶马汉上前将贞儿的手脚按住。"大哥我先上了!"独眼龙淫笑着扑上来。一赶马汉突然惊叫:"大哥,有人追来了!"独眼龙狂笑道:"是来送亲的吧!哈哈……弟兄们,咱们就等着接收彩礼了!"

阿烈呼领着军士冲近废墟,散开队形,包抄过来。阿烈呼举刀怒斥:"大胆的马贼,胆敢劫持王府公主,想找死吗?"

独眼龙一笑道:"哈哈,还真是个公主,先捆起来!"赶马汉们将贞儿手足捆上,推到残墙角落。

阿烈呼刀指独眼龙,厉声大喝:"还不快把公主放了!"

独眼龙斥道:"放你娘的狗屁,你见了驸马爷还不下跪!"

阿烈呼怒不可遏:"给我杀,救回公主!"

军士们挥刀上前,与赶马汉们杀作一团。

辛弃疾沿着雪地上杂乱的马蹄印追踪而来,远处传来阵阵的厮杀声,说明阿烈呼已经追上了那群马贼。但不知贞儿安危如何，他纵马登上一座山丘，四处寻望。除了那一堵残垣断墙，四周看不到任何可以隐藏之处，显然，贞儿一定被马贼藏在废墟之中。辛弃疾纵马奔下山丘，绕到废墟仔细搜寻。贞儿先看到辛弃疾，又惊又喜地喊道："辛大哥，我在这儿！"

辛弃疾闻声来到墙角，见贞儿手脚被紧紧捆住，衣服已被撕破，心疼地问道："贞儿，你没事吧？"

"我没事。"贞儿好奇问道，"你怎么还没走，阿烈呼正要抓你！"

"说来话长，先离开这里再说！"辛弃疾刚为贞儿解开手上的绳索，两名赶马汉闻声奔来，要抢贞儿，被辛弃疾一顿拳脚打倒在地。贞儿解开腿上绳索，拉着辛弃疾准备离开，却被阿烈呼发现。阿烈呼直奔辛弃疾挥刀猛砍，独眼龙乘机从后袭击阿烈呼，辛弃疾和贞儿拾起战刀截住独眼龙，四人混战成一团。

金兵和赶马汉们一边相互厮杀，一边同时攻击辛弃疾。混乱的厮杀中，金兵和赶马汉相继倒下，最后只剩下辛弃疾、贞儿、阿烈呼和独眼龙四人。

辛弃疾靠近贞儿，低声道："快去找匹马来！"贞儿会意地奔向土丘，见远处雪地上雪花马静静地啃着枯草，便吹起响亮的呼哨，雪花马闻声仰头，一声嘶鸣，朝贞儿飞奔而来。

废墟上，辛弃疾和独眼龙、阿烈呼三人混战一处，难分难解。贞儿策马来到废墟，喊了一声："辛大哥！"辛弃疾听到贞儿呼叫，知道马匹到手，便放开独眼龙，直取阿烈呼。独眼龙也趁势攻击阿烈呼。阿烈呼只好放开辛弃疾，与独眼龙杀作一团。辛弃疾虚晃一刀，飞身跃上马背，坐到贞儿身后，朝着阿烈呼和独眼龙一笑道："二位慢慢打吧！"贞儿一抖缰绳，飞驰远去。

独眼龙与阿烈呼方知上当，却又脱身不得，大吼着挥刀砍向对方。二人杀得筋疲力尽，仍难分胜负。阿烈呼虚晃一刀，后退数步，一头栽倒在地。独眼龙吃力地走过去，得意狂笑道："什么狗屁将军，老子今天要割下你的脑袋去喂狗。"

阿烈呼突然翻过身来，手中短弩对准独眼龙。独眼龙大吃一惊："你，你小子玩阴的？"阿烈呼扣动弩机，弩矢穿透独眼龙咽喉。他转头望着渐渐远去的辛弃疾和贞儿，妒火中烧，挣扎站起，又无力地瘫倒在雪地。

雪花马驮着辛弃疾和贞儿一路飞奔返回到吉祥酒家，已是掌灯时分。辛十二和钟义早就各举一盏大红灯笼站在院门外等候，见到二人平安返回，终于松了口气。

辛十二又惊又喜，拉着辛弃疾又哭又笑道："大哥你终于回来了，我和干爹快着

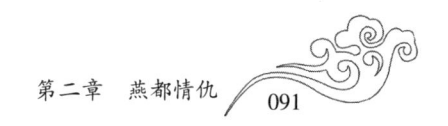

急死了!"

钟义长长松了口气:"回来就好了。贞儿公主安全脱险,小老儿也放心了,快进店里歇歇!"

辛弃疾道:"这里不能久留,我得马上走。钟大叔,请备一匹马,阿烈呼也许很快就会返回,我得走了!"

贞儿道:"辛大哥,你不能再回山东了,我阿爸已派党怀英去了济南,正等着抓你呢!"

钟义道:"对,你回去太危险了!"

辛弃疾道:"不知道我娘怎样了,我放心不下!"

辛十二牵来马匹道:"不管怎样,先离开这里再说。大哥,你快走!"

辛弃疾将雪花马交给贞儿道:"贞儿,你也快回去吧!"

贞儿扑到辛弃疾怀中,失声痛哭,她知道这一别也许就是永别。

钟义拉住贞儿着急地说道:"公主,不能耽搁了,辛公子再不走就麻烦了!"

"钟大叔、十二弟,后会有期!"辛弃疾翻身上马,恋恋不舍,"贞儿,快回去吧!"这时他突然感到有一种难以离舍的东西在血液中奔流。

十四

离开吉祥酒家,辛弃疾马不停蹄、昼夜兼程原路返回山东。此次燕京之行让他经历了一场惊心动魄的生死情仇:奇遇侠骨柔肠的公主,巧逢失散的叔伯兄弟,目睹中原遗民的血泪仇恨,冒死向大宋使臣拦马告急,与阿烈呼和马贼的生死搏杀,而党怀英又在前面设下什么陷阱,不得而知……但眼下最让他放心不下的便是母亲的安危,如果母亲再有半点闪失,他将一无所有了。

进门他便看见院里屋内被翻得乱七八糟。正在收拾院子的长忠夫妇见辛弃疾走进院子,又惊又喜地道:"我的少爷,你怎么才回来?夫人都急得生病了!"

忠婶忙不迭地跑回上房报信。孙英听到儿子回家的消息又惊又喜,从病床上挣扎坐起,紧抱儿子,声泪俱下道:"孩子,你到底回来了,娘都快急死了!"

辛弃疾环顾杂乱的内室,愤然问道:"娘,这是谁干的?"

孙英流泪埋怨:"唉,谁知你又闯了什么祸?!"突然,她一下想起什么,猛地推开儿子,"孩子,你快走,党怀英带着金兵正在抓你,快走吧!"

一阵怪异的呼啸之声从炕下传出，母子二人同时一惊。辛弃疾突然记起老师曾提过每遇险情，吴钩会发出怪异的呼啸之声，便问母亲是不是将吴钩藏在炕洞内了。孙英急忙从炕洞中取出一个麻布包，拆开麻布，露出吴钩，呼啸之声顿时消失。老师说的是真的，这吴钩太神奇了，辛弃疾注视着吴钩，惊叹不已。

孙英将吴钩交到儿子手上，哽咽着催促道："娘如今想留你也不行了，带上这吴钩，还有爷爷留下的地图，去投奔泰安义军吧！"她这时也顾不上去想泰安义军到底是山贼还是盗匪，只要儿子能保住命，留下辛家根苗就行。

辛弃疾急忙跪下，接过吴钩道："娘，儿子一走，你怎么办？"

"不用管我，别忘了你爹和你爷爷是怎么死的！"孙英拉拽着辛弃疾来到后院，强忍悲痛，含泪咬牙，"长忠，开门去！"

长忠拉开后门，一下惊呆了。图热黑领着一群金兵，狞笑着站在门外。党怀英面含愧色，尾随其后。

"党怀英，你这条狗！"辛弃疾一下认出身穿金国官服的党怀英，惊愤交加，双目喷火。

图热黑挥刀一指道："拿下！"金兵们蜂拥着冲入后院。

辛弃疾嗖地拔出吴钩，打算拼命。孙英拉住辛弃疾道："快，翻墙走！"图热黑上前推倒孙英，孙英挣扎爬起，将图热黑一条腿紧紧抱住，催促儿子快走。图热黑气急败坏，挥刀朝孙英砍下。

"娘——"辛弃疾悲愤狂呼，不顾一切地挥剑猛劈，一金兵被砍翻在地。图热黑挥动带血的战刀狂呼乱叫："格杀勿论！"金兵越来越多。辛弃疾背靠围墙，奋力抵挡。突然，一阵喊杀声从院外响起，长忠领着二猛、苦生等庄户们冲进后院。

霎时间，小小的后院变成激烈的战场，喊杀声、怒骂声、惨叫声和刀枪碰击声，响成一片。二猛挥舞铁锹，一声大吼，将一金兵打翻在地。苦生一棍砸倒一金兵。长忠一锄头砸破金兵脑袋。附近村庄的庄户们也闻讯赶来，挥舞棍棒，围住金兵厮杀。党怀英见势不妙，顺着墙根悄悄溜出了后门。

辛弃疾斗志倍增，一剑将图热黑的军刀削为两截。图热黑没料到当初玩木剑的小东西功夫竟然如此了得，一声惊叫，转身欲逃，辛弃疾一跃上前，一剑刺透他的胸膛。

庄外松林中，辛文郁和辛赞墓旁又添一座新坟。辛弃疾在孙英坟前挂剑跪拜，悲痛欲绝。母亲的死，对他可以说是最致命的一击。他伤心，瞬间失去了最后一位亲人；他自责，堂堂七尺男儿竟然无力保护自己的亲娘，不能将在自己家园横行的房寇赶走；他不安，杀了那么多金兵，必将遭到报复，全庄几百口老少会因他而招致横祸。

长忠一旁提醒："少爷，金兵大军说话就到，你得赶快拿个主意！"

"他娘的，干脆冲进济南，把狗日的统统砍了！"二猛话未落地，庄户们齐声响应。这些庄户除四凤闸的外还有附近遭受过金人欺凌、与金人怀有深仇大恨的，都恨不得立即冲进济南报仇雪恨。辛弃疾猛然站起拦住大家："不可，仅凭咱们这点人，去也是白白送死！"

二猛道："那该怎么办？"

辛弃疾沉思片刻道："眼下只有一条路可走，投奔泰安义军，和他们一道杀敌报仇！"

二猛第一个站起来高声响应："好，俺早就想去了！"

"投奔义军，杀敌报仇！"庄户们也齐声赞同。

"大家既有此心，我辛弃疾愿与大家同生死、共患难！"辛弃疾备受鼓舞，激情飞扬，随即吩咐长忠夫妇清点家财钱粮，分发给大家安顿家小先去外面暂避，然后集结起二猛和苦生等六百余号青壮男儿，带上所有粮食，浩浩荡荡直奔泰安而去。

第三章　泰山虎啸

一

天刚放亮,马全福带着一队义军士兵在泰安营地前寨巡哨。他现在是泰安义军的全军都统制,担负全寨防务。

罗跃指着山下惊叫:"马大哥,快看山下!"马全福登高远望,只见山下尘土飞扬,一队人马正朝山上疾奔而来,不禁大惊道:"定是金兵前来袭寨,快去禀报耿大哥!"说毕提枪上马,领着一队人马挡在寨前。

山下,辛弃疾领着六百来号庄户兴冲冲赶上山来。马全福长枪一横,挡住去路喝道:"大胆贼寇,敢来闯寨!"

二猛忙上前施礼:"这位大哥,我们是上山入伙的!"

从未见过这么多人结队入伙的,马全福将信将疑道:"入伙的?站着别动,让领头的过来!"

辛弃疾走出队伍,来到马全福面前,拱手施礼道:"这位头领,我等是历城一带的庄户,来投效义军的!"

马全福打量着辛弃疾,疑惑问道:"这位兄弟有些面熟,姓什么,家住何处?"

辛弃疾抱拳施礼道:"在下辛弃疾,历城四凤闸人氏。"

"辛弃疾?"马全福不禁一怔,"你不就是辛赞那个奸贼的孙子吗?还认得俺不?"

辛弃疾也一下认出:"噢,原来是马大哥,失敬失敬。我等确是来投效义军的!"

"你爷爷暗算我的父亲,听说还投靠金人卖国求荣,如今你分明是来假意投效,袭我营寨,真是狗胆不小,看枪!"马全福不由分说,挺枪便刺。

辛弃疾一边闪避,一边解释:"马大哥,你误会了,误会了!"马全福两眼通红,也不答话,抖动长枪一气猛刺。

"怎么回事,辛大哥怎么不还手呢?"二猛等人莫名其妙,急忙大喊,"辛大哥,还手,快还手!"

苦生和其他庄户们也齐声发喊:"还手,快还手!"

耿京率大队人马赶到,他跳下马背向罗跃问明情由,便走到寨外,不禁笑道:"这个全福,出手够狠的。"他放开嗓门,"哎,那位小兄弟,怎么不还手呀?"

辛弃疾一怔,闪到一旁。马全福神情得意道:"大哥,这小子的功夫是跟师娘学的,生就挨揍的料,哈哈……"

耿京大声鼓励道:"小兄弟还手,快还手,打不过他,你别想上山!"

"好,那就比试比试!"辛弃疾一咬牙,随即拔剑在手,"请吧!"

马全福怒不可遏:"臭小子,今天定要取你性命,为我爹报仇!"一条枪直朝辛弃疾要害处猛挑狠刺。

"失礼了!"辛弃疾一跃向前,挥剑相迎。二人枪来剑往,从马上到马下,杀得难分难解。义军和庄户们爆发出阵阵喝彩。耿京不住地大声叫好,他转向身旁的罗跃道:"刀剑无情,快鸣金,让他们住手!"

罗跃敲响铜锣,马全福杀得兴起,仍不罢手。耿京上前用刀架开长枪,拉住马全福,走到辛弃疾面前,一脸豪爽地道:"小兄弟,看不出,功夫不错嘛!我叫耿京,兄弟怎么称呼?"

辛弃疾抱拳施礼道:"在下辛弃疾,历城四凤闸人。早闻耿头领威名,愿在帐下为卒,痛杀胡虏,重振河山!"

耿京大喜过望:"好兄弟,我代表全体义军欢迎你们!"他指着张安国和邵进介绍,"这是俺们义军的三头领张安国,四头领邵进。"又指着马全福,"与你交手的这位是二头领马全福。"

"哼,我早认得!"马全福瞪了辛弃疾一眼,转身负气而去。

耿京好奇问道:"原来你们早就认识,怎么一见面便开打?"

"可能马大哥有些误会……"辛弃疾把来龙去脉简约地说了一遍。

"全福性子刚烈粗鲁,不过心眼不坏,不用介意!"耿京注意到辛弃疾缠在头上的白巾,便问道,"辛家兄弟为何人戴孝?"

辛弃疾眼含热泪,声带哽咽:"家母昨日被胡虏所杀!"

"哦,兄弟请节哀,这仇俺们早晚会报的!"耿京将辛弃疾一行带到山寨,亲自张罗住宿营帐,并叮嘱邵进多宰猪羊,好好款待新上山的弟兄。

往日来投奔义军的人都是零零星星的,最多不过三五十人。近期因金人加紧了围困封锁,山中粮草日渐紧缺,一些不堪困苦的弟兄偷偷溜了号。正在军心动摇、令耿京一筹莫展之时,辛弃疾一下就带来了六百余人,还带来了上千石粮食,既解了山寨之危,还稳定了军心,鼓舞了义军士气,他心里自然欣喜万般。

"大哥,马大哥与辛家兄弟到底是怎么回事?看马大哥那架势,招招索命,好似有什么深仇大恨。"返回大营的路上,张安国提出自己的疑问。

耿京道:"看上去两人误会挺深的。走,去全福那儿看看!"

二人来到马全福住处,只见马全福正独自饮酒,闷闷不乐。

耿京道:"全福,还在生气呀?"

"父仇未报,如今反倒和仇人吃上一锅饭了,这口气谁咽得下?"马全福头也不抬,气哼哼地说。

耿京微微一笑道:"我看会不会是你误会了,俺刚才向辛家兄弟问了一下你们两家结仇的缘由,恐怕其中真有什么误会。"

马全福酒杯重重一放道:"误会,江湖上可都这么说的!"

张安国摇头一笑道:"江湖流言,未必可信。再说,你没有真凭实据,又能如何?"

马全福反问道:"他爷爷当了金人的知州,也不算真凭实据?"

耿京道:"此事俺也问过,他只说老爷子降金另有隐情。"

张安国问道:"隐情,会有什么隐情?"

耿京摇摇头道:"既是隐情,俺也不便多问。人已经死了,一了百了,还提他作甚?刚才辛家兄弟亲口给俺说,他父亲曾经干过铁血会,还杀死了金兀术,他母亲昨日也被金人所杀,他与金人有血海深仇呀!"

马全福道:"大哥,你真相信他?"

张安国若有所思道:"大哥,别的先不去说,眼下正是金人准备攻打大宋的当口儿,还是小心为上!"

马全福道:"大哥,俺老马家的仇先不提吧,可众弟兄流血拼命,跟着大哥打下这块地盘不能不顾呀!"

张安国附和道:"对,大哥,不怕一万只怕万一,咱们真得多留点神!"

"大哥,俺马上去把那小子抓起来,严加拷问,不怕他不招!"马全福起身往外便走,被耿京一把拉回座位,"别胡来,传出去也不怕毁了俺义军的名声,日后谁还敢上山投奔义军?!"

二

辛弃疾投奔泰安反贼的讯息很快由沾必汗从济南传到了完颜雍那里。完颜雍放下书信,一声长叹:"果然不出我所料!"

乌林答氏问道:"辛弃疾找到了?"

完颜雍将书信递给乌林答氏:"这小子把事做大了,你自己看吧!"

乌林答氏接过书信,也深感惊讶:"怎么,上山了?"

贞儿凑上前仔细阅读,一下高兴得跳起来:"太好了,太好了!"

乌林答氏不悦道:"都上山落草为寇了,好什么?"

贞儿道:"那是行侠仗义的绿林好汉。我没看错辛大哥,兴许有一天我也会去上山落草,劫富济贫!"

完颜雍脸色一沉道:"你胡说些什么?!"

"我这就去告诉奶奶,她知道辛大哥没被抓住,不知道有多高兴呢!"贞儿欢跳而去。辛弃疾不但没被抓住,而且上山做了行侠仗义的绿林好汉,这个消息让贞儿既高兴又激动,急忙骑上雪花马出了王府,她要尽快将这个好消息告诉奶奶。她策马穿过荒郊,抄近路直奔太清庵。忽然,她发现在海陵王府当卫士的古尔剌驮着一只牛皮口袋在前面东张西望。这家伙驮着一只大口袋跑来荒郊野外做什么,莫非偷了皇宫的东西找地方埋藏?于是催马冲到古尔剌马前挡住去路。

"贞儿公主,你,你要做什么?"古尔剌急勒马头,大惊失色,牛皮口袋坠落地上。

贞儿道:"古尔剌,又偷了别人什么东西?!"

"没有没有,什么也没偷!"古尔剌连连摆手。前不久,他在街市上顺手偷了一张牧民的羊羔皮,正好让贞儿撞见,被这位女侠当众抽了好几皮鞭,至今还疼痛不止。

贞儿问道:"口袋里装的什么?"

古尔剌支支吾吾:"宫里死了个贡女,驮到荒郊去掩埋!"

贞儿更加好奇:"贡女?江南贡女,一定长得很美,让我看看!"

古尔剌道:"公主就别看了,死人有什么好看的!"

贞儿跳下马背道:"贞儿想看,就一定得看,打开吧!"

面对这个刁蛮公主,古尔剌无可奈何地说:"看就看吧,公主你可别吓着!"

古尔剌解开口袋,袋中装的正是寒鹊,她遍体鳞伤,昏迷未醒。贞儿惊讶不已:

"怎么被打成这样！古尔剌,你干的?"

古尔剌急忙摆手道:"不,不是。"

贞儿问:"到底怎么回事?"

古尔剌支吾不语。贞儿从腰间抽出马鞭在手中不停晃动,威胁道:"古尔剌,上次的皮鞭还没抽够?!"

"够了够了!"古尔剌只好如实道来,"这是南宋送来的一名贡女,在宫中行刺大王,大王说她是南宋朝廷派来的刺客,令我将她丢到荒郊喂野狗。"

贞儿惋惜道:"哦,好一个女侠,死得太可惜了!"

口袋中,寒鹃微微动了动,贞儿惊喜地喊道:"还活着,还活着,快放她出来!"

古尔剌道:"小的不敢,让大王知道了,我就全家没命了!"

贞儿略一思索,取出一大锭白银,扔给古尔剌道:"就交给我吧,你不说我不说,有谁知道?"

古尔剌收起银子恳求道:"贞儿公主千万别说出去!"

"放心吧,快抬到我的马上!"贞儿让古尔剌将寒鹃横到马背上。缰绳一抖,雪花马四蹄飞扬,转眼之间来到太清庵佛堂前,她大声呼喊:"奶奶,快救人!"

李洪愿闻声匆匆奔出,见状大惊:"这女子是谁,怎么伤成这样?快扶到后院去!"祖孙二人吃力地将寒鹃搀扶到后院居室的床榻上躺下。李洪愿一边以手把脉一边责骂:"真是作孽呀,把一个如花似玉的姑娘折磨成这样,一定会遭报应的!"

贞儿端水进来,让奶奶为寒鹃服下药丸。看着昏迷不醒的寒鹃,她怜惜地恳求道:"真是太可怜了!奶奶,你一定要救活她!"

李洪愿道:"我的阴阳回魂丹虽然救活了不少命在垂危的人,可她的伤势实在太重,只有看她的造化了!"

贞儿近乎哀求道:"奶奶,求求你,一定想法救活她!"

李洪愿道:"我已用银针封住了她的命门,应无性命之忧。只是她头颅损伤过重,即便不成痴呆,也会记忆全失。"

床榻上,寒鹃轻轻发出一声呻吟。

贞儿又惊又喜地道:"醒了,醒了!"

李洪愿问道:"姑娘,你能说话吗?"

寒鹃双目微睁,神情呆滞不语。

贞儿焦急不安地问道:"奶奶,怎么样?"

"需要慢慢将养。此事千万不可泄露出去,一旦让海陵王得知,全家就没命了。还有,也别让你阿爸知道,免得他担心!"李洪愿取出自己的僧衣,"先把她的衣裳脱下来,把身子擦洗干净。"祖孙二人替寒鹃脱去衣裳,看见她的身上横七竖八的鞭痕,又是一阵感叹和怜惜。

贞儿在寒鹃衣襟里发现半块日月清玉,取在手中好奇问道:"这佩玉怎么只剩下半块了?"

李洪愿凝视着半块佩玉,若有所思:"这半块佩玉一定与这姑娘身世有关,兴许还有一段缠绵悱恻的故事呢,替她收好吧!"李洪愿替寒鹃换上僧衣,闭目默念,"大慈大悲的菩萨,请保佑这个可怜的姑娘吧!"

"会有什么故事呢?"贞儿抚摸着半块佩玉,似懂非懂。她突然记起辛大哥有时也独自捧着这样的半块佩玉出神,似乎还有些神秘。难道汉人都喜欢玩这种残缺不全的玩意儿?贞儿百思不解。

在李洪愿的精心诊治调理下,寒鹃终于清醒过来。她睁开眼睛,环顾四周问道:"我这是在哪儿?"

"你在太清庵,这里很安全,姑娘放心吧!"李洪愿见寒鹃醒过来,终于松了口气。

寒鹃神情惑然道:"你们是……"

贞儿道:"我叫贞儿,这是我奶奶。"

寒鹃问:"我怎么会在这里?"

李洪愿道:"姑娘,还记得你姓什么、叫什么名字吗?"

寒鹃微微摇头。

贞儿问道:"奶奶,她真的失忆了?"

李洪愿含泪劝慰道:"姑娘,过去那些伤心事不记得也好,免得再伤心,再痛苦!"

贞儿道:"奶奶说得对。姐姐你安心养伤就是了。"

寒鹃谢道:"我听奶奶的。你们的救命之恩不知如何报答……"

李洪愿道:"救人一命,结一次善缘。如不嫌弃,就暂且留在寺中学佛修炼吧。"

寒鹃谢道:"多谢奶奶收留。"

李洪愿道:"见你怀中藏有半块佩玉,甚是奇妙,就叫你妙玉吧!"

贞儿扶起寒鹃,高兴道:"妙玉,我就该叫你妙玉姐姐了!"

贞儿取过半块佩玉送到寒鹃手上:"妙玉姐姐,这是从你身上找到的半块佩玉。"

寒鹃接过半块佩玉,久久端详,一时疑惑不解。

贞儿问道:"妙玉姐姐,你这半块佩玉是从哪儿来的?"

寒鹃用手敲头道:"我也想知道,可我什么也记不起了。"

李洪愿道:"这块佩玉一分两半,倒像是有别离的意思,而且是痛苦的别离……"

寒鹃极力思索,仍不得其解。

三

泰安义军营地,辛弃疾随耿京登上一处高坡,纵目俯瞰,不时发出由衷的赞叹:"想不到短短几年工夫,耿大哥能够聚集这么多人马,让金人不敢小觑,实在是了不起!"

耿京坦然道:"咱老耿粗人一个,不懂带兵打仗,全仗着泰安地势险要、众弟兄齐心合力,才守住这块地盘,保住了泰安义军这杆大旗!"

辛弃疾连连点头道:"耿大哥能在泰山之麓竖起这杆抗金大旗,已经为天下仁人志士树立了楷模,让不甘亡国者看到希望,不过……"

"不过什么?"耿京见辛弃疾欲言却止,便急切问道,"老弟有什么话尽管说!"

辛弃疾略作沉吟道:"耿大哥在此聚集了上千人马,就只是为了守住这块小小的地盘?"

耿京自得一笑道:"能守住了这块地盘,让众弟兄不再受金人欺压,还不够吗?"

辛弃疾微笑摇头道:"大哥可知道这一带有多少竖起抗金旗号的队伍?"

耿京道:"大大小小有二十来支吧。有的被金人剿灭了,有的撑不下去便散伙了,还有的被金人收买,暗中与俺泰安义军作梗!"

辛弃疾问:"这些义军互有来往吗?"

耿京摇摇头道:"这些队伍门派繁多,鱼龙混杂,头领也各有所图,都怕被别人吃掉,便相互提防,日子长了,自然形成了一道不成文的规矩:各守山头,各保地盘,互不相扰!"

辛弃疾沉吟自语:"虽然都打着抗金旗号,其实是各守山头,各保地盘。这与啸聚山林、占山为王的绿林响马有什么两样?"

耿京闻言一怔,一脸不悦:"照你说来,咱们泰安义军也都只是些绿林响马了?"

辛弃疾似觉失言,急忙解释:"大哥……"

"他娘的,闹半天,你也把俺耿京也看成山大王了?"耿京脸色一沉,不容辛弃疾解释,转身翻鞍上马,扬鞭而去。他平日最不愿听的就是有人说他是绿林响马山大王,他老耿虽然识字不多,但保家卫国这道理还是懂的。他拉起这支队伍,不为别的,只为不甘忍受胡虏欺凌,早日将这帮强盗赶走,谁知竟让辛弃疾这个富家公子看成了打家劫舍的山大王。一路上他越想越气,来到马全福住处,一口气喝下一大盅酒,坐在椅上直喘粗气。

坐在一旁的马全福莫名其妙,问道:"大哥怎么啦?何人将你气成这般模样?"

耿京喘息稍定,脸色涨红,问道:"铁匠,你说,你我拉队伍上山到底为了什么?"

马全福道:"这还需问,杀尽胡虏,报仇雪恨!"

"可有人把俺当成山大王,你说可气不可气?"耿京又猛喝下一盅。

"谁他娘的如此狂妄大胆,敢将俺当成山大王?"马全福怒容满面,"大哥,是不是辛弃疾那小子说的?"

耿京沉默不语。

马全福道:"俺一猜便是,除了那小子没人会这么说。对了,有人发现他常常独自在山上到处转悠,有时还写写画画。"

"写写画画?"耿京不解,"他在写画什么呢?"

"这小子准没安什么好心!俺这就带人去将那厮捆来,旧账新账一起算!"马全福起身便往外走,

"站住,你去只会把事弄糟!"耿京叫住马全福。沉吟片刻,他独自来到辛弃疾住处,只见辛弃疾正展开一幅地图,一边思索,一边不时用笔在图上不住圈点。

辛弃疾抬头见是耿京,急忙起身施礼道:"耿大哥来了!"

耿京一声不吭,脸色阴沉地走到案前,看了半天,不解地问道:"你这画的什么玩意儿?"

辛弃疾道:"这是咱泰安义军营寨要塞地势图。"

耿京更加疑惑不解:"你画这些干什么用?"

"这几日随大哥在山寨四处巡视之后,便粗略画了下来。这是中军大营,这是前寨、粮草库……"辛弃疾指着地图一一讲解。

耿京凝视地图,略有所悟:"这就叫地图?"

辛弃疾道:"对,有了这张地图,整个山寨的山形地势、布防状况便了如指掌。"

耿京道:"看上去还真是清清楚楚。有了这张图,对咱山寨的防守详情便一目了然了。"

"正是,这就便于大哥日后指挥山寨防务,而且对整个山寨布防利弊了如指掌。"辛弃疾指点着地图上一些圈点符号,细致讲解,"例如这前寨的防线显然太长,不利于指挥,如能在两翼分设左寨和右寨,既加强了两翼防卫,指挥调动人马也更为方便了。"

耿京时而凝听,时而点头,最后抬起头来,一声冷笑道:"唔,方便倒是方便,只怕金军得到这张图,攻打俺山寨也很方便吧?"

辛弃疾未解其意:"这怎么会……"

耿京逼视道:"为何不会?还有人说你要把这张图献给金人呢!"

辛弃疾愕然,不知如何答对。

"吓着了吧?"耿京突然在辛弃疾肩上重重擂了一拳,朗声大笑,"好小子,真有你的,今天定要跟俺好好喝几盅,哈哈哈哈……"

辛弃疾也释怀大笑,忙叫苦生摆酒。耿京从苦生手中接过酒坛,先替辛弃疾斟满一盅,一派诚挚地道:"好兄弟,方才是大哥太小气,这一盅算哥哥给你赔不是了!"

俩人正欲举盅相碰,马全福一头闯入,见状又惊又怒道:"大哥,你怎么跟他喝上了?!"

耿京道:"全福,你来得正好,快来跟辛家兄弟干一杯!"

"俺跟他吃不到一桌!"马全福一跺脚转身而去。辛弃疾起身挽留,被耿京拦住:"这个铁匠,就这臭脾气,随他去吧。兄弟,你还别说,刚才听你一提到山大王,连俺脸上也有些挂不住呢,哈哈……"

辛弃疾感到歉意地说:"弃疾言语欠妥,还望大哥见谅!"

耿京道:"不瞒老弟说,俺也曾无数次问过自己,咱泰安义军前头的路到底怎么走,把弟兄们往何处带?可俺老耿是一个粗人,除了一身力气、一腔胆子,总思量不出什么好道道来。今天总算开了点窍,你给哥哥好好筹划筹划!"

辛弃疾沉思少许道:"大哥,据小弟所悉,在山东境内有十来股较大的义军队伍,加起来少说也有十余万人,假如把他们联合到一起,这将是何等强大的抗金力量!不能眼睁睁地看着金人把这些不同门派的义军一个一个吃掉,到最后咱泰安义军也会遭同样下场。"

耿京频频点头,问道:"可是有什么法子去说动他们呢?"

辛弃疾道:"咱们若能下山打上一两场胜仗,树起泰安义军的威望,自然能说服他们!"

耿京道:"理是这么个理,可咱泰安义军从未下山作过战,再说这仗又去哪里打呢?"

正在这时,张安国匆匆而入,焦急地说:"大哥,有消息说,有济南和莱芜的金兵正在围攻莱芜境内的一股义军,已经打了一天了。"

耿京道:"听说有个叫贾瑞的,两年前在莱芜莲花山一带拉起一股人马,有好几百人。"

辛弃疾问道:"这个贾瑞人怎么样?"

耿京道:"听说干过铁血会,还算个血性汉子!"

辛弃疾略一思索道:"大哥,咱们出战的机会来了!"

耿京恍然大悟道:"对,咱们连夜出击,驰援贾瑞,从背后给胡房来一个措手不及!"

辛弃疾微微一笑道:"大哥,我还有个更大胆的想法!"

耿京道:"哦,快说!"

辛弃疾说道:"早些时候我随爷爷去过莱芜县城,城墙不高,好些地段还是土坯垒成,很容易攻打。"

耿京道:"你是说攻打莱芜县城?"

张安国不以为然地道:"咱们泰安义军从未攻过城,怕不行吧?"

辛弃疾道:"金军正在全力攻打莲花山,莱芜城内一定空虚,咱们去驰援贾瑞的同时,再用一路人马取下莱芜!"

"你便趁着俺营寨空虚,让金军取下俺的泰安。俺此刻先取下你狗头!"马全福突然闯入,拔刀欲砍。

耿京一把拉住马全福,大声斥责:"全福,休得胡来!"

张安国也上前劝住马全福:"马大哥,先消消气,听大哥的!"

马全福道:"大哥,俺们能守住泰安这块地盘已经够不容易了,还去攻打什么县城,千万别听这厮的馊主意,当心有诈!"

张安国也有些担心道:"机会虽好,只是太冒险了!"

耿京坦然一笑道:"咱聚义抗金,原本就是提着脑袋闯天下,哪有不冒险的?"

马全福见耿京主意已定,只好赌气地说:"大哥既然不怕,俺马全福有什么好怕的,这个险就让俺去替你冒!"

耿京道:"那好,我就把最要紧的任务交与你!"

马全福道:"大哥尽管吩咐,冲锋陷阵俺啥时候含糊过!"

耿京道:"让你守好山寨!"

马全福一怔道:"什么,让俺留守山寨?"

辛弃疾态度和缓道:"马大哥先别急,此次偷袭莱芜,难保金军不会偷袭咱们泰安,此战虽有九分胜算,可不得有一分差错!"

耿京道:"对,无论胜败,这老窝万万不能丢。山上地形你最熟悉,平日也是你把守前寨,你说交给谁合适?"

马全福一时语塞,转身把张安国拉到一旁,神情严肃地说:"安国,俺把大哥交给你了,你一定要寸步不离!"

耿京当即下令,由马全福和邵进、罗跃率五百义军留守营寨,他本人与张安国率八百义军攻打莱芜县城,辛弃疾与王彪率五百义军前往莲花山驰援贾瑞。

四

贾瑞是莱芜当地农户,三十来岁,忠厚淳朴,放羊娃出身,从小练就扔石块驱赶羊群的功夫,石子投得又远又准。因为参加过铁血会被金兵追捕,他便邀约一些志同道合的朋友在莲花山揭竿起义。

当辛弃疾与王彪赶到莲花山时,莲花山的义军正与图热力指挥的大队金兵浴血苦战。金兵依仗人多,攻势猛烈。义军死伤过半,节节败退。这图热力是图热黑的同父异母兄弟,比其兄更狠毒、更阴险。

贾瑞身带箭伤,满身是血,领着残存义军且战且退。后面已是绝壁,义军身临绝境。图热力挥刀砍翻两名义军,大喊:"冲上去,一个不留,给我杀!"

图热力话音未落,一阵惊天动地的喊杀声突然在山下响起,只见火光中泰安义军大旗迎风招展,辛弃疾领着泰安军冲杀而来,刀光闪处,金兵鬼哭狼嚎。

绝壁前,正准备拼命的贾瑞发现金兵阵中一片混乱,急忙俯望山下,惊喜大呼:"原来是泰安义军。弟兄们,泰安义军援救咱们来了,跟我杀下山去!"随即他扯下裹伤布条,跳下石崖,挥动朴刀,率先冲下山去。

山下,泰安义军奋勇冲杀,如入无人之境。辛弃疾冲到图热力面前,两人杀成一团。贾瑞领着残存的弟兄呐喊着杀奔而来。金兵禁不住前后夹击,阵容大乱。图热力见势不妙,落荒而逃。

两军阵前会师,欢声雷动。贾瑞拉着辛弃疾激动万分地道:"好兄弟,大恩人呀,若不是你们相救,咱莲花山弟兄恐怕难逃此劫!"

辛弃疾道:"贾大哥不必客气,小弟是奉了耿大哥之命前来相助的!"

贾瑞道:"耿大哥呢?"

辛弃疾道:"耿大哥此刻正在攻打莱芜!"

贾瑞道:"好呀!咱们合兵一处,去为耿大哥助助威!"

正在此时,莱芜县城方向传来三声炮响,辛弃疾闻声大喜道:"听,耿大哥把莱芜拿下了!"

贾瑞神情激奋地说:"走,见耿大哥去!"

当辛弃疾和贾瑞赶到莱芜县城,耿京已经在指挥弟兄们打扫战场了。贾瑞快步登上城楼,迎向耿京单膝跪拜,神情激动地说:"贾瑞代莲花山全体弟兄拜谢耿大哥,愿在帐下为卒,听从大哥调遣!"

耿京双手扶起贾瑞:"贾兄弟快快请起,往后咱们就是一家人了!"

张安国高兴地上前禀报:"大哥,城中粮草兵器清点完毕,光粮食就够咱们吃一年了!"

"太好了,多分些给城中百姓,剩余的统统运回山寨!"耿京大喜过望,"回师泰安,犒劳三军,庆贺胜利!"

正如辛弃疾所预期的那样,莱芜一战,不仅打出了军威,更是打出泰安义军的名声,前来投奔入伙的各股义军源源不断,忙得耿京、辛弃疾等人应接不暇。

一个敦实矮胖的中年汉子走到耿京面前抱拳道:"耿大头领,在下是磨盘岭的刘升,带着手下百来号弟兄前来投效,跟着耿大头领一起打天下、发大财!"

耿京笑道:"刘兄弟,咱结义泰安,可不是做生意呀!"

"刘升人笨,不会说话,反正跟着耿大头领有干头,哈哈……"刘升嘿嘿一笑,指着身后十数匹马说道,"这些是清一色的蒙古马,献给耿头领,作为进见之礼!"

耿京大喜道:"谢过刘升兄弟!"

看着面前的马匹,辛弃疾若有所思:"耿大哥,我有个想法。"

耿京道:"有想法?快说快说,大哥就爱听你这句!"

辛弃疾道:"金军之所以厉害,靠的是能骑善射,奔突迅疾。咱们从山寨之中挑选出一些好马集中起来,编建一支咱们义军的骑军如何?"

耿京大喜道:"你这想法太好了!辛兄弟,你能骑善射,这支骑军就由你来操练吧!"

辛弃疾兴奋地一拱手:"得令!"随即飞身跃上马背,挥臂大呼,"想当骑军的弟兄,上马!"

二猛、苦生等人欢叫着翻身上马。辛弃疾一抖马缰,领着众人飞奔而去,一阵尘土飞扬。

五

转眼间一个月过去了,也到了泰安义军骑军集训检阅的日子。但听得飞虎岭下鼙鼓动地,画角冲霄,杀声贯耳。刀光闪烁中,一支骑军从山坡后呼啸而出,挥刀斩劈,如狂飙卷地。率队冲在前头的正是辛弃疾,他锦袄胸甲,骁勇而英武。

岗顶一座巨石形成的点将台上,耿京与马全福、张安国、贾瑞、邵进等义军首领,一齐注视着山下。

耿京赞不绝口:"不错不错,不到一个月,这支骑军就让辛家兄弟操练得有模有样了!"

贾瑞频频点头道:"辛家兄弟能文能武,有勇有谋,实在是难得的将才!"

马全福神色冷漠道:"将才难得,只怕人心难知!"

耿京不悦地白了马全福一眼道:"你又来了,且不说他父亲是亲手杀死金兀尤的铁血会好汉,莱芜一战,难道辛家兄弟还不可信?"

马全福道:"还是那句话,害死俺爹的凶手一天查不到,俺就一天也不会放过他!"

耿京无奈苦笑:"真是一头犟驴!"

说话间,辛弃疾纵马奔上高坡,跳下马背,疾步登上点将台,朝众人欠身施礼道:"骑军操练完毕,请大哥和众位头领指教。"

耿京兴奋异常道:"老弟治军有方、训练有术,有了这支骑军,咱们义军真是如虎添翼啦!哈哈……"

"大哥太夸奖了……"辛弃疾眼前突然一亮,"大哥如虎添翼这句话,倒是引发小弟一个想法。"

耿京问道:"又有何想法?快说来听听!"

辛弃疾神情激昂道:"大哥既然说起如虎添翼,咱们在飞虎岭下训练出来的这支骑军名号何不就叫作'飞虎骑军'？人人驰骋如飞，个个气吞如虎，到时候让胡房尝尝咱飞虎骑军的厉害！"

耿京兴奋不已道："人人驰骋如飞，个个气吞如虎，好呀，日后这支飞虎骑军就交由你训练统领了！"

辛弃疾抱拳施礼道："小弟一定不负大哥重托！"

耿京神采飞扬道："各位兄弟，各位头领，自从打下莱芜，咱们泰安义军威名大震。近日连河北大名府、海州的各路义军也来人联络，愿听俺耿京节制。从今儿起，俺再也不是占山为王的绿林响马了！"

众人又惊又喜，连声叫好。

耿京接着说道："根据辛家兄弟提议，泰安义军打今日起改旗号为天平军。不求身家富贵，但求山河一统，天下太平！"

欢呼声中，天平军大旗临风升起，猎猎飞扬。耿京神情激动地说："咱们既然有了旗号，各位头领也该有军中称呼。从此俺老耿便要以天平军节度使之名号令各路人马；马全福为天平军都统制，统制中军，仍掌管全寨防务；张安国为天平军左都统领，统领左军；贾瑞为天平军右都统领，统领右军；邵进为中军营卫官，掌管中军内卫；辛弃疾为参军兼掌书记，掌管营中军机要务和印信文书，并统领飞虎骑军！"

全军欢呼顿起："辛弃疾，辛弃疾！……"

耿京大声道："邵进，取大印来！"

马全福一怔，急忙上前阻拦道："大哥，这大印是你用来号令各路军马的，怎么能轻易交与他人?!"

军中大印过去一直由邵进掌管，他也常以掌印官而得意，此刻一听要他交出大印，极为不快，站在那里一动不动。

辛弃疾见状便推辞道："弃疾资历浅短，身无寸功，实在难担此重任，请大哥……"

贾瑞道："辛兄弟不必谦让，无论文武你都比我等强，遵从大哥的决定吧！"

张安国略一沉吟，转而微笑道："马大哥不用多虑，听大哥的！"说毕朝邵进使了个眼色。邵进极不情愿地捧出大印。

"都是自家兄弟，老弟不必过谦了！"耿京从邵进手中接过大印，双手捧到辛弃疾面前，满腔热忱，"兄弟，这颗天平军大印是全体义军的命根子，不可有半点闪失！"

辛弃疾仍在犹豫，贾瑞一旁鼓励道："兄弟，这是大哥对你的信任，快接印吧！"

辛弃疾接印在手,激动异常地表态:"大哥请放心,辛弃疾在,大印在!"

邵进退离一旁,眼神中妒火如焚。他万没想到,辛弃疾刚上山不久便成了耿京眼中红人,还夺去了他的掌印之职。马全福更是满脸不快,紧皱眉头,紧咬双牙,负气而去。

六

完颜亮南下伐宋的时期日渐逼近,中原各州县接到加紧征筹粮草的军令,派兵挨家挨户搜抢粮食,连道观寺庙也不放过,灵岩寺自难幸免。义端一怒之下,杀了抢粮金兵,并召集当地乡人,也打起了抗金旗号。

辛弃疾得到义端竖旗抗金的消息又惊又喜,想不到和尚也看破红尘了,如能把他请上山来,义军可就多了一员猛将。他将这个想法告知了耿京。如今山寨增添了不少弟兄,只是兵多将少,更是稀缺像义端这样教练武艺之人,耿京自然求之不得,何况还是辛弃疾的师父,便催着辛弃疾赶紧去灵岩寺请大和尚上山。

辛弃疾领了耿京将令,便马不停蹄地赶往灵岩寺。刚到山脚,林子里突然蹿出一伙衣着半僧半俗的汉子,手执兵器将他拦下,为首一人大声喝道:"留钱走人,无钱留命!"辛弃疾勒住马头,并未下马,打量了一下这伙人,估计十有八九是义端的人马。还未答话,却有人认出:"这不是辛家少爷吗?"

辛弃疾也认出说话的正是寺中的小和尚空净,便问道:"大和尚在吗?"

"大和尚在御书阁,我带你去吧!"空净一脸巴结相。

"不必了,我识得路。"辛弃疾无意在此耽搁,径直驱马上山来到寺中。

如今呈现在他眼前的灵岩寺更是一片狼藉,面目全非:大雄宝殿香火早断,昏暗如夜;号称大雄的佛祖释迦牟尼依然端坐法台,却更显穷酸,泥胎大块脱落,腹中稻草裸露;守护左右的两位护法尊者倒在地上,摔得七零八落。他猛然想起了千佛殿,想起他的心中之神大力尊者,急忙退出大雄宝殿,直奔灵岩下的千佛殿。

千佛殿因位置偏僻,人迹罕至,损坏不大,五百罗汉形态依旧,一尊未少,只是尘埃如积。辛弃疾很快找到了大力尊者,虽是满面蒙尘,却正气犹在,手托法器,神威不减。如果说八年前他拜倒在这尊佛陀像前,不过是一个孩童天真的儿戏,或是一个懵懂少年对神佛淳朴的敬畏,那么此时此刻作为一名身负天下重任的战士,他实在需要得到冲锋陷阵、收复山河的神助之力。

拜过大力尊者,登上御书阁,当他出现在义端面前时,大和尚着实吃惊不小,一下竟没能认出眼前这位身着战袍胸甲的年轻将军是他的徒弟。他听说了辛弃疾投奔泰安义军的事,只以为无非是临时找个藏身避祸的栖身之处,他不相信辛家公子真会上山落草为寇。

"好小子,两年不见,完全变了个样了!"义端拉着辛弃疾打量了好一阵,不停夸赞,"好,像俺义端的徒弟!"

辛弃疾问道:"师父近来可好?"

"好不了啦!现在金兵四处抢粮,连寺庙也不放过。前些日子俺杀了几个来抢粮的金兵,担心他们早晚会来报复,便拉起一些人马保寺护庙!"义端得意一笑,"俺也起义抗金了!哈哈……"

辛弃疾道:"好呀,师父总算看破红尘了!"

"这叫作官逼和尚反!哈哈……"义端得意大笑,"如今俺手下好歹有百十号人马,那金人也不敢小瞧俺了,前一阵还派人想来招安,说是要封俺个百户长。"

辛弃疾一怔:"大和尚答应了?"

"瞧你师父就那点出息吗?"义端傲然一笑,"一个小小百户长便想打发俺?被俺轰走了!"

辛弃疾笑道:"是有些小瞧大和尚了!"

"可不是嘛!"义端越发得意起来,"哎,幼安,你在山上混得怎样?要不然,干脆下山跟着俺干,俺师徒二人一起打天下,一起享富贵!"

辛弃疾笑道:"大和尚想要我来你这里入伙?"

义端道:"怎么,嫌俺这庙小?"

辛弃疾一笑道:"你这座庙还真是小了点!"

义端略显不悦道:"口气倒不小,你手下有多少人?"

辛弃疾回道:"别的不算,我直接统辖的飞虎骑军现在有八百多号人。"

义端一怔,略显尴尬地道:"哦,俺这庙还真住不下,嘿嘿……"

辛弃疾道:"大和尚,实话对你说了吧,我奉耿大哥之命,来请你上山共举义旗,抗金复国!"

义端疑惑不解:"谁是耿大哥?"

辛弃疾道:"就是天平军的首领耿京耿大帅。"

义端肥壮的身躯一下靠在椅背上,仰面大笑道:"阿弥陀佛!我的大少爷,你真会说笑话,俺怎么会到那些泥腿子手下俯首听令呢!哈哈……"

辛弃疾放下茶碗,淡然一笑道:"耿大哥虽说是长工出身,可实在是一位有胆有识的人中豪杰。师父你熟读兵书,功夫过人,难道甘愿埋没在这空林之中?再说,你杀了金兵,这灵岩寺早晚难逃一劫!"辛弃疾一派诚挚。他见义端一言不发,料想这和尚是在端架子,便又说道:"刚才在山下被你的手下拦住讨要买路钱,看样子大和尚的日子不太好过吧?"

义端脸上肌肉一抖,飞快捻动手中佛珠,显然被辛弃疾说中了要害。其实他正在为这百十号人的生计发愁,寺中香火早断,又无其他收入来源,一日三餐都已难维持,只好任由他们出去干些剪径劫道的勾当。沉默良久,他抬头试探地问道:"你们义军有多少人马?"

辛弃疾道:"打下莱芜以后,已有五六万人了。"

佛珠在义端手中倏然停顿,一脸惊诧道:"这么多?"

辛弃疾微笑着点点头道:"河北大名府和海州十几万义军,如今也听咱耿大帅节制,加在一起不下二十万!"

佛珠又开始在义端手指间捻动,时快时慢,最后又一下停住,问道:"那耿京可是真心请俺上山?"

辛弃疾道:"耿大哥请你担当全军都统大教头呢!"

全军都统大教头,听这名头就够威风,义端顿时瞪大了眼睛。辛弃疾站起身来,有意激他:"师父实在为难,当然不必勉强。"

义端扔掉念珠,急忙站起道:"不,俺还是去吧!"

辛弃疾大喜道:"师父,你答应啦?"

"俺还是吃杯敬酒吧!"义端狡黠一笑,以先上山看看再做定夺为托词,半推半就地答应下来。

上山后次日一早,耿京、辛弃疾等一班头领陪同义端来到操练场上,数百名义军士兵早已列队整齐,静候大教头训示。

士兵们议论纷纷:"怎么来了个和尚?"

"听说是辛参军的师父,功夫十分了得!"

"那还用说,辛参军功夫已经非同一般,他师父自然更是厉害!"

义端听到士兵们的议论,心里暗自得意,将肥胖的光头一仰,迈步登上点将台。耿京挥手,众人安静下来:"弟兄们,快见过都统大教头!"

"好了好了,无须多礼。俺有言在先,你们头领请我来教你们,都得好好练,谁要偷懒耍滑头,俺拳脚可不认人!"义端傲慢地扫视全场,面目威严冷峻,心里却兴奋不已,他显然十分受用都统大教头这个头衔。

七

燕京郊外狩猎场正在进行一场声势浩大的围猎,桦树林中,几只猎犬号叫着凶猛追逐猎物,一头雄鹿蹿出树丛,惊恐奔逃。一箭飞来,正穿咽喉,雄鹿翻倒在地。完颜亮策马来到雄鹿面前,挥刀斩下鹿头,高高举起。

"大王神箭天下第一!"众随从举臂齐呼。完颜亮傲然狂笑,走到各部落首领面前,扔下鹿头道:"本王今日召集各部落首领来此围猎,亲射此鹿,赏赐各位首领!"

各部落首领齐声致谢:"谢大王恩赏!"

"不过,今天有的人吃鹿肉,有的人却要吃鞭子!"完颜亮一声冷笑,突然脸色一沉,"桑达、舒古哈!"

"小臣在!"桑达和舒古哈应声上前。他二人是辽东一带较为偏远的小部落首领,因平日与完颜雍走得较近,完颜亮早想除掉二人,将其部落吞并,却苦于没有机会,此次大战便打算借机将其除去。

完颜亮问道:"你们部落带来多少兵马粮草?"

桑达回道:"回禀大王,本部落连年灾荒,实在是凑不出太多兵马粮草,请大王明察!"

完颜亮又问:"舒古哈,你呢?"

舒古哈回道:"回禀大王,舒古哈部落比起桑达部落情势更糟。"

完颜亮勃然大怒道:"放屁!你们这些狗东西,平日都高喊效忠本王,要我减税免赋。一旦要你们出点力,一个个推三阻四。来人,每人赏鞭四十!"

武士们剥去桑达和舒古哈上衣,捆在树上,挥鞭猛力抽打。

完颜亮吩咐道:"把屁股留着,还得给本王去骑马打仗呢!"

惨叫声中,部落首领们个个惶恐不安,有的暗露愤目。耶律元宜实在不忍看下去,便上前求情:"大王,再打人就废了,留到去前线杀敌吧!"

完颜亮略微一怔,似乎从这位即将担任前军元帅的兵部尚书眼中看到一种不满,稍作沉吟,便挥手示意行刑武士停下鞭刑。"都看到了?谁敢耽误南征大计,本王就先发兵剿灭了他的部落!"

各部落首领一脸惶恐,跪伏地上,连呼遵旨。

"好了,吃完鹿肉,赶快回去征兵筹粮,不得有误!"杀鸡儆猴,完颜亮轻松一笑,随即转视礼部尚书纥石烈志宁,"南宋小朝廷近来有什么动静?"

纥石烈志宁回道:"刚得到消息,南宋小朝廷赵构准备退位……"

"怎么,一听说本王要杀过江去,那赵构便吓破胆了?"完颜亮得意地大笑,"他找的替死鬼是谁呀?"

萧裕问道:"听说赵构当年从北边逃回江南,受了惊吓,弄不出娃来,皇位传给谁了?"

纥石烈志宁回道:"他侄儿赵昚。"

"这个小皇帝如此大胆,未经我大金国皇帝下诏册封,违背和约,擅自登基,又多一条罪状。真是天助大金!哈哈……"完颜亮仰天一阵狂笑。

耶律元宜道:"宋国既然违背和约,大王不妨派人送去国书严加责问,如这小皇帝稍有不逊,大王伐宋便是顺天理而后行,世人将无可厚非!"

完颜亮略作思索道:"也好。左丞相萧裕,由你前往临安送达国书,并率五万铁骑随行压阵,先替本王将那小皇帝好好羞辱一番!"

八

临安皇宫内专司庆典的大庆殿上,礼乐悦耳,仪仗煊赫,隆重的登基盛典进入高潮。年轻英武的赵昚,在百官臣僚簇拥下,沿着黄道,步上丹墀,登上龙位。他年过三旬,是宋太祖赵匡胤七代孙,赵构养子。

建炎二年底,金国左副元帅完颜宗维攻陷徐州,直逼扬州。那日夜晚,赵构喝罢鹿血,在龙床上由妃子辅助折腾了一夜,仍难达意。直到凌晨,兴致突发,正欲进取之时,太监闯入寝宫奏报紧急军情,赵构当即吓得滚下龙床。因惊吓过度,他从此失去生育能力,一直无后。为立储君,他在一千多名宗室子弟中选出两名族中世子收养宫中,作为备选,一名叫赵琢,另一名便是赵昚。为确立对自己忠诚孝敬的储君,赵构费尽心机,屡屡加试。两世子各有千秋。赵构便使出最后一招,给两名准继承人各送去十名绝色美女,十日后召回验身。赵琢的十名美女均已破处,而赵昚的十名美女无一受损。赵昚最终被确立为太子。但赵构仍不甘心,加紧寻医问药、求仙访道,希望能将皇位传于自己的嫡亲血脉。得知完颜亮即将兴兵伐宋,担心万一江山有失他将成亡国之君遗臭万年,于是匆匆将皇位禅让于养子,自己则隐于帘后。

待文武百官在丹墀之下伏拜山呼完毕,赵昚环视群臣,神情激扬道:"朕初登大宝,百业待兴,切望众位卿家鼎力辅佐,共创盛世天下!"

年近六旬的首辅丞相史浩率先出班奏道:"皇上敬请放心,上有太上皇恩眷,下有臣等忠心效力,定然国运昌盛、百姓康泰、天下太平!"史浩是赵构指派为赵昚授教的太傅。赵昚登基之前,赵构就替他选好了这位执掌朝政的首辅丞相。在秦桧执政时期,他便以博学睿智、老成持重,游走于和战两派之间,奉行不偏不倚的中庸之道,深受赵构赏识,让他辅佐朝政,既可平衡各方,缓解冲突和矛盾,同时又可替他这个太上皇束缚年轻气盛、有主战倾向的年轻皇帝。

史浩话未说完,站在一旁的老帅张浚立即站出,极为不满地斜睨了史浩一眼,言辞犀利:"皇上新登大位,万象更新,老臣张浚不会像史丞相那样尽说空洞的套话,只盼早日肃整朝纲,严惩污吏,远离媚臣,勤修武备,收复失地,早定天下!"这位来自四川绵竹的三朝老臣,曾多次领军抗击入侵金军,在苗刘之变时领军勤王助赵构登基,因而受到赵构重用。但他一直力主抗金复国,成为主战派领军人物,与主张议和的秦桧一党针锋相对,故屡遭排斥贬谪。赵昚在做太子期间,就对这位中兴名将甚为敬重,一登皇位,便请他出任枢密院使兼总领监军事,主持军务,组成抗金主战阵营。

"勤修武备,收复失地,早定天下,张帅也说出了我等将士的心里话!"承宣使李显忠在班中高声赞呼。他年近五旬,是张浚麾下爱将,以忠勇立身,人如其名。

右丞相汤思退躬身上前奏道:"皇上开元临朝第一天,诸位还是先上奏一些当急政务,请皇上圣裁吧!"虽已改朝换代,因是太上皇宠臣,以孝字当先的赵昚不敢擅动,自然让他原职任用。

赵昚道:"汤相定有当急政务,快说来听听!"

汤思退禀告:"启奏皇上,依照《绍兴和议》,我朝每年向金国纳贡的日期已近,金国使臣也一再催促,请皇上下旨,早做安排。"

赵昚问:"咱们每年要给他们些什么?"

年近六旬的户部尚书叶衡出班奏道:"依照《绍兴和议》,每年上贡白银二十五万两、绢帛二十五万匹。这些岁贡,几乎耗去我朝一半库银。"

赵昚神色惊疑道:"这么多岁贡,尽是我大宋百姓的膏血呀!"

虞允文出班奏道:"皇上说得极是,据臣所悉,每年民间征收贡赋,对百姓来说简直就是一场灾难。各级官府借征收贡赋为名,乘机大肆搜刮,横征暴敛,中饱私囊。多少人为此流离失所,家破人亡,更有人为此铤而走险,沦为盗匪,与朝廷作对!"他使金回朝后,已升任中书舍人,负责起草圣谕诏令,掌管朝廷机要。

户部侍郎王之望不以为然道:"虞大人有些危言耸听了吧?"

礼部侍郎孙造也一旁随声附和。

虞允文讥讽一笑道:"是真是假,你王大人和汤丞相心中比谁都明白!"

赵昚愤然道:"贡赋之祸,朕在登基之前就有所耳闻。这岁贡早已搞得怨声载道、民不聊生,再这么贡下去,我大宋的血就要被他金国榨干了!"

年迈的兵部尚书陈康伯大声质问:"汤大人,听说金国皇帝完颜亮提出还要增加岁贡,可有此事?"

赵昚目视汤思退问:"可有此事?"

汤思退喃喃道:"臣下正要上奏此事。自秦太师促成《绍兴和议》以来,我朝一直是按此数目交纳岁贡,不过……"

赵昚接话道:"他们还嫌不够?"

汤思退回道:"金国使臣说,我朝新皇登基,未经金国皇帝册封,不仅有失礼数,而且违背盟约,应惩罚性追加贡银五万两、绢帛五万匹、美女一百名。"

赵昚拍案而起怒道:"岂有此理!朕当不当皇帝与他金国何干?难道我大宋成了他完颜亮的银库了?!"

史浩劝慰道:"皇上息怒,金人确是贪得无厌,不过两国早有协约,不能违背。再说我朝国势太弱,无力相抗,只好如此了。正如太上皇所言,花点银子,买个太平!"

赵昚回道:"这种太平朕若不想买呢?"

汤思退道:"皇上不想买,固然是好,就怕金人不肯善罢甘休。"

张浚怒道:"不肯善罢甘休,那就开打。这口气憋了几十年,老夫头发胡须已经等白了!"

史浩不满地道:"张帅一张口便是开打,你打了那么多年,要打得过人家,还用得着割地赔款、俯首称臣吗?"

李显忠道:"当初要不是奸贼秦桧害死岳飞,我大宋江山何至如此不堪?"

虞允文附和道:"李将军所言极是,《绍兴和议》纯属秦桧卖国求荣所致,这种丧权辱国的条款早该废止了!"

汤思退提醒道:"《绍兴和议》条款可都是太上皇首肯的,虞大人说废止就废止,眼中还有太上皇吗?"

"太上皇驾到!"恰在这时,殿外传来一声传呼,太上皇赵构在两名宫女搀扶下步入大殿。他虽才五十来岁,也许是因急于求子,房事频繁,过早显出老态。

赵眘急忙起身将赵构扶上龙椅,跪伏施礼:"儿臣不知太上皇驾到,有失远迎!"

赵构扫视大殿,神态平静道:"都起来吧!"

赵眘和众臣谢恩起立,朝堂上一片寂静,肃然无声。"皇上今天首日临朝,我不放心,过来看看!"赵构示意赵眘在一旁坐下后,故作平淡,似乎是想消除听政之嫌,"你们在议论什么呢,我听见刚才好热闹,怎么现在都不吭声了?"

汤思退出班奏道:"启奏太上皇,方才臣等正向皇上呈奏向金国交纳岁贡一事,有些小的纷争。"他为太上皇来得恰逢其时暗自高兴。

赵构道:"岁贡之事不是早成法定惯例了吗,还有什么好争的?花点银子,天下太平,有何不好?"

赵眘低声道:"金人又要追加岁贡……"

赵构轻松一笑道:"不就几万两银子嘛,有啥好争的?银子不够,多征集些美女冲抵不就行了。只要两国不起干戈,你白捡个太平皇帝做不是更好吗?"

汤思退过分地奉承道:"太上皇高瞻远瞩,实乃国之幸、民之福呀!"

张浚毅然上前道:"太上皇,我朝已向金国交纳了三十多年岁贡,照这么下去,不知还要交纳到哪朝哪代才算完呢?"

赵构一时语塞:"张帅还是这么直言快语,咄咄逼人。摸摸自己满头白发,你我时日不多了,还是安安稳稳再享几天太平日子吧!"

史浩趁机表忠心道:"臣等一定尽心竭力辅佐皇上,让太上皇怡享太平天年!"

赵构满意地点点头,斜睨养子:"我说皇上,你年纪尚轻,历练太少,这朝堂之上,众说纷纭,什么话该听,什么话不该听,你自己可要多动动脑子!"

内卫统领陈晋急奔上殿跪奏:"启奏皇上,金国宣诏特使到了!"

"金国宣诏特使,他来做什么?"赵构脸上掠过一阵惊悸。

陈晋道:"说是来宣诏国书的!"

赵眘将征询的目光投向赵构。赵构一脸不悦道:"看着我干什么?你是皇帝。"

汤思退道:"金国使臣来送国书,此乃邦交之礼,万望皇上以礼相待,免伤和气。"

赵眘略为思索,神情从容道:"既然来了,朕也正想看看这些胡人长什么样。宣他们上殿!"

陈晋起身宣召："宣金国特使上殿！"宣召之声传向殿外，良久，未见金国特使人影出现。赵昚神情惑然。汤思退疾步近前道："皇上有所不知，依照和议所定，宣召金国使臣上殿，须用'恭请'二字。"

赵昚一怔："恭请？"

汤思退道："对，这是惯例！"

赵昚沉下脸色，负气地挥了挥手。陈晋高声宣召："恭请金国特使上殿！"

宣召声中，金国特使萧裕领着随从大步跨入，来到墀前双手抱胸，傲然而立。赵昚勃然大怒道："你是何人，竟敢如此无礼？"

萧裕一脸骄横道："大金国宣诏特使萧裕，奉旨前来宣诏国书，宋朝小皇帝还不快快下来跪接册封国书！"

全殿一片哗然。赵昚脸色铁青："你，你……"

张浚愤然上前斥道："大胆贼子，堂堂大宋皇宫宝殿，岂是你撒野之处？"

汤思退疾步上前道："皇上，我朝向大金国俯首称臣，皇帝跪接国书也是《绍兴和议》所定条款，请皇上委屈一下吧！"

萧裕一脸得意道："当初《绍兴和议》签订之后，你们的太上皇也是走下皇位，双膝跪地，诚接我大金国书的，难道都忘了不成？！"

赵昚茫然不解，转向赵构征询："太上皇，真有此事？"赵构尴尬不语，面露愧色，一想起当年在金兀术脚下跪接国书的屈辱情景，他禁不住浑身战栗，满脸涨红。之所以在宋金局势紧张之时匆匆禅位于养子，其中原因之一便是这种羞辱不能再发生在自己身上了。

李显忠班中大呼："把这个狂妄贼子轰出去！"

众臣附和高呼："轰出去！轰出去！"

汤思退劝慰道："各位大人休要冲动，一旦得罪大金友邦，后果不堪，后果不堪呀！"

虞允文道："太上皇、皇上，依臣拙见，当初《绍兴和议》乃城下之盟，实属强加于我的强盗条款，至今非但没有减缓，反而变本加厉。别的暂且不说，这向金称臣和皇上跪接国书两款早就应当废止！"

陈康伯、李显忠等文武大臣纷纷附议。

张浚道："今日是新皇登基头一天，干脆就从今日开始，废止《绍兴和议》，重振大宋雄风，将这些胡虏赶回塞外拾羊粪去！"

赵构拍案而起怒道:"简直胡闹,《绍兴和议》以来,军民安乐,天下太平,难道本皇错了不成?!"

萧裕暴跳如雷道:"好好好,你们要毁约断交是吗?那好,都给我听着,本宣诏使此次不仅带来了册封国书,身后还带来了十万铁甲骁勇,随时都可以进关朝贺你们这位新皇帝!"

李显忠怒不可遏,上前当胸揪住萧裕道:"十万虏寇吓得了谁?老子今天就要吃你的肉,喝你的血!"

汤思退急忙上前劝住李显忠,朝萧裕赔礼不迭:"特使大人息怒……"

陈晋急奔上殿跪奏:"启奏皇上,紧急军情,金军铁骑突然集结两淮,大有犯我疆土之势!"

赵昚和满堂文武大惊失色。

张浚道:"来得正好。皇上,胡虏欺人太甚,臣立即调集兵马,让他们有来无回!"

汤思退斜目讥笑道:"算了吧,就咱们那点家底,东拼西凑不过几万人,只怕是你有去无回吧!"

萧裕脚蹬丹墀,一脸骄横道:"南宋小皇帝,还不肯下来跪接国书?!"

史浩神色慌张道:"金人大军压境,战事一触即发,我朝国势军力弱不堪击,危如累卵,请皇上三思呀!"

汤思退趁势附和:"金国兵强马壮,骁勇无比,他们一旦入关,我大宋将有灭顶之灾,太上皇创下的太平盛世将毁在旦夕!"

"刀都架脖子上了,你还等什么,不就一跪吗?这一跪能保住江山、保住太平,难道还要我这个太上皇替你去跪吗?!"赵构见赵昚低头不语,便狠狠朝养子瞪了一眼,摆出很是生气的样子,一拂袍袖,匆匆走出大殿。他心中清楚,必须尽快离开这个不堪回首的地方。

赵昚浑身一震,犹豫片刻,无奈地站起。张浚见状大声惊呼:"皇上,不能,万万不能呀!"

虞允文、李显忠、陈康伯等众臣同时伏地哭呼:"皇上,万万不能呀!"

哭呼声中,赵昚神情压抑,一步一顿,提袍走下台阶,大步来到萧裕面前站定,双拳紧握,怒目而视。

萧裕故作淡然,伸出手掌,欣赏着中指上一枚翡翠扳指。赵昚紧咬双牙,扑通一声昂头跪下。萧裕俯身朝着赵昚得意一笑道:"别不服气,记住,你这个皇帝是我大金国封赏的!"说毕从随从手中取过册封国书,扔到赵昚面前,挑衅地与李显忠对视一眼,转身狂笑而去。

史浩和汤思退上前搀扶,赵昚甩开二人,负气不起。满朝文臣武将纷纷跪伏在地,哭呼之声响彻大殿。赵昚紧咬嘴唇,双眸中闪动着屈辱和仇恨的泪光。

九

萧裕回到燕京海陵王府,将赵昚跪接国书的情景向完颜亮和众将臣绘声绘色地描述了一番,引得完颜亮和众将臣一阵得意狂笑。

"第一个回合就让南宋小皇帝跪地求饶了,下一步就该到临安搂着江南美女吃肉喝酒了,哈哈……"完颜亮又是一阵狂笑,"耶律元帅,南征兵马都齐了吗?"

耶律元宜回道:"回大王,南征兵马已经齐集完毕,正陆续朝南开进!"

完颜亮道:"那些不愿参战的部落呢?"

耶律元宜回道:"大王天威,谁敢不从?所有大小部落都愿为大王效命!"

完颜亮问道:"现在共有多少兵马?"

耶律元宜回道:"超出六十万之众!"

完颜亮大喜:"好!择定吉日,本王提兵百万,亲征伐宋!"

萧裕道:"大王,据南宋那边密报,南征伐宋之事,南宋小朝廷已经知情,而且有所准备!"

完颜亮傲然一笑道:"那好哇!本王干脆再给南宋小皇帝下一道征讨战表,取笔墨!"

侍从备下笔墨,铺上宣纸。完颜亮稍作思索,挥毫写下一首七绝:

万里车书尽混同,江南岂有别疆封?
提兵百万西湖上,立马吴山第一峰!

完颜亮这首诗意豪迈但又充满杀气的七绝小诗,很快送到南宋朝廷,临安大内紫宸殿上一片哗然。

赵昚从内侍手中接过写着完颜亮七绝的宣纸,展开略为浏览,龙颜陡变,愤然将宣纸扔下龙案。此刻,他还没有从当众跪接国书的耻辱和羞愤中缓过气来,完颜亮又送来了充满挑衅的诗句,气得一时说不出话来。

户部侍郎王之望拾起宣纸,故作风雅道:"过去只知海陵长于骑射,想不到这厮诗词还写得像模像样,合律守格,无可挑剔。"随即摇头晃脑吟咏起来。

张浚怒不可遏,上前夺过宣纸,撕成粉碎:"皇上,完颜亮狗贼如此猖狂,咱们还等什么?不如先发制人。老臣现在就领军杀过江去,荡平胡虏,一举收复中原!"

一直沉思不语的史浩凄然苦笑:"张帅总是如此冲动。宋金修好以来,两国和睦相处,百姓安居乐业,何必为几行小诗大动干戈?!"

虞允文道:"史相此言差矣!在下出使北地之时,亲眼所见金人正在调动兵马,囤积粮草,打造战船,而且有北方义士辛弃疾提供完颜亮准备南侵的军情。敌寇就要打到眼皮底下了,还说什么两国和睦相处、百姓安居乐业?!"

汤思退一旁讥笑道:"虞大人到北边走了一趟,就变得如此义愤填膺、慷慨激昂,莫非还想披挂上阵,去到沙场厮杀不成?"

虞允文神情激奋道:"如果真有那么一天,虞某定当披坚执锐,血战沙场!"

史浩一脸不屑道:"好了好了,一介书生而已,逞什么口舌之强?还是说正事吧!"

赵眘问道:"丞相对此有何见解?"

史浩神情沉重道:"金人乃虎狼之邦,靖康之乱足以见证!眼下我朝长期积弱,兵少将寡,如若开战,后果必然不堪。再说,无论是战是和,皇室和朝廷安危首先要保证的。依臣之见,应立即着手准备海船,一旦局势危急,皇上和太上皇便可先到海上暂避兵祸,以免重蹈二圣被掳之覆辙!"

"哪有敌寇未到便逃之夭夭的道理?丞相你这句话实在让朕失望!"赵眘憋了一肚子屈辱和羞愤统统发泄在他老师头上。其实,对这位太上皇安排的首辅丞相,赵眘已经越来越感到失望和不满。在做太子期间,史浩教他处处谨小慎微,遇事不能自作主张,得看太上皇眼色行事。十多年,他一直在宫中过着诚惶诚恐、胆战心惊的日子。现在临朝登基了,这位太傅依然在精神和朝政上对他处处横加束缚,大至国事大政,小至官吏升迁,都代替太上皇对他指手画脚。长期积累的怨愤,今天终于有了一吐而快的机会。

史浩闻声一怔,他原本是想表示对皇帝安危的关心。当初金军攻破汴京,俘走二帝的情景至今仍历历在目,一想起便胆战心惊,不承想自己的一片忠心竟遭到赵眘如此挖苦讥讽,一时不知如何答对。他突然预感到,他亲手辅导了十多年的学生,已经不会再按照他的意志行事,甚至还会背道而驰。皇上的翅膀硬了,他这个首辅丞相也该做到头了!一种失意的悲哀和伤感顿时涌上心头,他神情颓丧地退至一边,再也不吭一声。

张浚斜睨了史浩一眼,蔑然一笑道:"过去只知道朝中有主战派和议和派,不承想还有一个逃跑派!"那次浮海远遁他也曾随驾而行,在东海上漂泊了四个多月,吃尽了胆战心惊、忍饥受饿的流亡之苦。陈康伯也当众揭短:"建炎三年,史相跟着太上皇逃得还不过瘾,难道还要让我等再饱尝一次你的浮海远遁之苦吗?"

"朝堂议政,各抒己见,你张帅何必如此偏执?"史浩不敢直接反驳赵昚,便冲着张浚发火。

王之望急忙解围,岔开话题:"皇上,金人南侵一说,兴许只是个误传,再说宋金早有和约,他们不敢轻举妄动的!"

虞允文道:"金人当初与我大宋订立《海上之盟》共同伐辽,待灭了辽国,他们便违约背盟,霸占燕云十六州,侵夺中原,俘走二圣。这个完颜亮,比当初的金兀尤野心更大,又有什么不敢的?"

王之望道:"依臣揣测,完颜亮送来此诗,只不过是想以战争相威胁,无非是想多榨取些银子罢了,大可不必过于当真。"

"对,还是太上皇说得好,就再多送些银子,化干戈为玉帛,大家都相安无事,过太平日子!"汤思退不失时机地将后台搬了出来。

李显忠道:"今年的贡银不是已送去了?三十多年来,咱们向金人贡送的银子还少吗?如今把这头恶狼喂肥了、养壮了,又要来撕咱们的肉、喝咱们的血了!"

虞允文道:"这个完颜亮对我临安'三秋桂子,十里荷花'早就垂涎三尺。我使金朝见之时,完颜亮便亲口对我说过他很想去江南醉卧西湖,吟赏烟霞。这首七绝用意匪浅,其狼子野心昭然若揭!"

张浚道:"老臣派出的各路探马回报,完颜亮正在加紧征兵积粮,已做好南侵准备,与虞大人带回的军情完全相同,战争随时都会爆发。今日送来这首狗屁诗,明摆着是在向我大宋挑战!"

赵昚奋然站起,神情庄严道:"朕,大宋皇帝,应战!"

群臣欢呼,震撼大殿。赵昚按捺激动道:"张帅,前方江防军备你有何调度?"

张浚回道:"江防军备臣已按皇上之意做了一些调整和补充,最易被敌寇突破的采石矶沿线兵力也有所加强,有威震江淮的忠勇老将刘琦将军亲自坐镇,当万无

一失。"

汤思退惶惑不安，一头跪下道："皇上，战端一开，后果不堪，只怕这半壁江山也危在旦夕，恳请皇上千万三思。臣愿马上去面见金国使节，再行斡旋，只要他们不出兵，只要能各守太平，一切好商量。"

王之望和一些主张和议的大臣也纷纷跪下："皇上，请三思啊！"

"敌寇兵临城下，你等还在做太平大梦，难道你要朕将这半壁江山拱手相让不成?!"赵昚愤目怒扫众人，毫不理睬。

张浚道："皇上，守边将士实在辛苦，大战在即，恳请委派大员代皇上犒劳前方将士，以鼓士气！"

"张帅所言甚是，正合朕意！"赵昚扫视大殿，"哪位爱卿愿替朕辛苦一趟，前往江防一线犒劳将士？"

陈康伯奏道："皇上，老臣举荐一人定不负王命。"

赵昚问道："陈老尚书举荐何人？"

陈康伯道："中书舍人虞允文！"

赵昚双目一亮，问："虞卿可愿替朕去前线劳军？"

虞允文毫不犹豫地道："臣愿替皇上分忧！"

赵昚欣然笑道："朕知道你不会推辞，那就再授你督视江淮军马府参谋军事一职，奔赴前线劳军。"

十

虞允文领了旨，立即奔赴两淮前线。谁知半途得知江淮、浙西制置使刘琦突患重疾，已回到瓜洲养病，他便转道瓜洲，先去探视刘帅病情。

此时，刘琦正躺在病榻上，心情烦乱，不住喘息。这位年过花甲的老帅，以骁勇善战立威军中，是张浚部下一员得力干将。当年他曾在顺昌率八字军以少胜多大破金兀术拐子马、铁浮屠，成为与岳飞、韩世忠等人齐名的中兴名将，如今却病倒在床，无法站立。

"刘帅，你也不用太着急，身体要紧。"虞侯都督王棋在一旁极力安慰。他虽未满三十，却处事沉稳缜密，深得刘琦倚重。

刘琦嘴唇干裂，嗓音沙哑道："大敌当前，主帅却退下阵来，躺在这病榻上不死不活,能不着急吗?"

王棋安慰道:"寿春由王权将军镇守,应该万无一失,刘帅不必担心。"

刘琦微微摇头道:"王权虽然跟了我多年,可从未真刀真枪与金人厮杀过,把寿春交给他,我实在放心不下呀!"

王棋又道:"刘帅不是已经上奏朝廷,调派李显忠将军来代替你统制淮西了吗?等李将军一到,就不用愁了。"

一虞侯匆匆入报:"启禀大帅,朝廷来人了……"

刘琦话未听完便一头坐起,喜形于色道:"是李显忠到了?快请!"

虞侯回道:"是督军府虞参军前来探望大帅病情。"

刘琦一脸困惑:"哪个虞参军?"

虞侯道:"中书舍人虞允文!"

"是他呀!面对强敌,老夫要的是雄兵勇将,派一个白面书生到前线来有什么用?"刘琦颓然倒回床上,闭目不语。

虞侯道:"虞大人是奉旨来江淮劳军的!"

王棋劝解道:"朝廷一向重文轻武,刘帅应是知道的。不过听说这位虞参军虽是文职,倒是忠勇可嘉、胆识过人。"

刘琦极不耐烦地道:"好啦好啦,不就是出使了一趟北房嘛,耍耍嘴皮子而已。"

王棋征询道:"刘帅的意思是……"

刘琦面无表情地道:"就说老夫形容龌龊,不便见客,你带着他直接去前线劳军便是!"

在瓜洲吃了个闭门羹,虞允文一行在王棋陪同下一路直奔江淮前线。路上聊起了刘琦,王棋面带歉意:"我们刘帅就这脾气,加上心情烦乱,虞参军不要放在心上。"

虞允文坦荡一笑道:"你们刘帅的脾气我早有耳闻,我是担心大战在即,主帅却重病不起,一旦开战,如何应对?"

王棋道:"所以刘帅心情焦急,病势更加严重。不过刘帅已将目前局势上奏朝廷,并请求朝廷派遣李显忠将军前来淮西代他统军备战。"

虞允文道:"哦,李显忠将军能来淮西那就好了。既然如此,我们得尽快赶到寿春犒劳将士,鼓舞士气。"

王棋道:"虞参军,你说金人真要攻打我们大宋吗?"

"千真万确!我出使北房时,一路上都能看到他们在调兵遣将,打造战船和攻城器具。我想,完颜亮就快要动手了,我们也得尽早赶到淮西!"虞允文一挥马鞭,率先朝前疾驰。

十一

此时,完颜亮已经完成了南下的进兵部署。军帐上方一幅巨大的进兵态势图上,四条拖着长尾的箭头从江淮、荆襄、大散关、东海四个方向直指南宋京师临安。金国大军将兵分四路:东路由朴散乌者攻取荆襄,西路由徒单合嘉攻夺大散关,海路由完颜郑家率水军截断南宋皇帝海上逃遁之路,中路由他亲率主力从江淮发起主攻。在完颜亮看来,南宋小朝廷就那么几艘破船、那点兵马也敢与大金对抗,简直自不量力,百日之内一举扫灭南宋,独霸天下,不费吹灰之力。

萧裕又报上更好的消息:"大王,刚探得消息,镇守江淮的主帅刘琦年老病重,已回到瓜洲养病去了。"

完颜亮大喜道:"什么,刘琦这条老狗病了?是被吓病的吧?哈哈……现在淮西守将是谁?"

萧裕回道:"刘琦的副将王权。"

完颜亮道:"王权,没听说过,是个何等样人?"

萧裕道:"据臣所知,王权是一个只会纸上谈兵、贪生怕死的庸才。"

完颜亮得意大笑:"让一个贪生怕死的无名鼠辈镇守江淮,看来南宋小朝廷真的气数已尽了!"

仆散忽土道:"大王,宋军主帅病重,军心必定不稳,灭宋正是天赐良机,应当提前发兵攻宋!"

萧裕道:"臣愿率精锐铁骑突袭寿春,一旦拿下寿春,定能震慑敌胆,宋军防线不攻自溃,我大军便可顺利渡江,拿下临安指日可待!"

"好!本王授你为前军先锋,领骑兵五万,火速拿下寿春!"完颜亮略作思索,"还有,先行派出细作潜入宋营,散布谣言,扰乱军心,让他们不战先乱!"

阿里撒速问道:"大王,我大军何日出发?"

完颜亮忧虑地说:"有个人一直让本王放心不下……"

仆散忽土道:"大王担心的是乌禄?"

阿里撒速也道:"大王是担心出征在外,乌禄会乘机作乱?"

"大王，此人早晚是个祸害，不如干脆……"仆散忽土做了个杀人手势。

完颜亮摇摇头道："找不到合适的理由，军中有不少部族与他关系甚密，而且互有联姻。大战在即，先起内乱，军心难稳！"

仆散忽土道："杀不得，留不得，该怎么办？"

阿里撒速提议道："大王既不放心，不如让他随军作战，放在眼皮下面，然后再找机会……"

完颜亮一时犹豫难决，陷入沉思。

此时此刻，完颜雍正忧虑重重，焦灼万分：完颜亮离京出征之前，绝不会放心他留在燕京，一定会千方百计除去他这个眼中钉、肉中刺。乌林答氏劝他趁海陵尚未下手之前尽快离开燕京，回到辽东。根据阿妈的安排，舅父李石早在辽东暗中筹集了五万人马，加上乌林答氏两位兄弟手下的近两万人马，一旦有变，完全可以据守辽东，与完颜亮相抗。但令他犹豫难决的是，完颜亮弑兄篡位，已遭世人唾骂，自己若步暴君后尘，不仅陷自己于不忠不义，而且一旦起兵，无论成败，都将祸及万千生灵，自己也将成千古罪人。

乌林答氏深知丈夫心中所忌，虽然心急如焚，但仍然耐着性子以理力劝："王爷宅心仁厚，秉忠守义，固然可贵，可是，海陵这种暴君淫魔有什么值得你去为他尽忠、为他守义？王爷不为自己安危着想，也应该为大金江山着想，为天下百姓着想，如今，各宗族部落和黎民百姓无不期盼有人站出来振臂一呼，铲除暴君，还天下公正太平，而这个人正是你呀，王爷！"

"夫人说的这些我何尝不明白，可是……"完颜雍仍在犹豫。

阿烈呼匆匆入报："王爷，接到密报，海陵要让仆散忽土来接管留守府，还要让你随军出征！"

乌林答氏神情紧张："随军出征？到了军中，要除掉你更容易了。王爷，你必须马上离开燕京！"

阿烈呼着急道："时间紧迫，仆散忽土已在路上，王爷你再不走就来不及了！"

情势急迫，完颜雍已别无选择，稍作沉吟："阿烈呼，你速去告知纥石烈志宁，要他也避一避。你也不要轻易露面，切不可轻举妄动，等我的消息！"待阿烈呼离去后，又对乌林答氏急切说道，"夫人，你快收拾一下，我去接上阿妈和贞儿，连夜返回辽东！"

乌林答氏道："王爷，你一人先走吧，我得留下！"

完颜雍一愣:"为什么?"

乌林答氏道:"如果我们都一起走了,海陵必定怀疑,也许还没到辽东,追兵就到了!"

完颜雍道:"不行,我不会让你一人留下的!"

乌林答氏道:"只有我留下做人质,才可以消除海陵的怀疑,我们大家才会安全!"

完颜雍坚决地摇头道:"那海陵对你早存不良之心,不行,说什么也不行!"

乌林答氏道:"王爷,你放心走吧,我会保护好自己的!"

完颜雍感动地将乌林答氏紧紧拥在怀中。乌林答氏毅然推开完颜雍道:"王爷,情势紧急,你一刻也不能再多耽搁,否则便难以脱身了!"

"你可要好好保重自己,等我回来!"完颜雍恋恋不舍地转身取过弓刀匆匆而去。

完颜雍前脚刚走,仆散忽土带着大队人马就赶到了。乌林答氏迎到门口,神色镇定地道:"仆散忽土将军,有何贵干?"

仆散忽土一脸傲慢地道:"奉大王之命,特来请乌禄进宫见驾!"

乌林答氏从容答道:"真不巧,乌禄母舅病危,他代阿妈赶回辽东探病去了。"

仆散忽土不禁一怔:"这么巧,夫人你可别诓我,欺君之罪,可是要满门抄斩的!"

"将军不用为难,乌林答氏随将军一道入宫,我自会向大王当面说明。"乌林答氏回身取出一只宝盒,从容登上车驾,随仆散忽土直奔海陵王宫。

正与几名心腹将臣饮酒作乐的完颜亮听到乌林答氏将进宫奏报的消息,将信将疑。他半眯着醉眼朝外望去,果然看见乌林答氏一袭素装,伫立门外,不禁双眼一亮:"乌林答氏,果真是你!"他推开搂在怀中的美女,衣冠不整地奔向门口,"乌林答氏,我的心肝宝贝,本王想你想得好苦呀,快过来!"

乌林答氏并不答话,默默打开宝盒,盒中一颗硕大的宝珠晶莹夺目。

完颜亮一下子呆住了:"雪玉龙珠!"

乌林答氏突然高举雪玉龙珠,语气平静而威严:"别过来!"

完颜亮大惊失色,双手直摇道:"别摔,心肝,宝贝,千万别……"

乌林答氏斥道:"你再往前半步,乌林答氏和雪玉龙珠便会玉石俱焚!"

完颜亮陡然止步道:"你,你到底要本王怎样?"

乌林答氏神色镇定地道:"乌禄的舅舅病危,他奉阿妈之命连夜赶回辽东探视,来不及奏请大王,便留下乌林答氏和雪玉龙珠为质!"

完颜亮松了口气:"原来是这样!好好,快随本王进去坐坐!"

乌林答氏道:"不必了,乌林答氏就留守府中等候夫君回来!"

完颜亮问道:"要是他不回来呢?"

"乌禄不会舍下乌林答氏和雪玉龙珠的!"乌林答氏说毕转身朝车驾走去。

完颜亮眼珠一转道:"等等!"

乌林答氏停下脚步,却未回身。

完颜亮道:"既为人质,那明日就随军出征吧!"乌林答氏似乎早有所料,头也不回,快步登车离去。

乌禄离京,天赐良机,完颜亮目送乌林答氏风情万种的背影,露出得意的淫笑。

十二

寿春,这座建于春秋时期的古城,扼守两淮江防的军事重镇,历来为兵家必争之地。刘琦病情加重后,便将兵权交与副帅王权。数日来,城中谣言四起,一说川陕已经失守,一说刘琦已经病亡,李显忠抗命已被革职,皇帝已经乘船逃到海上……一时间民情惊恐,军心混乱。守将王权也心神难定,惶恐不安。他虽出身军旅,却胆小如鼠,贪财惜命,什么官不官权不权的,没了性命一切皆是枉然。几天前他便悄悄将家眷及金银财宝送回江阴老家,然后私下备好船只,一旦大事不妙,便溜之大吉。

完颜亮的前军先锋萧裕率领的五万铁骑毫无阻拦地渡过淮水,直扑寿春。从城头望去,十里之外,马蹄扬起一片烟尘遮天蔽日,如狂风骤雨般的铁蹄震得整座城池都在摇晃。副将姚兴疏散百姓返营后,却找不到主帅王权,其余将士也四散而逃,有士兵说看见王权早已换上便装混在百姓中逃走了。姚兴年过五旬,在军中以勇武闻名,但因秉性耿介,不善迎奉,只好屈身于王权这种庸将手下。他登上城楼,但见一股金军骑兵已到城下,便令剩下的士兵用神臂弓和机弩一阵猛射,骄狂的金军骑兵猝不及防,死伤无数。姚兴趁金军混乱之际,率领其子姚胜和所剩四百余人冲杀而出,杀得金兵鬼哭狼嚎,从早晨到中午,仅姚兴一把龙头大刀就斩杀了百余金兵。萧裕率大军赶到,姚兴父子和残留的几十名士兵寡不敌众,全部阵亡。

萧裕没有想到一个姚兴和几百宋兵竟然让金兵死伤近千人,不禁摇头惊叹:"有如姚兴者十人,我等焉敢上前?!"虽受阻半日,寿春还是毫不费力地被拿下。萧裕下令乘胜追击,掩杀溃逃的宋军,抢夺船只,准备迎接完颜亮大军。

虞允文一行来到长江南岸,见到的却是仓皇溃逃的寿春守军和遍地丢弃的兵器甲杖。溃逃士兵中有人边跑边喊:"你们还不快逃,金兵马上就要打过江了!"

眼前的混乱局面,让虞允文和王棋大惊失色。敌军未到,战事未开,二十几万兵马便自溃奔逃,一哄而散。

王棋朝乱军中一名年轻将领喊道:"张将军,张振将军,出了什么事?"

张振回身近前,好奇问道:"王军门,你怎么在这里?"

王棋道:"我是陪同虞参军前来劳军的。"

张振道:"嗨,寿春都失守了,还劳什么军?金兵很快就要杀过来了,快回吧!"

虞允文拉住张振问道:"张将军,请等一等!"

"这位是……"张振打量着眼前这位满身文气的白面书生,十分好奇,一听是皇上派来的朝廷大员,慌忙抱拳施礼,"在下神弩营统制张振,见过虞大人!"

虞允文问道:"张将军,到底发生了什么事情?"

张振道:"都怪那个王权,还未见到金兵就吓破了胆,弃城逃跑了!"

虞允文愤然道:"身为主将,贪生怕死,不战而逃,真是我大宋王师的耻辱!"

"刘帅果然担心对了,这个贪生怕死的狗贼。"王棋一脸愤恨,"副统领姚兴将军呢?"

张振道:"听说姚将军战死了。"

虞允文神情严峻地问道:"你怎么也撤到南岸了?"

张振面带愧疚地道:"当时军中谣言四起,一说朝廷下令放弃淮西,又说皇上已去海上避难,三军无主,人心惶恐,我等几路人马也乱了阵脚,便只好先撤到南岸再说。"

王棋道:"李显忠将军的驰援大军还没有到?"

张振道:"谁知道呀,这种只打雷不下雨的事多了!"

虞允文神情担忧道:"寿春一丢,两淮防线便全线崩溃,毫无遮拦。这里离建康仅四十余里,无险可守,金人大军一旦过江,长驱直入,那时丢的不仅是江淮之地,而是整个大宋江山呀!"

张振道:"所以我等走不是、留不是,不知如何是好!"

虞允文蹙眉沉思片刻,问道:"张将军,你所辖人马还剩多少?"

张振道:"不足五成。"

虞允文问道:"另外几路人马呢?"

张振回道:"详情尚不知道,但小将估计另几路人马大部还在!"

虞允文问道:"各营兵马加在一起能有多少?"

张振回道:"最多一万七八。"

虞允文略作思索,便令张振去请各营统制到这里一见。张振领命去后,王棋一脸疑惑地问:"虞参军,这些残兵败将也要犒劳他们?"

虞允文道:"我想将这些兵马召集起来,在这里阻击胡虏大军!"

王棋不禁一怔,大惑不解:"可是刘帅重病不起,王权逃得不知踪影,姚将军已经战死,李将军尚未到任,无人来统军作战呀?"

虞允文淡然一笑道:"你我不是人吗?"

王棋茫然道:"虞参军,你不是开玩笑吧?"

虞允文神情严肃道:"大兵压境,国难当头,你看我像在开玩笑吗?"

王棋苦笑摇头,极力劝说:"虞大人,在下十分钦佩你的忠勇和胆识,可这么多能征惯战的武将都无能为力,你又能何为呢?何况你只是奉命来劳军的,打仗这事不归你管,你也管不着呀!"

虞允文一时无言,登上高处,眺望对岸,只见长江北岸,各路金军正在集结,旌幡蔽日,箫鼓冲空,千军万马呼啸狂奔,尘土漫天。江面上,金军战船顺江而来,声势逼人。

王棋凝眸北岸,神色惊恐地道:"这么多胡虏,少说也有四五十万呀!"

虞允文从江北收回目光,转向王棋,神色严峻地道:"眼前形势你都看到了,两淮失守,敌军已占先机。如果再让他们轻易渡过长江,长驱直下,会是什么后果?"

王棋道:"后果还用说吗?!可眼前这个局势,你我又能怎样?"

虞允文道:"难道你我只能站在这里,眼睁睁地看着完颜亮顺利渡江,轻而易举地灭了我大宋吗?"

王棋道:"可是,在几十万如狼似虎的金军面前,不足两万毫无战心的残兵败将,只能如流沙筑堤、螳臂当车呀!"

虞允文道:"流沙也好,螳臂也罢,挡一阵是一阵,总能为李显忠的大军赶来多争取一些时间吧!"

王棋仍然满腹疑虑:"即便大人愿意挺身而出担此大任,可你既不懂兵甲,又手无兵权,恐怕没人会听你的!"

虞允文道:"可是他们会听你的!"

王棋大惑不解:"会听我的?"

虞允文道:"各营的将领你都认识?"

王棋道:"常随刘帅巡视各营,八成都认识。"

虞允文欣然一笑道:"好,待各营将领到齐,只需你说一句话就够了。"

王棋问道:"什么话?"

"待各营将领到齐,你就如此……"虞允文附耳低声说了几句。王棋听罢将信将疑地勉强点了点头。

张振领着时俊、戴皋、盛新等各营统制相继到来。众人都认识王棋,纷纷上前与这位刘帅帐前的中军大人见礼打招呼。王棋待各营统制到齐后,便郑重其事地对众人道:"各位将军,快来参见督军府参军虞大人!"

水师营统制盛新大大咧咧地问道:"听说虞参军是皇上派来劳军的,都带来什么好吃好喝的?"

虞允文面色威严地道:"好吃好喝有的是,可并非用来犒劳逃兵败将的!"

众人一下愣住,看到眼前这位白面书生突然一脸涨红,神色威严,顿时不再作声。虞允文朝王棋以目示意,王棋便正了正嗓门开口道:"虞参军不仅带来犒劳物品,还受刘帅之托,在朝廷新派主帅到来之前,统领三军,抵御虏寇!"

众人面面相觑。张振一下笑出:"刘帅这是病糊涂了吧?让一个不懂兵甲的白面书生来统率我等作战,这不是天大的笑话吗?"

时俊道:"朝廷再怎样重文轻武,也不能拿我等武将不当回事吧?"

戴皋道:"是呀,这事让老婆孩子知道了,我等颜面何在?"

虞允文神色冷静,微微一笑道:"听说几位将军也是淮西军中勇将,面对胡虏不战而退,回到家中且不说愧对祖宗,在妻儿面前又颜面何存呢?"

戴皋一下噎住,低头不语。

"各位可曾想过,身为守边军人,退一步,丢失的是江淮,再退一步,便是亡国灭种了!"虞允文见众人不再吱声,语气稍作缓和,"各位将军虽然败退南岸,却未肯跟风王权一走了之,说明心里忠义还在,军人的天职还在。虞某虽一介书生,但也与诸位一样,同是血性男儿,大敌当前,愿与各位将军同生共死,报效国家!"

"虞参军一介书生尚不畏死,我等身为军人,岂能畏缩?!"王棋一番鼓动后,纳头跪向虞允文,"王棋无能,愿在虞大人帐前听凭调遣!"

张振异常感动道:"虞参军,张振愿带神弩营将士帐前听命!"

众人见状,也纷纷表示听从虞参军号令。

虞允文大喜过望道:"好!诸位将军不愧为我大宋忠勇之士。请御酒!"

随从为众人斟满御酒,虞允文端过酒碗,神情庄严地道:"虞某不才,誓与诸君死守长江,不退寸步!"

"死守长江,不退寸步!"众将高举酒碗,满脸豪气,誓毕一饮而尽,猛力将碗摔得粉碎。

十三

长江北岸,祭坛高筑,号角震耳欲聋。黑甲力士牵出一匹白马来到祭坛前。完颜亮一身甲胄,大步上前,挥刀斩下马首,高举过顶,大声狂呼:"苍天在上,佑我大金雄师旗开得胜,马到成功!"

在将士们的一阵高呼声中,几辆豪华车辇驰来,走下数名衣饰华丽的美女,乌林答氏也在其中。她依然一身缟素,紧抱宝盒,神态镇定而坦然。

阵列中,哈桑惊奇地发现:"那白袍女人好像是雍王的夫人乌林答氏!"

舒古哈疑惑道:"乌林答氏表姐,她怎么会来这里?"

桑达道:"听说是被当作人质,随军出征的。"

耶律元宜闻声注目,也很惊讶:"什么人质?我看这个海陵准没安好心!"

桑达气愤道:"这个色魔,让咱们去玩命,他却忙着玩女人!"

舒古哈情绪激动地说:"不能让色魔糟蹋我表姐,我得去救她!"

"你想去送死?"耶律元宜一把拉回舒古哈,神色激愤,紧咬嘴唇,契丹勇士豪侠的血液又开始在他全身奔腾激荡。

完颜亮接到寿春得手的捷报,大喜过望,率众将登上高高的龙凤楼船举杯相庆,开怀狂饮。

龙凤楼船是专为完颜亮南下进兵建造的,船身长约百尺,楼高三层,龙头凤尾,舱如大殿,豪华奢丽,称作水上王宫。

额木图高举酒杯祝贺道:"恭喜大王旗开得胜,首战告捷,我等敬大王满杯!"

阿里撒速随声附和:"太让人高兴了,好酒好肉,可惜没有女人!"

额木图接话道:"照这么打下去,要不了两天,临安就拿下了。到了临安,还愁没有女人吗?"

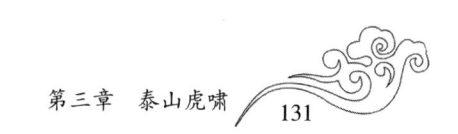

完颜亮醉意十足，情绪亢奋地道："今日喝得高兴，本王将随军带来的美女都分给你们享用，快去挑吧，哈哈……"

"谢大王！"众人一跃而起，争先恐后地奔出船舱。只有耶律元宜一动不动，坐在舱边继续饮酒。

完颜亮半睁醉眼地说："阿里撒速，去把乌林答氏叫来给本王陪酒！"

耶律元宜不禁一怔，提醒道："大王，乌林答氏可是人质！"

完颜亮酒杯一扔斥道："放屁！在我的军中，就是我的女人。你在这里干什么，滚出去！"

耶律元宜猛然站起，怒目而视。完颜亮抽出战刀，猛劈酒桌喝道："怎么，你这个契丹老狗想造反不成？"阿里撒速急忙上前拉着耶律元宜走出舱外。

篝火明亮处，仆散忽土等人从篷车里抱下美女，奔回自己的营帐。乌林答氏走下篷车，随阿里撒速登上灯火通明的龙凤楼船。她怀抱宝盒，神情自若，缓步而入。

朝思暮想的美人终于来到面前，完颜亮脸露狂喜，垂涎欲滴，起身上前激动地道："快来快来，美人快坐到本王身边来！"

乌林答氏一动不动，神色冷峻地道："大王坐着别动！"

完颜亮一怔，坐回原处："好好好，美人还不好意思呢！哈哈……"

乌林答氏冷声道："大王叫乌林答氏前来，不知是要宝珠还是要人？"

完颜亮傲然一笑道："瞧美人说的，天下都是本王的！"

乌林答氏道："天下的人心不一定都是大王的！"

完颜亮一下噎住："你……"

乌林答氏打开宝盒道："大王不是做梦都想得到这颗雪玉龙珠吗？"

完颜亮欣喜道："美人最知本王心，快呈上来让本王看看！"

乌林答氏道："大王不用着急，乌林答氏就是带着雪玉龙珠来成全你的！"

完颜亮不解："成全本王什么呢？"

乌林答氏神情泰然而平静地道："成全你天下第一暴君和史上第一淫帝的美名！"说毕走近窗前，打开宝盒，双手捧着雪玉龙珠伸出窗外。

完颜亮大惊失色道："别，别……"

乌林答氏淡然一笑，雪玉龙珠从手中滑落。楼船外，一道雪白的亮光飞落江中，耀眼的华光顿时照亮江面，浸透江心。

江面战船甲板上，兵将们从未见此奇景，顿时发出一阵惊叹。

"这是什么?"舒古哈话音未落,只见一个白色的身影从船窗飘然而下,在夜空中划出一道轻盈的弧线,紧接着在江面上溅起绚丽的水花。

桑达大声惊呼:"乌林答氏,乌林答氏投江了!"

耶律元宜连声惊叹:"好个烈性女子,太可惜了!"

舒古哈悲愤怒骂:"狗贼,我一定要宰了那个恶魔,为表姐报仇!"

耶律元宜急忙将他嘴巴捂住:"乌林答氏真是你表姐?"

"我刚才还买通守卫,偷偷去见过她,没想到……"舒古哈伤心地点点头,"对了,她还给了我一封信,让我找机会交给雍王,还要我带给雍王一句话……"

"看来乌林答氏自知难逃魔爪,给雍王留下了绝命书。"耶律元宜若有所思,"快给我看看!"舒古哈将耶律元宜拉到一边,从怀中取出书信。耶律元宜拆信快速浏览:"果然是绝命书,乌林答氏显然是以死提醒雍王,推翻暴君,重安天下!"

桑达悲愤道:"这狗贼早该死了!"

舒古哈说着就要出门:"我现在就去先杀了他,拥立雍王,重振大金!"

"不可莽撞!"耶律元宜沉思片刻,"雍王得知乌林答氏死讯,定会起兵自立。这样,你安排亲信及早将此信送回辽东,要雍王早下决心!"

桑达在一旁说道:"转告雍王,他若起兵,我等全力拥戴仁君!"

"我立即去安排!"舒古哈收好信件,迅即消失在黑暗之中。

龙凤楼船舱内,眼见梦寐以求的女人和宝珠瞬间在眼前消失,完颜亮暴跳如雷,近乎疯狂地号叫着挥刀乱劈。突然间,一阵霹雳骤然炸响,船身一晃,差点将他摔出舱外。

阿里撒速爬上楼船,扶起完颜亮。完颜亮酒醒一半,惊慌失色地问道:"怎么回事,是天神降罪于本王了?"

阿里撒速回道:"宋军,是宋军偷袭!"

完颜亮推开阿里撒速,扑向船窗,朝外望去,只见黑夜中无数火箭如疾雨飞来。宋军帅船上,虞允文挥动令旗,霹雳排炮猛轰,炮声震耳欲聋。

金军舰船起火燃烧,船只相互碰撞,一片混乱。

完颜亮指着江面问:"那个宋军主将是何人?"

阿里撒速定睛看去:"像是虞允文!"

完颜亮问道:"虞允文是何许人?"

阿里撒速回道:"就是不久前到过中都的那个小白脸使节!"

完颜亮哈哈大笑道:"一个小白脸也敢来找死,宋军真的没人了。开炮,给我开炮!"

金军舰船仓促应战,开炮还击。

两军战船在江面上激烈厮杀。黑夜中,箭雨横飞,炮声轰鸣,杀声震野,火光冲天。

十四

自从义端被辛弃疾请上山以后,马全福更是火冒三丈。打下莱芜,耿京对辛弃疾越发信任和器重,只要他说有个想法,耿京从来都是言听计从。如今又将他师父,灵岩寺那个和尚请上山做了全军都统大教头。再这般下去,这泰安天平军便要让辛弃疾当家了。他成天窝着一肚子火,无处发泄,只好独自钻到铁匠棚挥锤打铁,把气撒在烧红的铁坯上。

"马大哥,我猜你就在这里!"张安国晃晃悠悠地踱进铁匠棚。马全福光着背膀,从炉膛中钳出铁坯,发泄般地抡动铁锤,青筋鼓胀的脸上映出炉火闪烁。他并不抬头,只闷声问了一句:"有事?"

"也没什么事,知道马大哥心情不好,抽空来看看。"

马全福心事触动,扔下铁锤,走到棚外。张安国随步跟上道:"马大哥,咱们出生入死,便宜倒让别人捞去了,和你一样,我这心里也窝火!"

马全福一声不吭,怒目直视坡下。

坡下操场上,数十名义军战士正冒着暑热列阵练武。一树浓荫下,义端半坐半躺,自斟自饮。义军领班近前禀报:"大教头,天气太热,弟兄们已练了几个时辰,是否休息一会儿?"

义端半睁醉眼道:"冬练三九,夏练三伏,接着练!"

队列中,身形单薄的小战士狗娃支持不住,晕倒在地,引起一阵慌乱。义端闻声过来,推开众人斥责道:"好小子,竟敢偷懒耍滑,给俺起来!"

狗娃一动不动,义端上前一脚:"臭小子,你还装死!"

众战士哗然,场上大乱。义军领班挡在狗娃前面,不住地恳求:"大教头,使不得,他真的不行了!"众战士也纷纷上前恳求。有的开始发起牢骚:

"照这么练,过几天全都练趴下了!"

"武没练好,人先整死了!"

"早知道遭这种罪,老子就不该来!"

义端眉毛一横骂道:"你们这群又懒又笨的猪狗,都给俺滚!"随即举起枝条朝狗娃一阵猛抽。一只手突然紧紧抓住他举起枝条的手,义端定神一看,原来是马全福。

马全福夺过枝条,脸色铁青道:"你这厮凭啥打人?"

义端不屑道:"俺是全军总教头,教训偷懒的士兵,关你什么鸟事?"

马全福怒斥:"什么鸟教头?这泰安还轮不到你来撒野!"

义端毫不退让:"你个臭铁匠,要不是看在俺徒弟辛弃疾的面上,今天让你不死也脱层皮!"

"你个贼秃驴,还敢拿辛弃疾那厮来脏俺耳朵,现在俺便揪下你这秃头当球踢!"一听到辛弃疾名字,马全福更加怒不可遏,抡拳便打。

义端毫不退让,举拳相迎,二人在操场上各施拳脚,扭打成一团。

"身为军中首领,成何体统!"耿京闻讯赶来,分开二人,满面怒容。他俯身查看晕倒在地的狗娃,心疼地叹了口气,起身转向马全福,声色俱厉道:"愣着干吗,还不把狗娃背回去?"马全福朝义端狠狠瞪了一眼,一声不吭地背起狗娃离去。

"大家也都回营休息吧!"耿京待众人纷纷散去,走近义端,语气和缓,"全福生性鲁莽,大教头休要与他计较。"

义端面无表情,一声不吭。

耿京道:"大教头严于操训,无可非议。不过下手也稍重了些,他毕竟还是个孩子!"

"连个小屁孩都管不了,俺还做什么鸟教头?!"义端脸色一沉,拂袖而去。

耿京目送义端,摇头苦笑。辛弃疾匆匆而来:"大哥,多路探马回报,完颜亮发兵攻打南宋了,已经越过淮水,正与大宋王师在长江激战!"

"好呀,终于开打了!走,回大帐召集诸位首领商议俺们义军该怎么办。"耿京一听宋金两军开战的消息,顿时忘了刚才因义端的无礼冲撞引起的不快,神情激动地拉着辛弃疾回到中军大帐,召集众将计议军情。

待辛弃疾将所探军情讲述完毕后,耿京环视众人:"完颜亮正在攻打咱们大宋,我等总不能在一旁干瞅着。各位兄弟说说,咱们该干点什么?"

马全福先声叫道:"那还用问?咱们乘机杀进燕京,端了完颜亮狗贼的老窝!"

贾瑞道:"燕京在千里之外,等咱们赶到,仗早打完了!"

张安国道:"依我说,倒不如我们先按兵不动,等宋军得胜了,咱再乘胜出击,这样会万无一失。"

贾瑞问道:"万一大宋失利了呢?"

邵进接道:"咱们仍守住泰安,保住自己的地盘,毫不吃亏!"

辛弃疾反问道:"大宋真要打输了,唇亡齿寒,泰安还能保得住吗?"

耿京目光扫向辛弃疾道:"弃疾,你主意多,说说看。"

辛弃疾言辞激昂道:"马大哥的主意不错,眼下完颜亮大军正与大宋王师在长江激战,咱们应乘此时机,打他个出其不意,让完颜亮狗贼首尾难顾!"

贾瑞问道:"弃疾,你也主张去攻打燕京?"

辛弃疾道:"燕京暂且留着,我主张先打济南!"

耿京频频颔首道:"对,我正是这个主意。不过,要打济南,先得探明城中虚实。"

辛弃疾取出一方绢帛道:"小弟早已备下济南城防地势图,请过目。"

耿京展图细看,又惊又喜:"辛家兄弟,你是何时去的济南?"

辛弃疾道:"不瞒大哥,小弟去燕京应考之时,连燕京的城防地势图也都早已备下了。这幅济南城防地势图,是我爷爷生前利用为金人做官的机会画好的!"

耿京频频点头道:"老爷子真是用心良苦。有了这个,咱们就连夜商议攻城大计吧!"

辛弃疾道:"大哥,既然决计攻取济南,小弟有一请求。"

耿京道:"你快说吧!"

"攻打济南是机密大计,一旦泄露,将会前功尽弃。为防不测,小弟提议,从即日起,全军封营闭寨,任何人不得出寨下山!"辛弃疾知道,一旦商定攻城计划,山上人员庞杂,即便没有混入奸细,也难免走漏风声。

耿京极为赞同:"好,全福,这事由你去办!"他扫视全帐,"怎么义端大教头还不见来?"

邵进回道:"小弟去请过,他在帐中饮酒,不肯来。"

耿京眉头紧皱问:"为了啥事?"

张安国说道:"许是受了大哥责备。"

耿京讷讷苦笑道:"嗨,这和尚也太要强了。他不认真操练兵马,随意打骂弟兄,我不过就说了他几句嘛!"

马全福斜视辛弃疾,一抹冷嘲:"哼,想不到请来这么个难烧香的菩萨!"

耿京道："不来就不来，由他去吧！"

辛弃疾代人受过地说道："大哥，我师父熟知兵法，且勇武过人，有他参战，有利无弊，我这就去请他来！"

张安国站起身来道："辛参军且慢，此时正计议军情，如何少得了你？邵进兄弟正好要去巡哨，顺道去催催他就行了！"

耿京道："如此正好。邵进你快去吧！"

邵进起身欲走，张安国走到邵进身前，认真叮嘱："大和尚性情暴烈，你可要好言相劝。还有，巡哨之时多加留意辛参军的营帐，咱义军的印信可都在那里，千万别出事！"

马全福极不耐烦地喊道："还磨叽什么，快商量怎么打吧！离了他贼秃驴，俺就不打仗了？"

邵进匆匆来到义端营帐时，只见灯影下，义端正自斟自饮，醉眼蒙眬。

邵进道："大和尚，还在喝呀？"

义端抬起醉眼道："邵家兄弟，你来得正好，陪俺喝个痛快！"

邵进说道："我来传大帅将令，让你马上去大帐议事！"

"议个鸟事，休要让我再去看那臭长工的脸色！"义端将邵进强按椅上，"来来来，陪俺先喝几盅再说！"

邵进起身推辞："小弟还要巡哨，不能喝了。"

"嗨，那臭长工的事你何必如此当真？"义端为邵进斟满一杯，"来，干了！"

邵进道："大和尚，这话让大帅听见，可没你的好。"

义端将酒杯重重一放道："怕啥，谅他耿京能将俺怎样？！"

邵进摇摇头道："大帅的军规你不是不知道，你平日顶撞他也就算了，今夜不去大帐议事，违抗军令，恐怕不会轻饶过你！"

义端以拳击案道："娘的！当初真不该听信辛弃疾那小子诓骗，来此做什么鸟教头，受尽耿京那厮鸟气，还不如回灵岩寺当和尚！"

邵进失声大笑道："下山再回去当和尚？哈哈……你那灵岩寺的和尚早已跑光，香火都断了！除了去投金人，还能有什么出路？哈哈……"

义端咬牙切齿道："就算投了金人，也强似在这里受一个臭长工的胯下之辱！"

邵进急忙赔笑道："嘿嘿，说句笑话，何必当真呢？不过，小弟要有大和尚这身本事，真到了济南，不混个将军，也能当上都统什么的。啊，扯远了。来，咱们还是喝酒吧!"他一边自斟自饮,一边捕捉义端脸上的变化。

义端凝视酒杯,眉头越皱越紧,显然在盘算着什么。

邵进试探地问:"大和尚,你真要……?"

"不瞒你说,当初金人便找过俺,俺嫌百户长官职太小,没答应!"义端懊悔地叹了口气,举杯一饮而尽,"娘的,此处不留爷,自有留爷处!"

邵进假作同情:"唉! 大和尚这等顶天立地的英雄都难以立足,像兄弟这般小可之辈,就更无出头之日了。"

义端凝眸审视着邵进道:"你也不满耿京那厮?"

邵进一声叹息:"我区区一个营卫官,哪敢呀? 只是看到大和尚一身本事,却受尽窝囊之气,这心里实在不平呀!"

义端有些感动,鼓动说:"好兄弟,在这山中,只有你是俺的知己呀! 干脆随俺一道下山如何?"

邵进神色犹豫道:"只是……"

义端问:"害怕了?"

邵进道:"有大和尚在,怕从何来? 只是空着双手下山,金人不会相信的。"

义端转身从床头拔出戒刀,道:"俺这就去取了耿京人头,下山邀功!"

邵进急忙拦住:"大和尚不可莽撞。"

义端问道:"你说怎好?"

邵进略作思索:"如要取得金人信任,眼下倒有一个绝好的机会。"

义端催促道:"快说快说!"

邵进道:"耿京准备约集各路义军联合攻打济南,如将此消息密报金人,岂不是大功一件?"

义端连连点头称是:"此计甚好,只是口说无凭。"

邵进道:"辛弃疾正在大帐议事,大和尚可去参军营帐取得大印,金人见到天平军大印,岂能不信?"

义端一下站起,道:"取印何难,俺这就去!"

邵进道:"大和尚下山之后,速带金人大军进山清剿,小弟在此接应。"

义端大喜道:"对,对,里应外合,耿京那厮休想逃脱!"

邵进诏媚道:"献上大印,盖世之功唾手可得,到那时大和尚可别忘了小弟!"

"少不了你的好处! 俺这就去取印下山。"义端提刀匆匆出帐,消失在夜色之中。

没想到义端这个鲁莽和尚如此轻易地便入了套,邵进兴奋不已。自从辛弃疾上山之后,他深感失意,备受耿京冷落而心存不满,一直在寻找机会要出口恶气。大印一旦丢失,便有好戏看了,他得意地狞笑着一口吹灭烛灯。

　　灯火通明的中军大帐内,耿京与将士们围着济南城防地势图议定攻打济南的方略后,从地图上抬起头来,神情振奋道:"攻打济南方略就这么定了,请各位分头准备吧。辛参军,你立即给各路义军写道军令,要他们在圆月之夜,一齐攻城!"

　　"小弟这就去取大印来!"辛弃疾起身匆匆离开大帐,径直回到参军帐中,只见残烛欲灭,苦生斜倚桌畔,若睡若醒,便上前摇醒苦生催促道,"苦生,快取大印!"

　　苦生睡眼惺忪道:"你不是让大和尚取走了吗?"

　　辛弃疾一惊道:"大和尚取走了?"

　　苦生道:"他说你正起草紧急文书,抽不开身。我说我送去,他说大帐里正商讨军机大事,去不得,硬把大印拿走了。"

　　辛弃疾急切问道:"他走了多久啦?"

　　苦生想了想道:"不到半个时辰。"

　　辛弃疾顿觉不妙,急不待言,转身出帐,上马疾奔大寨营门,只见几名执哨门卫倒坐地上,不住哼叫。他见状大惊:"弟兄们,怎么回事?"

　　领哨王彪挣扎站起回道:"辛参军,是大和尚把我们打成这样的!"

　　辛弃疾急切问道:"他人呢?"

　　王彪道:"他说有紧急公务,要出寨下山,我等说大帅有令,任何人不准出寨,他不由分说,一顿拳脚把我等打倒在地,硬闯下山走了。"

　　辛弃疾大惊失色道:"糟了!快开门,我去追他回来!"

　　"谁敢开门?"邵进带领数十名营卫军校突然出现在寨门前。

　　辛弃疾急切道:"邵大哥,义端盗取大印下山去了,小弟去将他追回来!"

　　邵进一声冷笑:"是想跟着你师父一道跑吧?将这反贼给我拿下!"

　　营卫军校一拥上前,将辛弃疾捆住。邵进从辛弃疾腰间摘下吴钩,吩咐道:"押到大帐听候大帅发落!"

　　二猛和苦生等几名飞虎骑军战士闻声赶来,上前质问。

　　邵进道:"你等也都是一伙的,一并拿下!"

　　军校们一拥上前,二猛将两名军校打倒在地,苦生也和军校们扭打成一团。

　　耿京闻讯赶来,大声喝止:"住手,都给我住手!"

马全福、张安国、贾瑞等人上前将众人拉开。

耿京大声喝问:"到底怎么回事?"

邵进未等辛弃疾张口,抢步上前道:"大哥,这个辛弃疾与义端合谋,盗印投敌!"

耿京大惊,急切追问:"义端呢?"

邵进道:"小弟晚了一步,义端已经带着大印下山去了。这厮也正要出寨逃走,让小弟抓了个正着!"

耿京惊怒交集:"丢了大印,不但攻城谋划落空,各路义军也将身陷绝境!"

辛弃疾解释道:"大哥,是邵大哥误会了。"

邵进道:"误会?我要晚一步,你这厮也下山逃走了!"

马全福愤目怒骂:"俺早就看准这厮没安好心,跟你爷爷一个样,老子现在就砍了你!"

贾瑞上前拉住马全福劝道:"马大哥别冲动,得先把事情搞清楚!"

马全福道:"事情不明摆着,他勾结义端,盗走大印,分明早有预谋!"

邵进道:"马大哥说得对,他师徒二人早就串通好了!"

二猛驳斥道:"辛大哥不是那种人!"

飞虎骑军战士们齐声说道:"对,辛参军不是那种人!"

耿京扫视众人,皱眉思索。

邵进道:"大哥,这些飞虎骑军都是他的心腹亲信,应该统统抓起来!"

张安国忧心忡忡地说道:"大哥,这义端今晚未来参加议事,为何知道咱们要攻打济南,并且偏在此时盗印下山,其中恐怕真有阴谋,而且还是一个大阴谋!"

马全福道:"义端盗印下山,一定是去投靠金人,泄露我们攻打济南的计划。俺这就带上人马先将那秃驴抓回来,看这厮还有何话说!"

耿京道:"万万不可!大队人马下山,必然惊动金军,万一义端与金人早已设下计谋,趁乱劫寨,咱山寨可就完了!"

贾瑞走近耿京,低声提醒:"大哥,如果辛弃疾真要盗印投敌,何必等到今晚?他如真有二心,又何必等到我义军如此壮大之时?再说……"

马全福大声吼叫:"大哥,再这么耗下去,是要等着那秃驴领着敌军来破寨吗?"

辛弃疾道:"大哥,义端是我引荐上山的,大印也是从我手中丢的,小弟愿戴罪下山,追杀义端,夺回大印!"

马全福一声冷笑道:"还要下山,你小子真拿俺们当傻蛋了?!"

耿京道:"那和尚下山已近一个时辰,你能追得上?"

辛弃疾道:"义端虽下山一个时辰,但他平日不善骑马,料他走不远。小弟知道一条小道,可以抄近路在他逃进济南之前将其截住!"

贾瑞道:"大哥,辛弃疾说得有理,这条小道我与他都走过,请快做决断吧!"

马全福道:"大哥,别信这小子的!"

邵进附和道:"大哥,咱不能再上当了!"

辛弃疾一头跪下恳求道:"大哥,情势危急,如再拖延,义端一旦进了济南,一切都晚了!"

耿京扫视众人,犹豫不决。

贾瑞单膝跪下附和道:"大哥,时间不等人呀,贾瑞愿用性命担保!"

二猛也跪下:"大帅,二猛愿用性命为辛大哥担保!"

苦生和飞虎骑军战士一齐跪下:"我们飞虎骑军全营将士愿为辛参军担保!"

马全福暴跳如雷:"你们一个个都疯了,大哥,别信他们的!"

辛弃疾神情恳切:"大哥,时间不等人呀!"

耿京扫视众人,沉吟少许:"都起来吧,松绑!"

马全福一脸不满地道:"大哥,你这是放虎归山呀!"

邵进也一旁帮腔:"大哥,不能放呀!"

二猛和苦生推开邵进,为辛弃疾松开绳索。耿京脸色铁青,语气沉重地道:"既然这么多弟兄敢用性命为你担保,俺老耿就一句话,明天日落之前,我在这大帐前等着你!"说毕从邵进手中取过吴钩,递到辛弃疾面前,"记住了,明天日落之前!"

辛弃疾单膝跪下回道:"明天日落之前,弃疾记住了!"说毕双手接过吴钩,纵身上马,飞驰而去。

马全福气急道:"大哥,你上他们当了。不行,俺得去追杀二贼,夺回大印!"

耿京道:"你去有何用?赶紧布防守寨,以防万一!"

张安国道:"大哥,为防不测,可否先将辛弃疾所辖的飞虎骑军先行看押起来?"

耿京沉思良久,抬起头来,勉强应允:"只好这样,但不可乱来!"

邵进转向贾瑞,一脸奸笑道:"贾大哥,你是带头担保辛弃疾的,也该……"

"当然也应该关押起来!"贾瑞解下佩刀,扔给邵进,朝飞虎骑军营房走去。

"回来!"耿京一声大喝,"都他娘的关押起来,金兵来了,谁去作战?"

邵进见耿京一脸怒容,只好将佩刀退还贾瑞,灰溜溜地离去。

"贾瑞,你就在大寨门口给俺盯着!"耿京语气十分粗暴,他心头窝着一肚子火,但又不知该朝谁发泄。

十五

夜色朦胧中,义端在通向济南的驿道上策马狂奔。大印轻易到手,只需到济南向金人献上,再带着金人踏平义军大寨,手刃那个耿京和马铁匠,从此高官厚禄,有享不尽的荣华富贵。他越想越兴奋,连连挥鞭,急骤的马蹄声不时惊起山间宿鸟。

从东方发白,一口气跑到日照当午,义端感觉身后无人追赶,于是大大松了口气,面带得意,放缓了脚步。

山道拐弯处一座石桥上,辛弃疾立马挡住去路。义端猛吃一惊,急勒马头,认出是自己徒弟,不禁大笑起来:"原来是你呀!我的大少爷,你也逃出来啦?"他猜想辛弃疾一定因丢了大印,怕耿京问罪,便也逃下山来。

辛弃疾双目喷火,怒目而视:"大印呢?"

义端一拍胸前:"放心吧,丢不了!"

辛弃疾语气略缓:"你为何要背叛耿大帅?"

"哼!还不是你小子用个总教头的虚名诓俺上的山,俺义端武功盖世,岂肯受那臭长工的鸟气?"义端这才听出辛弃疾原是为追印而来。

辛弃疾道:"你下山也罢,为何盗走大印?"

义端道:"我说幼安,跟着那臭长工能有什么好处?凭着你我师徒二人的本事,到济南献上大印,还愁没有富贵前程?"

辛弃疾拔剑怒指斥道:"住口,还不快交出大印,饶你性命!"

义端抽刀在手恶狠狠道:"好呀,你这厮也翻脸不认人,索性将你的首级一并拿去献功!"

二人纵马上前,刀砍剑劈,杀作一团。义端见一时难以取胜,便想伺机冲过石桥,可辛弃疾始终挡住去路,半步不让,便虚晃一刀,拨马蹿入路旁一片松林,辛弃疾纵马在后紧追不舍。义端急于脱身,不敢恋战,穿过松林,纵马跃过山涧,蹚过山泉,逃到废弃的灵岩寺前。辛弃疾也飞马赶到。二人从马上杀到马下,从寺外杀到寺内,从大雄宝殿一直杀到钟楼。一个急于逃脱性命,一个急于返回挽救数百弟兄生命,都求胜心切,绕着巨钟全力拼杀,惊起栖息于钟楼内的野鸽满楼扑棱乱飞。

义端手中劈地戒刀拨风般挥舞,诡异多变,招招夺命。辛弃疾手中吴钩时而刚猛,时而阴柔,变化多端,剑剑杀招。义端发现辛弃疾的开天剑术与两年前大为不同,惊疑问道:"你的开天剑术中为何有俺的劈地刀法?"

辛弃疾一声冷笑道:"没有劈地刀法,辛家开天剑术岂有至高境界?"

义端恍然大悟,又恨又恼:"好小子,幸亏当初俺留了一手。今天俺就用正宗的劈地刀法断了你这辛家的独根!"说毕他戒刀一晃,疾风骤雨般卷地而来。

辛弃疾毫无惧色,沉着应对,口中说道:"什么刀法也救不了你,耿大帅追兵马上就到,你休想逃脱!"他知晓义端功力深厚,蛮力超人,不可力战,便使出攻心一招。

这一招果然奏效,一听后有追兵,义端暗吃一惊,辛弃疾一人已难以应对,追兵一到,岂能脱身?他心中一慌,手中戒刀也不由得一顿。这正是辛弃疾等待的绝杀时机,说时迟,那时快,他突然凭空跃起,一声大吼,吴钩挥处,义端手中戒刀断为两截。

突然的绝招,令义端大惊失色,一时怔住。辛弃疾剑指义端道:"念你我师徒一场,交出大印,留你性命!"

义端犹豫少许,勉强从怀中取出大印,向空中抛出。就在辛弃疾伸手接印的一刹那,只见他手臂一扬,一支飞镖紧随大印射出。他这一招着实阴狠,一旦辛弃疾只顾伸手接印,毫无防备,在接印的同时必然身中毒镖。但见辛弃疾伸出左手接住大印的同时,右手将吴钩一横挡住面门。只听当的一声,飞镖被吴钩挡住,溅起一串火星,弹向一侧,深深钉在木柱上。他在义端从怀中取印时迅即捕捉到义端眼神中闪过的一道凶光,便早有了防范。

"七星镖?!"辛弃疾一下认出这正是爷爷的七星镖,顿时明白了七星镖为何会在义端手中,跃步上前,将吴钩逼住义端,"快说,为何盗镖杀死马大锤?!"

义端没料到辛弃疾身手如此敏捷,见无路可退,急忙跪地求饶:"别杀俺,俺说俺说……"

义端说盗镖杀死马大锤的原委十分简单,抗金盟会得到灵空大师支持,并将大营设在灵岩寺,义端对此极为不满。灵空年事已高,他接任住持近在眉睫,抗金盟会一旦败露,灵岩寺难逃金军围剿,他在寺中辛劳十多年的功果将瞬间化为乌有。加之那马大锤依仗盟主身份,从未将他放在眼中,于是盗取了辛赞的两支七星镖,用其中一支暗杀了马大锤,让抗金盟会不战自散。

义端仅为一己私利,竟然杀害了马全福的父亲,毁了抗金盟会,害得爷爷身陷不白之冤,死未瞑目。辛弃疾怒不可遏,举剑怒喝:"你这狗贼,不杀天理难容!"

"幼安,念在你我师徒一场,且饶义端一命!"义端扑倒在地,不住求饶。就在辛弃疾犹豫瞬间,他突然就地一滚,跳下钟楼,仓皇而逃。辛弃疾迅即从木柱上拔下七星镖,飞身跃下,紧追不舍。义端见无路可逃,闪身避入千佛殿里,辛弃疾也快步追入。

千佛殿内光线昏暗,罗汉群立,义端混入塑像群中,装成塑像,一动不动。辛弃疾四下巡视,真假难辨,照准一个圆脑袋一剑挥去,一尊罗汉的圆头滚落地上,摔得粉碎。正在此时,身旁一尊肥胖罗汉突然举起短刀朝他刺来。辛弃疾猝不及防,无处闪避,眼看刀尖快要刺入咽喉,却突然凭空停住,原是义端宽大的衣袖正好被身后一尊罗汉的法器钩住,动弹不得。辛弃疾不容他挣脱,吴钩一挥,义端肥胖的头颅滚落尘埃。他定睛一看,那救他性命的罗汉正是他的心中之神——大力尊者。

西斜的阳光投照在义军营地校场上,二猛和苦生等数百名飞虎骑军战士被剥去衣甲,押到操场上。二猛等人一边挣扎一边分辩,邵进催马过来,劈头盖脑挥鞭乱抽,操场上顿时哭叫四起,哀号一片。

马全福暴跳如雷道:"这帮想造反的王八羔子,等太阳下山,就扒了你们的皮!"

大帐前,耿京一脸焦灼,不时眺望山下。

邵进匆匆而来,请示道:"大哥,飞虎骑军已经全部看押,什么时候动手?"

耿京紧绷着脸吼道:"急什么?这可是好几百条性命,而且还是咱义军中的精锐!"

张安国道:"万一他们真来个里应外合,咱们搭进去的不光是十几万弟兄的性命,更是天平义军的抗金大业呀!"

"不,再等等。"耿京犹豫着,凝视着对面群山,悲号的晚风中,西沉的夕阳眼看就要坠入远处山岭。

邵进再次催促道:"大哥,太阳已经落山了,快动手吧!"

马全福也一旁催促道:"大哥,天不早了,快下令吧!"

张安国焦急提醒:"大哥,金军说话就到,再不处决,只怕后悔不及了!"

耿京最后看了一眼落下山去的太阳,闭目咬牙,将手一挥:"去吧!"

众人一齐抽出刀剑,直奔校场。正在这时,一阵急骤的马蹄声从山下传来,辛弃疾策马奔上山坡。一直守候在大寨门前的贾瑞惊喜大呼:"弃疾,是辛弃疾!"迅即转身一路飞跑欢呼,"弃疾回来了,辛参军回来了!"

沿途义军齐声欢呼："辛参军回来了！辛参军回来了！……"

欢呼声此起彼伏，回荡于山谷。二猛、苦生等飞虎骑军战士挣脱绳索，欢呼狂奔。马全福、张安国、邵进顿时怔住，不知所措。

耿京闻声大喜，迎着辛弃疾飞奔而来。辛弃疾飞马来到耿京面前，丢下一个带血的布包道："大哥，叛贼义端狗头取到！"随即跳下马背，捧上大印，"大哥，这是大印！"

耿京接过大印，激动难言。二猛等人欢呼着奔跑而来，扛起辛弃疾抛向空中。贾瑞激动得热泪纵横道："弃疾，好兄弟，你再迟半步，我等便成刀下之鬼了！"

张安国拉住辛弃疾，不住称赞："兄弟，大帅也差点误会你了。好样的，你可为天平军立下大功啦！"

辛弃疾取出七星镖递到马全福手中道："全福哥，杀害你父亲的真凶正是义端！"同时，他将事情的前因后果约略复述了一遍。

马全福凝视着七星镖，惊诧不已，愧悔交集，单膝跪下请罪道："好兄弟，全福该死，哥向你和辛老太爷赔罪了！"

辛弃疾扶起马全福道："全福大哥不必自责，咱们都是好兄弟！"

"弃疾，好兄弟，你替俺马全福报了杀父之仇，恩重如山，哥哥日后定将以死相报！"马全福满怀赤诚，再次跪地而拜，随即起身抓过义端头颅便走。

耿京不解问道："铁匠，你干啥去？"

"俺要将这秃驴狗头扔进炉膛化为灰烬，祭奠俺爹！"马全福头也不回，匆匆而去。

耿京捧上大印来到辛弃疾面前，神情庄严地道："弃疾，好兄弟，俺也要替全军将士感谢你，这大印仍由你掌管！"

辛弃疾接印在手，神情激奋地道："大哥，咱们打济南吧！"

耿京拳头一挥道："打！"

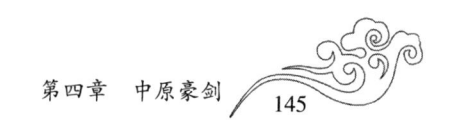

第四章　中原豪剑

一

济南上空，秋月正圆，各路义军接到耿京号令，将济南城团团围住。只听惊天的号角骤然在夜空吹响，霎时间抛石机将无数石块抛向城头，风火炮排炮怒吼，城楼大火熊熊，箭矢如雨，城头金兵纷纷中箭坠落城下。呐喊骤起，撼天动地，天平军开始猛烈攻城，勇士们踏着云梯，奋勇攀登。

城头上，沾必汗挥刀督战，金兵砸石放箭，天平军死伤无数，城头上的争夺十分惨烈。辛弃疾冒着矢石，身先士卒，踏着云梯，跃上城垛，杀退敌军。一金将朝辛弃疾暗张弓箭，马全福一声大喊："当心！"飞步上前，以身遮护辛弃疾，箭中右臂。他强忍伤痛，举枪奋力投出，金将被长枪穿透胸膛，摔下城墙。

"大人快走！"图热力见城头失守，大惊失色，拉着沾必汗逃下城楼。金兵们见主将逃走，一哄而散。

"谢全福大哥相救！"辛弃疾急忙上前扶住马全福。马全福急迫大呼："说什么废话，快放吊桥！"辛弃疾一跃而起，挥剑斩断吊桥铁索。吊桥刚一落地，耿京率领大军冲过吊桥，杀入济南城内。不到两个时辰，金军占领长达三十余年的济南城落到天平军手中。

济南城头，天平军击鼓呐喊，摇旗欢呼。济南一战获胜，耿京激动异常："不足两个时辰就拿下了济南，这一仗打得真过瘾！"

马全福虽身带箭伤，仍眉飞色舞地道："今天得好好喝一顿庆功酒！"

耿京激动地道："对，弟兄们难得进城，就在这济南城中，全军大宴三日，让弟兄们喝个痛快！"

辛弃疾提醒道："大哥，沾必汗的人马不会走远，随时都会打回来的！"

耿京傲然大笑道："沾必汗那个手下败将,俺还怕他不来呢!"

马全福道："就是,借他十个胆子也不敢回来。走吧,今天咱们一醉方休!"

辛弃疾略作思忖:"那好,二位大哥先行一步,小弟随后就到!"随即转身叫过二猛,低声吩咐,"传令飞虎骑军弟兄人不解甲,马不卸鞍,多吃肉,少喝酒,以防敌军偷袭!"

城下,军帐云集,千角冲天,篝火熊熊,照亮夜空。辛弃疾与飞虎骑军战士们围坐火旁,大块分食烤肉。苦生凑过来道:"辛大哥,好久没听你吹箫了,今晚给弟兄们来一段吧!"几个手持鼓乐的战士围过来道:"辛参军,吹段《满江红》吧,我等为你伴奏!"

辛弃疾欣然应允,取出竹箫,吹奏起《满江红》。鼓乐手们弹琴击鼓,激情伴奏。战士们相继高声唱起了《满江红》。二猛激动异常,抡动朴刀,随歌起舞,笨拙而豪放的舞姿引来阵阵欢笑。苦生和一群战士激情难耐,纷纷各持刀剑,相随而舞。

济南知州大堂里灯火通明,酒宴正酣。耿京端起大碗向众将敬酒,高兴地道:"济南一战,大获全胜,真是开心呀!这是俺老耿起兵以来最开心的日子。来,干了!"

众人欢呼,开怀痛饮。

马全福得意地道:"大哥,眼下咱们天平军兵强马壮,干脆一口气打到燕京去,将他的老窝掏了,那就更开心了!"

刘升附和道:"对!打了天下,咱大哥也当个皇帝!"

邵进跟进道:"对呀,大哥当了皇帝,咱们都有出头之日了!"

耿京大笑道:"当皇帝?酒话,酒话,你们都喝多了,哈哈……"

刘升捏着嗓子,学着戏中太监腔调戏笑道:"小的们呀,还不快快扶俺们的皇帝登上龙位宝座!"

众人笑闹着将耿京拥上首座,耿京醉眼蒙眬地道:"玩笑开大了,哈哈,俺像哪门子皇帝?你这太监倒挺像,哈哈……"

邵进趁机鼓动道:"弟兄们,快来参拜俺们的皇帝吧!"

众人齐声叫好,跪地参拜:"皇帝万岁万岁万万岁!"

耿京兴奋异常,挺身端坐,煞有介事地道:"免礼,免礼,众卿快快免礼!哈哈……"

马全福笑得前俯后仰道:"瞧俺大哥那模样,还真以为当上皇帝了,哈哈……"

贾瑞跟着大笑道："就让他们闹去吧,大伙难得这么开心一回!"

邵进来到张安国身边坐下道："看来大哥心中真有个皇帝梦呀!"

张安国神情诡谲地道："那就给他圆了这个皇帝梦如何?"

二人会心一笑,举碗相碰。

济南城头,皓月当空,清辉如泻。辛弃疾独坐阶前,举头望月,思绪悠远,恍惚间一阵琴声飘来:

　　啼鸟还知如许恨,料不啼,清泪长啼血!谁共我,醉明月?

辛弃疾情难自禁,双手伸向夜空："寒鹃——"他仿佛看见寒鹃正在月中抚琴吟唱,歌声哀婉凄切。自与寒鹃分手两年来,一直音讯杳然,只有寒鹃的歌吟声常常凭空飘来,与他的孤寂和思念相伴。

二猛端着酒菜来到城楼,见辛弃疾望空凝眸,神情凄然,便轻声问道："大哥,你又在思念寒鹃姐了?"

辛弃疾微微点头道："看到这明月,就想起她了,不知道她和老师在江南怎么样了。"

二猛道："是呀,连一点消息也没有。"

辛弃疾一声轻叹："真想去江南找他们,唉——"

二猛劝慰道："大哥也别叹气,这不是把胡房打败了吗,不用多久,寒鹃姐和范先生就会回到山东了。来,喝酒喝酒!"

辛弃疾一动不动,心绪难宁。二猛困惑不解地道："大哥,打了胜仗,你为什么反倒不高兴呢?"

辛弃疾若有所思道："我也说不清为什么,总觉得有一种不祥之感。"

二猛大笑道："哎呀,大哥,你们这些文人真让人搞不懂,没打仗吧成天想着一战得胜,仗打赢了又有什么不祥之感,这是不是古人常说的多善感……什么愁……"

辛弃疾笑道："善感多愁!"

"正是正是,善感多愁!"

"也许是吧。不过我还真高兴不起来!"

"为什么?"

"你有没有觉得,打下济南之后,耿大哥和一些弟兄开始变了?"

二猛想了想道:"好像是与过去有些不一样,过去大帅杀敌报仇从未离口,如今成天跟邵进、刘升一班人除了喝酒,便是扮皇帝玩。大哥,你说大帅是闹着玩的还是真有做皇帝的意思?"

"但愿是闹着玩吧。"辛弃疾心绪难宁,陷入沉思。宋金在长江战事正酣,而耿大哥似乎并不关心战局进展,完全沉醉在眼前的胜利之中,这正是他不祥之感的来源。

二

完颜雍回到辽阳,一直住在母舅李石家中。李石是辽阳大户,威海人氏,曾跟随金兀术征战沙场,领袭猛安谋克。完颜雍一直担心乌林答氏的安危,终日在大清安寺焚香祈祷,求佛祖护佑爱妻平安无恙,从阿烈呼飞鸽传来的消息得知完颜亮将乌林答氏扣作人质并已随军出征,更是让他坐卧不宁,愧悔不迭。

"放心吧乌禄,乌林答氏心地善良,为人正派,佛祖会保佑她的!"李石一边安慰一边劝导。他深知乌林答氏一旦有什么不测,别说完颜雍,连他自己也无法承受。

就在这时,舒古哈派他弟弟立戈从江淮前线送来乌林答氏的死讯和绝命书信。噩耗如晴天霹雳,完颜雍一个踉跄摔坐椅上,惊愤痛呼:"乌林答氏,我的乌林答氏!"

李石惊疑稍定,从完颜雍手中取过信函,仔细读了一遍:"乌禄,先别伤心,这是乌林答氏留给你的绝命书。她显然是在用她的生命来唤醒你不要再以善容恶,任那暴君淫贼继续作恶,祸害天下!"

完颜雍的儿子允恭闻讯赶来,悲愤交集。这位在辽东长大的世子,虽不满十七岁,但身形远比父亲壮硕,性情更是暴如烈火,一听阿妈为完颜亮害死,顿时暴跳如雷地大叫道:"我这便去将那暴君碎尸万段,给阿妈报仇!"

"恭儿,不可鲁莽!"完颜雍叫住儿子,极力控制心中悲痛,转向立戈问道,"前方战局如何?"

立戈回道:"大军已经渡过淮水,取了寿春,我离开时,两军已经在长江开战了。"

李石双手一拍道:"这正是千载难逢的好时机!正如乌林答氏所说,逆亮罪恶滔天,灭亡之日为时不远。为了这个机会,咱们家族可是忍辱负重了好多年。乌林答氏知你仁厚心慈,难下决心,所以宁可牺牲性命也要激你一怒而安天下!"

允恭拉住父亲手臂一阵猛摇道:"阿爸,你还等什么,难道阿妈就这么白死了不成?!"

李石问道："你担心人马不够？在辽东就能够召集五万人马，兵器甲胄也早就打造完备，凭你乌禄的人品和声望，不少遭受海陵欺压迫害的宗王部落，还有早已不满暴政的天下百姓，他们都在盼望你这位仁德宽厚的雍王站出来，废黜暴君，铲除暴政！"

　　立戈道："对，我兄长舒古哈说，一旦雍王发兵起事，我们部落，还有桑达和一些饱受海陵欺压的部落立即举兵响应！"

　　李石神色激动道："乌禄你听听，这是人心所向。暴君必亡，你还犹豫什么?!"

　　立戈道："雍王，兵部尚书耶律元宜希望你不要辜负乌林答氏以命相托的宏愿，只要你振臂一呼，他会舍命拥戴！"

　　李石扬了扬手中信函，情绪激动地道："修德政，肃纲纪，延揽英雄，务悦民心，以仁易暴，这是乌林答氏，也是天下百姓对你的期望！"

　　完颜允恭恳求道："阿爸，快下令吧！"

　　"为了乌林答氏，为了天下百姓，不灭暴君，天理难容！"完颜雍眉间风云汇聚，愤然而起，当即点齐辽东五万子弟兵，厉兵秣马杀奔中都燕京。沿途一些弱小部落听说雍王起兵要废黜暴君，推翻暴政，纷纷出兵响应，浩浩荡荡竟有十万之众。

　　就在完颜雍率领十万大军杀奔完颜亮老巢之时，长江前线江涛怒涌，杀声震天，宋金两军在江面上激烈厮杀。

　　龙凤船上，完颜亮一脸骄横地道："宋军那几条破船也想挡住我大金雄师，简直是螳臂当车，自寻死路！传命下去，谁第一个登上南岸，赏千金，封万户！"

　　芦苇荡中，无数泥鳅快艇突然飞驰而出，利箭般冲向金军船队，包着铁皮的船尖直接撞入金军船体，接着金军船体纷纷破裂进水，在江涛中倾斜，翻沉。这是虞允文以少胜多的绝招，他经过侦察发现，金军船只虽多，但大多是拆卸民房木材临时打造，粗糙简陋，于是抓紧打造出状如泥鳅的小艇，船尖包上铁皮，埋伏在芦苇荡中，奇袭金军船队。

　　金军突遭奇袭，尚未反应过来，只见南岸宋军战舰悬帆列阵，横江而来。帅船上，虞允文令旗挥动，张振随即指挥神弩营火箭齐射，无数箭矢拖着火尾飞向敌船，金军船只纷纷起火，相互碰撞，阵形大乱。戴皋亲手操炮，霹雳炮排炮轰击，龙凤大船连中数弹，船楼顿时烟火弥漫，开始倾斜。完颜亮只好弃船登岸，依仗人多，仓促布阵，强作镇定大喊："不要慌乱，宋军水战有利，陆战绝非我军对手，骑军准备冲击！"正在此时，萧裕狼狈而来，惊慌地道："大王不好了！李显忠率南宋大军突然从淮南杀来,夺回了寿春,淮西防线已彻底崩溃!"

完颜亮怒不可遏地斥道:"你这个笨蛋,丢了寿春,我军腹背受敌,还不快去给我夺回来!"话音未落,李显忠统领大军已经杀到。

"萧裕,还不快去将李显忠给我斩了!"完颜亮拔刀相逼。萧裕略一迟疑,只好鼓足勇气驱马上前,截住李显忠厮杀,不到几个回合便惊慌失措,返身欲逃,被李显忠快马追上,一刀斩落。宋军乘胜呐喊着冲向金阵,金军抵挡不住,阵脚大乱。

虞允文率领水军,直逼北岸。炮船上,戴皋命令炮手抬高炮口,排炮怒放,炮弹在金军阵中炸响。

完颜亮气急败坏地道:"后退者斩,后退……"

一马飞报:"报大王,雍王在辽东起兵,已攻占了中都,自立称帝了!"

完颜亮大惊失色,身后众将一片惊慌。阿里撒速奏道:"大王,我军腹背受敌,不如先撤往济南,整军再战!"

完颜亮见大势已去,无奈下令:"舒古哈、桑达二人带本部人马断后,三军立即撤往济南!"

话音未落,又一马飞报:"报大王!泰安天平军攻破济南!"

完颜亮浑身一震,几乎摔下马背。

阿里撒速惊慌道:"大王,我军四方受敌,不宜再战,还是赶快退兵吧!"

完颜亮一刀将阿里撒速斩于马下,暴跳如雷道:"谁敢动摇军心,立斩!"

众将面色不满,军心大乱。

宋军阵中,呐喊声起。李显忠指挥大军铺天盖地席卷而来。虞允文率水军登上北岸,勇猛冲杀。张振指挥神弩营万箭齐射。时俊率领骁骑马军从斜刺里杀出,勇不可挡。

无数炮弹落在完颜亮周围炸响,金将们一片惊恐,各自夺路逃命。完颜亮连斩数将,仍难遏止溃败。他朝着耶律元宜嘶声大喊:"耶律元帅,你的兵马呢?快去挡住宋军!"

耶律元宜坦然大笑道:"我的兵马已经归顺雍王了!"

完颜亮浑身一震,怒不可遏地叫道:"来人,将这反贼拿下!"他环顾身旁,除舒古哈和桑达几个部族首领正虎视眈眈地瞪着他,自己的心腹早已不见踪影。

"暴君,你死期到了!"耶律元宜张弓一箭,将完颜亮射落马下。完颜亮从尘土中挣扎爬起,未及站稳,舒古哈和桑达等部族首领一拥而上,乱刀将他砍翻在地。护卫金兵一哄而散,狂乱的马蹄从完颜亮的尸体上践踏而过。

虞允文和李显忠分两路挥军掩杀,势如洪峰奔泻,狂飙席卷,金军全线崩溃,丢盔弃甲,尸横遍野。

三

完颜雍轻而易举地取得帝位,应该说是顺应了天时地利人和之道,不过也面临复杂局势。首先,忠于海陵王的旧部担心完颜雍报复仍拥兵抗拒;其次,山东、河南等地匪患风起云涌,尤其是山东泰安以耿京和辛弃疾为首的天平军攻占济南后实力日益壮大;再者,西北方以移剌窝斡为首的契丹牧民趁乱起兵,声势浩大。尤为严重的是宋军收复了唐、邓、泗、楚四州后,开始越过最初的分界线,继续北进,大有收复中原,夺回燕云十六州之势。四面楚歌,危机四伏。

为冲破困境,他采纳丞相李石和参知政事耶律元宜的提议,向南宋罢兵求和以减缓危局。但求和书已送达宋营两月有余,却未见回音,完颜雍不免有些焦急。

"南宋那边和战两派争执激烈,恐怕一时难有结果,还得等等!"右丞相兼礼部尚书纥石烈志宁常往返燕京临安,对南宋朝中局势颇为熟悉。

阿烈呼道:"陛下,依我说不必向南宋求和。我军虽败,却未伤根本,要打就陪他们打!"

完颜雍道:"要打也不是现在。新朝刚立,内乱未平,危机四伏。海陵留下的烂摊子已经够我们收拾的了,真要打起来,我们占不到便宜。只有先与南宋达成和议,休养生息,富国强兵,到时候再统一天下也不迟!"

耶律元宜道:"陛下,臣下提议,与其坐等,倒不如派出和议使臣前往临安,一则将陛下修和诚意面呈南宋朝廷,二则有催促之效!"

纥石烈志宁道:"南宋丞相史浩、右相汤思退等人均为主和派,尤其是汤思退,是当年秦桧的得意门徒,更是朝中主和魁首。此君不爱金钱美女,唯独酷爱收藏天下奇珍,不妨多备古玩珍宝,与其暗通关节,和议必成!"

"好!朕就封你为议和特使,党怀英为副使,前往临安,早日促成和议!"完颜雍本性磊落,深知这些做法多少有点下作,但面对危局,别无选择。宋金交战三十余年,几乎都是宋战败求和,而如今自己却要向宋求和,为了乌林答氏的遗愿,为了大金重新崛起,他只能忍辱负重。

阿烈呼道："陛下，那些叛军该怎么办？尤其是山东的耿京和辛弃疾，刚攻下了济南，气焰十分嚣张，对他们也要施行仁政吗？"

完颜雍道："那个耿京粗汉农夫一个，不足为虑。只是这个辛弃疾，文韬武略十分了得，不可不防！"

完颜允恭匆匆上殿报："父皇，沽必汗大人差人送来紧急密函！"

完颜雍详阅密函，一脸惊奇地道："耿京想当皇帝？"李石从完颜雍手中接过密函，反复看罢思忖道："看起来是闹着玩，其实是心有所动。至少他手下那帮人希望他当上皇帝，自己便能够封官晋爵。"

完颜雍犹豫不定地道："假如让耿京自立为王，他会俯首听命于我朝？"

李石道："大金国立他为帝，他当然就得听大金国的。当年四太子金兀术立刘豫为大齐皇帝，就是让他效命于大金，去对付宋国！"

"好！就让耿京也做大齐皇帝。你立即回复沽必汗，让他依计而行。"完颜雍觉得，如耿京真愿意做这傀儡皇帝，叛军的麻烦就能迎刃而解，但是会不会又被那个辛弃疾看破此局？他未免又有些担心。初登皇位，诸事纷杂，心绪难宁，他决定去太清庵向足智多谋的阿妈讨教治国方略。

寒鹃在太清庵静养了一年有余，在李洪愿和贞儿精心护理下，身体大有好转，只是记忆仍未恢复。她每天就待在后院居室抄写经文，从大乘佛教的《金刚经》到小乘佛教的《四阿含经》，上百部经卷，几乎都抄写了一遍。有时候她也跟着贞儿到寺外散散步，还学会了骑马。

午斋前，贞儿从山下遛马回来，百无聊赖，拿起挂在床头的半块佩玉把玩道："妙玉姐，还是你这样好。"

寒鹃停笔抬头，莫名其妙地道："我怎样好？"

贞儿道："不管你的分离有多痛苦，总有这半块佩玉留在身边。可惜他什么念想也没给我留下。"

寒鹃不解地问道："贞儿有心上人了？"

贞儿点点头道："他走好久了，也许再也见不到他了。"

寒鹃问道："他叫什么？"

贞儿道："他叫辛弃疾。"

"辛弃疾，听名字像是汉人。"

"他是从山东来燕京考试的学子，能文能武，我阿爸奶奶也都喜欢他。"

"那你们为什么分开了呢?"

"他偷画燕京地图,被他朋友告了密,我偷了阿爸的腰牌,帮他逃出了燕京。"

"想不到贞儿如此重情重义。你还想他吗?"

贞儿伤感地重重点头道:"真想他,还常常梦见他。"

寒鹃同情地将贞儿拉到怀里,安慰道:"贞儿,别难过,能有一个人值得去思念,去牵挂,也是一种幸福。"

"妙玉姐,我要像你一样失忆了该多好!"

"傻丫头,失忆了还好?"

"失忆了,就不会为过去的痛苦而痛苦了。"

"可是,失忆了,也不会为过去的幸福而幸福了!"她手握半块佩玉,久久凝视,若有所思。

贞儿起身走到书案前坐下道:"妙玉姐,你教我写字吧!"

寒鹃颇感意外地道:"你不是只喜欢舞刀弄枪、骑马射箭吗,怎么现在又想起学写字了?"

"看见你每天这样埋头写字,无忧无愁无烦恼,我也想试试。"

"你坐得住?"

"怎么,你怕我学不会?"

寒鹃摆上纸笔道:"贞儿聪明,只要坚持认真练习,一定写得比姐好。来吧!"

贞儿笨拙地握住毛笔问:"写什么呢?"寒鹃在一旁写下"贞儿"两字,"就先写贞儿两个字吧"。贞儿在纸上吃力地反复写着,弄得满头大汗,一脸墨汁,纸上终于出现歪歪扭扭的两个字迹。

寒鹃望着贞儿失声大笑,贞儿莫名其妙。寒鹃取过铜镜道:"你自己看看。"贞儿接过铜镜一照,也不禁大笑起来。

寒鹃挖苦道:"别人写在纸上,你倒好,写在脸上。"

贞儿摇头苦笑道:"这写字真比骑马射箭难多了!"

寒鹃鼓励道:"贞儿如此聪明,只要能坚持,没什么事能难住你的。我去取水给你洗洗。"

"不用不用,我自己到井台边洗吧。"贞儿转身走出居室。寒鹃坐回书案前,继续埋头抄写《四阿含经》。

完颜雍布衣素服,信步来到后院。他虽然当了皇帝,却依然保持着过去的简朴风尚,除一些隆重的礼仪盛典外,常常是一身粗衣素服。一次,他接见从高丽来的使臣,使臣错把衣着华贵的随行大臣当成了皇帝,把他当作侍从下人,闹了一场笑话。大臣劝他说,朝廷府库里有的是银钱,应当多做几身像样的服饰。完颜雍淡然笑答:"府库的银钱是我代天下人看管的,怎能私自取用?"他常吟诵李商隐的警世名句"历览前贤国与家,成由勤俭破由奢",警醒自己并告诫众臣:"贪婪腐败是毁家灭国祸端,节俭清廉是兴家立国根本。"至此,朝中大臣纷纷仿效他的简朴风尚,朝廷上下,节俭清廉之风盛行一时。

他来到太清庵,见母亲不在佛堂,便一路寻到后院,见居室房门开着,信步踱入,四下打量。寒鹃专心致志地抄写经文,毫无察觉。完颜雍轻步来到案前,脱口赞叹:"好娟美秀丽的小楷!"

寒鹃猝然抬头,猛吃一惊问:"你,你是谁?怎么进来的?"

完颜雍紧盯着寒鹃,目光惊诧,一时忘了回答。贞儿疾步走入,正欲开口,被完颜雍以目禁阻。

寒鹃生气地瞪了完颜雍一眼道:"一声不吭便胡乱闯,你是什么人?"

完颜雍略显尴尬,急中生智道:"我……我是来敬香的香客。"

贞儿急忙上前掩饰道:"对,这是一位老香客,与奶奶和我都很熟的。"

完颜雍顺势接茬道:"对对对,老熟人了。怎么从未见过这位姑娘?"

贞儿道:"这位是妙玉姐姐,因患病在身,被奶奶收留在此静养。"

完颜雍打量着寒鹃道:"哦,原来是妙玉姑娘。怎么有些面善?"

贞儿问道:"你见过妙玉姐姐?"

完颜雍极力思索:"实在想不起来了。"

贞儿讥诮一笑道:"不会你也失忆了吧?哦,奶奶有事正找你呢。"

完颜雍放下经卷,转身走出,来到门口,又禁不住转身回眸,正巧与寒鹃目光相遇。寒鹃心头一跳,两颊泛红,急忙低下头去,握笔凝思。

贞儿似觉好地问奇:"哎,妙玉姐,你在想什么呢?还在想刚才那个香客吧?"

寒鹃道:"我怎么看他也不像个香客。"

贞儿问:"你看出什么了?"

寒鹃道:"他气宇轩昂,仪态不凡,言谈举止儒雅文静,绝不是普通人。"

贞儿得意地笑道:"你真这么看他?"

寒鹃乞求道:"好妹妹,实话告诉姐,他到底是什么人?"

贞儿犹豫少许道:"好吧,反正你早晚会知道的。他是我阿爸。"

寒鹃一怔道:"是你阿爸?"

贞儿神情平淡地道:"是的,是我阿爸,也是当今大金国皇帝完颜雍。"

寒鹃大吃一惊,毫笔掉落地上。

贞儿诧异地问道:"妙玉姐,你怎么了?"

寒鹃神情紧张地道:"哎呀!我真该死,刚才还大声训斥过他,差点要把他赶走呢!"

贞儿无所谓地道:"训就训吧,没什么大不了的,我经常训他。"

寒鹃紧张道:"得罪了皇帝可是要杀头的,你怎么不早告诉我?"

贞儿宽慰她说:"放心吧!我阿爸可是个贤明仁慈的皇帝,军民百姓都喜欢他。"

寒鹃道:"是吗?难怪一点皇帝架子也没有,我还真把他当作香客了。"

贞儿接着道:"我阿爸平时就喜欢穿上粗衣素服,单独外出跟平民百姓一起喝酒闲聊,骑马摔跤。"

寒鹃赞叹不已地道:"老百姓能遇上这样的皇帝真是太幸福了!"

"可不是嘛!人们都称他是小舜尧呢。"

"哎呀!这下我的脑袋算是保住了。"

"就算他想要你的脑装,我和奶奶也不会答应的。"

"哦,对了!你是公主,奶奶是太后,以后见着你和奶奶,我得行君臣之礼了。"

"千万别这样,咱俩是好姐妹,你和奶奶也还是师徒,和从前一样。"

"哪能一样?再见到你阿爸还要行跪拜大礼呢!"

"不用不用,你还是把他当作一个香客就是了。"

"香客!"寒鹃自己忍不住笑了。

完颜雍来见母亲,是因为完颜亮过去的心腹爱将额木图等人通过耶律元宜从中说情,愿意停止对抗,悔改前罪,效忠新朝,请求饶恕一家性命。由于当初他们迫害宗辅一族,尤其是额木图还帮着完颜亮欺侮他孤儿寡母,所以想听听李洪愿的意见。

听完儿子说明来意,李洪愿当即坦然一笑道:"这是好事呀!"

"阿妈的意思是要饶过他们?"完颜雍见母亲微微点头,不解地问道,"阿妈,你难道忘了额木图等人为了讨好暴君,当初是如何欺负迫害你的?"

"阿妈当然不会忘记的。可是,正因海陵残忍暴虐,才惹得天怒人怨,你决不能步他后尘。只有广施仁政,体恤民意,善待民众,才会长治久安,天下太平。"

"额木图等人是海陵的心腹爱将,帮着暴君干下不少坏事。即便我饶了他们,其他的部族也决不会放过他们的!"

"所以你还要极力劝说各部族宗王,为了新朝大局,为了稳定人心,只要额木图等人真心效忠,应当给他们一条悔改的生路。"李洪愿见儿子沉思不语,便接着说道,"南宋大军压境,海陵旧部相持,契丹牧民作乱,叛军势正燎原,这真的是四面楚歌呀!新朝刚立,百废待兴,多一个朋友总比多一个敌人好,阿妈相信你知道该怎么做。"

完颜雍若有所悟,频频点头道:"阿妈说得有理,乌禄一定谨记不忘。"

"可还有一件事你也别忘了。"

完颜雍不解地问:"阿妈请讲。"

"这么快便忘了,前不久不是才说过吗?乌林答氏毕竟不在人世了,你是一国之君,要尽快纳妃册后,延续皇脉。再说,你身边如有一个贤内助,岂不更好?"

一提起乌林答氏,完颜雍眼眶顿时潮润起来,悲戚地道:"每当静下来的时候,我便在想,虽然得了天下,可失去了乌林答氏,我得了天下又有何用?我真后悔,不该留下乌林答氏做人质!"

李洪愿不忍见到儿子陷入伤痛不能自拔,也陪泪劝慰:"你现在是一国之君,肩负天下大任,可要振作起来,好好保重龙体!"同时又劝导勉励儿子,"乌林答氏用她一人的生命,不仅为你保住了节操,还挽救了一个部族,更是挽救了我们大金,你应该为有这样贤德的妻子而自豪!你如今贵为皇帝,还得再册立一位皇后,只有母仪天下,才能安定民心。"

完颜雍坚定地摇头道:"乌林答氏是我一生所爱,我也曾发誓除了乌林答氏,不会再爱上别的女人!"

"可是乌林答氏毕竟已不在人世了,依照祖制,皇帝要纳妃立后,延续皇脉,以传千秋万世,你也不能例外!"

"此事慢慢再说吧。"

"那可慢不得,你阿妈急着抱孙子呢!我不信,普天下就再寻不到你可意的女子!"

完颜雍突然想起,问道:"对了,后院那位叫妙玉的姑娘是阿妈新收的徒弟?"

"只算一位居士吧。你见到她了?"

完颜雍点点头道:"见她正在抄录经文,一手好字,娟美秀丽,实在难得。刚一见到她,差点把她当作乌林答氏了。"

"是呀,初见她时,我也觉得有几分像乌林答氏,只是娇小一些。"李洪愿一声叹息,"妙玉姑娘虽然才貌不凡,命却太苦了。"

"听口音像是南方人,怎么会来到阿妈寺里?"

"妙玉姑娘是临安送来中都的贡女,因为不甘受侮,刺伤了海陵王,海陵命人将她丢到荒郊喂狗,正巧被贞儿救下了。"

完颜雍惊叹道:"哦,原来刺杀海陵的贡女是她,和乌林答氏一样,也是一位贞烈女子!"

"可惜好好一个人,却记忆全失了。"

"阿妈通晓医道,也治不了她的病?"

"我是什么方法都用上了,仍无起色,也只能算是尽力了。唉,可怜的姑娘!"

"妙玉姑娘正当青春花季,而且是贞烈奇女,不能让她的一生就这么完了。"

"是呀,得赶紧想个法子才行。"

"请阿妈放心,妙玉姑娘的病就交给乌禄吧!"

"交给你?"

"对,我回宫之后,广召天下名医,一定要治好妙玉姑娘的病!"

"你瞧,差点忘了我儿子现在是皇帝了,这点办法还没有?"李洪愿笑了起来。

四

打下济南,对天平军而言无疑是起义抗金以来的一次重大胜利,对耿京而言更是他这一辈子的最大辉煌。老耿家世代长工,能在他手上如此轰烈一回,也算知足了。这些天来,他终日和一些弟兄饮酒嬉闹,沉醉在兴奋和得意之中。他虽然不知当皇帝到底是啥滋味,但也听说过皇帝能够拥有好多女人。四十来岁仍然光棍一条的他,近日对女人也有了一种强烈的渴望和抑制不住的冲动,酒醉以后,躺在知州后衙床上,总是梦见身边有好多女人。

邵进走近床榻之时,只听见耿京怀抱枕头,呓语喃喃:"哈哈,美呀!哈哈……"他便上前摇醒耿京:"大哥,大哥!"

耿京醉眼微睁道:"去去去,老子正忙着跟皇后妃子们玩呢!"

邵进打趣笑道:"大哥,看样子你做了一夜的皇帝梦呀!梦到皇后和妃子了?"

耿京闭上双目，回味梦境，一脸甜蜜地道："真他娘的美呀！一个个长得跟戏台上的仙女似的。你小子早不来晚不来，眼瞅着俺就要跟皇后妃子们上床了……"

刘升大笑而入道："邵大哥，你打搅了皇上好事，该当何罪？推出去斩首！"

耿京翻身坐起，一脸憨笑地道："你们这帮臭小子，净拿俺穷开心！"

邵进道："大哥你还别说，昨晚我也梦见你当了皇帝，还封我当了丞相呢！"

耿京大笑道："是吗？哎呀，看样子做美梦的不止俺老耿一人呀！哈哈……"

刘升道："大哥说对了，好多兄弟都做了同样一个美梦。"

耿京问道："怎么讲？"

刘升道："梦见大哥当了皇帝，弟兄们大大小小都当上了官，过上了好日子！"

耿京颇受触动地感慨道："唉！这些年也真苦了弟兄们，跟着俺老耿吃苦受难、出生入死，想来真过意不去。"

刘升道："大哥快别这么说，能跟着你吃苦受难，出生入死打天下，也是弟兄们的福分呀！"

耿京道："啥福分哦？就做做梦解解馋！"

邵进不失时机地进言："大哥何须自责，既然为弟兄们好，为何不将美梦成真呢？"

耿京讪笑道："美梦成真，美梦能成真吗？你还在拿老子寻开心呀？"

刘升道："大哥，邵大哥的话有道理呀！"

耿京抬头望着邵进，满脸期待。邵进极力鼓动道："大哥，凭着你的威望和咱天平军的实力，在中原一带谁能相比？早该自立为王，称雄一方，咱不做皇帝谁做皇帝？"

耿京双手直摇道："不可不可！俺老耿家世代长工，拉起人马只是想多杀胡虏，为爹娘报仇，连做梦都没去想当官发财，更别说做皇帝了！"

刘升道："咱今天就做他一回皇帝如何？"

耿京道："一个卖苦力的，能做啥皇帝？不行不行！"

邵进道："大哥此言差矣！汉高祖刘邦当年不过一区区亭长；宋太祖赵匡胤起兵前也不过禁军中一名小小校卫；何况大哥如今手中已有二十几万人马，要想当皇帝，谁敢说半个不字？"

耿京心中一动，但未吭声，他望着大梁上一只悬丝坠下的蜘蛛出神。耿京识得这种一身绒毛的长腿蜘蛛，当地人将它叫作喜蛳，说是喜蛳悬梁来，早见喜，晚见财。

此时正好是早上,莫非真应验了?他不由得心头一热,喃喃自语:"这么说这皇帝俺也能做得……"

刘升极力怂恿道:"当然做得!远的不说,就说那完颜雍吧,不也是一夜之间便做了金国皇帝了?!"

邵进道:"只要大哥你想做,这皇帝便能做!国号我都想好了。"

耿京道:"国号?"

邵进道:"对。山东自古称作齐国,咱就叫大齐天平国!"

耿京惊喜赞叹:"大齐天平国?这国号响亮!"

刘升道:"大哥便就是大齐天平皇帝了!"

耿京心有所动,双目生辉道:"大齐天平皇帝,这玩笑开大了,玩笑开大了!"

邵进道:"回头派人把这留守府衙门收拾收拾,权当皇宫,大哥便可登基称帝了!"

刘升道:"对,再到留春院弄上两个姐姐,皇后妃子全齐了!"

耿京仍旧半醉半醒,亦庄亦谐地道:"好,到时候你二人便是开国元老,哈哈……"

刘升朝外大喊:"弟兄们,快进来朝拜咱们的大齐天平皇帝!"

罗跃、王彪等小头目闻声拥入,齐齐跪下:"参见皇上!"

贾瑞和张安国走进来,见状莫名其妙。

贾瑞失声笑道:"你们这演的是哪一出呀?"

刘升道:"两位哥哥,快跪下参见皇上,皇上马上要封咱们做大官了!"

贾瑞道:"怎么,昨晚的酒还没醒过来?"

邵进起身道:"咱大哥清醒着呢,已经决定自立国号,自己做皇帝了!"

马全福匆匆而入,见状一怔,走近耿京问道:"大哥,你真想做皇帝?"

耿京支吾道:"弟兄们都有此心,大哥也是为弟兄们着想。"

刘升道:"是呀,众弟兄跟着大哥打天下,不也就是图个奔头嘛。马大哥,快跪下等皇上封赏吧!"

"赏你娘个头!"马全福上前一脚将刘升踢倒在地,其余小头目吓得四下躲避,堂上大乱。

张安国上前劝解:"全福先别冲动。依我看,大哥称帝,也许正是上应了天命,下顺了人心。大哥如真想做皇帝,咱哥几个就替他圆了这个梦吧!"

贾瑞道:"此事来得太突然,还要仔细斟酌斟酌。"

马全福呵斥道:"斟酌个球!分明是这几个臭小子自己在做当官梦,便怂恿大哥做什么鸟皇帝!"

邵进道:"皇帝别人能做得,咱大哥也做得。马大哥,咱们都是当初跟随大哥起事的老人,更应当辅佐大哥才是!"

刘升道:"对,谁拥立大哥做皇帝,谁便是开国功臣;谁不愿意,一边凉快去!"

马全福怒不可遏,拔刀扑向刘升道:"好小子,你还没当上大官,便如此张狂。老子先割下你的卵蛋,让你做了太监!"

邵进拔剑在手道:"马铁匠,大哥做皇帝,你来搅局,分明是谋反!"

"放你娘的屁!"马全福挥刀便砍,邵进和刘升举刀还击,三人打成一团,堂上顿时大乱。

耿京猛然站起,一声大吼:"都给老子住手!"

三人闻声住手,仍怒目相视。

辛弃疾闻讯赶来问:"大哥,出了什么事?"

"他娘的,这城里不是俺待的地方,都给老子撤回山寨!"耿京气不打一处来,一跺脚朝外便走。

辛弃疾急忙道:"大哥,且留步!"耿京停下脚步,却未回头。

辛弃疾道:"这里有一封完颜雍写给沾必汗的密信,是全福大哥刚从抓获的信使身上搜到的!"

耿京回身问道:"信中说什么?"

马全福板着面孔道:"你自己看了便知!"

耿京脸色骤变道:"不知道俺不识字?不用看也知道,定是那完颜雍叫沾必汗再来攻打咱天平军。那老小子还敢来,俺将他狗头割下当球踢!"

辛弃疾道:"完颜雍是叫沾必汗来劝说大哥做皇帝的!"

耿京大为惊奇地道:"让俺做皇帝?"

辛弃疾道:"对,做大齐皇帝!"

耿京百思不解道:"金人也让俺做大齐皇帝?"

刘升惊喜道:"这可太巧了!怎么金人跟咱想到一处了?"

"闭上你的臭嘴!"张安国双目一瞪,刘升吓得退到一旁。

辛弃疾问道:"大哥听说过当初济南知州刘豫做皇帝的事吧?"

耿京点点头道："曾听人说起过,一个给金人当走狗的伪皇帝。"

辛弃疾道："刘豫降金之后,金兀术便立他为大齐皇帝,想利用他与大宋相抗。后来被咱们岳飞元帅端了老巢,这狗贼也让金兀术给废了!"

贾瑞道："就是,这小子最后落了个里外不是人,自己上吊了。"

张安国道："拿刘豫与咱大哥相提并论,似乎有些不妥吧?"

辛弃疾道："我只是想提醒各位,咱大哥一旦立国称帝,南宋朝廷定会认为咱天平义军步刘豫后尘降了金人。如此一来,我们势必会夹在宋金之间,两面受敌。所以,称大齐皇帝并非巧合,而是完颜雍玩的一个阴谋!"

耿京猛然醒悟："娘的!闹半天,是让俺老耿也当这种伪皇帝!"

贾瑞道："这是在给咱挖坑呀!"

耿京震怒,喝问道："谁出的馊主意?"

邵进道："大哥,小弟可没这个意思。"

马全福道："哼!不会这么巧,定是咱们内部有奸细在捣鬼!"

耿京目光逼向邵进等人："娘的,俺今天非得将这个奸细查出来不可!"

马全福怒指几个小头目："快说,是谁出的主意?"

王彪道："是,是刘升让我们来的!"

罗跃等小头目也急于摆脱干系,纷纷附和："对,是刘升约我等来的!"

马全福揪住刘升骂道："你个驴日的,还不从实招来!"

刘升又气又怕,无从辩解,一头跪在耿京脚下道："大哥,大哥,是……"他正要说出是邵进指使的,话未出口,邵进突然拔剑刺进刘升胸膛。

辛弃疾拦阻不及道："邵兄,你下手也太快了!"

"想不到这狗贼果然是奸细,差点把老子也蒙骗了!"邵进朝尸体狠踢一脚,跪向耿京,"大哥,邵进为满足一己私欲,不辨忠奸,险些坏了大哥一世英名,毁了咱天平军的抗金大业。邵进无颜再追随大哥,今日愿以死谢罪!"说毕横剑便欲自刎。

张安国和贾瑞急上前拦阻。邵进一边挣扎,一边大呼："别拦我,让我去死!"耿京上前夺过邵进手中佩剑："好啦好啦,事情已经弄清楚了。俺老耿也是鬼迷心窍,一时糊涂,做他娘的什么皇帝梦,差点上了贼人的当。该谢罪的是我,该死的是俺耿京!"说毕一头跪倒在地。

众人大惊,急忙跪下,纷纷相劝。张安国上前扶起耿京道："大哥不必自责,您的初衷也是为弟兄们着想。好在奸细已除,大哥可以安心了!"

耿京走近辛弃疾,满面愧悔地道:"俺的好兄弟,你又一次救了俺老耿,让天平军转危为安,真是大功臣呀!"

马全福调侃笑道:"大哥往后还想当皇帝,首先应该封弃疾当大将军!"

耿京一脚踹向马全福,大声笑骂道:"娘的,哪壶不开你提哪壶,滚一边去!"顿时引来众人一阵哄笑。

贾瑞道:"大哥,还回不回山寨?"

马全福未等耿京开口,抢先答道:"当然要回!留在这城里,眼花了,心也花了,成天躺在床上做他娘的美梦,回回回!"

耿京转向辛弃疾,一派诚挚地道:"好兄弟,大哥听你的!"

辛弃疾道:"完颜雍阴谋落空,定会利用与大宋和议空隙,全力对付咱们义军。济南孤城一座,无险可守,退回山寨是唯一上策!"

邵进不舍道:"好不容易进了城,又要回到山里当山大王?"

耿京双眼一瞪道:"你小子想等死就留下吧。传令各营,立即返回山寨!"

五

完颜雍一回到宫中,立即派人四处打探,寻访能治失忆的名医。很快,便得到回信,在燕山东北一个小屯里有一位老郎中,据说治好过不少人,人们都称他老神医。

老神医很快被接到太清庵。他年过七旬,须眉皆白,一副仙风道骨模样。他为寒鹃把完脉,又仔细查看了额头伤痕,良久没有说话。

李洪愿在一旁担心地问:"老先生,怎么样了?"

老神医微启双目,沉吟片刻道:"请师太借一步说话。"

李洪愿将老神医领至隔壁书房,不等落座,便急切问道:"老先生,妙玉的病势如何?"

老神医道:"这位姑娘颅内瘀血已成死块,加之心结未解,此症非一般药物所能够医治。"

李洪愿请求道:"还请老先生妙手回春。"

老神医微微摇头道:"瘀血可化,心结难解。老朽恐怕也无回春之力。"转身从药箱取出一服丹药,"这是专化颅内瘀血的祖传秘方,如十日之后仍难奏效,只能怨这位姑娘命苦了。"

转眼十日已过,寒鹍病势依然如故,李洪愿焦急万分,不知如何是好。

"奶奶,我这就去找阿爸,让他再想想办法!"贞儿也是十分焦急,骑马下山回到皇宫。

花园凉亭中,完颜雍独自抚琴,思绪悠远。他弹奏的是乌林答氏最喜欢的《高山流水》,一首格调高古的雅曲让他奏成一派哀怨凄凉。

贞儿走进凉亭,打趣笑道:"怎么了,当上皇帝了也有什么心事吗?"

完颜雍淡然一笑道:"哪来那样多的心事?这琴是纥石烈志宁刚从南边带回来的,我试了试,还真是一把好琴!"

贞儿道:"阿爸,你不是说宋的没落原因之一就是重文轻武吗?我看你现在也是越来越重文了。"

完颜雍道:"我们金人过去只知武不知文,如今在朝中担任武职的大都是金人,而担任文职的几乎都是汉人,长此下去,大金还是难以摆脱蛮夷之状。"

贞儿由衷地感佩道:"阿爸,你说得真好。"

完颜雍道:"不是阿爸说得好,是你奶奶说得好。呃,你是从太清庵来的吗?"

贞儿回道:"是的,妙玉姐的病情仍不见好,奶奶好着急,我来问问你这个皇帝还有什么好办法?"

完颜雍问道:"老神医药未见效?"

贞儿摇摇头道:"服了老神医丹药已过十日,仍不见有起色。"

完颜雍神色焦急道:"这该如何是好?"

贞儿一脸神秘道:"阿爸,我早看出来了,你很喜欢妙玉姐姐!"

完颜雍脸色微红,言不由衷地道:"阿爸是很敬重她。"

"也很爱她,还打算要纳她为妃吧?"

完颜雍避而不答。

"怎么样,没话说了吧?"

"眼前最要紧的是把她的病治好。走,把琴带上,让妙玉姑娘学学琴,也许对她的病有好处!"

当贞儿将古琴放到寒鹍面前的时候,寒鹍双眸一亮,脸上浮现出一种既熟悉又陌生的神情,她抚摸着古琴,变得有些拘束。

完颜雍一旁鼓励道:"妙玉姑娘,你试试,也许对你的病有帮助。"

李洪愿宽慰道:"妙玉,不用拘泥,你就当他是普通香客就是了。"

贞儿也说:"对,妙玉姐,弹吧,你就当他不是人。"

完颜雍脸色一沉道:"我不是人是什么?!"

贞儿一下笑出,道:"我的意思是当你不存在。"

完颜雍道:"我不是明明站在这里吗?"

李洪愿掩笑道:"行了行了,你们爷儿俩在一起就斗嘴。我看我们都出去,让妙玉独自先试试吧。"

完颜雍道:"对对对,妙玉姑娘先试试。如真不会,回头我教你。"

三人相跟着出屋。寒鹊凝视古琴,眼前闪现出在仰啸书屋石桌前,她与辛弃疾琴箫相和的情景,一时情难自禁,素手轻抬,一阵凄凉哀婉的琴声从纤纤手指间缓缓溢出。

随风飘过的琴声让祖孙三人不约而同地停下脚步,好奇地转身回到居室门外凝神静听。

室内,寒鹊抚琴吟唱,声泪俱下:

啼鸟还知如许恨,料不啼,清泪长啼血!谁共我,醉明月?……

曲终弦停,完颜雍击掌而入赞道:"弹得好,唱得好,想不到妙玉姑娘琴艺如此高妙,歌声如此清婉甜润,真是天籁呀!"

李洪愿道:"琴弹得好,唱得也好,只是凄婉了些。"

完颜雍动情吟哦:"啼鸟还知如许恨,料不啼,清泪长啼血!谁共我,醉明月?如此好词,不知出自何人之手?"

寒鹊努力回忆道:"是,是……"

李洪愿鼓励道:"妙玉,别急,仔细想想。"

贞儿鼓励道:"对,妙玉姐姐,你一定会想起来的!"

完颜雍投过鼓励的目光,寒鹊突然双手抱头:"好疼,头好疼……"随即晕眩欲倒。

完颜雍急忙上前扶住寒鹊,并将她放到床上。李洪愿以手切脉,并说道:"贞儿,快取水来。"贞儿端来水碗,李洪愿取出药丸,让寒鹊服下。

完颜雍担心地问道:"阿妈,要紧吗?"

李洪愿回道:"心脉紊乱,一时急火攻心。我给她服下了安神丸,先让她静养一

阵再看吧。"

李石来到后院，道："陛下，山东有奏书到。"

完颜雍拆阅奏书，愤然作色道："这帮反贼实在猖狂，竟敢杀了派去的招降使臣！"

李洪愿问道："是泰安的耿京辛弃疾他们吧？"

完颜雍道："不是他们是谁？尤其是那辛弃疾，我的计策总是让他识破，实在可恶！"

贞儿得意地拍着双手道："好，辛大哥就是厉害！"

完颜雍不满地道："你还替他说话！"

贞儿道："本来嘛，没事你去招惹人家干吗？哪天我也上山，跟着辛大哥去行侠仗义、除暴安良！"

完颜雍火冒三丈斥道："胡闹！"

李洪愿笑着劝解："好了好了，一提起那辛弃疾，你爷儿俩就吵个没完。"

"奶奶你瞧，他打不过辛大哥就冲我发火！"贞儿躲在李洪愿身后撒起娇来。

李洪愿道："皇帝陛下和丞相大人，你们还是到别处去商量你们的国政大事吧，这里有病人呢！"

二人来到佛堂坐定，完颜雍将母亲对额木图等人既往不咎、化仇为友的大度之举告诉了舅父。李石笑道："以我阿姐的宽厚仁慈和广阔心胸，我早猜定她会这么做的！"

完颜雍道："阿妈此举不仅彰显了新朝的仁政，化解了宗室、部落之间的猜忌和宿仇，而且能让大金更团结更强大！"

李石道："西北面仆散忠义将军正与契丹叛军激战，山东泰安的天平军自从攻破济南之后，声势更盛，对我朝构成了极大威胁！"

完颜雍问道："阿烈呼准备攻打泰安？"

李石道："他正在调集兵马，准备强攻泰安飞虎岭天平军老巢。"

"这么做太莽撞了！仆散忠义二十万大军在西北激战，恭儿也率军三十万与宋军对峙，阿烈呼还能调集多少兵马？"完颜雍陷入沉思，"泰安是耿京老巢，多年来被他经营得固若金汤，加之地势险要，易守难攻。速告阿烈呼，先行对山东、河北一些小股叛贼许以高官和重金招抚，不肯就抚者一律剿杀，让耿京和辛弃疾孤立无援，到时候再一举歼灭！"

李石赞道："陛下这是一着妙棋呀！"

完颜雍淡然一笑道："但愿这着妙棋不会再被那辛弃疾看破。"

李石道："陛下放心，佛祖定会保我大金万世太平的。呃，那位妙玉姑娘好些了吗？"

完颜雍道："有阿妈和贞儿精心照护，料无大碍。"

李石道："你老实跟舅父讲，是不是真喜欢上妙玉姑娘了？"

完颜雍笑而不答。

李石道："舅父也是男人，你的眼神瞒不了我。"

"妙玉姑娘不仅美丽绝伦，极像乌林答氏，而且聪慧贤淑，品性高洁，的确是少有的奇女子。我原以为除了乌林答氏，天下不会再有能与她相比的女子了。"一提到妙玉，完颜雍便兴奋不已，赞不绝口。

李石道："你身边正需要这样的贤内助。你阿妈对她一直赞赏有加，有心成全你们。"

完颜雍笑道："难怪老太太总在我耳边唠叨个没完，又是催着我册妃立后，又是急着抱孙子。"

李石道："你现在明白老太太的意思了吧？相信你阿妈的眼光。"

完颜雍感慨道："我虽然失去了乌林答氏，如今又遇上另一位乌林答氏，这也许是佛祖真的显灵了。"

李石道："佛祖一直在护佑着你，妙玉姑娘的病会康复的。"

送走李石后，完颜雍返身朝后院走去，一路思索："瘀血可化，心结难解。她到底有什么心结呢？"

居室床榻上，寒鹃紧闭双目，额头虚汗淋漓，沙哑哭呼："弃疾哥哥，弃疾哥哥，快，快救我，快……"

贞儿闻声而入问道："妙玉姐，你怎么了？"

寒鹃惊悚坐起，惶惑四顾道："爹，爹，快救我爹……"

贞儿一脸惊喜地道："妙玉姐，你醒了！"随即朝院外激动地大呼，"奶奶，快来，妙玉姐醒了！"

李洪愿匆匆奔入，又惊又喜地道："多亏佛祖保佑，总算醒过来了。"

完颜雍闻声入室，道："这下好了，妙玉姑娘，你不知道我们有多担心你呀！"

贞儿扶着寒鹃在椅上坐下，为她擦去额头汗滴，问道："妙玉姐，刚才听你一直在喊快救你爹,到底出了什么事?"

寒鹃伤心恸哭地道:"我爹被他们害死了。"

完颜雍问道:"是谁害死了你爹?"

寒鹃回道:"朝廷来的人,说我爹私藏国宝,要抓去京师问罪。"

贞儿问:"后来呢?"

寒鹃道:"他们又要抓我去当贡女……"

完颜雍接上道:"再后来就来到了燕京,还刺伤了完颜亮。"

寒鹃微微点头。

李洪愿问道:"你能想起来你的名字吗?"

寒鹃不假思索地道:"我姓范,名叫寒鹃。"

完颜雍赞叹道:"寒鹃,好美的名字!"

贞儿高兴道:"太好了,太好了,妙玉姐,看来你真的好了!"

寒鹃感激道:"谢谢奶奶,谢谢贞儿妹妹,谢谢皇上,谢谢你们救了小女一命!"

李洪愿道:"不用谢,不用谢,一家人不必客气!"

贞儿笑道:"对了,还应该恭喜你,马上就要做皇妃了,到时候我得改口叫你母妃呢!"

寒鹃一脸诧异道:"贞儿你莫要耍笑姐姐了,这从何说起?"

完颜雍一旁解围道:"别让妙玉姑娘难为情了。"

李洪愿笑嗔:"就是,人家妙玉一看便知是诗书人家出身,哪像你又粗又野,不知羞臊。"

完颜雍问道:"妙玉姑娘弹得一手好琴,不知跟谁学的?"

寒鹃回道:"我父亲。"

完颜雍道:"哦,所唱之词也是你父亲所作?"

寒鹃摇摇头道:"是弃疾哥哥。"

贞儿问道:"弃疾哥哥,是你心上人吧?"

寒鹃含羞一笑,低头不语。

完颜雍急切地问:"你说的弃疾哥哥是什么人?"

寒鹃走到琴前坐下,满怀思念地道:"他是我父亲的学生,叫辛弃疾。"

"辛弃疾?!"三人同时一惊,寒鹃并未注意三人神情,手抚琴弦,"对,叫辛弃疾。我最喜欢他写的这首《贺新郎》。"说毕寒鹃拨动丝弦,轻声吟唱起来。

完颜雍一脸失落,转身走出屋门。贞儿一跺脚,也扭头离去。

一望无际的荒原上,完颜雍神情沮丧,漫无目的地打马狂奔。此刻,无论是一个帝王的高贵,还是一个男人的尊严,似乎都被辛弃疾这个名字一扫而光。胯下狂奔的战马与他一道发出自怜的悲鸣,狂怒的嘶吼。突然一个马失前蹄,他连人带马重重摔落荒草丛中。

贞儿冲出门后策马一路狂奔来到吉祥酒店,这里是她和辛大哥第一次遇见,也是最后别离的地方。她要来这里喝杯酒,回味辛大哥在这里帮她出手痛打马贼的情景。然而,呈现在她眼前的却是房塌墙倒,柱焦门残,似有人放火烧过,店主钟大叔和辛十二也不知去向。

凄凉的场景让贞儿的心情更加悲切孤独,痛苦万分。她万万想不到自己心爱的辛大哥竟然是与妙玉姐相爱,难怪辛大哥对她总是冷若冰霜,毫不动情。她登上一段残墙,朝着辛大哥离去的方向嘶声呼唤,悲凉哀怨的呼唤声被秋风撕扯得时远时近,时断时续。

事发突然,最难的是李洪愿,一边是儿子,另一边是孙女,还有一边是即将过门的儿媳,就因为一个辛弃疾,竟闹得全家乱作一团。她凝视半块碧玉,一声长叹:"当初我看到这半块碧玉,就感到其中必有来历和隐情,不幸真被我猜中了。"

寒鹃低头坐在一旁,抽泣不止。李洪愿起身坐到寒鹃身边,将她搂到怀中,神情酸楚地道:"真是造化弄人呀!从内心讲,我真心希望你能留在乌禄身边,成为他的妃子。以你的聪明才智,一定能帮他把大金治理得更加繁荣、更加强盛!"

寒鹃一头跪下道:"奶奶,对不起,妙玉辜负了您的期望,辜负了你们一家的救命之恩,关爱之情……"

李洪愿道:"这么说,你心中只有那个辛弃疾?"

寒鹃神情坚定地道:"我心里只有他,只有我的弃疾哥哥,我为他而生,为他而死!"

李洪愿起身走到一边,喟然长叹:"这样的荣华富贵,好多人做梦都得不到啊!那辛弃疾能遇到你这样的好女子,真不知是几生几世修来的福分。"她转身扶起寒鹃,"奶奶是修佛之人,懂得随心随缘的道理,无论你做出何种选择,奶奶都由你。只是……只是又该怎样去面对那痴情的乌禄,还有那个单相思的贞儿……"

寒鹃问道:"奶奶,我该怎么办,你说我该怎么办?"

"奶奶也不知该怎么办……"李洪愿茫然摇头,起身蹒跚着走出居室。

一阵雁鸣从窗外传来。寒鹃奔到窗前,循声望去,云天之外,雁阵横空,成行南去。寒鹃含泪目送,神情凄然。一只孤雁降下云头,鸣声凄切。凝神少许,她坐到琴前调瑟吟唱,如泣如诉:

霜月寒,夜无边,庚深泪无眠。孤灯弦断相思长,梦里盼月圆。望长天,送孤雁,谁怜我孤单。归途茫茫觅何处,谁与共月圆?……

荒原上,风吹草低,一片苍凉。完颜雍仰面躺着,凝眸云空孤雁低飞,神情沮丧。侍卫领着耶律元宜匆匆而来。侍卫俯腰低声喊道:"陛下!"

完颜雍一动不动,似未听见。

侍卫再次喊道:"皇上,耶律元宜大人有急事奏报!"

完颜雍翻身坐起,发泄道:"别叫我皇上!连个心爱的女人都得不到,还叫什么皇上?"

耶律元宜上前道:"陛下,女人固然重要,你的龙体更加重要,国家大事也……"

完颜雍极不耐烦:"什么事?快说快说!"

耶律元宜道:"阿烈呼送回紧急奏报,山东一带叛军基本肃清,只剩下耿京、辛弃疾一股仍然盘踞泰安,阿烈呼奏请何时可以剿灭泰安叛军?"

完颜雍气急败坏,近乎咆哮:"剿灭,统统剿灭!"

贞儿突然出现,道:"不行,辛弃疾必须活着!"

完颜雍怒道:"辛弃疾必须得死!"

"辛弃疾必须得活!"贞儿不甘示弱,转向耶律元宜,口气坚决,"耶律元宜叔叔,你告诉阿烈呼,如果辛弃疾少了半根汗毛,我一定会要他狗命!"

耶律元宜望着二人,无所适从。

"好,就让他先活着吧,到时候我饶不了他!"完颜雍一下跳起,上马飞奔离去。

贞儿一跺脚,也挥鞭策马驰向荒原深处。

耶律元宜目送近乎疯狂的父女俩,无奈地对着侍卫摇头苦笑:"这就叫要死要活!"

六

　　天平军中军大帐内,辛弃疾在地图上画了一个大圈,神情严峻地向众头领分析局势,道:"不足两月,山东境内的抗金义军被剿灭了三家,招降了四家,加上昨天倒戈降金的葫芦寨,已经有八家了!"

　　马全福不以为然道:"管他呢!反正这些山寨不过是一帮强盗,打着抗金旗号,干的是剪径劫道的勾当,要不是大哥拦着,俺早就将他们统统收拾了!"

　　邵进道:"对,这回金人正好帮了咱们的忙!"

　　贾瑞道:"我们山寨对金人威胁最大,为什么不先来攻打咱们呢?"

　　耿京道:"早被咱们打怕了,他敢来吗?哈哈……"

　　马全福道:"可不是嘛!俺还是那主意,趁早打到燕京,把金人的老窝端了!"

　　邵进道:"马铁匠,你真是站着说话不腰疼,就凭咱这点人马,能守住山寨就不错了,还想去打燕京!"

　　马全福怒道:"你小子就是缩头乌龟,啥时候都不敢伸头!"

　　贾瑞劝解道:"二位不必争吵,有事好商量。"

　　张安国讪笑道:"就是就是,可别跟金人没打起来,你俩先打起来了!"

　　辛弃疾凝视地图,沉思不语。耿京不解地问道:"弃疾兄弟,你怎么不吭声,难道这里头还会有什么猫腻不成?"

　　辛弃疾神色严峻道:"岂止是猫腻,这是完颜雍玩的大阴谋!"

　　马全福道:"嗨,你想得也太多了!"

　　辛弃疾道:"请各位大哥想一想,周边远近的各股义军虽说良莠不齐,与咱们天平义军也不是一条心,可他们的存在至少对胡房也是一种牵制。如今他们一旦被金人收降,就会与金人合在一起来对付我们天平义军。咱们山寨虽说地势险要,易守难攻,可毕竟成了一座孤岛,不用攻打,困也把咱困死了!"

　　二猛奔入禀报道:"大帅,刚收到消息,河北、河南有几家山寨也降的降、灭的灭了!"

　　贾瑞道:"等他们把山东、河南、河北的各股义军收拾完了,就该轮到咱们了!"

　　耿京道:"娘的,完颜雍这一招真够毒的!"

　　二猛说道:"还探到一个消息,金军正调集一批拐子马,不日便抵达山东!"

众人一惊道："拐子马？"

贾瑞道："拐子马是金军精锐，一般不会轻易出动，看来他们真要下狠招了！"

张安国道："大哥，金人大兵压境，山寨危在旦夕，得赶紧想一条出路才是！"

邵进道："出路，要是当初识时务，让大哥当了皇帝，还会没出路？"

马全福道："你小子还没忘那桩鸟事！"

邵进道："要不是你马铁匠从中作梗，现在还愁什么出路？"

耿京大喝道："够了！娘的，吵就能吵出出路来？！"

贾瑞道："对，形势危急，还是赶紧想个好对策吧！"

辛弃疾道："弃疾倒有个想法。"

耿京催促道："就等你的想法了，快说快说！"

辛弃疾平静地说道："眼前唯一的出路，应尽快与大宋王师取得联络，统一作战，这才是咱们天平军的出路。"

耿京道："你是说让俺天平军投靠大宋？"

辛弃疾道："我等本是大宋子民，应该是回归。回归大宋，报效朝廷！"

张安国不屑冷笑道："在大宋朝廷眼中，我等不过是一群山贼草寇，能有什么出路？"

辛弃疾道："只有与王师联络上了，朝廷才会知道咱们不是山贼草寇，而是一支抗金复国的雄师劲旅！"

耿京似有所悟，频频点头。

贾瑞表示赞同："对！弃疾兄弟说得有理。咱们天平义军一旦被朝廷编入王师，完颜雍也不敢轻易围剿咱们了。"

耿京道："弃疾兄弟，你这想法又说到俺老耿心窝里了。诸位，看谁去与朝廷王师联络合适呢？"

马全福道："事关重大，自然是大哥亲自去最好！"

耿京连忙摆手道："我一个大老粗，官场上那套礼节一点不懂。要是皇帝问俺个子丑寅卯也不知如何答对，弄不好反倒误了大事，不可不可！"

张安国略一思忖道："大哥说得极是，去朝廷面君，非比寻常。在咱义军中，只有辛参军知书达礼，能言善辩，我看，就让他陪同大哥去最合适！"

邵进立即附和："张大哥所言极是！"

贾瑞道："不可！大哥是军中主帅，是咱天平军的主心骨，大敌当前，不可轻易远离山寨！"

马全福道："这倒也是。就让弃疾去吧，他去准行！"

"全福说得对，辛兄弟去再合适不过！"张安国极力支持。邵进和众人也纷纷赞同。

耿京道："各位言之有理。弃疾兄弟，只有你去最合适不过，你就辛苦一趟吧！"

辛弃疾激动地一拱手道："蒙大帅和众位大哥如此信任，弃疾决不负此重托！"

张安国略作思索道："不过入朝面君，非同一般。弃疾兄弟独自一人前去似觉不妥，贾瑞兄弟处事谨慎，可否一同前往？"

贾瑞道："大哥，小弟愿陪弃疾一同前往，遇事相互也有个照应，有个商量！"

耿京高兴地说道："如此甚好！你二人同去，俺就更放心了。弃疾兄弟，你打算带多少人马随同前往？"

辛弃疾道："人马不用太多，此行要的是轻快疾速，小弟就在飞虎骑军中挑上四十骑便可。"

耿京道："那好，天色已晚，你们回营准备准备，好好歇息一晚，养足精神，明日一早出发！"

辛弃疾略一思索道："大哥，形势紧迫，事不宜迟，我这便去点齐人马，立即启程！"他心里清楚，等到明早启程，有可能消息已经泄漏，想走也走不出去了。

辛弃疾一行出发前，耿京拉着辛弃疾再三叮嘱："兄弟一路当心，京师人生地不熟，遇事多问问。"

马全福一旁打趣道："哎呀，大哥，你今天怎么变成老娘们啦，唠叨个没完！"

耿京哈哈大笑道："临安那地方俺们谁也没去过。再说，我担心万一那南宋皇帝不待见俺义军该怎么办？"

辛弃疾道："大哥放心，我到了临安，会先去找虞允文大人请教的，你就等着小弟带回好消息吧！"

"好，大哥等着，快去快回！"耿京举碗相碰，两人一饮而尽。

辛弃疾将马全福拉到一旁，压低声音，神情严峻道："全福大哥，小弟走后，大帅的安全就交给你了！"

马全福道："俺明白，大帅的安全便是咱天平义军的安全！"

辛弃疾道："我把二猛和飞虎骑军交给你，由你调遣。但千万记住，无论发生什么情况，飞虎骑军不得轻易离开营寨！"

马全福道:"兄弟放心去吧,俺知道该怎么做!"

两人会心一笑,举杯相碰。

"各位大哥,暂别告辞!"辛弃疾说毕翻鞍上马,朝众人一拱手,率领贾瑞等四十骑扬尘而去,消失在夜色之中。

完颜雍收到阿烈呼的飞鸽传书,已是次日中午。他怎么也没料到辛弃疾会来这么一招,泰安天平军一旦与南宋联手,他的全盘谋划将付诸东流。

老谋深算的丞相李石也深感担忧地道:"南宋和战两派一直争执不下,使得和议之事一拖再拖,议而难决。这辛弃疾去临安,主战派一定如获至宝,恐怕对纥石烈志宁与党怀英斡旋和议也极为不利。"

完颜雍道:"这正是我所担心的。"

耶律元宜道:"陛下何不让阿烈呼率领他的'天狼杀'潜入临安,寻机刺杀辛弃疾,以绝后患。"

完颜雍道:"我们的人去南方太惹眼,一旦败露,非但和议难成,反倒给了南宋开战理由,后果不堪设想。"

右丞相乌林达鲁献上一策,道:"陛下,辛弃疾去临安,对南宋主和派也是一种威胁,何不借他们之手将其除掉!"

李石沉吟少许道:"辛弃疾此去临安,必定会为南宋皇帝重视。一旦泰安匪军正式被收编为王师,我朝如果再去攻打,就等同于在与南宋朝廷开战,和议之事便成了泡影。"

完颜雍频频点头道:"火速与临安的纥石烈志宁和党怀英联络,不管用什么方法,绝不能让辛弃疾联宋抗金的阴谋得逞!"

耶律元宜和乌林达鲁领旨去后,完颜雍神情颓然地倒在椅背上道:"这个辛弃疾莫非与我前世有仇?处处与我相克,好不容易喜欢上一个女人,竟然也是他所爱!"

李石道:"所谓相生相克,相克相生正是如此。妙玉姑娘有消息吗?"

完颜雍摇摇头道:"该找的地方都找过了。"

李石蹙眉思索道:"她会上哪儿去呢?"

"是呀,突然间踪迹全无,我也一直奇怪……"完颜雍神情抑郁而茫然。

七

其时,寒鹊已经回到山东历城。一路担惊受怕,风餐露宿,历经千难万险,现在回想起来仍然令她胆战心惊。

李洪愿十分同情寒鹊的遭遇,对寒鹊的忠贞不渝十分钦佩。她最终以一个修佛之人的慈悲和一个女人的善良,背着儿子和孙女,帮助寒鹊离开了燕京。临行前,李洪愿为寒鹊换上一身男装,挑了一匹好马,将寒鹊托付给一个去山东方向的骆驼商队结伴同行。寒鹊跟着驼队日行夜宿,起初一路还算顺利,谁知眼看快到山东地界,驼队宿营时遭遇一伙山贼打劫,幸亏她是独自宿在一块岩石后面的,未被山贼发现才躲过了一劫。虽逃得性命,但马匹和李洪愿给的盘缠被山贼掠走,她只好一路乞讨回到四凤闸庄。

当她衣衫褴褛、形容憔悴、拖着疲惫不堪的步子走进仰啸学馆,眼前的情景惊得她目瞪口呆。院内杂草丛生,一派荒芜,两年前还书声琅琅、琴瑟悠扬的学馆已成灰烬。池畔柳树的枯枝在秋风中无力地摇曳,荷塘水枯叶焦,满池的红粉碧裙芳踪全无。唯一留下来的是池边的石桌石凳,那是她经常与弃疾哥哥琴箫相和的地方。

寒鹊环顾四周,触景伤情,不禁潸然泪落。长忠夫妇扛锄路过,见院门大开,便进院察看,误将寒鹊当作了乞丐,便喊道:"呃,这里没人住,你还是去别处讨饭吧!"

寒鹊转过身来,一下认出,叫道:"长忠大伯,长忠婶儿!"

长忠一脸疑惑道:"你是……?"

长忠妻近前细看,一下认出,惊喜地道:"哎呀,这不是鹊儿吗?"

长忠也终于认出:"果然是寒鹊。你,你怎么成这样了?"

长忠妻扶住寒鹊,惊疑地问道:"孩子,你这是从哪儿来呀?范先生呢?"

寒鹊痛苦难言,一下昏厥过去。当她醒来的时候,已经躺在长忠屋里的炕上。长忠妻一边喂寒鹊米粥一边叹息:"可怜的孩子,能活着回来已是老天保佑了。"

喝下米粥后,寒鹊气色稍有好转,起身问道:"婶子,弃疾哥哥呢?"

"你弃疾哥哥两年前就离开四凤闸了。"长忠妻将事情的来龙去脉向寒鹊讲述了一遍。

寒鹊喜出望外,起身下炕道:"我要去泰安找弃疾哥哥!"

长忠妻将寒鹊止住道:"别急,先躺下多休息一会儿,你长忠大伯昨晚就赶往泰安报信去了,算时间该和少爷往回赶了。"

说话间长忠应声而入道:"俺回来了。"

长忠妻看看门外,急切地问道:"少爷呢,没跟你一道回来?"

长忠一脸遗憾道:"真不巧,二猛说少爷去江南了。"

寒鹃问道:"那弃疾哥哥啥时候能回来?"

长忠摇摇头道:"二猛也不知道。"

"弃疾哥哥一定是到江南找我去了,我现在就去江南!"寒鹃迫不及待地下炕收拾行装。

长忠愕然道:"去江南?这一路上太危险了!"

寒鹃语气坚定地道:"再危险我也要去,我要找到弃疾哥哥,给爹报仇!"

长忠见寒鹃去意已决,便应允:"好吧,忠伯先送你去海州,试试从那里去江南。"

宋金对峙以来,海州一直是扼守海陆的咽喉要道,也是《绍兴和议》划定的南北边界之城,曾多次被金军攻占,采石大战又被李显忠夺回。长忠领着寒鹃经数十日跋涉来到海州城下,却得知海州为防止金国奸细假扮难民混入,立下准入不准出的军规,奸细即便刺探到军情,也不易送出。无奈之下,长忠为寒鹃雇了一辆牛车,并留下一些碎银,一再叮嘱寒鹃道:"鹃儿,长忠伯只能送你到这里了。这点碎银收好,一路上自己多加小心!"

寒鹃含泪拜别长忠,乘车进城。过了海州,到达临安已是次日中午。下车入城后,寒鹃逢人便打听辛弃疾的下落。她不知京师原是这般繁华,灯红酒绿,人流熙攘,找到一些客栈打听,可没人知道辛弃疾是何许人,见她衣裙不整,都避而远之。寒鹃茫然失措,只好来到静僻人少的地方,当她疲惫不堪地走进一条叫作杏花弄的小巷时,已近黄昏,便想先寻个小店住下,明日继续打听。一天未进水米,饥饿难忍,打算买个烧饼充饥,却发现肩上行囊已不知何时丢失。没有了盘缠,这该如何是好?她越想越懊悔,坐在路边井台上伤心地哭了起来。

寒鹃的举动引起了对面临街小酒肆中一个人的注意。此人二十出头,名叫胡倬,当地一破落子弟,其家族祖辈经商,略有薄产。父母双亡后他游手好闲,好赌奢嫖,将家产挥霍殆尽,终日与一帮泼皮混迹市井,胡作非为。与他一道喝酒的一个叫金鱼眼,身短粗胖,因双目突出而得此诨名;另一人干瘦如柴,面带奸猾,绰号瘦猴。二人见胡倬不时朝外张望,有些莫名其妙。金鱼眼朝窗外看了一眼,不屑笑道:"大哥,一个叫花婆有什么好看的,喝酒喝酒。"胡倬并不答话,放下酒杯走出酒肆,顺手从一个乞丐碗中抓起一个馒头,来到寒鹊面前,将馒头递到她眼前。寒鹊饥饿难忍,也顾不得许多,接过馒头狼吞虎咽吃起来。金鱼眼和瘦猴凑上前一番打量:"果然是个小美人,大哥,你真好眼力呀!"

胡倬假惺惺问道:"小妹妹,是从北边逃难回来的吧?你叫什么名字?"

寒鹊面带感激道:"我叫寒鹊,带的盘缠丢了,多谢大哥!"

"哦,那一定饿坏了。"胡倬朝金鱼眼挤挤眼,"快,把小妹妹扶到里面,好酒好肉伺候着。"

金鱼眼急忙上前扶起寒鹊,趁机在寒鹊身上乱摸乱捏。寒鹊觉察不妙,推开金鱼眼。瘦猴从后抱住寒鹊道:"走吧,做了我家大嫂,吃穿不用愁了。"寒鹊挣脱瘦猴,转身欲逃,却正好撞到胡倬怀中。胡倬紧搂寒鹊,一脸淫笑道:"小美人,不用害羞,跟了大哥,吃香喝辣穿金戴银。"寒鹊拼力挣扎,大声哭骂。胡倬紧抱寒鹊,狂笑不止。

"光天化日,你们竟敢强抢民女!"一位路过的中年妇人挡住去路,愤怒斥责。她叫秦三娘,五十来岁,家住附近,因身体肥胖,有人又叫她胖三娘。

胡倬推开秦三娘斥道:"肥婆子,关你屁事,滚一边去!"

秦三娘毫不退让道:"让路可以,把人放开!"

围观的路人越来越多,纷纷斥责。胡倬环顾众人,色厉内荏地道:"这是大爷刚买的小妾,这就带回去洞房呢!"

秦三娘道:"就凭你这般模样,还有钱买小妾?当着街坊邻里说说,花了多少钱买的?"

胡倬道:"一锭银子,怎么啦?"

人群中有人回答:"就花了一个馒头!"

又有人嘲弄:"一个馒头还是抢乞丐的!"

围观的路人发出一阵哄笑。胡倬无地自容,放开寒鹊,冲着人群虚张声势地喊叫:"谁?是谁敢跟大爷过不去?!"

瘦猴朝着人群吼叫:"是谁?站出来,再不出来今晚上把你家房子点了!"

秦三娘趁机拉起寒鹊挤出人群,飞快地拐入小巷。胡倬回身不见了寒鹊,朝着金鱼眼和瘦猴各狠踢一脚斥道:"连个女人都看不住,没用的东西!"

秦三娘穿街过巷,将寒鹊带回家中,拿出自己的衣裳让寒鹊换上。寒鹊换好衣裳从室内走出,秦三娘见了不住赞叹:"哦唷,好一个美人胚子,这是我当姑娘时的衣

裳,穿在你身上正合适。"

寒鹃万般感激道:"老人家的搭救之恩不知该如何报答。"

秦三娘豪爽答道:"快别说这话,老婆子就爱管个闲事,打抱不平,图什么报答?如不嫌弃,没找到你哥哥以前,就先在我这里住下。"

寒鹃感激道:"给老人家添麻烦了。"

秦三娘道:"我男人死得早,无儿无女,孤身一人,正好给我做个伴。要不,干脆你就给我当个干女儿如何?"

寒鹃急忙伏身下拜道:"干娘在上,受女儿一拜。"

秦三娘急忙扶起,乐不可支道:"哦唷,这可受不起,这可受不起!你就安心住下,慢慢寻找你的弃疾哥哥吧。"

"不知道上哪儿才能找到他。"一提到弃疾哥哥,寒鹃的眼神变得十分茫然。

八

临安参知政事官邸门前,不少官绅携带财礼围聚门外,都管梁正不住地向众人拱手致歉道:"我家大人再三严令不得收受礼金财物,各位大人的好意小的一定转达,请回吧,都请回吧!"

原来,虞允文采石矶大捷立下大功,回朝后赵昚立即升任他为参知政事,主持朝政。这些官绅听到消息,便纷纷携带财礼前来祝贺,实则是走门子攀关系,指望日后能够得到提携晋升,谁知统统被挡驾在外。

陆游衣袂飘飘,趋步而来。他年近四十,面容清癯,风度翩翩,才华横溢而又放浪不羁。

人群中有人招呼:"陆游先生,你也来送礼呀?"

陆游诮然一笑道:"我又不想升官发财,送什么礼?怎么,都吃闭门羹了?"

又有人说:"陆游先生,我知道你和虞相是至交好友,请帮忙说说情吧!"

"那我也要吃闭门羹了。奉劝诸位,老实做人、廉洁为官才是正道。想在虞相手下混,这一套没用。"陆游亦庄亦谐,说毕径直走向大门。

"陆游先生来了,我家大人正等着你呢,快请进吧!"梁正上前施礼,显然十分熟识。

陆游逗趣一笑道:"你这相府的大都管,也不先通报一声?"

"陆游先生是何许人,小可哪敢怠慢?我陪先生进去。"梁正说笑着陪着陆游朝府内走去。

身后有人酸语叹息道:"如今,当官还不如去写写诗呢!"

也有人嘀咕道:"听说虞相向皇上举荐他出任史馆编修,定是来酬谢的。"

还有人不满道:"无非是能写几句打油诗罢了,放浪形骸,不拘礼法,也配在朝中做官,哼!"

更有人嘲笑道:"你说他放浪形骸,不拘礼法,他干脆把自己叫作'放翁',简直不知斯文为何物!"

众人投门碰壁,自知无望,便借题发挥,朝着陆游发泄一通不满后,扫兴散去。

书案前,虞允文举笔又停,皱眉沉思。和战之争,难分高下,明日将再作朝议,如何据理驳斥汤思退等主和势力的乞和论调,彻底打消皇上的诸多顾虑,他一直无法找到更加有力的依据,因而焦灼不堪。

梁正来到门外道:"大人,陆游先生到了。"

"快请快请,正等他呢!"虞允文一脸惊喜。他今天专程请来这位学问智识超乎常人的大诗人,想听听他对战和之争的见解。

陆游上前深躬一躬道:"草民陆游见过丞相大人!"

虞允文急忙上前扶起,打趣道:"贤弟一向狂放不羁,今天怎么讲起礼数来了?"

陆游幽默一笑道:"大人荣升相位,陆游穷酸,拿不出金银珠宝,只有行个礼相抵了,哈哈……"

虞允文汗颜道:"你就别挖苦愚兄了。明日皇上召对和战庭议,正愁不知如何对付汤史之流,等着听听你的见解。"

陆游丧气地重重摇头道:"汤史之流有太上皇撑腰,我看不会有什么结果。"

"难道贤弟对北伐失去信心了?"虞允文没料到盼来的竟是陆游的丧气话,心中不免一凉。

陆游表情复杂地道:"收复中原是陆游毕生誓愿,只是实在看不惯秦桧那班死党把持朝政。所以,今日顺便提前知会大人一声,我打算辞去朝中官职,离开临安。"

虞允文不禁大惑道:"你要去哪儿?"

陆游道:"好友范成大知任四川制置使,来信邀我助他治理川蜀。"

虞允文问道:"你答应他了?"

陆游道:"答应了。和战之争,遥遥无期,与其在京师坐等,不如到边塞做些执戈

守哨的实事。"

虞允文沉默良久,遗憾叹息道:"贤弟去意已决,愚兄也不便强留,只是……"

梁正入报:"大人,有位从山东来的辛弃疾求见!"

虞允文又惊又喜道:"辛弃疾?快请快请!"

辛弃疾大步走进书房,上前跪地施礼道:"辛弃疾参见虞大人!"

虞允文双手扶起辛弃疾,高兴异常道:"辛老弟不必多礼,燕京一别,两年有余了,终于又能见到你这位忠义之士了!"

辛弃疾动情地回道:"一别两年,弃疾也十分想念虞大人。方才得知虞大人升任了丞相,可喜可贺,可惜行色匆匆,没带什么礼物,实在抱歉。"

陆游一旁笑道:"你真要带了礼物,恐怕进不来相府了。"

辛弃疾看着陆游问道:"这位是……"

虞允文介绍道:"这位是当今名贯九州的大诗人陆游,陆放翁!"

辛弃疾不禁一怔,急忙施礼道:"失敬失敬,想不到一到京师便有幸见到放翁先生。'遗民泪尽胡尘里,南望王师又一年',先生的诗字字句句都说透了我们中原遗民的心声!"

陆游无限感慨道:"中原父老身陷贼窟,受尽磨难,我们却无所作为,实在惭愧!"

"虞大人,弃疾这次来到京师,就是要回归大宋,与王师联合抗金!"辛弃疾取出归正表册,双手呈上。

虞允文接过表册,仔细展读,喜形于色道:"原来你就在山东天平义军?"

辛弃疾道:"小人在军中担任参军兼掌书记之职,此次是受耿大帅和众兄弟之托,奉表进京,请虞大人呈奏朝廷。"

"辛老弟你来得正是时候啊!"虞允文大喜过望,激动异常,"采石大捷之后,宋金局势有所变化,但是朝中战和两派相持不下,皇上也举棋难定。老弟你这一来,主战便多了一分希望。"

辛弃疾一脸困惑道:"局势明明有利于大宋,朝廷在犹豫什么呢?"

虞允文摇头苦笑道:"朝中有如战场,一言难尽哪!"

"朝中有如战场?"辛弃疾更是茫然。

"此时事一两句难以说清,日后你便知道了。"虞允文顿了顿,"明日早朝仍要就和战之事展开庭议,又将是一场大战,你正好赶上。"

陆游一旁看罢表册,也是神情激动地道:"这的确是反击汤思退之流投降派的撒手铜。辛老弟,你来得太及时了!"

虞允文揶揄一笑道:"那你还走不走?"

陆游爽朗大笑,激昂吟出曾在大散关戍边时写下的诗句:"多情谁似南山月,特地暮云开。"

辛弃疾激动地紧接下句:"霸桥烟柳,曲江池馆……"

"应待人来!"三人慷慨合吟了陆游诗句,心灵相通,纵情大笑。

虞允文道:"辛参军,你一个人来的吗?"

辛弃疾回道:"随我同来的有四十余人,我怕他们不知京师规矩,生出事端,全都安顿在城外。"

虞允文略作思索道:"这样吧,我让梁正送你暂去驿馆歇息,明日面君之事,我得立即去做安排。"

九

采石大捷,给了汤思退当头一棒,颜面尽失,朝中主和势力一片喑哑。侍中御使陈俊卿等十数大臣联名参劾他奸邪误国,赵昚因碍太上皇面子没有动他。但升任虞允文为参知政事,他便知道皇上对他发出了暗示,首辅丞相不久将被誉满朝野的虞允文所取代,他的右丞相也将形同虚设。为平息朝野上下对他的谴责和不满,他便以退为进,收敛起往日的清高与傲慢,处处谨言慎行,谦恭卑微,平日也少有出门,不接客,不访友,成天在家不是宅身怡宝斋摆弄他的古董,便是待在书房写字作画。汤致来到书房时,他正提笔在三尺宣纸上写下一个斗大的"忍"字,字未写完,又心绪烦乱地将笔扔到书案上,溅得满桌墨汁。

汤致上前收拾好笔墨,安慰道:"和战之议尚未定论,父亲何必过于烦恼?"

汤思退无从发泄地斥道:"完颜亮这个混账,拿着我大宋的银子过太平日子有什么不好?非得挑起战乱!"

汤致道:"可不是吗?仗没打赢,自己反倒玩完了!"

汤思退不甘道:"他玩完了,老夫经营的大好和局也快玩完了!"

汤致道:"就先让那帮主战派闹腾去吧,皇上未必听他们的。再说,不是还有太上皇吗?"

汤思退道:"一个虞允文已将局面搅翻了天,再来一个辛弃疾,只怕会乱上添

乱了！"

汤致道："我不信，这辛弃疾小小年纪真有如此能耐？"

汤思退道："据说这个辛弃疾不仅是耿京手下的得力干将，文韬武略也颇为不凡，且又敢言善辩。那帮主战派手中有了这个筹码，再加上咱们这位皇上年轻气盛，总想着做中兴之主，一旦听信妄言，再打起来，朝中就没有咱们的立足之地了。"

孙造匆匆而入，神色诡秘地道："恩相，金国特使求见。"

汤思退脸色一沉道："不是说过了，这种时候不要随便把胡人朝我这里带！"

孙造道："两位特使说专为辛弃疾之事而来，务必要立即见到恩相！"

汤致惊喜道："哦，父亲正为此事发愁呢。快请！"

汤思退抬手禁阻道："慢！"

孙造不解道："恩相的意思是……"

汤思退道："急什么，老夫知道他来干什么。当初求和于他们之时，不但没少花银子，还没少看这些鞑子的脸色！"

"恩相放心，他们这次倒也懂些礼数。"孙造随即转身朝外连击三掌。数名侍从应声抬进两口牛皮大箱，箱盖开处，奇珍异宝璀璨夺目。汤思退朝珍宝略为扫视，故作淡然："就请特使大人花厅用茶吧。"然后慢条斯理地来到花厅，却见纥石烈志宁和党怀英只是微微抬了抬屁股，并未行礼，心中大为不满，"这些鞑子全都一个样，傲慢狂妄！"他在心里骂了一句，刚一落座，便单刀直入，"特使大人消息好灵通呀！那辛弃疾前脚刚到，你们后脚便跟来了。"

纥石烈志宁得意一笑道："不瞒丞相说，他辛弃疾的一举一动都难逃我的眼睛！"

汤思退语带讥讽道："你们在山东都奈他不何，在我临安又能如何？"

沾必汗道："在泰安山中奈他不何，可在这里……"

汤思退一声冷笑道："这里是大宋京师，天子脚下，你又能怎样？"

纥石烈志宁道："我们虽不能怎样，我相信丞相大人你可是想怎样便能怎样！"

汤思退板起脸道："我堂堂大宋丞相，岂会为了替你们除去心腹大患，做那下三烂的勾当？"

"那辛弃疾如今也是丞相您的心腹大患呀！"党怀英一语刺中汤思退要害，随即又狡黠一笑，"为了丞相的和局，为了我们双方的利益，机不可失呀！"

汤致道："现在除掉此人，倒也正是机会。"

"此举孰轻孰重，请丞相多加斟酌，回头再来讨教！"纥石烈志宁见汤思退一直端着架子,大为不满,极不耐烦地起身叫上党怀英傲然而去。

汤思退朝着二人背影狠啐一口:"呸,到底是谁向谁求和?!"

孙造息事宁人地劝道:"胡人狂傲惯了,恩相无须理会。不过此事还真得尽快定夺才好!"

汤思退问道:"那个辛弃疾现在何处?"

孙造回道:"只他一人在驿馆下榻。"

"父亲不必发愁,他就一个人,孩儿今天晚上便让他闭上嘴巴!"汤致用手做了个杀人手势。

汤思退蹙眉思索片刻道:"只能如此了,至少要将他赶回山东!"

汤致应道:"我这便去安排!"

"一定要做得干净!"汤思退略作思索,"找一两样胡人的小物件,完事之后留在现场!"

汤致心领神会:"还是父亲想得周全。"

驿馆窗外,挂着一弯残月。月光透过窗棂投照在辛弃疾脸上。他和衣而卧,毫无睡意,从泰安到临安的一路艰险和疲惫,早已被见到虞允文的兴奋和欣喜一扫而尽。明天一早他便要亲眼见到大宋皇帝,而且还要将耿大哥和全体义军兄弟的誓愿呈奏给朝廷,将向皇上尽情倾吐饱受的屈辱和对故国的思念之情。可是,见到皇上还应该说些什么?皇上又会向他问些什么?自己又将如何答对?他却心中无底。更让他担心的是,万一皇上不肯接纳天平军的回归,回去之后又将如何面对耿大帅和天平军弟兄?天平军前景又会怎样?一个接一个的疑虑让他忐忑不安,辗转难眠。

一阵怪异之声在枕边突然响起,如狂风呼啸,似万马嘶鸣。辛弃疾骤然惊起,声音来自枕下,他迅即从枕下拔出吴钩,鸣啸之声戛然而止。哐的一声,房门被一下踢开,几个黑衣人闯入室内,举刀便砍。黑暗之中顿起厮杀之声,黑衣人自然不是辛弃疾对手,几个回合便败阵而逃。此时此刻,他才顿悟到虞相所言朝中有如战场之意。

十

紫宸殿上,赵昚阅罢金国送达的求和文书,得意地笑道:"宋金交兵以来,向来是我朝以战败求和。如今他金人也有战败求和之日,而且一再恳求尽早缔结和约,实在令朕兴奋!"

汤思退一脸媚笑道:"圣上灵威浩荡,金人敢不畏服?不过,采石一战我朝虽胜,但实属侥幸,宋金实力仍然相当悬殊,皇上万不可轻信一些妄战之辈恬鸦鼓噪,唯恐我大宋不亡!"

赵眘放下奏折道:"汤相的意思还是罢兵议和了?"

汤思退回道:"皇上,自《绍兴和议》以来,天下太平,万方祥和,如再开战端,无论胜负,都会劳民伤财,于社稷不利,于百姓无益……"

张浚一下站出不满地道:"又是秦桧那一套腔调。照此说来,中原无须收复,陵寝无须归还,国家也无须统一了?"

赵眘一笑道:"张帅不用说,仍是反对和议了?"

张浚一字一珠道:"臣主战!"

史浩一脸担忧地说:"金人虽败,可元气未丧,再战未必能胜吧?"

张浚不屑一顾地说:"采石一战告捷,三军士气正旺,正该一鼓作气,乘胜出击,荡平北虏,早定天下!"

汤思退发问道:"我朝国力长期积弱,打仗就是打银子,没有银子,拿什么去打?"

张浚道:"我国虽然民穷国弱,可眼下金人也好不到哪里去。没有了我朝每年上贡的二十五万两银子、二十五万匹绢帛,一旦开战,他们又能支撑多久?"

史浩一脸冷嘲:"采石一战,我们表面上是打赢了,但我军兵员和钱粮也损耗殆尽,难道张帅要将我等朝臣们也赶到沙场去厮杀不成?"

赵眘问道:"张帅,如果再次起兵北伐,还需多少兵马?"

张浚道:"如能征召十万新军即可。"

王之望讥刺冷笑道:"招兵无饷,养兵缺粮,莫非张帅有撒豆成兵之术?"

和战双方争议激烈,相持不下。赵眘眉头紧皱,扫视大殿,扭头询问:"为何不见虞丞相?"

汤思退不阴不阳道:"哼,一个中书舍人刚升了丞相,自然目中无人了。"

内侍一指殿外:"虞丞相到了。"

虞允文匆匆上前跪拜:"臣下虞允文来迟,请皇上责罚!"

赵眘大度一笑道:"今日朝议和战大事,怎能少得了你虞丞相呢?快快起来吧!"

汤思退语带讥讽:"虞大人姗姗来迟,想必是彻夜难眠,一定想出了什么锦囊妙计了!"

赵眘道:"是呀!这朝堂上快吵成一锅粥了,朕很想听听你的见解。"

虞允文道："皇上，小臣愚钝，思虑多日，毫无所得。"

赵昚泄气地倒坐龙椅，一筹莫展。史浩一旁暗自窃笑，采石大捷让他在皇上面前颜面尽失，在大臣们眼中更成庸碌之辈。他曾经恪守的中庸之道已无路可通，不知不觉中滑向了主和一方，与汤思退结成相互依赖的同盟。

虞允文神色平静地道："不过，臣今日为皇上带来一人，或许他能对和战之争有所见地。"

赵昚问："是谁？"

虞允文回道："辛弃疾！"

汤思退暗吃一惊，他原以为昨夜汤致已经找人将辛弃疾杀掉或将他吓跑了，没料到这小子非但活着，还居然让虞允文带到了朝堂之上。

赵昚惑然道："辛弃疾？"

虞允文道："就是那位在燕京冒死献土告急的中原义士辛弃疾！"

赵昚眉头一展道："哦，他现在何处？"

虞允文道："已在殿外候旨！"

赵昚一下站起道："快，快宣！"

殿值黄门高声传喝："宣中原义士辛弃疾入殿觐见！"

听到传喝，辛弃疾神情激动，趋步上殿跪伏墀前朗声道："大宋山东天平义军参军辛弃疾叩见圣上，恭祝我皇万岁万岁万万岁！"

"辛义士劳苦功高，快快平身吧！"赵昚一脸欣喜，手抚龙案上的一方金匣，语气亲切，"辛义士，你呈献的中缘故土就摆在朕这龙案之上，让文武百官每日朝拜它，朕也能每日看到它，想到它！"

辛弃疾按捺激动道："皇上，中原故土久遭铁蹄蹂躏，中原的父老遗民日夜都在期盼王师大军早日光复失地，渴望着圣上早降甘霖！"

赵昚问："辛义士从山东来？"

辛弃疾双手呈上奏表："辛弃疾受山东泰安天平义军耿大帅和全体义军将士重托，奉表来朝，誓死效忠我大宋朝廷，听从王师节制，联合抗金，收复失地，早日统一河山。"

赵昚阅罢奏表，兴奋异常："想不到这么多中原义士久陷虎穴，仍然赤心无二，实在难能可贵、忠勇可嘉！"

张浚朝辛弃疾上下打量一番，面带不屑道："你说的天平义军都是些什么人，不

会是些乌合之众吧?"

史浩嘲笑道:"什么义军,山东自古出响马,我看不过是些趁乱而聚、剪径劫道的山贼草寇罢了!"

辛弃疾沉着应对:"各位大人有所不知,我们天平义军都是饱受虏寇欺凌,与虏寇有血海深仇的平民百姓。聚义抗金,是为了保卫家园、杀敌雪恨!"

汤思退一声冷笑道:"说得倒好听,指不定就是金人派来诈降卧底的奸细。皇上,依臣之见,应将此人交送刑部严加拷问!"

虞允文道:"几位大人多虑了。你们还有所不知,采石大战之时,为策应我王师作战,正是山东天平义军一举攻下济南,才使得完颜亮首尾难顾,一败涂地!"

张浚神情惊讶道:"原来攻打济南的是你们天平义军?哎呀,真了不起,老夫失敬了!"

赵昚道:"采石之战大获全胜,天平义军功不可没呀!"

张浚道:"能够攻下济南,你们天平义军人马一定不少吧?"

辛弃疾道:"打下济南之后,我们天平义军人马已增至十余万,而且粮草充足,士气高昂!"

赵昚大喜过望:"这么多呀!张帅,你还愁北伐兵马不够吗?"

张浚一改神态,兴奋异常道:"如有天平义军在敌后策应,一举荡平胡虏、光复中原如探囊取物。请皇上早定光复大计吧!"

赵昚道:"辛卿来自虏寇腹地,必然熟知北方情势,先听听你的光复大计吧!"

辛弃疾面呈忧虑,见虞允文投来一道鼓励的目光,便勇气陡增,沉着地说道:"光复大计,无非是'进取'二字,而眼下正是进取之时!"

赵昚道:"可有人说金人虽败,但并未伤及元气,进取难保获胜呀!"

辛弃疾侃侃而谈:"完颜亮陈兵百万,厉兵秣马,尚且被我大宋一介书生虞大人打得一败涂地,连完颜亮自己也葬身荒野,尸骨无存。采石一战,不仅打破金军不可战胜的神话,而且在古今兵史上创下了以少胜多、以弱胜强的奇迹!"

赵昚频频点头:"辛卿言之有理!"

汤思退道:"采石之战,侥幸而已,哪有你吹得那么神?!"

赵昚止住汤思退:"辛卿,你继续往下说!"

辛弃疾接着道:"采石大捷之后,我大宋王师士气高昂,举国上下无不欢欣鼓舞。而眼下金人士气低落,兵无战心,各宗室王族又正在争权夺利,内乱激烈,加之与西北契丹部落战事不断,只要我王师大军乘胜出击,直取山东,继而挥师北上,必将虏寇一鼓荡平!"

张浚道:"这山东是虏寇心腹重地,恐怕取之不易吧?"

辛弃疾道:"正因山东是虏寇腹地,百姓们遭受的灾难也更为深重,埋下的怒火更加猛烈。正所谓怨已深,痛已巨,而怒已盈。一旦王师到达,势必人人执戈参战,个个奋勇当先,陷胡虏于灭顶之灾!"他随即取出图卷,双手捧上,"这是小人去燕京考试时画下的燕京地形图,请皇上过目。"

赵眘情不自禁地离开蟠龙宝座,步下丹墀,亲手接过图卷展图细看,惊喜异常道:"如此看来,复我金瓯,山河大统,指日可待了!"

虞允文激情鼓励道:"到那时,皇上便可幸临燕京,亲祭皇陵了!"

赵眘神情陡振,挥动地图道:"到那时,朕还要在燕京城内大宴群臣呢!哈哈……"

汤思退一脸惶恐道:"圣上莫非真要……"

赵眘毅然决然地道:"天时、地利、人和已然占尽,时不我待。朕,大宋皇帝,决计乘胜北伐!"

百官群情激奋,欢声雷动。

辛弃疾道:"皇上,辛弃疾还有一言,不知当讲不当讲?"

赵眘道:"辛卿有什么话直管讲来!"

辛弃疾道:"皇上方才说道天时、地利、人和已然占尽,小人以为天时、地利虽已占先,而人和恐怕未必。"

王之望上前一声断喝:"大胆刁民,在皇上面前竟如此狂妄无理,该当何罪?"

赵眘大度一笑:"辛卿此话怎讲?"

辛弃疾道:"孟子曰,天时不如地利,地利不如人和。所谓人和,无非就是人心归一,才能众志成城,百战不殆。可是在辛弃疾临行之前,义军中不少将士对朝廷却是心存顾虑。"

赵眘一脸诧异道:"他们有何顾虑?"

辛弃疾犹豫道:"他们是担心……"

赵眘催促道:"哎呀,他们到底担心什么?朕恕你无罪,快起来说吧!"

辛弃疾起身抬头,鼓足勇气道:"他们,他们担心有朝一日朝廷变卦,会遭岳飞同样的下场。"

汤思退道:"岳飞拥兵自重,意欲反叛朝廷,铁案如山。莫非你是来给他鸣冤叫屈的?!"

辛弃疾表情严肃道:"不是小人为岳飞鸣冤叫屈,而是所有中原百姓都在为精忠报国、英勇杀敌的岳飞鸣冤叫屈!"

张浚大步向前道:"说得好!我张浚就一直在为岳飞鸣冤叫屈!"

汤思退讥诮一笑道:"岳飞是你张帅部下爱将,你自然会为他鸣冤叫屈了!"

张浚反问道:"为岳飞鸣冤叫屈的何止我张浚一人?问问这朝野上下,问问这天下百姓,谁不为岳飞鸣冤?谁不为岳飞叫屈?"

虞允文道:"连久陷虏穴的遗民百姓都深知岳飞冤情,足见岳飞一案实在牵动天下人心。皇上,只有还岳飞一个清白,才能还天下一个公道!"

赵昚面呈难色道:"其实张帅和虞相等诸多大臣都曾上本为岳飞平反昭雪,朕也早有此心,只是……"

辛弃疾道:"皇上,岳飞蒙难之时,正好是辛弃疾出生之时。草民便是听着岳飞的《满江红》长大成人。在北方与金军作战之时,我们义军战士也是高唱着岳飞的《满江红》去冲锋陷阵,英勇杀敌。岳飞不仅是我们心中的英雄,更是我们天平义军的军魂。皇上今日决意北伐,就不能再让地下英灵含冤,让前方将士寒心。岳飞昭雪,定能激励国人士气,鼓舞将士雄心,上下奋力,同仇敌忾,国家统一,指日可待!"

赵昚频频点头。百官们纷纷发出赞叹之声。张浚朝虞允文相视一笑,低声说道:"此时我仿佛看到了另一个岳飞。"

汤思退走近辛弃疾,一脸讥笑道:"岳飞一案乃太上皇御批钦定的铁案,是谁想翻便能翻的吗?皇上,此人如此妄议国政,扰乱朝纲,蛊惑天下,实属居心叵测,大逆不道,应立即推出去斩首,以儆效尤!"

史浩摆出一副师长的架势,语含威胁道:"皇上,臣以为,若要推翻太上皇钦定铁案,对臣子们而言是为不忠,对皇上而言则为不孝,恳请皇上三思!"

赵昚愤然站起道:"北伐是人心所向的大事,而人心所向则是大事中的大事。不昭雪岳飞,人心难平,军威难振,北伐难胜!"

汤思退惊惶失色道:"皇上,只是太上皇……"

"太上皇那里朕自有担当!"赵昚神情坚定,大义凛然,"忍看英烈含冤,坐视家国分裂,我这个皇帝无颜坐此龙位,无颜面对一殿朝臣,更无颜面对天下苍生黎民。为了江山社稷,为了国家统一,岳飞冤案,一定得翻!"

在百官欢呼声中,赵昚朗声宣诏:"自即日起,山东天平军正式归建大宋王师,请虞相亲自督促吏部、户部尽快安排天平军各级将士官职及封赏事宜。"

"臣定尽快会同各部衙办理!"虞允文躬身领旨,与张浚四目相交,脸上露出欣喜的笑容。

赵昚道:"传旨御膳司,在庆元殿摆设御宴,朕要亲自为辛卿和各位天平军勇士敬酒壮行!"

庆元殿属大内皇家庆典的宫殿,殿堂虽不算大,却是精致典雅,富丽堂皇,极显皇家气派,是赵构以庆开国纪元而建,后专事用作皇家庆典礼仪,非皇族宗室均不得涉足。赵昚破例在庆元殿设御宴款待天平义军,不仅是以皇家礼节表达对义军的最高尊重和最大诚意,更是向朝野上下昭示他收复失地、一统天下的壮志雄心。

当夜,庆元殿内歌舞欢娱,礼乐悦耳。赵昚率虞允文、张浚等大臣为天平义军一一敬酒。史浩、汤思退、王之望极不情愿又迫不得已地跟在后面。

汤思退低声嘀咕:"哼,这帮山贼草寇好大的面子,皇上还亲自为他们把盏敬酒!"

史浩一脸妒色道:"这庆元殿是皇家大宴庆贺之地,非皇族宗室不得涉足,老夫也是头回来此。如此殊荣,反倒是沾了这帮山贼草寇的光。"

汤思退道:"皇上用膳从不用礼乐,歌舞相伴这也是首例,辛弃疾这厮真够风光的!"

王之望道:"看来皇上真的铁了心了。"

汤思退阴冷一笑道:"走着瞧吧!"

赵昚来到辛弃疾面前,亲手执壶,为辛弃疾斟满酒杯,豪情万丈道:"朕今日与辛卿举杯庆元殿,他日再与卿痛饮黄龙府,来,干了!"说毕举杯一饮而尽。

辛弃疾躬身谢恩,一饮而尽,激动异常道:"我皇英明圣武,大宋必定中兴有日。臣等即刻便返回山东,诏告中原各路义军,枕戈待旦,以迎王师北伐!"

赵昚大受鼓舞,意气风发道:"传旨宫乐,齐唱《满江红》,为我大宋忠勇之士送行!"

《满江红》乐声骤起,浩歌续出。

为尽早将这重大喜讯送回泰安,辛弃疾当夜便和贾瑞携带朝廷的官诰节钺,率四十骑连夜离京,一路马不停蹄,在凌晨时分赶到海州地界。

辛弃疾一行从泰安进入宋域经海州过境时,曾拜会过海州守将王世隆。海州统制王世隆对泰安天平军壮举早有耳闻,二人一见如故,相谈甚欢。辛弃疾一行从临安返回海州,王世隆得知泰安天平军正式编入王师,也分外高兴,见到辛弃疾时连连拱手祝贺,并要在军衙设酒款待:"弟兄们鞍马劳顿,请到军衙喝几杯酒,稍事歇息,再送将军和弟兄们出城过境。"

辛弃疾沉吟少许道:"不劳王将军费心,我等皇命在身,实在不敢耽搁。"

贾瑞也说:"就烦请王将军备些干粮草料,我等趁着天色未亮,出城赶路!"

王世隆不便强留,只好道:"如此只好让辛将军和弟兄们受累了。干粮草料早已备下,这便送辛将军和弟兄们出城!"

王世隆陪同辛弃疾一行出城,来到宋金分界的路口,叮嘱道:"据探马报称,近日沂州一带金军突然增多,你们路上千万当心!"

"弃疾,我带两名弟兄前面探路,你们随后!"贾瑞叫上刘三、王五二人驰向泗水河道。辛弃疾与王世隆依依告别,率众沿着泗水河岸逆流奔驰。傍晚时分,在前面探路的贾瑞飞马回报:"弃疾,前面有不少金兵,无法通过!"

辛弃疾道:"这些金兵十有八九是冲我们来的!"

贾瑞道:"他们在临安未能得手,定会在半道伏击咱们!"

义军们纷纷说道:"怕啥,俺们杀过去!"

"不可,敌众我寡,不能硬闯。再说我等身负重任,务必要尽快把大宋朝廷的诰书节钺带回山寨,送到大帅手中。"辛弃疾说罢举目四望,"贾大哥,没别的路可走吗?"

贾瑞道:"刚才我找当地人打听了一下,山中有一条小道可绕到泰安,只是多悬崖深壑,十分难走,而且要多出两天行程!"

辛弃疾沉吟片刻道:"再难走也得走,大帅一定等急了!"

"只能这样,我三人在前探路,你和弟兄们随后紧跟进山!"贾瑞抬头看了看天色,"今晚也只有在山中过夜了!"说毕叫上刘三、王五策马驰向山中。

十一

泰安天平军营寨,夜幕降临,耿京在大帐里一边擦拭战刀,一边不住念叨:"快半个月了,不知弃疾和贾瑞他们怎么样了?应该快回来了吧……"

坐在一旁的马全福放下酒碗道:"算日子应该快了。大哥是想他们了?"

耿京反问道:"你不想吗?"

马全福憨厚一笑道:"咋能不想,做梦都想着他们早些回来!"

耿京感慨道:"是呀!等弃疾一回来,俺泰安天平军就成了堂堂正正的大宋王师了!"

"从此不再是无国无家的山贼草寇了,俺这心里美呀!"马全福端起酒碗一饮而尽。

耿京道:"等弃疾回来,咱们立即扩充军马,加紧练兵,和大宋王师一道扫平胡虏,收复大好河山!"

马全福激动地说:"这一天总算快要盼到了!"

耿京问道:"全福,等扫平了胡虏,你打算干什么呢?"

马全福不假思索地说:"自然还是干老本行。到济南,不,去燕京开一家最大的铁匠铺,还要在门口挂上一块好大的布招,让弃疾写上'大宋马记铁匠铺'!"

耿京道:"大宋马记铁匠铺,响亮!这名字听起来就带劲,生意一定好。到时候你小子发财了,可别忘了咱穷哥儿们!"

马全福问:"呃,大哥,你又打算干什么呢?"

耿京道:"俺老耿家世代长工,没啥本事,到时候就在这泰山脚下开上几亩地,再娶上个媳妇,生上一群娃,过几天安稳日子!"

马全福道:"大哥你可是难得的将才,俺不说当皇帝,将来和弃疾一起到朝廷里当个大将军一点不差!"

耿京道:"俺老耿大老粗一个,就会种地盘庄稼。只有俺弃疾兄弟能文能武,才是当大将军的料!"

马全福道:"倒也是,咱们的弃疾兄弟日后一定是大宋数得着的大将军!"

二人朗声大笑。笑声中,张安国和邵进走入帐中。张安国好奇问道:"什么事让二位这么高兴?"

耿京道:"咱俩正在说弃疾兄弟呢!"

邵进问:"有消息了?"

耿京道:"算日子应该在回来的路上了!"

张安国道:"但愿他们能平平安安地回来!"

马全福道:"那还用说!弃疾有勇有谋,又有贾瑞兄弟随行,出不了岔的!"

张安国一脸忧虑地道:"大哥,刚才我得到消息,说有一支金军骑兵正朝南驰去,

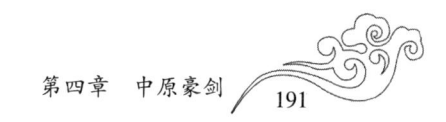

会不会与弃疾他们返程有关?"

耿京一下紧张起来道:"那正是他们返回的方向,你是担心金军会半路袭击?"

邵进道:"大哥,宁可信其有,不可信其无。咱们是不是也派一支骑军去接应一下?"

张安国接口道:"邵进兄弟这主意好,为防不测,去接应一下以确保万无一失!"

马全福道:"对,这个节骨眼上,弃疾他们出不得半分差错。大哥,俺带人马去吧?"

耿京问道:"你去了山寨防务怎么办?"

邵进道:"对,马大哥去最合适,山寨防务有我和张大哥多留点心便是!"

耿京稍作思忖道:"也好,也就一两天的工夫。全福,你带上飞虎骑军快去吧,一定要平平安安地把咱们的大将军接回来!"

"大哥放心,全福马上出发!"马全福匆匆出帐,朝外大喊,"二猛!"

二猛应声上前:"马大哥,有事吗?"

马全福道:"点齐你的骑军,马上跟我走!"

二猛道:"要去打胡房?"

马全福摇摇头,笑而不答。

二猛急切地问道:"到底去哪儿?"

"去迎接你的辛大哥!"

"真的?!"二猛又惊又喜,激动地登上高坡,吹响号角。数百飞虎骑军迅速集结,飞奔下山,向南飞驰。来到豹头岭峡谷隘口,马全福挥手示意马队停下,警惕地举目四望,回头对众人说:"此处地势险恶,是弃疾返回的必经之路。二猛,带一哨人马前面探探路!"

二猛带着数名骑军驰入山谷,跑出一里开外,未见异常动静,便返回谷口,挥手朝马全福发出安全讯号。

马全福放下心来,率队驰入山谷。突然间,无数滚石从两旁山顶飞落而下,堵死去路,瞬间乱箭如雨。飞虎骑军死伤无数,队形大乱。埋伏在附近的金兵蜂拥而来,围住义军厮杀。马全福率队左冲右突,难以突围。

阿烈呼率领金兵挡在谷口,傲然大呼:"马全福,还不下马受缚!"

二猛道:"马大哥,我们中了调虎离山之计了!"

马全福顿然省悟:"弟兄们,快杀回去保护大帅!"

义军们一齐发喊,奋勇冲杀,双方在峡谷间展开一场恶战。二猛靠近马全福道:"马大哥,你带弟兄们先走,我来断后!"说毕挥动朴刀直取阿烈呼,却被金兵们围住厮杀。马全福奋力杀开一条血路,带着残军冲出重围,且战且走。

二猛挥动朴刀,拼死挡住谷口,一阵箭雨飞来,他身中数箭,栽下马背。

十二

耿京在营寨门前从下午一直等到太阳落山,才心绪不宁地回到中军大帐。马全福和二猛去了一天,算路程已出了泰山地界,不知接到辛弃疾和贾瑞他们没有。已过午夜,他仍无睡意,举着烛灯在地图前陷入沉思。

张安国和邵进一先一后走进大帐。

张安国道:"大哥还没有歇息?"

耿京抬起头来,急切问道:"有全福的消息了?"

张安国道:"应该快有消息了吧。"

耿京道:"全福不在,累二位多操劳了。"

张安国道:"这没什么,大哥可比我们辛苦多了。"

耿京放下烛台,走到门前,遥望夜空道:"不知全福接到弃疾他们没有?"

张安国走到耿京身后,一脸奸笑道:"怕是接不到了。"他突然抽出匕首,朝耿京后腰用力刺入。

耿京浑身一震,猛然转身,一掌将张安国击退数步,捂着伤口大喊:"邵进,将这叛贼拿下!"

邵进抽出佩剑,面带犹豫。张安国大声催促:"邵进,还等什么?"

"大哥,对不住了!"邵进一咬牙,一剑刺入耿京肋下。

耿京抓住剑刃,惊愤交集道:"你,你们两个叛贼!"

张安国一脸狞笑道:"叛贼?你和辛弃疾一心想去南宋谋取高官厚禄,想过弟兄们的出路吗?"说毕用力一剑刺入。

耿京大吼一声,轰然倒下。

张安国朝邵进一摆头道:"快,举火!"二人分别抓起烛台点燃帐幔。黑夜中,火光冲天,杀声四起,图热力领着金兵们蜂拥而来。义军们衣甲不整,仓促应战,喊杀声、怒骂声、惊叫声、兵器相撞声响成一片。

张安国朝着持械抵挡的义军大声喊道："弟兄们,耿京已经自杀身亡,辛弃疾也去投了南宋,你们还为谁卖命？大金国皇帝有令,上山是贼,下山为民,放下兵器,赦免无罪,愿从军者,军饷从优！"

罗跃问王彪："你说该咋办？"

"大势已去,保命要紧！"王彪扔掉手中兵器。罗跃见状,和义军们纷纷放下手中兵器。不少义军仍在旗杆下奋勇抵挡,护住大旗。旗杆下,尸积如山。

火光里,沾必汗一脸狂笑,挥刀督战。张安国突然想起什么对邵进道："邵进,快去找大印！"

沾必汗道："对,有了大印,便可掌控各路义军！"

邵进叫上数名叛军,转身奔向参军营帐。苦生正抱着大印奔出参军营帐,见邵进正带着叛军搜寻而来,急中生智,将大印投入井中,用力推倒土墙掩住井口,正要逃离,被邵进堵住。邵进将苦生拖到旗杆下说："这小子把大印藏起来了！"

沾必汗上前逼问："快说,你把大印藏哪儿了？"

苦生手指胸口,轻蔑一笑道："藏在这儿了！"

沾必汗举刀威逼道："说出来免你一死！"

苦生昂首挺胸道："来吧孙子,给你小爷来个痛快的！"

张安国凑近苦生,满脸堆笑道："苦生兄弟,不必斗气,老哥知道你对耿大帅忠心耿耿,与辛弃疾也亲如手足。不过眼下耿大帅已经死了,那辛弃疾为了升官发财,自己去投靠了南宋朝廷,却把兄弟们扔在山上吃苦受累,你何必还去为他卖命？"

沾必汗道："对,只要你交出大印,归顺大金,要钱给钱,要官给官！"

苦生狠啐一口道："滚蛋,你们这些虏寇、奸贼,俺辛大哥回来饶不了你们！"

沾必汗恶狠狠地说："给我捆上,狠狠地打！"

邵进吩咐手下将苦生紧紧捆在旗杆上,挥鞭猛抽。苦生满身血迹,一边惨叫一边怒骂："虏寇、奸贼！虏寇、奸贼！……"

沾必汗双目喷火,从随从手中夺过一支长矛,朝苦生狠狠刺去,随即下令放火烧寨。顷刻间,飞虎岭烟火冲天,一座吹角连营的义军山寨瞬间化为一片火海。

次日黄昏,当辛弃疾一行风尘仆仆赶回天平军营寨,被眼前一片惨景惊得目瞪口呆。暮色中,营寨已成一片灰烬,残痕余烟,阴风凄惨,一片死寂。寨门前、炮垒上、壕堑里,尸体狼藉,血迹遍地。

辛弃疾急奔大帐,中军大帐已被烧去大半。天平军大旗掉落地上,破碎不堪,染满血迹。旗杆下,仆倒着无数义军和金兵的尸体。苦生昂首怒目,一支长矛穿透他的躯体,深深插入旗杆。

马全福带着几名义军跑过来,他衣甲破碎,一身血污,额上一条刀口。昨夜他带着几名残兵赶回山寨,却为时已晚,便找到耿京尸体,背到南坡松林间草草掩埋,躲在附近等候辛弃疾归来。

辛弃疾一把拉住马全福问道:"全福哥,出了什么事?"

马全福失魂落魄,声音嘶哑道:"前天,大哥怕你路上有闪失,命俺和二猛率飞虎骑军去接应你们,谁知半道中了埋伏,俺杀出重围赶回山寨,可是……"

辛弃疾急切地追问:"大哥呢,大哥在哪儿?!"

马全福失声痛哭,泣不成声。辛弃疾拽住他一阵猛摇吼道:"快说呀!大哥呢?"

贾瑞催促问道:"快说呀,耿大哥怎么啦?!"

马全福悲切地道:"昨天夜里,张安国和邵进勾结金人,杀害了耿大哥,屠了山寨……"

辛弃疾如五雷轰顶,一把揪住马全福,狂怒大吼:"你为什么要把飞虎骑军带出营地,我临行前跟你怎么说的?"

马全福悔恨不迭道:"我该死,我没有保护好大哥,我该死!"他猛力推开辛弃疾,拔刀便要自刎,被贾瑞一把拉住。"大哥人呢?"马全福将众人带到南坡松林中耿京坟前,辛弃疾将朝廷颁发的诰书、节钺放置坟头,伏跪地上,声泪俱下道:"大哥,大哥呀!弃疾回来了,弃疾把朝廷的诰书、节钺带回来了。大哥,皇上还亲口封你为大宋天平军节度使,统率中原各路义军。大哥,皇上还等着你率领天平军与王师合兵一处,北扫胡虏,统一河山……大哥,弃疾回来晚了,大哥!……"

众人跪伏耿京坟前,泣不成声。辛弃疾蓦然抬头问道:"张安国现在何处?"

马全福回道:"听说当上金国的知州了,此刻应该还在泰安城中庆功。"

辛弃疾一下站起毅然道:"找他算账去!"

马全福担心道:"咱们只有五十来个人,那里有好几万叛军和金兵呢!"

辛弃疾钢牙一咬道:"就是刀山剑丛,也要活捉张安国,为大哥和弟兄们报仇!"

马全福一举长枪道:"弃疾,你就发话吧!"贾瑞和义军们一齐拔出刀剑,紧咬双牙,一齐注视着辛弃疾。辛弃疾威严而低沉地一声令下:"上马!"众人迅即翻身上马,五十骑如狂风骤起,卷下山去。

十三

泰安城外叛军营地,羌管悠悠,笳鼓争鸣。叛军们三五一群,围着火堆大吃大喝,有的东倒西歪,有的烂醉如泥。

贾瑞来到寨门前,门哨喝问:"什么人?"

贾瑞答道:"我们是张将军旧部,前来归队的!"门哨打开寨门,毫无警惕地走出来。

贾瑞问道:"这位兄弟,张将军在什么地方?"

门哨朝里一指道:"在大帐喝酒呢!"贾瑞趁其不备从背后一刀将他刺死,朝黑暗里一招手,藏在暗处的辛弃疾领着马全福等众义军驱马进寨,直扑大帐。

大帐里,灯火通明,觥筹交错,酒宴方酣。身穿女真官服的张安国和邵进正与沾必汗、图热力等几名金军将领举杯狂饮。

张安国一改往日深沉,那双阴冷的眼睛此时闪烁着狂喜的光芒。煽动义端盗印叛逃、鼓动耿京自立称帝屡遭辛弃疾破解,便趁辛弃疾和贾端远赴临安之际,暗中勾结沾必汗,施计将马全福、二猛及飞虎骑军调出营寨,伙同邵进刺杀耿京,将天平军一举剿灭。如今他官升济州知州,明日便将走马上任,从此一步登天,有享不尽的荣华富贵。

邵进一夜之间也当上统领参军,成为济州副帅,自然喜不自禁,连连举杯豪饮。

沾必汗剿灭泰安天平军奇功可居,受完颜雍重赏,封为兵部侍郎,明日也将返回中都赴任。他高举酒杯,得意忘形道:"这次剿灭泰安反贼,张将军和邵将军功劳不小!"

张安国满面春风道:"全仗沾必汗大人谋划有方,才获此大胜。只可惜辛弃疾还没有就擒!"

升任济南统领参军的图热力一脸得意道:"张将军放心吧,阿烈呼将军在半路上设下埋伏,等辛弃疾一到,定将他拿获!"

张安国道:"那辛弃疾狡猾奸诈、诡计多端,明日我与邵进前去协助阿烈呼将军,将辛弃疾那厮擒获,献俘阙下!"

"不必费事了!"辛弃疾威风凛凛地走进大帐,出现在众人面前。张安国做梦也想不到辛弃疾会突然出现在眼前,赫然呆住,酒杯落地。几名金将仗着酒劲企图反抗,马全福等义军一拥上前,将他们乱刀砍翻。图热力见势不妙,拉着沾必汗乘乱逃走。张安国和邵进掀翻酒桌,持械对抗。几个回合,邵进自知不敌,转身欲逃,被马全福打翻在地。张安国殊死抵挡,辛弃疾吴钩一挥,将他手中战刀削去大半。张安国大惊失色,惊恐万状,跪地求饶道:"弃疾兄弟,安国一时糊涂,请饶命……"

辛弃疾怒视二贼斥道:"说,谁是主使?!"

邵进急忙抢先答道:"是他,是张安国,他早就暗中投了金人,所有事情全都是他逼我干的!"

"你这人面兽心的狗贼!"马全福怒不可遏,一脚将张安国踢翻在地,举枪便要刺,被辛弃疾伸手拦住道:"不能这么便宜他,绑起来!"

邵进乘马全福捆绑张安国之机逃向门外,被正好进门的贾瑞一刀刺死。贾瑞催促道:"弃疾,金兵大军到了,快走!"

马全福道:"干脆砍了这个奸贼,好冲出重围!"

"不,一定要将他送交朝廷发落!"辛弃疾把捆作一团的张安国拖出大帐,挟在马背上,冲向寨门。

"抓住辛弃疾,赏升千户!"沾必汗嘶声号叫,指挥金兵和叛军们围了上来。

辛弃疾一马当先,冲入敌群。马全福、贾瑞左右护卫,勇猛冲杀。金兵越来越多,义军战士相继战死,仅剩十数骑。

"南宋十万大军马上就到,谁敢拦路,当心狗命!"辛弃疾声若霹雳,抬手一剑,将帐前旗杆拦腰斩断。叛军们惊恐万状,纷纷后退。

辛弃疾连斩几名叛军,再次警告道:"张安国勾结金人,杀害耿大帅,现已被我辛弃疾擒获,要命的还不快散去!"

叛军中,罗跃、王彪等大呼受骗,丢弃兵器,和其他叛军一哄而散。

贾瑞冲到营寨门前,杀散守军,下马拉开栅门,让辛弃疾和马全福等十数骑飞速冲出寨门。他正欲上马,一箭飞来射中左腿,摔倒在地。金兵蜂拥而来,贾瑞忍痛跃起,捡起石块接连砸倒几名金兵。

栅门外,辛弃疾回马催促:"贾大哥,快走呀!"

"不用管我,快走!"贾瑞返身关死栅门,奋力抵挡,连斩数敌。一阵箭雨飞来,他身中数箭,拼尽全力全力喊出:"快走!"

栅门外,马全福忍痛催促:"走,再不走谁也走不了!"辛弃疾一咬牙,勒转马头,和马全福飞速而去。栅门内,贾瑞满身是血,目送远去的辛弃疾,微笑着慢慢倒下。

天已渐明,茫茫原野上,沾必汗气急败坏,领着金军穷追不舍。他心中明白,辛弃疾一旦逃脱,他的仕途前程也将毁于一旦,只有死死咬住辛弃疾不放,等待埋伏在附近的阿烈呼大军闻讯赶来,活捉辛弃疾,夺回张安国。辛弃疾也看穿了沾必汗的计谋,于是将张安国交给马全福,让他带着所剩弟兄尽快突围,自己留下断后,拼死也要将叛贼张安国押回临安。

杀死兄长图热黑的仇人近在眼前,图热力策马狂呼:"抓住辛弃疾!"不料辛弃疾突然拨转马头,弯弓控弦,一箭飞出,图热力躲闪不及,左臂中箭,一声惊叫,拨马而逃。

"冲上去,抓住辛弃疾赏升千户!"沾必汗话音未落,连中三箭,滚落马下。金兵一片哗然,仓皇四散。

辛弃疾傲然勒住战马。战马前蹄高扬,引颈嘶鸣。与此同时,他也挥举吴钩仰天长啸,将一声震撼山河的长啸永远留在中原大地上。

第五章　江南游子

一

接连几天的绵绵阴雨突然停了,临安城上空出现了久违的太阳,而且还飘来几丝淡淡的云彩。一条振奋人心的消息在大街小巷迅速传开:北方有一位大英雄在百万军中生擒虏寇主将押回了京师,并在京城之中打马游街。人们纷纷拥聚城中最热闹的万福桥畔,要看看这位大英雄究竟何等模样。万福桥头,人头攒动,在人群簇拥下,辛弃疾率领马全福等天平军打马而来。

那日押着张安国返回南方途中,阿烈呼率大队金兵紧追不舍。危急时刻,得知消息的海州统制王世隆亲率三千铁骑赶去接应,方得顺利将张安国押解回京。

人群中,从闽州来京访友的朱熹与好友刘过、杨民瞻、晁楚老几名儒生跟随辛弃疾马后激情欢呼。朱熹虽年过三旬,且是名噪一时的理学大师,此时却如孩童一般手舞足蹈,欢呼雀跃。

万福桥南头新开张的吉祥酒家前,店主钟义执壶捧杯,挤到辛弃疾马前,神情激动地道:"将军威震敌胆,劳苦功高,老汉代临安父老,敬上薄酒一杯!"

辛弃疾一下认出钟义,急忙下马,拱手施礼道:"钟大叔!"

钟义方才认出辛弃疾,兴奋异常道:"辛公子,原来威震敌胆的大英雄是你!"三年前,送辛弃疾离开燕京后,他担心阿烈呼会来追查,马贼也会来报复,便和辛十二连夜离开吉祥酒家,到处躲藏,不久前才辗转来到临安,在虞允文的帮助下,重新开了一个酒家。辛十二挤了过来,拉住辛弃疾,也是兴奋异常地说:"大哥,想死十二了!"

辛弃疾抱住辛十二激动地说:"我也想你呀十二弟!长高了,你们何时来的临安?"

钟义道："在燕京分手之后,我们也辗转回到了临安,在虞大人的帮助下,又在这里开了一家小酒店,仍叫吉祥酒家。"

辛十二道："虞大人说,万福桥配上吉祥店,便是吉祥万福,生意一定兴隆。"

钟义道："可不是嘛,刚刚开张,就迎来你这位大英雄,更是鸿运高照呀!辛公子,辛将军,今日凯旋,又是故人重逢,这杯酒更得喝了!"

"谢过大叔,谢过众位父老!"辛弃疾兴奋异常,双手接杯,一饮而尽。

"辛弃疾,辛弃疾……"人群中,秦三娘没想到这个大英雄就是寒鹃平时提到的弃疾哥哥,便兴奋地挤过来,激动得不住地挥手大声呼喊。

"辛弃疾,辛弃疾!"周围的仕子们跟着齐声呼喊着拥向辛弃疾,秦三娘顿时被人流淹没。几名年轻后生上前将辛弃疾高高扛起。朱熹带头唱起《满江红》,儒生仕子们齐声唱和,歌声响彻天地。辛弃疾神情激奋,热泪盈眶,连连拱手致意。

群情激奋,歌声浩荡,整个临安一片沸腾。

秦三娘被挤出人群,只好匆匆返回杏花弄,推门而入,一路呼叫:"寒鹃,寒鹃!"

寒鹃迎出问道:"干娘,什么事?"

秦三娘满脸激动地说:"好事,天大的好事!"

寒鹃好奇地问道:"什么好事把你高兴成这样?"

秦三娘端过茶水一饮而尽道:"孩子,我看见你那位弃疾哥哥了!"

寒鹃一怔:"干娘,你别拿我开心了。"

秦三娘道:"哦唷,就刚才,在万福桥上,我亲眼看见的!"

寒鹃将信将疑地问:"干娘,你又没见过他,怎么知道是弃疾哥哥?"

秦三娘问道:"你那弃疾哥哥是不是叫辛弃疾?"

寒鹃点点头。

秦三娘又问道:"是不是长得身高八尺、英俊魁梧?"

寒鹃连连点头。

秦三娘确认道:"他刚从北方立了大功回来,成了大英雄了!"

寒鹃喜出望外地问道:"真的?!"

秦三娘乐不可支:"哦唷,他为朝廷立了大功,皇帝必定会封他做大官。寒鹃,这下你总算熬出头了。哦唷,干娘也要跟着沾光啦!"

寒鹃急切地问道:"他如今在哪儿?"

"当时人山人海,我好不容易挤到他身边,还没来得及搭上话,他就让一帮后生抬走了,我便赶紧回来给你报喜。呃,上街打听打听不就知道了,走吧,我们现在就到街上去!"秦三娘说毕,拉起寒鹃便朝外走。

弄堂口,胡倬带着金鱼眼闲逛而来。瘦猴气喘吁吁地跑过来道:"大哥,我来了。"

胡倬不满地道:"等了你半天,你小子又到哪厮混去了?"

瘦猴道:"半道听人说从北方回来一位大英雄,便挤上去看了看热闹。"

胡倬白眼一翻道:"大英雄?除了咱哥儿几个,如今哪儿还有什么大英雄?"

金鱼眼附和道:"就是就是,咱才是大英雄,大哥是大大英雄!"

瘦猴道:"听说此人单枪匹马,在金兵百万军中活捉了敌军主将,连夜押回了京师!"

金鱼眼惊讶道:"哟,这小子倒有几分胆量。"

胡倬不屑地一撇嘴道:"啥胆量,还单枪匹马,那叫傻帽!"

瘦猴艳羡道:"该这傻帽升官发财了!"

胡倬道:"别眼红人家了,还是快去看看史公子给咱找到什么发财生意了!"

金鱼眼双眼突然定住,指着对面道:"大哥,快看那是谁!"

胡倬扭头一看,喜出望外:"美娘子!"

秦三娘带着寒鹃正走出院门,听到喊声,二人一下愣住。胡倬奸笑着走过来说:"哈哈,美娘子,让大爷我好找呀!"

秦三娘急忙拉着寒鹃退回院内,闩上院门。金鱼眼上前擂门大声喊道:"开门开门,看你今天还往哪儿躲!"

瘦猴上前猛踢院门威胁道:"再不开门,老子把你家房子点了!"

"小的们斯文点,别把我的美娘子吓坏了。"胡倬整整衣冠,捏着嗓子轻叩门环,"美娘子,快开门吧,随相公我回去洞房了!"

院门内侧,寒鹃躲在墙角,一脸惊恐,瑟瑟发抖。秦三娘壮着胆子道:"你个泼皮混混,癞蛤蟆也想吃天鹅肉!再胡搅蛮缠,老娘要报官了!"

金鱼眼骂道:"老肥婆,你是她什么人,敢来管闲事?"

秦三娘道:"我是她干娘,这事儿老娘管定了!"

胡倬在门外无计可施,眼珠一转,口气和缓下来:"原来是干娘呀,失礼失礼!那就劳烦干娘照看好我家寒鹃吧,今天胡倬有要事在身,回头再来登门拜谢。"说毕朝二人一挥手,"走吧,史公子还等着呢!"

院门内侧，秦三娘抱着寒鹃，不住地安慰："不怕不怕，有干娘在，不怕！"

天乐酒楼，灯火如昼，丝管悠扬。胡倬不停地向一名衣着奢华的年轻富家公子敬酒。此人名叫史弥远，史浩的三公子。他虽年未弱冠，却精明伶俐，颇有心计，且贪恋酒色，嗜财如命，常混迹于勾栏瓦肆，结识了胡倬一帮泼皮。

史弥远满饮一杯道："设置征捐司这件事总算办妥了，批文不日就下。所征捐税按三七分成，我七你三。"

胡倬极不情愿地说："弟兄们四处奔波实在辛苦，三公子是不是再……"

史弥远脸色一沉道："你以为上头的批文谁都能拿到？我也要上下打点，左右摆平。批文一下，你就算公门中人了，还愁弄不到银子？"

胡倬只好点头道："就按三公子说的办吧，只是仍按过去的官捐公税名目征收，油水太少了。"

史弥远举筷在胡倬头上敲了敲道："你这脖子上长的是什么？"

胡倬恍然顿悟："呵，明白了，明白了，多谢三公子提醒。来来来，哥几个，再敬三公子一杯！"

金鱼眼和瘦猴向史弥远举杯敬酒。史弥远摆摆手："酒够了，酒够了……"

胡倬心领神会，朝外招了招手道："红杏，快扶三公子去消消酒。"

一名花枝招展的妙龄少女应声而入，娇声媚语："三公子，请吧，让红杏替你消消酒。"随即扶起史弥远走入内室。

瘦猴不服地道："这小子也太黑了，什么事没干，他倒拿七，我们卖命的才拿三！"

金鱼眼也不满地道："他的丞相老子在朝中已经失势了，还牛什么？"

瘦猴安慰道："他老子虽然失势，毕竟给皇上当过老师，皇上多少要留些面子吧。再说，朝廷里好多当官的都是他家的心腹，说话一样管用。"

胡倬无奈地叹了口气："三就三吧，多想出些捐税名目不就行了！"

金鱼眼问："可是如今捐税已经多如牛毛，这能编出多少名目来？"

胡倬道："正因为多如牛毛，老百姓才难分真假，你我更好行事了！"

室内传来史弥远和红杏的嬉戏之声。瘦猴问道："大哥，你把红杏让给了史公子，舍得？"

胡倬淡淡地说："舍不得孩子套不着狼，舍不得也得舍！"

金鱼眼讥诮笑道："大哥是想换换口味了吧！"

瘦猴道："咱大哥如今迷上那个叫寒鹃的美女啦！哎，大哥，那女人恐怕不易得手吧?"

胡倬一抖公文,脸露淫笑道:"有了这纸公文,本大爷就是堂堂正正的公事人了,还会搞不定她?"

金鱼眼道:"对,往后咱跟着史家三公子干,怕谁呀!"

胡倬得意地笑道:"说得是,从今天起,咱也算是官府的人了!"

二

西子湖畔栖霞岭上,松柏凝愁,芳草萋萋。岳飞墓前,辛弃疾和马全福酹酒祭拜,泪湿衣襟。

辛弃疾第一次从爷爷那里听说岳飞,学会唱岳飞的《满江红》,至今已将近二十个年头了。在这二十个年头里,岳飞英勇抗金的战绩,振奋人心的《满江红》,无时无刻不与他相伴相随。而此时此刻,他不仅是壮怀激烈,更是心呈悲愁——从山东南归返回临安,转眼两月有余,朝廷到底是做何安排却一无所知。他唯一的心愿是朝廷能够让他到前线军中,只要能冲锋陷阵,痛杀虏寇,收复失地,统一河山,即便当一士卒也无所谓。然而他却并不知道,朝中各派势力正为如何安排他的任事纷争不已,连皇上和太上皇也各持己见,互不相让。

马全福起身环顾四周问道:"岳元帅被害死以后就一直葬在这里?"

辛弃疾摇了摇头道:"据说二十年前岳元帅被秦桧害死在大理寺院内的风波亭中,一位名叫隗忠的狱卒敬仰岳元帅忠勇,连夜将岳元帅遗体偷偷背到北山埋葬,不久前才由皇上下诏找回遗骨安葬在这里。"

马全福道:"俺说咋这么寒气逼人,真是冤魂未散呀!……我说弃疾,弄不好,咱们的下场也会和岳元帅一个样!"

辛弃疾微微一笑道:"全福哥,这两天你的牢骚越发多了。来这岳元帅墓前祭扫,我倒是觉得满腔热血似乎就要喷涌而出了!"说罢仰首朗声吟诵:

……壮志饥餐胡虏肉,笑谈渴饮匈奴血。待从头,收拾旧山河。朝天阙!

马全福苦笑道:"朝天阙?咱们来到临安也有两个月了,可朝廷还是不闻不问、不理不睬……"

辛弃疾坦然一笑道："你又着急了,虞大人不是说了吗,皇上因北伐大计未曾议定,不便安排我等的任事……"

马全福道："俺又不是来讨官当的,只要能让俺去多杀胡虏,啥都不在乎!"

辛弃疾劝慰道："这是你我初衷,虞大人一定会把你我的誓愿呈奏皇上的!"

马全福指着坡下道："虞大人来了!"

说话间,虞允文拾级而上,身后紧跟着一人,年约二十,布衣葛衫,洒脱不羁,一望而知颇有才气。见礼之后,虞允文介绍道："弃疾,这位是陈亮陈同甫,专程从永康赶来拜访你的。"

陈亮上前深施一礼道："辛兄英名,如雷贯耳,同甫今日得见,真是三生有幸啊!"

辛弃疾又惊又喜,急忙还礼道："从虞大人口中得知,贤弟是驰名江南的名流,不畏权势,才高气正,以一介布衣向朝廷连上中兴五书,弃疾真是钦佩之至!"

虞允文拈须笑道："果然是秀才自带半斤醋,二位刚一见面就酸上了,哈哈……"

马全福迫不及待地问道："虞大人,朝廷到底怎么打发我等?"

辛弃疾道："看虞大人这么高兴,定有好消息。"

虞允文神情陡然低落,沉默良久,喟然长叹："好消息怕是等不到了……"

辛弃疾略感诧异："虞大人何出此言?"

虞允文道："朝廷已经下令将你们暂行就地遣散……"

辛弃疾一脸惊疑道："朝廷是信不过我们这些归正之人?"

虞允文道："你们山东天平军覆灭一事对皇上打击很大,原定的北伐方略也只好就此搁置,主和势力乘势鼓噪,皇上也左右为难。经我和张帅一再力争,皇上顶着压力,同意授你建康行在文职签判……"

陈亮愤然不平道："让一个威震敌胆的勇将猛士去经管文书案卷,这未免让人寒心!"

虞允文道："就是这么个低微的文职小吏,各部衙门也以无缺可补,推三阻四。我和张帅等大臣费了不少口舌。为了此事,皇上都发火了!"

辛弃疾问道："其余将士呢?"

虞允文背书般地说道："其余将士,尽行解甲归田,遣散各地从事农桑……"

马全福惊怒:"怎么,朝廷果真变卦啦?"

陈亮愤愤不平:"哼,还不是朝中那班奸佞在作怪!"

虞允文喟叹道："唉,自秦桧当政以来,多少忠臣良将枉遭埋没啊!"

马全福惊奇地问道:"秦桧不是早死了吗?"

陈亮咬牙切齿地道:"老贼虽死,门徒还在呀!"

辛弃疾道:"对了,虞大人,为岳飞昭雪一事怎么还没结果?"

虞允文道:"别提了,全卡在太上皇那里了。找回岳飞遗骨,改葬在这栖霞岭上,皇上也不知费了多少口舌!"

辛弃疾问道:"他难道一点不顾及民意了吗?"

陈亮一声冷笑道:"民意又算得了什么,给岳飞翻案,不就是让太上皇打自己脸吗?"

马全福一拳砸在墓碑上骂道:"娘的,早知如此,老子不来伺候了!"

辛弃疾神情呆滞地凝视着墓碑,一股凉意顿时浸透全身。马全福抓起酒坛猛饮几口道:"弃疾,咱们还是回山东吧!"

辛弃疾一怔:"回山东?我们已经回归了大宋朝廷,怎能又回去呢?"

马全福道:"朝廷信不过俺这些山贼草寇,留下来只会与岳飞一个下场!"

辛弃疾道:"全福哥,你醉了!"

马全福道:"醉了?俺老马现在反倒清醒了。你说要回归大宋朝廷,俺听你的,可结果耿大哥死了,好多兄弟都死了,天平义军山寨也给端了,出生入死跑回来,竟落到这般下场。这个朝廷不认俺,俺老马也不认这个鸟朝廷!"

辛弃疾正色道:"你怎可当着岳元帅的面说这种大逆不道的话?"

"大逆不道?好,你如今当官了,是朝廷的忠臣了,俺不会留在这里连累你!"马全福将手中酒坛朝地上狠力一摔,扭头冲下石梯,跳上马背,飞驰下山而去。

马全福突然负气而去,让辛弃疾、虞允文和陈亮始料未及。

虞允文道:"马将军性如烈火。弃疾,你刚才话是太重了,我追上去劝劝他。"

"不用不用,他就那性子,过去我俩还经常打架呢,过一阵就没事了。"辛弃疾心里明白,来到临安将近两月,朝廷的冷遇早让马全福憋了一肚子火,没想到这把火今天在岳飞墓前点燃了。接连几天,直到一同回归的义军弟兄都遣散离去,能找的地方找了个遍,仍未有马全福的踪迹和消息,辛弃疾此刻才意识到马全福果真离开了临安,从此消失得无影无踪。懊丧、悲愁、悔恨,让他终日以酒浇愁。

三

胡倬三天两头到秦三娘家纠缠骚扰，让寒鹃终日胆战心惊、惶恐不安。这一夜，秦三娘陪着寒鹃刚睡下不久，就听寒鹃一声惊叫。秦三娘急忙从床上坐起，点亮油灯问道："寒鹃，怎么了？"

寒鹃额头冷汗淋漓，急促喘息道："有好多人来抓我……"

秦三娘抱着寒鹃不住地安慰："是做梦，别怕，别怕……"

院外，擂门之声突然响起。

二人一惊，秦三娘壮着胆子问道："谁呀，夜半三更敲什么？"

院外有人高声喊叫："官府收捐税的，快开门！"

秦三娘道："半夜三更收什么捐税？没钱！"

"抗捐拒税，不想活了！"擂门声更加猛烈。秦三娘犹豫少许，无奈穿衣下床。

寒鹃不安地说："干娘，别去，你别去！"

秦三娘一声哀叹："官府的人惹不起呀，我去把这帮瘟神支走再说。"

寒鹃放心不下，也穿衣下床。

"别敲了，别敲了……"秦三娘嘟嘟囔囔打开院门，一下愣住了。金鱼眼和瘦猴身着官差衙服，举着灯笼站在门外。秦三娘正欲关门，金鱼眼和瘦猴一拥而入。

瘦猴厉声责问："为什么半天不开门？定是在做什么不法的勾当！"

秦三娘毫不示弱道："哦唷，不法勾当你们还干得少啦，夜半三更的，想打劫呀？"

寒鹃放心不下，来到院内问："干娘，什么事？"

秦三娘道："寒鹃，快回屋去！"

金鱼眼阻止道："别走，先把捐税交了！"

秦三娘问："什么捐税？"

金鱼眼道："平安税！"

秦三娘道："平安税早交过了，快走吧！"

金鱼眼一时语塞，瘦猴急忙接口："岁贡捐还没收呢，老规矩，每个人头五两。"

秦三娘问道："岁贡捐，还向谁上贡？"

瘦猴道："自然是向大金国上贡呀，年年如此，你老糊涂啦！"

秦三娘："哦唷，金国都被咱大宋打败了，你还要给他们上贡，这是哪年的皇历呀?"

瘦猴一下哽住,双眉一横道:"打了胜仗,那总该收劳军费吧?"

秦三娘道:"你们这是变着花样榨取百姓的膏血,没钱!"

金鱼眼斥道:"没钱？没钱就抄家!"

秦三娘道:"抄吧,反正没什么值钱的东西了!"

金鱼眼道:"那就抓人!"

"慢!"胡倬走进来,一身公门装束,打着官腔,"出了什么事呀?"

秦三娘和寒鹃一见是胡倬,顿时惊恐不安。

瘦猴道:"禀报胡都头,她们赖税抗捐,该抓去县衙问罪!"

胡倬假惺惺地说道:"算了算了,如今咱们都是公门中人,应该多体谅百姓的难处,何况我与她们早晚会成一家人的。"他取出一锭银子,丢给瘦猴,"捐银由我交了,剩余的给弟兄们喝杯酒。"随即走到寒鹃面前讨好地笑道,"胡倬来迟一步,让寒鹃姑娘受惊了。"他见寒鹃背转身去不理他,便得意说道,"寒鹃姑娘,胡某如今也算是有头有脸的公事人了,不算委屈你吧?"

寒鹃一脸鄙夷道:"你就是穿上龙袍,还是个泼皮混混,趁早死心吧!"

胡倬欲怒又忍道:"你不过是从北方逃回来的叫花婆,本都头是可怜你,别不识抬举。今天从也罢,不从也罢,这人我要定了!"

"你既然是公门中人,夜半三更闯入民宅强抢民女,叫街坊邻里都来评评理!"秦三娘毫不示弱,朝外大喊,"快来人呀!……"

"你瞎叫什么?"苏倬急忙堵在门口,突然眼珠一转,"老三,你不是说相府正在搜查一名从北方混入京师的女奸细吗?"

瘦猴立即心领神会道:"对对对,说这个奸细装扮成乞丐到处刺探咱大宋的军情。"

胡倬绕着寒鹃转了一圈,奸笑道:"金国的奸细,装扮成乞丐的年轻女子,这人在哪呀……"他脸色突然一变,"抓起来!"

金鱼眼和瘦猴上前抓住寒鹃,胡倬一挥手道:"带走!"

秦三娘上前阻拦道:"站住!"

胡倬转身冷笑道:"怎么,后悔啦？晚了!"

秦三娘情急生智道:"实话告诉你,寒鹃姑娘你抓走容易,送回来就难了!"

胡倬道:"还送回来干吗？不入洞房,就进牢房!"

秦三娘威胁道："只怕进牢房的是你，被砍头的也是你！"

胡倬道："老婆子，你是吓傻了吧？"

秦三娘问道："你们可听说刚从北方立了大功回来的大英雄辛弃疾？"

瘦猴点点头道："我还亲眼见过的，可这又与我等何干？"

秦三道："寒鹃姑娘便是这位辛将军未过门的夫人！"

瘦猴猛吃一惊，急忙松开寒鹃。胡倬将信将疑道："辛弃疾，辛将军？老婆子，你真敢编呀！"

秦三娘道："哦唷，信不信由你！等过几天，辛将军，也就是我的干女婿在朝廷封了官，拜了将，你信也来不及了！"

胡倬道："好你个疯婆子，窝藏奸细，还假冒功臣亲属，一并带走！"

瘦猴急忙拦住道："大哥大哥，天太晚了，衙门早关门了，还是先回吧！"说毕和金鱼眼连哄带劝，强拉着胡倬出了院门，匆匆离去。

秦三娘急忙关上院门，长舒一口气，无力地靠在门上。

四

任职的文书仍未下来，辛弃疾请钟义为他租一只小船，再去吴县打听范邦彦和寒鹃的下落。回到临安后，他抽空去过吴县两次，却都是无果而返。前两次都是马全福骑马陪他去的，这一次走水路或许能打听到些许消息。

小船顺江而下，不到半日便到了吴县境内，沿途打听仍无结果，正打算沿路返回时，偶见烟雨蒙蒙的江边有一老者顶笠披蓑，撒网捕鱼，便让船家将船靠过去，向老者拱手问道："请问大叔，此地可有一位叫范邦彦的老先生？"

老者正是曹老汉，他一听是问范邦彦父女，不禁一怔问："你是他什么人？"

辛弃疾道："我是他的学生，从山东来的。"

曹老汉道："噢，你是辛弃疾辛公子？"

辛弃疾高兴地道："在下正是辛弃疾。大叔一定认识老师了，他现在何处？"

曹老汉沉默良久，把范邦彦和寒鹃的遭遇述说了一遍。这个消息如五雷轰顶，辛弃疾顿时瘫坐在船头。

为了气节清名，老师拒绝高官厚禄，选择回到自己的故国，可是这个生他养他的地方，却又是容不下他的地方。更可悲的是，鹃儿历尽艰险逃离金国回到南宋，却被自己的朝廷作为贡品又送回了敌国。他怅然若失地望着阴霾笼罩的江面，发出一声近乎绝望的悲号。

寒鹃默然独坐窗前，秦三娘出去打听辛弃疾的消息还未归来，天已黑尽，她却不敢点灯。

秦三娘从外开锁进来道："哦唷，天都黑尽了，快把灯点上吧！"

寒鹃道："干娘，还是别点灯吧！"

"怕什么，连灯都不敢点那不正好告诉他们咱们说的是假话吗？"秦三娘点亮油灯，从琴袋中取出一只瑶琴，"你看这是什么？"

寒鹃接过瑶琴，置放桌上，一脸惊喜道："瑶琴！干娘，这是从哪里找来的？"

秦三娘道："向北街乐坊一位姑娘借的，你知书识礼，一定会这东西。"

寒鹃轻触琴弦道："会也不敢弹。"

秦三娘问："为什么？"

寒鹃道："又是亮灯，又是弹琴，不怕把那些泼皮招来了？"

秦三娘道："哦唷，谅他们也没胆来的。你没见昨天晚上一提到辛将军，那些泼皮差点没尿裤子，今晚得把动静弄大点儿！"

寒鹃不禁一笑道："干娘，想不到你还会唱空城计。"

秦三娘拉着寒鹃在琴前坐下说："哦唷，这空城计还得你来唱，弹一曲让干娘听听。"

寒鹃稍定心神，拨动琴弦，轻声唱起让她铭心刻骨的词句：

啼鸟还知如许恨，料不啼，清泪长啼血。谁共我，醉明月？……

杏花弄里，细雨霏霏，夜色朦胧。辛弃疾衣冠不整，头发散乱，醉步蹒跚，突然脚下一滑，绊倒墙下。义军覆灭，耿京被害，马全福翻脸分手，寒鹃蒙难……接连的打击，他再也无力承受，愧悔、悲伤、失落如一座无形的大山彻底将他压垮了。他下船登岸，在码头沽酒浇愁，喝得大醉，不辨东西，来到了杏花弄。

一阵琴声伴送凄婉的歌吟在夜空飘过，歌声十分熟悉，辛弃疾挣扎坐起，醉意蒙眬地随声唱起来。唱着唱着，他似被惊醒："是寒鹃在唱？对，是寒鹃的声音！"他猛地站起，四下寻觅，深情呼唤："寒鹃，寒鹃妹妹！"

琴声戛然而止，室内，寒鹃一口吹灭油灯，躲到秦三娘身后，惊恐万分地道："干娘,他们又来了!"

秦三娘安慰道:"别怕,这帮人是软的欺、硬的怕,干娘去给他们点颜色看看!"经过上次的交锋,她已有了底气。

"寒鹃,寒鹃!"院门外,辛弃疾用力拍打院门。院门突然被拉开,秦三娘厉声斥责:"不要脸的狗东西,还敢来呀!"

辛弃疾口中含混不清:"寒鹃,我找寒鹃……"

秦三娘顺手从门旁端起水盆倾盆泼出骂道:"找你娘去吧!"辛弃疾站立不稳,摔倒在地。秦三娘嘭地关上院门。辛弃疾从地上挣扎爬起,醉步蹒跚地走出弄口,脚下一滑,再次摔倒在湿漉漉的青石板路上,索性呼呼睡去。

史弥远和胡倬醉步蹒跚地走出天乐酒楼,身后金鱼眼和瘦猴相互搀扶,也是东歪西倒。

近日,史弥远依仗其父史浩在朝廷中的关系,在礼部除了个礼部推事的职务,正式进入仕途,胡倬邀约了一帮兄弟为他置酒祝贺。

胡倬道:"三公子放心,明日我便将你的份子送到府上,一文不少。"

史弥远道:"我有什么不放心的,哈哈……"

胡倬谄媚道:"三公子如今已是礼部推事了,日后还望多加提携。"

史弥远道:"怎么,你嫌衔头这官太小了?"

胡倬道:"胡倬只想多为史公子出力,多出力,嘿嘿……"

史弥远语带官腔道:"应该说多为朝廷出力!"

胡倬道:"对对对,多为朝廷出力。往后还望三公子,不,望史大人多多指教!"

"放心吧,有好处少不了你……"史弥远话未说完,一下被绊倒在地,胡倬急忙上前搀扶,也摔作一团。

辛弃疾躺在地上,酒醉未醒,呓语不断:"寒鹃,寒鹃……"

胡倬从地上爬起道:"这小子是谁呀? 他怎么也在找寒鹃?"

金鱼眼道:"大哥,这小子会不会挖了你的墙脚?"

胡倬上前朝地上的辛弃疾踢了两脚骂道:"狗胆不小,敢跟老子抢女人!"史弥远躺在地上不住地呻吟:"哎哟,还不快扶我起来。"瘦猴和金鱼眼急忙转身扶起史弥远。

"这是哪儿来的醉鬼?"史弥远俯身细看,大吃一惊,"辛弃疾?!"

胡倬大惊失色道:"辛弃疾,他就是辛弃疾?"

瘦猴近前辨认:"是他,就是从北方回来的那个大英雄!"随即和金鱼眼战战兢兢躲到一边。

史弥远不以为然地道:"什么狗屁大英雄,这不分明一个大狗熊!"

胡倬拔出匕首恶狠狠地说:"敢抢老子的女人!"

史弥远上前拉住胡倬,打量四周后道:"街上人多,不可鲁莽,还是让他到河里去醒醒酒吧!"

胡倬叫金鱼眼和瘦猴架起辛弃疾来到万福桥上,乘无人之机,将辛弃疾抛到桥下后溜之大吉。

史弥远回到相府,见史浩书房仍亮着灯,便回到自己房中换去湿衣,准备将淹死辛弃疾的大好消息尽快告诉父亲,让他高兴高兴。

书房里,史浩正斜靠榻上翻着《论语》,书中有一段话让他越看越懊丧。书中这样写道:"子曰:多闻阙疑,慎言其余,则寡尤;多见阙殆,慎行其余,则寡悔。言寡尤,行寡悔,禄在其中矣。"夫子这段话虽是谈论学问得失的,亦可用在为人处世上。而自认满腹经纶、处事谨慎的他,却在有中兴之志的赵眘面前轻易表示出怯战和恐慌,招致皇上的轻慢和不满,并因此遭到张浚和虞允文一帮主战将臣的嘲讽和攻击,不仅让他奉行的中庸之策就此终结,还让他颜面扫地、威望尽失。他越想越后悔当时未能谨言慎行,才自取其辱。

史弥远兴冲冲推门而入。史浩抬起来,双目一瞪呵斥道:"这么晚了,又去哪里厮混了?"

史弥远嬉皮笑脸道:"老爷子先别发火,有天大的好事告诉你!"

"你能有什么好事,少惹些事你老子就省心了!"史浩不以为然,埋头继续看书。

史弥远说道:"辛弃疾死了!"

史浩一脸惊疑问道:"辛弃疾死了?怎么死的?"

史弥远神情得意地道:"就在刚才,正巧碰到他喝得烂醉倒在路上,我便让胡倬他们将他扔下万福桥淹死了。从今往后,世上就没有辛弃疾了!"

史浩将书一扔,脸色一沉道:"胡闹!"

史弥远一怔道:"爹,你对那个辛弃疾不是恨之入骨吗?"

史浩稍作冷静道:"你认为这样是在帮你爹吗?你这是帮了我的对手!"

史弥远望着父亲一脸茫然。

史浩道:"辛弃疾目前虽然无官无职,可他在皇上和张、虞等人眼中可是旷世之才,在世人心中更是了不起的抗金大英雄。再说,现在朝中对为父正非议纷纷,说我与汤思退一明一暗,相互勾结,通敌卖国。这种时候辛弃疾出了事,张浚和虞允文那些主战派定会咬定是我们做的。民心一旦倒向他们,后果会是怎样?"

史弥远恍然大悟:"哎呀,想不到孩儿弄巧成拙,请父亲责罚。"

史浩道:"事已至此,责罚又有何用?你如今大小也是朝廷官员了,还成天在勾栏瓦肆厮混,做事不动脑袋就会掉脑袋!"

史弥远问:"现在该怎么办?"

史浩略作思忖道:"首先要把那几个泼皮的口封住!"

"杀了他们?"史弥远做了个杀人手势。

史浩道:"事情还没有到杀人的地步,更何况,现在要再死几个人,弄得满城风雨,那就更难脱干系了!"

史弥远问道:"依父亲之见……"

史浩道:"给那个胡倬升官。"

史弥远大惑道:"升官?"

史浩道:"对,这些泼皮混混能做的事我们做不了,先留着。升个官把他的嘴堵上,尽快离开京师,越远越好!"

史弥远心领神会道:"父亲总是棋高一筹,孩儿真是望尘莫及!"

"回房睡吧。"史浩厌烦地朝儿子挥了挥手,重新拿起书,却读不下去,便扔下书,一声苦笑,"辛弃疾,老夫真想你死呀,可你现在不能死!"

不过辛弃疾还真没有死,他被抛下万福桥后,巨大的落水声惊动了桥头吉祥酒家内正在灯下盘账的钟义和辛十二。辛十二推窗朝河中一看,惊叫道:"不好,有人落水了!"

钟义取下灯笼道:"快,出去看看!"

两人飞快来到桥上。钟义高举灯笼,指着河中道:"水中有人!"辛十二毫不犹豫地纵身跳入河中,将若沉若浮的落水人拖到岸边。

钟义举灯细看道:"这人有些面熟。"

辛十二撩开辛弃疾头发,大吃一惊:"大哥!"

"哎呀,果然是辛将军。怎么弄成这般模样,快扶回店里去!"二人吃力地扶起不省人事的辛弃疾回到酒店,替他脱去湿衣,扶到床上躺下。辛十二以手试额,吓了一跳:"好烫,这该咋办?"

钟义道："你快去烧碗姜汤给他灌下去！"

辛十二擦着眼泪跑到后厨生火煎熬姜汤。钟义看着脸色惨白、昏迷不醒的辛弃疾心痛不已，含泪哽咽道："这到底什么世道哦！一个威震敌胆的大英雄，怎么会落得这般模样？"

辛十二端来一大碗姜汤给辛弃疾灌下。辛弃疾从昏睡中渐渐苏醒过来，睁开眼睛，发现不是躺在驿馆的床上，挣扎欲起。

辛十二惊喜万分道："大哥，你终于醒了！"

辛弃疾惊疑地问道："十二，我这是在哪儿？"

辛十二道："在吉祥酒家呀！"

辛弃疾又问："我这是怎么了？"

辛十二道："你喝醉了酒，掉河里去了！"

辛弃疾道："哦，这么说，是你救了我？"

辛十二憨厚一笑道："没什么，也是捞上来才知道是你。"

辛弃疾紧紧握住辛十二的手，万般感动地说："十二弟，你又救了我一回！"

钟义也是高兴异常地道："好了，好了，辛将军，你可把我们吓坏了！"

辛十二好奇地问道："大哥，到底出了什么事情，怎会弄成了这样？"

"是……"辛弃疾欲言又止，他不想将自己心底的伤痛掏出来与别人分享，更不愿让别人来揭自己的伤疤，"没什么，喝多了，见月亮掉进水里，便从桥上跳下去想把月亮捞起来。"

"我听说过李白酒醉捞月，想不到你辛将军也有此雅兴。"钟义一句话惹得大家笑了起来，"对了，今天虞大人派人来过，说让你回来后马上去见他！"

"一定是去建康的事情，明日一早我便去见虞大人！"辛弃疾心里明白，他能够任职建康行在文职签判，虞允文已经做了很大的努力，他不能让虞大人太为他操心，应该尽快去建康就职。

五

建康古称金陵，地处长江之南，曾为六朝古都，山川地势险要，易守难攻，进可图中原，退可保江浙，为南宋江防要塞。赵构南渡后采纳老臣李纲建议，将建康作为备战时皇帝巡幸的陪都，是当时仅次于京师临安的军事、政治和经济中心，通称建康行在。

辛弃疾来到建康行在衙门担任的文职签判,也就是收发料理行在的一些日常文件,行在的机密要务他无权参与,纯粹是个可有可无的帮闲。

因初到任上,又是初到建康,行在留守史正志、主簿韩元吉、录事张人见等同僚邀他同到秦淮河上游玩。

秦淮河古名淮河,因当年秦始皇东巡时望见金陵上空紫气升腾,便疑为是王气,于是下令开凿方山,将冲犯之气导入长江,从此便称为秦淮。从东水关至西水关两岸,自东吴经六朝至宋以来,十里秦淮一直是商贾豪户云集、名门望族聚居和文人骚客荟萃的繁华儒雅之地。

正值深秋时节,十里秦淮,寒烟笼罩,暮霭沉沉。众人乘坐画舫沿河一路畅游,至水西门前,弃舟上岸,拾级登上耸立城头的赏心亭。

赏心亭始建于北宋真宗年间,当年唐代画家周昉所画《袁安卧雪图》八幅条屏深得宋真宗赵恒欣赏,这位风雅皇帝便命参政知事丁谓在水西门城上选址建亭,将《袁安卧雪图》置屏亭中,为世人倡举孝廉风范。苏轼、张孝祥、陆游等文人雅士登临览胜,忧国怀乡,吟诗作赋,使其成为金陵第一胜景。

史正志见这位新来的同僚一路神情寂寥,郁郁寡欢,便问道:"辛老弟头一回来江南吧?"这位年近六旬的行在留守,因德才兼具在朝野上下颇有名望,却处事低调,待人谦和。

"虽是头一回来,不过这几日拜读了史帅撰写的《乾道建康志》,倒仿佛是故地重游了!"辛弃疾点头应道,随即朗声背诵,"坐镇江淮,为国陪都,行宫万钥,禁旅千营。斗星呈祥,金陵表庆,户纳千呈,囊括六朝。观埋金、凿淮之旧迹,则知王气之长存;寻乌衣、清溪之故里,则知衣冠之素盛;访结绮、望仙之遗址,然后知淫奢之可戒;验石头、白下之高垒,然后知备御之有方;以至怆新亭风景,则见王导有克服之心;登冶城回望,则知谢安有遐想高世之志……"

众人拊掌叫好,韩元吉连声赞叹:"老弟如此记性,实乃奇才!"史正志更是赞叹不已:"说句实话,老夫自己写的文章也不敢说能一字不落背诵出来,辛老弟却背诵得如此轻松流畅,气韵十足,难得难得!"

辛弃疾含蓄一笑道:"史帅文中行辞优雅,引典精确,佳句连篇,字字珠玑,自然令弃疾过目难忘!"

史正志爽朗笑道:"惭愧惭愧,老弟谬赞了,谬赞了!"

"听说乌衣巷新从姑苏来了一位歌妓,江南曲子唱得人醉,今天我做东,一起去玩玩。"张人见显然对三人的话题不感兴趣,想尽快去别处寻找乐子。

"你是成心引诱我们去跨越那座君子桥吧!"韩元吉戏谑一笑,转向辛弃疾热情相邀,"辛老弟,请同去乌衣巷小酌几杯,听听江南小曲解解闷吧。"

辛弃疾淡然应道:"小弟正好在酝酿一阕新词,想在这里多坐片刻,诸位大人请先行一步,在下随后便至。"

"有词了?好,我等便在乌衣巷里静候大作!"史正志也是诗词行家,一听辛弃疾正在酝酿新词,自知不便搅扰,便领着韩、张二人先行下楼而去。待三人走后,辛弃疾倚栏坐下,从腰间解下吴钩凝眸沉思。目睹两岸金粉楼台,歌馆春院,河中画舫凌波,桨声如捣,辛弃疾感觉这些都与自己这个外来游子相距甚远,甚至毫不相干。在北方舍生忘死地血战拼杀,冒着生死生擒叛将渡江南归,难道就是为了做一个清闲自在的七品文职小吏?以后莫非就在这一派歌舞升平、醉生梦死的十里秦淮变成一个无所作为,也不能作为的游子过客吗?

一阵雁鸣从远处传来,辛弃疾起身凭栏寻望,只见半空里雁子成阵,鸣声凄切,催人泪落,再看近处,水西门外,秋意空阔,衰柳含烟,远山如黛,落日恹恹,令人平添愁绪。辛弃疾怅然极目北望,似乎看到故乡依然被铁蹄践踏,胡尘迷蒙,而斜挂腰间的吴钩却剑难出鞘,岁月闲置。忧思愁怨,无以倾泻,禁不住拍栏而歌,脱口吟出一阕《水龙吟·登建康赏心亭》:

> 楚天千里清秋,水随天去秋无际。遥岑远目,献愁供恨,玉簪螺髻。落日楼头,断鸿声里,江南游子。把吴钩看了,栏杆拍遍,无人会,登临意。　　休说鲈鱼堪脍,尽西风,季鹰归未?求田问舍,怕应羞见,刘郎才气。可惜流年,忧愁风雨,树犹如此!倩何人唤取,红巾翠袖,揾英雄泪?

吟罢,他仍觉余愁难去,嗖的一声拔出吴钩,挥剑起舞。吴钩在他手中寒光闪烁,卷起阵阵风涛,似乎要将满腹愁绪连同身旁的萧瑟秋意一扫而尽。

六

霏霏细雨中,胡倬醉醺醺地又来到秦三娘家用力擂门喊道:"美娘子,寒鹊,你的那个大英雄来不了啦,还是给大爷我开门吧!"接连几天,他隔三岔五来秦三娘家打门纠缠,吓得寒鹃总是躲在屋角瑟瑟发抖。

秦三娘紧紧抱着寒鹃,低声安慰:"孩子别怕,别怕!"

院门外,雨越下越大,瘦猴扶住胡倬道:"大哥,雨下大了,先回家吧。"

胡倬推开瘦猴不悦地说:"回什么家?这便是老子的家,老子要进去洞房!"

"雨太大了,咱们改日再来吧!"金鱼眼和瘦猴连哄带拉,架起胡倬离去。

室内,秦三娘松了口气:"这些瘟神总算走了。"

"那帮人不会善罢甘休的。"寒鹃仍然惶恐不安,泪流满面,低声哭泣。

"这该怎么办,这该怎么办?"秦三娘焦急踱步,若有所思,"总不能这么干等着,得出去找你的弃疾哥哥!"

寒鹃道:"京师这么大,该怎么找哦?"

秦三娘突然双掌一拍道:"呃,有个人兴许能知道辛将军在哪儿!"

寒鹃问:"谁?"

秦三娘道:"万福桥南头吉祥酒家的钟店主。"

寒鹃问:"你认识他?"

秦三娘摇摇头道:"不太熟,可是他一定认识辛将军。"

寒鹃将信将疑地问:"弃疾哥哥刚从北方南归,他们怎么会认识?"

秦三娘道:"那天在万福桥上,我看见钟店主给辛将军敬酒,好像很熟,还说是什么故人重逢……"

寒鹃眼前一亮说:"哦,干娘,我们快去吉祥酒家吧!"

秦三娘熄灭油灯道:"夜深了,还下着雨,先睡吧,明日一早便去!"

次日一大早,秦三娘领着寒鹃来到万福桥头的吉祥酒家。辛十二正打开铺面,插上酒旗。见秦三娘和寒鹃站在店外张望,便近前招呼:"二位好早,要吃点什么?"

秦三娘道:"我们不是来吃饭的。"

辛十二依然热情地说:"哦,想歇歇脚。行,请稍坐,我给二位倒茶。"

秦三娘道:"哦唷,不麻烦小哥了。请问你家店主是姓钟吗?"

辛十二道:"对,姓钟,你们这是……"

秦三娘道:"我们找钟店主有点急事。"

钟义闻声从后院走出,打量二人,好奇问道:"在下钟义,请问二位找老朽何事?"

秦三娘道:"钟大哥,我们来向你打听一个人。"

钟义道:"老朽从北方回临安不久,认识的人不多,不知要打听什么人?"

秦三娘问:"大哥认识辛将军吗?"

钟义道:"认识呀,你们是……?"

秦三娘道:"我们也是他的故人,想见见辛将军。"

钟义道:"哦,可惜你们晚了一步,辛将军去建康了。"

"去建康了?"秦三娘和寒鹃同时一怔。

钟义问:"请问你们找辛将军有什么事,看老汉能不能帮上忙。"

秦三娘道:"老身姓秦,就住在前面杏花弄,街坊邻里都叫我秦三娘。这是我刚认的干女儿,叫寒鹃……"

"寒鹃?!"钟义和辛十二几乎同时一惊。

钟义不敢相信自己的耳朵问:"你说……她叫寒鹃?"

秦三娘道:"哦唷,这还会有假?就叫寒鹃,刚从北边逃回来,辛将军未过门的夫人!"

"果然是寒鹃姑娘,太好了,太好了!快坐,快坐!"钟义激动得语无伦次。

辛十二急忙端上茶水,又兴奋又激动地说:"嫂子,请喝水!"

"你是?"

钟义道:"他是辛将军的兄弟,叫辛十二。"

辛十二道:"嫂子,你回来得太好了,我和大哥还打算去北方救你呢!"

钟义无限感慨:"想不到寒鹃姑娘和辛将军一样,都历尽了世间磨难,真是一对苦命鸳鸯呀!"

寒鹃伤情触动,想起往事,失声痛哭。秦三娘含泪劝慰:"别伤心了,不是已有辛将军的消息了吗?快别哭了。"

辛十二道:"对,嫂子别哭了,大哥知道这个消息不知该有多高兴呢!"

秦三娘笑逐颜开道:"寒鹃,快回去收拾收拾,干娘这就为你送亲!"

钟义一脸兴奋道:"好好,寒鹃姑娘与辛将军天作之合,我这便让十二租船送你去建康!"

七

史浩久久凝视着花厅墙上一幅五尺立轴出神。画幅上一株写意芙蓉树上斜依

一只工笔峨冠白颈长尾锦鸡,写意狂放,工笔精美,巧拙成趣,令人称绝。右上方是宋徽宗赵佶独创的瘦金体题的一首五言绝句:

秋劲拒霜盛,峨冠锦羽鸡。
已知全五德,安逸胜凫鹥。

落款是宣和殿御制并书,落款下方是用"一"字和"大"字组成的"天"字,寓意天下一人的独特签名,行家一看便知这是人称花鸟皇帝的得意之作,虽盛名远播,可少有人见过,称得上价值连城。

这幅《芙蓉锦鸡图》是赵昚被确立太子时,赵构因史浩辅导有功赏赐于他的。史浩认为,他府上所藏珍宝加在一起也不敌这幅画作。这不仅是金钱,更重要的是荣耀,是史家一门在他手上获得的至尊荣耀。然而这种至尊荣耀,如今似乎成了过往的记忆,甚至成了一种嘲讽的佐证,想到这些,他心底不免泛起阵阵酸痛。

史弥远走进花厅,轻声道:"爹,辛弃疾没被淹死,已经到建康行在上任去了。"

"没死?这厮命还真大!"史浩稍作沉吟,"这件事关系重大,千万不可泄露出去!"

史弥远道:"孩儿知道,请爹放心就是!"

史浩问道:"胡倬那几个混混安排好了?"

史弥远道:"安排好了。让他去潭州府衙补了个从七品都统的职位,他高兴得不得了,今天一早就带着一帮小兄弟上任去了。"

史浩道:"好,这件事不用我操心了。"

史弥远突然问道:"爹,我得到一些消息,说皇上正同张浚和虞允文谋划兴兵北伐的大计,不知是真是假?"

"是真是假与我何干?江山是他赵家的,爱怎么折腾便怎么折腾!"史浩表情冷漠,显然上次力劝皇上遁海逃跑一事,马屁没拍上,反被马狠踢了一脚,好心无好报,心里一直窝着火。

门吏入报:"老爷,汤丞相来访。"

史浩一怔:"汤思退!他不是不访友、不见客吗?怎么突然上门来了?"

史弥远道:"八成与北伐传闻有关,这是他最上心的事。"

史浩道:"皇上已经让他坐了冷板凳,还不死心?"

史弥远微微一笑道:"难道爹真的死心了?"

史浩心中一颤,显然被点到痛处,竖起稀疏的八字眉毛朝儿子狠狠瞪了一眼,略作沉吟道:"你先去请他到西客厅,且听他说些什么!"依照过去惯例,汤思退前来拜访,他都是请到花厅茶叙,以示热情和尊重,而现在必须保持距离。

汤思退的确是为皇上与张浚、虞允文密谋北上伐金的传闻而来,凭他的经验判断,此事绝非空穴来风。如果皇上真的背开中书省,也就是说背开他这个主管中书省的丞相计议军国大计,结果显而易见,皇上真的不再拿他当回事了。他恨那个一直与他为敌的张浚,还有那采石一战侥幸获胜的虞允文,成天在皇上面前鼓吹北伐,煽动战争。而那位年轻气盛,总想当中兴之主的皇帝,对他却是言听计从,跃跃欲试。事态若果真如此,他汤思退决不会任其抛弃而无动于衷。

汤思退和史浩在朝中虽分属不同派系,但张浚、虞允文是他二人的共同死敌。如今朝中主战声浪日盛,采石大捷后,主和阵营一遍喑哑,近乎销声匿迹。史浩虽已辞去相位,但朝中门人遍布,如果能将史浩这样的中间力量拉过来,便可与张、虞之流再较高下。

但史浩依然还是那句话:"江山是他赵家的,爱怎么折腾便怎么折腾!"

汤思退对史浩的淡漠态度并不意外,皇上那态度放谁身上都受不了,何况他还是皇上的太傅。于是汤思退端起茶碗品了两口茶,淡淡一笑道:"仁弟知道老兄的心中之痛。假如皇上真的听信了张、虞二人的妄言,鼓噪兴兵北伐,你我在朝中恐怕再无翻身之日了!"

史浩沉默不语,心中却在翻江倒海。汤思退所虑何尝不是他所虑?尽管他打心眼里不愿跟汤思退走得过近,但眼下又不得不与他联手一搏,几十年的辛劳所得不能就此拱手相让。

史弥远道:"爹,你与汤世叔在朝中左右为相,不失为皇上左膀右臂,苦撑起南宋半壁江山,功不可没,不能就这么拱手相让、自暴自弃!"

史浩道:"老子还用你来教训?一边待着去!"

汤思退却赞赏道:"好,三公子一言中的!"

史浩侧目而视道:"你当如何?"

"愿与仁兄致诚携手,重开和局,天下仍由你我左右!"汤思退觉得已经没必要转弯抹角,便把话说得很直白,也很坦诚。

"好一个天下仍由你我左右!汤世叔的以和抑战、以和制胜之策实在精妙,小侄今天受益匪浅！"史弥远在一旁连连称叹。

史浩道："别忙着拍马，你说说该如何对付他们？"

汤思退附和道："对，听听三公子见解！"

史弥远略作思索："这就要看太上皇想打还是想和。"

汤思退问道："想打怎样，想和又怎样？"

史弥远道："和固然最好，两位老冤家顺理成章会重归相位，左右天下。如要打，也无妨，只要让他们打不赢，自然是由二位出面收拾残局，仍旧左右天下！"

史弥远一席话，竟让两位两朝元老重臣对这个平日游手好闲、吃喝玩乐的浪荡公子刮目相看。汤思退心中更是得意，不仅说动了自视清高的史浩加入主和阵营，而且还意外发现了一名主和新秀，稍加点拨，这小子日后定会成为他的得力帮手。最后议定，由汤思退和史弥远前往德寿宫敬献波斯国鹦鹉，试探一下太上皇对北伐是何态度。

德寿宫位于凤凰山东麓，原是秦桧府邸，秦桧死后收归官有。赵构看中此处风水，便大兴土木，重建新宫，取号德寿。他禅位给赵昚后便由大内南宫移住在此，时人称作北宫，也称北内。因赵构尤喜湖山花鸟，赵昚为感念养父禅让之恩，下旨在宫中开凿大池，引注西湖之水，称作小西湖，并在湖上修建楼阁假山，种植四季名花异草供太上皇赏玩。

赵构在湖中飞来峰下的四面亭中接见了汤思退和史弥远。

史弥远献上的波斯国鹦鹉让赵构兴致怡然。史弥远尖着嗓音逗引鹦鹉："太上皇万寿无疆！"鹦鹉嗓音清亮地学着史弥远连声尖叫，引得赵构龙颜大悦："好好好，真是难得的珍品，哈哈哈……"

史弥远一脸谄笑道："家父素知太上皇爱鸟，特差人从波斯国重金买回。"

赵构道："还是你们能想着朕哦！回去替朕好好谢谢你父亲。我知道他是在跟皇上赌气，要他养好身子，早日回朝主持朝政。"

史弥远起身躬谢："臣回去一定向家父转达太上皇的恩宠！"

赵构问："你现在在礼部任什么职务？"

史弥远道："臣在礼部任推事一职。"

赵构道："礼部推事？这也太低了。汤丞相，你看何部有适合的职位？"

汤思退道："像三公子这等人才，不应按资质惯例升迁，应当破格提拔方能尽展其才。犬子汤致已调任兵部，礼部侍郎尚在空缺，太上皇您看……"

"推事升迁侍郎，连跳三级，恐怕会引来非议，你们皇上肯定也不会答应。"赵构略为沉吟，"礼部侍郎是与金人议和的重要职位，不可落入妄战之辈手中。这样吧，暂将职位空着，寻一合适时机再说。"采石大捷之后，他对赵昚和虞允文、张浚一班主战大臣有所忌惮。赵昚表面上依然孝顺，但对他处处掣肘也开始表现出委婉的不满甚至对抗。不久前因辛弃疾任职一事已惹得朝中风波四起，赵昚也温和地顶撞过他。因此，非涉及筋脉之事，他便开始做出适当让步。

汤思退道："太上皇权衡大局，实在英明，一切遵从太上皇旨意。"

赵构道："与金人的和议之事进展如何了？"

汤思退故作难色。赵构看了一眼汤思退为难的表情，愤然作色道："一定是你们的皇上还在做北伐美梦！"

史弥远终于等来话机："近日风闻皇上与虞允文、张浚等人正在暗中谋划兴兵北伐之事，太上皇可曾听说？"

赵构一怔，将信将疑道："是吗？你们的皇帝真敢这么干？！"

汤思退委婉回道："这事也不全怪皇上，都是朝中一帮好战之辈鼓噪所致！"

史弥远道："尤其是山东那个辛弃疾南归之后，虞允文、张浚等人更是趁势闹腾，成天喊打！"

赵构脸色一沉道："打打打，放着太平日子不过，难道非得将这半壁河山全都打光才安心？"

汤思退道："哎，虞允文和张浚这两个搅屎棍已经把朝廷搅得人心浮动，如今再来一个辛弃疾，还不知要闹出些什么花样来！"

赵构道："那个辛弃疾不是除了个七品文职签判吗，他还能怎么闹腾？"

汤思退道："他临去建康前写了一道鼓吹北伐的奏章，由虞允文转呈给了皇上，皇上大加赞赏，又想将他召回朝廷任用要职！"

赵构淡然冷笑道："一个归正之人，能耐再大也休想！"

汤思退道："只是臣所担心的是真要废止和议，一旦开打，太上皇创下的太平盛世恐怕就要毁在他们手上了！"

赵构眉毛一挑，愤然道："哼，回去告诉你们皇上，别打了一回胜仗，尾巴就翘上了天。为岳飞翻案，休想！他要北伐，只有等我这个太上皇咽气了再说！"

听到太上皇反对北伐口气如此坚定，汤思退与史弥远四目相对，暗露窃喜，倒地伏拜："太上皇英明圣化、万寿无疆！"

那只波斯国鹦鹉也学舌大呼:"太上皇英明圣化、万寿无疆!"

八

行在文职签判虽职低权微,倒也清闲自在,辛弃疾闲暇无聊,便沉下心来读书习文,一段时日来,文风词意越发豪迈凛冽、悲壮沉郁。

昨日,史正志因加升员外郎宴请同僚,辛弃疾在席间即兴吟哦了一阕《满江红》以示庆贺:

> 鹏翼垂空,笑人世,苍然无物。又还向,九重深处,玉阶山立。袖里珍奇光五色,他年要补天西北。且归来,谈笑护长江,波澄碧。　　佳丽地,文章伯。金缕唱,红牙拍。看尊前飞下,日边消息。料想宝香黄阁梦,依然画舫青溪笛。待如今,端的约钟山,长相识。

一阕意境开阔、气概豪放的《满江红》,让几位小有成就的诗词前辈感慨万千,赞不绝口。

韩元吉摇首感叹:"我等填了一辈子词,竟无一阕有此气度,实在惭愧!"

史正志道:"韩兄言之有理,这辛幼安的词的确慷慨纵横,有不可一世之概。'袖里珍奇光五色,他年要补天西北',仅此一句,便让人热血喷涌,恨不能跨马持戈,驰骋疆场!"

韩元吉道:"此君笔力雄健,词句豪放,颇具苏氏之风。我敢断言,仅此一阕,便将齐名苏门,传唱千古!"

张人见惑然道:"这位仁兄文风词意如此豪放旷达,为何整天愁眉不展?也不知有何心事。"

韩元吉道:"他在北方立下汗马大功,却只做了个小小的文职签判,能高兴吗?"

史正志一声轻叹:"满腹才华、一腔抱负无处施展,谁也高兴不起来。"

张人见道:"嘿,这行在签判官职虽小,可也算肥缺呀!"

三人正闲谈间,辛弃疾突然狂喜奔入,连声大呼:"好消息,天大的好消息!"同僚们少见他如此兴奋,十分好奇,莫名其妙地望着他发愣。

韩元吉开口问道:"辛签判,何事如此高兴,莫非要重返朝廷了?"

辛弃疾激动难言，连连摆手。

张人见猜测道："对，定是要升官了！"

辛弃疾一扬手中邸报，激动大呼："王师北伐啦！"

众人一脸惊疑，问道："可是真的？"

辛弃疾道："刚到的邸报，张浚大人统率李显忠将军和邵宏渊将军兵分两路，渡江北伐了！"

众人又惊又喜，纷纷上前争看邸报。

史正志兴奋异常道："好哇！由张帅主持北伐军务，必胜无疑。"

张人见一脸淡然地道："未必吧，听人说这位张帅志大才疏，处事优柔寡断，我担心……"

韩元吉奚落一笑道："盼了这么多年北伐，就担心打不起来，如今终于开打了，你瞎担心什么，要不你去？"

张人见自我解嘲："我哪有那本事，一句玩笑话，瞧韩兄你急的！"

韩元吉道："盼了这么多年，谁不急呀！"

史正志道："此生总算盼到这一天了，应该去好好喝几杯！"

辛弃疾连连点头赞同："对，是该庆贺一番。晚上去醉月楼，我请客！"

醉月楼坐落在秦淮河南岸，一楼一底，白墙黛瓦，格调别致，颇具江南风韵，远近文人雅士常聚于此。

店主吕叔潜，年近五旬，儒雅豪爽，一身文气，最好结交雅士名流。史正志、韩元吉等人均是熟客，吕叔潜自然格外热情。

酒菜上桌后，杯盏相碰，笑声迭起。辛弃疾一改往日沉郁，与同僚们开怀痛饮，谈笑风生。

吕叔潜笑逐颜开地抱来一坛老酒道："诸位，这坛陈年杜康，可是连我自己也舍不得喝的……"

张人见讪笑道："吕老板，你可别乘机宰一把！"

吕叔潜豪爽地笑道："嘿，今天是啥日子？我请客，楼上楼下全请啦！"

酒楼上下顿时欢呼一片。吕叔潜一边亲自为众人斟酒，一边炫耀道："今夜与君同庆北伐，共醉明月，我这醉月楼算是名副其实了！"

张人见问道："吕翁，你这'醉月'二字出自何人之典？"

吕叔潜满面得意道："自然不是等闲之辈！听好了，啼鸟还知如许恨，料不啼，清泪常啼血……"

邻桌朱熹、刘过等几名儒生仕子异口同声:"谁共我,醉明月?"

辛弃疾神情激动地看着众人,悄悄移向角落。

韩元吉道:"吕翁引用的是辛弃疾的词句。"

吕叔潜神情自豪地说:"还能是谁?辛将军既是当今英雄,也是词坛高手,以他的词句命名,荣耀之至、振奋之至呀!"

史正志问道:"吕翁,你认识辛弃疾?"

吕叔潜遗憾地摇摇头道:"可惜得很……"

史正志走近辛弃疾,戏笑道:"辛老弟,你别总躲在角落呀,喝了吕翁的醉月酒,总该赏个脸吧。"

吕叔潜打量着辛弃疾,一脸疑惑地道:"你,你不是行在衙门的文职签判吗?"

辛弃疾微微欠身道:"在下辛弃疾。"

"哎呀,哎呀,原来你就是辛弃疾将军,失敬失敬!"吕叔潜激动异常。

朱熹、刘过等人闻声而起,挤上前来:"辛将军,果然是辛将军!"

众人争相与辛弃疾碰杯,辛弃疾备受感动,举杯向众人致意。朱熹神情激动地道:"从在万福桥头一睹将军风采,至今两年有余,今日喜庆北伐,巧遇英雄,实在荣幸!"

辛弃疾捧杯回敬朱熹:"从同甫口中常听闻先生大名,日后还要多向先生请教心论之道!"原来,他在临安时,常听陈亮提起朱熹在理学界的建树和主战论述,早有结识之愿,不想今日巧遇。

窗外鱼龙翻飞,金猊狂舞,彩灯高悬,烟花似雨,激起醉月楼上下一片欢腾。

朱熹兴奋无比道:"辛将军,佳音、美酒,还得有好词呀!"

吕叔潜神情激动地说:"今夜不是元夕,胜似元夕,辛将军一定要为醉月楼赋词一首!"

"不是元夕,胜似元夕。就借吕翁妙语,权当今夜便是元夕吧!"辛弃疾激情迸发,拈笔在手,在纸上挥洒淋漓,写下一阕《青玉案·元夕》:

东风夜放花千树,更吹落,星如雨。宝马雕车香满路。凤箫声动,玉壶光转,一夜鱼龙舞。

众人齐声叫好,窗外又是一阵欢腾。辛弃疾停笔来到窗前,只见楼下无数男女老幼手持烛灯,拥上街头相互道贺,热闹异常。无意间,一个女子的身影映入他的眼帘,只见她孤零零地站在灯火暗淡处,默默地观望着欢天喜地的人群从身边过往,眼前的欢悦景象仿佛与她无甚相干。他不由得触景生情,心底涌起一阵悲凉:王师北伐中原,自己胸怀杀敌雄心,却又如同那阴影中孤独寂寞的女子,只能是一个看热闹的旁观者。他顾影自怜,暗自轻叹,回到案前,笔随心动,写出下阕:

蛾儿雪柳黄金缕,笑语盈盈暗香去。众里寻他千百度。蓦然回首,那人却在,灯火阑珊处。

朱熹捧词在手,激情吟哦。炽热而抒情的吟哦飘荡在灯火辉映的秦淮河上,回绕在张灯结彩的高楼重院、街头巷尾……

辛弃疾搁下毫笔,心情也随之低落,若有所思。他一直觉得刚才站在灯影下那位女子似曾相识,于是再次走到窗前凭栏寻觅,眼前突然一亮,那个女子不正是他日思夜想、在醉里梦中常常呼唤的人吗?"鹃儿!"他大喊一声,分开众人飞奔下楼,冲入人群中不停呼唤着寒鹃的名字,左寻右顾,却不见了寒鹃踪影,只好失望地回到醉月楼下,仍不时四处寻觅,蓦然回首,发现酒楼墙下,寒鹃独自伫立在阴影处,惊喜大呼:"寒鹃,鹃儿!"寒鹃闻声抬头,又惊又喜:"弃疾哥哥!"辛弃疾快步上前,忘乎所以地将寒鹃抱住。二人紧紧相拥,失声痛哭。

秦三娘捧着几个烧饼挤进人群,先是一怔,随即大笑起来:"哦唷,哦唷,总算见着了!"

史正志、朱熹等人来到楼下,见状都疑惑不解。史正志拉住秦三娘打听原因,秦三娘讲出缘由,众人这才明白过来,皆大欢喜。

寒鹃将秦三娘扶到辛弃疾面前道:"弃疾哥哥,这是干娘,多亏她老人家相救,要不然……"她提起往事禁不住热泪潸然。辛弃疾上前躬身施礼道:"多谢干娘仗义搭救寒鹃,如此大恩,弃疾和寒鹃终生不忘!"

秦三娘哈哈大笑:"哦唷,不用谢,不用谢,到时候能喝上一杯喜酒就足够了!"

史正志接口道:"对对,辛老弟尽快择定吉期,把喜事办了。"

刘过道:"择日不如撞日,今天就办!"

吕叔潜慷慨地说道:"对,这婚庆喜酒由我醉月楼全包了!"

朱熹感慨无限道:"今日王师北伐,辛将军喜结良缘,真是双喜临门呀!"

辛弃疾连连拱手致谢:"多谢各位美意,不过弃疾有个想法……"

吕叔潜问道:"将军有何想法?"

辛弃疾道:"王师北伐,但尚未闻捷报,真正的大喜应是王师光复失地,至少连克三城,到那时大喜大婚,与诸君同庆如何?"

史正志道:"连克三城,那应该是汴京门户符离了!"

朱熹道:"好,我们就等符离光复,举杯同庆!"

众人齐声叫好。

九

举国期盼的王师北伐在隆兴元年五月正式开始,史称"隆兴北伐"。当时,完颜雍不满南宋皇帝对议和一拖再拖,毫无诚意,便准备发兵攻宋,以战促和,并着驻守汴京的前线总揽军事、左丞相仆散忠义向南宋枢密使、两淮宣抚统制使张浚发出威胁,要求将采石大战时宋军所收复的两淮失地退还金国,否则兵戎相见。

此时张浚早已在盱眙、濠州、庐州布下十三万兵马,决定先发制人,不宣而战。西路由淮西兵马使李显忠自濠州发兵渡过淮水直取灵璧;东路由御前诸军都统制邵宏渊自泗州攻打虹县,就此拉开隆兴北伐的序幕。

筹备北伐期间,为避免主和势力从中干扰破坏,按照虞允文的提议,从最初谋划、调兵遣将到开战前夕,所有军机事宜全都绕开三省六部和枢密院,背开太上皇,由枢密使兼两淮宣抚统制使张浚全权指挥。

西路统帅李显忠率六万将士一路勇猛冲杀,直逼灵璧城下,金军守将裴满娄室率军出城摆阵迎战。当时宋金交战仍沿袭传统的交战方式:先排开阵势,主将出马叫阵,然后骂阵,待对骂双方都言尽词穷、怒火中烧后,两军主将便开始相互厮杀,以定胜负。而李显忠从不来这一套,未等裴满娄室站定便冲上前去,挥舞手中八十斤春秋龙虎大刀暴风骤雨般狠劈猛砍。裴满娄室招架不住,转身欲逃。李显忠快马赶到,一刀将他斩于马下,身首两处。

首战获胜,宋军士气大振,杀声盈野。金兵溃不成军,逃回灵璧城内,紧闭城门不敢出战。李显忠指挥大军猛烈攻城。金军将领萧琦见主将被斩,兵无战心,便手捧将印,开城投降。

"将军,大军进城吗?"副将李保上前问道。他是李显忠帐前勇将之一,虽年不过三十,却智勇双全,战功卓著。

首战告捷,李显忠神情振奋,稍作思索:"此刻我军士气正旺,应一鼓作气,乘胜拿下符离!"随即传令火速进军,直取符离。

正在此时,探马飞报:"东路军马攻打虹县受阻,久攻不下,伤亡惨重。"

部将王琪一旁不满地道:"这个邵宏渊怎么回事?他人马比我们多,虹县比灵璧小,早应拿下了!"

李保道:"他那帮人都是禁军出身的老爷兵,能打什么仗?"

探马报:"虹县守军闭门不肯出城交战,负隅死守,邵将军束手无策。"

部将杨椿提议:"将军,我们不能在此久等,还是先取了符离再说!"

李显忠略作思索:"虹县久攻不下,东线进军受阻,势必迟缓全局攻势。下令三军,先助东路军破了虹县,再合兵一处,取下符离!"

虹县城下,大量的伤亡让东线宋军的攻势明显减弱。面对城上守军的顽强抵抗,邵宏渊一脸焦急而又无计可施。

邵宏渊与李显忠同属张浚帐下,但并非一系。此君比李显忠年长两岁,作战资历却相去甚远,长期在皇家禁军中养成了骄矜习性,只知迎奉取巧、贪婪享乐,加之好大喜功而又心胸狭窄,手下将佐自然莫过于斯,争功夺利当仁不让,冲锋陷阵却畏首畏尾,作战实力可窥一斑。

虹县金军守将大周仁、副将蒲察徒穆是金国贵戚,狂傲勇武,猛多谋少,在邵宏渊面前竟成了劲敌。二人见宋军如此不堪,十分得意,趁宋军伤亡惨重、疲惫不堪之时,便率军突然冲出,杀得东路宋军落花流水、慌乱奔逃。

突如其来的反冲击让邵宏渊不知所措,挥剑连斩数名逃兵仍难遏止溃退,自己反被溃军裹胁后退数里。正在此时,李显忠率马军率先赶到,截住大周仁和蒲察徒穆厮杀,两将各执刀枪对李显忠左右夹击。三将鏖战正酣,不料邵宏渊突然回军,乘乱冲入城中,杀散守敌,将邵字帅旗插在虹县城头。

李显忠与两员金将杀得难分难解,蒲察徒穆见城已破,无心再战,虚晃一枪,拨马欲逃,被赶来助战的李保挺枪截住厮杀。战马惊起,蒲察徒穆摔下马背后束手就擒。大周仁自知不敌,弃刀下马,跪地投降。

城头上,邵宏渊狂笑大呼:"李将军辛苦了!不过头功还是让我邵宏渊夺下了,哈哈……"

李显忠仰望城头，惊疑地问道："邵宏渊何时杀回来的？"

李保一脸愤怒地道："我们只顾厮杀，没在意他何时溜进去的。"

部将李福愤愤不平地道："这个混蛋，我们殊死厮杀，反倒被他轻而易举夺了头功。老子现在就率军杀进城去，跟他们拼了！"

将士们齐声大喊："跟他们拼了！"

李显忠挥手止住众人道："大家不用吵，是功是过，上天看得明白，何须争抢？再说，我等血染沙场，不是为了与谁争抢功劳，而是效命国家，收复失地，统一山河！"

众将十分敬重李显忠耿介忠直，发几句牢骚后，也不再言语。

李保问道："将军，下一步怎么办？"

李显忠道："此地离符离不远，乘胜拿下符离，汴京便指日可下，中原即就此收复！"

众将齐呼："拿下符离！"

李显忠神情振奋道："符离是汴京门户，金军必有重兵镇守，定是一场恶战。传令三军，整军备战，三日之内，拿下符离！"

十

王师北伐，捷报频传，举国欢腾。京师临安家家户户张灯结彩，庆贺北伐连获大捷。各式各样的彩灯悬挂在门楣前、屋檐下，盛况有如一年一度的元夕灯市。尤其是在临安皇城和宁门到朝天门一段被称作十里天街的御街两旁，更是花灯连片，造型各异的宝莲灯、鲤鱼灯、连珠灯斑斓绮丽，五光十色，千姿百态，光彩耀人，百姓称之为祝捷灯市。

鼓楼前面空场上，由千百盏花灯堆叠成一座高耸的灯山，状如巨鳌，百姓称之为鳌山，这是盛唐时传下庆贺元夕节闹花灯的习俗。为欢庆王师连获大捷，城中百姓便自发搭起鳌山胜景，以示庆贺。

鼓楼上，几串闪耀夺目的琉璃宝灯分别亮起几行大字："淮水首战告捷""灵璧大捷""虹县大捷"。

朱楼画阁，彩灯高悬，十里天街火树银花，锣鼓鞭炮彻夜不息。

大内延英殿内，虞允文捧读张浚从前线传回的捷报，声色激动地道："……西路李显忠，自渡过淮水，一路所向披靡，连克数城。攻下灵璧之后，歼敌五千，俘敌上万,生擒金国大将蒲察徒穆、大周仁、萧琦,斩杀裴满娄室等大将数人。我大宋旗号很快就要插在符离城头……"

"好!拿下符离,离汴京就不远了。此次北伐,李显忠当推首功!"赵昚在红锦地毯上兴奋踱步,频频颔首,神情激昂。

兵部尚书陈康伯也是神情激动:"照此速度,拿下汴京也要不了几天!"

赵昚回望陈康伯问道:"东路的邵宏渊战况如何?"

陈康伯道:"据张帅奏报,自攻克虹县之后,似乎毫无进展!"

虞允文神情忧虑地道:"如果邵宏渊再停滞不前,李显忠孤军深入,将面临危局……"

赵昚眉头一皱,愤然作色道:"邵宏渊是怎么搞的?"

陈康伯道:"邵宏渊与李显忠一向不和,此次北伐,皇上封李显忠为主帅,邵宏渊极为不服,不肯听从李显忠节制!"

虞允文道:"阵前将领失和,乃兵家大忌,依臣之见,邵宏渊不从主帅节制,不宜再统军作战,应当再择良将增强东路攻势!"

赵昚略一沉吟:"你打算让谁去?"

虞允文推荐道:"辛弃疾!"

"除了辛弃疾,虞相眼里就别无他人了?"坐在一旁一直无言插话的阁门祗侯韩侂胄终于开了口。他刚从汝州防御使任上被召回京师,他不仅是两朝元老韩琦重孙,更有多重皇亲关系,又深得吴太后宠爱。赵昚调他回京,是打算在战和两股水火不相容的势力之间加强忠于皇室的正统势力,以稳定朝中局面。对战事军情,他茫无所知,对权势得失,却颇有计较。

虞允文道:"辛弃疾文武兼备,韬略过人,又极熟悉北方地势,让他督师东路,战局定然改观!"

韩侂胄道:"一个归正之人,恐怕不能草率重用吧?别忘了他的祖父曾做过金国知州呢!"

虞允文道:"这也太多虑了。李显忠也是归投之人,反倒比朝中一般正统出身的忠勇百倍!"

韩侂胄一时语塞:"事关社稷,总要慎重些才好!"

陈康伯思忖道:"辛弃疾固然可用,可是毕竟年纪太轻,资历尚浅,让他督师东路,恐怕……"

虞允文道："陈相忘了，当年霍去病率西汉骠骑横扫漠北，大败匈奴，年仅二十一岁，比辛弃疾尚小六岁。"

韩侂胄道："辛弃疾怎可与霍去病相比？再说，那邵宏渊一向骄横量小，连李显忠都不放在眼里，何况辛弃疾？"

"皇上，战局瞬息万变，须尽早决断呀！"虞允文神色焦急，略作思忖，"如有皇上御旨，张帅军令，他邵宏渊敢不从命？"

陈康伯道："那还需征得张帅认可，他毕竟是前线三军统帅，万一……"

众臣各持己见，赵昚犹豫不决，思忖再三道："阵前换将，军心难稳，反于战局不利，还是再等等。"

紧邻御街西侧的史浩府邸内，史浩一脸憔悴地躺在病床上不停地喘息。在太上皇的力挺下，称病在家的他刚刚重返相位，而这一次是真的病了，且病得不轻。他完全没有料想到，精心辅导了十余年的年轻皇帝，竟然在重大军事决策和对外用兵时完全无视他这位当朝首辅丞相，这对他简直是莫大的轻蔑和羞辱。几天前，他当着满朝文武大臣愤然向赵昚提出辞呈，本意是想发发怨气，将皇帝一军。没想到他尽心尽力辅佐登基的皇帝，竟然非常爽快地回答了两个字："准奏！"他当场就气了个半死。简单而平常的两个字，便终结了他毕生的付出和希望，将他放倒在也许再也不能起身的病榻上。

他迷迷糊糊中听到窗外传来阵阵喧闹之声，便厌烦地问道："外面出了什么事，为何这么吵？"

一旁端茶伺候的年轻侍妾回道："相爷，御街上正在闹花灯呢。"

史浩道："胡说，离上元节还早呢，哪儿来什么花灯？"

侍妾道："是祝捷花灯。"

史浩大惑不解道："祝捷花灯？"

侍妾道："前线打了胜仗，全城的百姓家家户户都张灯结彩，庆祝北伐大捷呢！"

史浩痛苦地闭上双目。

"大街小巷人山人海，比上元节还热闹。相爷，要不我扶你到窗口瞧瞧？"侍妾并未留意老头子的神情，说得眉飞色舞。

史浩突然双目怒睁吼道："滚！"侍妾莫名其妙，惊得目瞪口呆。"快滚！"史浩挣扎而起，从茶几上抓起九龙青花茶碗掷向侍妾。茶碗砸在刚走进卧房的汤思退脚前，摔得粉碎。

汤思退和跟在后面的史弥远上前扶史浩躺下。汤思退安慰道："史相不用过于生气，玉体要紧。"

史浩道："想不到皇上竟然绕开三省六部和枢密院，直接授权张浚主持北伐军务，瞒着你我这左右丞相不说，连太上皇也晾在一边，实在是张狂至极！"

汤思退道："这一定是虞允文出的主意！"

史浩道："不是他还能是谁？！"

汤思退道："自从他在采石矶打了一回胜仗，皇上对他更是恩宠有加，言听计从。如今他又升任了参知政事，说明皇上对他更是倚重了！"

史弥远道："采石获胜之后，皇上说话底气十足，太上皇对前殿的事也过问极少了，不然怎会任由张浚兴兵北伐？"

汤思退一声哀叹："要是此次北伐又一战胜出，咱们在朝中就更难说话了。"

史浩同样感慨："岂止是难说话，真要再打赢了，别说在朝中，恐怕连在临安也无立足之地了！"

汤思退不无愤恨地道："邵宏渊这个混账，只顾跟李显忠争功，把我的话全忘了！"

史浩道："思退啊，老夫这一病恐难以好转了。弥远尚且年轻，虽说刚加授了礼部侍郎，可说话尚欠分量。朝中之事，得靠你了。"

汤思退道："只是眼下李显忠正在攻打符离，罢兵休战，谈何容易！"

"符离一战，关乎你我生死存亡，绝不能让李显忠得手！"史浩深感危机已在眼前，顾不得许多了。

汤思退沉吟片刻道："弥远，你再去告诉金国密使，要他们增派兵力，全力对付李显忠！"

史弥远问："那邵宏渊呢？"

汤思退阴鸷冷笑道："邵宏渊与李显忠一向不和，他手下副将是我的人，我已派心腹送去密信，要他设法拖住邵宏渊按兵不动！"

史浩禁不住兴奋点头，引起一阵剧烈的咳嗽，一下昏厥过去。

十一

符离是通向汴京的门户，也是金军严密防守的军事重镇，由乌林答氏的兄弟、万户侯乌林答刺撒和五千户温迪汗速可两员大将镇守。城下,西路宋军又一次猛烈攻城,金军顽强抵挡,双方伤亡惨重,李显忠麾下勇将王琪也在攻城时中箭身亡。

李保败下阵来,一身是血道:"将军,敌军抵挡顽强,攻不上去!"

李显忠沉思少许道:"传令将全军风火炮对准西门,轰开一个缺口。"

刹那间,数十门风火炮齐声轰鸣,西门城墙被炸开一个巨大的豁口,李显忠挥动大刀,率先冲上豁口,攻上城墙。乌林答刺撒上前拦击,不到三回合,被李显忠挥刀挑下城墙。宋军齐声发喊,奋勇而上,温迪汗速可见势不妙,转身就逃。金军无力抵挡,有的四散而去,有的弃械投降。李保登上城楼,杀退残敌,宋军大军欢呼着蜂拥入城。符离城头大宋旗号凌空招展。

李显忠被随从扶到石阶坐下,他身带箭伤,疲惫不堪。符离一战,西路军歼敌五千,俘敌上万,自身伤亡也超五千人。

李显忠问:"邵宏渊现在何处?"

李保答道:"据探马来报,邵将军还在虹县犒劳将士,尚未启程!"

部将李福不满地道:"约定同攻符离,他却按兵不动,争功倒比谁跑得都快!"

李保也不满地道:"我军到虹县助他攻城,死伤上千弟兄,他一直躲在一边。我军眼看就要破城了,他不知从哪里冒了出来,抢先冲进城,头功便成他的了!"

李显忠摇头苦笑道:"不提他了,让弟兄们赶紧休息,下面还有恶仗要打!"

李福问:"将军,我军还要继续北上吗?"

李显忠道:"当然北上,下一个目标便是汴京了!"

李保担忧道:"邵将军迟迟不前,我军孤军深入,会不会……"

李福突然指着城下惊呼:"将军,好多金军围过来了!"

李显忠一跃而起,朝城下望去,只见远处尘土飞扬,金军铺天盖地,狂奔而来。

李保大吃一惊道:"这些金军是从哪里冒出来的?"

李显忠道:"金军突然增兵,显然要夺回符离。李保,你火速赶往虹县,请邵宏渊尽快出兵,从后面夹击金军!"

李保领命去后,李显忠低声下令:"神臂弓弩做好准备,骑军在前,步军殿后,乘敌军立足未稳,随我冲出城去杀他个措手不及!"

金国左副元帅纥石烈志宁领一万精兵杀到城下,立马横刀,狂傲叫阵:"宋将听着,本帅二十万大军已将符离围得水泄不通,快开城投降,否则死无全尸!"

城上突然箭雨飞出,穿透皮盾重甲,金军死伤无数。城门开处,李显忠率领兵马冲杀而出。金军猝不及防，阵容大乱。李显忠与纥石烈志宁刀枪相击，纥石烈志宁抵挡不住李显忠春秋龙虎大刀暴风骤雨般的砍杀，大败而逃。

宋军勇猛追击二十余里，李显忠勒住马头下令道："穷寇莫追，当心有诈！"

李福指着远处，大声惊叫："将军，金军又增生力军了！"李显忠顺着李福手指处举目望去，只见天际间尘烟蔽空，如雷的马蹄声卷地而来。

李显忠抬头看了看西斜的太阳，下令先撤回城中坚守，并吩咐在城外扎下拒马，防止金军夜间袭城。宋军人马撤回符离城内不久，金军河南副统制字术鲁定方从汴京率领十万步骑兵赶到符离城下，将符离团团围住。李显忠下令全军将士坚守不出，做好作战准备，只等邵宏渊的援军一到，立即冲杀出城，前后夹击金军。

符离告捷的喜讯如春风般传遍江南，从采石大捷到符离大捷，仅一年时间，大宋王师再获大胜，收复失地，一统河山，指日可待。朝野上下一片振奋，从京师临安到行在建康，人们奔走相告，无不欢天喜地，群情激昂。十里秦淮，焰火照空，彩灯高悬，河面上画舫如织，欢歌不断。

两盏贴着双"喜"的大红灯笼高悬辛宅门楣，秦三娘和辛十二欢天喜地地忙着迎接宾客。喜堂上，花烛辉耀，喜乐高奏，史正志、韩元吉等众同僚和朱熹等好友前来道贺，一片欢笑。

"今闻符离光复，北伐连告大捷，在此举国欢庆之日，我们的大英雄辛弃疾将军与寒鹃姑娘喜结良缘，实在是喜上加喜呀！"吕叔潜乐呵呵地司仪唱和。

在欢笑和祝福声中，辛弃疾和寒鹃双双披红挂彩，大礼交拜，被送入洞房。

一对龙凤喜烛照亮新房，夜空中一轮硕大的圆月，如银的清辉从窗外泻入。辛弃疾和寒鹃相依相偎，并立窗前，沉浸在人生的幸福时刻。劳燕分飞、生离死别的苦痛与伤感都已随清凉的晚风缥缈远去。

寒鹃温情脉脉地道："弃疾哥哥，作首词吧，为了这圆月，也为了我们。"

辛弃疾凝望窗外圆月，神思悠悠，轻声吟出一阕《满江红》：

快上西楼，怕天放、浮云遮月。但唤取，玉纤横笛，一声吹裂。谁做冰壶凉世界，最怜玉斧修时节。问嫦娥，孤冷有愁无？应华发。　　云液满，琼杯滑。长袖起，清歌咽。叹十常八九，欲磨还缺。但愿长圆如此夜，人情未必看承别。把从前、离恨总成欢，归时说。

寒鹃如醉如梦,喃喃复咏:"但愿长圆如此夜……"她将两半用红线连缀合一的日月清玉捧到辛弃疾眼前,心神荡漾,"一旦团圆,绝不会再分离了。"

辛弃疾紧紧握住日月清玉,深有感触地道:"是啊,绝不会再分离了。可是,我们分离的国土,破碎的山河,不知何时才能团圆在这皓月之下。"

寒鹃道:"王师不是打了胜仗吗?不用等多久,咱们就能回山东老家了!"

辛弃疾思绪遥远,激奋中带着无限遗憾:"我真恨不能插翅飞到前方,跃马挥剑,亲手杀敌……"

寒鹃用手将辛弃疾的嘴紧紧捂住,依在丈夫怀中,一脸娇羞道:"夜深了,还是早些歇息……"

辛弃疾在寒鹃羞红的腮上轻轻地亲了一下,顺势将她抱起走到床前。正在此时,一道威严的喝呼传入洞房:"辛弃疾接旨!"

二人一惊,辛弃疾愣神片刻,将寒鹃放到床沿坐下,快步走出洞房,来到前厅,跪伏接旨。宣诏御使展读圣旨:"王师北伐,军威浩荡,西路之师,连获大捷。现授建康签判辛弃疾为淮西军马统制参军,督师东路,速建奇勋。圣诏到日,军情紧急,刻不容缓,着即入朝听调。钦此!"

洞房内,寒鹃惊疑稍定,走至门后,隔帘倾听,情绪一落千丈。辛弃疾掀帘进来,一脸亢奋,忘乎所以地道:"寒鹃,朝廷有诏,我真能上阵杀敌……"他发现她神情异样,一下明白过来,歉意一笑,"哦,真是不巧,这花烛之夜……"

"这花烛之夜,送君出征,不是更有一番诗意吗?"

辛弃疾感情复杂地望着寒鹃,一时无语。寒鹃经历了那样多的生死磨难,好不容易才回到自己身边,好不容易有了今夜洞房花烛,本该好好与她共话别情,陪她共度良宵,谁知……他想说几句安慰的话,可又不知该说什么。

寒鹃先开了口:"何时动身?"

辛弃疾略一迟疑,深含歉意地道:"王命在身,军情急迫,自然是立即上路。"他实在不忍心说出这句话。

寒鹃一阵沉默,拭去一滴隐泪,将手中的吴钩默默递到辛弃疾手中。辛弃疾接剑在手,百感交集,一下将她紧搂在怀中。

十二

就在赵昚决定委派辛弃疾督师东路兵马之时,北伐东路大军在虹县刚刚结束了接连三天的祝捷庆功酒宴。府衙内凉亭中,酒足饭饱的邵宏渊赤裸上身,挺着肥肚,正躺在凉椅上鼾声如雷,两名侍女一旁执扇轻摇。

"将军,快醒醒!"中军统制邵宏匆匆而入。他三十出头,脸形瘦长,目光阴森,是汤思退安插在邵宏渊身边的耳目。

邵宏渊睡眼微睁怒斥道:"火烧眉毛了,没见老子刚睡下?"

邵宏递上信函道:"临安有密函到!"

邵宏渊翻身坐起,挥退侍女,拆阅密函,陷入沉思。

邵宏问:"汤相怎么说?"

"老头子很生气,埋怨我只顾与李显忠争功,误他大计!"邵宏渊将密函递给邵宏,"他是要我们按兵不动,坐观其变,事成之后,他保举我出任枢密副使!"

邵宏道:"这是好事呀,仗也不用打了,就在这儿歇着,便能升官发财,这买卖划算!"

邵宏渊色呈疑虑道:"汤丞相对我虽有提携之恩,可他为人太阴,只怕棋局一完,我便成了弃子!"

邵宏眼珠一转道:"将军多虑了,这机会实在难得呀!枢密副使这可是实权,只差半步便与丞相平起平坐了,不但军权在握,而且经常伺候在皇上身边,前程无量呀!"

邵宏渊犹豫不定,沉思不语。

校卫入报:"将军,西路李显忠将军副将李保求见!"

邵宏渊道:"他来干什么?"

邵宏回道:"想必是请将军去符离喝庆功酒的吧!"

邵宏渊一声冷笑道:"喝个狗屁,他是来讨救兵的!"

李保满头大汗,随校卫匆匆而来,躬身施礼:"邵将军,符离突遭金军大举围攻,李将军恳请邵将军从敌后夹击,不仅能解符离之围,还可大败金军!"

邵宏渊递过蒲扇,若无其事地说道:"老弟别急,瞧你一身大汗,快解了衣甲凉快凉快!"

李保推开蒲扇,急切地恳求道:"符离危在旦夕,还是请邵将军火速发兵!"

邵宏渊摇动蒲扇,淡然一笑道:"天这么热,身着重甲,连气都喘不过来,怎么去厮杀呀?"

邵宏不阴不阳地道:"虹县一战,你们不是说我们抢功吗?符离这一大功,就让给你们了!"

"对对对,让给你们了,哈哈……"邵宏渊哈哈大笑。

李保一头跪下,恳切哀求道:"邵将军,你与李将军虽有些私人恩怨,但此刻关乎北伐成败,关系大宋危亡。邵将军,你不能见死不救呀!"

邵宏渊勃然大怒,蒲扇一扔,斥道:"放肆!一个小小副将,竟敢来此教训本将军,给我轰出去!"

李保又气又恨,近乎哭呼:"邵宏渊,你这样做,会成千古罪人的!"

"你小子找死!"邵宏抽出佩剑,将李保一剑刺死。

邵宏渊见状一怔道:"邵宏,你怎么把他杀了?!"

"放他回去,后患无穷。将军,你歇着,在下会处置妥当的!"邵宏说罢,示意两名军校拖着李保尸体来到后院,投入井中。

一军校问道:"将军,往后不喝水了?"

邵宏故作神秘地道:"还喝什么水?金兵大军已经打过了长江,连皇上都乘船逃到海上去了,你还想在这儿等死?"

"我们也快逃吧!"二军校一听,吓得脸色大变,转身飞跑而去。霎时间,整个东路军谣言风传,十成散去七成。

辛弃疾接到圣旨,连夜风尘仆仆赶到临安,已是次日黄昏。

万福桥前,人群拥挤,水泄不通,紧锣密鼓中,彩狮欢腾,金龙狂舞。数十人组成的竹马队边走边舞,不时变换成大开门阵、梅花阵、鸳鸯阵等各种阵形,甚是欢悦。辛弃疾无法通行,便下马在一旁观看。

竹马舞是临安闹花灯中的重头戏,兴起于南宋初期。相传靖康二年金兀术掳走二圣,时为康王的赵构途中骑一匹五花马脱逃,金兀术紧追不舍,赵构纵马渡江得救,立朝登基后,便将此马封为太平神马,并下诏每逢正月十二到十五,民间用竹篾和五色彩布扎制竹马舞蹈,以感念神马救驾之功。

桥栏上,悬挂着一排五光十色的走马灯,分别旋转亮起"淮水大捷""灵璧大捷""虹县大捷""符离大捷"字样。钟义和邻里老者正将一盏走马灯点亮,走马灯飞快转动,不停地显出"新息告捷""光州告捷""汴京大捷"。

辛弃疾走到灯前,不禁一喜道:"怎么,汴京也已经收复了?"

邻里老者乐呵呵地说道:"听说朝廷要派辛弃疾将军督师东路,咱们大英雄一旦出马,这汴京便指日可下,哈哈……"

辛弃疾不禁一笑道:"只怕辛弃疾也未必马到成功。"

"这是什么话?!辛将军在百万军中取上将首级如探囊取物……"钟义不悦地转过头来,一下认出辛弃疾,又惊又喜,"哎呀!你……辛将军,老汉年迈眼花,失礼失礼!"

"是你呀,钟大叔!"辛弃疾连连拱手,哈哈大笑。正说笑间,一阵马蹄声与呵斥声骤然响起,汤致带领羽林军骑马横冲直撞冲来,挥鞭驱散人群。人群惊散,哭喊顿起,一片混乱。

鼓楼上的琉璃灯燃作串串火球坠落地上,巨大的鳌山轰然倒塌,腾起冲天大火。人群奔逃一空,彩狮、金龙、竹马残骸遍地,烟火横飞。

汤致勒马桥上,厉声大喝:"把灯撤掉!"

钟义不满地问道:"为什么?"

"老东西,叫你撤便撤!"汤致气势汹汹举鞭便抽。

辛弃疾上前护住钟义问:"为何打人?!"

汤致一下认出辛弃疾,不禁一怔,色厉内荏地道:"北伐战败,正向金人求和,朝廷有令,立即撤去祝捷灯火,违命者格杀勿论!"

辛弃疾拉住汤致,怒目而视道:"你胡说什么?"

"虞允文和张浚已经被贬职,也没你什么事了,一边待着吧!"汤致一声冷笑,举鞭将走马灯抽落河中,领着羽林军一边吆喝,一边挥鞭将悬挂的彩灯抽落。

辛弃疾犹如五雷轰顶,一个踉跄伏在桥栏上。

十三

李显忠在符离突遭金军重兵围攻,苦战数日却始终未见东路邵宏渊援军到来,终因寡不敌众,全军覆没。一场轰轰烈烈、举国期盼的隆兴北伐,就这么半途而废,以惨败告终。"符离大败"这四个字,成为国耻写在宋史上,也写在一国之君赵昚的心上。

早朝,赵眘灰心丧气地坐在乾宁殿龙案前,完全失去了往日的神采。

大殿上的百官班列也有新的变化,立于丹墀左侧的首辅相位换上了汤思退。他今天穿上崭新的、象征品级最高的紫色冠服,腰间特意束上当年太上皇赏赐的象牙纹金玉带,摆出一副一人之下万人之上的派头。下面左右分列的文武百官也有所改变,排在前头的张浚、虞允文等主战大臣换上了邵宏渊、史弥远、王之望等主和派人物。

符离大败后,赵眘连遭太上皇训斥,甚至差点被太上皇扇了耳光。朝堂上的人员变更,自然只能听由赵构安排。

整个大殿笼罩在沉寂和悲怆甚至恐慌的阴霾中,静得只有轻微的喘息声。汤思退威严地扫视朝堂,眼神中暗露得意地道:"礼部尚书,快将与金邦的和议条款向皇上呈奏!"

"皇上,经臣等与金国元帅仆散忠义几经交涉,和议条款总算谈妥了。"史弥远出班上奏,他刚升任为礼部尚书,到金营议和归来。

赵眘面无表情地道:"说吧。"

史弥远道:"条款一,除唐、邓、海、泗等四州如数退还金国之外,再割让秦、商二州土地。条款二,补交采石大战之后所欠岁贡,每年交纳二十五万两白银,二十五万匹绢帛。条款三,赔偿本次战争损失费三十万两……"

赵眘愤然道:"这哪是和议条款?分明是强索硬要的霸王之约。朕所提的要求呢?"

史弥远道:"金人只答应改称岁贡为岁币,至于皇上不再亲自下殿跪接受国书一项……"

赵眘问道:"还是不肯答应?"

史弥远道:"金人非但不肯答应,反而还提出……"

赵眘问道:"还提出什么?"

史弥远吞吞吐吐地道:"提出……皇上可以不向金国皇帝称臣,但须向金国皇帝以侄相称……"

"岂有此理!"赵眘愤而站起,双目圆睁,"朕宁可国毙,不受此辱!"

张浚、虞允文等主战大臣齐声应和道:"宁可国毙,不受此辱!"

史弥远见皇上怒火中烧,不敢吱声,向汤思退以目求助。汤思退也知道此刻赵眘正窝了一肚子火,稍不留神,便会惹火上身。他略为沉吟,硬话软说,语露威胁道:

"金人实在贪得无厌,也实在无理。本可再行力争,只是仆散忠义的二十几万大军此刻已经集结长江北岸,臣担心如不及早达成和议,金人一旦过江,便可长驱直入,想和也来不及了!"

邵宏渊劝慰道:"皇上,咱打不赢人家,只好先认个输吧!"

"都如你一样,自然打不赢!"张浚一下站出,"皇上,虏寇贪得无厌,得寸进尺,这头恶狼的胃口是填不满的,臣愿再整顿兵马拼死一战!"

不少大臣纷纷赞同:"拼死一战!"

赵昚掌击龙案,愤而站起道:"好,朕要御驾亲征,与虏寇拼死一战!"

辛弃疾从班尾走出,慷慨激昂地道:"皇上,辛弃疾愿为先锋,不惜生死,以雪国耻!"

"太上皇驾到!"随着一声传喝,赵构来到大殿。百官伏地跪迎,赵昚急忙走下丹墀,扶着赵构到龙位上坐下。

太上皇突然驾临,让赵昚和百官吃惊不小。传喝声起,太上皇已经迈上了红锦地毯,说明他早在殿外静听多时,才让殿值黄门传报。赵构扫视众臣,神色冷峻,一言不发。

赵昚惊诧稍定奏道:"儿臣不知太上皇驾临,有失远迎,请太上皇恕罪!"

赵构面无表情地一摆手道:"客套话就免了,你打算何时出兵御驾亲征?"

赵昚一时无语答对。

赵构怒斥道:"看来不把这半壁江山折腾干净,你们是睡不着觉的!"

汤思退圆滑地说道:"太上皇请息怒,皇上刚才是一时冲动,说说气话而已,决非真要出兵再战。"他一席话顿时缓和了整个大殿紧张的气氛。

赵构脸色阴沉道:"不管是真话还是气话,朕就一句话,要再想北伐,等朕百年之后再说!"

十四

钱塘江口,晚潮急落,江风呜咽。惊涛骇浪中,数名弄潮儿手把红旗,踏浪立涛,随波出没,与潮水周旋嬉戏。

辛弃疾与陈亮并立江岸,神情怅然。

辛弃疾触景伤情地道:"这潮水退得好快呀!"

陈亮喟然叹息："此潮一退，恐怕难以再涨起来了。"

辛弃疾遥望大江，心潮起伏地道："只要风不停，便有涨潮时！"

陈亮惨然一笑道："浪潮再高，不过淹死几个弄潮儿罢了。"

辛弃疾回视陈亮一眼，拾起一块石头奋力扔向江心。隆兴北伐，他错过回归南宋后第一次去实现自己抱负和展现自己才能的机会。在这次北伐的惨败中，他也第一次目睹了朝廷中残酷的派别之争和钩心斗角。他最担心的是胸有恢复大志的皇上禁不住太上皇的高压和汤史之流的谗言欺骗，最终退下阵来，放弃恢复。他前思后想，决定要向皇上写一本奏章，详尽论述和战利弊，让皇上力排干扰，振奋雄心，再度擂响北伐战鼓。他将自己的想法和思路告诉了陈亮，陈亮满口支持。

于是他日以继夜、废寝忘食地写出一篇题名《九议》的奏章，由虞允文代呈赵眘，对敌我双方利弊、态势变化、用兵方略长短以及地形等做了详尽论述。

《九议》经虞允文转呈到赵眘手中，赵眘反复读罢，赞不绝口："一曰无欲速，二曰宜审先后，三曰能任败，如此见解实在独到，令人耳目一新。只可惜他这篇《九议》来得不是时候。"

端坐一侧的虞允文语气沉缓地道："议和终是缓兵之计，不过辛弃疾这无欲速、审先后、能任败的北伐方略日后倒是大有用场。"

赵眘悔恨不已地说道："当初若是采纳了你的提议，及时让辛弃疾去督师东线，北伐也许不致遭此惨败。唉，真是后悔莫及呀！"

虞允文道："皇上也不必过于自责，眼前只是暂时失利，我大宋并未失去再战的机会，如辛弃疾《九议》中所言，能经得起失败，吸取教训，就有再胜的希望！"

赵眘不住地点头道："辛弃疾南归至今，头上一直戴着归正的帽子，也真是委屈他了。"

虞允文道："这归正的身份的确令他尴尬，不过他倒是能体谅皇上的难处，从无计较，恢复之志也一如当初，从未懈怠。"

赵眘道："是的，从他的词中就看得出来，尤其那句'袖里珍奇光五色，他年要补天西北'让人豪气陡生，锐志昂扬！"

虞允文道："他无论文武，皆出类拔萃，实为我大宋难得的人才。只是此君禀性刚直，尤重人格气节，清高入骨，更不善官场应对，以致曲高和寡，人际渺渺。用他自己的话说，刚拙自信，不为众人所容。"

赵眘一笑道："这不正与虞卿极似吗？"

虞允文苦笑道："也算是臭味相投吧。"

赵昚问道："他现在何部任职？"

虞允文道："仍然回到建康行在挂了个有职无位的空头签判。"

赵昚道："先给他在朝中安排一个较为合适的职位，此时此刻委以重任，立刻便会成为主和势力的靶子，反而会害了他。朕决不希望再出第二个岳飞冤案！"

虞允文略作思索："司农寺正好缺个主簿，管调全国钱粮，职责十分重大，品级和职位却不会过于敏感。"

赵昚忧心忡忡地道："先这么办吧，只要不涉足军机兵务，估计他们暂时不会找他什么麻烦。不过眼前朕更担心的是虞卿你的处境呀！"

虞允文一头跪下，感激而悲壮地道："臣感谢皇上呵护之恩！不过请皇上不必担心，臣早将生死置之度外！"

赵昚扶起虞允文，紧执其手，语重心长地道："朕与虞卿既是君臣，也是挚友，更是主战北伐的同道。朝中没有你，朕将所依何人？"他沉默片刻，神情伤感地一声哀叹，"身为一国之君，却被上下掣肘，左右荆棘，这皇帝做得好无奈、好悲哀呀！"

"皇上请不要过于忧伤，千万当心龙体！"虞允文含泪劝慰，沉吟少许，"估计汤思退之流是不会放过我的，臣打算回西蜀家乡去。"

赵昚一怔道："怎么，此时此刻，你要离朕而去？"

虞允文回道："皇上难道忘了在西蜀还有一支北伐劲旅吗？"

赵昚恍然大悟道："你是说川陕宣抚使吴璘之子吴挺？对呀，朕一时还真把这位抗金名将给忘了。你是打算回西蜀，与他共谋北伐大计？"

虞允文点点头道："不知圣意如何？"

赵昚大喜过望道："西蜀地势偏远，正可暂避锋芒。那里天高任鸟飞，虞卿能放手大干一番！"

虞允文道："如此一来，只有皇上独自面对朝中乱局了。"

赵昚充满自信地道："我虽然功业不如唐太宗，富庶不如汉文帝，但是我有与虞相共雪靖康之耻、统一河山的雄心大志。越王勾践尚能卧薪尝胆，我为何不能忍辱负重？"

虞允文深受感动地道："皇上初心不改，国之甚幸，民之甚幸！"

赵昚道："不过虞卿离任之后，主战势力必然削弱。陈相病重，已经不能上朝。虞卿可有合适人选主持右相一职？"

虞允文问道："皇上可否已有称心称职之人？"

赵眘道："户部尚书叶衡，虞卿以为如何？"

虞允文双手击掌道："臣与皇上不谋而合！此公虽已年迈，却刚正廉洁，胸怀高远，且有恢复大志，的确可执掌相位！"

赵眘道："太上皇那里我自会应对。此时正可利用议和空隙，专心整顿朝纲，裁汰冗员，惩治污吏，减免税赋……"

虞允文道："皇上要整顿朝纲，当以吏治为先，吏部首阁人选尤为重要。臣举荐一人，定能担当吏部尚书一职。"

赵眘道："能让朕猜一猜虞卿所荐何人吗？"

虞允文道："就请皇上猜来。"

赵眘道："大丈夫留得汗青一幅纸……"

虞允文接道："始不负此生！"

"赵汝愚！"二人同时欣然大笑。

虞允文道："皇上钦定的新科状元，想必不会忘的。他虽说年轻，但学识渊博，能文能武，更难得的是一身正气，吏部尚书非他莫属！"

赵眘道："太好了，朕要尽快将他从福州调回，先将朝中污浊之气清扫干净，再鼓励躬耕，广积钱粮。一旦时机成熟，朕要亲率雄师，再度北伐！"

虞允文深受鼓舞地道："臣此去西蜀，加紧扩充军备，操练兵马。少则一年，多则两年，便领十万精锐兵出川陕，一路披靡，荡平北虏！"

赵眘道："此次北伐，朕定要让辛弃疾打头阵！"

虞允文道："臣将在燕京城下与辛弃疾一道恭迎圣驾！"

赵眘神情亢奋地道："好，一言为定！"

虞允文坚定回道："一言为定！"

君臣二人双手紧握，朗声大笑。

虞允文打趣道："近几日，臣见皇上神情沮丧，真担心皇上从此对北伐灰心了呢！"

赵眘道："我是在恨自己呀！你知道朕如今最怕的是什么吗？"

虞允文一脸困惑地道："是太上皇……"

赵眘摇摇头道："如今最怕的就是去签那个丧权辱国的城下之盟！"

十五

垂拱殿上，一片沉寂。史弥远将《隆兴和议》条款展开在龙案上，赵昚端坐龙椅，凝视和约，神情悲愤而苦痛。

汤思退故作庄严地双手将御笔呈到赵昚面前。赵昚斜睨一眼，神情木然，一动不动。汤思退捧笔躬身，也是一动不动。

大殿上文武百官默然肃立，鸦雀无声。韩侂胄斜目冷视着趾高气扬的汤思退，目光中充满妒忌。

僵持良久，汤思退双膝跪地，捧举御笔道："请皇上用笔！"

又是一阵沉默，赵昚负气接过御笔，拈笔的手不停地抖动，抬起头来，用屈辱无助的目光扫视群臣。朝臣们垂头不语，大殿上一片死寂。

张浚突然从末班冲出，跪对孝宗，伏地哀求："皇上，这丧权辱国的城下之盟，万万不能签呀！"

赵昚顺势放下御笔，面无表情地道："你说该怎么办？"

张浚愤然站起，朝着汤思退、史弥远怒扫一眼，慷慨陈词："洗涤朝中奸佞，诛除媚敌权臣，重振王师雄风，直捣黄龙虏穴！"

赵昚淡然道："你还是要打？"

张浚坚持道："中原不复，寓枢不归，一打到底！"

汤思退不满道："一打到底，难道你真想将这半壁河山打个精光不成？"

史弥远附和道："当初如不是你等蛊惑皇上，贸然兴兵，能有今日惨败？成事不足，败事有你！"

汤思退道："皇上，张浚当庭抗旨，谗言乱政，阻挠和议，实乃毁我大宋之逆天大罪，如不重处，难儆效尤！"

史弥远见赵昚沉默不语，语带威胁道："皇上，不降罪张浚，只怕金人提出非议，和议难成，一旦兵戈再起，恐有亡国之灾呀！"

"皇上，为了大宋江山太平安宁，请忍痛割爱，当机立断！"汤思退一头跪下，并回头扫视百官，一脸威慑。王之望等一班主和朝臣纷纷跪下附议："请皇上忍痛割爱，当机立断！"

赵昚被逼无奈地道："那就交大理寺议个罪吧。"

邵宏渊威风凛凛地喊道："锦甲卫士何在？"四名锦甲卫士应声上前，摘去张浚头上戎冠。

张浚声泪俱下道："皇上，张浚生死不足为惜，我只为中原百姓惜，为大宋江山惜！"

班列中，刚升任司农寺主簿的辛弃疾欲撩袍上前，被身旁户部尚书叶衡一把拉住。虞允文忍无可忍，挺身上前道："皇上，此次北伐失利，并非张帅用兵不当，而是有人与胡虏暗中勾结，致使战局陡变，请皇上详查！"

汤思退反驳道："符离兵败，分明是李显忠贪功冒进，成了金人瓮中之鳖。议和既成行款，你还要在此横生事端，混淆视听，居心何在？"

邵宏渊道："皇上，虞允文分明是与张浚之流沆瀣一气，依仗往日之功，为一己之名而置大宋危亡于不顾，应当严惩不贷！"

史弥远道："皇上，这种妄战谬论再不刹住，非但和议难成，只怕靖康之乱近在咫尺，请皇上圣裁！"

汤思退走近赵昚，揣其心意道："皇上，江山危在旦夕，当舍要舍呀！如此僵持下去，不仅金人会乘机发难，漫天要价，再提苛刻条款，恐怕太上皇那里也难以交代。"

赵昚沉思良久，语气僵硬道："虞允文身为参知政事，却不能为朕分忧，尽行革去朝中官职！"

汤思退、史弥远、邵宏渊相视暗笑，连称皇上英明。

赵昚面无表情道："姑念其采石之功，不究其罪，遣归蜀中故里反思其过。"

汤思退一怔，色呈不满道："皇上，这恐怕太轻了吧？"

赵昚微露怒色，口气强硬道："你还要怎样？"

汤思退见赵昚态度坚决，只好勉强回道："遵旨！"

邵宏渊朝殿侧将手一招，两名锦甲卫士来到虞允文面前欲摘其冠。虞允文抬手禁阻，自己摘下冠戴，端端正正放在地上，俯身跪下，眼含热泪道："谢皇上宽赦之恩！罪臣回到蜀中，一定痛彻思过，谨慎做人。万望皇上莫忘靖康之耻，莫忘中原故土。"

汤思退极不耐烦地一挥袍袖，锦甲卫士架起虞允文走向殿外。虞允文挣扎回首，一路大呼："皇上，莫忘靖康之耻，莫忘中原故土啊！"

汤思退再次将御笔递到赵昚手上，赵昚强忍悲愤，挥笔在和约上画上圆圈，发泄地将御笔掷下龙案。大殿上，群臣垂首，喑哑无声。班列中，辛弃疾一拳砸向身旁龙柱。

汤思退卷起和约,趾高气扬地高踞墀前道:"《隆兴和议》皇上已签订成款,朝中文武百官日后在奏议中不得再涉言北伐,所有行文不得使用'胡虏''虏寇'之类词语,以免引起大金友邦误解,伤及和局!"

赵眘表情呆滞地凝视着龙案上的盛土金匣,眼眶渐渐被泪水模糊。

"退朝——"在殿值黄门悠长而无力的唱喝声中,朝臣们带着各种不同神情走出大殿,步下长长的阶梯。

汤思退和史弥远避开人群,低声交谈。史弥远一脸轻松地道:"和约总算签订,还顺便搬掉了这两块石头,从此天下太平了。"

汤思退一脸忧虑,微微摇头道:"张浚是三朝元老,太上皇都要敬他三分,皇上将张浚送进大理寺,是做给我们看的;把虞允文遣回原籍,那可是大有文章!"

史弥远似懂非懂地问:"还会有什么文章?"

汤思退分析道:"张浚曾在西蜀经略多年,川陕宣抚使吴璘父子是张浚旧部,与虞允文又是同乡故交,你说皇上让他回到西蜀会做什么?"

史弥远恍然大悟道:"西蜀山高皇帝远,任他们怎么闹腾也奈何他不得,皇上这是在以退为进呀!"

汤思退目光阴鸷,脸露杀机地道:"所以,无论如何也不能放虎归山!"

十六

江边码头,晨雾轻浮,一辆带篷马车来到码头。虞允文走下马车,让儿子虞公亮和梁正取下简单的行李走向停靠在江边的一艘篷船。

几个蒙面人挡住去路,为首一黑脸壮汉横眉问道:"是虞丞相吧?"

虞允文一怔道:"你等是什么人?"

"为你送行的人!"黑脸壮汉说毕挥刀便砍。虞允文急忙拔剑相迎,虞公亮和梁正也持械对抗。一番厮杀,虞允文渐渐不支,绊倒在地。黑脸汉上前举刀便砍,却被一剑挡回,惊得后退数步。辛弃疾近前伸手将虞允文从地上扶起。黑脸汉怒不可遏,挥刀直扑辛弃疾。众壮汉也放开虞公亮和梁正,一齐围住辛弃疾厮杀。

一场恶斗,蒙面人纷纷被打倒在地,黑脸汉气急败坏地道:"敢挡老子的财路,你他娘的到底什么人?"

辛弃疾语气平淡地道:"辛弃疾。"

众蒙面人一听"辛弃疾"三字,大吃一惊,吓得纷纷后退。黑脸汉色厉内荏:"怕什么,老子不信他有三头六臂!"

一蒙面人将黑脸汉一把扯住,低声说道:"算了大哥,他能在几万金兵营中想抓谁便抓谁,我等岂是他对手?"

另一蒙面人也道:"大哥,这单生意咱不做了,留着脑袋回家喝酒吧!"

"今天先放过这小子,闪!"黑脸汉自知不是对手,只好就坡下驴,带头狼狈而去。

虞允文感动不已:"弃疾老弟,多亏你及时赶到,不然我还真回不了西蜀了!"

辛弃疾一笑道:"其实我早到了。"

虞允文一怔道:"你早到了?"

辛弃疾道:"我料定那班奸佞不会放过你,便提前到了!"

虞允文假作生气地说:"好你个辛弃疾,既然早就到了,为何非要让我摔个大跟头?"

辛弃疾道:"其一是想亲眼见识一下虞相的功夫。"

虞允文笑道:"我那几下三脚猫功夫怎能跟你比!这其二呢?"

辛弃疾诡谲一笑道:"其二,是想让大人临行前吃点苦头,方知前面路途艰辛,风波险恶,须得加倍小心!"

虞允文紧紧拉着辛弃疾,一派诚挚:"提醒得好,提醒得好!回到蜀中,便可放心筹划北伐大业了!"

辛弃疾道:"弃疾真想跟着大人到西蜀,放开手脚大干一场。在这里快憋死了!"

虞允文道:"临安和建康才是鼓动北伐的主战场,不可轻言放弃。别忘了你不仅是当今大英雄,还是为北伐高歌的大词家,连皇上读了你的豪壮之词都为之振奋。北伐只是暂时受挫,先让汤史之流再猖狂几天吧。如你在《九议》中所言,无欲速、审先后、能任败。只要有正气在,就有再胜的希望!"

辛弃疾道:"弃疾就在临安静候大人的好消息!"

虞允文道:"我也在西蜀等着拜读老弟的壮词新作!"

梁正过来催促道:"大人,时辰不早了,请登船吧!"

辛弃疾将虞允文送上篷船,二人洒泪道别。篷船驶离码头,溯流而上,辛弃疾登上伸入江中的一块巨石,怅然目送一叶孤舟渐渐隐没在烟波之中。在他心目中,虞允文一直是他的好师长和好兄长,更是矢志恢复的同道,在风波险恶的博弈中也总是对他呵护有加。今日一别,不知何时再见,险恶的前景更是让他难以放心。

烟波浩渺的江面飘过一阕《鹧鸪天》酸楚悲切的低吟：

> 唱彻阳关泪未干,功名余事且加餐。浮天水送无穷树,带雨云埋一半山。今古恨,几千般,只应离合是悲欢。江头未是风波恶,别有人间行路难!

汤思退万万没有料到,他精心布下的棋局又让辛弃疾破了,气得将手中茶碗重重一放怒气冲冲地道:"又是这个辛弃疾!"

汤致道:"原本用这帮江湖杀手对付虞允文绰绰有余,没想到又让他搅了局,这厮早晚是个祸害!"

史弥远道:"当初他要淹死了该多好!"

"现在说这些又有何用？先别管他,当务之急是想想该如何应对虞允文!"汤思退深知虞允文一旦回到西蜀与吴家军联手,朝中局势又将发生逆转,刚压下去的主战势力又会抬头,好不容易形成的和局又将破灭,对付虞允文是当务之急。

史弥远眼珠一转道:"明的不行就来暗的,我不信吴家军是铁板一块,无缝可入!"

"说得对!"汤思退也想到这一着,默默点头,"这事要抓紧,再让他们翻过来,我们恐怕就死无葬身之地了!"

史弥远道:"恩相放心,弥远明白。不过总领监军事一职,还请恩相在皇上面前催紧点儿。"

汤思退道:"为张浚和虞允文的事,皇上对你我仍然耿耿于怀。现在要他把兵权交给你,恐怕实在太难。据我所知,韩侂胄一直在通过韩皇后争夺总领监军事一职!"

史弥远愤然道:"哼,这厮胃口越来越大了!"

"韩侂胄可以依仗皇后吹枕边风,老夫也可以在太上皇耳边吹吹冷风。放心吧,你的总领监军事跑不了!"汤思退一声冷笑。他心中非常清楚,兵权在手,就不用担心谁会背着他兴兵动武,即便是皇上也难做到。他虽为大儿谋到了兵部侍郎一职,但那毕竟是个虚职。而总领监军事才是掌控兵马的实权,让史弥远拿到总领监军事,也就等同自己掌握了兵权,他自然要竭尽全力去办成,他也相信一定能办成。

十七

转眼到了清明，栖霞岭上依然一片悲风哀雾，辛弃疾带着寒鹃来到岳飞墓前扫墓拜祭。辛弃疾在司农寺任职后，寒鹃也迁来临安暂住。夫妻二人跪在墓前焚香叩拜后，辛弃疾依松而坐，含泪吹箫，神情忧郁。一曲《满江红》悲愤凄厉，动人心魄。南归不到三年，却让他历经了许多悲愁苦恨，见识了朝廷上下的凶涛恶浪，大好的局面硬生生让一帮奸佞小人弄得乾坤颠倒，朝纲混乱。而他只能空怀壮烈，却无所作为。

寒鹃起身坐到辛弃疾身旁，掏出手绢为他拭去泪水，神情酸楚地道："弃疾哥哥，你成天如此，让鹃儿好心疼。"

"连累我的鹃儿也受苦了。"辛弃疾将寒鹃拥在怀中，爱怜中充满歉疚。

寒鹃爽朗一笑道："不苦，无论陪着你开心，还是陪着你忧愁，寒鹃愿意。"

辛弃疾道："可是我给你的只有忧愁。"

"我也愿意！"寒鹃依偎得更紧，"你说如果再度北伐，皇上会让你去打头阵？"

"皇上跟虞相亲口说的。"

"到那时你总该开心了吧？"

辛弃疾一下笑出，道："那还用说？！"

寒鹃满含深情地道："我也会很开心。"

辛弃疾遥望远方自言自语地道："好久没有西蜀的消息了，不知虞相的西蜀兵马操练得如何了！"

寒鹃安慰道："凭着虞相的才智能力，他定不会有负皇上的。"

"大哥，朱熹先生来了！"辛十二疾步上山，身后紧跟着满头热汗的朱熹和赵汝愚。

赵汝愚与辛弃疾同庚，宋太宗赵光义八世孙，也是朱熹理学同道好友，因在殿试文中一句"大丈夫留得汗青一幅纸，始不负此生"，令赵昚赞不绝口，当场钦定为状元。赵汝愚经虞允文举荐为吏部尚书，却因汤思退把持朝政，拖延至今，刚从福州入京，便找到朱熹一同来拜访辛弃疾。

见到朱熹和赵汝愚，辛弃疾兴奋异常，便让辛十二先送寒鹃回去，他要与二人漫步松林，敞怀畅谈。

"弃疾,你救了虞相,汤史一伙恐怕不会放过你的!"朱熹显然十分担心。

辛弃疾轻蔑一笑道:"我还怕他们不来呢!"

朱熹担忧道:"明的他们自然奈何不了你,就怕来暗的,还是要多加当心!"

赵汝愚道:"这干奸佞实在是丧心病狂,他们这是要把主战大臣赶尽杀绝呀!"

朱熹道:"他们深知皇上十分倚重虞相,只要将他除掉,便可断了皇上北伐的念头。"

赵汝愚道:"对了,刚得消息,张帅贬官之后,在返乡途中,汤思退派其子汤致追上张帅,称有人举报他贪赃枉法,搜查了张帅车上行李,结果一无所获。张帅气得半死,还未回到西蜀绵竹老家,便暴病身亡。"

"暴病身亡?谁会相信?他们果然对张帅下手了。"辛弃疾眉头皱得更紧,"如今太上皇泰山压顶,汤史之流重重包围,我真担心皇上抵挡不住,对北伐心灰意冷,失去信心!"

朱熹道:"如今,汤思退派人严加把守大内,严禁任何人单独面见皇上,更不准私自呈送奏书。"

辛弃疾以拳击松道:"我不信北伐就这么完了,我偏要再向皇上上书!"

朱熹讷讷苦笑道:"符离战败之后,皇上被太上皇多次训责。如今《隆兴和议》已经签订,皇上对'北伐'二字更是讳莫如深,恐怕难有结果。"

辛弃疾道:"正因如此,更应向皇上痛陈和战利弊,详析敌我势态,促使皇上振奋精神,再兴北伐之师!"

赵汝愚摇头叹息道:"如今皇上身边已被主和派重重包围,头上又压了个太上皇,你写了奏章也难到皇上手中。"

朱熹道:"眼下主和势力占尽上风,张帅和虞大人一言招祸,实在让人不寒而栗,真是一桧死,一桧生呀!"

辛弃疾道:"莫忘靖康之耻,莫忘中原故土,张帅和虞大人的沥血之呼,至今犹响耳鼓。只要能收复中原,雪耻报仇,辛弃疾愿肝脑涂地。这本一定要上!"

赵汝愚大为感动地道:"好,辛兄如此忠肝义胆,我赵汝愚身为赵氏子孙,焉能落后,就是拼着身家性命,也要设法为你上书!"

辛弃疾当晚回到寓所,开始构思一篇更为完善、更为详尽的奏牍。经过大半个月的苦苦思索,写下一篇近两万字的奏册《美芹十论》。

他一开篇便直言不讳:胜败乃兵家常事,不能因符离一战的失败而谈虎色变,听任一些人惜命怕战,苟且求和,更不能因暂时的挫折而放弃初衷。接着在前三篇中翔实分析了敌我势态,指出敌方的弊端弱点,如何把握决胜的先机。在后七篇中提出了朝廷强军备战的举措、用兵顺序和制胜方略。最后还举越王勾践卧薪尝胆、忍辱负重,最终战胜敌国之例,鼓励赵昚大胆革除积弊,强军备战,殚精竭虑,以图恢复。

赵汝愚携着墨香未退的《美芹十论》来到阁门祗侯官邸,打算通过韩侂胄从后宫转呈皇上。他虽是赵氏宗室,又刚授了吏部尚书,但所奏文本依规需交由枢密院统筹上呈皇上。汤思退入阁首辅后,将枢密院牢牢掌控手中,辛弃疾的《美芹十论》按常规渠道是到不了皇上案头的,所以,只能通过韩侂胄走后宫这条路。

韩侂胄虽是外戚,依照祖制无权干政,但朝中派系林立,争斗激烈,很难驾驭,在皇帝眼中,他这个具有多重皇亲身份的人应该是相对牢固的依靠。两年前,赵昚将他从汝州防御使任上召回京师,近日又封了阁门祗侯,执掌内廷诸司三班,意在增强皇统实力。韩侂胄也逐渐意识到,日后能与他争夺大权的对手是汤思退和史弥远,自己是恩荫入仕,靠的是皇室裙带,论才识论官场资历远不如汤思退和比他年纪小的史弥远。于是他主动靠近张浚和虞允文主战派一边,借用主战势力打压汤史之流,然后培植自己的势力成为朝廷正统主流。谁知符离一战,主战派全线崩溃。他的智囊苏师旦让他联络朝野反对主和的人士,尤其是民间颇有影响的理学界名流达人如朱熹、张栻、陈亮、陆游等名士,利用他们的名气声望壮大自己的实力,进而掌握大权。

韩侂胄看罢《美芹十论》,故作深沉地望着赵汝愚,不胜感慨:"这辛弃疾胆量也实在不小,这种时候还敢上书推翻和议,往日我倒是轻看了他。"

赵汝愚道:"这《美芹十论》洋洋洒洒近两万余字,字字珠玑,句句赤诚。皇上看了,定会再鼓雄心,重兴北伐之师的!"

韩侂胄放下奏册,面呈难色地道:"赵兄,目前我的处境也很是不佳啊!"

赵汝愚道:"可眼下和议初成行款,汤史之流已如此跋扈,如任其下去,只会对侯爷更为不利。"

韩侂胄不屑地冷笑道:"哼,要压倒我韩侂胄,也并非容易!"

赵汝愚道:"侯爷不仅是两朝名相之后,更是当今皇后外甥,又深得太后宠爱,他们自然有所顾忌。不过一味明哲保身,终非善策,一子不争,恐将祸其全局!"

韩侂胄沉思不语,他深知辛弃疾胆识才能和声望都远超于他,如《美芹十论》真被皇上采纳,受到重用,日后势必成为他在朝中争夺权力的劲敌。

"听说汤思退打算举荐史弥远出任总领监军事,不知可有此事?"赵汝愚看出他的心思,便故意点出他的心病。

韩侂胄愤然作色道:"哼,他早就垂涎三尺了!"

赵汝愚道:"史弥远一旦兵权在手,侯爷恐怕更奈何不了他们了。"

韩侂胄两颊一颤,赵汝愚不失时机地递上《美芹十论》,一派赤诚:"如果《美芹十论》能被圣上采纳,不仅于国有利,于你韩侯爷也是百利而无一害。"

韩侂胄凝视着手中的《美芹十论》若有所悟,如能借辛弃疾的《美芹十论》打压汤史气焰,消除对自己的威胁,倒也不失为一着好棋。于是故作豪爽:"侂胄身受皇恩,只图报国,别无他念。这《美芹十论》明日就请皇后转呈皇上!"

十八

总领监军事一职虽不是朝中最高军事长官,却是可以直接掌管兵马、筹集兵备、统军作战的实权要职,更是掌控全国军资经费的最大肥缺,一般由枢密院正副使一级大臣兼任。张浚被贬职后,这一军职至今一直空缺,而史弥远和韩侂胄一直为此明争暗斗,相持不下。

今天早朝一完,史弥远便催着汤思退单独去拜见赵眘,希望皇上将总领监军事一职尽快敲定。他非常清楚,即将出任吏部尚书的赵汝愚一旦正式就任,总领监军事一职肯定落不到自己头上,而只会被韩侂胄拿走。他顶着火辣辣的太阳候在丽正门外,一脸焦灼地等待汤思退带着好消息走出来。

在赵眘心中,史弥远和韩侂胄都不是总领监军事的最佳人选,尽管双方理由都十分冠冕堂皇,但赵眘知道他们要的是什么。再则,一边是太上皇的亲信,一边是皇后最宠爱的亲外甥,把这个总领监军事给谁都得罪另一方,所以他一拖再拖。昨天去寿德宫向太上皇请安时,赵构又在催问此事,他才不得不勉强点头让史弥远担任总领监军事一职。

汤思退高兴地退出宫来,史弥远急忙迎上前去急不可待地问道:"怎么样了,办成了?"

汤思退微微笑道:"太上皇发了话,皇上还能不松口?"

史弥远脸露狂喜道:"多谢恩相!"

汤思退道:"别高兴得太早,八字尚差一撇呢。"

史弥远一听便又着急起来道:"怎么,还是没有搞定?"

汤思退道:"你不是不知道咱皇上耳根子软呀?今天晚上枕边风一吹,兴许明早就变了。再说,韩侂胄对这总领监军事一职垂涎已久,岂肯轻易善罢甘休?"

史弥远愤愤然道:"哼!只要兵权到手,他能奈我何?呃,对了,我刚得到密报,说辛弃疾写了重本《美芹十论》,欲经韩侂胄之手从内宫转呈皇上。"

汤思退大惊失色道:"真有此事?"

史弥远不以为然道:"芝麻绿豆大的官,无根无底,谅他又有何能可以说动皇上推翻和议?"

汤思退眼睛一瞪道:"你懂什么?和议条款虽已签订,可皇上北伐之心仍未泯灭。万一受《美芹十论》蛊惑,难保不会生变!"

史弥远心中仍然不服,他开始觉得汤思退越来越谨小慎微,遇事瞻前顾后,未进先退。他忽然望着宫门外:"韩侂胄来了!"

宫门外,韩侂胄撩袍携卷,匆匆而来。

汤思退道:"说曹操,曹操到,冤家路窄呀!"

"不用理他,走我们的!"史弥远拉着汤思退朝一边走去。汤思退突然止步,略作思索,朝韩侂胄迎了上去,堆下笑脸问道:"韩侯爷是入宫见驾吗?"

韩侂胄待理不理地道:"到后宫与娘娘请安。"

汤思退瞟着他手中的黄缎锦卷,试探道:"侯爷又有何珍宝呈献皇后?"

韩侂胄故作淡然地道:"偶获一物,敬献娘娘赏玩。"

"莫不是《美芹十论》吧?"史弥远上前拍了拍锦卷,一语道破。

韩侂胄为之一怔,随即破釜沉舟地回了一句:"知道就好,失陪了!"

汤思退眼珠一转道:"韩侯爷请留步!"

韩侂胄止步侧首道:"丞相还有何见教?"

汤思退开门见山道:"你真要破釜沉舟?"

韩侂胄转过身来,单刀直入道:"韩某宁可破釜沉舟,也决不让人釜底抽薪!"

"《美芹十论》即便能为皇上采用,功在辛弃疾,而不在侯爷你。"汤思退语气缓和,却直捅韩侂胄要害。

"这个老鬼,什么事也瞒不过他。"韩侂胄心中骂了一句,嘴上却说,"侂胄只为社稷着想,别无他念!"

"一个归正之人翻过身来,不知对谁有好处?"史弥远在一旁报以讥笑,也把话说得很直白。

汤思退道:"正因为老弟忠心为国,老夫才在皇上面前力举你出任总领监军事。"

韩侂胄将信将疑地望着汤思退,良久才神情一转,笑容可掬地道:"侂胄有何能何德受此重任?"

汤思退诡谲一笑道:"老弟,老夫可是以诚相待呀,这《美芹十论》……"

韩侂胄心领神会道:"请丞相放心就是!"

汤思退含笑点头道:"这《美芹十论》,老弟能否赐赏一观……"

韩侂胄略一迟疑道:"原物无用,自当退还本人。丞相若有雅兴,我让人誊抄一本送到相府如何?"

汤思退含笑领首道:"如此甚好,那就有劳侯爷了!"

"晚辈告辞了!"韩侂胄躬身一礼,随即朝呆立一侧的史弥远骄矜一笑,翩然归去。想不到梦寐以求的总领监军事竟因一册《美芹十论》而如此轻易得到,他着实难掩心中的狂喜。

眼看到嘴的肥肉转瞬之间被人抠走,史弥远恨得双眼几乎喷血,他恨写《美芹十论》的辛弃疾,恨夺走总领监军事的韩侂胄,恨临时变卦的汤思退……

汤思退瞥了一眼满脸铁青的史弥远,莫测高深地阴鸷一笑道:"不用急,这总领监军事早晚会拿回来的,先让他尝点甜头,日后由他出面去对付辛弃疾,岂不是更好?"

十九

辛弃疾呕心沥血写下的《美芹十论》奏册,非但没能呈送到大宋皇帝赵昚御案上,反而出现在大金皇帝完颜雍手中。完颜雍翻阅着手中的《美芹十论》誊抄本,看得格外出神,连贞儿走近身边也毫无觉察。

贞儿好奇地问道:"你这金国的皇帝,怎么总看孔孟的书?"

完颜雍放下《美芹十论》奏册道:"哪是什么孔孟的书,这是辛弃疾向南宋皇帝写的主战奏章。"

贞儿惑然道:"辛大哥写给南宋皇帝的奏章怎么到了你的手上?"

完颜雍得意一笑道:"只要我想要,就会有人送来,不过是誊抄本。"

贞儿问道:"辛大哥写了些什么?"

完颜雍面带嘲讽地道:"你的那位辛大哥想说服南宋皇帝废止和议,再次攻打咱们大金,收复中原!"

贞儿不屑道:"中原本来就是人家的,还给他们不就行了?成天为这块破地儿争来夺去,死了多少人!"

完颜雍道:"你可知道,正是为了这块破地儿,从你祖父阿骨打那一辈开始,我们大金死了多少人吗?"

贞儿拿过《美芹十论》奏册翻了翻,叹道:"辛大哥真是个有胆有识的奇才,可惜英雄无用武之地!"

完颜雍笑道:"幸亏他无用武之地,要是他的主战高论被南宋朝廷所采纳,我们大金国的日子恐怕就不好过了!"

贞儿问道:"这《美芹十论》真有这么厉害?"

完颜雍道:"厉害的不是这《美芹十论》,而是写它的人!"

贞儿娇嗔道:"阿爸,你一向爱慕英雄,当初真应该设法将辛大哥留下。"

完颜雍道:"亏你还说呢!你成天与他厮混,怎么没能将他留住?反而连燕京的城防地图都被画了去,偷鸡不成反蚀把米!"

贞儿若有所思地道:"既然辛大哥在南宋混不下去了,不如我去把他请回来,让他做元帅,让他做丞相!"

完颜雍摇头一笑道:"千军易得,一将难求啊!他要真能归返我朝,就是当王爷都成。可是真要如此,那他还是辛弃疾吗?"

贞儿不无伤感地道:"在他心中除了大宋,就没别的!"

完颜雍道:"夫志不可强求,你不需为此操心了。贞儿,你年岁也不小了,还是为自己的终身大事操操心吧!"

阿烈呼正好走进殿内,急忙避到柱后,静听下文。

贞儿不满地道:"阿爸,你又来了。贞儿的事不劳烦阿爸操心!"

完颜雍道:"我能不操心吗?阿烈呼也是一名有勇有谋的英雄,又救过你的命……"

贞儿反唇相讥道:"我只知道是他逼走了辛大哥,还有你!"

完颜雍被点中心病,勃然大怒道:"有本事你就去找你的那个辛大哥,马上滚!"

贞儿赌气地转身便走,一下看到柱后偷听的阿烈呼,便停下脚步,蔑然而视道:"你都听到了吧?"

"贞儿,我……"阿烈呼来不及躲闪,十分尴尬。

贞儿脸色一沉道:"叫我什么?"

阿烈呼急忙低头道:"是,公主。"

"我的意思你听明白了!"贞儿说完转身朝宫外跑去。完颜雍目送贞儿远去,余怒难消。阿烈呼上前施礼道:"陛下,公主性格如此,不必生气。"

完颜雍苦笑长叹:"唉,要因她生气,早该气死了!"

阿烈呼道:"陛下,这个辛弃疾不尽早除掉,后患无穷!"

完颜雍问道:"你想怎样?"

阿烈呼提出愿亲率天狼杀潜入江南,寻机斩杀辛弃疾。天狼杀是他从军中挑选一批武功高强、身怀绝技的死士训练而成,明为皇家护卫,实则专事密捕暗杀。

完颜雍摇摇头道:"一旦宋人得知他们引以为自豪的大英雄是被我们所暗害,南宋朝野上下势必震怒,奋起北伐,那我大金国可就是引火烧身了!"

阿烈呼道:"可辛弃疾对我大金始终是一种威胁!"

完颜雍道:"岂止是威胁?简直就是一个克星!"

一宫女匆匆入报:"陛下,公主换上汉人衣服,骑马出宫去了!"

完颜雍与阿烈呼相视一惊。阿烈呼一脸醋意地道:"陛下,莫非公主真要到南方去找那个辛弃疾?"

完颜雍又气又恼地道:"这成何体统?立即去把她给我追回来!"

阿烈呼乘机问道:"那辛弃疾呢?"

完颜雍心绪紊乱,将《美芹十论》往案上一扔,火冒三丈:"你看着办!"

"臣下知道该怎么做!"阿烈呼会意一笑,告退而去,又被完颜雍叫回:"切记,千万不可为难妙玉!"

阿烈呼不解道:"陛下还没忘记妙玉姑娘?"

完颜雍一往情深地说道:"她是我心中的乌林答氏,我能忘记吗?"

阿烈呼道:"陛下重情重义,实在天下少有。臣下立即赶赴江南,将公主和妙玉姑娘一起带回来!"

二十

近两年来,虞允文在西蜀与吴家军主帅吴挺一起扩充兵马,加紧操练,并在军需物资上做了充分筹备,眼下正在加紧操练专门对付金军连环拐子马的钩镰枪阵法。

过度的操劳,加上一场大病让他须眉斑白,一脸病容,突然苍老了许多。世子虞公亮牵马过来,看着不住咳嗽的父亲,十分担心:"父亲,天气太寒冷了,你病体还没有痊愈,还是别去校场了。"

虞允文坚定摇头道:"我与皇上约定两年发兵的期限就快到了,可是破解拐子马的钩镰枪阵法尚未练成,我得去看看。"

虞公亮道:"吴挺将军一直都在校场盯着,你就放心吧!"

"床上躺了快一个月了,正好去动动筋骨。快扶我上马!"虞允文让儿子扶上马背,径直赶到校场。

校场上,川陕节度使吴挺正与士兵们一道冒着寒冷操演钩镰枪阵法。吴挺,川西抗金名将吴璘之子,别看他个头不高,年近花甲,却是一员威震川陕的蜀中战将。他在采石大战期间跟随父亲防守河池时,多次亲率蜀中精兵袭击金营,金军终因伤亡惨重,只好退兵。因战功卓著,吴挺被朝廷封为中书第一将,父亲病故后继任川陕节度使,兼任利州西路安抚使,特加检校少保。他治军有方,纪明律修,令军中悦服,他也以吴家世代忠烈而自豪。

吴挺之子吴曦跟随一旁,他年近二十,英俊勇武,但游移不定的眼神中多了几分狡黠。吴曦曾酒后狂言吴家军天下无敌,不需受南宋朝廷节制,差点被父亲怒杀。他反对父亲没日没夜地与虞允文一起操练兵马为朝廷卖命,对操练钩镰枪阵法更是极为不满。

吴挺见虞允文策马而来,急忙迎上前去,将虞允文搀下马背,关切地道:"哎呀,世叔,天这么冷,你怎么出来了?"

"你吴大将军不也一样吗?"虞允文亲热回答道。他与吴挺之父吴璘关系甚密,情如兄弟,所以吴挺称他世叔。

"哪会一样?你还有病在身。"吴挺解下披风为虞允文披在身上。

看到将士们冒着严寒操练,虞允文既心疼又感动,不住赞叹:"吴家军果然名不虚传,难怪当年令尊吴璘将军秦陇一战让胡虏望风披靡。来春出兵北伐,贤侄定会让胡虏闻风丧胆!"

吴挺道:"小侄哪能与家父相比。不过有虞世叔虞大人在身旁壮胆,吴挺定会叫胡虏从此不敢南顾!"

虞允文不胜感慨地道:"贤侄英概胆气与令尊吴璘将军比毫不逊色。钩镰枪阵法操练得怎样了？"

"将士们冒着严寒苦练了一月，家父创下的钩镰枪阵法已经操演完成，少歇请大人检阅！"吴挺随即转向吴曦，"曦儿，快去给虞大人烫壶酒暖暖身子！"

吴曦返回大帐，将几块木柴扔进火塘，脸色阴沉地在火塘旁坐下。吴曦的表兄游睨跟入帐内，见吴曦铁青着脸，便问道："五弟，跟谁置气了？"

吴曦道："除了那个催命鬼，还能有谁？"

游睨道："虞允文，他不是病着吗？"

吴曦道："哼！他虞允文不要命，害得我们吴家军也不要命。他路都快走不动了，还来催命！"

游睨道："是呀，朝廷几十万大军都不是金人对手，他分明是将吴家这点兵马往虎口里头送！"

吴曦道："这一仗若胜，功在他虞允文；若败，吴家这点家底便全赔进去了！"

游睨道："五弟说得对。你是世子，将来的西蜀统帅舍你其谁！"

吴曦一声冷笑道："哼，西蜀统帅！西蜀统帅还不是听命于南宋朝廷，岂是我吴曦之愿！"

"对对对，五弟志在青云，睥睨天下，岂在乎区区一节度使之职。不过钩镰枪阵法一旦练成，虞允文定会催着吴家军去与金人开战，到那时就晚了！"游睨顺着吴曦的话说道。他早被史弥远重金收买，极力煽动吴曦尽快除掉虞允文。

吴曦犹豫不定地道："可是父亲最是顾忌吴氏几代忠孝名节……"

游睨道："吴氏几代为朝廷出生入死，朝廷却时时提防，处处压制。朝廷啥子时候信任过吴家？"

吴曦沉吟少许道："你打算怎么办？"

游睨道："此时他重病在身，正是下手机会，药方我早给他开好了！"

吴曦沉吟少许，猛然站起："拿酒！"游睨急忙将温好的酒壶递上，吴曦端着酒壶走出大帐，来到校场。见吴挺搀扶虞允文吃力地登上点将台，便捧壶上前，斟上热酒递到吴挺手中。吴挺以手试了试酒温，捧到虞允文面前："世叔请先喝杯热酒暖暖身子！"

虞允文也不推辞，举杯一饮而尽，含笑点头道："果然暖和些了。"

吴挺双手捧上令旗，朗声道："请大人检阅吴家军钩镰枪阵法！"

虞允文接过令旗，声色激动地道："来年开春，我蜀中勇士便要兵出川秦，配合皇上亲率的王师大军北伐中原,一统河山。虞某今天就代表皇上检阅这支雄师劲旅!"

台上台下欢呼如雷。虞允文大步上前,举旗欲挥,突然眼前一黑,栽倒在地。练兵场上顿时大乱,众人七手八脚将昏厥不醒的虞允文抬到大帐,扶在椅上坐下。吴挺一脸焦急,挥退众人:"都出去吧,让虞大人歇一歇。"

众人退出,吴曦端坐火旁,一动未动。吴挺回头看见无动于衷的吴曦,顿生疑惑:"莫非是你在酒中……"

吴曦淡然一笑道:"父亲可以在给朝廷的奏章中写上虞相操劳过度,不幸身亡……"

"畜生,果然是你!你,你这是把吴氏满门忠孝全毁了呀!"吴挺惊愤交集,冲向前去一脚将吴曦踢入火塘,迅即又抓住吴曦发髻按入火中,吴曦疼得大声惨叫。众人闻声而入,急忙拉开吴挺,扶起吴曦。吴曦右脸已被烧焦,青烟直冒,游睨急忙将他扶出帐外。

虞允文被吵闹声惊醒,挣扎欲起,吴挺急忙奔过去扶住关切地道:"虞大人,虞世叔,你醒了?可把小侄吓坏了!"

虞允文挣扎坐起,呼吸急促道:"图,进兵图……"

吴挺急忙取来西线进兵图在虞允文面前展开,虞允文指着进兵图,喘息少许,拼力说出:"进兵,明春进兵……"话未说完,一口鲜血喷出,将他亲手绘制的北伐进兵图染成一片血红。

二十一

又是一个圆月之夜,秦淮河上灯月相映,波光粼粼。

醉月楼临水窗前,辛弃疾独斟自饮,神情沮丧,连连击桌:"酒来,酒来!"仅隔两年,他已经有些发胖了。自得知虞允文在西蜀突然去世的消息后,他几乎天天来醉月楼喝酒,常常喝得酩酊大醉,吕叔潜只好雇车将他送回住宅。

吕叔潜闻声上楼,劝慰道:"辛将军,别再喝了,你已经……"

辛弃疾道:"我已经醉了吗?哈哈……不醉,你这里还叫什么醉月楼?月醉了,人也醉了。屈原先生说,世人皆醉我独醒,醒着干什么?醒着又有何用?我看还是世人皆醒我独醉,独醉好啊!"

"辛将军,我知道你心里难受,可是身体更要紧呀!"吕叔潜心中一阵酸楚。

刘过、杨民瞻、晁楚老等人登上酒楼,闻声过来。杨民瞻拱手上前道:"没想到辛将军也在,久违了!好久未见,将军你发福多了。"

辛弃疾凄然一笑道:"唉,落日胡尘未断,西风塞马空肥啊!让诸位见笑了。"说罢倾盏一饮而尽。

刘过道:"辛将军,你气色可不太好!"

吕叔潜道:"唉,自从得知虞丞相在西蜀去世以来,辛将军一直忧愤于心,气色哪会见好?"

晁楚老道:"听说皇上得知虞丞相病故的消息,气得好几日都未临朝。"

刘过道:"真担心虞丞相这么一去,皇上对北伐更加心灰意冷了。"

杨民瞻道:"虞丞相一直身体康健,哪会说去便去?依我看,定是那班奸佞暗下毒手。"

晁楚老道:"我早说了,过去是有恢复之臣而无恢复之君,如今是有恢复之君却无恢复之臣了!"

刘过反驳道:"难道辛将军还不算恢复之臣?"

晁楚老道:"辛将军不仅是恢复之臣,而且堪称人中虎、文中龙。可惜奸佞当道,只能埋没在这酒楼瓦舍,英雄无用武之地呀!"

杨民瞻愤然击桌道:"还是那班该杀的奸佞作怪!"

吕叔潜嘘了一声,指了指墙上"莫谈国事"的纸条,岔开话题:"诸位好久没见到辛将军了,还是陪辛将军说说话吧,只是莫谈国事!"

"吕翁言之有理,莫谈国事,国事与我何干?喝酒喝酒!"辛弃疾强作笑颜,举杯一饮而尽。

吕叔潜心疼地急转话题:"酒够了,酒够了,诸位陪着辛将军谈谈词吧。"

杨民瞻道:"对呀!辛将军,好久未见你的大作了,今日可否赐词一首?"

刘过挤上前道:"对对,请辛将军赐词。"

杨民瞻拉开刘过,不悦道:"你心也太贪了,前次辛将军写的一首《水调歌头》,墨迹未干就让你抢走了!"

辛弃疾似醉似醒地道:"不用抢,不用争,我常在此饮酒,吕翁从未收钱,今天就赋词作谢,请诸君斧正吧!"

众人齐声叫好。吕叔潜急忙乐呵呵地端来笔砚,辛弃疾拈笔在手:"请吕翁出题。"

吕叔潜道:"醉月楼上醉明月,辛将军,就写今夜的月亮如何?"

辛弃疾转身朝楼外望去,一株桂枝正好遮住月光。吕叔潜急忙上前将几条桂枝摘去,清丽的月光顿时格外明澄,酒楼内豁然明朗。

辛弃疾举首凝望夜空,稍作沉吟,提笔在墙壁上纵情挥洒,写下一阕《太常引·建康中秋夜为吕叔潜赋》:

一轮秋影转金波,飞镜又重磨。把酒问姮娥。被白发,欺人奈何。　　乘风好去,长空万里,直下看山河。斫去桂婆娑。人道是、清光更多。

众人叫绝不止,有的朗声吟哦,有的铺纸誊抄。辛弃疾走到自己桌前,满斟一盏,一饮而尽。

吕叔潜激动异常地道:"'斫去桂婆娑。人道是、清光更多。'是呀,奸佞不除……"

刘过慌忙阻拦道:"吕翁小声,莫谈国事!"

吕叔潜推开刘过,神情激愤道:"奸佞不除,朝纲难清,何言恢复呀?!比喻得好!辛将军……"他回过头来,一下怔住。酒尽桌空,辛弃疾早已不知去向,众人面面相觑。

醉月楼下,辛弃疾步履蹒跚地朝外走去,一阵风起,松枝摇曳,辛弃疾拂开松枝自说自话道:"没醉,没醉,不用扶我,去去去……"他终于立足不稳,醉倒在地。

月影朦胧中,几个蒙面黑衣人钻出树丛,朝辛弃疾靠近。一阵马蹄声骤然响起,一辆马车驰到辛弃疾身旁停下,黑衣人急忙退回树丛。马车上跳下一人,将辛弃疾扶上马车,扬鞭而去。黑衣人追出树丛,为首一人摘下蒙面黑巾,原来是阿烈呼,他望着远去的马车,咬牙切齿地说道:"辛弃疾,你就等着吧!"

二十二

城郊,晨光熹微,晓雾烟淡,松竹掩映中有一座院落。厢房内,辛弃疾睡眼惺忪地从床上坐起,舒展双臂,闭目吟哦:

醉里且贪欢笑,要愁那得工夫。近来始觉古人书,信著全无是处。　　昨夜松边醉倒,问松我醉何如?只疑松动要来扶,以手推松曰去!

吟罢,他下到地上,茫然四顾地自言自语:"这是什么地方?"随即走到门口,伸手拉开房门,贞儿端着水盆站在门外,激动地喊道:"辛大哥,你醒啦?"

辛弃疾惊异凝视,终于认出,一脸惊讶地道:"贞儿?!"

贞儿扔掉水盆,一头扑到辛弃疾怀里。

辛弃疾疑惑不解地问:"贞儿,你怎么会在这里?"

贞儿热泪盈眶地说道:"辛大哥,贞儿好想你,时时刻刻都在想你!"

辛弃疾道:"你还是这么疯!这里的人要知道你是金国公主,那你就死定了!"

贞儿紧紧偎在辛弃疾怀里痴痴地道:"我不管!只要能见到你,贞儿死也甘心!"

辛弃疾拉着贞儿在台阶上坐下,好奇地问道:"这院子是谁的?"

贞儿道:"我花了五两银子租的。这里很清静,出入方便。"

辛弃疾苦笑摇头道:"唉,你真是天底下少有的疯丫头!"

贞儿笑而不语,紧紧地靠在辛弃疾肩头。

辛弃疾道:"呃,你是怎么找到我的?"

贞儿得意地一仰头道:"那还不容易!你忘了我是独行侠了?"

辛弃疾道:"这么说你到了建康,一直在跟踪我?"

贞儿调皮地点点头。辛弃疾似有所悟地问:"对了,我是觉得喝下那杯酒后,头特别沉,是你趁我在墙上题词之时,在酒中做了手脚?"

贞儿嬉笑道:"没想到吧?有勇有谋的大英雄,却让一个小丫头算计了!"辛弃疾也跟着大笑起来。贞儿收住笑声,神情转为严肃地道:"辛大哥,实话告诉你吧,我来是要接你回到北方去的!"

辛弃疾道:"你在说笑话吧?这里是我的国,这里有我的家!"

贞儿道:"辛大哥,我知道你和妙玉姐已经成亲,可是贞儿不愿看到你在这里活得这样委屈,活得这样痛苦,活得这样无奈。"辛弃疾一时无语,贞儿接着说道,"我知道你爱你的大宋,可你的大宋爱你吗?你出生入死,立了那么大的功劳,难道得到的只有怀疑、排斥和打击吗?"

辛弃疾神情复杂地凝视远处,默然无语。

贞儿道:"辛大哥,随我走吧,我们回到北方去!"

"北方是要回去的,不过是厉兵秣马打回去!"辛弃疾便推开贞儿,坚定地说道,

"你快回去吧,这里太危险了!"说毕起身毅然离去。

辛弃疾一夜未归,急坏了寒鹃,该找的地方都找遍了,仍不见踪影,今天一大早又催辛十二出门寻找。辛十二前脚出门,辛弃疾就推开院门,蹒跚而入。寒鹃急忙上前搀扶,关切地问道:"弃疾,你怎么了,脸色这么难看?"

辛弃疾心绪不宁地坐到竹椅上,一声不吭。寒鹃关切地问道:"你这是怎么了,昨晚一夜未归,你去哪儿了?"

辛弃疾怅然无语。贞儿的突然到来,在他心中掀起不小的波澜,尤其是贞儿那些为他鸣不平的话语,如一把刀在他心上不停地铰动。

寒鹃见丈夫一声不吭,越发疑惑道:"又喝醉了,昨夜你跟谁在一起?"

贞儿突然闯入道:"辛大哥和我在一起!"

寒鹃大为惊疑道:"贞儿?!"

辛弃疾大惊失色地道:"贞儿,你怎么又到这里来了?"

贞儿神色平静地道:"我来看看妙玉姐!"

寒鹃审视地看着二人问道:"你们昨晚在一起?"

贞儿点点头道:"辛大哥喝醉了,昨晚我一直陪着他。"

寒鹃转向辛弃疾问:"你俩真在一起了?"

辛弃疾不知如何解释:"是,不是……"

寒鹃惊疑地问道:"贞儿,到底怎么回事?"

贞儿道:"我要带辛大哥回北方去!"

寒鹃道:"你说什么？还要带他走?"

贞儿认真地点点头。寒鹃脸色突变道:"贞儿,你虽然救过我的命,但是不能夺走比我的命更重要的东西。谁要夺走它,我就跟谁拼命!"

贞儿道:"妙玉姐,我爱辛大哥不假,可我更是替辛大哥着想。一个能文能武的济世之材,却困在这里醉吟风月;一个名震天下的大英雄,却受尽冷落排挤……"

辛弃疾神情复杂地道:"你别说了!"

贞儿道:"还有,你写的那篇《美芹十论》,不但不被你的朝廷所用,反而让你的敌人如获至宝。"

辛弃疾惊疑问道:"《美芹十论》？你怎么会知道《美芹十论》?!"

贞儿道:"誊抄本现在就在我阿爸的手里。"

辛弃疾大愕,难以置信地道:"这不可能,不可能！这可是机密的呀!"

寒鹊也深感疑惑,问道:"贞儿,这都是真的?"

贞儿道:"我阿爸看了你的《美芹十论》,既赞赏又后怕,说幸亏南宋朝廷没有采纳你的《美芹十论》,否则我们大金就要吃大亏了!"

寒鹊问道:"你阿爸怎么得到《美芹十论》的?"

贞儿摇摇头道:"不知道。他只说南宋的任何机密,只要想要,就会有人送到他手中。"

辛弃疾拍案而起,愤怒地道:"奸佞!有这些奸佞,难怪大宋屡战屡败!"

贞儿趁机上前道:"你们大宋本来就是一个盛产昏君奸臣的地方,你留在这里除了写几句诗词发发牢骚又能怎样?只有北方,才是你这个大英雄的用武之地!"

辛弃疾苦笑道:"我算什么英雄?我不是什么英雄!"

"哐"的一声,院门被踹开,三个蒙面人手执兵器,蜂拥而入。辛弃疾、寒鹊、贞儿同时惊住。辛弃疾惊疑稍定:"什么人?"

贞儿轻声说道:"对了,辛大哥,我在寻找你的时候,好像也有人在暗中跟踪你!"

辛弃疾问:"是些什么人?"

贞儿道:"像是天狼杀的人。"

辛弃疾道:"阿烈呼的天狼杀,倒是有所耳闻,不过真有那么厉害?"

"不知道。几个小蟊贼,交给我吧!"贞儿拉开架势,纵身跃入院中。蒙面人直扑贞儿,贞儿毫不示弱,施展拳脚迎击。阿烈呼走进院门:"住手!混账东西,知道是在和谁交手吗?"

众蒙面人急忙住手后退,阿烈呼摘下面罩,上前施礼道:"见过妙玉王妃,见过公主!"

寒鹊怒嗔道:"谁是你们的王妃?我是辛弃疾明媒正娶的夫人!"

贞儿愤目而视,斥道:"阿烈呼,你来干什么?"

阿烈呼神色阴冷地道:"特来接公主回去,还有妙玉王妃!"随即解下佩刀扔给随从,"给我退远点,今天要让你等见识一下谁是真英雄!"

辛弃疾蔑然一笑,道:"出招吧!"

阿烈呼一声大吼,扑向辛弃疾,二人在院中各施功夫,拳来脚往,一场恶斗。刚一上手,辛弃疾便感觉到阿烈呼功力明显大进,不仅出手凶狠,而且招数诡异。打到近百回合,他抓住一个破绽,一记猛虎掏心,将阿烈呼击倒在地。众蒙面人一拥而上,围住辛弃疾厮杀。辛弃疾徒手迎击,发现这些天狼杀个个招式凶狠异常,功夫了得。寒鹃从室内取来吴钩,抛给辛弃疾。辛弃疾接剑在手,勇力倍增,众蒙面人难以抵挡,纷纷后退。贞儿一旁拍手称快:"辛大哥,打得好!"

阿烈呼趁乱抓住寒鹃,用短弩相逼:"放下兵器,否则立即杀了她!"

辛弃疾大吃一惊,迫于无奈,只好扔掉吴钩道:"放开我的夫人!"

"实不相瞒,我今天来一是除掉你,二是带回公主和妙玉王妃!"阿烈呼一声冷笑,将短弩对准辛弃疾。

贞儿见状急忙扑过去挡在辛弃疾面前道:"阿烈呼,你敢!"

阿烈呼道:"我奉陛下王命,有何不敢?公主你让开!"

贞儿突然以刀架颈威胁道:"放开妙玉姐,我跟你走,否则死在你面前!"

双方一阵僵持,阿烈呼知道贞儿个性,不敢硬逼,心中暗想,能将贞儿带回燕京,虽杀不了辛弃疾,此行也算大功告成。于是命人架起贞儿,放开寒鹃,朝辛弃疾傲然一笑道:"辛弃疾,早晚与你见个高低!"说毕飞快离去。

辛弃疾起身欲追,被寒鹃拖住:"让他们走吧,不能伤着贞儿!"

贞儿回到燕京,也不回皇宫,独自到西山太清庵,点亮奶奶遗留下的青灯静心学佛,从此不问尘事,不见世人。完颜雍多次去太清庵,贞儿都是闭门不见。在这个世界上,她不再有所期许,不再有所眷恋。自走出建康辛宅的那一刻,曾经的向往、曾经的渴望便离她而去,她的灵魂如同从此飘散在空灵的冥冥之中,一盏清灯将是她生命的皈依,是她唯一的世界。

二十三

怡古斋成排的博古架上,奇珍异宝琳琅满目。汤思退漫步其间,怡然自得地欣赏着自己的珍藏。刚入府的侍妾雪娘跟随其后,她肌肤似雪、妖媚诱人却粗俗不堪。她伶门出身,没见过什么世面,眼前的珍宝让她眼花缭乱,目不暇接。

汤思退在一件雕琢精美、晶莹透明的玲珑塔前停下来,十分生气地指着塔身责问:"玲珑塔上怎么有了灰尘?"雪娘急忙掏出手绢上前擦拭,被汤思退以手阻拦,自己伸长脖颈,小心翼翼地吹去塔身的一点落尘。

雪娘娇嗔道:"看相爷宝贝的,莫非这玩意儿比雪娘还值钱?"

汤思退一脸不屑道:"你?"

雪娘道:"我可是相爷花了三千两银子买回来的,怎么,还不算值钱?"

汤思退不禁大笑："哈哈……三千两？这玲珑塔少说也能值半个京城！"

雪娘惊得目瞪口呆。

"俗不可耐。往后没我允许，不得进来！"汤思退厌烦地挥手将她呵斥出去。在汤思退眼中，再美的女人都不如他的这些宝贝。

"恩相，这是你要的辛弃疾词稿。"史弥远匆匆而入，呈上一张稿笺，那是辛弃疾最近刚写的一阕《摸鱼儿》：

更能消、几番风雨，匆匆春又归去。惜春长怕花开早，何况落红无数。春且住，见说道，天涯芳草无归路。怨春不语。算只有殷勤，画檐蛛网，尽日惹飞絮。

长门事，准拟佳期又误。蛾眉曾有人妒。千金纵买相如赋，脉脉此情谁诉？君莫舞，君不见，玉环飞燕皆尘土！闲愁最苦！休去倚危栏，斜阳正在，烟柳断肠处。

这一阕伤春词是辛弃疾不久前为友人送行时写下的，很快便在京师风靡，惹得无数痴男怨女曲不离口、泪飞如雨。

"果然是一阕难得的好词，难怪京城里歌馆乐坊都在争相传唱！"汤思退将词笺反复看了数遍，"想不到在政坛上压住了他，却又在文坛上冒了出来！老夫真是佩服他的才能，可惜不能为我所用！"

史弥远问道："恩相也开始对辛词感兴趣了？"

汤思退深沉一笑道："人不能为我所用，他的词总能为我所用吧？"

史弥远摇头不解道："不过一阕伤春怨情之词，恩相竟然如获至宝？"

"等着吧，老夫自有妙用！"汤思退故作神秘，"老夫即刻便去德寿宫。"

德寿宫香远堂上，钟缶悦耳，丝管悠扬。宫廷乐班正在演奏富丽典雅的《霓裳羽衣曲》，十数宫娥彩衣霓裳，翩然若仙。这首由唐玄宗御制的筝曲精品，赵构最为喜爱。在他看来，《霓裳羽衣曲》不仅音韵优美典雅，而且是太平盛世的完美象征。

赵构斜倚龙椅，安然地让宫女在他腿上轻轻地捶打，另一宫女一旁执扇轻摇。他几乎每天都如此安享他创下的太平盛世。

赵𢙏表情平静地端坐一侧，等候太上皇训示。自从虞允文在西蜀去世后，他几乎完全失去了收复失地、一统山河的雄心壮志，曾经的英武之气似乎消散殆尽。

赵构呷了一口西湖龙井，慢条斯理地说道："你看现在这样多好，国泰民安，歌舞升平。可当初就是不听我的,结果如何?损兵折将,割地赔款,唐、邓四州不仅没收回来,反倒赔出去秦、商二州。"

赵昚毕恭毕敬道:"太上皇教训得是。"

"算了,已经过去了。还是那句话,花点银子,买个太平。"赵构极力显出长辈的宽容,"新任的右丞相叶衡,还有吏部尚书赵汝愚怎么样?"

赵昚略作犹豫,谨慎答道:"他二人自到任后,为治理朝政,倒也殷勤……"

赵构看出养子心存顾虑,大度一笑道:"何必这样拘谨,担心我嫌他二人是主战派?"

赵昚不知如何回答,低头不语。

赵构道:"张浚和虞允文走了之后,所谓主和派成了朝中主流,一家坐大,日子一长,势必为所欲为,难免乱了朝纲。而以韩侂胄为首的皇室派势单力薄,难以抗衡。让叶、赵出任,形成三足鼎立之势,各方平衡,天下太平!你做得很好!"

赵昚躬恭叩谢道:"太上皇如此褒奖,令儿臣实在惶恐。"

赵构问道:"听说你用膳时仍然不用宫乐?"

赵昚回道:"儿臣喜欢清静。"

赵构道:"节俭固然是好事,但皇家礼仪总是要的。这两年你能勤政朝纲,使得国库充盈,百姓富裕,我都看在眼里。这班宫乐就赏赐与你吧。"

赵昚道:"儿臣怎敢夺太上皇所爱,再说……"

赵构笑道:"你不肯要,我还舍不得给呢!哈哈……"

太监入报:"启奏太上皇,左丞相汤思退进宫请安。"

赵构喜形于色道:"好久不见汤卿了,让他快进来吧。"

汤思退匆匆而入,纳头便拜:"太上皇万万岁,皇上万岁!"

赵构道:"汤卿,你可有些时日没来请安了,又寻得什么民间宝物啦?"

汤思退道:"臣偶然从民间得词一首,特抄太上皇御览。"

赵构饶有兴趣道:"哦,又是哪位大家之作?什么词牌?"

汤思退道:"辛弃疾的《摸鱼儿》。"

赵昚色呈欣喜道:"辛弃疾又有新作了?"

赵构有些不以为然地道:"辛弃疾?汤卿,你知道朕不喜欢他的东西,装腔作势,哗众取宠,又爱吊书袋子,让人读起来费劲。"

汤思退双手捧上词笺道:"太上皇一语中的,评点精到。不过这首词除诸多弊病,更是带有影射朝政之嫌。"

赵构也擅长填词,不过以写一些清悠闲淡如《渔父词》一类的小令居多。他信手接过素笺,越往下看,眉头越皱越紧:"简直是危言耸听,无病呻吟!"

汤思退道:"太上皇高瞻远瞩、苦心孤诣,才有我大宋今日国泰民安、四方祥和的太平盛世。但以辛弃疾为首的一帮居心叵测之辈却不思君恩,罔顾实情,常以唱和答对隐喻朝政,发泄对朝廷的怨恨与不满,是可忍,孰不可忍!"

"'休去倚危栏,斜阳正在,烟柳断肠处。'这分明是假借怨妇之口隐喻我大宋江山斜阳暮日、行将灭亡了!"赵构越说越气,翻身坐起,将词笺扔给赵昚,火冒三丈,"你看看,这就是你赞不绝口的什么人中虎、词中龙。在他笔下,你我简直快成亡国之君了!"

汤思退不失时机地说道:"这辛弃疾狂妄自大,目无圣君,应严惩不贷!"

赵构愤愤然道:"如此狂妄之徒,不可轻饶!"

"太上皇所言极是,不过……"赵昚这时才明白汤思退的来意。张帅死了,虞相死了,现在唯一有希望能够担起北伐重任的辛弃疾,便又成了这帮人的眼中钉肉中刺,不把主战势力赶尽杀绝,他们是不会罢手的。想到这里,他忍不住朝汤思退狠狠瞪了一眼。

赵构觉察到养子不满的表情,便阴下脸色道:"皇上,你可别护短!此种隐喻朝政、哀叹兴亡的思潮任由泛滥,我大宋江山可真要不保了!"

"太上皇提醒得好!不过,辛弃疾归返朝廷至今,虽未建寸功,却无甚过错。他官职低微,可如今以词获名,也称得上是我大宋不可多得的旷世奇才。如仅凭一首词便降罪于他,恐难服众,会有人说我们皇家气度太小了!"赵昚有理有节,软软地给了赵构一个钉子。

赵构吃了个软钉子,一时语塞,略为沉吟:"他现任何职?"

汤思退道:"两年司农寺主簿任满后一直在建康家中候职。"

赵构道:"这种人无论留在京师还是建康,都难免哗众滋事,扰乱人心。"

"那就不再安排朝中职务,让吏部放个外任吧!"赵昚沉吟片刻,故作淡漠地说道。他特意强调了一下由吏部办理,其实是抢先堵住汤思退的嘴,不用他去过问辛弃疾任职之事,以免他再从中作梗。

自从虞允文去世后,再度北伐的筹划落空,而朝中再也找不到谁能担起恢复大任。他想到过辛弃疾,但他也知道会遭到太上皇、汤思退和韩侂胄一班人的强烈反对,甚至还有可能闹出更大的风波。他极力思索如何妥善地安排辛弃疾的去处,能让这位文武兼备、智能超凡的人才做出一番让人心服口服的业绩,为有朝一日担当大任奠定坚实基础。但是究竟将辛弃疾放到何处,赵昚却一时犯难,既不愿让这位有为之士太受委屈,又不能让人从中横生事端,于他更为不利。当晚,他将赵汝愚和叶衡召到寝宫私下商议。赵汝愚和叶衡一番思索商议后,提议将辛弃疾派往宋金交界之地滁州担任知州,让他得以独当一面,给他一个施展抱负和才能的机会。同时因滁州长期荒废,灾荒连年,无人愿去,因此不会有谁从中作梗。赵昚当即降旨,调辛弃疾去滁州任职。

二十四

《美芹十论》被韩侂胄拿去换了总领监军事,甚至被人出卖给了敌国,对辛弃疾打击着实不小。没想到朝廷竟是如此昏暗,那韩侂胄竟是如此卑劣!如此下去,朝将难朝,国将不国,前景堪悲。为了此事,曾对韩侂胄寄予恢复希望的朱熹、陈亮、张栻等一班理学界人士也大为失望,纷纷愤而离京。张栻回到四川绵竹继续为父亲张浚守孝,陈亮回了务州永康老家闭门著书,朱熹则远到潭州岳麓书院讲学论道,耿直敦厚的赵汝愚竟气得病了好些日子。这段时间,辛弃疾一直处在忧愤孤寂之中。

新任吏部尚书赵汝愚亲自带着吏部的任职文书来到建康。他担心辛弃疾未必肯去滁州任职,打算当面向他讲明缘由和滁州的现状,谁知辛弃疾却是毫不犹豫地满口应承。有皇上的圣恩眷顾,有叶相和赵尚书的鼎力支持,他对去滁州独当重任充满信心。

即将离任回乡的史正志闻讯,邀约了辛弃疾再次登上赏心亭,为这位年轻的下属置酒送行。在建康期间,二人虽官阶和年龄悬殊,却志趣相投,惺惺相惜,结为忘年至交。史正志对辛弃疾的境遇也极抱不平,这位身居要职、官运亨通的行在首辅,对这位年轻下属的升迁十分高兴,同时也相信这位人中虎、文中龙定能在滁州干出一番事业。

辛弃疾为表达对这位良师益友的惜别之情,即兴吟咏一阕《念奴娇·登建康赏心亭呈史致道留守》:

我来吊古,上危楼,赢得闲愁千斛。虎踞龙蟠何处是?只有兴亡满目。柳处斜阳,水边归鸟,陇上吹乔木。片帆西去,一声谁喷霜竹？　　却忆安石风流,东山岁晚,泪落哀筝曲。儿辈功名都付与,长日惟消棋局。宝镜难寻,碧云将暮,谁劝杯中绿？江头风怒,朝来风浪翻屋。

　　离开赏心亭已是傍晚,辛弃疾回到家中便忙着收拾行装,准备次日一早去滁州赴任。灯下,寒鹃挺着大肚子为辛弃疾整理衣物,她眼含泪花,神情凄然。

　　辛弃疾一边选择书籍装入箱内,一边安慰道:"鹃儿,别伤心了,这样对肚子里的孩子不好。"

　　"我知道,你愿意到滁州去,并非在乎当什么知州,而是要去实现自己的功业大愿,能有这样的机会,寒鹃也替你高兴……只是,只是想到你一个人到滁州去,我总放心不下!"

　　"自南归以来,我担任的都是职位低微的闲职,一腔抱负无从施展。滁州虽是偏僻穷困、无人肯去的不毛之地,却终于可以独当一面、一试身手,这也许是我辛弃疾此生不可多得的机会!"辛弃疾感情复杂地紧紧抱住寒鹃,满含深情,"只是你身怀六甲,这种时候不应该离开你……"

　　寒鹃依偎在辛弃疾怀中,低声哽咽道:"我,我是有些害怕……"

　　辛弃疾在她耳边轻声安慰道:"不怕,我走之后,有秦干娘陪着你,没事的!"

　　寒鹃道:"我还是想跟你去……"

　　辛弃疾道:"现在还不行,滁州地处边哨,随时都有可能发生战事。再说,现在的滁州几乎是一座废城,田畴荒芜、十室九空,你要是生了孩子,恐怕连口热粥都喝不上。"

　　寒鹃担忧道:"你一个人到那个苦地方,谁照顾你呀？"

　　辛弃疾安慰道:"不是有十二弟吗？没事的。等我把滁州治理出点成效了,就让十二弟来接你。"

　　寒鹃捧着肚子,眼中幸福荡漾,道:"还有我们的孩子。"

　　辛弃疾轻轻拍着寒鹃的肚子,风趣地笑道:"孩子,现在先在家陪娘,等你出世以后,爹把你和娘一起接到滁州来!"

第六章　滁州涅槃

一

　　车辙如沟的驿道上,辛弃疾微服简装,与辛十二在萧瑟秋风中并辔而行。一踏上滁州地界,满目的疮痍景象,让他的心绪如秋风一样萧瑟悲凉。

　　滁州与建康仅一江之隔,自古有金陵锁匙、江淮保障之称,形兼吴楚、气越淮扬之誉,历来是兵家必争之地,南北割据对峙的要塞前沿,拱卫金陵的江北重镇。早在春秋战国时期,诸侯争霸,攻伐频繁,滁州先属吴、越,后属楚,故有吴头楚尾之说。南宋立朝以来,滁州九次被金兀术大军攻陷,成为宋金争夺的主要战场。李纲、岳飞、韩世忠等南宋名将均在此与金军交战过并重创金军。频繁的战乱兵祸致使滁州城毁了又建,建了又毁,朝廷也无力再作恢复,以致田园荒芜、人口流失,几乎成了一座废城。

　　城南虽然损毁较小,也是城郭坍塌,残垣危耸,瓦砾遍地,城门仅剩下一个乌黑的大洞。城门外散聚着一些年迈体弱、无处可去的老叟妇孺,有的摆着瓜果地摊,有的贩卖蘑菇、蕨梗之类的山货土产。他们破烂的衣衫、瘦弱的面容,让人望而唏嘘。

　　一阵花鼓说唱声由远而近,从乌黑的城门洞里传来:

　　　　滁山青,滁水长,滁州本是好地方。
　　　　自从胡人来犯界,杀人放火抢钱粮。

　　　　财主逼债官催税,天旱水涝田地荒。
　　　　卖儿卖女卖老婆,十室九空人逃光。

　　……

说唱声中,一老一小敲着锣鼓,沿路走来。敲锣的老者名朱长九,年近七旬,须眉皆白,面容沧桑,衣衫褴褛。打鼓唱曲的小姑娘名叫凤儿,十四五岁,娇小清秀,歌声凄婉悲凉。祖孙二人走出残破的城门,来到茅草竹竿搭成的罗记茶棚前敲响锣鼓。摆摊卖茶的六旬老汉罗源福一脸同情却又十分无奈地道:"我今天还没开张呢,你祖孙二人还是去别处唱吧!"

祖孙二人无奈地离去。罗源福叫住凤儿,端起一碗茶水递到凤儿手上道:"凤儿姑娘,喝口水润润嗓子吧!"

罗源福刚将二人让进茶棚,突然间,一旁的人们惊慌失措地收拾地摊,纷纷东躲西藏。只见一个官差模样的汉子出现在黑洞口,此人三十出头,长得五大三粗,满脸横肉,他便是州衙巡查都头魏忠。衙役胡三和李四尾随其后。魏忠醉步蹒跚地来到茶水摊前,罗源福急忙端上茶水道:"老爷们辛苦了,请喝口茶水。"

魏忠毫不客气地接过茶水喝了两口道:"罗老头,该缴平安费了,每户三文!"

罗福源道:"不是刚交了吗?"

魏忠道:"上次交的是开张费,没有官府保护平安你能赚到钱吗?快交快交!"

罗福源不住地哀求道:"魏都头,请你老人家抬抬手,实在是没有生意,拿不出钱来……"

魏忠指了指在凉棚内喝水的朱长九,一声冷笑道:"买主还在这儿,是没有生意,还是不想做生意?"

朱长九急忙上前解释:"这碗茶水真是罗兄弟施舍的……"

"关你鸟事!"魏忠未等朱长九说完,扔掉茶碗,一巴掌将他打倒在地,"阻碍官府办差,找死!"

凤儿急忙上前护住爷爷,愤怒地质问:"你们凭什么随便打人?"

"凭什么?凭……"魏忠扬起的巴掌一下停在空中,盯住凤儿双眼发直,"好一个小美人!小妹妹,唱花鼓的?来,唱一个给哥哥听听!"

朱长九从地上爬起,上前拉着凤儿准备离开。魏忠眉毛一竖,斥道:"老东西,别不识抬举,把锣鼓敲起来,今天把大爷唱高兴了有赏!"

朱长九不停作揖哀求:"我祖孙出来逃荒,混口饭吃,请老爷高抬贵手,放过小民吧!"

"不唱就别想走!"魏忠双目盯着凤儿,"小美人,小心肝儿,别哭了,快唱吧,唱了大爷有赏!"

"凤儿,就唱吧!"朱长九无可奈何地敲响铜锣。凤儿抹去眼泪,敲响手中花鼓:

　　滁山青,滁水长,滁州本是好地方。
　　富人命好穷人苦,人家吃米我吃糠。
　　……

胡三和李四在一旁起哄:"太素了太素了,唱荤的唱荤的!"

魏忠一脸淫邪道:"对对对,唱那个哥把妹妹抱上床,脱了裙子脱衣裳!"

朱长九苦苦哀求:"各位大爷,孙女年幼,实在不会……"

"当着人多不太好意思是吧？那好,找个僻静处唱给大爷听!"

魏忠眼珠一转,朝胡三和李四示意,俩衙役上前来拉凤儿,有的趁机乱捏乱摸。朱长九紧紧抓住凤儿不肯放手,惊恐地道:"你们要干什么？你们要干什么？"

青年农户立秋从远处奔来,一路惊呼:"金兵又进城了!"话音刚落,数名金兵狂奔而至,人们吓得四处躲藏,有人躲避不及,被撞翻在地。

"快走!"魏忠大惊失色,放开凤儿,领着衙役翻越断墙,瞬间逃得无影无踪。

金兵头目阿力斡勒住马头,得意地狂叫:"大家不要怕,本将军在军营待腻了,只是出来解解闷儿!"

朱长九拉着凤儿正要离开,阿力斡上前拦下,用马鞭抬起凤儿的下巴,双目放光道:"好个小美人儿,本将军带你享乐去!"说毕一把抓起凤儿横放马背上,金兵将追赶的朱长九踢翻在地,打起呼哨,尾随阿力斡扬尘而去。

罗福源扶起昏厥不醒的朱长九唤道:"长九哥,快醒醒……"

帮人缝补的王婶跪向苍天,失声哭呼:"苍天呀,谁来救救咱们滁州的老百姓呀!"

辛弃疾与辛十二来到城下,正要进城,听到哭呼,循声来到茶棚,见罗源福正扶着人事不省的朱长九,不知所措,便挤进人群问道:"这位老人家怎么了？"

罗源福焦急万分道:"孙女被抢走了,人也快气死了!"

辛弃疾俯身以手试鼻,取出药丸放入朱长九口中。

罗源福长叹一声:"凤儿可是长九的命呀,没有了凤儿,他怕是活不过来了!"

辛弃疾问:"谁抢走了他孙女？"

王婶道："还不是那些天杀的金兵！"

辛弃疾一怔："金兵，城内还有金兵？"

罗源福道："是临淮关过来的，三天两头过来骚扰，刚才把唱花鼓的凤儿姑娘抢走了！"

辛弃疾一跃而起道："他们走多久了？"

罗源福手指北面："刚走不到半个时辰，朝北门去了！"

辛弃疾问道："可有通北门的近道？"

罗源福指着说："左边有条小巷，直通北门！"

"十二，照看好老人家！"辛弃疾迅即飞身跳上马背。

王婶极力劝阻道："他们人多势众，杀人不眨眼，客官你千万别去……"

辛弃疾未待王婶说完，早已策马驰入小巷。

北门方向，阿力斡领着手下打马狂奔。马背上，凤儿拼力挣扎，不停哭呼。阿力斡大声狂笑道："别着急我的小美人儿，马上就到了，哈哈……"

辛弃疾驰出巷口，跳下马背，挡住去路。阿力斡急收马缰，一脸惊诧道："你是何人，敢挡老子的道？！"

辛弃疾神情冷峻道："放下那个姑娘！"

阿力斡大怒道："你是吃了豹子胆了，敢与老子争抢女人？给我宰了他！"

两名金兵上前举刀便砍，被辛弃疾三拳两脚踢飞丈外。"给我一起上！"阿力斡跳下马背，挥刀猛扑上前。另外几名金兵也一齐大喊着，将辛弃疾团团围住，却被辛弃疾一顿拳脚打得趴在地上呼爹叫娘。阿力斡大惊失色，扔下凤儿，趁乱夺路而逃。

辛弃疾顾不上追赶，将凤儿扶上马背，拨马返回到茶棚前，放下凤儿道："快，快去看你爷爷！"

凤儿扑向朱长九，悲恸哭呼："爷爷，爷爷，凤儿回来了，凤儿回来了……"

"凤儿，还我的凤儿……"朱长九听到凤儿呼叫，双目突然睁开，又惊又喜，"凤儿，真是我的凤儿……"

王婶双手合十道："菩萨真的显灵了，阿弥陀佛……"

辛弃疾朝辛十二示意，悄悄退离人群。

爷孙二人抱头痛哭，朱长九悲喜交加道："凤儿，要是见不着你，爷爷也不想活了。你是怎么逃回来的？"

凤儿道："多亏了一位路过的好汉打跑了金兵，救下了凤儿……"

朱长九起身环顾,四下寻找问道:"你们可曾看见那位好汉?"

众人这时也才一下想起,纷纷寻找。王婶茫然四顾道:"刚才还在呢,怎么就不见了?!"

罗源福神色惊奇地道:"来无踪,去无影,莫非真是天神下凡?"

"快谢过天神保佑!"朱长九拉过凤儿,纳头望空而拜。

二

残破不堪的滁州州府衙门,墙壁倒塌,门窗全无,几根被大火烧残的木柱支撑着漏光的屋顶。大堂正厅两旁用竹篱隔出几间厢房,算是衙门各职司的办公重地。整个州府衙门唯一留存完整的仅剩下大门外一对石狮。左侧一只昂首怒目,神态凛然,虽浑身伤痕累累,苔藓斑驳,却仍不失雄风。右侧那只则歪倒在地,周围长满荒草。大堂上,通判范昂正指挥几名州衙属员清扫破砖碎瓦。他身形矮胖,其貌不扬,虽刚四十出头,却老态尽显。

年迈的推官陈重一边为缺了一条腿的方桌垫上砖头一边说道:"自从赵知州升迁至今,这知州位子空缺快一年了,这回总算有人补了缺。"

年轻的录事林青好奇地问道:"范通判,这回来的新知州怎么样?"

范昂苦笑摇头道:"能怎么样?有门路、有后台的会到这鸟都不拉屎的滁州来?"

陈重道:"我伺候过的知州老爷有好几任了,刚来的时候没门路没后台,过两年弄到钱了,便想方设法找后台买门路,一个个任期不到便升迁了,跟走马灯似的。"

身形壮实的参军杨山接口说道:"可不是嘛,就说刚离任的知州赵善仁吧,一来便拼命搜刮钱财,用百姓的血汗钱买通了他的官路,两年不到,就升迁走人了。"

林青问道:"我说范通判,你来滁州时间也不短了,怎么也不去走走后门,离开这个破地方?"

范昂苦笑摇头道:"不用拿我寻开心了,快干吧,新知州说不定马上就到了!"

一差役领着罗源福和王婶匆匆而入道:"范大人,这位罗老汉过去做过厨子,烧得一手好菜,这位王婶可以打打下手。"

范昂道:"好好好,两位老人家先准备去吧,等新任知州大人一到,就摆酒接风。"

衙门外,辛弃疾和辛十二牵着马缓步而来。辛十二茫然四顾道:"想不到这州府衙门也破败成这个样子!"

辛弃疾走到石狮面前,心情沉重地道:"连年战乱,滁州不知被毁了多少遍,只剩下了这对石狮……"随即走到右侧,拂开荒草,用手摇了摇歪倒的石狮,似乎打算将它扶正。魏忠从外面返回衙门,一眼看到辛弃疾,似觉可疑,便停下脚步,厉声喝问:"什么人,在这里干什么?"

辛十二正欲答话,被辛弃疾止住,拍了拍石狮,语气平静地道:"随便看看……"

魏忠近前审视二人厉声道:"鬼鬼祟祟、探头探脑的,不是奸细便是盗贼!"

跟在后面的胡三讥诮道:"莫非想打这石狮的主意?"

李四一脸嘲讽道:"不用偷,想要拿走便是,省得倒在这里碍事,哈哈……"

辛弃疾微微一笑道:"嫌它碍事,为何不将它扶起来呢?"

魏忠一声冷笑道:"你是站着说话不腰疼,你扶一个试试!"

"堂堂州府官衙,门前石狮任其歪倒,无人问津,这官风岂能清正?"辛弃疾神色凝重,扎衣卷袖,运足神力,抱起石狮放回原处。

魏忠等人惊得目瞪口呆。

"壮士好神力!"范昂走出大堂,连连击掌赞叹。

辛弃疾拱手还礼道:"献丑献丑!"

魏忠神色稍定,抽刀在手不满地道:"哼,靠几分蛮力便想在此称雄,想欺我滁州无人吗?"

胡三李四也拔刀逼向辛弃疾。

"这不是刚才救凤儿的好汉吗?"罗源福闻声上前,急忙解释,"误会误会,就是这位好汉刚才打跑金兵,救下了唱花鼓的凤儿姑娘!"

范昂肃然起敬,礼貌地问道:"这位好汉从何处来?"

辛弃疾微微欠身道:"在下便是新上任的滁州知州。"

范昂看完辛十二递上的官诰文书,神色惊疑地道:"大人,你便是那位从山东起义回归朝廷的辛弃疾?!"

辛弃疾欠身点头道:"正是在下。"

范昂激动大呼:"各位袍泽,你们知道这位新任知州是谁吗?他就是当年在上万敌军之中生擒敌将的大英雄、当今大词家辛弃疾将军!"

众人惊叹不已,聚集围观的百姓越来越多。

罗源福竖起拇指道:"果然是天神下凡了!"

王婶双手合十道:"菩萨有灵,滁州百姓总算有救了!"

辛弃疾登上石阶，抱拳施礼，神情凝重地道："各位袍泽，众位乡亲父老，弃疾一路上看到田畴荒芜，城毁家破，百姓流离失所，苦不堪言。如此凄厉惨烈之状，如非亲眼所见，即便打死我也难以相信。然而，尽管势态险恶，袍泽们依然忠于职守，未敢懈怠；乡亲们忍饥受饿，不弃故土家园，恰如立在这一片疮痍废墟中的石狮，依然威武不屈，雄风犹在。这正表明我们滁州不可毁，家园不可毁！"

一席话让在人们激动不已，鼓掌欢呼。

"弃疾奉旨守滁，愿与乡亲们宵衣旰食，重建滁州，恢复家园，不再受胡虏欺凌。为此，请各位袍泽和乡亲们不用称呼我知州，辛某更愿意大家叫我将军，以便随时提醒我，我是一名冲锋陷阵、流汗洒血的士卒！"

辛弃疾慷慨激昂的一席话引起众人群情激奋，齐声高呼："辛将军！辛将军！"

三

紧靠淮河南岸的临淮关，是隆兴和议时金国一方以便于召集流散兵将北归为由，强行留下的一块桥头堡，其实是在南岸插下的一把刀子。河中用木船相连搭成一座浮桥直通北岸大营，一旦有事，金国大军瞬间便可顺利过河，攻占滁州，直逼建康。南宋一方虽多次要求收回临淮关，却始终未果。

驻守临淮关的金军主将正是当初济南双刹之一的图热力，当他收到辛弃疾知任滁州的消息时，吃惊不小，甚至感到左臂上的箭伤开始疼痛起来。

牙将迪罕一旁问道："将军，辛弃疾是谁？"

图热力道："南宋小朝廷新派来的滁州知州。"

迪罕不以为意道："那些南宋的官谁都一个样，捞钱，怕死，能将咱们怎样？"

图热力重重摇头道："这个辛弃疾非同一般，谋略过人，武功超强。当年在济南，我哥哥就死在他手上，我也差点没死于他的箭下……"

正说话间，阿力斡领着受伤的兵士狼狈归来，图热力见状一惊问："出了什么事，是宋军打过来了？"

阿力斡叹气道："今天触霉头了，我等到滁州城里去找找乐子，竟被一个大汉一顿拳脚打成了这样！"

迪罕问道："这人是谁，如此大胆？"

阿力斡道："听口音像是外地人，功夫了得，我等根本不是他的对手。"

图热力一惊问道:"此人是不是身高八尺、相貌魁伟?"

阿力斡道:"正是正是。"

图热力道:"算你小子逃得快,捡了条性命!"

阿力斡问:"大哥认识此人?"

图热力道:"当年在济南,他单枪匹马,从上万军中生擒了主将张安国,射杀了沾必汗大人,我这左臂还中了他一箭。"

迪罕不服气地道:"我就不信此人真有如此厉害。我这就去召集人马,乘他立足未稳,取了他性命,正好为大哥报一箭之仇!"

阿力斡道:"对,多带人马,老子要亲手宰了他!"

图热力劝阻道:"且慢,我与他多次交手,深知他不仅武功非凡,而且颇知用兵之道……"

迪罕问道:"将军是说这个辛弃疾并非单独前来上任,而是有大军随后?"

图热力道:"辛弃疾归返南宋后,一直主张兴兵北伐,收复中原。此次来滁,必有所图。如果贸然出兵,正好让他找到我方违背和约的借口,乘机大举进兵。万不可轻举妄动,先看看辛弃疾到底有何企图再说!"

四

经过一番清扫收拾的州府衙门大堂,虽然简陋,但整洁多了。辛弃疾在州衙内四处查看一番后回到大堂,神情沉重,蹙眉长叹:"想不到堂堂知州衙门,竟然也毁坏成这般模样。"

范昂说道:"谁说不是呢!从建炎四年算起,金人九次攻陷滁州,每次撤离都放火烧城,知州衙门也是被连烧九次。后来也许朝廷担心金人还会再来,便不肯再拨款修复了。"

辛弃疾问道:"难道州府自己不能筹款修复吗?"

陈重叹息道:"辛将军有所不知,滁州连年战乱不息,灾荒不断,全城十户九空,市井冷落,田地荒芜,上哪去筹款?"

范昂也是一声叹息:"唉,住户流失,人口锐减,上头税额不减反增,即便连年天灾,赋税也不少分文,至今还拖欠五千八百贯赋税无从上交呢!"

辛弃疾道:"辛某来滁州之前,曾任司农寺主簿,专事管调全国钱粮。朝廷每年下拨到滁州的赈灾钱粮均悉数发放,这钱去了何处?"

范昂回道:"赈灾钱粮均由上届知州赵善仁赵大人亲自掌管,我等不便过问。"

杨山气愤道:"哼,明摆着用来跑官去了!"

林青无奈地说:"就算是又能怎样,人家还不是已经升迁了?"

陈重瞟了一眼沉默不语的辛弃疾,朝二人示意道:"少说两句吧,留着兴致好喝酒!"

罗源福、王婶端来酒菜,摆了满满一桌。

范昂邀请道:"辛将军一路辛苦,早该饿了,快请入席吧!"

辛弃疾回头看着满桌酒菜,不禁一怔道:"你们这是?"

范昂语含歉意道:"此地实在穷困,拿不出什么好东西,略备薄酒陋食,为将军接风洗尘。辛将军请上座吧!"

辛弃疾沉下脸色道:"滁州百姓衣不遮体、食不果腹,一座城池连个城门都没有,你们却把钱全花在这酒桌上!"

陈重道:"本地实在穷困,为了这桌酒席,我等可是跑断了腿,请将军千万赏脸!"

辛弃疾怒视众人道:"赏脸?这分明是在打我的脸,你们吃得下去,我可吃不下去!"

范昂道:"辛将军息怒,为新任上司摆宴接风洗尘,也是历来不成文的规矩。"

辛弃疾不悦道:"这叫什么规矩?这个规矩从我这一届开始,就此破了!"

范昂将信将疑道:"只是酒菜已经做好,还请辛将军……"

辛弃疾语气缓转道:"酒菜既已做好,也不可浪费。这样吧,全都分给府衙上下人等,银子由我承担,算是与大家的见面之礼!"

范昂见这位新任知州神情严肃,语气诚恳,不像虚意客套,不由得面带激动道:"滁州要是早有这股清廉之气,何愁民不富足?!"

辛弃疾神色严厉道:"各位同人,辛某不才,能与诸君共守滁州,建功立业报效朝廷,是今生幸事。辛某出身军旅,深谙施政如治军,恪守令行禁止,严责厉行。日后如有冒犯之处,还望各位见谅!"

众人齐称遵命。魏忠一脸不屑,歪倒椅上酣然大睡。

辛弃疾说道:"本府初到任上,对滁州情势所知甚少,请范通判告知各属司备齐卷宗表册,尤其是历年税赋收支账簿,明日点卯之时一一呈报,不得有误!"

接连数日,辛弃疾晚上查看各属司呈送的卷宗表册,白天由范昂领着在城中四处查看灾情。迎着寒风,二人登上残破的城墙,烧毁的城楼已经坍塌成一堆烂砖碎瓦,残留着当年激战的惨烈痕迹。俯视城中,只见城内残垣断墙,瓦砾遍地,街道杂草丛生,衣衫褴褛的人们栖身于废墟之上搭建的茅棚,偶尔几缕炊烟飘散出微弱的生息。

辛弃疾无限感慨地道:"滁州形兼吴楚,气越淮扬,儒风之盛,夙贯淮东,古有金陵锁钥、江淮保障之称。从春秋诸侯战乱到今日宋金之争,历朝历代此地都是兵家必争之地。可眼下凋零成这般境况,远比我意料的还要糟糕。"

范昂一声长叹:"商铺住宅关门闭户,破烂不堪,街市上野草丛生,饥鼠乱窜,全城连一只打鸣的鸡也没有,这哪还称得上两淮重镇呀!"

辛弃疾感慨道:"是呀,虽罢兵休战已久,江淮沿岸各州县均已恢复繁荣,而滁州却依然残破不堪,形同废墟,百业萧条,百废待兴。这千头万绪,真不知该从何处着手!"

范昂回道:"千头万绪第一步,自然是安顿民心,招抚流民回归本乡本业,只是……"

辛弃疾接话道:"只是没有钱?"

范昂道:"没有钱,说什么也是空话!"

辛弃疾道:"我已经向新任吏部尚书赵汝愚大人去函,将滁州实情做了翔实陈述,我想不久便会有回复的。"

范昂满怀期待道:"但愿有个好的回复,滁州实在熬不下去了!"

城墙下一段残存的断壁,几根竹竿支撑起一间茅棚。一阵风起,棚顶茅草被刮得飘落满地。王婶惊呼着冲出茅棚,在地上捡拾散落的茅草。一双手将一把茅草放到王婶手中,她抬头一看,竟是辛弃疾。

王婶既感动又伤心地说了一声:"辛将军!"

辛弃疾神情沉重道:"你家里人呢?"

帮忙收拾茅草的邻居刘老汉在一旁哀叹:"唉,这王婶的命真够苦的,儿子被金兵抓去当了汉军,至今死活不明,老伴前年也过世了……"

辛弃疾问道:"你一个人孤苦伶仃的,怎么不去投亲靠友呢?"

刘老汉回道:"她和州的娘家人来接过她好几次,她死活不走。"

辛弃疾问:"这是为什么?"

王婶抹去泪水道:"我若走了,我儿子小龙回来就找不到我了,我要在这儿等小

龙回来！"

看着眼前这位瘦骨嶙峋的白发老妪，辛弃疾心中一阵酸楚，动情地扶着王婶，强忍热泪道："好，王婶，我们就在这里等小龙回来！"

辛十二寻找而来，递上信函："大哥，户部有回函了。"

辛弃疾急忙拆阅，连声叫好："这真是雪中送炭呀！"

范昂惊喜地问道："户部答应免去历年积欠赋税了？"

辛弃疾道："岂止免去所欠赋税，还额外拨下三千贯用于赈灾，以安定民生，招抚流亡。"

范昂神情激动地道："太好了，有了这笔款，滁州便有救了。辛将军，还是你面子大，一封信函便解了滁州多年之困。"

辛弃疾更正道："是滁州面子大呀！"

范昂疑惑道："此话怎讲？"

辛弃疾道："我来滁州，是由新任吏部尚书赵汝愚大人向皇上举荐的，新任右丞相叶衡大人也极力支持。叶相虽升至相位，仍保留户部尚书一职，滁州告急，他们能不给个面子，哈哈……"

范昂欣慰道："对滁州来说，真是天降甘霖呀！户部款项什么时候能到？"

辛弃疾道："我一再申明十万火急，应该很快吧！"

范昂若有所思道："对了，如依照规制，户部款项需先下拨到淮东路漕运司，经漕运使核审之后通告下属州县领取。"

辛弃疾问道："淮东漕运使是谁？"

"就是上届滁州知州赵善仁。"范昂神色黯然，"看来这笔赈灾款项不好拿呀！"

辛弃疾眉头一紧道："这个赵善仁真有这么厉害？"

范昂道："他之所以敢为所欲为，还不是仗着后台汤思退的势力！"

看来滁州的恢复之路也是荆棘满地、举步维艰，辛弃疾陡然失落，陷入苦思。

五

南宋朝廷承袭北宋旧制，将全国分为二十五路，每路设置四司，分别为安抚司、漕运司、刑狱司和常平司。其中漕运司掌管一路钱粮赋税，上供下拨，水上运输，并执掌对所属州县监察之权，职权极大。

淮东路漕运司衙门设在江淮水陆要冲之地和州地界，独掌漕运司大权的正是从滁州知州升迁的赵善仁。他五十开外，体态肥胖，面容和善，只是那双细眯的小眼睛透出一道奸诈而贪婪的幽光。

为了这个淮东路漕运使的职位，他几乎耗尽了家财。到任一年来，他用尽心机，百般算计，不择手段，不放过任何机会拼命捞钱，他必须在两年任期内捞回本钱后再大赚一笔。此时他在后衙里一边搂着汤思退赏赐给他的雪娘饮酒作乐，一边盘算着如何从将要经淮东路转运的一批灾粮中大捞一笔。

雪娘依偎在赵善仁怀里，娇声滴滴地问："老爷，我表哥的事到底怎么样了？"

赵善仁支吾道："慢慢来嘛，宝贝，我刚升迁淮东路漕运使不久，有些事总要避避嫌吧……"

雪娘起身坐到一边，娇嗔道："我就知道你嫌弃我表哥，不愿办就算了！"

赵善仁解释道："不是我不愿办，魏忠这小子也实在太鲁莽了，一点也不长心眼，在滁州我不知给他擦了多少屁股，真担心弄出点事连我也牵扯进去！"

雪娘不悦道："你还怪他，不是他，那些赋税能收到你腰包里吗？你有那么多银子去买官吗？汤丞相会把姑奶奶我赏给你吗？你分明是过河拆桥！"

赵善仁讥笑道："你和他也从中捞了不少呀！"

雪娘脸色涨红道："哦唷，看你说的，我对你可是一心一意，哪会去做吃里爬外的事。不愿办就算了，回头在汤相爷面前别怪我不替你说话！"

一提到汤相爷，赵善仁已经软了三分道："好吧好吧，我的姑奶奶，回头找个合适的机会，让他来漕运司当差，叫他少给我惹祸！"

雪娘问："那你给他个什么官？"

赵善仁略作思索："先让他在监察署当个巡检捕头吧！"

"捕头？"雪娘嘴巴一撇，"这也太小了吧，还是个苦差事！"

赵善仁问道："那他还能干什么？"

雪娘说："起码可以在护卫营当个统领吧！"

赵善仁犹豫未决，雪娘一头倒在赵善仁怀里，撒娇道："就这么定了。"

"嘿嘿，这淮东路漕运司由你当家了！"赵善仁顺势翻身将她压在身下。正在这时，响起了敲门声，赵善仁抬起头来，一脸不悦道："什么事？"

门外回答："大人，户部下拨的赈灾款项到了！"

"赈灾款项？"赵善仁一听到赈灾款项，本能地打了一个激灵，急忙从雪娘身上爬起,衣冠不整地冲到门口,拉开房门,"哪来的赈灾款项?"

干瘦的门吏站在门外道:"户部下拨滁州的赈灾款项。"

赵善仁问:"多少?"

门吏回道:"三千贯。"

赵善仁瞪大眼睛确认道:"三千贯,赈灾款项?"

雪娘顾不得穿好衣裙,惊喜上前道:"我的妈呀,三千贯!钱在哪呢?"

门吏双眼直直地紧盯着雪娘微露的胸膛,一时心猿意马,竟忘了回答。赵善仁生气地干咳了一声。门吏猝然回神,一时不知如何答对。

赵善仁为雪娘理好衣裙,将她拽到身后,朝门吏双眼一瞪道:"问你钱在哪?"

门吏结结巴巴地道:"在,在衙门前厅,王司库已经到了,就等大人开封点验入库。"

赵善仁草草整理衣冠,跟着门吏匆匆离去。

"等等我!"雪娘慌忙跟出,长裙缠足,差点摔倒在地。

三人来到衙门前厅,只见六口朱漆大木箱整整齐齐摆放在青砖地上。司库王练候在一旁。他年近六旬,面容清瘦,见赵善仁走进前厅,便一一揭去封条,打开箱盖。赵善仁从箱内抓起一把闪闪发亮的铜钱,欣喜若狂。雪娘挨近赵善仁,娇声说道:"老爷,我想在西湖边上买一处带花园的楼房。"

赵善仁白了她一眼,故作正经道:"这是赈灾款项,你当是自己的私房钱?"

雪娘娇声一笑道:"还不都一样嘛。"

王练近前问道:"大人,这些赈灾款项何时下发到滁州?"

赵善仁将铜钱扔进箱中,关上箱盖道:"滁州还积欠了五千八百贯赋税,这笔钱也只能冲抵一半!"

雪娘双手一拍道:"对呀,全都留下!"

王练道:"大人,户部有令,这批赈灾款项务必尽快悉数下拨滁州。"

赵善仁满不在乎地道:"户部算什么,你休要拿着鸡毛当令箭。钱到了我手上,我说了算!"

雪娘白了王练一眼道:"就是,王老头,你是在淮东路漕运司当差,该听谁的?"

王练忠厚胆小,深知这婆娘不好惹,虽心中不满,却不敢吱声。

六

缺了一条腿的大方桌上摆放着各部司卷宗账册。辛弃疾从桌上拿起一本厚厚的账簿,沉吟少许道:"各部司卷宗账册我已经一一看过,尚无大误。只是历年收支账册似乎做得过于干净了!"

坐在一侧的范昂点了点头道:"这账册我也看过,找不出丝毫漏洞。"

"没有漏洞,也许就是最大的漏洞!"辛弃疾目光冷峻,"不知这历年收支账册是出自何人之手?"

范昂回道:"历年收支账册均由已故司户顾春所制,前任知州赵善仁大人从不准别人染指。"

辛弃疾问:"司户顾春何时去世的?"

范昂道:"在赵知州离任前一天自缢身亡。"

辛弃疾放下账册起身踱步,低声自语:"做得真干净啊,无懈可击!"

范昂有些泄气道:"找不到丝毫漏洞,如同老虎吃天——无处下口呀!"

辛弃疾沉吟道:"下口之处总会有的!"

范昂担心道:"他的后台太硬,万一……"

辛弃疾道:"你害怕了?"

范昂回道:"过去是很害怕,不过有了你辛将军,便没什么好怕的了,只是担心打蛇不死反被蛇咬!"

辛弃疾道:"范兄的担心不无道理,这笔账暂且给他记着,先设法将滁州的救命钱拿到手再说!"

范昂询问道:"将军好像已有妙策?"

"少歇点卯便知!"辛弃疾诡谲一笑。

说话间点卯时辰已到,各部司签判、参军、录事、监事、推官、司理等人陆续从外走进大堂,依次入座,听候知州每日的例行点卯。范昂扫视大堂,见巡查都头魏忠未到,便问道:"巡查都头魏忠怎么又迟到了?"

杨山道:"定是昨夜又喝醉了!"

辛弃疾问道:"这个魏都头过去也经常如此吗?"

陈重回道:"经常如此,他仗着和上届赵知州沾点亲,谁都不放在眼里。"

林青说道:"听说他就要去淮东路漕运司护卫营当统领了,正得意着呢。"

杨山不屑道:"哼,他这种人走得越早越好!"

辛弃疾问道:"谁去把他找来?"

陈重回道:"我已经让胡三、李四去找了。"

"他来了!"林青指着堂外。只见魏忠衣冠不整、醉步蹒跚地由胡三、李四扶着走进大堂,拉过椅子一头坐下。陈重上前扯了扯魏忠衣袖道:"快坐好,辛将军正在点卯!"

魏忠推开陈重不屑地道:"去去,什么将军,老子马上就当将军了!"

辛弃疾起身上前,神色平静地道:"魏都头,你喝了多少?"

"本都头,本将军想喝多少就喝多少,你管,管得着吗?"魏忠嘴里打着呼噜,半睁眼睛偷偷看着辛弃疾,他要看看这个什么狗屁大英雄到底能将他怎样。

大堂上,众人有的冷眼观望,有的窃窃私语,等着看辛弃疾如何发落这个谁都惹不起的刺头儿。

"魏都头着实醉了,先给他醒醒酒吧。"辛弃疾淡然一笑,转身回到座上,脸色一沉,语气威严,"来人,拖出去杖责四十!"

大堂上顿时鸦雀无声,站在门外的几名差役犹豫不前。

辛弃疾怒道:"怎么,难道还要我亲自动手?"

几个衙役鼓起勇气将不停叫骂的魏忠拖到门外,按倒在地。魏忠一边挣扎,一边不停叫骂:"谁敢动老子,不想吃饭了?"

辛弃疾问道:"谁是胡三、李四?"

胡三、李四战战兢兢出列道:"小的在!"

辛弃疾道:"去给你们都头醒醒酒,用点力!"

胡三、李四只好举棍上前,却是高高举起轻轻打下,未肯用力。辛弃疾站起身来道:"看样子你们都没吃饭,舍不得用力,还是本将军亲自动手吧!"

魏忠大吃一惊,心想,真要让这力大无穷的凶神动手,还能有命? 他急忙催促道:"用力,用力,让他来我就死定了!"

胡三、李四害怕魏忠日后报复,仍然不敢用力。杨山和林青上前夺起军棍左右开弓狠狠打下,魏忠立即杀猪般号叫起来,引来围观的百姓拍手叫好,齐声帮腔数数。

辛弃疾道:"给我狠狠打,打到认罪为止!"话音未落,魏忠疼得大喊大叫:"大人饶命,辛将军饶命,小的认罪!"

辛弃疾挥手叫停，淡然一笑道："真的认罪了？"

魏忠痛哭流涕道："认罪认罪，求辛将军手下留情，小的再也不敢冒犯大人了！"

辛弃疾道："记住，打的不仅是你冒犯上司，打的还是你平日渎职犯科、欺压百姓、胡作非为！"

魏忠跪伏地上，连连求饶："小的再也不敢了！"

"好，剩余二十军棍暂且记下，待本府查清历届账目，如与你有关，定不轻饶，谁也救不了你！"辛弃疾朝下怒扫一眼，有意提高话声，"凡有作奸犯科者，休想逃脱！"

这一顿棍棒，打得魏忠皮开肉绽。自打从娘胎出来，他也没吃过这等苦头。过去都是他欺负别人，现在被这个归正人如此欺负，他嘴上求饶，心头却恨得流血。他找来辆马车，趴在车上，到和州淮东路漕运司衙门后衙，要赵善仁为他出头。

见魏忠挨了打，赵善仁非但没有动怒，反而暗自高兴，这个混世魔王早该有人收拾一下了，但嘴上说："怎么把你打成这样？"

雪娘气愤地道："这个辛弃疾也太心黑手狠了，你也没给他提起你表姐夫的名字？"

魏忠故意火上浇油道："不提还好，刚一提起赵善仁三个字，他又加了二十大板，哎哟……"

赵善仁惊道："真有此事？"

魏忠正色道："骗你王八蛋，哎哟——听说他正查你的账呢，哎哟——"

赵善仁从躺椅上一下站起，一怔道："什么，查账？"

雪娘道："哦唷，人都走了，查又有什么用。再说了，滁州属你淮东路辖治，他辛弃疾也归你所辖，他敢查你？"

"妇道人家，你懂个屁！这辛弃疾非常人可比，这只老虎天不怕地不怕，不可大意。"赵善仁不停来回踱步，焦急思索，细眯的眼缝里幽光闪动。

雪娘问："老爷，你打算怎么办？"

赵善仁停下脚步道："把赈灾款项尽快下发滁州！"

雪娘不解地道："啊，这么多钱不要了？"

赵善仁满不在乎地说道："区区三千贯，算得了什么？万一那辛弃疾真要牛着劲翻查老账，一旦闹到朝廷去，恐怕汤丞相也罩不住。再说，那些账哪一笔经得住查？"

雪娘问："眼看着这么多钱就一风吹了？"

赵善仁道："小不忍则乱大谋，先忍下这口恶气，来日方长！"

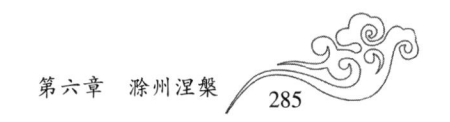

"这下该那些穷鬼高兴了!"雪娘泄气地坐到椅上。

七

果然不出两日,装满赈灾款项的六口朱漆木箱整齐地摆放在滁州州府衙门大堂当中,押送款项的王练请辛弃疾亲手揭下封条。箱盖掀开,辛弃疾双手捧起铜钱,一脸激动道:"王司库,你给滁州送来了救命钱呀,辛某代滁州百姓谢过了!"说毕朝王练深深一揖。

王练慌忙拱手还礼,无限感慨地道:"在下混迹官场三十余年,对贪赃枉法、徇私舞弊早已司空见惯。而今日来到滁州,方知天下竟还有像辛将军这样为国为民呕心沥血、鞠躬尽瘁的好官。当见到部下是那样敬重你,百姓是如此拥戴你,你知道我在想什么吗?我在想,要是我们国家多几个辛将军这样的好官,百姓何愁不会过上好日子,国家何愁不会早日中兴统一!"

辛弃疾连连拱手道:"王司库过奖了,辛某只是做了一点自己想做的事情。"

"时候不早了,在下就此告辞,日后如有用得着的地方,请辛将军只管吩咐!"王练说毕,从陈重手中接过收契,再次拱手,率领押送军校离去。

杨山道:"赵善仁这个王八蛋,心也太黑了,在滁州当官时恨不得将地皮刮走三层,朝廷下拨的赈灾款他也想独占私吞!"

范昂道:"不过辛将军这一招也够妙的,二十军棍打出了滁州的威严和正气,还打回了三千贯赈灾款项!"

陈重戏谑说道:"这叫作打在魏忠屁股上,疼在赵善仁心口上。"

一句话引得众人开怀大笑。

辛弃疾问道:"陈大人,你的安民告示可写好了?"

"早写好了,立马贴出去!"陈重说毕,叫上胡三和李四在东南西北四处城门外贴出安民告示。

告示一贴出,顿时引来众人围观。刘老汉一脸好奇地道:"好久不见官府张贴告示了,又是要征什么税?"

壮年农户田大虎扯着嗓子喊道:"管他征什么税,老子房无片瓦,身无分文,要命一条!"

立秋凑近告示,惊奇地说道:"这告示不是征税,而是免税?"

田大虎双眼一瞪道:"你欺负老子不识字吗?官府不征税,他们吃什么、喝什么?"

王婶提高声音道:"都别急,立秋,念出来听听。"

立秋清了清嗓子,高声念道:"本州所辖百姓,无论农商,凡从业者即日起一律免去历年积欠赋税,耕种者可向官府免息借贷购置农具,经商者贷以资本……"

念到这里,人群一下子沸腾起来,催促立秋快往下念。

田大虎着急道:"别吵别吵,快往下念!"

刘老汉道:"大点声,大点声!"

立秋提高嗓门:"凡本州所辖百姓在外流亡返乡者,官府将免息借贷重建家园,恢复生计!"

刘老汉道:"这下好了,日子总算有盼头了,我明天就去把儿子找回来!"

罗源福朝站在身旁的一个年轻妇女说道:"秀娥,快去把你家张铁匠找回来,别在外面晃荡了!"

"我这就去,马上就去!"秀娥边说边退出人群,匆匆离去。

王婶道:"唉,可惜我家老头子走得早,儿子又在外面当兵,那几亩地是种不上庄稼了。"

田大虎将信将疑地道:"这些当官的怎么突然变得这么好了,说不准又是坑咱老百姓的什么把戏!"

人群中有人应和:"可不是嘛,这太阳打西边出来了!"

刘老汉道:"倒是听说新来的知州是当年的抗金英雄,为官刚正清明,体恤百姓,是个好官!"

王婶道:"这可是我亲眼所见,这位新知州,就是辛将军,不仅拒绝了为他接风洗尘的酒宴,还立下规矩,各级官差不准公款吃喝,也不准接受百姓请吃!"

罗源福道:"你们是没看见,那天辛将军一顿军棍,打得那个魏都头屁股都开了花,吓得再也不敢回滁州了!"

王婶道:"可惜凤儿祖孙俩不在,要是看见了,不知多开心呢!"

刘老汉道:"如今好了,有了这样一心想着老百姓的好官,有了这些好规矩,咱老百姓就能过上好日子了。"

好消息如同长了翅膀的喜鹊,飞入滁州千家万户、十里八乡,流离异乡、四处谋生的人们开始陆续返回家乡。

秀娥在泗水一带寻找到在外漂泊了三年的丈夫张铁匠,好说歹说把他拉回了滁州。罗源福看到秀娥和张铁匠,忙走出茶棚招呼:"张铁匠,你到底是回来了,乡亲们都等着打锄头镰刀呢!"

秀娥埋怨道:"死活也不肯回来,我猜他八成在外面有人了!"

罗源福双目一瞪道:"你小子在外面真有人啦?!"

张铁匠憨厚笑道:"有啥人,我是不相信会有这种好事情,这不是回来了嘛!"

罗源福道:"再不回来,可没你戏唱了。"

"罗大叔要唱什么戏呀?"辛弃疾巡查路过,来到茶棚好奇问道。

罗源福急忙施礼道:"辛将军到了,快请坐下喝口茶!"

辛弃疾问道:"生意还好吧?"

罗源福道:"好,好,最近返乡的人越来越多,生意越来越好。我正寻思着攒点钱修一座茶楼呢!"

辛弃疾问道:"你不怕金兵再来烧杀抢掠?"

罗源福一边为辛弃疾端上茶水,一边说道:"这事搁以前是不敢想的,如今有你辛将军在,我们还怕什么!"

辛弃疾高兴地说:"好哦,希望你的茶楼早点开张,日后乡亲父老和来滁州的行商走贩、旅人游客便有了休闲歇足之处。"

罗源福频频点头道:"辛将军你说好便好!"

辛弃疾放下茶碗,指着远处的一处高坡,心驰神往地道:"将来还可以在那座高坡上修建一座高楼,大家闲暇之时可登高望远,观景赏乐。"

"'人知从太守游而乐,而不知太守之乐其乐也。'这不正是当年太守欧阳修先生与民同乐的胸襟情怀!"罗源福神情欣然,"辛将军,滁州百姓都期盼着与你这位太守同乐的那天呢!"

辛弃疾神色振奋道:"会有那一天的,哈哈……"

秀娥上前施礼道:"辛将军!"

辛弃疾问:"秀娥,你家男人找到了吗?"

"找到了找到了!"秀娥一把拽过张铁匠,"死人,还不见过辛将军!"

张铁匠战战兢兢不敢上前,秀娥一旁催促道:"哎呀,你怕什么,人家辛将军可是好官!"

张铁匠鼓足勇气上前跪下,却浑身直打哆嗦。辛弃疾急忙将他搀起道:"不怕,不怕,听说你是滁州手艺最好的铁匠,应该艺高人胆大才对呀,哈哈……"

秀娥道:"他胆小,就是怕官,连见着一个差役也吓得浑身打战。"

空中传来几声布谷鸟的鸣叫,辛弃疾拍了拍张铁匠肩头笑道:"听吧,布谷鸟也在催了!你回来得正是时候,快回去生炉开锤吧,乡亲们都等着你的锄头犁耙开荒播种呢!"

布谷鸟的叫声再次传来,辛弃疾循声信步登上城墙,凭高四望,只见城外田间地头人们忙着收拾田地,一片繁忙。他从南门一直转到北门,却见北郊依然一片苍凉,村落死寂,田畴荒芜,不由得停下了脚步,凝眸思索。

范昂、陈重和杨山也匆匆登上城墙,来到辛弃疾身边。自从到任后,辛弃疾很少在府衙办公,大多时间都是布衣素服,四处转悠。北城是他最常来的地方,凭高远望,不仅滁州郊外的情景尽收眼底,而且目光越过绕城而过的淮水,一直伸向广阔的中原大地,那是他魂牵梦萦的地方。下属们每逢有事,在这北门城楼一准能找到他。

他听完范昂和陈重关于修复府衙和城墙的规划和预算,沉吟少许道:"户部拨款十分有限,修复府衙和城墙暂且缓一步,眼前当务之急还是先帮助百姓修复住房,保障生计,让回归的流民真正安下心来。人心稳定,方有生机无限。"

陈重道:"辛将军,近几日来回归流民又增加了近两成。"

辛弃疾道:"如此说来,加上已有的四成,现在有六成了?"

范昂回道:"应该有六成半了。"

辛弃疾问:"农户开荒有几成?"

陈重道:"不到三成,许多人找不到地种。"

辛弃疾指前远处:"北面好多土地都还荒着,为何无人去耕种?"

范昂道:"北面离临淮关太近,金人常来袭扰,田地丢荒已久,无人愿去耕种。"

杨山道:"我家几亩好田也在北门外临淮关附近,一直荒着,可惜哦!"

辛弃疾陷入沉思,良久,毅然抬头道:"杨参军,烦你立即去告知张铁匠和全城大小铁匠铺,加紧打造垦荒农具,五日之后,我要亲率州府差员,到城北开荒播种!"

开荒播种,这原本是人们为了生计的常理常情。而在滁州北部,在金军眼皮底下开荒种粮,无异于虎口拔牙、狼窝取仔,在滁州人眼中,更是成了稀奇事。消息传开,充满疑虑的同时也怀着期望的人们一大早便等在北城门口,要看看新来的知州是否真要去城北开荒种粮,毕竟,如今官府说大话、说空话,甚至说假话的事太多了!

漫天朝霞中,但见辛弃疾头戴斗笠,肩扛锄头,大步流星走出城去。辛十二、范昂及州府差员紧随其后,引来无数百姓在一旁好奇地观望议论。

田大虎激动地奔回家中扛起锄头便走,被妻子死死拖住。"有啥好怕的?金兵敢来,老子跟他们拼了!"田大虎甩开拖着他的妻子,走进开荒队伍中。

立秋扛着锄头加入队伍,被母亲拖回,惊恐地道:"你不要命了,忘了你爹怎么死的?"

王婶扛着锄头一旁劝慰道:"立秋他妈,如今有辛将军在,不用害怕金兵了!"

刘大叔一旁插话道:"嫂子,放心吧,辛将军是天神下凡,金兵不敢来的!"

"那你可要紧跟着辛将军,金兵就伤不着你了!"立秋妈口中叮嘱,却仍不松手。"我会紧跟着辛将军的,妈你放心便是!"立秋趁母亲犹豫之时,挣脱而去,加入了开荒队伍。

参加开荒的人越来越多,如同一支出征的军旅,浩浩荡荡拥出北门,散开在北郊的大地上。辛弃疾和辛十二跟着王婶来到一块荒芜的坡地,王婶告诉二人,这就是她家抛荒好多年的土地。

"十二,来吧,咱们就帮王婶耕种这块地!"辛弃疾说罢挥动锄头忙活起来。

王婶喜笑颜开道:"哎哟,辛将军亲手帮我种地,老婆子福气太好了。"

刘老汉闻声从坡下走过来,朝辛弃疾拱手施礼道:"辛将军……"

辛弃疾停下活计问:"刘老丈有事吗?"

刘老汉吞吞吐吐,笑而不语。王婶笑问:"刘大哥今天是怎么啦?平日里说话挺爽快的。辛将军不是外人,有什么话就说吧。"

辛弃疾道:"对,都不是外人,你请说。"

刘老汉支吾道:"想请……请辛将军到我家地里刨上几锄头,就几锄头!"

辛弃疾一时不解道:"刨几锄头?"

辛十二也不解道:"刘大爷,你家十多亩地只刨几锄头管什么用?"

刘老汉道:"当然有用,辛将军乃天神下凡,只需到我地里随便刨几下,明年准定大丰收!"

辛十二一下笑出,道:"对呀大哥,干脆你就到每户地里用锄头刨上几下,全都会大丰收了。"

"那我这把锄头便真成神锄了!"辛弃疾和众人开心得大笑起来。

八

辛弃疾在滁州招抚流民，重建滁州的举动，图热力不敢擅自决断，便赶回燕京向完颜雍当面奏报。完颜雍听完奏报，深感不安，抬头巡视众臣，问道："这个辛弃疾到滁州，又是恢复农商，又是重修城池，干得热火朝天，他到底想干什么？"

老丞相李石沉吟片刻道："依老臣之见，这辛弃疾正在恢复的不仅是滁州的城池和百姓的生计，而是在恢复南宋朝廷与我大金对抗的元气。滁州从来都是两国争夺的战略咽喉之地，一旦被辛弃疾经略成为南宋进攻的前沿堡垒，将直接威胁到我大金的安危。"

阿烈呼上前请旨道："请陛下降旨，趁辛弃疾立足未稳，臣下立即率大军一举踏平滁州，除掉辛弃疾！"

"南宋小皇帝赵眘一向锐志北伐，他让辛弃疾知守滁州军政，显然谋划极深。目前金宋实力相差无几，加之蒙古人在北面大军压境，一旦与南宋爆发战争，我们将会腹背受敌。"完颜雍顾虑重重地摇摇头，最后命图热力火速返回临淮关，严加监视，不可轻举妄动。

图热力返回临淮关，发现不到半个月的工夫，辛弃疾居然领着滁州百姓在临淮关前开垦出了大片荒地。

迪罕大为光火道："这辛弃疾也太嚣张了，小将这就带兵把这些汉人赶走！"

阿力斡附和道："对，老子正好去找那辛弃疾报仇！"

图热力摇摇头道："陛下要我们不可轻举妄动，再说庄稼还没长出来，急什么？"

迪罕恍然大悟："将军言之有理，哈哈……"

图热力吩咐道："听着，把辛弃疾的一举一动盯紧了！"

芜荒了好久的北郊大片土地都被开垦出来，肥沃的泥土散发出诱人的芬芳。人们在翻新的土地里播撒豆麦，点种瓜菜，一片繁忙，似乎已经忘记了不远处曾经常来烧杀抢掠的金军。如今乡亲们越发相信刘老汉的话：辛将军是降妖伏魔的天神下凡，临淮关里那几个胡虏小鬼早被镇住了。

乡亲们的麻痹和轻敌反而加重了辛弃疾的忧虑和担心，他常站在王婶的地里，拄锄凝望着远处的临淮关，若有所思。

范昂近前道："辛将军，近日我一直在思虑一件事……"

辛弃疾脱口而出："为什么对面的金军至今会毫无动静？"

范昂亦有同感道："将军也在揣度此事？"

辛弃疾道："那个图热力在济南曾与我打过交道,还中过我一箭。此人虽武功平平,但心计过人,我们在他眼皮底下闹出如此动静,他岂会视而不见？"

辛十二道："图热力这小子一定有什么鬼把戏！"

辛弃疾突然省悟道："我们开荒时他视而不见,播种时按兵不动,他是要等到粮食成熟之时再动手！"

辛十二恍然大悟："真是这样,我们不是白干了？"

杨山道："怕什么,到时候把命豁上也要保住粮食！"

辛弃疾道："滁州能否恢复生机,百姓们能否安居乐业,都指望着这第一季的收成,庄稼必须保住。可是州府没有驻军,把衙役士兵加在一起也不过五六百人,且多是老弱病残,图热力手下拥有两千精壮兵马,如何抵挡？"

范昂道："辛将军,能否上奏朝廷,秋收时派兵前来护粮！"

辛弃疾重重摇头道："如今是韩侂胄执掌兵权,他不会派兵助我的。再则,真要派来几百上千兵马,这点粮食恐怕还不够供养他们的。"

范昂问道："那该怎么办？"

辛弃疾道："只能靠我们自己。"

田大虎不解："靠我们自己,怎么靠？"

辛弃疾语气坚决地道："屯田！"

范昂双手一拍："屯田？好主意！"

田大虎问道："范通判,什么叫屯田？"

范昂道："这是早在西汉时霍去病所用屯军戍边之策,就是让军队一边守疆护土,一边耕种自养。"

辛弃疾道："祖先留下的屯田之策,眼前正可一用。我打算将滁州以及各乡县所有精壮农户集结一起,编成屯田民兵,纳入州府准军建制。农时耕种,闲时操练,平日保土安民,一旦金军犯境,招之能战！"

范昂道："辛将军,看来这事你早有谋划。"

辛弃疾一笑道："也是刚想起来的。"

田大虎道："辛将军,你这主意太好了,我田大虎第一个参加屯田民兵！"

创建屯田民兵的设想立即得州府上下和各乡县的响应。开垦播种之初,人们虽然十分踊跃,其实心头都暗暗捏着一把汗,担心会辛辛苦苦地白忙一场。

很快,张氏铁匠铺和各家铁匠铺又忙碌起来,打造兵器的锤声通宵达旦,叮当不息。

在州府衙门外空场上,首批参加屯田民兵的农户手执兵器,在辛弃疾亲自带领下列队操练。经过一个月的紧张操练,这支民兵无论武艺还是素质都有了明显变化,让辛弃疾感到兴奋的是,自己终于有了带兵的机会。尽管这些屯田民兵还算不上正规军队,但他相信,他会让这支小小的军队逐渐壮大、变强,不仅能守护家园,还能在抵挡胡虏入侵、收复失地、统一山河中冲锋陷阵,建功立业。

城内街道上乱石杂草已被清除殆尽,人们推倒断墙残壁,烧砖造瓦,山中伐木,开始修缮房屋,重建家园。一些有眼光的外地商贩预测到滁州的前景商机,开始购置产业,设立店铺商行,短短几个月,滁州城内的市井也逐渐显现出曾经的风貌。

张氏铁匠铺也扩展了许多,而且又增添了几名工匠,一直炉火熊熊,锤声不息。正在院中洗衣的秀娥见刘老汉兴冲冲走来,忙起身招呼道:"刘叔,瞧您老高兴的,庄稼都种完了?"

刘老汉道:"种完了,光麦子就十来亩,还开了一片荒地,点上了不少瓜豆,今天是来叫你家张铁匠给我多打几把镰刀的。"

秀娥好奇地问道:"您老也太急了些,刚播了种就想着收割庄稼了?"

刘老汉一脸神秘道:"秀娥你不知道,我那地是辛将军用神锄刨过的,今年庄稼一定出奇地好,所以得事先多准备几把镰刀!"

"这里面也有王婶的吧?"秀娥朝着刘老汉挤了挤眼睛,逗趣说道。

刘老汉憨厚笑道:"当然有的,当然有的。"

秀娥调皮地笑问:"我可听说你还跑了好多路,在亲戚家为王婶借了只老母鸡回来,可有这事?"

刘老汉红着脸笑道:"鬼丫头,啥都瞒不过你!"

秀娥问道:"王婶的小鸡孵出来了吗?"

刘老汉道:"出来了,出来了,不多不少,整整十只!"

秀娥惊喜道:"太好了,好久没见到小鸡崽了,抽空一定去看看!"

王婶家孵出小鸡的消息传开后,引来不少人围观、特别是那些在废墟中出生的孩子,简直如同观赏珍稀动物一般,围着毛茸茸的小鸡崽不肯离开。对历经劫难而又生存无望的滁州人来说,这窝再寻常不过的小鸡崽简直就是涅槃的凤凰,是滁州

重生的希望。

辛弃疾听到王婶家孵出小鸡的消息,也是十分兴奋,跟着辛十二来到已经修复一新的王婶家中。院内一只母鸡领着一群小鸡正在地上欢快地啄食,王婶端着木碗一边投食,一边不放心地数着小鸡。见到辛弃疾和辛十二,又惊又喜地道:"哎呀,辛将军,十二兄弟,是你们呀,快请进!"

辛弃疾道:"王婶,听说你家孵了小鸡,特意来为您老道贺的!"

王婶道:"十只小鸡崽,有什么好道贺的,辛将军,你太客气了!"

"这哪里是十只小鸡崽,简直就是十只金凤凰!"辛弃疾抓起一只小鸡放在掌心上,轻轻抚摸,无限憧憬,"滁州很快就能听到鸡鸣了!"

王婶道:"可不是嘛,雄鸡一叫,老百姓的好日子就要开始了。哎,辛将军,什么时候把你夫人接来呢?"

辛弃疾道:"现在还不行,她有孕在身,行动不便。"

王婶道:"哦,恭喜辛将军,什么时候生呢?"

辛弃疾心事触动,凝眸远方:"估计还要两个多月吧。"

王婶双手一拍:"好呀,正好是地里的麦苗抽穗的时候,麦苗抽穗,孩子出世,孩子一定长得壮实!"

九

麦苗抽穗,绿浪潮涌。麦浪荡漾处,兀立东南的琅琊山诸峰相连,古树婆娑,山溪潺流。通向山间的小道蜿蜒而上,石阶破损、苔藓密布、野草丛生,沉寂幽深中平添几分凄凉。辛弃疾和范昂、辛十二三人拾级而上。忙了快大半年了,诸事总算有了些眉目,趁着得闲,也趁着好心情,辛弃疾登上这座在诗书中游历过无数遍的名山宝地。

一股飞瀑从两山之间飞流而下,声若丝竹,优雅悦耳。辛弃疾驻足仰望问道:"这便是酿泉了?"

昂范道:"辛将军从未到此,也知酿泉?"

辛弃疾道:"'山行六七里,渐闻水声潺潺,而泻出于两峰之间者,酿泉也。'欧阳修先生的《醉翁亭记》不是写得清清楚楚吗?"

范昂失声笑道:"我倒忘了,昨天你还与我背诵《醉翁亭记》呢,哈哈!"

辛弃疾脱口低吟:"声若自空来,泻下两檐前。流入岩下溪,幽泉助涓涓。"

范昂接口吟道:"响不乱人语,其清非管弦。岂不美丝竹?丝竹不胜繁。"

二人陶醉于诗意,相视大笑,笑声在山林间回荡。早已登上坡顶的辛十二朝下大喊:"大哥,范大人,这里好像是一座凉亭!"

二人闻声加紧脚步登上坡顶,只见一根木柱顶着半片残存的檐牙,孤零零地立在风中。

范昂痛惜无比地道:"这便是被金兵捣毁的醉翁亭。"

辛弃疾四下寻觅,拨开荒草,一块断为三截的石碑横卧瓦砾之中。石碑上,《醉翁亭记》字迹依稀可见。他不禁大喜,如获至宝道:"醉翁之意不在酒,在乎山水之间也。流传天下的名句,今日总算见到真迹了!"

辛十二道:"醉翁之意不在酒,在临安吉祥酒店里也常听客人说起,原来出处在这儿!"

范昂颇为可惜地道:"可惜如此珍品却被那些野蛮之徒毁了!"

辛弃疾轻轻抚摸着碑文,一脸欣喜道:"还好还好,没把这碑砸碎,字迹也还算完整。十二,快把宣纸和拓碑器具取出来!"

范昂问道:"将军要拓碑?"

辛弃疾道:"如此瑰宝再不及早抢救,断的不仅是前哲先贤的墨宝,更是断了咱们滁州一段文脉呀!我要亲手为滁州拓下这传世真迹,不日之后,还要重建醉翁亭,再竖此碑!"

三人取水铺纸,在石碑前忙碌起来。

辛十二问:"这位欧阳修先生到底是什么人,让你们这样赞不绝口?"

辛弃疾道:"欧阳修先生曾为滁州太守,他宽赋善政,敬贤亲民,把滁州治理成了人间乐土,深得百姓爱戴。"

辛十二道:"大哥,你在滁州所作所为就很像这位欧阳修先生。"

辛弃疾道:"我哪敢与他老人家相提并论,只是潜心效仿、倾力而为罢了。先生不仅施政有方,而且在文坛也是独开先河,力扫晚唐五代文坛的奢靡之风。一代文豪宗师如王安石、苏轼等皆出自他的门下。"

范昂道:"欧阳修先生还在朝中当过翰林学士、枢密副使、参知政事等要职。"

辛十二道:"参知政事不就是丞相吗?和虞丞相官一样大呀!"

辛弃疾道:"欧阳修先生这个参知政事也没当几天,就因参与推行吏治和科举新政得罪了朝中那些元老,被贬谪到这滁州当了太守。"

辛十二道:"虞丞相也是得罪了议和派被贬到四川去了,最后还死在那儿了。唉,看来这丞相也不好当呀!"

辛弃疾有所感触地道:"只要是办正事的,都不好当啊!"

"看见山中那座破庙了吗?那就是当年滁州香火最旺的琅琊寺。"范昂指着山中一座被焚毁的破庙说道,"据说当时欧阳修先生常带朋友来此饮酒论文,有时也在此办理公事,琅琊寺智仙大师便在这酿泉旁边修盖了一座小亭,以便欧阳修先生歇足避雨。先生便将此亭取名'醉翁亭',并亲笔题写了这篇流芳百世的《醉翁亭记》,还请来大学士苏东坡书写碑文。"

辛弃疾道:"欧文苏字,珠联璧合,《醉翁亭记》从此闻名天下。"

辛十二道:"大哥,我和范大人上去看看琅琊寺!"

辛弃疾头也不抬地道:"我这里你们也插不上手,快去吧。"

辛十二和范昂离开石碑,沿着石梯小道走向山中。辛弃疾在宣纸上轻轻移动手中拓布,口中念念有词:"太守与客来饮于此,饮少辄醉,而年又最高,故自号曰醉翁也……"他神情怡然,完全陶醉其中。清晰的字迹透过宣纸逐渐显现,辛弃疾脸上流露出欣喜的笑容。突然,身后一声轻微的树枝折断声让他顿然警觉,但声色未动。

溪畔树丛中,三个持刀的蒙面人朝石碑悄悄靠近。为首的蒙面人突然跳起,举刀砍来。辛弃疾早有提防,闪身避过,利刃砍在石碑上,火花迸溅。蒙面人不容辛弃疾还手,连劈数刀,攻势凌厉,身手敏捷。

刚一交手,辛弃疾便觉察出对手不仅武艺奇绝,而且功力深厚,非同一般山贼草寇,而是经过特殊训练、武功高强的专职杀手,极有可能是阿烈呼派来的天狼杀。今天未带吴钩,遇上强敌,他暗中提醒自己不可大意。蒙面人又是一连串横斩竖劈,招招致命。辛弃疾毫无惧色,沉着应对。十数回合后,他看准对手一个细微破绽,闪身插入门户,闪电般一掌击出,蒙面人头撞石碑,咚的一声,栽倒在地。

辛弃疾尚未回身,一高一矮两蒙面人一拥而上,对他前后夹击。恶斗中,辛弃疾一脚将矮个蒙面人踢下深涧,高个蒙面人手舞双刀,旋风般劈来,辛弃疾赤手空拳,沉着应对,一记飞腿踢中他的脑门,夺下双刀。高个蒙面人见势不妙,转身欲逃,辛弃疾一刀飞出,从后背将其刺穿,跌落深涧。

一阵倦乏袭来,辛弃疾在石碑旁挂刀坐下,舒出一口长气。倒在石碑旁的蒙面人苏醒过来,悄悄从地上爬起,举起一块石头朝辛弃疾头上砸下。辛弃疾浑身一震,强忍剧痛,反手一刀刺入蒙面人腹中。他也一阵眩晕,一头栽倒,鲜血滴洒在清晰的碑文上。在这一刹那,他似乎听到冥冥中传来一声婴儿洪亮的啼哭声……

十

辛弃疾苏醒过来的时候,发现自己躺在驿馆的床上。辛十二走进来,一见大哥醒了,惊喜叫道:"大哥,你醒了,你在床上昏睡了两天,把十二吓死了!"

辛弃疾摸了摸用布包着的脑袋,记起了醉翁亭那一场惊心动魄的搏杀,微微一笑道:"没事的,罗大叔不是说我是天神下凡吗?没事了。碑文拓片呢?"

"都在都在,一张不少,你就放心吧!"辛十二将辛弃疾扶坐床头,"你准饿了,我热鸡汤去。"

"鸡汤,哪来的鸡汤?"辛弃疾不解地问道。

辛十二道:"王婶把她那只老母鸡杀了。"

辛弃疾一怔道:"王婶那只老母鸡是用来孵小鸡的,怎么能吃呢?!"

辛十二道:"我也这么说,可她炖成了汤送来我才知道,我这就热汤去。"

范昂闻声快步走入,神情欣喜道:"哎呀,谢天谢地,终于醒了,头还疼不?"

辛弃疾道:"好多了,多谢范兄相救呀。"

范昂道:"好大一块石头,将军你可真是铜头铁臂呀,难怪都说你是天神下凡呢!到底是些什么人干的?"

辛弃疾道:"这些人很能打,不但武功高强,而且十分骁勇,不像是普通人。"

"对了,从他们身上搜出了这个。"范昂取出一块腰牌,腰牌正中刻着一只凶残恐怖的狼头。

辛弃疾接过腰牌道:"果然是天狼杀!"

范昂问:"天狼杀是什么东西?"

"天狼杀是阿烈呼亲手掌控的一支专事刺杀的秘密组织,由金军中精选出来的武功高强的死士训练而成,几年前我在建康与他们交过手。"辛弃疾凝视腰牌,若有所思,"一定是他派来的!"

范昂道:"临淮关在他们手上,来去太方便了。"

"临淮关这颗钉子必须拔掉!"辛弃疾斩钉截铁地说道,并取过滁州地势图在床上展开。范昂指着地图:"依照《隆兴和约》条款,临淮关地处淮河南岸,归辖滁州。

金人却以收寻失散兵将为由,将一支数千人的精兵留在那里,一直不肯撤走,历任知州都睁一只眼闭一只眼,任其横行!"

辛弃疾道:"临淮关地域狭小,却是扼制南北的咽喉要地。金人每次南侵,均是先破此关,经此攻占滁州,直逼建康。当年宗泽、李纲、岳飞、韩世忠等大军也都是从这里渡过淮水,横扫入侵之敌的!"

范昂笑道:"将军来滁不久,却对滁州了如指掌,你是来种地的还是打仗的?"

辛弃疾道:"知己知彼,百战不殆,不过眼下还知彼不多。"

范昂笑道:"听你这口气,莫非还想知道淮水北边的事?"

辛弃疾释然一笑道:"知我者范兄也!"

范昂一脸歉意地说:"只是北边的事在下也实在所知甚少。"

辛弃疾沉吟少许道:"自从虞丞相在西川去世以后,皇上的北伐宏愿日渐消退,如今朝野上下,一派歌舞升平,醉生梦死。再这么下去,恐怕无人还记得靖康之耻、家国之恨了!"

范昂无限感慨地道:"忘战必危!正如辛兄词中所言,'休去依危栏,夕阳正在,烟柳断肠处'。"

辛弃疾道:"正因如此,我想以滁州安防为题写一篇奏本呈送朝廷,力谏皇上再鼓雄心,重振北伐之师,早日统一国土河山!"

范昂道:"好啊,但望辛将军早早动笔成章,需要范昂做些什么,请尽管吩咐!"

辛弃疾道:"我想外出数日,州府事务烦请范兄操劳。"

范昂一惊道:"怎么,你真要潜入北边探察金军虚实?"

辛弃疾道:"不入虎穴,焉得虎子!"

范昂道:"这太危险了!你是一州知州,万一出事,滁州便会天塌地陷。不行不行,实在要去,让我去吧!"

辛弃疾摇头笑道:"你一不会武功,二不懂胡语,三不熟悉北方地势,去不得!"

范昂道:"那你一定要多带些人手,以防万一。"

辛弃疾道:"人多反而误事,带上十二就行了,他出生在燕赵,懂些胡语,人也机灵。"

范昂道:"这样吧,你把杨山带上,他家住临淮关附近,曾经被金军抓去当过汉军,对淮水两岸地势极为熟悉。"

辛弃疾不禁一喜道:"这太好了!十二,立即去请杨参军来,商议一下如何去闯临淮关。"

十一

夜色朦胧中的临淮关,城门紧闭,城楼上,两名金兵夜哨来回游动。见三个蒙面人骑马来到关前,一夜哨喝问:"什么人?"

"天狼杀!"高个子蒙面人朝上晃了晃腰牌。关门开处,十数名金兵执械列队,戒备森严。门哨头领对三人的腰牌认真查验后躬身退后放行。

三人牵马入关,拉下蒙面布,原来是辛弃疾、辛十二和杨山三人。

辛十二偷偷笑道:"想不到这么容易就闯过关了,大哥,你这招真管用。"

辛弃疾道:"别高兴得太早,前面不知还有多少关要闯呢。"

杨山曾被抓到临淮关当汉兵,对关内地势比较熟悉。他将辛弃疾和辛十二领到西北面古柏坡上的一座破关帝庙里安顿下来,便独自下山到镇上联络过去一起当兵的弟兄。

淡淡的月光从残破的房顶投到蛛网密布的庙堂,庙堂正中的关帝爷塑像已经泥脱色退,那柄威震天下的青龙偃月刀连同半截右臂不知去向。胡人不敬关公,小庙几乎倒塌。

二人来到庙外石栏前凭高俯瞰,只见雄踞淮水南岸的临淮关一览无余,一座用木船连接而成的浮桥贯通南北,两岸重兵把守极严。

辛弃疾惊叹道:"难怪金人不肯放弃临淮关,扼守住这处地方,不仅进退自如,而且一旦开战,大军就会畅通无阻,顷刻之间拿下滁州!"

辛十二道:"既然这么重要,说什么也要把临淮关夺回来!"

辛弃疾道:"当然要夺回来!我还要把被胡虏抢去的中原全夺回来。不过眼下必须先拔掉这颗眼中钉!"

辛十二指着岗下道:"大哥,好像有人来了!"

荒草淹没的小道,杨山领着汉军小龙和陈彪摸黑走上岗来。小龙二十出头,身手矫健,神态机敏。陈彪体魄壮实,质朴豪爽。二人见了辛弃疾纳头跪拜,辛弃疾扶起二人。杨山一旁介绍道:"这是陈彪,一直在临淮关当汉军。这是刚从符离调来的小龙,是滁州人。"

辛弃疾注视着小龙激动地问道:"你叫小龙,你母亲姓王,左耳下有一颗红痣?"

小龙道："正是我母亲。"

辛弃疾惊喜道："太好了，你母亲总算没白等，你们母子很快就可以团聚了。"

小龙神色激动道："我天天都盼着这一天。"

辛弃疾问道："陈彪，你知道现在桥南守关有多少人马？"

陈彪回道："约八百人。"

杨山道："原来不是五百人吗？"

陈彪回道："自从辛将军来滁州后，金人害怕，已经增加快一倍了，小龙就是新补充来的。军营都快挤不下了，粮食也吃紧。"

辛弃疾问道："北岸大营有多少人马？"

陈彪道："大营有两千余人，由图热力亲自统辖。"

辛弃疾再问："淮北沿线几个州县驻有多少军马？"

陈彪道："这些小人就不太清楚了。"

小龙道："我从符离过来时看到还在增加人马，城里军营住满了，后来的都驻在城外。"

杨山问道："是不是又要开战了？"

陈彪道："不太清楚，只是当官的不时提醒，要大家小心点，提防辛弃疾打过去！"

杨山道："原来是怕辛将军打过去呀！"

辛弃疾一下笑出道："我区区一个辛弃疾把他们吓成这样？！"

陈彪问道："辛将军，你真的要打过去吗？"

辛弃疾毅然决然道："当然要打过去！"

陈彪激动地道："那太好了！我是河北人，我们家乡的老百姓活得太惨了。就说我们这些当汉军的，在老百姓眼中，我们是汉奸，在金人眼中，我们只是条狗！"

小龙道："在军营里我们处处低人一等，打仗要冲在最前头，最脏最累的活儿要我们干，军饷只能拿到一半，实在欺人太甚！"

陈彪道："我们的田地他们要占便占……辛将军，你要是打过来，我们愿做内应。"

辛弃疾问道："在临淮关你能招呼到多少弟兄？"

陈彪回道："过命的有十来个，每个人又能再拉上十来个，百八十少不了。"

小龙道："新来的弟兄中我能联络二十来个，真干起来，兴许还会更多！"

辛弃疾道："好，有你们汉军兄弟做内应，拔掉临淮关这颗眼中钉就容易多了！"

陈彪问："辛将军，什么时候干？"

辛弃疾道："你们先暗中联络信得过的弟兄，做好准备。等我去北岸摸清军情，七日之后返回再行谋划。"

陈彪道："今晚守桥的是我的兄弟，何况你们有天狼杀腰牌，也没人敢过问。辛将军，还需要我们做什么？"

辛弃疾指着庙后石栏下面道："你们来看，这后山下是一道百丈绝壁，到时候你们看到滁州方向狼烟燃起，便从这里放下绳梯，把杨参军带的弟兄们接应上来。"

"好，我们事先把绳梯备好，迎接弟兄们。辛将军，我们不能在这待太久，得回去了。"陈彪和小龙不敢久留，匆匆离去。

辛弃疾送走二人，回身来到关公像前双膝跪下，神情庄重地道："关将军，关帝爷，托你神威，我辛弃疾夺回临淮关之后，一定为你再修庙宇，重塑金身！"

三人叩拜起身。杨山取出干粮："辛将军，先胡乱吃些，好趁早赶路。"

"还真饿了，十二，也来吃吧。"辛弃疾接过干粮，咬了一口，急忙吐出，"这是什么？"

杨山无奈苦笑道："镇上啥吃的都买不到，后来在祭品店看见了这些。"

辛十二急忙将干粮扔到地上惊惧地道："原来是给死人吃的！"

"不吃才会变成死人！"辛弃疾将祭品干粮塞进口中，艰难下咽。三人凑合着填饱肚子，趁着黑夜，毫无阻拦地穿过浮桥，到达淮水北岸。

一踏上北岸，辛弃疾心情格外激动。久违的故土，日思夜想的中原大地，此时终于踏上了。终有一天，他将率领王师，荡平侵占中原大地的胡虏，将江淮南北连为一片。

凭借着天狼杀的腰牌，辛弃疾一行三人在淮北一路畅行。一连数日，对沿岸金军屯兵驻防、军需辎重等军情进行了详细探察。

符离是辛弃疾此行探察的重点，这座横在宿州与徐州之间的小县城，却是扼制南北的咽喉要道，兵家必争之地。三人隐蔽在离城不远的一座树林茂密的山坡上朝山下观望，只见南门城外，营帐毗连，兵卒集结，战马嘶鸣，号角冲空。

辛十二咋舌道："这么多兵马！"

辛弃疾道："符离过去只是一个小县城，十年前，李显忠将军攻破符离后，被金人大军围攻，伤亡惨重，因东路邵宏渊见死不救，不得不弃城突围，最后全军覆没，符离从此声名大噪。对金人来说符离是胜利之城，而对我大宋王师来说便成了耻辱

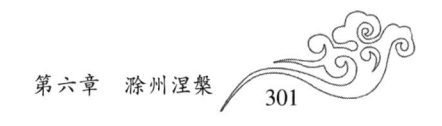

之地!"

杨山道:"难怪金军在这里重兵驻守,城外兵马少说也不下三万。"

辛弃疾道:"这一路上都看到了吧,金军在两淮沿线屯集了如此之多的兵马,而且常备不懈,随时会向我们发起进攻。而我们这边呢,从上至下只知争权夺利,钩心斗角,沉迷于声色犬马,苟安偷生,而且腐败盛行,奢靡成风,军中士气涣散,将无斗志,兵无战心,都在做着太平大梦。照此下去,别说收复失地,一旦开战,恐怕连还手的机会也没有。"

杨山道:"可不是嘛,要不然我们滁州怎么会成这个样子?辛将军,你说该怎么办?"

辛弃疾道:"回去后,我要把此行的所见所闻和滁州的情势写成奏章,呈报朝廷,引起朝廷警醒。"

辛十二道:"大哥,你向朝廷写过好多奏章了,可是都没回音哦!"

辛弃疾被触到痛处,一时无语。

杨山一派诚挚道:"朝廷里的事我知道得不多,但是看到上届知州赵善仁的胡作非为,实在让人寒心。不过,辛将军你在滁州的一言一行,却让天下百姓看到希望所在、正气还在!"

辛弃疾紧紧握住杨山双手感慨地说:"好兄弟,谢谢你。这本奏章写好之后,我一定设法当面呈奏皇上。"

辛十二道:"大哥,今天是第六天,与陈彪和小龙约定的时间该到了。"

"哦,差点忘了,先返回滁州吧!"辛弃疾本想再深入中原腹地探察更多详情,甚至回到济南爷爷和父母坟上拜祭一番,可惜时间有限。这一路上他已在心中谋划好了收复临淮关的妙计,需得再将一些细节与小龙和陈彪商议。

十二

一只羽毛红亮的雄鸡跳上王婶家的墙头,朝着太阳升起的方向引颈长鸣,唤醒了黎明中的城镇乡村。这是滁州人久经战乱以来听到的第一声鸡鸣。期盼了好久的芒种节令终于到来,晨光熹微中,人们拉车挑筐,三五成群,走向麦浪滚滚的田野。

金黄的麦穗摇曳在微风中,散发出阵阵诱人的芳香。刘老汉领着家人挥镰收割,扎捆装车,虽然满头大汗,却是满脸喜悦。大儿赞不绝口道:"爹,多亏您老有远见,提前多打了几把镰刀,要不还真忙不过来呢。哎,真没想到今年的庄稼这么好!"

刘老汉问:"你可知道今年为啥庄稼这么好?"

大儿道:"当然知道,这地是辛将军用神锄亲手刨过的!"

刘老汉得意笑道:"知道就好,哈哈……"

王婶的麦地里,辛弃疾和辛十二头戴斗笠,帮着王婶收割庄稼。王婶看着筐里的麦穗笑得合不上嘴。

日影西斜,人们将一只只装满麦穗的麻袋搬上大车,脸上洋溢着丰收的喜悦。突然有人大喊:"金兵来了,金兵来抢粮了!"叫喊声中,一阵尘土扬起,阿力斡领着一群金兵蜂拥而至,疯狂抢夺粮食。

农户们有的惊慌奔逃,有的拿起农具与金兵对抗。阿力斡挥动大刀狂叫:"要留性命,留下粮食!"

辛弃疾走出人群,厉声大喝:"今日粮食得留下,你的命也得留下!"

阿力斡认出辛弃疾,大吃一惊,强作镇定道:"辛弃疾,老子不信你有多厉害,今天让你见识见识我阿力斡的真功夫!"说毕舞动大刀一阵猛劈,在辛弃疾周围掀起阵阵风涛。辛弃疾拔剑相迎,不到三回合,一声大吼,吴钩挥处,阿力斡手中大刀被斩为两截。阿力斡大惊失色,恼羞成怒,将半截刀柄拼力投向辛弃疾。辛弃疾吴钩一横,反弹的半截刀柄洞穿阿力斡前胸。

众金兵吓得纷纷后退,一金兵惊恐地吹响牛角,早已在关内等候的迪罕率领大队金兵从临淮关内蜂拥而来。

辛弃疾摘下斗笠,抛向空中,一声大喊:"杀敌!"

辛十二大呼:"快,点狼烟!"刘老汉、王婶等农户闻声迅即将几堆麦秸点燃,几道烟柱冲天而起,顿时四乡八村也相继烟火冲空,杀声四起。

"杀敌!"田大虎、立秋率领无数民兵手持刀枪棍棒,从四面八方冲杀而出,将金兵们分割包抄,围住厮杀。

狼烟滚滚,杀声震天,空旷的田野顿时变成惊心动魄的战场。

临淮关内浮桥南头,陈彪带领起义汉军冲到桥边围住守军厮杀。浮桥北头守军见状急忙冲过浮桥赶来增援,双方争夺激烈,死伤无数。

"快,夺回浮桥!"图热力没料到内部有变,急率领金兵骑军冲出大营,来夺浮桥。

浮桥南头,守桥金兵抵挡不住起义汉军的勇猛攻击,纷纷逃向桥北。"快冲上去,夺回桥南!"图热力率领骑军跃下河堤,冲上浮桥。

浮桥南头,陈彪和起义汉军将无数装满火油的瓦罐抛向桥面,投出火把。浮桥上顿时燃起熊熊大火,退逃的金兵身如火球,纷纷跳河逃命。大火烧断缆绳,燃着火焰的船只迅即被大浪冲散。图热力急勒马头,后面的骑军收缰不住,将他撞入河中,随即被湍急的浪涛席卷而去。

清流崖下,几只满载民兵的竹筏顺流而下,靠向关帝庙下的峭壁。杨山打了个响亮的呼哨,早已守候在关帝庙里的小龙和几名汉军放下绳梯,将杨山和民兵接上峭壁,直奔关门。门哨头目上前禁阻:"汉军不得靠近关门!"

"我们是协助守关的!"小龙乘其不备,一刀将他刺倒。杨山率领民兵迅速登上城头,一阵勇猛冲杀,全歼守军。

关南田野上,喊杀声惊天动地,从各乡县赶来的民兵和乡亲呐喊着加入战斗。迪罕见势不妙,仓皇大呼:"咱们中计了,快撤回关内!"金兵们不敢恋战,狼狈回逃。一金兵突指关口惊呼:"将军快看!"只见临淮关城头上,小龙挥刀砍倒金字旗号,高举宋字大旗凌空挥舞。

迪罕大惊失色,跌下马背。辛弃疾领着民兵追杀而来,将残余金兵团团围住。迪罕无路可逃,扔掉兵器,跪地求饶。

众民兵和乡亲齐呼:"杀了他,杀了他!"

辛弃疾挥手止住众人道:"我辛弃疾从来不杀放下兵器求饶之人。别再让我遇上你,马上滚出滁州地界!"

迪罕和金兵狼狈逃离,人群爆发出胜利的欢呼。辛弃疾走近王婶,指着城楼道:"王婶,你看那是谁?"

王婶仰望城楼,神情惊疑道:"小龙?真是小龙,我的儿子!"

"对,是你的儿子小龙!"辛弃疾搀起王婶,奔向关口。小龙在城楼上一眼认出母亲,飞奔而下,迎着王婶一头跪下,声泪俱下:"妈,儿子回来了,小龙回来了!"

"我的小龙,我的儿子!"王婶紧紧抱住小龙,百感交集。

城楼上,杨山挥舞宋字大旗,城上城下欢声雷动,响彻云天。

十三

临安紫辰殿上,赵昚看完辛弃疾从滁州呈送的奏章,龙颜大悦欢呼道:"好呀,恰逢端午佳节,辛弃疾便给朕献上如此大礼,真是太好了!"

位列前班的参知政事叶衡也是情绪激动地道："南北休战以来,江淮其他地域均早已恢复繁荣,唯独滁州依然残破不堪,民不聊生,历任知州也均无建树。辛弃疾知任滁州不到一年,便让滁州人口剧增,田畴丰收,市井繁荣,税赋充盈。尤其是被金人长期盘踞的临淮关也得以收复,拔掉了一颗钉在江淮门户的钉子,真是大功一件!"

吏部尚书赵汝愚接过话题："辛弃疾南归以来,从未出任过地方长官,想不到一出马就建此奇勋。皇上可榜示全国州府,推崇滁州为楷模,以弘扬我朝雄风正气,助推国家复兴伟业。"

韩侂胄一脸妒忌之色,不以为然地道："赵大人是不是把辛弃疾夸耀过头了?"

汤思退不屑道："岂止夸耀过头,纯属文过饰非。辛弃疾在任上所为,实属职责所系,为官本分。再则,借屯田之名,私建民军,置宋金和睦大局于不顾,而且未经朝廷授命,贸然挑动战端,一旦引发战乱,祸及江山社稷。"

史弥远道："皇上,金国已经将抗议文书送至礼部,并要求立即归还临淮关,并赔偿所有损失,惩办主凶辛弃疾,不知该如何回复?"

赵昚声色俱厉道："无稽之谈!依照《隆兴和约》条款,临淮关地处淮水南岸,自然归辖滁州。我方予以收回,理所当然。抗议驳回!"

赵汝愚道："皇上,金人从来视我大宋为圈中羔羊,任其欺凌宰杀。既然他们发出战争叫嚣,干脆现在就召回辛弃疾,委以重任,授以兵权,整军备战!"

叶衡道："赵大人言之有理。辛弃疾守滁不足一年,便让金人坐立不安,惶恐不得终日,足以显见其统军之非凡才能。如委以军政要职,不仅可引领朝纲正气,而且金人也会慑其威名不敢嚣张。"

"万万不可!辛弃疾一个归正之人,怎能让他担当军政要职?如若暗藏异心,岂不是自毁江山社稷?"韩侂胄不等赵昚开口,抢先表示反对。他早已得知赵昚一直打算重用辛弃疾,心中极其不安。

叶衡道："皇上,我大宋与金国早晚终有一战,选拔能统军治国的能臣勇将是当务之急。而像辛弃疾这样的可用之材更应让其担当大任,为国效力!"

赵昚频频点头道："叶相所言甚合朕意。众卿意下如何?"

"在叶相眼中,我大宋除了辛弃疾,朝中再无别人了?不过,据我所知,辛弃疾并非如你吹得那么好!"汤思退一听皇上有重用辛弃疾之意,大吃一惊,忙忙转向赵昚,"皇上,臣接到一份密报,说辛弃疾守滁期间,擅离职守,私自潜入北方,行踪不详,不

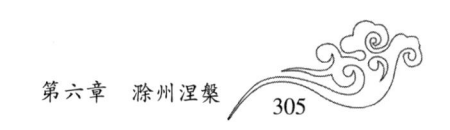

知皇上是否知晓?"

赵眘一怔道:"他是何时去的北方?"

汤思退道:"大约麦收之前。"

"私建民兵,暗通敌寇,皇上,臣担心不用多久,滁州就不再是大宋的了!"韩侂胄趁机火上浇油。

史弥远随即响应:"韩侯所言极是,这辛弃疾虽然年轻,却行事老到,心机深沉,祸心难测呀!"

赵汝愚愤然上前怒斥道:"纯属颠倒黑白!滁州翻天覆地的变化,长期被胡虏霸占的临淮关得以收复,难道这还不是明证吗?"

韩侂胄一脸讥嘲道:"难道其中不会有更大阴谋吗?欲取之,先予之,这句圣人名言,想必赵大人应该读过?"

叶衡不以为然道:"仅凭空穴来风,岂能妄下定论?"

赵汝愚愤然道:"分明有功于国,却反遭其污,岂不让天下笑骂、让世人寒心?皇上,孰虚孰实,一定要查个水落石出,岳飞悲剧不能在我朝重演。臣愿去查办此案,决不徇私!"

史弥远讥诮冷笑道:"谁不知道你赵大人与辛弃疾交往甚密,不徇私也会偏心眼吧?"

"臣以为此事关系重大,望皇上当机立断!"汤思退见局面已有逆转,便一边给皇上加码,一边在心中飞快地物色着一个于他有用的人选。对,让韩侂胄查办此案最为合适,他不但忌恨辛弃疾,而且这个草包也易于他侧面驾控。正欲开口,却见韩侂胄走出班列,上前奏道:"此案事关重大,案情纷杂,还须择用练达沉稳之人查办。"

赵眘问:"依你之见?"

韩侂胄道:"依臣之见,此案就由汤相亲自查办最为合适!"

汤思退闻之一惊,他没料到韩侂胄会将锅甩到自己头上。尽管他恨不能将辛弃疾置之死地而后快,可如果由他亲手查办,反而放不开手脚,弄不好还会惹火烧身。

赵眘略作思索道:"好吧,此案就交由汤相全权查办,定要给朕一个交代,给辛弃疾一个交代,给天下人一个交代!"

"臣遵旨!"皇上已亲口下旨,汤思退无法推辞,只好俯身谢恩,脸上极力保持着泰然的神情,心中却暗自叫苦。他深知皇上要的结果与自己想做的完全相悖,这桩案件如同一把双刃剑,稍不留神,便会伤及自身。他突然后悔不该此时抛出辛弃疾潜入北方一事,反让这块炭火落在自己脚背上。在他的处事经历中,他从来是先退后进,从不轻易出手,所以每一次的出手都能化险为夷,甚至因祸得福。当初婉拒秦桧赠金一事,他至今仍为之庆幸不已。在返回相府的官轿中,他突然想起一个人,此人是他多年前在滁州布下的一颗棋子,这次正可用上。在走出官轿时,一个绝妙之策便已思定。

十四

难得的风调雨顺,滁河变得清澈平静了许多,终日清波荡漾,蜿蜒东去。

一座高楼在滁河南岸山丘上拔地而起,檐牙飞翘,气势凌然。楼头高悬一匾,上书"奠枕楼"三字,朱漆描金,笔力雄健,一望便知是辛弃疾手迹。奠枕者,安枕无忧,齐民同乐,这便是他为楼命名的初衷,也是对滁州前景的憧憬。

楼下酒楼茶肆,馆堂毗连,喧闹繁盛,宛若集市。正中门楼匾上题有"繁雄馆"三字,仍是辛弃疾手笔。依照规划,这里将是百姓休闲游乐、物资贸易、商旅息宿之地。

锣鼓喧天,欢声动地,隆重热烈的落成典礼上,辛弃疾朝服冠戴,神采飞扬,在范昂等人簇拥下剪开庆典红绸,并兴奋地扬手将绣球抛向空中。欢呼顿起,人涌如潮,数条五彩金龙在人群中翻飞狂舞。

繁雄馆内,宾客满座。茶楼老板罗源福忙前忙后,喜不自禁。辛弃疾走进茶楼,拱手致意道:"罗老板,新张大吉,财源滚滚!"

罗源福容光焕发道:"没有你辛将军,哪有滁州的繁荣昌盛,哪有老百姓安居乐业,更不用说我这茶楼了,这真不知该如何谢你!"

辛弃疾道:"应该感谢上天眷顾滁州百姓,才有连年的风调雨顺、五谷丰登,辛某也沾光了!"

朱长九和凤儿挤进人群,来到辛弃疾身前跪下致谢道:"凤儿,快跪下给救命恩人磕头!"

辛弃疾急忙扶起祖孙二人:"老人家,快请起。你祖孙二人也回来了,好,好!"

罗源福高兴异常地道:"长九哥,你总算回来了,回来得正是时候呀!"

朱长九无限感慨地道:"真没想到,辛将军,你不光是救了我孙女的命,也救了滁州百姓的命,真不知道怎样谢你呀!"

辛弃疾道:"不用谢不用谢,滁州的变化也并非我一人之功,是全州军民齐心协力、殚精竭虑才有这般变化,要谢,你祖孙二人就给大家唱一段花鼓吧!"

罗源福道:"辛将军有所不知,凤儿姑娘十分聪明灵巧,能够现编现唱,全是新词。"

辛弃疾高兴地道:"这太好了,一会儿客人到齐了,给大家唱唱咱滁州的新变化。"

凤儿道:"新词我已经编好了!"

"这么快,先进去歇口气,喝口热茶润润嗓!"罗源福将祖孙二人让进茶楼。

"罗大叔,有件事您老能否帮忙?"辛弃疾目送朱长久祖孙走进茶楼,若有所思。

罗源福转身答道:"辛将军有什么事请尽管吩咐便是,不用客气。"

辛弃疾稍作沉吟道:"这祖孙二人到处卖唱,不仅辛苦,而且经常会受歹人欺凌。你这茶楼能否安个唱座,不仅让乡亲们品茶时也能听到我们滁州的凤阳花鼓,这一老一小也不用再东奔西跑、四处流浪。"

罗源福回道:"辛将军,实不相瞒,刚才见到他祖孙俩,我就有了这个打算。"

辛弃疾拊掌大笑道:"我们又想到一处了,哈哈……"

罗源福问道:"辛将军,夫人何时能到?"

"应该快了吧!"辛弃疾遥望远方,心有所思。几天前,他就让辛十二赶去建康,将寒鹊母子接来滁州。孩子快一岁了,真想看看儿子长什么模样。

范昂领着当地名流李清宇和周孚等儒士前来祝贺,向辛弃疾一一介绍:"辛将军,这位李清宇老先生是滁州本地名流,客居苏州,听说滁州涅槃新生,便邀挚友周孚、严子文等儒雅之士专程赶回道贺。"

"各位高人雅士请登楼观景,更别忘留下墨宝!"辛弃疾连连拱手答礼,将众人请上奠枕楼,凭栏览胜,纵目四望。楼下,城郭宏伟,市井繁荣,酒楼茶肆,人声鼎沸,人流熙攘中,不时有身着异域服饰的商旅驼队和马帮往来穿行。

李清宇无限感慨地道:"宋金交兵数十年,滁州蒙祸最酷,井邑凋残,颓然成墟,百姓编茅辑苇,栖身瓦砾,行者露盖,市无鸡啄。历任知州却只知索捐逼税,搜刮脂膏,而无视民之生死。是辛公守滁,荒陋之气,一洗而空,物阜民康,丰年乐岁,实在美哉伟哉也!"

辛弃疾谦虚道:"李公过誉了。不过,弃疾自南归已近十年,位卑职闲,从无建树。此次奉旨守滁,独当一面,胸中抱负得以施展,也算平生一件快事吧!"

周孚叫好道:"辛将军说得好,这奠枕楼便是绝好的见证!"

辛弃疾道："登上此楼，西望瓦梁清流，远赏山川葱郁灵气，近瞻丰山林壑秀美、吐纳兰薰桂馥，东闻酿泉之幽声、思醉翁之遗风……"

众人在交口称赞中，跟随辛弃疾移步楼北，凭栏北望。极目处，淮水北面，金兵军帐林立，战马奔驰，杀气蔽空。辛弃疾凝眸远眺，神情怆然道："而北顾两淮之外，却是故土腥膻，金瓯伤缺。诸君登楼赏景寻乐之时，切望各位时时不忘大敌当前，家国忧患！"

众人此时方才领悟"奠枕楼"并非仅限安枕无忧、齐民同乐，而是暗含生于忧患、死于安乐的深意。

"将军忧国忧民，可谓用心良苦，我等今日受教了！"李清宇感动不已，"辛将军，此时此刻，你这位驰名天下的大词家也该动动笔了！"

范昂铺纸研墨道："如此盛事，自然少不了辛公壮词，请吧！"

"那就依命和李公一阕。"辛弃疾拈笔在手，稍作沉吟，挥毫写下一阕《声声慢》：

征埃成阵，行客相逢，都道幻出层楼。指点檐牙高处，浪拥云浮。今年太平万里，罢长淮、千骑临秋。凭栏望，有东南佳气，西北神州。　千古怀嵩人去，还笑我、身在楚尾吴头。看取弓刀，陌上车马如流。从今赏心乐事，剩安排、酒令诗筹。华胥梦，愿年年、人似旧游。

众人一边吟哦，一边赞叹。一阵锣鼓声从楼下传来，朱长九敲响铜锣，凤儿击鼓演唱：

滁山清，滁河长，吴头楚尾好风光。
贼寇烧杀贪官狠，城破家毁田地荒。
自从来了辛弃疾，滁州从此变了样。
风调雨顺人欢颜，五谷丰登六畜旺。
……

就在这时，赵善仁领着一队军校闯入人群，魏忠紧随其后。赵善仁大声喝道："先把这老头和小丫头抓起来！"

魏忠指挥军校上前将朱长九和凤儿抓住。罗源福上前质问："赵大人，他们祖孙是卖唱的,请问身犯何罪?"

赵善仁道:"光天化日之下,高唱反词,死罪难饶!"

凤儿不服道:"我们唱的是花鼓,不是反词!"

赵善仁反问道:"你把第五、六句再唱一遍?"

凤儿道:"唱就唱,自从来了辛弃疾,滁州从此变了样……"

赵善仁大叫一声:"停,你们都听见了,自从来了辛弃疾,滁州从此变了样。滁州只知道辛弃疾,而不知朝廷,不知皇上,这难道还不是反词?"

朱长九急忙辩解:"小人唱的都是实情!"

杨山上前质问:"你也当过滁州知州,怎么没听见谁说你半个好字?"

陈重道:"他是捞得好、溜得快!"

林青道:"他差一点还把滁州的三千贯赈灾款项捞走了!"

众人爆发出一阵哄笑。赵善仁恼羞成怒:"先把这老头和小丫头捆起来!"

"慢!"辛弃疾分开众人,上前施礼,"原是赵大人到了,辛弃疾有失远迎,万望见谅。"

赵善仁一番打量道:"你就是辛弃疾?本司正等你呢!"

辛弃疾礼貌地回道:"大人有何吩咐?"

赵善仁小眼一鼓道:"辛弃疾你可知罪?"

辛弃疾茫然不解地道:"下官不知何罪?"

赵善仁道:"有人告你以守土为由,拒交税赋,强征民捐,妄建民兵,私屯兵马,更有甚者,竟然擅离职守,私越疆界,暗通敌寇,企图谋反,灭我大宋。本官奉朝廷之命,解你进京候审定罪!"

张铁匠愤然冲出人群,怒指赵善仁道:"你,你胡说八道,辛将军是好人!"

秀娥道:"对,辛将军是好人,天下最好的人!"

李清宇等人上前质问:"辛知州也是堂堂朝廷命官,岂能说抓便抓?"

刘老汉愤然作色道:"该抓的应该是你这种贪官蛀虫!"

"打这个贪官蛀虫!"王婶抓起篮中鸡蛋,扔向赵善仁,农户们也抓起蔬菜、水果投向赵善仁。

赵善仁满身污秽,气急败坏道:"这些刁民,统统给我抓起来!"

辛弃疾急忙拦阻众人道:"乡亲们,不要冲动,不要冲动!"

赵善仁大吼一声:"将犯人辛弃疾带走!"

魏忠拔刀在手,怯怯地上前。

辛弃疾微微仰头,蔑然斜视。魏忠吓得直往后退,色厉内荏道:"辛弃疾,你死到临头,还要什么威风?"

辛弃疾讥诮一笑道:"别忘了,你还欠我二十军棍呢!"

众人哄然大笑。杨山道:"真后悔当时没有再打重点!"

范昂上前道:"赵大人,辛知州在滁州所作所为,滁州官民上下有目共睹,一定有人阴谋诬陷,请赵大人详查!"

罗源福等众齐声应和。杨山拔刀在手道:"谁敢带走辛将军,老子跟他拼了!"

田大虎等民兵执刀举枪,齐声发喊:"不准带走辛将军!"

"谁要害辛将军,老子砸烂他的狗头!"张铁匠手中铁锤一横,护在辛弃疾身前。

赵善仁厉声大喝:"谁敢跟着辛弃疾谋反,杀无赦,灭九族!"军校们执械上前,双方剑拔弩张,一触即发。

正在这时,小龙满头大汗,飞奔来报:"报辛将军,大批金兵正在临淮关对岸集结,大有进犯之势!"

辛弃疾大惊道:"杨参军,尽快调集各乡县民兵守卫临淮关,守卫滁州城!"他见杨山迟疑不动,急切催促,"杨山,快去,快去!"杨山一咬牙,带着田大虎等民兵快速离去。

赵善仁嘴角露出一丝阴笑道:"好呀,金兵早不来晚不来,他们是来救你的吧?辛弃疾,这不正好证明了你与金人暗中勾结、卖国求荣!"

辛弃疾神色沉静道:"我跟你走,但必须放了他祖孙俩!"

赵善仁略作思忖道:"好,就放了他们。请上路吧,辛知州!"

"弃疾——"寒鹊抱着孩子,由辛十二搀扶着挤进人群,冲到辛弃疾面前。辛弃疾惊又喜道:"寒鹊,你们来了!"

寒鹊惊恐万分道:"这是怎么了,他们要带你去哪儿?"

"没事,一些误会。"辛弃疾强作笑容,从寒鹊怀中抱过孩子,"这就是我们的儿子?长得浓眉大眼,是辛家的种!"

寒鹊道:"一生下来,秦干娘就说像你。"

辛弃疾感情复杂地在孩子小脸上亲吻着问:"叫什么名字?"

寒鹊道:"等你当爹的取呢。"

辛弃疾略一思索道:"就叫铁柱吧!"

辛十二道："铁柱,这个名字响亮!"

辛弃疾解释道："辛家铁柱,顶天立地!"

赵善仁一旁催促道："老婆儿子也见着了,上路吧!"

魏忠不停催促："走啦,走啦!"

辛弃疾将孩子递还寒鹃嘱咐道："带好孩子,带好我们的铁柱!"孩子突然大声啼哭起来。寒鹃悲痛欲绝,扑向辛弃疾道："我们跟你一起去!"辛十二也大喊着冲上前："大哥,十二陪你去!"二人被军校们横刀隔开,魏忠挥手示意军校们为辛弃疾戴上刑具。辛弃疾回身含泪叮嘱："十二,照顾好嫂子和铁柱!"随即朝众人拱手长揖,"各位乡亲父老不用担心,是非黑白朝廷自有公论,弃疾告辞了!"范昂、林青、李清宇及乡亲们纷纷跪拜在地,哭呼一片。

辛弃疾走了几步又回身叮嘱："范兄,重修醉翁亭只好有劳你了!"

"放心吧,范昂一定不负重托!……"范昂含泪伏拜在地。

在铁柱的哭声中,辛弃疾转身大步踏上驿道。

"凤儿,唱起来,为辛将军壮行!"朱长九毅然站起,敲响铜锣。凤儿迅即起身,击鼓高唱。众人纷纷站起,跟着凤儿齐声唱和。在花鼓说唱声里,辛弃疾身负刑具,在军校的押解下消失在远方。

十五

淮东漕运司粮仓院内,值夜的王练刚刚熄灯睡下,蒙眬中听到有人擂门,便问道："谁呀?"

魏忠在外答道："赵大人命你把后院空仓打开,临时关押送京的要犯!"

王练起床取了钥匙,提灯来到后院,打开一间空仓,好奇地问道："什么要犯要关在仓库里?"

"少管闲事,挺你的尸去!"魏忠恶狠狠瞪了王练一眼,朝外喊道,"把罪犯押进来!"几名军校押着身戴刑具的辛弃疾走进后院。灯光下,王练一下认出辛弃疾,不禁大惊失色。

军校将辛弃疾押进仓内,用麻花粗绳把他紧紧捆绑在木柱上。"这家伙力大如牛,给我捆结实了!"魏忠得意地晃动手中木棍,站到辛弃疾面前,"辛知州,辛将军,辛弃疾,我不是还欠你二十军棍吗?老子今天就还给你!"

辛弃疾蔑然淡笑道:"把你吃奶的力气使出来吧,我若吭一声,就不叫辛弃疾!"

"老子不信你真是天神下凡!"魏忠挥舞木棍劈头盖脸一顿乱打。

王练悄悄摸到粮仓外,隔窗朝仓内窥望,见状惊得差点叫出声来。

木棍折断,魏忠累得扶着椅背直喘粗气。道道血印在辛弃疾身上纵横交错,但他依然面带蔑笑,一声未吭。魏忠气急败坏,接连打折了几根木棍,辛弃疾口吐鲜血,强忍伤痛,昂首大笑。"老子今天就结果了你!"魏忠怒不可遏,操起一根碗口粗木棒朝辛弃疾头上砸下,被赶来的赵善仁一把拉住,夺下木棒斥道:"你真是猪脑子,将他结果了,发财的路也断了!"他将魏忠拉到窗下,压低声音,"实话告诉你,金国的阿烈呼将军亲自带着天狼杀潜渡淮水,要将辛弃疾活着带回金国。"

魏忠问道:"不押送朝廷领赏升官了?"

赵善仁说道:"阿烈呼肯出万两黄金买下辛弃疾,这笔生意更有赚头!"

原来,赵善仁接到汤思退密令,要他在押解辛弃疾进京途中,着人假扮金兵将辛弃疾杀掉,然而他却以万两黄金将辛弃疾卖给了阿烈呼。

魏忠喜不自禁道:"没想到辛弃疾这么值钱,两头都少不了咱的好处,这买卖做的——只是便宜了这厮!"

赵善仁叮嘱道:"千万看牢了,天狼杀一来,万两黄金便到手了!"

时过五更,衙门外传来一阵急骤的马蹄声,接着有人擂门。"天狼杀来了!"赵善仁飞快跑出后院,拉开大门,只见三个蒙面人站在面前,便谨慎地问道:"各位是?"

为首蒙面人亮出腰牌,赵善仁色呈惊喜道:"天狼杀,好,你们终于来了!阿烈呼将军呢?"

为首的蒙面人道:"他就等在外面!辛弃疾人呢?"

"绑在后院粮仓里,请跟我来。"赵善仁领着三个蒙面人径直来到后院粮仓。三人推开仓门,看到遍体鳞伤的辛弃疾,大惊失色,急忙上前砍断绳索,解下昏厥的辛弃疾,含泪呼唤:"辛将军,辛将军!"

赵善仁和魏忠相视一怔问道:"你们,你们到底是什么人?"

三个蒙面人拉下蒙面巾,原来是辛十二、杨山和小龙。

赵善仁大吃一惊道:"怎么是你们?!"

"弟兄们,杀了他们!"魏忠拔刀便劈,两个军校也同拔刀上前围住小龙厮杀。

"十二,保护好辛将军!"杨山挥刀扑上去与魏忠厮杀。

赵善仁吓得钻到一堆杂物后面嘶声狂叫:"杀死他们!"

只几个回合,魏忠招架不住,被杨山砍翻在地,两个军校也被小龙杀死。

"把辛将军伤成这样,你这个狼心狗肺的东西!"杨山将躲在杂物堆中的赵善仁一把揪出,举刀便砍。范昂大步走进仓门喝住:"住手,他是陷害辛将军的活证据,留着!"

"辛将军,你为滁州受的苦太多了!"王练扶住昏厥不醒的辛弃疾,心如刀割。原来,他在窗外听到赵善仁的阴谋后,便悄悄骑马赶到滁州,找到了范昂,抢在阿烈呼到来之前,救下了辛弃疾。

辛十二取出药丸让辛弃疾服下,杨山和小龙等十名壮实民兵便用门板连夜抬着辛弃疾返回滁州治伤。

范昂连夜将事件详情写成奏折飞报朝廷,赵昚闻报大惊,急召汤思退追问。汤思退吓得垂首一侧不敢抬头,他不知赵昚到底掌握多少实情,只能支支吾吾,极力推责到赵善仁身上。赵昚又将韩侂胄、赵汝愚、叶衡等要臣召到宫中计议,赵汝愚当即赶往滁州将赵善仁押解刑部候审追查,并将身受重伤的辛弃疾接回医治。

十六

辛弃疾回到建康家中,在床上整整躺了一个月。他一直虚弱不堪,形容枯槁,与过去判若两人。近日病情稍有好转,听到小铁柱在屋外院子里的阵阵笑声,再也躺不住了,便让寒鹊搀扶走出室外。

小院中,一阵风起,落叶满院,刚会走路的小铁柱跟在辛十二身后歪歪扭扭,追逐嬉戏。他一下看到辛弃疾,便欢叫着朝辛弃疾扑过去,辛弃疾猝不及防,被撞得后退数步,摔坐地上。

寒鹊惊慌失措道:"摔着没有,这孩子太鲁莽了!"

"无妨无妨。"辛弃疾喘息稍定,顺势将小铁柱紧紧搂在怀里,激动异常,"乖儿子,我家铁柱已经会走路了……"

寒鹊伤感落泪道:"一个驰骋沙场的大英雄,竟被一个学步小儿撞翻在地,唉……"

辛弃疾风趣一笑道:"好呀,说明我儿子将来比他爹有出息!"

寒鹊抱过铁柱道:"十二弟,地上凉,快扶你哥起来!"

辛十二扶起辛弃疾坐到竹椅上道:"哥,好在你体质强壮,换了十二,恐怕早已见阎王去了！"

辛弃疾苦笑道："你哥我这次也是从阎王殿走过一遭，生与死，命悬一线！"

寒鹃道："谁说不是，你伤势太重，不能坐车，范大人在民兵中挑了十个壮汉，用担架连夜轮换着把你抬回来，在床上昏睡了都一个月呢！"

辛十二道："连皇上派来的御医都说内伤过重，担心你挺不过来。"

辛弃疾幽默一笑道："都说我是天神下凡，谁奈我何？"

寒鹃双手合十道："谢天谢地，咱辛家总算逃过一劫了！"

辛十二寻思道："我说大哥，咱辛氏一门怎么总有这么多劫难，会不会与这'辛'字有关呢？"

辛弃疾似有所悟道："哎，十二弟，你这话倒还真问着了。细数起来，我们辛氏一门祖祖辈辈好像都活得好辛苦，好艰难，都离不开这个'辛'字！"他沉吟片刻，拊掌一笑，"今天就为你这句话填词一阕，好好地戏说这个'辛'字。"

辛十二急忙铺纸研墨，道："太好了，大哥雅兴上来，说明病好了！"

寒鹃端上药碗道："还是先喝药吧。"

"好，借夫人这碗药力，再为'辛'字添些苦吧！"辛弃疾风趣一笑，接过药碗一口喝下，沉吟须臾，提笔写下一阕《永乐遇》：

烈日秋霜，忠肝义胆，千载家谱。得姓何年，细参辛字，一笑君听取。艰辛做就，悲辛滋味，总是辛酸辛苦。更十分，向人辛辣，椒桂捣残堪吐。　　世间应有，芳甘浓美，不到吾家门户。比著儿曹，累累却有，金印光垂组。付君此事，从今直上，休忆对床风雨。但赢得，靴纹绉面，记余戏语。

辛十二一边吟诵，一边称赞："'艰辛做就，悲辛滋味，总是辛酸辛苦。'哥，这几句简直太精辟了！"

辛弃疾道："这些年，你跟着哥四处漂泊，出生入死，也饱尝了辛酸辛苦。这阕《永乐遇》就送给你吧。"

辛十二如获至宝，连声道谢。

寒鹃一旁搭话："哎呀，这《永乐遇》写得太及时了，正好送给十二弟当作贺礼！哈哈……"

辛弃疾不解问道："鹃儿此话何意？"

寒鹃道："你在病中，没给你说，我们家十二弟就要做新郎了！"

辛弃疾惊喜异常地道："这是真的？"

寒鹃道："为了让你早日康复，秦干娘四处提亲，要为十二弟娶一位新娘子回家给你冲喜！"

辛弃疾高兴地问道："有合适的吗？"

寒鹃道："一听说给辛将军家做弟媳妇，说媒的人踏破了门槛，最后总算相中了一家！"

辛弃疾道："你可千万别相中那些官宦家的千金和富家的小姐，进咱辛家可要能吃苦的！"

寒鹃道："还用你说嘛。最后相中的是西郊布坊周氏家姑娘，聪明懂事，贤惠端庄，就等你点头了。"

辛弃疾问道："十二，你意下如何？"

辛十二红着脸道："全听哥嫂做主。"

辛弃疾笑道："这么大人了，还害羞呢。好，尽快把聘礼下了，和亲家商定个日子，早早地把新娘子接回家！"

寒鹃道："一定把喜事办得热热闹闹的，给咱辛家好好冲冲喜！"

辛弃疾道："对，咱辛家可是好久没办喜事了！"

"谁办喜事了？"赵汝愚笑着应声而入。

"赵大人！"辛弃疾欲起身相迎，被赵汝愚按住，"辛弟，你千万别乱动，今天看到你能坐在这竹椅上，就已经是天大的喜事了！"

范昂提着一筐鸡蛋走进院中朗声道："什么天大的喜事让我也碰上了？"

"哎哟，我们的滁州代理知州也到了，欢迎欢迎！"辛弃疾抱拳相迎。

寒鹃道："二位大人怎么会同路而来？"

"我们是在门外正巧相遇的。"范昂将鸡蛋交给辛十二，"这是王婶托我带来的鸡蛋，一路颠簸，兴许撞坏不少。"

寒鹃道："这大老远的，多麻烦呀！"

范昂道："我也是这样说，可那王婶差点儿没跪下求我了，便代为收下了。"

辛弃疾感动不已道："滁州的乡亲们对我实在太好了！"

范昂道："大家都盼着你早日康复，重返滁州呢！"

赵汝愚问道："刚进来听你们在说要办喜事，是什么喜事呀？"

寒鹊道："我们家十二弟要成亲了！"

赵汝愚兴奋道："看来今天真是个好日子，我也给辛兄带来一桩喜事。"

辛弃疾道："我能有何喜事？"

赵汝愚道："皇上御览了你呈奏的《议滁州民兵守淮疏》，十分重视，已经下发各边城重镇，参照执行。"

辛弃疾大喜道："赵大人，这可真是一件喜事！这么多年来，我向朝廷写过不少奏章议疏，不是被中途拦劫，就是石沉大海，有的甚至被卖到金人手中……"

赵汝愚道："可你从未懈怠，从《九议》《美芹十论》，到今天的《议滁州民兵守淮疏》，你的心血总算没有白费！"

辛弃疾无限感慨地道："皇上终于看到并采纳了我的奏议，这的确是一件大喜事！"

范昂道："辛将军，我今天也专程给你带来一桩喜事。"

"范大人也有喜事？等等，让我来猜一猜。"辛弃疾略作思索，"对，一定是醉翁亭动工了！"

范昂道："你只猜对了一半。全城军民为了尽早实现辛将军的重托，仅用了二十二天便将醉翁亭修复一新，你亲手拓下的《醉翁亭记》碑文，也重新镌刻成碑，竖立在琅琊山上了！"

辛弃疾大喜过望道："好呀，这真又是一桩喜事呀！"禁不住激动站起，突然一阵头疼，跌坐椅上，引来众人一阵慌乱。

辛弃疾一阵喘息，痛苦渐缓，苦笑道："无妨无妨，一时得意忘形了！"

赵汝愚心疼地感叹道："唉，想不到上万军中能取上将首级的大英雄，竟然倒在自己人手下，这些奸佞，恨不得将他们统统斩尽杀绝！"

范昂问道："赵大人，这件事还没有查清楚？"

赵汝愚摇头苦笑道："难呀，那赵善仁刚押回京师关进刑部大牢，还没来得及过堂审问，当晚便上吊自尽了，连他身边知情的侍妾也失踪了。"

范昂道："这分明是有人灭口！"

赵汝愚道："明眼人心里谁不清楚，可死无对证，能奈他何？连皇上都气得差点把龙案掀翻了！"

辛十二道："这帮人自己吃里爬外，反把屎盆子扣在我们头上！"

范昂愤愤不平道："案子无结，对辛将军的诬陷之词仍然留下一条尾巴，太不公

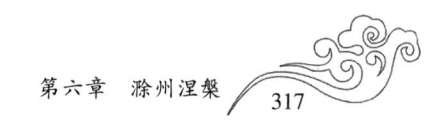

平了！"

赵汝愚一声长叹："公平本该天下事，天下从来无公平！"

辛弃疾坦然淡笑道："一条尾巴算得了什么？我这归正人的帽子会一直戴在头上，也许还会世代相传呢！"

寒鹃道："官场太险恶，好人总吃亏。弃疾，以你匹夫之勇，斗不过这些阴险小人，等你伤养好了，我们带着儿子远离这是非之地，寻一个僻静的地方过自己的小日子去。"

辛弃疾靠在竹椅上，闭目养神，一言不发。

辛十二道："嫂子说得对，惹不起，咱还躲不起？"

辛弃疾神情深邃道："三十功名尘与土，八千里路云和月。我现在不过三十二岁，正好是岳飞当年踏破贺兰山阙的年龄。就此放弃，下半辈子还怎么活？死后又如何面对教我《满江红》的爷爷，如何面对传我吴钩的老师？"

寒鹃道："可那些人不会放过你的，早晚还会……"

辛弃疾道："扶我起来！"

寒鹃将辛弃疾从竹椅上扶起，他提笔在纸上奋笔疾书："弃己之疾，弃天下之疾！"

赵汝愚击掌叫好道："这才是辛弃疾！"

辛弃疾将笔一扔，豪气陡涨地道："十二弟，明日一早便去下聘，尽快把新娘子接回来，给咱辛家好好冲冲喜！"

十七

"滁州事件"终因赵善仁自杀身亡死无对证成为一桩悬案。依照汤思退的谋划，让赵善仁以淮东路监察使名义将辛弃疾押解进京，中途着人假扮金兵设伏杀掉辛弃疾，一了百了。谁知赵善仁贪得无厌，竟将辛弃疾重金卖给了阿烈呼，结果弄巧成拙，非但谋划落空，差点把他也搭了进去。他将全部罪责推在死人身上，并在皇上面前以用人不当自降三级，罚俸一年才勉强脱得干系。时过两年，为这一次的失算，他仍惊悸不安，悔恨万分。

为了给汤思退解闷遣愁，史弥远特地邀请他来西湖游赏西湖春景。今天天气格外晴好，兴许能看到汤思退最为可意的雷峰夕照。

初春的西湖,岸柳新绿,波光潋滟。花船上丝管悠扬,舞伎翩翩。花船在湖面上游荡了一个下午,汤思退依旧神情忧郁,闷闷不乐。如今他在朝中威望一落千丈,皇上对他也是不冷不热,若不是太上皇在背后撑着,恐怕早落得跟史浩同样的下场。

"恩相也不必过于忧愁,滁州之事过去两年了,你又自降三级,罚俸一年,皇上的气也消得差不多了。"史弥远为汤思退斟满酒杯劝慰道。尽管他对汤思退越来越谨小慎微、遇事退缩不前颇有不满,但父亲去世后,眼下这个不倒翁是他在朝中立足的唯一依靠,得小心伺候着。

汤思退呷了一口酒,长长吐出一声哀怨:"本以为那次谋划十拿十稳,万无一失,结果偷鸡不成反蚀把米。"

史弥远道:"也怪那个赵善仁办事无能,贪婪无度,恩相筹划如此周密,结果弄成这样。不过能果断将他和雪娘灭口,总算有惊无险。"

汤思退情绪稍缓道:"这要记你那小舅子夏震一功,事情做得还算干净!"

史弥远道:"先替夏震谢过丞相。"

汤思退道:"现在最令人担忧的是,叶衡、赵汝愚一帮主战顽佞定会趁辛弃疾平定茶商之乱有功,在皇上面前极力举荐他在朝中担任要职。"

汤思退提到的茶商之乱,是在赣、湘、鄂等地发生的茶商起义。当地官府因采取"榷茶"之策,加重茶商的税收而引发的茶贩、茶农对抗朝廷。首领赖文政是湖南荆南一名茶贩,因胆识过人,尤重情义被推为首领,率众对抗官兵。暴动人数由几百人发展到数千之众,转战赣、湘、鄂等地,屡败官军,号称茶商军,是南宋立国以来规模最大的一次农民起义。为平息暴乱,朝廷派出重兵围剿,征讨三年,连换三任提刑,茶商军反而越剿越多,开始向两广蔓延。年前,吏部尚书赵汝愚举荐从福州任职返京的辛弃疾接任江西提典刑狱,剿茶平乱。辛弃疾到任后,弃用大军围剿之策,挑选精兵采取分割围困,招抚诱降之术,将赖文政诱捕斩杀于江州。朝廷数万军马围剿三年的茶商之乱,辛弃疾仅用不到两个月时间便彻底平定,因而在朝中轰动一时,自然也让汤思退惴惴不安。

史弥远对汤思退的担忧颇有同感:"恩相的担心不无道理,猖獗三年的茶商之乱,竟让他不出两个月便一举剿灭,难怪朝中不少人将这厮吹上了天!"

汤思退一声轻叹:"这厮确有过人之处,可惜不能为我所用呀!"

史弥远道:"听说叶衡、赵汝愚正千方百计说动韩侂胄让出总领监军事一职,但是我想韩侂胄决不甘心让辛弃疾夺去他手中军权,这厮视权如命!"

"没想到这韩侂胄表面上支持老夫去审理滁州一案,实则是让老夫去徒手捉蛇,无论捉到蛇还是被蛇咬,他都会坐收渔利!"汤思退一提起韩侂胄,便气不打一处来,他精心算计了别人一辈子,到头来反被一个纨绔子弟玩了一把。

"先不说那个纨绔子弟了。"史弥远递上一盘湘橘,"这是胡倬从潭州专程送来的湘橘,味美甘甜,真是果中珍品。"

汤思退信手从果盘取过一枚鲜红硕大的湘橘,有意无意地把玩着,说道:"这个胡倬倒也懂事,能时刻想到主子。"

史弥远道:"一个流落市井的破落子弟能混上个州府七品统领,他能不感恩戴德?"

汤思退道:"对这种市井小人,也不可过于放纵。让他到潭州去协助知州王佐平息暴乱,可他却只顾跟王佐争权夺利,致使潭州乱民更加猖獗,反倒让韩侂胄趁机安插心腹杜原,抢走不少财源。要再整出点什么事来,让老夫如何收拾?"

史弥远道:"请恩相放心,我会让他有所收敛的。"

汤思退道:"皇上昨日还曾问及潭州局势,虽被我遮盖过去,可是万一有谁向皇上透露实情,事情就麻烦了。"

史弥远道:"那个王佐是本地人,顾忌太多,平息暴乱他自然不会卖力。他不是辞官不干了吗?恩相何不另行选派潭州知州?"

汤思退摇摇头道:"除暴平乱,明摆着是得罪百姓、有失人心之事,谁愿去蹚这种浑水?"

史弥远略一思索道:"有一个人倒正合适。"

汤思退问:"谁?"

史弥远回道:"恩相这么快把咱们的老对手忘了?"

"辛弃疾?"汤思退不禁一怔,"那潭州壤连赣鄂,控带两广,不仅人口稠密,地肥物丰,还是税源重地,让他知任潭州,岂不是太便宜他了?"

史弥远道:"辛弃疾此时还在江西任上,一旦回京,赵汝愚、叶衡之流定会向皇上极力举荐重用,必须抢在他回京之前断了他的回京之路!"

汤思退慢慢咀嚼着湘橘,默然无语。

史弥远狡黠一笑道:"恩相放心,暴乱平息了,功在丞相调度有方,得罪百姓的骂名却是他顶着。暴乱平息不了,说明他辛弃疾并非传说中的什么大英雄,不仅声名扫地,而且罪责难逃!"

"你小子倒是越来越长进了。明日老夫便呈奏皇上,举荐辛弃疾尽快到潭州去!"汤思退吐出橘核,惬意地微微一笑。他转身朝南岸望去,只见夕阳西坠,金黄的余晖投照在雷峰塔尖上,灿烂而辉煌。他特别喜爱雷峰夕照,他希望自己的辉煌永在。

第七章　潇湘风云

一

初春时节,乍暖还寒。江西信州通往湖南潭州的驿道上,辛弃疾微服便装,骑着一匹雪青马缓辔而行。时光流逝,转眼之间,他已岁届中年。转战赣、湘、鄂的烈日风霜让他鬓毛染尘,额纹横添。

自从伤病初愈,在赵汝愚举荐下,他到福州任职知州。一到福州,他仍袭用治滁之法,轻徭薄赋,废除苛法,筹建民军,剿灭海盗,振兴渔业。谁知在稽查私盐时触动朝中高官利益,参劾他杀人如草芥,用钱如泥沙,不满一年,便被贬官去职。接着他又走马灯似的在各地参办缉盗、剿匪之类的短差,虽屡立战功,却非己所愿,以致去年出任江西提典刑狱时在赣、湘、鄂一带平定茶商军后,却将功劳写在同僚头上。他认为建功立业应是去前线杀敌,而不是征剿那些被官府逼迫造反的穷苦百姓。然而,因宋金之间缔和多年,久无战事,他这个曾在上万军中生擒敌将的沙场英雄,只能被支派到各地去征讨反叛,平息暴乱。

在江西任期未满,朝廷便派他来潭州任职知州,而且被加上一个安抚使的头衔,依然是剿匪平暴。难怪现在有人不再称他是抗金英雄而是平暴将军,甚至连夫人寒鹃有时也这么取笑他。

辛十二赶着太平车远远跟在后面,他乐呵呵的模样一点没变。寒鹃疲惫不堪地坐在车内,自滁州出事之后,她便与丈夫不离寸步,颠沛流离的岁月痕迹明显地写在她脸上。铁柱已满八岁,抱着一支木剑,靠着母亲昏昏欲睡。

大路两旁,田畴龟裂,禾枯如焦。俗话说,神仙难熬二三月。连年大旱让这片正值春荒的土地显得更加凄凉,也给即将到任的潭州知州带来一路的心酸和焦虑。

"十二,你和嫂子慢慢朝城里去吧,我到前面寨子里看看。"习惯纵缰驰骋的辛弃疾不堪太平车四平八稳的节奏，打马径直跃上道旁一座山岗，来到一座村寨前，将马拴在一棵剥光树皮的老榆树上，沿着石梯走进破烂冷清的村寨。这是一座颇有些年月的古寨，一色的木板房破烂不堪，好些房屋几乎倒塌成一堆朽木，原本平整的青石板路面枯草纵横，难以下足。显然这又是一座死寨，这样的村寨沿途他已经见到好多座了。

辛弃疾正欲转身离开，前面转弯处传来一阵急促的咳嗽声，他急忙踏着枯草循声走过去，只见一个衣衫褴褛、骨瘦如柴的老者正在屋前一棵树干前一边咳嗽一边用菜刀剥着残存的树皮。他名叫向云山，六十多岁，虽然面容枯槁，却目光有神。他警惕地打量着走近的辛弃疾问道："你是做么子的，找哪个？"

辛弃疾语气和蔼地答道："老伯不用怕，我是外地来访亲的，路过寨子，随便看看。"

向云山目光落在辛弃疾腰间的吴钩上，半信半疑地说："真不是官府的？"

辛弃疾笑了笑道："您老看我像吗？"

向云山摇了摇头道："说话这么客气，不像。"

辛弃疾问道："老伯，这里是什么寨子？"

向云山回道："杜鹃寨，有好几百年了。"

辛弃疾道："杜鹃寨，这名字好美！"

"何止名字美哦，你要是前几年这个时节来看看，那山上坡下，寨前屋后，连岩石缝里都开满了杜鹃花，把天都映红了，那才叫美呢！"老人显然十分健谈，一提起杜鹃寨，他皱纹横斜的老脸上流露出几分得意和自豪。

辛弃疾不住地点头道："可以想得到有多美！"

向云山接着道："可如今，连年大旱，杜鹃花全都枯死了，全寨几百口子饿死的饿死，逃荒的逃荒，只剩下一些走不动的留下等死。如今，全寨就剩下我和我儿子湘伢子了。"

辛弃疾问道："您老为什么不去逃荒呢？"

向云山眼含热泪道："老朽祖祖辈辈都生活在这杜鹃寨里，死了就葬在寨子旁边，世代相守，从未间断。我是寨中长老，不能为了多活几天，便断了祖上的烟火，断了这杜鹃古寨的根脉。一个国是如此，一个家也是如此，你说对吗？"

"老人家，你说得完全对，做得也完全对，真是古寨先贤呀！"辛弃疾由感动转而敬佩，老人一席话，除了让他心里滚雷般震撼，同时又感到一阵刀割般剧痛。奉旨治潭,平息暴乱,君命难违,但当他得知这趟差事是由汤思退、史弥远向皇上力荐,在心底便罩上一层阴影,疑虑、担忧,甚至预感到这也许又是一个陷阱。临行前寒鹃也提醒他遇事思变,张弛有度,遇事不必太过认真,适可而止。然而当面对这位命在旦夕却抱忠守义的山野老人,他一路上的自我告诫已随风而去。他不由得激愤问道:"这里的官府也不管吗?"

向云山道:"怎么不管?他们管的是收税、征粮、派徭役!"

辛弃疾问:"朝廷拨下的赈灾钱粮都上哪儿去了?"

向云山连连摇头道:"没听见过什么赈灾钱粮。就算有,也是到了州里截留一点,到了县里再截留一点,还有乡里、村里,你算算,还轮得上咱老百姓吗?"

辛弃疾血气上涌,一头站起,愤怒地道:"是可忍,孰不可忍!"

"如今官府惹不起呀,当百姓的除了忍还能怎样?"向云山长叹一声,默默剥着树皮,不再说话。

辛弃疾沉默少许,看看天色不早,便辞别向云山,在空荡荡的寨里四处巡看了一番。他沿着石梯走出寨门,来到老榆树下,发现雪青马已不见踪影,不禁大吃一惊,急忙四处寻找却毫无结果,见天色已晚,无可奈何地走下山岗,大步流星地追赶马车。尚未进城,便吃了个下马威,真让他始料未及,哭笑不得。

太平车在尘土漫漫中依然四平八稳、不疾不徐地前进着。铁柱睁开眼睛说道:"娘,我口渴!"

辛十二在三岔路口停下马车,摇了摇空空的竹筒说:"嫂子,你在车里等着,我带铁柱到附近找口水喝。"

寒鹃望了望车窗外,摇头叹息道:"田地都干得裂缝了,哪里还有水哦!"她将铁柱交给辛十二,"去找找吧,别走远了。"

辛十二牵着铁柱刚离开不久,几名官兵打马来到路口,为首者正是当年混迹临安街头的胡倬。靠着史弥远、汤思退做后台,他如今已混上州府统领的位子,狂傲的神态显现出混得还不错,紧随他左右的自然是瘦猴和金鱼眼。

胡倬一边挥鞭驱散灾民,一边朝军校们大声吼叫:"新任知州就要到了,把这些乱民统统赶走,一个也不准放进潭州城!"他突然发现停在路旁的太平车,便上前用马鞭敲了敲车篷,"里面是什么人?"

寒鹃掀开车帘,一下认出胡倬,不禁一怔道:"是你?!"

胡倬也是一怔,惊喜笑道:"呵,这不是寒鹃姑娘吗?这么多年不见,还是如此美丽动人。"

寒鹃放下车帘转过头去，不再理他。胡倬用马鞭撩开车帘，凑近寒鹃，一脸轻薄道："寒鹃姑娘，你我也真是有缘呀，没想到在这里又相见了，哈哈……是去潭州吗？来，本统领亲自护送你去！"

寒鹃好奇问道："统领，哪儿的统领？"

胡倬扬扬得意地道："自然是潭州府统领呀。如今我可是正经八百的朝廷命官，你不会还瞧不上眼吧？哈哈……"

辛十二牵着铁柱来到车前，一把拉开胡倬，厉声喝问："什么人，敢如此放肆？！"

胡倬一怔，拔刀在手斥道："你是什么人，敢管老子的事？"瘦猴、金鱼眼闻声赶过来，一齐拔刀直逼辛十二。

辛十二毫不示弱，拔出佩刀，铁柱也举起木剑，学着辛十二拉开架势道："娘别怕，柱儿保护你！"

寒鹃平静一笑道："没事，他们是潭州府官差，把我当成灾民了。柱儿，快上车吧！"

辛十二收刀入鞘，抱起铁柱放到车上，语气和缓道："原来是潭州府的官差，误会了。"

金鱼眼狐假虎威地道："这是我们州府的统领胡倬大人，你们是什么人？"

辛十二礼貌地点点头道："车内是新任潭州知州辛弃疾将军的夫人和公子！"一听此言，胡倬和金鱼眼惊怔呆立，瘦猴吓得手中佩刀哐当一声掉在地上。

寒鹃道："十二弟，时候不早了，快赶路吧！"

"嫂子坐好啦！"辛十二坐上车辕，一扬马鞭，驱车而去。

"发什么呆，回城！"胡倬无以发泄地一鞭抽在金鱼眼身上。自从上届知州被他挤走之后，潭州知州这个职位一直空缺，他近来又给史弥远送去不少金银珠宝，满以为能够早日坐上这山高皇帝远的潭州头把交椅，谁知却突然来了个他当年的情敌，而且还是让金兵和盗匪都闻之丧胆的大英雄，实在令他又恨又恼。后悔在临安那天夜里不该听史弥远阻拦，当时一刀结果了这头猛虎，怎会留下如此祸根？但一想到曾经朝思暮想的佳人也随之从天而降，不免又欣喜若狂。因此他匆匆赶回州府，把新任知州已到潭州的消息告知了目前官职最高的通判陆文。

陆文虽是通判，因天性文弱，胆小怕事，衙门中谁都可以差遣他，呵斥他。得知新任知州就是刚平定了茶商军，威震赣湘鄂的辛弃疾，自然不敢怠慢，急忙叫上各级官员齐集城外迎候。

辛十二赶着太平车来到城门口，只听胡倬喊了一声："到了！"州府大小官员便争先恐后拥到车前，躬身施礼道："恭迎知州大人，恭迎辛将军！"

胡倬迫不及待地上前掀开车帘，一个字还未出口，铁柱手执木剑直指他的鼻尖道："你这个坏蛋！"他不禁一惊，吓得倒退数步。众人直起身来，也是一怔。体态肥胖的盐粮司库总管杜原一脸不悦地道："胡倬，怎么回事，弄个小屁孩来耍弄我等？"

辛十二抱下铁柱，将寒鹃搀下车道："辛知州稍后就到，这是夫人和公子。在下是辛知州的兄弟，名叫辛十二，让各位大人久等了。"说话间，辛弃疾满头大汗匆匆赶到，连声道歉："对不起诸位大人，辛某来迟了！"

见过礼后，陆文将州府统领胡倬、参军陈正、盐粮司总管杜原等主要官员向辛弃疾一一做了介绍。杜原上前施礼，语含炫耀道："在下盐粮司总管杜原，曾在京师韩王爷府上当过差，早闻辛将军大名，日后请多多关照。"

辛弃疾欠身还礼道："杜大人可是管着我等肚子的要员，日后请多关照。"

杜原好奇问道："辛将军是步行来的？"

辛十二也颇感异外地问："哥，你的马呢？"

辛弃疾摇头一笑道："嗨！别提了，被人偷走了！"

众人一惊，胡倬虚张声势道："这些盗贼实在猖狂，抓到一定严办！"

陈正讥诮一笑道："胡统领，又吹牛了，辛将军的坐骑可不是老百姓家的猪羊，你可得当回事哦！"

胡倬似被刺到痛处，眉毛一竖道："有本事你查去！"

"好了好了，二位少说两句吧，我等都费点心思查查，早日把辛将军的坐骑找回。"陆文急忙劝解，随即转向辛弃疾，"早闻将军在滁州立下戒除接风洗尘之规，我等自当遵从。后衙早已收拾妥当，辛将军和夫人、公子鞍马劳顿，一路辛苦，请先到后衙早些歇息。"

辞过众人，辛弃疾领着家小走向后衙。目送新任知州走进后衙，众人松下一口气，这位传说中办事严厉、要求苛刻的辛将军，今天竟然对政事一字未提，甚至连自己坐骑被盗也似乎并不计较。看来，辛弃疾并非传闻中那么令人生畏。

正当众人暗自庆幸之时，辛弃疾转过身来，语气和缓道："陆通判，明日点卯照常进行，只是地点不在州衙大堂，而是在翠屏山杜鹃寨。"点卯办公不在州衙大堂，而是十里之外的野山古寨，这位新任知州葫芦里到底装的是什么药？众人正百思不得其解时,辛弃疾又补上一句,"请买一斗粟米带上,不入公账,从我本人饷中扣除。切记,明日一律便装,不得误卯,不可缺员!"话音不高,语气不重,却透出不容违抗的威严,就连一向谁都不放在眼中的杜原也在次日早早地赶到杜鹃寨应卯。

二

老榆树下,辛弃疾见州府司属一干人等相继到齐,无一误卯,无一缺员,便高兴地问道:"各位可来过这杜鹃寨?"

众人纷纷摇头。

辛弃疾道:"每到春季,这里山上坡下,寨前屋后,全都开满了杜鹃花,把天都映红了。如此美景,各位近在咫尺,却熟视无睹,实在可惜!"

陈正道:"想不到这深山之中还藏着这样一个好去处!"

辛弃疾转向辛十二道:"十二,你留在这里看好马匹,别再让人偷走了!"

"你们都放心去吧!"辛十二将所有马匹牢牢拴在老榆树上。

"陈参军扛上粟米,各位随我去见见寨里的长老!"辛弃疾领着众人登上石梯,走进寨子。

"爹,爹呀,你不能死呀!"一阵哭呼声从寨中传来。

"不好!"辛弃疾猛然一惊,快步冲到向云山屋前。只见老人歪倒门边,双目紧闭,脸色发青,一个十五六岁的伢子跪在一旁伤心痛哭。辛弃疾急忙上前以手把脉:"还有救,快取水来!"伢子急忙跑进屋里端出半碗水。辛弃疾取出药丸塞进向云天口中,用水灌下,随即脱下外衣为向云天盖上,并示意众人将老人抬到屋内床上。

陈正问道:"这老汉到底是什么病,怎么只剩下一把骨头了?"

陆文道:"显然是饿成这样的!"

辛弃疾走出屋外,把伢子叫到面前问:"你叫什么名字?"

伢子胆怯地低声回道:"湘伢子。"

辛弃疾指着地上的米袋道:"湘伢子,你爹是饿坏了,快去熬些粥给你爹喝下去,很快就没事了。"

湘伢子高兴地提起米袋跑进灶屋生火熬粥。杜原朝着灶屋大喊:"呃,湘伢子,多熬些粥,我们都没吃早饭呢!"

辛弃疾上前拍了拍杜原的肥肚,亦庄亦谐道:"杜大人饿了?"

杜原揉着肚子道:"早上只吃了六个荷包蛋,赶了这么远的路,早饿了。"

辛弃疾转向众人问道:"想必各位大人也都饿了吧?"

众人声称怕误点卯,来不及吃早饭,早就饿了。

"据说这里杜鹃花开的时候,家家户户都将杜鹃花和上糯米粉,或蒸或煎成一种杜鹃花糕,香浓味甘,成一方美味,各位可曾品尝过?"辛弃疾一番描述,顿时将众人馋虫勾起,更是饥饿难耐。

杜原馋涎欲滴地道:"原来到此点卯,是让我等品尝美食,好好好,给我先来五斤!"

"季节早过,想吃杜鹃花糕,只能等待来年了。不过,另为大家备下一些当地特产,倒也十分耐饿!"在众人渴望而好奇的目光中,辛弃疾取过菜刀,从树上剥下块树皮,递到众人手中。官员们看着手中干裂的树皮,百思不解。

杜原色露不满道:"什么,就叫我们吃这个?"

"对,就吃这个,昨天我就陪这位老伯吃过了!"辛弃疾又剥下一块树皮塞到杜原手中,"杜大人,你肚子大,多吃点!"

杜原将树皮扔在地上不满地道:"这,这哪是人吃的呀?"

辛弃疾沉默少许,语气深沉地道:"这位老伯每年千辛万苦种下粮食,上交官粮一粒不少,不遇天灾,尚可勉强温饱,如今连年大旱,寸草不生,只能吃这树皮保命,难道他不是人吗?"

杜原无从回答,不再吭声。辛弃疾扫视众人,道:"民是国之本,百姓是官之衣食父母,吃着百姓种的粮食,却又不管百姓的死活,这是做人之理、为官之道吗?全国一百七十一个州,为何端端潭州乱民蜂起,盗匪猖獗,久征不息?除了天灾,难道人祸与各位毫无关系吗?!"

众人面红耳赤,低头不语,这一时刻,众人方才领悟新任知州要大家来杜鹃寨点卯的真实意图。上任第一天便不动声色地赏了每人一顿杀威棒,痛而无伤,愤而无言。这辛弃疾果然厉害,众人心中暗想日后定要谨慎行事。

杜原饥饿难忍,悄悄蹲下拾起树皮放进口用力咀嚼,艰难下咽。一些官员也效仿将树皮塞入嘴里,艰难咀嚼下咽,表情痛苦。辛弃疾佯装没有看见,转身继续剥着树皮道:"哪位大人若是不够,说一声,有的是!"这时,湘伢子端着盛粥的木盆放在地上,杜原第一个冲到木盆前,盛上一碗粥便倒入口中。已恢复过来的向云山,看着这群官老爷毫无体统的狼狈模样不住地摇头叹息,他盛上一碗粥双手捧到辛弃疾面前,眼含热泪道:"若不是辛将军,老朽这条命已经不在了,真不知该如何谢你……"

辛弃疾接过粥碗道:"老伯,要谢,还得谢这些树皮呢,它们让我们这些当官的明白了好多道理!"

向云山无比感动地道:"唉,过去只听说当官的给百姓施粥,想不到今天百姓也给当官的施粥,这世道变了!"

辛弃疾被这话提醒,问:"陆通判,过去曾向灾民放过粮、施过粥吗?"

陆文摇摇头道:"在下来此任职期间,未曾有过。"

辛弃疾问道:"朝廷每年拨发的赈灾钱粮都去了何处?"

众人目光一齐转向杜原,杜原被盯得毛骨悚然,道:"已经逐级下发,只是数额有限,杯水车薪,难缓灾情。"

辛弃疾神色严厉地道:"赈灾钱粮既是皇上恩泽,更是百姓活命的希望,如有逐级克扣、中饱私囊者,本府一经查出,决不轻饶!"

杜原心中一怔,强作镇静地道:"出入账目清清白白,请辛将军放心。"

辛弃疾道:"清白便好。时下灾情严重,饥民蜂拥入城,随时可能引发更大的暴乱,诸位可有应对良策?"

陈正道:"城内现有粮庄数家,均闭门不售,囤粮居奇,随时都会引发哄抢,促成暴乱。"

辛弃疾略一思索道:"陈参军所言极是,'闭粜者配,强籴者斩'。请你明日着人将这八个字四处张贴,并由你监办执行。"

陈正道:"只是这些粮庄大多是势力极大的豪绅大户所开,而这些豪绅大户都拥有私人乡社兵勇,有的乡丁足有千人,根本不把官兵放在眼中,有的还公然与官府对抗。"

胡倬道:"陈参军有些言过其实了。据胡倬所知,乡社大都是州县富绅大户为自保家产的护院家丁。真正与官府作对的是那些乱民暴徒纠集成匪,为害一方,尤其是铜铸山一股,人马过千,彪悍凶狠,无恶不作,屡挫官兵,极为猖獗!"

陆文道:"有当年让胡虏闻风丧胆的大英雄亲自出马,剿灭区区乱民,不过小菜一碟。"

辛弃疾淡然一笑道:"乱民与胡虏毕竟有所不同,暴民作乱,历来都因捐税过重、灾荒连年,加之豪吏贪官巧取豪夺,百姓走投无路才铤而走险。如果一味剿杀扫荡,只会痛失民心,损伤社稷。"

陆文问道:"依将军之见……"

辛弃疾道:"胡虏当杀,乱民当抚!"

陈正道:"话虽有理,可安抚不能只是一句空话呀!"

辛弃疾道:"本官奉诏前来平息暴乱,但对实情所知太少,还有待详查。目下当务之急是尽快减低灾情,缓解民怨,恢复百姓生计,尽快安定民心!"

陆文道:"将军说得是,只是不知如何着手?"

辛弃疾举起粥碗道:"向受灾百姓开仓放粮,向逃难饥民施粥!"

杜原一怔道:"放粮赈灾,哪来粮食?"

辛弃疾道:"自然从州府粮库里来!"

杜原急忙说道:"辛将军有所不知,州府库粮是军备粮草,没有朝廷总领监军事批示,谁也无权动用。"

辛弃疾道:"你是说须经韩侂胄批示?"

杜原傲然一笑道:"正是须经韩侂胄王爷亲笔批示!"

一提起韩侂胄,辛弃疾心中顿然掠过一股凉意。这个依仗两重皇亲而横行朝野的年轻王爷一直视他为竞争对手,总是以归正之人为由处处设阻打压,与汤思退、史弥远一帮投降派形成左右夹击,将他排斥在朝廷之外。要他同意开仓放粮赈灾,显然比登天还难。可是如不开仓放粮,饿死的人会越来越多,势必引发更多饥民暴乱,局面将更加无从收拾。想到这里,辛弃疾双牙一咬,下定了决心,他将粥碗重重一放,猛然站起,问道:"各位大人,谁能回答我,潭州暴乱因何而起?"

众人支支吾吾,谁也不愿出头回答这个敏感而又让自己尴尬的问题。

辛弃疾道:"老人家,请你来帮他们回答吧!"

向云山一阵迟疑,壮胆说道:"这谁不知道,连年天旱,颗粒无收,能吃的都吃光了,不能吃的也吃光了。没别的活路,胆小的去偷,胆大的就去抢。说句不怕你们见笑的话,老汉我要是再年轻一点,为了活命,也会去的……"

辛弃疾道:"我来的路上见好多村寨空无一人,成了死寨,还看到有人饿死在路旁,听逃难的灾民说已经发生了人吃人的事情。眼下正是最艰难的春荒时节,难道眼睁睁看着百姓们活活饿死?难道非得逼着百姓们去偷去抢,去跟官府作对?"

陈正道:"人都死光了,粮食留在那儿有什么用?"

陆文道:"可是,没有朝廷准许,谁敢开仓放粮哦!"

辛弃疾道:"我既为一州知州,一路殿帅,岂能不顾本州百姓生死?如朝廷问罪,自有我辛弃疾一颗人头担当,与诸位无干。立即回城,准备开仓放粮,不得有误!"

杜原担忧地道:"辛将军,是否先上报……"

辛弃疾哗地一下拔出吴钩,将身旁一方大石劈为两半:"违命者斩!"

杜原吓得后退数步。众人正要离去,湘伢子牵着雪青马来到辛弃疾面前一头跪下道:"辛将军,湘伢子偷走你的马,请将军治罪。"

胡倬一下站出,拔刀在手道:"好小子,敢偷朝廷官员的马,总算抓到你了!"

辛弃疾伸手挡住胡倬,语气平缓道:"湘伢子,雪青马果真是你偷的?"

湘伢子回道:"是湘伢子偷的,任辛将军发落!"

辛弃疾略一沉吟:"当然要罚,还要重罚!我问你,附近村寨你都熟吗?"

湘伢子道:"再熟不过了!"

辛弃疾道:"好,我罚你立即骑上雪青马,告知各村寨乡亲,两日之后到潭州领粮!"

湘伢子一下怔住,迟疑未动,向云山一旁催促道:"还不快去!"湘伢子一下跳起,骑上雪青马飞奔而去。

"各位大人速速回去分头准备吧,两日之后按时开仓放粮。"辛弃疾扶着向云山,神情庄重,"向老伯,请您老放心,我辛弃疾一定会让杜鹃花在这里开得漫山遍野,还要在这里举办一个盛大的杜鹃花节,到时候一定好好品尝您的杜鹃花糕!"

辛弃疾强行开仓放粮,让所有人都颇感意外,但谁都清楚这个敢作敢当的人中虎说的决非一句空话。让杜原焦灼不安的是,一旦任由辛弃疾进入粮仓,不仅向韩王爷难以交代,而更可怕的是他暗中做下的手脚也会暴露无遗。在返回途中,他一直在思索着应对之策,慢慢地落在了最后。

开仓放粮,却让胡倬暗中高兴。辛弃疾这头倔驴,表面上是以其虎威赢得众人畏服,其实得罪的不只是杜原,更是得罪了不可一世的当朝王爷。他真希望韩侂胄立即将辛弃疾撤职查办,发配充军,斩首示众,朝思暮想的美人就唾手可得了。过去他一直想通过这头肥猪巴结上韩侂胄,眼下也许正是机会,于是放慢脚步,和杜原并马而行,故作关心地说道:"胖子,怎么,被吓蒙了?"

杜原瞟了胡倬一眼,心怀芥蒂地道:"你小子少幸灾乐祸!"

胡倬道:"杜兄你多心了。"

杜原问道:"你有何见教?"

胡倬引而不发地道:"我能有何见教?你平日不是与那些豪门大户私交甚密吗?

这种时候,他们会袖手旁观?"

　　杜原似被提醒,沉思少许,眉宇顿时舒展开来。他不知道胡倬为什么会在关键时刻提醒他,但仍对这个平时与自己暗中较劲的无赖泼皮心存感激。同时,一个化险为夷的计谋也很快形成,此举将不费吹灰之力销毁侵吞赈灾钱粮和倒卖军粮的证据。没了证据,他辛弃疾只能干瞪眼。想到这里,他忍不住差点笑出声来。

　　辛弃疾在前面策马疾行,思绪也在疾速飞驰。"临民以宽,待士以礼,驭吏以严。"这是好友朱熹在临行前赠给他治理潭州的十二字诀,今日竟让他巧思妙用,首战告捷。一趟杜鹃寨之行,让辛弃疾感触颇多,对潭州灾情和灾民暴乱情势有了大致了解,对下一步如何因势而为已有几分盘算。然而对州府属员表面的顺从他又有几分担心,尤其是有韩侂胄做靠山的盐粮司总管杜原和由汤思退、史弥远安插在此的统领胡倬,辛弃疾从他们恭顺的笑容中读出深不可测的微妙。今天宣布放粮赈灾,他们慑于他的强硬和威严,不会当面反对,但是暗中将如何对抗尚不得而知。他感到腰间的吴钩越来越沉,一种不祥的预感也越来越强烈。会发生什么事呢?要出事只会是粮库,粮库一旦出事,放粮赈灾不仅是一句失信于民的空话,而且会成为居心叵测之人煽动暴乱的口实。一想到此,辛弃疾惊出一身冷汗。同时,他心中也有了以防万一的谋划。

　　杜原一回到家中,急忙着人找来本地最大的富绅丁万。丁万四十出头,身体壮实,方脸上配上一只十分突出的鹰钩鼻让人望而生畏。此人原是本地庄户,靠贩卖私盐发家致富,仗着会点拳脚枪棒,又与驼嘴峰山贼结盟,以利相诱将杜原拖下水,相互勾结,倒卖军粮,大获暴利,如谁从中作梗,便有山贼林中豹下山烧杀威逼。官、商、匪勾结为一体,在当地雄霸一方。

　　开始,丁万对辛弃疾放粮赈灾的事情不以为意地道:"还有两座粮仓一粒未动,你拿给他去放不就得了,到时候韩王爷自会找他算总账!"

　　杜原道:"其余三座粮仓的粮食已经转移到你的山庄了,他见到三座空仓,必定查问,你我的事就全露底了。"

　　丁万恍然大悟道:"那怎么办,再把粮食还回粮库?"

　　杜原道:"来不及了,这厮行事一向雷厉风行,说不定他明日便会到粮库查看!"

　　丁万大惊失色道:"这只猛虎可不好惹,那如何是好?"

　　杜原阴险一笑道:"假如今夜发生山贼抢粮,焚毁粮库,没有了证据,他辛弃疾能奈我何?"

丁万稍作沉思道:"一不做,二不休,只有此招了!"

杜原道:"你我生死便在今夜,老弟辛苦一趟!"

"我即刻赶到驼嘴峰,要林中豹带人连夜下山!"丁万不敢耽搁,起身匆匆离去。

三

午夜时分,月黑风高,林中豹领着一群蒙面山贼悄悄来到州府粮库。这林中豹人如其名,虽身形寻常,却极为灵巧凶狠,在当地是一名杀人不眨眼的悍匪。他命两名山贼翻越高墙,从内打开库门,领着山贼一拥而入,却见粮库大院中站着一个大汉挡住去路。林中豹不禁一怔道:"什么人?敢挡我林中豹财路!"

大汉平静而威严地道:"大胆山贼草寇,辛弃疾在此,还不下跪受缚!"

一听"辛弃疾"三个字,山贼群中一阵躁动,有的开始后退,有的悄悄溜走。

林中豹狂傲大笑道:"辛弃疾?哼,茶商军怕你,老子可不怕你。弟兄们,他就一个人,给我一起上!"

一些胆大的山贼壮起胆子扑了上去,围住辛弃疾挥刀便砍。辛弃疾不慌不忙,并不拔剑,只一顿拳脚,打得众山贼呼爹叫娘,倒了一地。

"一群废物!"林中豹一声大吼,跃步上前,抡动一双爪钩,朝着辛弃疾一阵猛劈。辛弃疾从容闪避,几个回合,看准时机,将林中豹一脚踢翻在地,随即大喊:"都给我拿下!"几间粮仓迅即打开,冲出无数军校,将林中豹和没来得及逃走的山贼捆成一团。

辛十二和陈正押着杜原和丁万也来到粮库,辛弃疾怒视一干人犯,声色威严道:"先将一干人犯押到州府大牢,严加审问!"他在任职户部司农寺主簿期间,对各州县官员弄虚作假、欺上瞒下、贪污腐败的一些案件有所了解并参与过查办,但像潭州地方官员如此贪婪、如此猖狂的还是闻所未闻,让人触目惊心。官、商、匪相互勾结,盗卖军备官粮、侵吞赈灾钱物、纵匪烧杀抢掠为害一方的案件在全国尚属首例。难怪湖湘一带长期盗匪狂獗,暴乱不断,且久征难平。在去年征讨茶商叛乱期间,他从中领悟出一个道理:剿寇须先治吏,平暴尤重肃贪。如不是官府一再提高"榷茶"捐税,各级官员从中巧取豪夺,为一己私利无视百姓生死,绝不会发生历时三年的茶商之乱。湖湘一路官吏贪浊,已成常态,而不贪不敛者,反被视作另类,轻者遭离群孤立,重者则被反污其身。如此循环往复,能不天下大乱?他决定以杜原一案为契机,大张旗鼓地营造声势,以震慑想贪敢贪、唯利是图的官绅商贾,拨乱反正。

辛弃疾回到住宅,钟鼓楼已敲过四更。一直守在灯前的寒鹊见到辛弃疾神色亢奋地走进内室,才轻轻舒了口气:"累坏了,快洗了睡吧!"

辛弃疾道:"你快睡吧,知道你还在守灯,特地回家说一声。"

寒鹊问道:"怎么,人还没抓到?"

辛弃疾道:"无一漏网,但案情复杂,牵涉甚广,必须连夜取了口供,否则夜长梦多。"

寒鹊问:"你又要杀人?"

辛弃疾道:"是他们该杀!"

寒鹊道:"听说那个杜总管可是韩王爷的亲信,他一定会出面阻拦的。"

辛弃疾道:"只要有了罪证口供,由不得他!"

寒鹊道:"话虽如此,你杀了他的亲信,怕是得罪不起!"

辛弃疾坦然一笑道:"我得罪的人还少吗?不差他一个!只要不得罪天下百姓就行!"

寒鹊偎在辛弃疾怀中,自我宽慰地叹道:"唉,大不了再搬家吧……"

辛弃疾也紧紧抱住寒鹊道:"只有鹊儿最知我……"

寒鹊道:"那个姓胡的统领你也要提防着点。"

辛弃疾问:"胡倬,你看出他什么了?"

"他……没什么,只是提醒一下。"寒鹊欲言又止,她不愿提起在临安那段令人伤心的往事。

窗外,几声更鼓随风传来。"鹊儿,五更了,你快睡吧!"辛弃疾松开寒鹊,抓起桌上吴钩匆匆出门。

寒鹊目送着丈夫远去的背影,心头涌起一阵酸楚。那魁伟壮硕的体魄,仿佛受到一种重压,开始有些佝偻,曾经雄健带风的步伐也变得沉缓而犹疑,甚至有些蹒跚。不到四十岁的壮年男人,当年气吞如虎的沙场英雄,如今却老态毕露。

从滁州重建、福州缉盐、江西抚乱、湖北剿茶,到现在的湖南平暴,别人千方百计推诿逃避,他却欣然受命,从不推卸。数年下来,寸功未立,反而不是被参劾,就是被贬罚,甚至有人攻击他杀人如草芥,用钱如泥沙。而他并不介怀,每到一处总是旧伤未愈又忘疼,依旧竭尽职守,不负王命。

这一次,刚到潭州三天,他就抓了当朝王爷的亲信,接下来,真不知又会发生什么事情。她既为自己的男人感到骄傲,同时又为之心疼和担心。她不愿留守建康安享太平,宁愿跟随丈夫辗转流离,安危共度,生死相随。她深知,收复失地、国土统一是他生命的全部、毕生的追求,仿佛天下是他一个人的,他必须要为这个天下尽心尽力,不惜生死。在寒鹃心目中,辛弃疾就是她的全部,就是她一个人的天下,她也要为这个天下尽心尽力,不惜生死。

四

开仓放粮这一天,粮库门外,灾民排着长队领取粮食,面黄肌瘦的人们的脸上洋溢出久违的笑容。开仓放粮,对被天灾人祸逼到死亡边缘的潭州百姓而言,犹如天降甘霖,这一天,几乎成了潭州的盛大节日。

辛十二、陆文领着军校向灾民分发粮食,忙得满头热汗。胡倬领着瘦猴、金鱼眼远远站在一旁冷眼旁观,仿佛眼前一切与他们并无关系。

金鱼眼道:"大哥,听说好几个县的县令也被抓了。"

胡倬点点头道:"三个县的县令,两个县的县丞。"

瘦猴道:"想不到这辛弃疾这么厉害,咱往后小心点。"

金鱼眼道:"咱们后面有汤丞相撑腰,怕啥!"

瘦猴道:"杜胖子后面有韩侂胄,还不一样进去了!"

金鱼眼道:"大哥,你说他会不会把杜胖子杀了?"

胡倬道:"杀鸡儆猴,哥几个日后收敛些,千万别让他逮着什么把柄!"

金鱼眼道:"难道咱们就让他这么捏死了?"

胡倬一声冷笑道:"骑驴看唱本——走着瞧吧!"

瘦猴朝人群指了指,降低声音道:"他来了。"

粮库门前,辛弃疾正帮着向云山将领到的粮袋放在独轮车上。向云山无比感动地道:"辛将军,你不光是老朽的救命恩人,还是我们杜鹃寨的救命恩人,更是我们潭州百姓的救命恩人呀!乡亲们,快来拜谢救命恩人辛将军!"

领粮的百姓闻声围拢上来,纷纷下跪拜谢。辛弃疾急忙扶起众人道:"君恩齐天,弃疾不过微尽职守,乡亲们快快请起,都去领粮吧!"待大家散去,他拉着向云山坐在粮袋上拉起家常,"向老伯,外逃的乡亲都返寨了吧?"

向云山道:"八九不离十了,这不,都来领粮了!"

辛弃疾满意地点了点头,接着问道:"这袋粮食能吃多久?"

向云山道:"掺和上野菜、树叶,省着点,能熬过春荒吧。"

辛弃疾问:"春荒之后呢?"

向云山一下噎住:"是呀,接下来……"

辛弃疾道:"库里总共只有十万石粟米,不能坐吃山空呀!"

向云山道:"是呀,还得另想办法。可天干地旱,滴雨未下,没有水,地里长不出庄稼呀!"

辛弃疾道:"眼看浏阳河的水就这么从眼前白白流走,实在可惜!"

向云山神情一振道:"辛将军莫非想借用浏阳河之水浇地抗旱?"

辛弃疾问:"您老看能行吗?"

向云山道:"无非是两岸多架水车,多设渡槽,引水上岸。山中有的是毛竹,乡亲们有的是力气,又有辛将军亲自督阵,上下齐心,这事不难!"

辛弃疾道:"用竹子修造水车,这我知道,采石筑堰修渠工程浩大,救不了眉睫之急呀!能有什么办法尽快将水引到田里呢?"

向云山道:"筑堰修渠,是下一步的长久之计,没有三年五载指望不上。眼下救急,还是用竹。"

辛弃疾不解地道:"用竹筒送水?"

向云山摇摇头道:"那要送到何年何月?这里无论男女,谁不会编竹筐竹篮,只需用竹子编成竹槽,抹上桐油、石灰,连接在一起,不就是省时省钱的渡槽?"

辛弃疾大喜过望道:"好,有老伯这好主意,引水浇地不用愁了,到时候还得请您这位老将出马当参谋呢!"

一阵呵斥和争吵声从领粮的队伍中传来,辛弃疾和向云山起身望去,只见胡倬领着瘦猴、金鱼眼正在驱赶一名身穿瑶服的瑶族壮汉。壮汉名叫雷乌,年近二十,体魄健壮,赤眉环眼,肌肤黝黑,是当地瑶寨一名青年猎户。

辛弃疾问道:"头扎红巾的汉子是什么人?"

向云山道:"是当地瑶民,官府历来称他们瑶蛮,不准他们随便下山的。"

胡倬举鞭便抽,雷乌抓住马鞭,顺势将胡倬摔倒在地。瘦猴、金鱼眼和军校一拥而上,将雷乌抓住。胡倬大怒,抽刀便欲砍,被辛弃疾从旁拦住问道:"怎么回事?"

胡倬道:"这个瑶蛮私自下山领粮,还行凶打人,应斩首示众!"

辛弃疾走近雷乌,轻声询问:"你叫什么名字?"

雷乌昂首不答。

"呃,这不是雷乌兄弟吗?"向云山挤上前安慰道,"雷乌,不用怕,这是新来的知州辛将军。"

辛弃疾问:"你们认识?"

向云山道:"前不久,湘伢子上山挖野菜,遇上豹子袭击,多亏打猎路过的雷乌兄弟杀死了豹子,湘伢子才保住了性命。"

辛弃疾赞许地点点头,示意军校放开雷乌,态度友善地问道:"你是下山领粮的,怎么就你一人,乡亲们呢?"

雷乌道:"我不领粮,这些当官的也不让领。听湘伢子说,你是好人,是个好官,我就是想来替我们全寨瑶人问一问辛将军,为什么我们瑶人比汉人低一等,交捐纳赋却要高一等,徭役也派得最苦最重,我们瑶人算不算潭州百姓,算不算大宋臣民?"

辛弃疾提高嗓音道:"问得好!我现在就回答你,瑶人和汉人同根同种,同是潭州百姓,同是大宋臣民!你现在就回去告诉瑶寨的乡亲们,都来领粮吧!"

"谢过辛将军!"雷乌神情激动,拔腿便走。

辛弃疾将他叫住:"雷乌,等一等!"雷乌停步转身,目光惊疑,心想莫非这些当官的这么快就要反悔?辛弃疾走近雷乌,略作思忖:"雷乌兄弟,你们瑶山上有毛竹吗?"

雷乌道:"毛竹?瑶山上多得是!"

辛弃疾微微一笑道:"那好,你回去告诉乡亲们,每人每天扛一捆毛竹下山,送到这里,便可领一份口粮,如何?"

"真的?这下乡亲们有救了!"雷乌欢叫着转身飞跑而去。

"辛将军,还是你行,几句话,修造水车和渡槽的竹子就有了!"向云山佩服不已。

辛弃疾笑道:"下一步就看您老的了。"

陈正匆匆而来道:"辛将军,一干人犯都已招供,请你回府衙审验过目。"

辛弃疾道:"好,立即张贴告示,明日当众审判,以平民愤,以安民心!"

五

辛弃疾下令开仓放粮的消息,自然很快由胡倬飞鸽传书送到史弥远手中。汤思退反复看了史弥远送来的密信,兴奋无比地道:"这还真是个好消息!"

史弥远一旁不住点头道:"恩相说得是,所以一收到胡倬的飞鸽传书,立马给恩

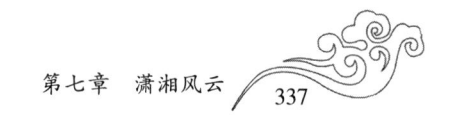

相送来了。"

汤思退道："好，开仓放粮，这一刀捅到韩侂胄心窝上了。"

史弥远道："原本只是想让辛弃疾去潭州当个冤大头，没想到还帮了我们一个大忙。"

汤思退道："韩侂胄心胸狭窄，决不会善罢甘休，等着看一场虎狼相斗的好戏吧！"

史弥远道："这还真是一出好戏，若将这封信给韩侂胄送去，他会怎么样？"

汤思退道："说不准立马赶到潭州把辛弃疾烹了，哈哈……"

正如汤思退所料，韩侂胄看到这封信，立即暴跳如雷，气呼呼地道："好你个辛弃疾，敢动我的军备粮草，分明是在太岁头上动土！何从，你带上本王手谕，立即赶往潭州，不准他开仓放粮！"

何从是韩侂胄府中的中军虞侯，比韩侂胄年长几岁，老成持重，处事谨慎，深得韩侂胄倚重。他稍作思索，平静地说道："王爷请息怒，依着辛弃疾的性子，何从即便去了，恐怕也于事无补。"

韩侂胄道："那本王就亲自驾临，不信他不要命了！"

何从摇摇头道："将在外，君命有所不受。更何况，辛弃疾是奉了君命前往潭州赈灾平暴，如王爷亲自驾临去阻止他放粮赈灾，不仅有失尊严和威望，更会失去民心，请王爷三思慎行。"

何从一席话有条有理，让韩侂胄似有所悟，他重新坐回椅上，沉吟少许道："也罢，权且记下，到时候与他算总账！"

何从道："王爷大度，能容天下，岂在乎区区几粒军粮？"

"老何，什么话都让你说完了，哈哈……"韩侂胄平静下来，"奇怪，如此大事，杜原怎么迟迟没有消息？"

他哪里知道，杜原这时候正身禁囚车，被押赴刑场。

潭州城内街市上，锣声开道，人涌如潮，囚载着杜原、丁万、林中豹以及各县贪官污吏的十余辆囚车排成一长溜，在人群的咒骂声中游街示众。

愤怒的百姓将垃圾秽物砸向囚笼，有的人越过押解的士兵，冲上去用鞋底和竹条抽打罪犯露在囚笼外的脑袋。不知是杜原的头大还是官大的缘故，砸在他脑袋上的垃圾秽物最多。开始，他还能凭气味辨别出那些飞来之物是些什么东西，后来被一块好像石头一样的硬物砸在后脑勺上，便一下晕了过去。等他醒来时，发现自己已经跪在了刑场的沙地上。在游街时他是打头的,现在他也是被排最左首,显然第一个被斩首的也将是他。他侧目瞟了一眼那些同犯,有的垂头闭目做等死状,有的甚至完全瘫软在地上。一阵风起,他突然嗅到一股尿臊味从跪在他身旁的林中豹身上飘过来,这个山贼,平日凶狠手黑,杀人如麻,此时居然吓成这样。

一阵欢呼声中,辛弃疾身披甲胄,迈步登上将台,神情威严地扫视全场:"潭州的乡亲父老们,你们受苦了。你们受的不仅是天灾之苦,更是受尽这班贪官污吏、奸商盗匪盘剥压榨的人祸之苦。暴乱也因他们而起,他们是暴乱之罪魁祸首!弃疾奉旨来潭州平息暴乱,首先便要治吏肃贪,斩断暴乱根源。有人说贪官杀不完,我说杀一个少一个。不杀有悖天理,不杀难平民愤,不杀对不起潭州百姓,要杀得他们不敢贪,不能贪!"

辛弃疾话音未落,人群立即爆发出阵阵欢呼。陈正上前禀报:"辛将军,时辰到了!"辛弃疾举目看了看天色,声色威严:"时辰已到,立即行刑!"

堂鼓雷鸣,号角震天。十数刀斧手赤巾红褂,肩扛磨得锋利发亮的朴刀,来到人犯身后站定,只等行刑号令。

一通催命的鼓角声将早已半瘫半死的人犯们震得魂飞魄散。只有杜原还没散架,他并非不怕死,其实他比谁都惜命。但是,从被关进大牢那一刻起,他就相信他不会死,他相信韩王爷一定会来救他的。如果他被辛弃疾斩了,韩王爷不仅会失去安排在潭州的亲信,还会失去王爷自己的脸面。所以,他一直努力跪得挺拔,即便在刽子手举起大刀的那一刻,他也相信会听到韩王爷一声大喊:"刀下留人!"

将台上,辛弃疾抽出令牌抛向台下,鼓角声骤然而止,一声断喝:"斩!"刀斧手迅即拔下插在人犯背后写着"斩"字的亡命标扔在地上,高高举起朴刀。

"刀下留人!"一声几乎扯破嗓子的尖叫声从人群后面传来,在凝固的空气中显得尤其刺耳。杜原终于在死到临头之际盼来了这一声呼叫,他迫不及待地站起身来大喊:"韩王爷,我在这儿,杜原在这儿!"

走进刑场的并非韩王爷,而是韩侂胄手下红得发紫的亲信,王府大总管苏师旦。他原是韩侂胄在汝州地方做官时手下一名刀笔小吏,因狡黠善辩,曲意逢迎,工于心计,善能为韩侂胄出谋划策而讨得韩侂胄信任重用。

苏师旦领着数十名威风凛凛的羽林军走进行刑场,来到台前,神情傲慢地朝辛弃疾瞟了一眼道:"是辛知州吗?"

辛弃疾先是一怔,神情稍定道:"潭州知州、湖湘安抚史辛弃疾!尊驾是?"

苏师旦道："本官是当朝两重皇亲、钦封平原郡王王府大总管苏师旦,奉韩王爷之命,前来带杜原回京亲自查问案情!"说毕转身吩咐羽林军给杜原松绑。

辛弃疾神色冷静道："慢,杜原身为潭州盐粮司总管,勾结奸商山贼,盗卖官粮,人赃俱获,罪不容赦!请大总管回复韩王爷,杜原必须就地处决,以正法令,以平民愤!"

苏师旦一声冷笑道："难道你连韩王爷也不放在眼里?"

辛弃疾道："辛弃疾眼里只有国家律法、百姓民意!"

苏师旦眉毛一竖道："人我非得带走,你别不识抬举!"

辛弃疾不卑不亢道："苏大总管,辛弃疾也想卖韩王爷和你的面子。这样吧,先问问潭州百姓,他们说放便放,他们说杀便杀!"未待辛弃疾话音落地,人群中爆发出震天撼地的愤怒呐喊:"杀,杀,杀!"

苏师旦顿时瞠目结舌,不知所措。

辛弃疾断然厉喝:"行刑!"喊声刚落,刀斧手们手中朴刀一挥,只见一道道白光闪过,十数颗人头几乎同一时间齐刷刷滚落尘埃。

辛弃疾让辛十二将厚厚一沓案卷呈到惊魂未定的苏师旦面前:"苏大总管,这是杜原及其同伙全部供状抄本,请带回京师向韩王爷复命吧!"苏师旦脸色铁青,愤然道:"不必了,苏某知道如何向韩王爷复命,你就等着吧!"说毕转身拂袖而去。

辛十二望着苏师旦背影担心地说道:"不知苏大总管该如何向韩王爷交差,他一定会在韩侂胄面前使你的坏。"

辛弃疾坦然大笑道:"小人难防,随他去吧!"

苏师旦离开刑场走了好久,仍然怒气未消。他着实没有料到这辛弃疾竟然不把韩王爷放在眼中,还让他这个韩王府的大总管当众出丑,是可忍,孰不可忍,迟早要让这厮知道马王爷有几只眼。

胡倬远远地追了上来,媚笑道:"时辰不早了,大总管不如到驿馆歇息一晚,让小人陪大总管好好玩玩消消气。"

苏师旦一番打量,边走边问:"你是……"

胡倬道:"在下胡倬,潭州府统领,祖籍苏州,是史弥远史尚书抬举到潭州任职的。"

苏师旦道:"哦,如此说来,潭州所发事件都是你传到京师的?"

胡倬道:"正是在下飞鸽传书呈报史尚书的。"

"做得好,韩王爷正是从史弥远尚书那里得到消息的。"苏师旦赞赏地点了点头,随即问道,"老弟来潭州多久了?"

胡倬道:"来此已经十年有余了。"

苏师旦问道:"十余年了,为何还原地没动?"

胡倬道:"上届知州王佐辞职后,本打算进京向史尚书打点打点,讨个升迁机会,谁知突然杀出个辛弃疾,真晦气!"

苏师旦问道:"怎么,你与那辛弃疾有怨?"

胡倬道:"岂止是怨,是夺妻之恨!"

苏师旦停下脚步,饶有兴趣地问道:"怎么回事,说来听听?"

胡倬道:"十年前在京师我看上一个女人,竟被那厮抢去了。"

苏师旦道:"这女人现在何处?"

胡倬道:"成了他娘子,跟他一起来了潭州!"

苏师旦道:"既然送上了门,那还不夺回来!"

胡倬道:"何尝不想?唉,那厮虎狼般凶猛,诡诈异常,不易对付。"

"这厮软硬不吃,是难对付。"苏师旦阴鸷一笑,"明的不行,还不会来暗的?"

胡倬若有所悟道:"多谢大人提醒。"

苏师旦问道:"老弟想进知州?"

胡倬道:"事到如今也只是一想了。"

苏师旦道:"那也未必!"

胡倬道:"大总管愿意帮忙?"

苏师旦道:"你真想升迁,算找对人了!"

胡倬道:"规矩我懂,大总管愿意帮忙,自当重酬。"

苏师旦点点头道:"重酬事小,韩王爷和我苏师旦丢在潭州的脸面才是大事!"

胡倬道:"那是当然,有用得上小人的地方,请大总管尽管吩咐便是!"

苏师旦道:"他辛弃疾不是挺能干吗?干得越多,把柄越多,给我盯紧了!"

胡倬会意一笑道:"小人明白!"

"潭州,我苏某还会再来的!"苏师旦狞笑着翻身上马,领着羽林军扬尘而去。

五

辛弃疾走马上任至今,还是首次正式在州府大厅召集各司属员点卯议事。不到十天时间,古寨问苦、开仓放粮、治水救灾、惩治贪腐几件轰动潭州的重大举措让州府上下属员们简直不可思议。庸碌散漫、推诿塞责已成习惯的衙门风气,让他们一下还难以适应这位新任知州雷厉风行、大刀阔斧、断事超前的节奏。但是他精明干练、敢作敢为的能力和魄力又让人不得不心悦诚服。潭州长期暴乱蜂起,而且越剿越乱,辛弃疾一来便抓住了滋生暴乱的根源,瞬间缓解了受灾百姓与官府之间的对立。按大多数人的说法,辛弃疾若是早来几年,潭州何至于这般不堪?

议题只有一项,如何处置各股盘踞山中的暴民。

胡倬仍然坚持自己的主张道:"真正与官府作对的是那些乱民暴徒纠集成匪,为害一方,必须派兵剿灭,尤其是铜铸山一股,人马过千,彪悍凶狠,无恶不作,屡挫官兵,极为猖獗!"

辛弃疾问道:"胡统领征剿过铜铸山乱民?"

胡倬道:"两年前,铜铸山暴民抢了两家粮商,还把老板杀了。"

陈正道:"确有此事,案发之后,前任知州王大人命在下与胡统领各率所部兵丁前往铜铸山征讨,结果大败而归。"

辛弃疾问道:"这些暴民都是些什么人?"

陈正道:"本地的外地的都有,大都是些灾民和逃荒的难民。"

辛弃疾问道:"他们除了抢掠大户豪绅,有没有祸害当地百姓?"

陈正道:"据一些百姓说,他们不仅不祸害当地百姓,还把抢来的粮食钱物分给受灾百姓。我总觉得这伙人与那些山贼惯匪不同。"

辛弃疾道:"哦,看来这些人不仅良心未泯,而且侠义可嘉!"

陆文问道:"辛将军打算领兵征剿吗?州府就那么点兵马,除去把门守户的和老弱残疾的,没几个人了。"

胡倬道:"辛将军可以请朝廷派大军前来将这些暴民统统剿灭!"

辛弃疾淡然一笑道:"我还是那句话,暴民聚众作乱,历来都因捐税过重,灾荒连年,加之贪官污吏巧取豪夺,盘剥压榨,百姓走投无路被迫铤而走险。如果不究始因,一味剿杀扫荡,只会痛失民心,损伤社稷。这是去年本府平定茶商之乱所得的自悟与反思。"

陆文道:"依将军之见……"

辛弃疾道:"本府不是还兼了个安抚使吗?自然以抚为主!"

胡倬讥诮一笑道:"抚,怎么抚,放着不管,还是请他们下山?"

辛弃疾沉思片刻,问:"铜铸山离此多远?"

陈正道:"东北方向百余里地。"

辛弃疾道:"不算远,我先亲自去探察一番再做计议!"

陆文道:"辛将军可要多带人马才行!"

辛弃疾道:"不用,只是私下探察,人多反而误事!"

陈正道:"辛将军,在下随你去吧!"

辛弃疾道:"你与他们交过手,去不得。府中之事就有劳各位了,趁着时辰尚早,我带上十二弟即刻前往铜铸山。"

铜铸山虽不算高,却遍山乱石兀立,山势陡峭,林深树密,后山与大围关山绵延相连,进可攻,退可守,足见占山立寨者颇懂用兵之道。

辛弃疾与辛十二从远处对铜铸山一番观察后,策马来到山口,尚未立稳,岩石后面忽然闪出一伙人,手执刀枪棍棒,挡住去路。一个满脸虬须的赤脸大汉手中朴刀一横问:"什么人?"

辛弃疾跳下马背,面带微笑道:"我们是过路的客商,途经此地,顺便看看风景。"

虬须汉目光警惕地道:"看看风景?我看倒像是奸细,交出兵器,捆起来!"

辛弃疾顺从地交出吴钩,并用眼神止住正欲拔刀的辛十二。一个独臂汉摘下辛十二的佩刀,将虬须汉拉到一旁,压低声音:"大胡子,你看怎么办?"

虬须汉问:"你说呢?"

"一看就像官府派来的奸细,干脆……"独臂汉做了一个杀人的手势。

"是好人坏人还拿不准,大哥不在,咱们不可乱来!"虬须汉摇摇头,略一思索,"先将他二人关到后山,等大哥回来再说。"

众人用黑布蒙上辛弃疾和辛十二双眼,押到后山,关进一座木屋内。虬须汉留下两名山民手执棍棒守在门外。

木屋内,辛弃疾摘下黑布,靠墙坐下,闭目养神。辛十二沿着墙根,又推又敲,试图找到可以逃生的缝隙。辛弃疾微睁双眼问:"十二,你在找什么?"

辛十二道:"咱们不能在这里等死,得想法子出去!"

辛弃疾淡然微笑道:"别费力气了,真要出去,这几块破木头会挡得住你哥?"

辛十二道:"对,到了晚上,咱们就冲出去,夺回吴钩,趁黑下山!"

"既入虎穴,必得虎子,趁此得闲,正好补补瞌睡。"辛弃疾扯开一捆山草铺在地上,平躺下来,呼呼睡去。辛十二无奈地摇摇头,也只好躺了下来,又觉不够放心,随即来到门边,背抵屋门坐下。

潭州城中怀春楼里,灯红酒绿,歌舞犹酣,胡倬与金鱼眼拥歌挟妓,寻欢作乐。

瘦猴掀帘进来道:"大哥,还是没有消息。"

金鱼眼道:"该不会已经被那些乱民做掉了?"

胡倬道:"真要被做掉了,那可是天助我也!"

瘦猴道:"如此一来,潭州知州这把交椅非大哥你莫属了!"

瘦猴讪笑道:"大哥恐怕是想把江山美人全都收了吧,哈哈……"

胡倬大笑不止道:"我要真能遂了这两大心愿,便升你二人做都统!"

金鱼眼道:"那我自然是大都统,瘦猴是小都统了!"

瘦猴道:"你小子总想压我一头,不行,这回我大你小!"

金鱼眼道:"什么你大我小,押宝呀?瞧你那瘦猴样,哪像个都统?你小我大!"

胡倬道:"好了好了,皇帝身边有左右丞相,你哥俩便是本府的左右都统,一般齐!"

二人喜出望外,忙向胡倬频频敬酒。

金鱼眼问道:"大哥,要是他还活着该怎么办?"

胡倬收住笑容,目光阴森地道:"他,不能活着!"

瘦猴眼珠一转道:"眼下机会难得,大哥,不如我二人乔装成灾民,混上山去,见机行事!"

金鱼眼道:"对,山中人多杂乱,混进去不难,一定能有下手机会!"

"此事就有劳二位兄弟了,来,干了!"胡倬端起酒杯,面露杀机。面对如此强势的辛弃疾,他自知不是对手,但又心有不甘。占了自己喜欢的女人,还占了梦寐以求、即可到手的官位,他胡倬岂能善罢甘休?多亏苏师旦提醒,明的不行来暗的,他随时随地在寻找暗中下手的机会。现在机会终于来了,如果能借暴民之手干掉这只猛虎,那他胡倬就时来运转了。想到这里,他便欣喜若狂。

六

州府后衙内室,烛灯昏暗,寒鹃神色忧虑,焦灼徘徊。床上,铁柱睁开眼睛问爹怎么还不回来,寒鹃替儿子盖好被子,强忍泪水道:"柱儿快睡吧,等你一觉醒来,睁开眼睛,爹就回来了。"

待铁柱睡去,寒鹃起身走到桌前坐下,望着烛光出神。两天了,兄弟俩毫无消息,一旦落到暴民手中,后果很难想象。寒鹃白天不时去到前衙打听消息,夜晚只有通宵守着孤灯默默祷告。

一大早,寒鹃便再次来到前衙大堂,远远地见几名属员七嘴八舌,议论纷纷。

陆文道:"已经两天了,辛将军该不会出什么事吧?"

陈正道:"那些乱民心狠手黑,只怕是凶多吉少!"

陆文见胡倬面无表情,若无其事地坐在一旁,便不满地问道:"辛将军若有什么不测,你我难向朝廷交代呀!胡统领,你为何一点儿不着急?"

胡倬一声冷笑道:"着急?着急又有何用!州府就那么一点儿兵马,哪是暴民对手!"他走到当中的交椅上坐下,"请诸位放心,朝廷不会让这把交椅空缺的!"他见寒鹃走进大堂,顿时双目放光,起身迎上,极显殷勤,"夫人来了!"

寒鹃步入大堂内,朝众人欠身施礼,神情焦急地问道:"各位大人,可有消息?"

陆文安慰道:"夫人不必着急,我等正在与胡统领商议如何寻找辛将军。"

寒鹃侧目而视道:"胡……胡统领,你打算怎么办?"

胡倬凑近寒鹃,不阴不阳地道:"寒……夫人,请不必担心,辛将军武功盖世,胆识过人,连金兵都闻风丧胆,区区几个暴民能将他怎样?"

陈正不满地说:"你这是在安慰夫人,还是幸灾乐祸?"

胡倬回身一笑道:"随你怎么说吧,我的心思夫人最懂。"他转头朝寒鹃挤眉弄眼,"夫人,你说对吧?嘿嘿……"

寒鹃报以冷笑,默不作声。

胡倬一本正经地道:"诸位放心吧,本统领已着得力干员潜入山中,很快便有消息报回!"

浏阳河畔,水车成阵,渡槽纵横,田间禾苗葱绿,长势良好。向云天、湘伢子与无数乡民正在架设新的水车。雷乌和一些瑶族乡亲扛着毛竹来到工地现场,与众人合力把一座新水车架立河畔。

陆文骑马来到工地,道:"这么快又立起了一架水车,向老伯,辛苦了!"

向云天上前见礼道:"大家虽然辛苦点,可是看到河水哗哗地流到田里,浇出好庄稼,心里头乐着呢。"

陆文遥望远处,无比感叹:"多亏辛将军出的好主意,他时刻关心这水车和渡槽的事,临走时特意叮嘱我抽空来看看。"

湘伢子闻声凑过来问道:"陆大人,辛将军回京师了?"

陆文道:"去铜铸山了。"

"铜铸山,辛将军去攻打铜铸山了?"雷乌闻言神情顿时紧张起来。

陆文摇摇头道:"他和辛十二两人是去访查山上实情,已经快三天了,一直下落不明,州府上下正着急呢,辛夫人都急哭了。"

众人大惊,向云天神情焦急地道:"这可如何是好,万一……"

雷乌道:"陆大人,让我去铜铸山看看吧!"

陆文疑惑道:"你……"

雷乌道:"我认识铜铸山上好多乡亲,山上头领和我还是结拜兄弟呢!"

陆文大喜道:"这太好了,你骑上我的马,赶快去吧!"

向云天道:"快去快回,别让大家着急!"

雷乌顾不上答话,跳上马背飞奔而去。

七

铜铸山中,假扮难民的瘦猴和金鱼眼在树丛中探头探脑,四下窥望。他二人潜上山后,却一直未发现辛弃疾下落。

金鱼眼道:"他们到底把辛弃疾藏在哪儿了?"

瘦猴道:"只能在山上,仔细找找。"

金鱼眼道:"找到了怎么办?"

瘦猴抽出匕首道:"摸上去,假作救人,乘其不防,一刀一个!"

金鱼眼道:"好主意。刀上抹了剧毒,碰一下便让他见血封喉!"

二人正欲离开,一支长枪嗖地飞过头顶,插入一棵古松,二人吓得一头钻进树丛。

百步之遥,一个年过四旬的汉子正在教一群后生操练投枪。他高大壮实,一脸胡须,额上斜横一条刀疤。那投掷长枪的身形架势,让人一下想起马全福。

马全福问道:"我走的这些日子,山寨里有什么事吗?"

绰号山猫的青年后生一旁插话:"抓了两个官府的奸细,关在后山呢!"

虬须汉匆匆奔来道:"大哥,你可回来了!"

马全福问道:"听说抓到两个官府奸细?"

虬须汉回道:"是呀,就等你回来发落!"

马全福高兴道:"好呀,大胡子,干得好!哈哈……"他的目光落在虬须汉手中的吴钩上,不禁一愣,"吴钩?"迅即拿过吴钩,蹙眉凝思,"莫非是他?这两个人长得什么模样?"

虬须汉回道:"为首的长得身高体壮,三十来岁,说话带山东口音……"

马全福色露惊喜道:"对!是他,果真是他!"迅即分开众人,朝后山飞奔而去,不停大喊"辛弃——"

木屋内,辛弃疾闻声一惊道:"谁在叫我?这声音好熟,像是全福哥!"

辛十二隔着门缝眺望,高兴地道:"是马大哥!"

辛弃疾又惊又喜,一脚蹬开屋门,迎上前去放声大呼:"全福哥!"

二人在松林中相互抱扶,百感交集,热泪盈眶。辛弃疾神情激动地道:"临安一别,一晃十年了,没想到能在这里相见!"

马全福也是激动异常,拉住辛弃疾双臂用力摇晃道:"真没想到,俺哥俩又见面了!"

辛十二问道:"马大哥,还记得我吗?"

"怎不记得?十二,你小子一点没变,哈哈……"马全福在辛十二肩上拍了拍,"呃,你哥俩怎么上这儿来了?"

辛十二道:"我大哥现在是潭州知州。"

"哦,当官了!俺就说嘛,没事你哥俩来这荒山野岭干什么?"马全福感慨万端,"唉,如今你是朝廷命官,可俺老马……沦为盗贼了!"

辛弃疾猝然回神,脸色阴沉下来道:"朝廷命我来潭州平息暴乱,未曾想到,为首之人竟然是你。"

马全福眉梢一颤,顿生警觉道:"平息暴乱,怎么,你也是来杀我们的?"

独臂王五将马全福拉到一边,压低声音:"大哥,他就是辛弃疾?"

马全福道:"对,怎么啦?"

独臂王五道:"你刚回来,还不知道,听说茶商军首领赖文政就是他设计诓下山斩首的!"

马全福一惊,蓦地从山猫手中抓过长枪,敌意地瞪着辛弃疾道:"你也想把俺也诓下山斩首?!"

辛弃疾坦然一笑道:"你我是兄弟,怎么会呢?"

"哼,你们当官的没几个好东西!辛知州,今天俺认得你,这条枪可认不得你,来吧!"马全福将吴钩扔给辛弃疾,举枪便刺。辛弃疾闪身避过,他见马全福枪枪直刺要害,顿时怒从心起,道:"你来真的?怕你不成!"随即拔出吴钩,挺身相迎。

二人枪来剑往,各施本领,一场好杀。两个曾经在沙场上生死与共的过命兄弟,此时正杀得难分难解。十年离乱的思念,人生的苦痛,命运的坎坷,积压已久的愤懑,此时都借助手中的兵器倾泻而出。

马全福毫不手软,招招狠毒。辛弃疾杀得兴起,一声大吼,一剑将长枪斩为两截。马全福不禁一怔道:"你这厮仗着吴钩逞强,有种扔掉再来!"辛弃疾将吴钩朝地上一插,挥动双拳直扑马全福,二人拳脚相交,各不相让。

"马大哥、辛将军,快住手,快住手!"雷乌策马飞奔而来,见二人依然厮杀正酣,便从一山民手中夺过铜锣一阵猛敲。

二人闻声停手,同时怔住。雷乌隔在两人之间,道:"马大哥,你怎么不问青红皂白就动手呢?"

马全福道:"这些当官的要来杀俺,还不该杀?你让开,俺还要与这狗官大战三百回合!"

雷乌道:"辛将军是好官,他一来潭州,就开仓放粮,免除了瑶人的苦役捐税,还杀了十多个贪官,是咱潭州百姓的大恩人!"

马全福将信将疑地地问:"雷乌,你为何帮他说话?"

山猫道:"马大哥,雷乌说的都是真的,你刚回来,还不知道,我们都听说了!"

"你们说的可是真的?"马全福望着众人,将信将疑。

众人纷纷回答:"都是真的!"

马全福顿感歉疚,憨笑道:"如此说来,弃疾,俺老马又误会你了!"

辛弃疾坦然大笑道:"你我兄弟,不必客气。好久没有这么厮杀过了,还真痛快!"

马全福道:"走,去喝两盅,咱哥俩好好叙叙!"

雷乌道："辛将军，马大哥，既然没事了，雷乌先走了，陆大人等着回信呢！"

辛弃疾道："十二，你也先回去给嫂子报个平安吧！"

藏身树丛中的瘦猴和金鱼眼见辛弃疾和马全福真刀真枪厮杀起来，一开始暗自高兴，如果辛弃疾被马全福一枪结果，岂不帮了他们大忙？谁知见二人打了一阵又把手言欢了，好不泄气。转而一想，虽没干掉辛弃疾，却得知这个辛知州原来与盗首是结义兄弟，这倒是个意外收获，回去大有文章可做，二人急忙悄悄溜下山去。

马全福拉着辛弃疾来到石桌旁坐下，虬须汉抱来酒坛为二人斟满道："这坛野果酒俺一直舍不得喝，想不到等来了辛将军这等贵客！"

马全福端起酒碗，豪爽一如当年道："这碗酒，哥哥给你赔罪了！"

酒过三巡，辛弃疾略带醉意："全福哥，一别十年你都去哪儿了？一点消息也没有。"

"唉，一言难尽呀！"马全福重重放下酒碗，"先是到金华，种了几年地，攒下点钱，俺便重操旧业，开了一家铁匠铺。头两年生意还算不错，讨了一房娘子，小日子也算红火。"

辛弃疾欣喜地端起酒碗道："好呀，讨嫂子了，恭喜全福哥！"

马全福道："祸也跟着来了！当地一个豪门大户，仗着衙门里有人，横行乡里，无恶不作，见俺娘子年轻漂亮，三天两头上门纠缠骚扰。"

辛弃疾道："怎么不揍他？"

马全福道："俺是归正人，处处低人一等，矮人一节。再说娘子有了身孕，不可造次，只好忍着。谁知有一天俺收账回来，娘子死在床上，有邻里说看见那厮曾进出俺家，俺便将那厮告到官府。"

辛弃疾问道："结果怎么样？"

马全福道："衙门狗官收了那厮银子，反说俺归正之人不守本分，诬告良善，将俺杖责二十，家产充公，赶出金华地界。俺一怒之下，当晚便杀了那厮和狗官一家，连夜逃离，亡命天涯，流落到这里，开了块荒地想种点庄稼度日，谁知正好赶上连年大旱，不但颗粒无收，还倒欠下官府捐税，无奈之下，和一些穷哥们儿上山落草，干起这杀富济贫的勾当！"

一个铁骨铮铮、驰骋沙场的刚烈硬汉，竟被逼得报国无门，走投无路。辛弃疾看着满脸伤感无奈的马全福，仿佛看到了自己。或许，如若当初不提出回归朝廷的想法，马全福也不会亡命天涯，沦为盗贼。而自己看似朝廷官员，头上仍然扣着一顶归正人的帽子,受尽排斥打击,处处低人一等,矮人一截,任其驱使,任人责难,同样报国无门,壮志难酬。他感到藏在心灵深处的伤疤再次被血淋淋地揭开,一股沉郁之气直贯头顶,顿时头痛欲裂,摇晃欲倒。

马全福大惊失色,急忙伸手扶住辛弃疾焦急问道:"怎么啦,弃疾,你怎么啦?"

片刻之后,辛弃疾稍有缓和道:"不妨事,几年前在滁州时落下的病根,这毛病来如闪电,去如疾风,已经没事了。大伙都坐下吧,也听你们说说。"与众人交谈中,辛弃疾逐渐弄清了山上这些所谓的暴民大都来自各地遭灾受难的穷苦百姓,经不起豪吏劣绅盘剥欺诈,走投无路,才聚集山中,而且其中半数竟是从北方南归后被朝廷遣散江南各地从事农桑的中原遗民,回归南方却蒙受如此不公,一顶归正人的帽子将他们压到人间最底层,受尽困苦,无路可走,成了官府追杀征剿的暴民。

马全福试探地问道:"弃疾,你打算如何处置俺们这帮兄弟?"

"事关重大,得容我想想。"辛弃疾一时不知能说什么。

马全福道:"俺知道你夹在中间很为难,不瞒你说,俺刚回了一趟山东。"

辛弃疾道:"你打算重返泰安?"

马全福道:"南宋朝廷既然不待见俺这些归正人,加上如今又成了与官府作对的暴民,就算你能放过俺,别人也不会放过俺。与其这样,还不如带着弟兄们返回北方,痛痛快快地跟胡虏干一场!"

虬须汉道:"就是,死也死个明明白白、心甘情愿!"

辛弃疾深受触动,似有所悟地道:"这么说,你们聚众山上是想回北方,杀敌报仇?"

众人齐应:"对,重返北方,杀敌报仇!"

辛弃疾看了看大家,陷入沉思。宋金和议以来,暂时的和平让人们产生了对战争的麻痹和松懈,随着时间推移,对北方的失地逐渐淡忘,更不会去忧虑亡宋之心不死的金人一旦元气恢复后的危机。而在这远离京师的偏远之地,竟然还聚集着一群不忘家国、不忘故土的忠义之士,让他既欣慰又惋惜。如何处置这些朝廷眼中的暴民,既关系国政法度,又涉及这些被视作归正人的生死存亡。他需要一个想法,必须要有一个好的想法。

辛弃疾站起身来,环视四周问道:"全福哥,介意在你的地盘上看看吗?"

"你是何人?不介意,不介意,俺陪你四处走一走。"马全福热情地拉着辛弃疾便走。二人沿着山间小道,登上山顶,铜铸山全境一览无余。后山一座绝壁成为一道天然屏障，便无一兵一卒把守，从军事的角度讲应该是一大忌。如果让他辛弃疾来攻打铜铸山，利用这绝壁出一支奇兵，估计用不了两个时辰便能攻下全寨。但是，辛弃疾心中万分坚定地告诉自己，无论结局怎样，自己也绝不会走那一步。如果剿灭了铜铸山，就如同当年金军剿灭了天平军，也就扑灭了这一点收复失地、统一山河的星星之火。

途中，马全福问及诱杀赖文政一事，辛弃疾沉默良久，才开了口："赖文政没有死！"

马全福一怔道："没死？"

辛弃疾道："赖文政称得上是一条有情有义的汉子，因官绅勒索，茶税所逼，揭竿而起，深得茶商茶农拥戴。那天，我率三百精兵将赖文政及其残部围困在一座山洞里，我亲自上去劝降，他知大势已去，愿以一人性命换取全体弟兄为条件答应投降。"

马全福问道："全放了？"

辛弃疾摇摇头道："朝廷一定要见到赖文政首级，甚至有人说，见不到赖文政首级，便要见到辛弃疾的首级！"

马全福道："只能将他杀了！"

辛弃疾道："如此情义侠士，我怎忍心杀之？便从狱中找来一个相貌极似赖文政的死囚，将其首级送到朝廷交了差！"

马全福当胸一拳道："干得好，哈哈……"

辛弃疾神情严肃道："此事除了十二，没人知道，这可是掉脑袋的事！"

马全福道："放心便是，俺还会将你这种情义之人卖了？"

在一处山坳里，辛弃疾发现几个类似矿井的洞穴，岩石脚下还残存着两座炼炉，他不禁好奇地问："是谁在山中冶炼？"

马全福道："这山中藏有大量铜、铁矿石，据说春秋时期楚人在山中发现了铜矿和铁矿，并采矿冶炼，用来制作兵器和铜镜，铜铸山就是这样得名的。"

"这真是一座宝山呀！"辛弃疾无比兴奋，"全福哥，你懂冶炼之术吗？"

马全福道："铁匠嘛，多少懂一点。你怎么突然问起这个？"

辛弃疾双目直视着马全福，笑而不语。"你看着我笑什么？"马全福莫名其妙，突然大悟，"你又有一个想法了？！"

辛弃疾闭上眼睛笑而不答。他实在舍不得将这个绝妙想法立即说出，似乎要让这个瞬间的闪念在心里孕育得更成熟。这个想法不仅能达到两全其美，而且极有可能在将来某个时候产生巨大的作用。马全福抓住辛弃疾臂膀一阵猛摇,焦急催促道:"还卖什么关子,快说来听听!"

辛弃疾终于睁开双眼,神情庄严地道:"建民军!"

马全福不解:"建民军,啥意思?!"

辛弃疾道:"把山上有志报国的弟兄编建成一支民军,一边种地开矿,一边操训练兵,平日保土守家,战时杀敌卫国!"

马全福似懂非懂地道:"这能行吗?"

辛弃疾目光炯炯地道:"我几年前在滁州就创建过一支民军,还跟胡防打过一仗呢。这支民军,平日保境安民,自耕自养,一旦王师北伐,便是一支杀敌报国的精锐之师!"

马全福道:"好是好,只怕朝廷到时候又……"

辛弃疾道:"放心吧!我还专门写过一篇有关创建民军的奏章呈报朝廷,皇上看后还下旨转发各州县参照执行。"

马全福大喜道:"好啊!弃疾,噢,知州大人,既然皇帝也点过头,俺听你的!"

辛弃疾神情振奋地道:"这支民军的旗号和当初泰安义军的飞虎骑军一样,叫作飞虎军!"

"飞虎军!俺一听这名字,就想起了在泰安那些日子,这浑身筋骨都在咔嚓作响,等不及了!"马全福激动异常,"弃疾,俺和弟兄们啥时候下山?"

辛弃疾道:"不会太久,几百上千人凑到一起,总得有地方吃住吧。我即刻就返回州府,尽快筹措资金,建造营房。不过,有一件事需要弟兄们现在就做。"

马全福道:"什么事你尽管吩咐便是。"

辛弃疾道:"全福哥,你守着这座宝山,可不能让它这么荒着。"

马全福似有所悟:"你是说采矿冶炼?"

辛弃疾重重点头道:"对,在弟兄们中挑选熟识冶炼的工匠,修复矿穴,采矿冶炼,将来咱飞虎军的兵器就不用愁了!"

"这事不难,大哥马上就办!"马全福神情激动,连连点头。

辛弃疾道:"还有,开采铜矿,制作如铜镜、盆碗之类家用器皿,运往各地销售,既可为飞虎军积蓄军费,还可解决弟兄们的收入生计。"

辛弃疾一席话,应该说是一连串的好想法,让马全福实在找不到更好的话语来赞赏自己这位好兄弟,既让弟兄们走出两难的困境,又找到一条杀敌报国的道路。

辛弃疾怀着无比兴奋的心情回到府衙,顾不上和妻儿亲近,连夜写出一篇《论盗贼札子》送呈朝廷,把来潭州开仓赈灾、惩治贪腐,以及采用招抚方式,不费一兵一卒平息了久征不下的铜铸山暴乱一一做了陈述,提出湖南暴乱久征不息的真正缘由:"湖南控带二广,唯风俗顽悍,抑武备空虚所致。军政之弊,统帅不一,差出占破,略无已时。军人则利于悠闲窠坐,奔走公门,苟图衣食,以故教阅废弛,逃亡者不追,冒名者不举。平居则奸民无所忌惮,缓急则卒伍不堪征行。至调大军,千里讨捕,胜负未决,伤威损重,为害非细。乞依广东摧锋、荆南神劲、福建左翼例,别创一军,以湖南飞虎为名,止拨属三牙、密院,专听帅臣节制调度……"

关于创建飞虎军的作用,他思忖再三,删去为日后伐金复国的敏感话题,只提防患暴乱再起,补充兵备,保境安民,并列举广东有摧锋军、荆南有神劲军、福建有左翼军等民军为例,以避招致朝中一些人借题发挥,从中作梗。

八

趁着等候朝廷批复的间隙,辛弃疾约了陆文一同登上岳麓山,瞻仰名满天下的岳麓书院。

濒临湘江西岸的岳麓山,群峰叠翠,秀木参天,山中六朝古松、唐代银杏、北宋枫林,虬枝曲干,葱郁青葱。沿途涧泉潺流,风送兰馨,为岳麓平添了几分仙灵之气。然而,当他们踏上清枫峡铺满落叶的石阶,站在曾经誉满天下的湘湖学府头门前,却被眼前的景象惊得目瞪口呆。只见院墙坍塌,门窗破毁,蛛网密布,野草丛生,连门额上那块大中祥符八年宋真宗赵恒亲笔题书的岳麓书院门匾也朱漆剥落,摇摇欲坠。

这座建于六朝时期的湘湖学府,曾有"道林三百众,书院一千徒"之说。张浚之子张栻主持书院办学期间,曾出现马饮池涸、冠冕塞途、人才会集的空前盛况。乾道三年,朱熹应张栻之邀,在书院举办会讲,开启书院会讲论学之先河。记得朱熹曾对他说过,当时各地赶来听讲的名流和学子有上千人之多,讲堂容纳不下,堂外墙头树上均爬满了人,连池塘的水都被喝干。然而,连年的天灾人祸却将这座被誉为"潇湘洙泗"的书院变成了一处荒芜废址,成了华夏文明的一段悲哀。当走近因风侵雨蚀而近乎倒塌的赫曦台前,辛弃疾全身不由得一阵痉挛。

陆文连声痛惜:"据说靖康年间这千年书院曾被兵革化为灰烬,什一仅存,沉寂了三十四年之久。直到绍兴元年,潭州安抚使刘珙大人筹资重建,并请了张帅的公子张栻先生主持讲学。后来张栻先生病逝,州府人事更迭,加上天灾人祸,书院又荒废了长达十年。"

"这荒废的不仅仅是一座书院,而是千百年的湘学遗脉,更是我华夏的圣贤斯文……"辛弃疾神情沉痛,若有所思,"陆兄,我有一个想法……"

陆文道:"辛将军有什么想法,莫非要修复书院?"

辛弃疾道:"对,效仿刘珙大人,修复书院,重振湘学,延续儒家伦理风尚,弦歌不绝。授教而解愚惑,传道而济斯民。只有让更多的人知书识礼、忠君爱国,才能抑制贪赃枉法,消除霸蛮暴力,也才有社稷安稳、国家兴盛。"

陆文道:"将军这想法再好不过,只是眼下潭州财力空乏,一时恐难以如愿。"

"是呀,此时灾情未消,民生困苦,先图温饱,再做学问,理当如此。不妨待秋收之后,先在一些钱粮较为宽裕的乡县筹办乡学,为来日恢复岳麓书院奠下基础。"

陆文连连点头道:"将军这个想法妙极了。陆文曾办过几年私塾,也乐于授教学业,诲人化愚。如不嫌弃,在下愿承担兴办乡学大任。"

"求之不得,求之不得!"辛弃疾大喜过望。其实他早在重建滁州时就与范昂酝酿过办学兴教的想法,只因突发意外,留下憾事,今日岳麓之行,倒是收获颇丰。想到这里,他心中激荡起一股热潮,禁不住开怀大笑。畅爽甚至有些狂放的笑声,在岳麓山间回荡,随着湘江的波涛流向远方。

他好久没有这么开心地大笑了。

回到府衙,却得到一个意外的消息。陆文在潭州通判任期已满,朝廷要他立即回京述职,另行调用。突然的人事变更,如一瓢冷水浇在辛弃疾的头上。

陆文的突然离开,不仅让刚刚在岳麓山上的美好筹划和愿景失去有力的支持,还将在治理潭州的政务中少了一只有力的臂膀。尽管陆文一再表示愿意放弃升迁机会,留下再继续协助他治理潭州,但辛弃疾催促陆文尽快进京述职。年近暮年的老通判,一直在潭州默默耕耘,无怨无悔,此次升迁机会也许此生不会再有。

他怀着极为复杂的心绪,在湘江码头送别陆文。凝眸湘水东逝,回想坎坷过往,他心中百感交集,一阕《贺新郎》怆然吟出,既道出了对友人的惜别之意,更是道出了压抑心中的愁郁之情:

柳暗凌波路。送春归、猛风暴雨,一番新绿。千里潇湘葡萄涨,人解扁舟欲去。又樯燕、留人相语。艇子飞来生尘步,唾花寒,唱我新番句。波似箭,催鸣橹。　黄陵祠下山无数。听湘娥、泠泠曲罢,为谁情苦。行到东吴春已暮,正江阔、潮平稳渡。望金雀、觚棱翔舞。前度刘郎今重到,问玄都、千树花存否?愁为倩,么弦诉。

九

辛弃疾在潭州大刀阔斧的作为,让赵眘龙颜大悦,对创建飞虎军的真实意图和良苦用心,赵眘自然也心领神会,毫不犹豫地同意了赵汝愚提议,下拨两万贯作为筹军费用。只是在兵员人数上限定步军不超过一千五百人,马军不超过三百人。这位久遭上压下持的皇帝心中明白,还不到大举扩军备战的时候,不必引起过多麻烦,这样无论对创建飞虎军这件事还是对辛弃疾本人都有益无害。

皇上的恩准,无疑给辛弃疾增加了强大动力。但两万贯筹军费用除去建造军营已所剩无几,购置军需器械、马匹和日后养兵资费尚无着落,还得另做打算。

要筹建飞虎军,首先得有一处合适的地方修建兵营。陈正告诉他当年楚王营盘故址可作飞虎军军营,辛弃疾当即与陈正赶了过去。

楚王营盘在潭州北郊一处空地上,地势坦荡,面积宽阔,是当年木匠出身的后唐楚王马殷精锐之师武安军的屯军练兵之地。当年马殷经常亲率从这里操训的楚军东征西讨,南征北战,为后唐平定藩镇割据、内部叛乱、统一河山屡建奇勋,被后唐太祖李存勖封为楚王,封疆荆湘,定都潭州。岁月的风摧雨蚀,早已让营垒残破不堪,唯有营盘中央的演兵校场依然平整开阔,尤其是正中央用青石垒筑的点将台尚且完整,似乎正期待着新的主帅登台点兵遣将,浩荡出征。

"简直太妙了,这座营盘分明就是为飞虎军备下的!"辛弃疾登上点将台,高兴得大声喊叫。回到州府,他连夜绘制草图,筹备工料,让马全福领着山上愿意参加飞虎军的弟兄参与军营建造,也算作飞虎军筹建正式开启。

为加快进度,他让监狱中的犯人以劳减刑,到附近的驼嘴山中开采石料,一为建造营垒,二为修造灌溉水堰石渠。

此时已近暮春,原本已经暖和的天气突然变得寒冷起来,营盘一片空旷,寒风袭人。然而,营建工地上仍旧号子声声,热气蒸腾,飞虎军士兵垒石砌墙,伐木造屋,一派繁忙。辛弃疾亲手绘制在草图上的宿舍、马厩、伙房、中军大帐以及点将台中央高耸的旗杆,转眼间相继出现在营盘上。谷雨一过,立夏将至,雨水日渐增多,依照他的规划,首批营房必须在一月之内克期完工。

马全福从山上带来好消息,铜铸山中的矿穴已清理完毕,炼炉修复,工匠到位,很快便可采矿炼铁。时隔不久,他便在军营后面搭起工棚,砌起火炉,将铁坯运下山,带着一帮会打铁的乡亲开炉为飞虎军打造兵器了。

望着通红的炉火,辛弃疾拔出吴钩,久久凝思。显然,他脑子里正在转动着一个令他自己都感到神奇无比的想法。

马全福一旁好奇问道:"弃疾,你看着吴钩发什么愣?"

辛弃疾问道:"全福大哥,如果让你锻铸这样的吴钩,能行吗?"

马全福一时不解问:"怎么,你又有什么想法了?"

辛弃疾道:"你这句话让我一下想起了耿大哥。"

马全福道:"是呀,过去耿大哥总是爱说这句话。"

辛弃疾道:"我也最爱听耿大哥说这句话。"

马全福模仿着耿京的口气问道:"那就说说吧,到底有啥想法?"

辛弃疾道:"这一把吴钩,已让胡虏胆寒。如果我们飞虎军人人都能有一把让胡虏闻之丧胆的复仇之剑,那会怎样呢?"

马全福接道:"人人举复仇之剑,个个怀杀敌之志,那咱飞虎军便是一支勇不可当的复仇之师了!"

辛弃疾道:"剑影刀光,开天劈地。只有将神剑祖训光大传承,吴钩才会有真正的剑气神韵!"

马全福连连点头:"说得好!如果范先生和吴钩的世代传人地下有知,恐怕不知道多高兴了,哈哈哈……"

辛弃疾递上吴钩道:"全福大哥,怎么样,能行吗?"

马全福接过吴钩,端详少许,默默摇头。

辛弃疾道:"你可是祖传几代的铁匠呀!"

"打造这种剑器不仅要靠技艺,还得要一种更加坚硬的铁料,可是……"马全福面呈难色,沉思良久,猛然抬头,"知州大人,这活儿我接了!"

招募飞虎军的消息一经传开,整个潭州顿时沸腾了。老营盘营门外人群潮涌,争相报名,辛十二应接不暇。湘伢子和雷鸟领着数十名瑶族青年来到营门外。

辛弃疾迎了出来道:"湘伢子、雷鸟兄弟,你们也是来参加飞虎军的?"

雷鸟问道:"辛将军,我们瑶人也能参加飞虎军吗?"

辛弃疾回道："当然能,我不是说过汉瑶一家吗？快去报名吧！"

马全福手托一大红绸包,满脸兴奋地挤进人群道："弃疾,成了成了！"辛弃疾迫不及待地打开绸布,一柄状似吴钩的新剑寒光闪烁。他捧剑在手,连呼妙极,举剑对准身旁石条一挥,石条应声断为两截,剑刃丝毫无损,引起一片惊叹。

"果然是好剑！"辛弃疾赞不绝口,"全福哥,你这剑是用什么铁料锻打的？"

马全福道："这不是铁,是钢,比铁坚硬十成的灌钢！"

辛弃疾道："灌钢？这可从未听说过！"

马全福道："灌钢就是将生铁和熟铁杂合冶炼,只是这种冶炼灌钢的铁料极为稀罕,不过俺们铜铸山中便有这种稀罕铁矿！"

"真是天助飞虎军也！"辛弃疾举剑在手,激动异常,"此剑炼于潇湘,铸于楚营,咱们飞虎军将用此剑保境安民,有朝一日用它驱除胡虏,收复中原！"随即转向虬须汉,神情庄严,"大胡子,这是咱飞虎军用心血铸成的第一把复仇之剑,先交给你吧！"

虬须汉按捺激动,跪地接剑,引起一片欢呼。铁柱挤入人群,拉住马全福道："全福叔,我也要一把吴钩！"

马全福一把抱起铁柱道："好小子,等你拿得动吴钩了,全福叔一定给你打一把！"

铁柱问道："你不骗我？"

马全福拍了拍铁柱小脑袋道："全福叔什么时候骗过你？"

铁柱钩住马全福的小手指道："敢不敢拉钩？"

"拉钩便拉钩,哈哈……"马全福一把抱起铁柱,用胡须将铁柱扎得哇哇直叫。

旱情缓解,春荒已过,夏粮虽不算丰收,但毕竟稳住了人心,减轻了民怨。于是辛弃疾按照他的远景规划,发掘潭州特有的产业,迈出振兴潭州的第二步:扩大矿业开采,恢复船舶制造,以带动农耕之外的行业恢复,并仿效马殷的茶农和纺织户自产自销、不纳税赋的做法,既发展了经济,又安定了民心。

为尽快筹集军资,购置军械和马匹,他针对州内各大酒业偷逃赋税、税币严重流失之诸多弊端进行清理整治,并一改课税为官府专营,施行产销分割,从而杜绝了税币流失,府库得以充盈。当然他也清楚,此举会损害众多酒业私利,断了不少人财路,将会招致明里暗里的不满甚至暗中作乱。但是,为了早日建成飞虎军,他也顾不得许多了。

十

辛弃疾大张旗鼓创建飞虎军的消息,自然很快传到千里之遥的京师。

汤思退看完胡倬传来的密信,一脸惊讶地道:"飞虎军?这个辛弃疾真是一出又一出,没完没了!他到底想干什么?"

史弥远道:"据胡倬密报,飞虎军人数已过三千,辛弃疾仍在招兵买马,赶建军营,打造兵器,闹得潭州满城风雨。"

汤思退紧皱眉头道:"咱们又失算了!"

史弥远道:"辛弃疾在潭州一闹,朝野上下那班主战之辈也会死灰复燃,趁机鼓噪,听说连皇上也点头认可了。"

汤思退道:"这厮走到哪儿就在哪儿招兵买马,兴风作浪,真是铁了心了!"

史弥远焦灼不安道:"金国特使为此大为动怒,抗议我朝毫无修和诚意。此事得及早禁阻,若不然事情就麻烦了!"

汤思退一脸惶惑,望着古玩架上一只青田石兽出神,担忧道:"只是辛弃疾知任潭州平息暴乱是由老夫向皇上举荐的,出尔反尔,恐怕会授人以柄。"

史弥远稍作思索道:"何不设法让韩侂胄出面?"

汤思退摇头苦笑道:"他刚封了平原郡王,正值得意之时,更不会听你我的了。"

史弥远道:"辛弃疾在潭州动了他军粮赈灾,还杀了他安插在潭州的亲信,断了他的财路,这口气他一直憋着,恐怕正愁没机会出气呢!"

汤思退道:"在潭州,他吃的是哑巴亏,还不足以公然出面。"

史弥远阴鸷一笑道:"恩相不是曾说,贪功妒才、狂妄自负是韩侂胄的致命弱点吗?"

"嗯?"汤思退一时未解。

史弥道远:"他平时对辛弃疾最为妒忌,这种出风头的事,恐怕不会让辛弃疾独占鳌头的!"

汤思退恍然大悟道:"对对对,这次就让韩侂胄去徒手捉蛇吧,哈哈哈……"

重阳将至,秋菊盛开,各呈艳姿。御苑花厅里管弦悠扬,笙歌悦耳。盘龙椅上,赵构斜靠椅背,品酒赏花,雅兴怡然。长期的养尊处优,加上仍不甘心无嫡亲后代,补药不停,房事不断,他显得更加慵懒委顿,双眸失辉,两腮肌肉也已松弛下坠了。

入宫向太上皇请安的赵惇刚刚坐定，韩侂胄也来到北宫。在太上皇再三督促下，皇上封他为平原郡王，他越来越感觉到太上皇才是真正的靠山，无论何事，一经太上皇点头，皇上再不愿意也只能顺从照办，因此有事没事他往北宫走动得越发勤了。辛弃疾在潭州闹得红红火火，不仅再次轰动朝野，而且还得到皇上赞赏支持，着实令他深感不安，再任由辛弃疾人气如此飙升，早晚危及自己的地位，应该是与这个狂妄的归正人算总账的时候了。他一接到史弥远送来的消息，经与军师苏师旦一番谋划，便紧随赵惇之后来到北宫敬献湘菊。其中一盆花形奇特、馨香诱人的紫金龙爪菊让赵构赞不绝口，还颇有兴致地拿起剪刀亲手做了一番修剪。

赵构欣赏着湘菊，随口问起潭州暴乱可有好转。这正是韩侂胄期待的话题，但他并未急于回答，而是转头看着赵惇，话头由皇上挑开自然避开了他此行的真正目的。

"辛弃疾任职潭州之后，勤于政务，肃贪抗灾，平息暴乱，扶持农商，不足两年，潭州已经人口回流，农商复苏，民心安定，很快将如江南一般繁荣昌盛。"赵惇侃侃而谈，语气中充满激动和兴奋。

赵构斜睨赵惇一眼，不以为然道："听你说来，这辛弃疾简直成了神了，不会是他自吹自擂吧？"

韩侂胄终于等来机会，趁势接过赵构话头："据传，辛弃疾一到潭州，便大开杀戒，滥施刑律，靠杀人立威，搞得州府县衙不少官吏人心惶惶，不事职守，更有人躲的躲、逃的逃，公堂无人审案，民生无人过问，如此下去，只怕民心尽失、社稷受损！"

赵惇不满道："据传？朕早已废止了'风闻议事'法令，怎么还在搞什么据传？"两年前，为加大对各级官吏的管束制衡，他曾颁布了一道"风闻议事"的法令，鼓励谏官御使道听途说均可谏议立案，实则奖赏，虚不追责。法令一出，忙坏了谏官，也吓坏了一些污吏，同时也造成不少冤假错案。顾此失彼，得不偿失，随即他便废止了这道法令。

其实这位皇帝心中明白，韩侂胄说的这些事辛弃疾干得出来，也只有辛弃疾才能干得出来。那些拿着朝廷俸禄、干着祸国殃民勾当的官吏，就应有辛弃疾这样的人收拾。

韩侂胄碰了个软钉子，一时尴尬无语。

"早就听说辛弃疾所到之处，杀人如草芥，用钱如泥沙，未必全是风闻！"赵构替韩侂胄做出了反驳，"对了，他筹建的什么飞虎军可是你点头的？"

赵惇微微点头道："儿臣以为，飞虎军自耕自养，保境安民，慑服一方，实属辛弃疾一大创举。"

赵构双目一瞪道："创举？我看有一天把我大宋江山也创没了，你就省心了！"

韩侂胄道："太上皇担心得对。据臣所悉，辛弃疾所建飞虎军，大都是当地暴民，而盗首马全福与他又是结义兄弟，足见他们另有图谋。"

赵构道："我早说过，这种归正之人，居心叵测，不能不虑，不得不防！"

韩侂胄道："皇上，臣还得到消息，潭州官绅要联名上书，状告辛弃疾以建飞虎军为名，纠结当地暴民，强行索敛钱财，中饱私囊，为了修建军营，连房上瓦片都要向百姓摊派，致使上下怨声载道、民不聊生！"

赵构一抹冷嘲道："这便是你赞不绝口的人中之虎、文中之龙？"

赵昚极为不满地瞪了韩侂胄一眼，自怜自叹："唉！看来这个辛弃疾又在潭州得罪了不少人。也不知怎么回事，无论他做了什么，不管好事歹事，总是有人跟他过不去！"这时候，他才意识到这位平原郡王的到来并非巧合，而是存心找辛弃疾的麻烦。

韩侂胄自知赵昚这番话是冲他而来，只不过当着太上皇把话说得委婉一些，一下窘住，低头不语。

赵构自然也听出皇帝的弦外之音，本想狠狠教训养子一番，又一想他毕竟是皇帝，不能让他太过难堪，于是语气略有缓和："侂胄也是一片忠心嘛！一路殿帅，多杀几个人，倒也罢了。一个归正之人手握重兵，可不是好事。江山社稷，孰轻孰重，还需我再教你吗？"

太上皇和权倾朝野的韩王爷如此上下夹击，让赵昚突然意识到，有一张无形的大网正在朝辛弃疾张开，这张恶毒的大网要将这个人中虎、文中龙彻底吞掉。想到这里，赵昚不由得打了个寒战，沉吟少许，做出让步："既然这么多人都反对，那就停建飞虎军兵营吧！"

韩侂胄道："只是……那辛弃疾生性刚拙执拗，如不降御前金牌，恐难从命。"

赵昚一怔道："拟一道旨便可，用不着降金牌吧？"

赵构道："这辛弃疾似乎比岳飞还执拗。正好，当年传召岳飞的十二道金牌我还留着呢，先给他送一块去！"

韩侂胄正中下怀，深躬一躬道："太上皇英明！"

赵昚狠狠瞪了韩侂胄一眼，这个平原郡王不仅视百官如草芥，而且也越来越不把他放在眼中。但当着太上皇的面，他不敢发作，扭头看着紫檀花架上那盆赵构亲手修剪的紫金龙爪菊一言不发。他突然感觉到，自己在太上皇面前就如同这盆豪华精美的紫金龙爪菊,不过是一件精致的摆设而已。

十一

接到皇上降下的御前金牌,辛弃疾既震惊又愤怒。震惊的是皇上顶不住压力改变了主意,愤怒的是朝中那班奸佞小人总是在关键时刻从背后捅他一刀。

好在传旨御史到来时,别无他人,他将金牌拢入袖中,径直回到后衙。寒鹃正伏在床上缝绣飞虎军军旗,看见丈夫神色阴沉,随口问道:"谁惹你生气了?"

"皇上!"辛弃疾铁青着脸,将金牌扔到寒鹃面前。

寒鹃拿起金牌,一脸好奇道:"皇上赏这么大一块黄金,还不高兴?"

辛弃疾道:"这是皇上送来的金牌,当年朝廷就是用这十二道金牌召岳飞回京师治罪的!"

"啊!"寒鹃一声惊叫,扔下金牌,紧紧抱住辛弃疾,声泪俱下,"他们马上要带你走?"

辛弃疾抱住妻子,轻声安慰着:"还不会,鹃儿,放心吧!这才第一道,离十二道还早着呢!"

外厅传来辛十二的喊声:"哥,是你找我吗?"

辛弃疾松开妻子,拾起金牌藏入袖中,来到前厅道:"那一批砖瓦账目可否核对上了?"

辛十二回道:"核对好了,分毫不差。"

"好,朝廷的钱款、账目务必无误!"辛弃疾若有所思,"飞虎军营房能否在两日之内完工?"

辛十二道:"屋梁都已架好,就差上瓦了。因连日下雨,瓦窑无法生火,还差二十万匹。"

辛弃疾思索片刻道:"传我军令,城中百姓每户再捐瓦两匹,明日送至飞虎军军营,待秋后按五匹偿还!"

辛十二笑道:"每户两匹瓦管啥用呀?"

辛弃疾微微一笑道:"全城共有十万余户百姓,加在一起……"

辛十二恍然大悟道:"足足二十万匹。哎呀,为了这二十万匹瓦,我犯了好几天愁呢,没想到我哥眉头一皱就……"

辛弃疾从袖中取出金牌,朗声大笑道:"我也是让这块金牌给逼的嘛!哈哈……愣着干吗?还不快去发告示!"

"照这样,两天便可完工!"辛十二高兴地转身往外便跑。

寒鹃从内室奔出,惊恐不安地道:"弃疾,你还要继续修筑军营?"

辛弃疾微微点头。

寒鹃道:"你不知道违抗圣命是什么罪?"

辛弃疾举起金牌,久久凝视道:"当然知道!"

寒鹃道:"你既然知道,为什么还不赶快停下?"

辛弃疾道:"我决不能让即将建成的飞虎军半途而废、功亏一篑!"

寒鹃惊恐不安,掩面欲泣。辛弃疾劝慰道:"你不必惊慌,我想这绝非皇上本意。皇上旨意只是叫停建军营,而并非说不建飞虎军。再过两天,军营全部完工之后,我自然立即停建,等不到第二道金牌,军营早建成了!"说完朝寒鹃狡黠一笑,打开大柜,放入金牌,加上大锁。

寒鹃道:"这可要犯欺君之罪的!"

辛弃疾从寒鹃手中拿过大旗,凝视片刻,坦然一笑道:"只要保住它就行了!"说完将大旗凌空抖开。

十二

转眼间到了深秋,经过辛弃疾精心训练的飞虎军将在老营盘举行隆重的秋季点兵检阅。校场上空,一面赤色大旗迎风招展,旗上一只猛虎,怒爪利齿,鼓翼欲飞。

旌旗猎猎,戈矛如林,身穿胸缀飞虎号衣的飞虎军分列为若干方阵,队形严整,军威浩荡,士气激昂。队列末尾,一面写有"虎儿军"的小旗下,铁柱领着一群身穿飞虎号衣的少年格外引人注目。

在如雷的欢呼和铿锵的兵器敲击声中,辛弃疾步伐矫健地登上校场中央的点将台。他今天特地穿上十七年前生擒叛将张安国、突骑渡江时穿的那件锦袄胸甲。南归至今,这件曾伴随他杀敌无数的护身甲胄一直珍藏箱底,从未穿过,也没有机会穿。"壮岁旌旗拥万夫,锦袄突骑渡江初。"此时让他仿佛又回到了在北方率领飞虎骑军英勇杀敌的悲壮岁月。

点将台前,飞虎军大都统马全福顶盔贯甲,按剑立马,神情激奋。只见他举剑一挥,校场上顿时战鼓雷鸣,千角冲空,杀声盈耳。

为首两个步兵方队唰的一声,同时亮出新锻铸的利剑,口念"剑影刀光,开天劈地"八字剑诀,不停变换阵法,剑光闪耀,威猛如虎,令人振奋。

紧接着是钩镰枪营杀奔而来。战士们手执一杆既似枪矛又像镰刀的奇特兵器,这是从当初岳家军的钩镰枪演化而来,是金兵拐子马的克星。

瑶兵方队的兵器是山中就地取材的毛竹,长长的竹竿均留有竹梢,对阵时既可扰乱敌人视线,又可让敌人无法近身。当敌人挥刀削断竹梢,竹尖便成了锋锐无比的竹枪,这是雷乌的杰作。

最引人注目的便是铁柱率领的虎儿军。一群少年孩童手执木剑,挑刺斩劈,转挪腾跃,虎气十足,赢得满场喝彩,掌声不息。

虎儿军刚退至两厢,只听辕门外传来一声响亮的呼哨,扬尘处战马嘶鸣,蹄声如雷,军刀闪亮。百名飞虎骑军铁骑狂飙而来,引动全场欢呼,将阅兵演练推向高潮。

辛弃疾激动异常,仿佛又回到泰安天平军中率领飞虎骑军纵马驰骋、突骑冲杀。他奔下将台,一跃上马,正欲加入阵中,突然,湘江方向轰然传来几声炮响,无数铠甲鲜亮、金戈银戟的羽林军奔驰而来,将校场围得水泄不通,杀气腾腾。

大军突然压境,全场震惊。辛弃疾急勒马头,正惊疑中,只见胡倬领着苏师旦飞马而至。苏师旦尖声大叫:"辛弃疾、马全福,速到江边行辕接旨!"

胡倬一声奸笑道:"韩王爷正等着二位呢!"

韩侂胄突然来到潭州,让辛弃疾吃惊不小。从斩杜原那一刻起,他便知道韩侂胄早晚不会放过他。此时此刻,他担心的不是自己,而是刚刚建立的飞虎军。只要能保全住飞虎军,即便粉身碎骨也在所不惜。他随即摘下吴钩,回身交给辛十二,冷静吩咐道:"十二,告诉兄弟们,千万克制,不可乱来!"

湘江东岸,行辕大帐四周军校列阵,刀戟林立,仪仗煊赫。大帐中,尊为九千岁的平原郡王韩侂胄傲然端坐,威仪慑人。

辛弃疾和马全福相跟来到岸边,胡倬狐假虎威地拦下马全福,朝辛弃疾阴险一笑道:"辛知州,辛将军,辛大英雄,请吧!"

辛弃疾神情坦然地走进大帐,来到韩侂胄面前跪地施礼道:"潭州知州兼安抚使辛弃疾参见王爷!"

韩侂胄直视着跪伏地上的辛弃疾,表情冷峻,目透寒光。在他看来,跪在面前这个人,不过是一只小小的蝼蚁,一抬腿便能将其踩个粉碎。他比辛弃疾年少几岁,却以显赫身世和皇亲国戚的优势在严酷的派系倾轧中屡屡胜出,逐渐成为朝廷中炙手可热的实权派人物。朝中许多大臣慑于他的权势,或避之,或依附,就连实力强大的主和派魁首汤思退、史弥远之流也要让他三分。而眼前这只蝼蚁却无视他这头大象的强势和威严,公然与他作对。就让他这么跪着,让他懂得什么是强弱,什么是尊卑,若不是何从凑近耳边低声提醒,他真要看看这厮膝盖到底有多硬,于是干咳一声,拖着腔调:"辛知州,请起来吧!"

"谢王爷!"辛弃疾起身侍立一侧。

韩侂胄转向苏师旦问道:"那个暴民首领马,马什么福带到没有?"

苏师旦朝外尖声大叫:"带马全福!"

胡倬走到马全福面前,得意狞笑道:"马大首领,轮到你了!"马全福鄙夷地瞟了胡倬一眼,迈步来到大帐站定。

苏师旦尖声怒斥:"大胆贼首,见了王爷还不下跪!"

马全福稍作犹豫,勉强跪下。韩侂胄不屑地朝他瞟了一眼,蔑然问道:"马全福,你可知罪?"

马全福昂首挺胸,毫无惧色道:"一不贪,二不奸,三不欺压百姓,不知何罪?"

韩侂胄脸色一沉道:"哼!你聚众作乱,抗拒官府,杀死杀伤官军,还说不知罪?来呀,将盗首马全福推出去斩了!"

"拿下!"苏师旦尖声大喊,数名校卫一拥而上。马全福未待众人近身,猛然跳起,三拳两脚打倒校卫,夺刀在手,一把抓过苏师旦,刀架其颈,退到江岸,趁乱飞身跳入江中。从马全福打倒众校卫到跳入江中,只不过片刻工夫,在场所有人等看得目瞪口呆,被推倒在岸边的苏师旦趴在地上脸色惨白,口中不停连喊饶命。

韩侂胄回过神来,暴跳如雷吼道:"放箭,给我放箭!"校卫拥向岸边,纷纷朝江中放箭,江面上顿时箭矢横飞。苏师旦指着鲜血染红的江面,狂喜大叫:"射中了,王爷,射中了!"

辛弃疾奔向岸边,嘶声大呼:"全福大哥——"

韩侂胄猛然站起,声色威怒道:"辛弃疾听诏!"

辛弃疾似未听见,继续朝着江面不住呼喊。两旁校卫齐声大喝:"辛弃疾听诏!"辛弃疾缓缓转身,目光呆滞,僵立不动。校卫再次厉声大喝,他才神情木然地含泪跪下。

心神稍定的苏师旦尖着嗓子展读圣旨:"奉天承运,皇帝诏曰:查辛弃疾供职潭州,玩忽职守,草菅民生,滥杀无辜,纵容暴民,妄建飞虎军,私藏金牌,违抗圣命,本当论罪,尚念其南归之功,平定茶寇之劳,且宽恕其责,功过相抵,除去所有封诰,贬为庶民。所建飞虎军,着就地遣散。钦此!"

校卫上前摘下辛弃疾戎冠。辛弃疾长跪不起,五内俱焚,目眦欲裂。韩侂胄语含嘲弄:"怎么,不服气?这可是皇上亲笔诏书,留你一命,已是法外开恩,还不知足?"

自韩侂胄在太上皇那里讨得金牌至今已时隔一月有余,他当时打算立即亲赴潭州兴师问罪,被苏师旦劝阻并献上欲擒故纵之策:先低调送去金牌,并不急于追责,任由辛弃疾无所顾忌,违旨妄为,一旦大错铸成,重罪难逃,皇上再想护短也无济于事。

何从心有不忍地走近辛弃疾,低声提醒道:"辛大人,快谢恩吧!"

"臣,谢恩!"辛弃疾声音嘶哑而低沉地应付了一声。此时,他心中所痛惜的不是自己被削职为民,而是刚刚建成的飞虎军就这么被扼杀在襁褓之中。他挣扎站起,步履蹒跚地走出大帐,双目含泪,寸心如割,突然双手抱头,一声惨叫,脚下一空,一头栽倒在地。辛十二、铁柱和虬须汉、湘伢子等飞虎军将士不顾胡侔和校卫阻拦,冲上去扶起辛弃疾。在众人呼唤声中,辛弃疾渐渐醒来,他突然睁开双眼,急促喊道:"快去救全福,快去——"

十三

湘江两岸燃起无数火把,呼唤声此起彼伏:"马将军,马全福将军!……"火把照亮江面,绵延数十里。辛十二、湘伢子、雷乌、虬须汉等各乘渔船在江中来回搜寻。

辛弃疾站在渔船上,高举火把,朝江面左右照寻,嘶声呼唤:"全福,全福哥!……"

铁柱举着火把含泪呼唤:"全福叔,你快回来!你还没给我打吴钩呢……"

江水呜咽,秋风如泣,辛弃疾扶住铁柱肩头,泪如泉涌。辛十二乘船靠近道:"哥,弟兄们已经在下游搜寻到几十里外,沿江每一条河汊、每一道岩缝都搜遍了,仍然没有马大哥踪影,怎么办?"

辛弃疾凝视江面,仍不甘心地道:"继续搜寻,再仔细点,活要见人,死要见尸!"在辛弃疾心中,马全福一直是他最敬佩、最交心过命的朋友和兄长,更是他的救命恩人。当初攻打济南时,若不是全福哥用自己身躯为他挡下一箭,也许他早去了阴曹地府。他突然开始悔恨自己,当初不该提出回归朝廷的想法,结果使得天平义军全军覆没,耿大帅惨遭杀害,马全福亡命天涯,历尽磨难。如今,又是一个筹建飞虎军的想法,结果事未办成,又让全福大哥葬身湘江。他在岸边燃起香烛,跪在江边整整哭了一夜。

沿江的香烛祭火,游动搜救的渔船,让韩侂胄怒从心生。显然,这个辛弃疾并没有将他这位王爷放在眼中,沿江的香烛祭火分明是对他的嘲弄和挑衅。他调集了三千羽林军,偌大阵势未能将他镇住,居然领着那些暴民以打捞死人为由向他示威,实在有损朝廷威严,有损他韩王爷的威风。

苏师旦将胡倬带到韩侂胄面前,一再向韩侂胄举荐胡倬出任潭州知州。苏师旦道:"王爷,这便是我给你提过的潭州统领胡倬。"

胡倬双膝跪地,颤颤巍巍道:"小人胡倬叩见王爷!"他早想投靠这位权震天下的九千岁王爷,如今王爷近在眼前,他反而惊惶不安、手足无措。

"你就是胡倬?"韩侂胄回过神来,微睁双目审视着跪在脚下的胡倬。在他眼中,这个贼眉鼠眼、相貌猥琐的家伙怎么看也不像当知州的样子,倒极像市井中的泼皮混混,如将潭州交给他,岂不让天下人笑他韩侂胄麾下无人?更何况,此人本就是汤、史二人心腹,岂可轻信?他嘴上却问:"你是史弥远安排在潭州的?"

胡倬道:"是史尚书提携至潭州府任统领职。"

"你送来的潭州消息还算有用。"韩侂胄微微点了点头,"听师旦说你办事还算机灵,怎么只给了你一个跑腿的差事?"

胡倬不知如何回答:"是……"

韩侂胄一笑道:"师旦举荐你知任潭州,但不知你可否胜任?"

胡倬一听,激动万分,连连点头道:"胜任胜任,小人干什么都能胜任!"

"这么说让你当丞相也能胜任了?"韩侂胄讥讽地大笑起来。

"小人失言,万望王爷恕罪!"胡倬自知失言,叩头不迭。他原本是想说愿听王爷差遣,谁知一时激动说走了嘴。

韩侂胄再次打量着胡倬,心中想到这等小人不可重用,却可利用,于是说道:"这样吧,先让你暂代潭州知州,干得好,前程无量!"

胡倬神情惊疑,以为韩侂胄又是戏言,一时不知如何答对。苏师旦一旁说道:"王爷让你暂代潭州知州,愣着干什么,还不赶快谢恩?"

胡倬回过神来，急忙跪伏在地，频频叩首道："谢过王爷再造之恩。从今往后，胡倬愿为王爷效犬马之劳。"

韩侂胄道："眼下便是你效力的时候！"

胡倬道："恭请王爷示下。"

韩侂胄起身走出大帐，目视着江面移动的火把道："你知道他们在做什么吗？"

胡倬道："正在寻找打捞贼首马全福的尸体。"

韩侂胄道："打捞死人？已经两天了，这些飞虎军还迟迟不肯散去，我看是醉翁之意不在酒吧？"

胡倬道："王爷是担心飞虎军会借尸还魂、卷土重来？"

何从一旁插言："不会吧？辛弃疾不像这等人。"

韩侂胄道："怎么不像？在滁州私建民兵的风波尚未平息，如今又在潭州妄建飞虎军，闹得朝野上下沸沸扬扬、人心动荡。哼，他自己倒是赚尽了人气、出够了风头！"

胡倬道："王爷说得是。这个辛弃疾恐怕在一天，就一天也不会消停，不如……"

韩侂胄明知故问："不如怎样？"

胡倬做了个杀人手势，他觉得现在借韩侂胄之手除掉辛弃疾正是大好机会。韩侂胄一怔，他没想到这小子竟然如此奸邪歹毒，向何从、苏师旦投去征询的目光。

"你把王爷当什么人呢？国家有法度，朝廷有王法。"何从朝胡倬蔑视一眼，提醒道，"王爷，辛弃疾虽已贬官，可名声人气仍是高涨，在朝野主战人士和大宋文人心目中颇有分量，连当今皇上都尊他为文中龙、人中虎，一旦置他于死地，王爷得到的不过一具尸体，失去的却是天下人心呀！"

韩侂胄似觉有理，频频点头。他虽恨不得将辛弃疾杀之而后快，但真要这么杀了他，皇上面前无法交代，结局也许难以收拾。

苏师旦见韩侂胄已经认可何从之言，便一旁说道："何兄言之有理，那就尽快将他逐出潭州，如他胆敢抗命，法难留情！"

韩侂胄沉吟片刻道："胡倬，你明日就以潭州知州名义向辛弃疾传本王口谕，限他两日之内离开潭州，除妻儿之外，凡当过飞虎军的人一个也不得带走，违者斩立决！"

飞虎军营门外，虬须汉、独臂王五、湘伢子、雷鸟、山猫等飞虎军将士围着辛弃疾跪地不起，泪流满面，不肯离去。

辛弃疾扶起众人道："是弃疾办事不力，让大家白忙活一场，还备受连累……"

虬须汉道："辛将军，不能说白忙活，参加飞虎军，你不仅教了我们的武艺，更教会了我们怎么做人，还分清了忠奸好坏，弟兄们还不知道咋谢你呢！"

雷乌神情哀伤地道："辛将军，你走了，我们瑶人又要变成瑶蛮了！"

独臂王五道："辛将军，我等哪儿也不去，就跟定你辛将军！"

众人齐声应和："对，辛将军去哪儿我们便去哪儿！"

"闪开闪开，知州大人驾到！"金鱼眼和瘦猴推开人群，身着知州官服的胡倬神气活现地来到辛弃疾面前。

辛十二嘲弄道："这不是胡统领吗，今天怎么穿得人模狗样的了？"

金鱼眼道："见了潭州新任知州胡大人还不下跪！"

虬须汉道："谁不知道你新任知州是怎么得来的！"

众人哄然大笑。胡倬狼狈不堪，只好自我下台道："免礼免礼。辛弃疾，本知州奉韩王爷口谕，命你务必明日一早离开潭州，除妻儿家眷，不得带走一名飞虎军的人！"

辛十二道："我是他兄弟也不行？"

胡倬道："不行，你也是飞虎军，违者斩立决！"

独臂王五上前扯住胡倬的官服道："我们都是辛将军的兄弟，都要跟他走，你来斩呀！"

虬须汉拔出利剑："老子今天先斩了你！"

辛弃疾上前止住二人道："回去转告韩王爷，辛弃疾遵命便是。"

胡倬道："记住，不得带走一名飞虎军的人，违者斩立决！"

"快滚吧！"湘伢子从背后扯下胡倬的官帽，扔出老远。

"我的官帽，我的官帽！"胡倬慌忙挤出人群，四处寻找。官帽在众人脚下滚来滚去，戏如蹴鞠，胡倬左扑右抓，狼狈不堪。

十四

晚风凄凉，江心浸月。紧临江岸的湘妃祠，青瓦灰墙，竹影萧疏。寒鹊不愿再住在州府后衙，让全家临时栖身祠中。

院门外，辛弃疾凝视江月，神情凄凉。寒鹊上前为辛弃疾披上衣衫劝慰道："进屋去吧，当心着凉。"

辛弃疾轻轻咳了两声:"已经着凉了,这颗心已经凉透了!"

寒鹃紧紧依靠在辛弃疾后背上,轻声哽咽:"放弃吧,你斗不过他们……"

辛弃疾转身将寒鹃紧紧搂在怀里,神情疲惫道:"太累了,我们寻个清静去处好好歇歇吧。"

寒鹃道:"四年前在江西信州任职的时候,你不是在上饶铅山看好一处田园吗?就去那里吧。"

辛弃疾凝目远方道:"对,那里有静如鉴面的带湖,有声若梵音的瓢泉,还有志趣相投的大慧禅师……只可惜全福大哥永远留在了这里……"

远处传来几声夜鸟的啼鸣,辛弃疾侧耳静听道:"像是杜鹃在啼叫?"

寒鹃道:"现在才是秋天,哪来的杜鹃?像是落群的孤鸥在啼叫。"

"落群的孤鸥与凄楚的杜鹃同为苦鸟呀!"辛弃疾倍感寂寥,"啼鸟还知如许恨,料不啼清泪长啼血。谁共我,醉明月?"

寒鹃含泪叹道:"此情此景,与词中意境何其相似。当年在仰啸学馆吟唱时,父亲连声称赞,还说可惜只有这几句呢!"

辛弃疾道:"当时,听到杜鹃啼叫,闻声伤情,脱口吟哦了这几句,老师还说全词的意境也许要用我的一生去酝酿、去写成!"

又是几声夜鸟的啼鸣,辛弃疾一声轻叹:"虽说我才岁届壮年,却几乎体验了一生的凄苦。绿树听鹈鴂。更那堪、鹧鸪声住,杜鹃声切……"

寒鹃惊奇地道:"《贺新郎》有全词了。"

辛弃疾略为颔首道:"有了,你先回屋准备纸笔。"

寒鹃回到祠内,拨亮油灯,铺纸研墨,然后坐到琴前,拨动琴弦。辛弃疾相跟来到书案前,眼噙热泪,步着琴韵,挥笔一书而就:

绿树听鹈鴂。更那堪、鹧鸪声住,杜鹃声切。啼到春归无寻处,苦恨芳菲都歇。算未抵、人间离别。马上琵琶关塞黑,更长门、翠辇辞金阙。看燕燕,送归妾。　　将军百战身名裂。向河梁、回头万里,故人长绝。易水萧萧西风冷,满座衣冠似雪。正壮士、悲歌未彻。啼鸟还知如许恨,料不啼清泪长啼血。谁共我,醉明月?

当晚,他让妻子将新写的《贺新郎》誊写一份交给辛十二,要他回临安后,抽空到建康转交给吕叔潜。老先生和一帮好友期待这阕《贺新郎》全词已经好久了,现在总算圆了醉月楼一个完整的梦。

次日一早,辛十二将寒鹃和铁柱送上篷船,转身紧紧抱住辛弃疾,声泪俱下道:"大哥,我们什么时候才会相见哦!"

辛弃疾眼含热泪道:"用不了多久的,你先回临安替钟大伯料理好吉祥酒家,照顾好娘子和儿子!"

"大哥,你千万保重哦!"辛十二依依难舍,不肯松手。

"好了,就此别过吧,大胡子他们赶来,就走不了啦!"辛弃疾为辛十二抹去眼泪,转身登上船头,示意船家开船。

"辛将军——"虬须汉、湘伢子、王五等飞虎军将士呼喊着飞奔赶来,陈正和府衙中各司属员也纷纷赶来码头含泪送别。

"老哥,快开船!"辛弃疾急忙催促艄公。艄公竹篙一点,篷船离开码头。

向云天和杜鹃寨的全寨乡亲,雷鸟领着瑶寨的乡亲也赶到码头,跪拜哭呼。

船头上,辛弃疾激动地一头跪倒甲板,强忍热泪,抱拳长揖。筹备不到一年的飞虎军,耗尽他所有精力,没有时间去陪伴妻儿,没有时间去防范小人的暗算,最终成为毕生伤痛、终生憾事。

篷船驶入江心,顺水漂泊远去。泪眼目送渐行渐远的潭州城,辛弃疾胸前青衫早已湿透一片,心中涌起许多的歉疚。他欠下杜鹃寨一场盛大的杜鹃花节,欠下湘湖学子一座崭新的岳麓书院,欠下干渴的田野一条千丈石渠,欠下……

几声孤鸥的鸣叫,伴合着寒鹃悲切的歌吟,在江面上悠悠荡过:

啼鸟还知如许恨,料不啼清泪长啼血。谁共我,醉明月?……

第八章 稼轩识愁

一

从湖南到江西，从潭州到上饶，辛弃疾感觉这段路程好遥远、好漫长。

一路风霜，一路忧愤，途经江西造口时，他登上孤峙的郁孤台，放眼赣江滔滔东去，怀古思今，抱忧感兴，含泪在石壁上题下一阕《菩萨蛮·书江西造口壁》，借以遣愤抒愁：

郁孤台下清江水，中间多少行人泪。西北望长安，可怜无数山。　青山遮不住，毕竟东流去。江晚正愁余，深山闻鹧鸪。

从狂风暴雨、大起大落的宦海生涯，突然被抛弃闲置到山野孤村种桑扶犁，如此落差，他在情感上和生活习惯上一时还很难适应。

四年前在江西信州任职提典刑狱期间，他无意间在铅山附近发现了一片状如绸带的湖泊，当地人称为带湖。临岸放目，但见湖水清澈，平静如鉴，湖中几处苍苔绿草丛生，无风自曳，水上鸥鹭成群，游鱼不惊，好一处远离尘嚣、安歇身心的世外桃源。他未与寒鹃商量，当即在临近湖湾的小溪旁买下了一块坡地，打算留作日后告老归田的栖息之处。令他始料未及的是，四十刚出头，正值壮岁，功业未竟，宏志未酬，便未老归田，匆匆走完坎坷不平的仕途历程，从此将在平静的带湖边上了此一生，然后悄无声息地化为湖面的一缕清风。

回到铅山，他先在湖边盖起几间茅屋，随之开掘一方小塘，引入溪水，种上荷花，栽上杨柳，与当年仰啸学馆大致相似，取名稼轩，自号稼轩先生。此时，他似乎已经悟透人生，看破红尘，决意下半辈子安下心来求田学稼，不问世事，聊度壮岁残生。

第八章 稼轩识愁

茅檐低小,溪上青青草。醉里吴音相媚好,白发谁家翁媪?大儿锄豆溪东,中儿正织鸡笼。最是小儿亡赖,溪头卧剥莲蓬。

这是他在上饶铅山闲居时写的一阕《清平乐·村居》。那一日,他回家时路过东邻吴老汉家,被吴老汉留住喝酒。吴老汉其实并不太老,只比辛弃疾年长几岁,对辛弃疾尤为敬重。吴老汉擅长酿酒,远近闻名,每逢新酿米酒出窖,都会送上一坛请辛将军品尝。饮酒中辛弃疾见吴老汉一家虽然贫困,却也欢乐,与自己颇为相似,便一边饮酒,一边吟唱出这阕《清平乐》。扶犁躬耕,生儿育女,这词中所叙其实正是他在稼轩的全部生活景象,曾经悲壮豪放的情怀,似乎完全淡化到闲适平静的乡村农家野趣之中。他在上饶吟咏的数十阕词中,农家闲适的田园生活已经成为主题。

趁着秋高气爽,趁着农闲无事,辛弃疾再次来到三清山。三清山在离上饶铅山一百多里的玉山县境内,他的女儿湘娥由陈亮好友杜叔高保媒,去年就嫁到三清山山脚下一户人家,女婿名叫钟雄,是当地小有名气的石雕工匠。

刚走到女儿家门外,便听到一阵弦歌传来:

落日塞尘起,壮士悲歌彻。金戈铁马平戎策,梦里弓刀事业。倚天万里剑,可惜蒙头雪。黄昏雨,英雄泪,男儿到死心如铁!醉墨卷秋澜,长庚伴残月。旧恨春江流不尽,新恨云山千叠。灯火阑珊处,清泪长啼血。英雄泪,黄昏雨,男儿到死心如铁!

这是女儿湘娥在抚琴吟唱,听得出湘娥吟唱的是他过去所写词中的句子。女儿的吟唱,哀婉而不失豪迈,伤情处陡生悲壮,唱出他一生的坎坷与不舍。这种似词似曲的吟唱,是湘娥的独创。湘娥长得极像她母亲,但又比母亲多了几分英烈豪放之气。在父母的教导熏陶之下,她不仅通晓诗词音律,而且善于创新,常将父亲词作中的精辟名句串联组合,以自己的方式吟唱出来,另成一番风韵。

小夫妻好酒好菜地将辛弃疾款待一番。听说岳丈要登山赏秋,正要去三清宫雕刻碑文的女婿便陪着他一道登上三清山。

三清山因玉京、玉虚、玉华三座山峰宛如玉清、上清、太清三位道教尊祖列坐山巅而得名。山中危峰兀立,怪岩嶙峋,虬松悬壁,急瀑飞泻。其景兼具泰山之雄伟、黄山之奇秀、华山之险峻、衡山之烟云、青城之清幽。

一年前的初春,陈亮的好友,与辛弃疾境遇相似的江南才子杜叔高从金华来看望辛弃疾,二人相约登三清山观赏雪景,也是钟雄陪同上山。时年连降好雪,满山玉树琼花,群峰披玉,日照之下,千峰染霞,万松镏金。攀崖登岩,两人不知摔了多少筋斗,却忘怀畅游,乐趣无穷。两位经历岁月彷徨、心念迷离的落魄老人,全然抛却世事烦恼、往日忧思,陶醉在虚幻空灵、尘嚣清绝的境界之中。

下山以后,辛弃疾在女儿家为杜叔高置酒钱行。回归凡尘的怅怀和别离情伤令他感慨万千,他即席吟咏了一阕《贺新郎·用前韵送杜叔高》:

　　细把君诗说。怅余音、钧天浩荡,洞庭胶葛。千尺阴崖尘不到,惟有层冰积雪。乍一见、寒生毛发。自昔佳人多薄命,对古来、一片伤心月。金屋冷,夜调瑟。　　去天尺五君家别。看乘空、鱼龙惨淡,风云开合。起望衣冠神州路,白日销残战骨。叹夷甫、诸人清绝。夜半狂歌悲风起,听铮铮、阵马檐间铁。南共北,正分裂。

二人常有唱和,且多是慨叹时运、相互勉励之作。未承想,杜叔高回到金华家中不久,因中风不治离世,这阕送别词竟成最后的诀别。

深秋是三清山景色最为壮美的季节,沿途危峰奇岩,烟云轻绕,满山遍野红枫摇曳,美不胜收。

两壁夹峙中的一线天,陡峭的石阶让他有些气喘吁吁。而肩挑着工具和食物的年轻女婿,却一边登梯一边唱起了当地流行的滩歌,时不时还扭动几下,舞蹈而上。辛弃疾听不明白他唱的是什么,却受到强烈的鼓舞,不服老的冲动顿然而出,一口气跨过一百八十级石阶,登上山顶。居高临下,鸟瞰乾坤,纵目千山万壑,层林尽染,七彩纷呈,辛弃疾心中豁然开朗。他想畅怀吟咏眼前秋景,却诗思顿塞,灵感全无,不免有些郁闷。在女儿家歇息一晚后,次日他便早早地返回带湖,途经博山时见天色尚早,便绕道博山寺看望大慧禅师。

来到上饶转眼已经二十年,在他的人生历程中,这是算得上悠闲自在的二十年,没人打扰算计,没人参奏弹劾,忙时日出而作、日落而息,闲时游历山川、吟诗作词。在旁人看来,他过得轻松愉快、无忧无虑,包括他近期所作词大多是记村野趣事、咏山水情怀。而在这荒村野山中,除了寒鹊知道他深藏心底的那一丝无可排遣的隐痛,还有一人能够体会他心中的悲情,识得他压抑的心结,这个人便是博山寺的高僧大慧禅师。这位年过七旬的高僧心志高洁,情怀慷慨,智识不凡,与陆游、朱熹、陈亮等文人志士交往甚密。辛弃疾在信州任职期间,两人常在一起谈古论今,因志趣相投,且又是陆游、朱熹、陈亮等人共同的好友,更成莫逆之交。

定居上饶后,辛弃疾自然成了博山寺常客。一僧一俗,依然谈古说今,品诗论画,话题无穷。大慧擅长山水写意,常将辛弃疾在上饶吟得的词书入他的画中,词画合璧,更是妙绝。

千峰云起的博山,长林连绵,古木参天,泉石清奇,松竹苍翠。博山寺的红墙青瓦,就隐身在山前一片松涛竹浪之中。老和尚正在寺中诵经楼上作画,画的是博山晚秋景色,见辛弃疾到来,便高兴地说道:"将军来得正好,老衲刚画完的一幅博山晚秋图,正等着你的晚秋词呢,可有现成的?"

辛弃疾见画中山石兀立,流泉倾泻,林木萧疏,远处寒鸦点点,溪潭中落叶沉浮。辛弃疾的目光最后停留在水面几片若沉若浮的红叶上,不由得触动心事,陡生悲凉,没有想到,在三清山寻找的秋意竟在大慧的画中,顿时词情涌动,灵感突发,拈笔挥毫,在画的右上方留白处写下一阕《丑奴儿·书博山道中壁》:

少年不识愁滋味,爱上层楼。爱上层楼,为赋新词强说愁。而今识尽愁滋味,欲说还休。欲说还休,却道天凉好个秋。

大慧在一旁感慨不已道:"好一个'天凉好个秋'!将军一腔忠愤无从发泄,却用一个'秋'字道出心中的愁闷痛楚,实在让贫僧为之唏嘘。将军从秋水中几片浮叶悟出画中禅意,老衲也从将军这一个'秋'字之中悟出将军幽深的心境。"

辛弃疾搁下笔道:"平生塞北江南,如今阡陌黄昏,老死桑丘,别无心境了。"

老和尚抚须摇首道:"家国破碎,苍生离乱,将军乃济世奇才,堪称人中虎、文中龙,岂甘于埋没在这荒野山村采桑扶犁?即便老衲这个空林中人也绝难做到。"

辛弃疾感慨道:"大禅师身遁空门,却情系家国,心念苍生,弃疾自愧不如。自贬到上饶,初来时确实心存不甘,可这么多年过去了,血未冷、心已寒,真的是天凉好个秋呀!"

大慧禅师微微一笑道:"应当是血未冷、心难寒吧?老衲即便老迈愚钝,也能从这一'秋'字中读出,将军虽处逆境,却雄心难泯。一个'秋'字写在纸上,而一怀执念却写在了心头。"

辛弃疾似被触及痛处,沉默无语。

大慧略作沉吟:"老衲有一事相求,不知将军可否应允?"

辛弃疾道:"长老有何吩咐只管说来,不必客气。"

大慧道:"山门外道旁有一岩壁平整光洁,老衲意欲将此词刻于石壁之上,留作镇寺之宝。"

辛弃疾躬身一礼道:"大师过誉了,弃疾不过一人哀愁而已。"

大慧声色激动地道:"这岂止是将军一人的哀愁,这是一个国家的哀愁,天下黎民的哀愁!"

辛弃疾见大慧言辞恳切,便点头应允道:"如不嫌弃,但遂长老之愿吧。"

"多谢将军美意!"大慧向身后小僧悟智吩咐道,"悟智,你快去山下把王师傅请来,趁着天没下雨,连夜把辛将军的字迹雕琢完毕,这可是博山寺的镇寺之宝呀!"

辛弃疾走到楼边,凝望楼外秋景,一只鸥鹭凌空飞过,鸣声凄婉。大慧一番语意恳切的言辞,如一块投入深潭的石头,在他沉寂已久的心潭中激起阵阵涟漪。血未冷,心难寒,老和尚将他的心思参透了。

二

二月的春风仍然带着寒意,将稼轩小院中一树梨花吹得洋洋洒洒,如雪花飞落满地。这棵梨树是稼轩落成时寒鹊亲手栽下的,一晃二十年,一棵指头粗的小树苗,长成了盆口粗细的一棵大树。来到江西后,寒鹊又相继生下一女二男。女儿是在潭州怀上的,取名湘娥,年满十八,嫁到邻县玉山。二子十岁时生病夭折,三子穰儿刚满六岁。

梨树下,已成青年的铁柱光着臂膀练剑,英姿勃勃,状似铁塔,比他父亲更为强壮。一柄吴钩在他手中寒风嗖嗖,宛若闪电。

穰儿追着春风拾着地上的花瓣,他突然站起,背着小手看着铁柱,模仿大人的口气道:"哥,你这一招不对!"

铁柱不服道:"哪一招不对?"

穰儿以手比画示范道:"这一招,你跟爹的不一样!"

铁柱看着弟弟稚气的动作,忍不住大笑起来道:"你个小屁孩,懂什么?"

穰儿不服气地说:"我不是小屁孩,爹都说我长大了!"

铁柱逗笑道:"你就是小屁孩,小屁孩!"

"铁柱,又在欺负弟弟了?"寒鹃端着竹箩从厨房走出。她粗布衣衫,围裙束腰,俨然一乡村农妇。正值春荒,粮食紧缺,为一家老小的吃喝,她操碎了心,虽才五十出头,却有些苍老憔悴。快到晌午,出去借粮的丈夫还不见回来,她不免有些着急问:"铁柱,你爹借粮回来没有?"

铁柱摇摇头道:"还没有,肚子早饿了!"

穰儿道:"我知道,爹还在带湖边看鸟玩呢!"

寒鹃抱怨道:"怎么又去看鸟了!"

穰儿道:"娘,我肚子饿!"

寒鹃安慰道:"穰儿乖,娘一会儿就给你煮饭吃!"

穰儿道:"我不要吃野菜饼!"

铁柱也走过来道:"娘,怎么天天净吃野菜饼?"

寒鹃安慰道:"等灾荒过去了,娘天天给你们煮米饭吃!"

穰儿道:"还有肉,好多好多的肉!"

铁柱咽了一下口水道:"灾荒什么时候才能过去呀?"

寒鹃心疼地看着儿子,强忍泪水道:"快了,应该快了。在家看着弟弟,娘这就找你爹去!"

湖面如镜,远山如黛。

辛弃疾手提一只空布袋,沿着湖畔踽踽独行,若有所寻。他走到水边俯身照影,惊疑地注视着水中的自己,湖水中映出一张憔悴苍老的面容。良久,他抬起头来四处寻望。

无风的水面,幽静而沉寂。辛弃疾神情落寞,倍感孤寂。他席地而坐,取出竹箫,再次吹奏起那一阕凝聚了一生情感的《贺新郎》。

凝重低沉的箫声飘过湖面,荡漾起微微涟漪。几声鸥鸣从远处传来,一只雪白的鸥鹭飞落他面前的苍苔之上。辛弃疾眼神中闪过一丝欣喜,急忙放下竹箫,朝着鸥鹭点头示意:"老朋友,你来了。我病了数日,未能见面,你便以为我不会再来了?我们既然是朋友,既然有盟约,我岂能不来?"

那只鸥鹭独腿静立于苍苔之上,似乎在聆听。辛弃疾遥望远方,无限向往地道:"在这带湖之上,只有你知我心底苦衷,懂我梦中所思。老朋友,因为有你,我不再孤独；因为念你，我也不再寂寥……"他忽然想起什么，从空布袋中翻找出几粒粟米，语含歉意，"你定是饿了吧？家里早已断粮，只剩下这几粒粟米了。"

鸥鹭突然惊叫一声，飞离而去。辛弃疾目送孤鸥，充满浊泪的双眸中，交织着孤寂、凄凉、忧愤。

冷风拂面，鸟迹全无，一个头戴斗笠的人影出现在水面。辛弃疾回过身来，疑惑地打量道："你是……"

来人取下斗笠，竟是党怀英，虽过花甲，却面色红润，神采不减当年。他如今是金国常驻临安使臣，此次奉完颜雍密令，趁辛弃疾落魄之时，尽力劝说他归返北方，一是担心辛弃疾这头猛虎迟早会被南宋朝廷重新起用，对金国将是一严重威胁；二是辛弃疾如能重返北方，也许自闭于太清庵的贞儿会走出庙门，回到自己身边。儿子完颜允恭英年早逝，贞儿是他唯一的亲人。

辛弃疾终于认出，惊诧异常地道："党怀英？"

党怀英神情平静地道："正是怀英。"

辛弃疾横眉怒目道："你……你还有脸来？"

党怀英道："幼安，事过几十年，你还在记恨怀英？"

辛弃疾恨恨道："其恨没齿难忘！"

党怀英道："幼安，当初之事，实是怀英不该。"

"你害得我祖业难守，母亲惨死，岂止是不该？杀了你也难消我心头之恨！"辛弃疾怒从心起，他一摸腰间，发觉剑未在身，举箫便打。寒鹃急奔而来，拉住辛弃疾道："让你去借米，怎么上这儿打起架来了？"

党怀英道："两国交兵，不斩来使，你可别乱来！"

辛弃疾惑然道："来使？什么狗屁来使？"

党怀英道："不瞒你说，我如今可是堂堂正正的大金国使臣！"

寒鹃打量来人，神情疑惑地道："金国使臣来找我们做什么？"

辛弃疾问道："你没认出他是谁吗？"

寒鹃定睛凝视道："你……你是党大哥？"

党怀英也一下认出，惊讶地道："你是寒鹃？你怎么也在这里？"

寒鹃靠近辛弃疾，道："他现在是我夫君！"

党怀英妒忌苦笑道："我说辛弃疾呀辛弃疾，怎么天下好事让你一人占尽了？"

辛弃疾问道："你到底来做什么？还嫌害得我不够吗？"

"当初就算是我害过你,可不正是我成就了你这位大英雄、大词人吗?"党怀英蹚到寒鹃身边,从竹箩中抓起一把碎米,诮然一笑,"不过,想不到你这位大英雄、大词人,竟然混到借米下锅的地步了!"

辛弃疾道:"你是来看我笑话的?"

党怀英道:"我是来帮你的!"

辛弃疾道:"道不同,不相为谋。我有什么用得着你帮的!"

党怀英道:"你辛弃疾的境况,我们大金国皇帝可是了如指掌!"

辛弃疾道:"大金国皇帝,还是那个完颜雍?"

党怀英道:"当今陛下是天下少有的仁德之君,他对你一直念念难忘,对你的境况也十分关切,命我专程来请你重返北方,拜你为大将军,执掌金国兵马!"

辛弃疾冷笑一声道:"够了!我辛弃疾英雄一世,岂会像你一般卖祖求荣?"

党怀英道:"你英雄一世,到如今又怎么样呢?连妻儿老小都快养不活了。这样的大英雄能救民于水火,能救国于危难吗?"

辛弃疾心事触动,一时默然无语。

党怀英道:"大宋如果没有这么多贪官污吏,没有这么多劣纲弊政,能被一个金国打败吗?这样的朝廷值得你去效力、值得你去尽忠吗?"

寒鹃靠近辛弃疾,神情自豪地道:"无论我夫君境况如何,都是我心中的大英雄!"

"鹃儿,说得太好了!"辛弃疾大受鼓舞,神情昂然。

党怀英道:"你爱大宋,可大宋爱你吗?重返北方,那里才是你的用武之地呀!"

辛弃疾神色严肃道:"你去转告完颜雍,我辛弃疾早晚会重返北方的!"

党怀英转忧为喜道:"你答应了?"

辛弃疾道:"不过我重返北方,是为国雪耻,为亲人报仇,收回失地!"

党怀英大失所望道:"你太不识时务了!"

辛弃疾声色俱厉道:"废话不用多说了,念你我师出同门,今天暂且饶你一回。但是,如果有朝一日在沙场相见,我认得你,我的吴钩认不得你!快走吧!"

党怀英无奈道:"你这人心眼太死了,寒鹃,你劝劝他!"

寒鹃摇摇头道:"我的夫君向来以功名自许、以气节自重,寒鹃以他为荣!"

党怀英气极道:"也是个死心眼!"

辛弃疾大吼一声:"还不快滚!"

"我滚我滚,我看你这个英雄能撑多久!"党怀英无奈地摇摇头,转身拂袖而去。

辛弃疾长嘘了一口气道:"鹃儿,我们回吧!"

寒鹃问道:"让你去借的米呢?"

辛弃疾从地上捡起布袋,难为情地苦笑道:"遇上灾年,向谁去借呀?再说……"

寒鹃嗔笑道:"我看你是放不下大英雄的面子。"

"既然知道,还让我去借,这不成心为难我吗?"辛弃疾突然发现妻子头上少了一支玉簪,这是她母亲的遗物,也是寒鹃最珍爱的物品,不由得一惊,"你头上的玉簪呢?拿去换米了?"

寒鹃道:"孩子们饿得不行,顾不上许多了!"

"鹃儿,真对不起!你心目中的大英雄,竟然养不活自己的妻儿!"辛弃疾紧紧搂住寒鹃,神情充满歉疚。

寒鹃道:"你不必自责,你能捡回这条命,就是我们全家老小的福分了!"

"等有了钱,我一定把玉簪给你赎回来!"辛弃疾弯腰从湖畔摘下一朵荠花插在寒鹃头上,"先戴上这荠花,一样好看。"

寒鹃俯身照影,微露羞涩道:"好看什么,老太婆了。"

辛弃疾凑近寒鹃亲昵地说道:"不,我的鹃儿永远都那样年轻、那样美!"

二人紧紧依偎,水面荡漾着他们幸福的笑容。成群鸥鹭欢鸣而来,在头顶展翅盘旋,翻飞起舞。二人循声望去,惊喜异常,纵情欢笑。辛弃疾夺过寒鹃手中的米箩,抓起粟米撒向空中。寒鹃上前争夺米箩道:"不吃饭啦?!"

辛弃疾一边撒米,一边欢叫:"吉祥之兆,吉祥之兆,让我的朋友们先享用吧!"

寒鹃深受感染,也激动地抓起粟米撒向鸥群:"请先用吧,请先用吧!"

辛弃疾顿时诗兴大发,一阕歌吟在湖面轻盈荡漾:

带湖吾甚爱,千丈翠奁开。先生杖屦无事,一日走千回。凡我同盟鸥鹭,今日既盟之后,往来莫相猜。白鹤在何处?尝试与偕来。　　破青萍,排翠藻,立苍苔。窥鱼笑汝痴计,不解举吾杯。废沼荒丘畴昔,明月清风此夜,人世几欢哀?东岸绿阴少,杨柳更须栽。

吟罢,二人紧紧相拥,忘情欢呼。鸥鸟越来越多,鸥鸣声、欢笑声在带湖上空激情飘荡。

"哥、嫂子!"辛十二背包携伞,一路风尘地出现在二人面前。

"十二,你回来了?"辛弃疾喜出望外,却依然与寒鹃相抱在一起。

辛十二不解道:"从未见到哥和嫂子这么高兴,有什么喜事呀?"

二人突然回过神来,慌忙分开。寒鹃脸上泛起红晕,为掩饰尴尬,她指了指空中道:"吉祥之兆,吉祥之兆!"

辛弃疾也尴尬地笑道:"对,吉祥之兆,十二你一定带回好消息了。"

辛十二朗声笑答:"你猜对了,十二的确带回了好消息,大好的消息!"

辛弃疾又惊又喜,连连催促:"快说,快说!"

辛十二先从背囊里取出钱袋递到寒鹃手中道:"嫂子,这是带回的三百贯铜钱,先救救急吧。"

寒鹃接过钱袋,分外感动地道:"这下好了!一会儿我就去买肉,可以让孩子们开开荤了。"

辛十二歉意地道:"十二回来迟了,让嫂子和侄儿们受苦了!"

辛弃疾急切催问:"快先说说,到底带回了什么大好消息?"

辛十二解开包袱,取出一本装订成册的《稼轩集》双手呈上。辛弃疾接过,欣喜异常地道:"太好了!十二,我该怎么谢你?"

辛十二道:"谢我干什么?《稼轩集》能刊印成册,全仗嫂子多年精心整理编校,十二跑跑腿而已。"

寒鹃不胜感慨地道:"辛苦了这么久,总算是做成一件事情了!"

辛十二道:"应该说做成了一件大事。我原以为,隆兴和议以来,朝廷苟且偷安,上下醉生梦死,国恨家仇,早已淡忘,便先试印了三千册,谁知竟被一抢而空。我与吕老先生连夜加印了两千册,仍然供不应求。许多人都在醉月楼从早等到晚,不肯离去。"

辛弃疾兴奋不已地道:"出乎意料,实在出乎意料!"

辛十二道:"可不是嘛!冷清了好多年的醉月楼,生意也一下子火爆起来。吕老先生高兴得不得了,催我立即返回上饶,一是将好消息告诉哥和嫂子,二是收集哥的新作,刊印一册《稼轩续集》,以飨天下读者!"

辛弃疾神情激动地道:"这个吕翁,豪气仍不减当年呀!好,回头我要亲手整理修订所填新词,再送去刊印!"

寒鹃眼含热泪道:"你多年的心愿总算实现了!"

辛弃疾感慨万千道："当年老师嘱托我要用豪壮词文,去激励国人奋起抗金的斗志;用复仇之剑去收复失地,重振河山。老师的嘱托不知何时才能实现!"

寒鹃道："你这本《稼轩集》不是已为世人传诵了吗?"

"这些壮词本应在马上吟诵,在沙场高歌,可又有多少人知道,我辛弃疾却是在这稼轩斗室里空叹报国、哀鸣心志!如同我的吴钩,也只能闲置陋壁,空惹尘埃!"辛弃疾望空长叹一声,忽然想起什么,问道,"对了,同甫有消息吗?一年前相约的鹅湖聚会,怎么一点消息也没有了?"一年前,他收到陈亮寄来的一阕唱和词《贺新郎·寄辛幼安和见怀韵》,词中写道:

老去凭谁说?看几番、神奇臭腐,夏裘冬葛。父老长安今余几,后死无仇可雪。犹未燥、当时生发。二十五弦多少恨,算世间、那有平分月。胡妇弄,汉宫瑟。　　树犹如此堪重别。只使君、从来与我,话头多合。行矣置之无足问,谁换妍皮痴骨?但莫使、伯牙弦绝。九转丹砂牢拾取,管精金、只是寻常铁。龙共虎,应声裂。

当时辛弃疾正在病中,收到和词,振奋无比,病去身轻,当即步韵相和:

老大那堪说。似而今、元龙臭味,孟公瓜葛。我病君来高歌饮,惊散楼头飞雪。笑富贵千钧如发。硬语盘空谁来听?记当时、只有西窗月。重进酒,换鸣瑟。　　事无两样人心别。问渠侬:神州毕竟,几番离合?汗血盐车无人顾,千里空收骏骨。正目断关河路绝。我最怜君中宵舞,道男儿到死心如铁。看试手,补天裂。

他得知陈亮与朱熹因学说争论不休而负气结怨,互不往来,特意在复信中邀请两人来铅山相聚,为两位刚烈而又迂执的朋友排解纠纷,让二人重归于好。可是和词与书信寄出后如石沉大海,至今杳无音讯。

辛十二摇了摇头道："该打听的都打听了,陈先生就像从人间消失一般,毫无消息!"

寒鹃担心地问道："该不会出什么意外了?"

"不会不会,一个大活人,能出什么意外?"辛弃疾安慰着妻子,其实是在安慰自己,尽管他知道陈亮身体一向欠佳,但希望不会出什么意外,便转开话题,"还有什么消息?"

辛十二道:"啊,我差点忘了,太上皇殡天了。"

"他老人家总算撒手了。"辛弃疾听到这个消息并不感到惊讶,反而眉头一展,"从此皇上也就不再身受束缚,可以放手一搏了。"

辛十二摇摇头道:"好多人也是这样想的。谁知道太上皇临终前却留下一道遗诏,要皇上守孝三年,不再问理朝政。"

辛弃疾惊疑之余深感失望地道:"守孝三年,不问朝政?他死了也不让皇上去收复失地,一统山河。"

辛十二惋惜长叹:"咱们这位皇帝虽有统一之志,只可惜时运不佳,头上一直压着一位昏庸无为的太上皇,对手呢,又是金国的完颜雍这样一个贤德圣明的劲敌,鸿翅难展。加上迫不及待想早登大位的皇太子软磨硬逼,皇上只好退位了!"

"皇上怎么能说退位就退位呢?!唉,可惜啊!他到底还是没有坚持住,将自己的统一之梦放弃了……"辛弃情绪失控,头痛欲裂。已经好久没犯过头痛了,这一次似乎比过去任何一次都痛。但他坚持不让寒鹃和辛十二搀扶,自己一屁股坐在地上,陷入苦痛和迷乱之中。在他心目中,赵眘是统一大业最有希望的君主,虽受上下挟持,左右掣肘,却一直忍辱负重,如潜藏海底的蛟龙,时机一到,便会腾空而起。正如自己这头猛虎,虽蛰伏深山,但时机一来,便将呼啸而出。然而这一切突然变得更加渺茫,更加无望了。此时,他不只头痛,而且心痛,一种五内俱焚、万箭穿心的痛。

"别太伤感了,还是保重自己的身体吧!谁生谁死谁当皇帝,不关我们家的事。"寒鹃扶着丈夫含泪安慰道,语气中明显充满怨气。

"国不兴,家难平呀!"辛弃疾情绪稍有缓和,便追问道,"新皇帝是谁呢?"

辛十二道:"新皇帝是皇帝的三儿子赵惇。"

辛弃疾道:"哦,赵惇,他排行第三,因长幼顺序,曾引发前朝后宫一场争斗。直到虞相当朝,力排众议,当机立断,立储之争才告结束。"

辛十二道:"可惜这位皇帝临朝之后,龙体长期欠安,疏于朝政,致使大权旁落李后之手。从绍熙三年开始,她封娘家三代为王,侄子外甥官拜节度使,掌控各地军权,连门客下人也都奏补加官。人们都说,李氏外戚恩荫之滥,真是前所未有!"

辛弃疾道:"这个李后我听说过,是庆远军节度使李道的次女,名叫李凤娘,生性嫉妒,偏执强悍,早在做太子妃时经常遭到皇帝训斥,因此对公公十分记恨,经常当面顶撞。"

辛十二道："立为皇后之后，她在宫中更加专横跋扈，为所欲为。为独霸后宫，凡是皇帝宠幸过的嫔妃，不是被虐待而死便是被暗中毒杀。据说有一次皇帝净手时随口称赞了一名宫女的双手嫩白如脂，李后在一旁妒火如焚。次日，皇帝饮茶时打开食盒，只见盒中正是那双手，当场吓得半死，从此便精神失常了。"

寒鹃惊得目瞪口呆道："天下还有这种女人？"

辛弃疾道："太上皇也不管管？"

辛十二道："别说管，太上皇要去探问一下儿子的病情，李后竟挡在宫外，要横撒泼死活不让进门。太上皇一气之下，病倒在床，三年守孝未满，自己也殡天了！"

辛弃疾浑身一震，赵昚退位，已经让他深感失望，赵昚殡天，便让他绝望了。他情难自禁地朝着临安方向长跪不起，声泪俱下道："皇上，你不该走这么快，走这么急呀！前朝后宫乱成一团，你就这么撒手不管了？弃疾一直在盼着去打头阵的诏书，一直盼着去收复失地，统一河山，在燕京城下恭迎圣驾呢，皇上！……"

三

就在辛弃疾哭倒在带湖畔之时，京师临安却发生了一场惊天动地的突变。

大庆殿上，礼乐悦耳，仪仗煊赫，又一场隆重庄严的登基盛典正在进行。二十四岁的赵扩，在百官臣僚的簇拥下，沿着黄道，步上丹墀，登上龙位。他是光宗皇帝赵惇的次子，孝宗皇帝赵昚之孙。

虽然这是一场带有宫廷政变色彩的登基大典，百官们却由衷地伏拜山呼："我皇万岁万万岁！"显然接受了这场顺应民心的皇权更迭。

李氏集团势力迅速扩张，朝中要职几乎全都落入李家。左右丞相有位无权，形同虚设，引发众臣不满，朝野动荡。史弥远见李家势大，为保住自己的地位，一头扎到李氏怀中，并成了李后身边的宠臣。眼看着李家坐大，史弥远得宠，韩侂胄坐不住了。他知道自己毕竟只是个外戚，无力与李氏相抗，随时都会失去手中大权，甚至还有性命之忧。经与军师苏师旦密谋策划，他利用以赵汝愚为首的一班赵氏宗室子弟的不满，并暗中调动远在西蜀的吴曦率五万精兵赶到京师压阵。内外相逼，太后出面调停，赵惇只好答应称病禅位于次子赵扩，自己做了太上皇，不问朝政。李氏一门随即遭到清洗，皇权重归正统。

事态很快平息,皇帝父子和平私了,没有骚乱,更没有流血,韩侂胄自然奇功盖世,誉满天下。登基庆典上,皇帝亲自当庭颁旨:"大宋皇帝诏告天下,平原郡王韩侂胄拥立有功,拜太师,授平章军国事,班列丞相之首,三日一朝,执掌全国军政。"

这是大宋开国以来朝中大臣从未有过的恩宠和待遇。韩侂胄跪拜谢恩,未及站起身来,苏师旦等一班心腹臣僚蜂拥上前,拱手祝贺。吴曦挤进人群,过分热情地道贺:"太师执掌国政军务,大宋之福呀!"因过于亢奋,右脸上巴掌大一块疤痕由青变紫,格外刺眼。这是当年他父亲吴挺给他留下的印记。吴挺因虞允文之死自责成疾,不久病故。吴曦子承父职,仍然节度川陕,此次领兵入京,为拥立新君立下汗马功劳,韩侂胄自然格外赏识重用。

韩侂胄拍拍吴曦肩头夸赞道:"吴曦贤弟千里来京护驾,劳苦功高,本太师一定奏明皇上,重加封赏!"

吴曦受宠若惊道:"太师钧旨,吴曦岂敢轻违?吴家军十万蜀中骁勇随时听候太师调遣!"

备受冷落的史弥远在一旁投去妒忌一瞥。汤思退死后,他势单力薄,原以为借助李后势力可与韩侂胄抗衡,却万没有料到韩侂胄会来这么一招。他自知这一回合输在太过轻敌,只好先忍下这口恶气再作计较。

"大局已定,又有贤弟亲率吴家军坐镇京师,我想没人敢再生事作乱了!"韩侂胄故作高声,朝史弥远斜睨一眼,在苏师旦、吴曦等一班亲近臣僚的簇拥下傲然而去。

四

转眼又到寒冬,今年似乎特别冷,雪也特别大,茅屋顶上积雪已有一尺多厚,压得竹梁嘎嘎作响。门窗紧闭的稼轩书舍里,一炉炭火上,草药在瓦罐里不停翻滚,显然主人又病了。

辛弃疾紧裹棉被,斜靠床头,一脸病容,望着挂在壁上的吴钩出神。自从辛十二带回新皇登基的消息,他似乎从失望中又看到一丝希望。闲居上饶已经二十多个年头了,朝廷的事似乎早与他毫不相干,所有人也都将他忘得干干净净,谁也不会在意他这个栖身山野的闲人是活着还是早已死去,就连当年志趣相投的陈亮、朱老夫子似乎也将他忘到九霄云外了,否则,早就会收到他们的来信,或是见到他们本人了。想到这里,他不免又是一声凄凉而无奈的叹息。

寒鹃倾药入碗,心疼地埋怨道:"别胡思乱想了!新君登基,与你有什么相干?"

辛弃疾似乎并不在乎夫人的唠叨,喃喃自语:"新官上任也有三把火,新君登基一晃半年了,怎么还不见有半点火星?"

寒鹃端上药碗道:"伴君如伴虎,你这条老命都险些没保住,还想什么老君新君的?快喝药吧。"

"好,听夫人的,不去想了!"辛弃疾坐起身来接过药碗,不由得又是一声长叹,"了却君王天下事,赢得生前身后名,可怜白发生!"

"看你,又来了!"寒鹃为辛弃疾掖好被子,心疼地劝慰道,"君王的事君王都不操心,你就别闲操心了。"

穮儿在院中堆起一个雪人,两只小手冻得通红,正玩得起劲,见一人牵着马走进院门,便飞快地跑进书舍,兴奋说道:"爹,有客人来了!"

"这种天气,会有谁来呢?"辛弃疾放下药碗,一脸困惑,抬头只见一人满身积雪地出现在门口,脱去斗篷,竟是陈亮。"同甫!"辛弃疾一下认出,迅即翻身下床,赤脚上前拉住陈亮,惊喜异常,"哎呀,你到底来了!怎么才来?可想煞我了!"他一时激动,竟有些语无伦次了。

陈亮也是异常激动地道:"要不是大赦,只怕再难相见了。原本约了朱老夫子同来,可他临行前变卦了。"

辛弃疾道:"这个老夫子,向来是风一阵雨一阵的,我三人相约的鹅湖之会不知要拖到何时。不过今天能见到你也算知足了。"

寒鹃急忙为辛弃疾披衣穿鞋道:"快穿上穿上,病还没好呢!"

陈亮关切地问道:"怎么,你病了?"

"一见到你,这病就全好了,哈哈……鹃儿,快,快备酒呀!"辛弃疾神采飞扬,边说边拉陈亮坐下,"你这两年都去哪儿了?我一直让人打听你的消息。"

陈亮道:"因看不惯朝中一些乱象,我和朱老夫子等理学界人士提出质疑,反被打成伪学朋党,一直囚禁在大理寺里。"

"这班奸佞,着实可恨!"辛弃疾想起往事,怒火顿生,重重一拳砸在桌上。

隔壁邻居吴老汉抱着酒坛乐呵呵地进来道:"听说家里来了贵客,送来一坛新酿米酒,请客人尝尝。"

辛弃疾道:"同甫,我这东邻的吴大哥可是酿酒好手,今天一定要喝个痛快!"

吴老汉一边为二人倒酒,一边数落:"陈先生,看得出你和辛将军一样,都是好人。你可不知道,辛将军这些年有多苦呀!立了那么大的功,说不要就不要了,连问都不问一下。你说说,这是什么世道呀?!"

寒鹃端上菜肴道:"陈先生你终于来了,再不来,他可真要憋疯了!"

"二位慢饮,酒有的是!"吴老汉放下酒坛,盖上书册,转身随寒鹃离去。坛口上,《美芹十论》破皱不堪,满是酒渍。

"哎,这不是辛兄当年写的《美芹十论》吗?"陈亮目光落在盖酒坛的书册上,不禁一怔,随即拿起《美芹十论》,一脸痛惜,"辛兄当年为写这部平戎之策,可谓是呕心沥血,几经风险,怎么让人拿去盖了酒坛子?"

"也许是吴大哥见它丢在屋角无用,便随手捡去了。"辛弃疾酸涩一笑,猛地举杯一饮而尽,借以压下心中隐痛,低头怆然吟哦:

追往事,叹今吾,春风不染白髭须。却将万字平戎策,换得东家种树书。

"我在醉月楼买到一本《稼轩集》,里面可是悲歌如涌、壮声英慨、豪气冲天啊!其中这首《鹧鸪天》,我更喜欢它的上阕!"陈亮说毕放下酒杯,起身朗然吟诵:

壮岁旌旗拥万夫,锦襜突骑渡江初。燕兵夜娖银胡䩮,汉箭朝飞金仆姑!

辛弃疾眼含热泪,情不自禁地相跟吟诵。陈亮为辛弃疾满斟一杯,神情激动地道:"如此壮词豪歌,曾一度激励无数热血男儿跃马横刀,奔赴沙场。来,为这首豪气冲天的《鹧鸪天》,为辛兄当年的惊天壮举,干了此杯!"

辛弃疾一动不动,神色颓然道:"好汉不提当年勇。如今能在此种种树、看看鸟就心满意足了。"言罢,低声吟哦不久前写给儿子们的《西江月》:

万事云烟忽过,一身蒲柳先衰。而今何事最相宜?宜醉宜游宜睡。 早趁催科了纳,更量出入收支。乃翁依旧管些儿,管竹管山管水。

"宜醉宜游宜睡,管竹管山管水……"陈亮摇了摇头,淡然笑道,"辛兄的满怀壮志真的在这山野荒村消磨殆尽了?谁会相信呀!"

"袖里珍奇光五色,他年要补天西北,不过平生奢望而已。报国之事此生无缘,只等老死稼轩，抱憾终身了。"辛弃疾摇头苦笑，举杯一饮而尽。

陈亮放下酒杯，声色激动地道："新君临朝，重振朝纲，决意兴师北伐，收复失地，一统河山。小弟正是专程前来请你出山参政，筹谋北伐大计的！"

辛弃疾一听，猛然站起，神色惊疑地问："你说的可是真的？！"

陈亮神情庄重地道："军国大事，同甫岂敢妄言？"

辛弃疾凝神注视陈亮良久，确认不像戏言，激动异常地道："哎呀，真有这一天呀！"随即急不可待地冲到门口，狂喜大呼，"十二、铁柱，快收拾行装，明日一早随我去京师！"

陈亮举杯大笑道："辛兄豪气果然不减当年，一听说北伐便急不可待，哈哈……"

"几十年了，头发胡子都等白了，我能不急吗？哈哈……"辛弃疾神色激动，容光焕发。从二十二岁渡江南归，到现在赋闲稼轩，一腔热血，报国无期，满怀壮志却只能深埋心底，谁想这一埋就是四十多年。他从墙壁上取下吴钩，以袖拂去积尘道："原以为这复仇神剑只会闲悬陋室，空蚀尘埃，想不到终于有出鞘亮剑这一天了！"

陈亮欣喜点头道："男儿到死心如铁，看试手，补天裂。到底是辛弃疾呀！韩太师还担心你不肯出山呢，哈哈……"

辛弃疾刚刚将吴钩拔出一半，陡然停住，愕然问道："韩太师？韩太师是何许人？"

陈亮道："就是韩侂胄呀！"

"韩侂胄？！"一听到"韩侂胄"这三个字，辛弃疾顿时震惊失色，浑身颤抖，哗的一声将吴钩推回剑鞘。"韩侂胄"这三个字代表的只是无耻、鄙劣和丑恶，他从不愿别人向他提到这个令他痛恨入骨的名字。他本想发作，转而想到陈亮千里迢迢冒着风雪来看望他，想到与他的志向和友谊，便强压怒气，放下吴钩，闷声说道："今天不提韩侂胄，说别的吧！"

陈亮道："事关北伐大业，怎可不提？同甫正是受他之托，前来请你出山的！"

没有想到思盼好久的挚友竟然与大恶大奸之人同流合污，甚至找上门来，要拉着自己去拜倒在韩侂胄门下助纣为虐。辛弃疾的情绪顿时一落千丈，如坠冰窟，背转身去，蔑然冷嘲："你千里冒雪来到这荒山野村，原来是为那个韩侂胄奔走游说？"

对于辛弃疾的情绪骤变，陈亮并不意外。依着这位大英雄疾恶如仇的性情，一提起韩侂胄，必定会怒涛汹涌，怒火中烧。韩侂胄乾纲独断，排斥异己，为了扳倒李后，争得朝中大权，借理学界人士名声威望，助他上位掌权。可是大权刚一到手，他瞬间反目,将倡导道德伦常的理学贬为伪学,并将陈亮和朱熹、留正、彭龟年等五十九人列为逆党,罗织罪名关进大牢,还将赵汝愚丞相贬官永州,以致含愤而死……一想起韩侂胄的所作所为,陈亮自己也是怒涛汹涌,怒火中烧。当初韩侂胄托陆游找到他时,他与此刻的辛弃疾一样激愤万分,气冲斗牛。他呷了一口酒,让情绪稳定下来,沉静地说道:"自隆兴和议以来,朝野上下有多少主张抗战北伐的仁人志士屡遭打压迫害,张帅、虞相、李显忠将军……还有辛兄你。如今,韩侂胄一执掌朝政便提出兴师北伐,将一潭沉寂已久的死水再次激活,南方父老、北方遗民,都在期盼老兄这样德才兼备的忠勇之士出来伸张正义,重振朝纲,匡扶四海。连年近八旬的陆游先生都放下积怨,背着骂名,主动为他的南园写记,鼓励他的北伐决心。你能说我是只为韩侂胄一人奔走,为他一人游说吗?"

辛弃疾道:"有韩侂胄这种心术邪恶之人独揽朝政,万事难成!"

"韩侂胄是什么人,我陈亮与辛兄你感同身受,岂能不知?可是,如今一个北伐的主张,难道还不足以抵消对他的千般怨、万种恨吗?"陈亮从桌上拿过吴钩,话语殷切,"北伐中原、统一山河是你我平生誓愿,难道辛兄你真的忍心坐失良机,让这复仇之剑永远在匣中空鸣吗?"

陈亮一连串的反问,如一支支利剑直刺辛弃疾的心头。北伐中原、统一山河是他久藏心底,与生命相系的唯一誓愿和梦想,四十余年,一腔豪情总被风吹雨打去,雄心勇力都付与了鸥鸣蛙唱。如今机会就在眼前,怎能放过?他心绪复杂地端起酒杯,就在他内心激烈地挣扎时,他一下看到酒坛上满是酒渍的《美芹十论》,顿时想起韩侂胄的背信弃义和扼杀飞虎军、杀害马全福的种种恶行,心头不禁一震,连连摇头道:"韩侂胄心术诡诈、独断专横、反复无常,断难与他为谋!"

陈亮语重心长地说了半天,见辛弃疾仍然固执己见、无动于衷,略显不悦道:"这么说辛兄真的不肯出山了?"

辛弃疾毫不犹豫地摇头道:"宁可老死荒丘,也不愿与这种奸佞之徒同流合污!"

正在这时,铁柱走入室内道:"爹,行装马匹都备好了!"

"谁让你备的?!"辛弃疾将酒杯重重一放,不知他全然忘记了刚才的盼咐,还是已经气昏了头。铁柱茫然愣住,不知如何回答,僵在门口一动不动。

陈亮仍未死心道:"辛兄……"

辛弃疾无从发泄,朝铁柱迁怒地厉声喝道:"还不走?滚!"铁柱不知父亲为何发火,吓得转身逃出房门。

"是要我这个韩侂胄的说客滚吗?"陈亮一头站起,沉下脸色,"实在没想到,曾经令人敬重仰慕的人中虎、文中龙,竟然变成心胸狭窄、计较个人恩怨、贪生怕死的庸常之辈。辛弃疾,辛弃疾,己身之疾未弃,何以弃天下之疾?!"陈亮终于激愤难忍,将吴钩朝桌上重重一放,转身奔出屋门,冲进风雪之中。

五

雪停风歇,满眼一片银白世界。博山寺山门前镌刻在石壁上的《采桑子·书博山道中壁》已被积雪覆盖。

辛弃疾挥动衣袖拂去石壁上的积雪,久久凝目,心事重重,眉毛、胡须挂满了冰凌,显然,他在这里已经站立了好久。自从陈亮愤然离去后,他一直处在烦乱纠结的心境中,一种无法排遣的抑郁和苦闷折磨得他心绪难宁、寝食不安。他来过博山寺多次,想找大慧禅师述说心中郁结,可老和尚外出云游一直未归。正打算返回,大慧禅师出现在辛弃疾身后:"辛将军,好早啊!"

辛弃疾闻声急忙转身施礼道:"大禅师回来了?"

大慧道:"昨日傍晚就到了,正说让悟智去请你来寺一叙,未承想将军不请自来。"

"大师想必带回什么消息了吧?"辛弃疾话音轻缓却语意殷切。

大慧微笑点头道:"还都是与将军有关的消息。"

辛弃疾一脸惑然道:"与我有关?"

大慧道:"京师上下盛传将军即将出山参政、统兵北伐了。"

辛弃疾莫名其妙地道:"这是从何说起?"

大慧道:"还有人说,将军已经率军百万渡江北上,杀得胡虏丢盔弃甲、望风披靡,已经收复了大片国土,京师不少人开始在自家门口挂起祝捷灯饰了。"

辛弃疾不禁失笑道:"何人如此作祟,让金人听了去岂不笑话?"

大慧道:"将军你还别说,金人听此消息,信以为真,急忙调兵遣将,增军设防,都吓破胆啦!哈哈……"

"笑话,笑话,简直是天大的笑话,哈哈……"辛弃疾也跟着大笑起来。

大慧道:"此刻若非亲眼见着将军,老衲也信以为真了。不过,如此讹传,正好说明天下百姓所期所想,不正好与将军所期所想极其相似吗?"

辛弃疾似乎听出老和尚话里有话,一时不知如何对答,略为沉吟,岔开话题:"大师还有何消息?"

"又下雪了,请将军到禅房围炉品茗小叙。"大慧仰首看了看天色,便与辛弃疾一道步入炭火正红的禅房。

禅房内,小僧悟智正把一幅幅字画立轴往墙壁上钉挂。

大慧道:"此次去临安,顺便挑选了往日将军来上饶写的几首词作装裱回来,挂于墙上,为陋室增添几分雅趣。"

"大师太过抬爱了!"辛弃疾走近墙壁,指着其中一幅,"这首《西江月·夜行黄沙道中》也被大师看中了?"

悟智一旁接口道:"这一首是悟智最喜爱的。"

辛弃疾莞尔一笑道:"黄沙岭是悟智小师父的家乡,你自然喜爱了。"

悟智激情吟诵:

明月别枝惊鹊,清风半夜鸣蝉。稻花香里说丰年,听取蛙声一片。七八个星天外,两三点雨山前。旧时茅店社林边,路转溪桥忽见。

大慧道:"悟智平日就喜欢吟诵这阕《西江月》,一定要我装裱回来。"

"平日见惯了的那些普普通通的田边地角,经辛将军笔下这么一写,简直就成人间仙境了。"悟智意犹未尽,赞不绝口。

辛弃疾笑道:"那一日贪恋田园景色,忘了时辰,还差点在黄沙岭迷了路呢。"

"算起来将军到上饶闲居已二十余年,在这里写下了词作有三百余篇。"大慧走近一幅立轴,"不过老衲最为喜爱的还是这一阕《清平乐·独宿博山王氏庵》。"

立轴上,刚劲奔放的草书:

绕床饥鼠,蝙蝠翻灯舞。屋上松风吹急雨,破纸窗间自语。平生塞北江南,归来华发苍颜。布被秋宵梦觉,眼前万里江山。

辛弃疾神情凝重,思绪悠远,不由得回想起去年夏天因雨借宿一王姓农户茅屋中的狼狈情景。那一夜,他似乎从来没经历过那么大的风雨,从未见到过那样疯狂的蝙蝠和那么多饥饿得绕床乱窜的老鼠,而且更是从来没有那么强烈地思念仍在铁蹄下呻吟的中原大地。

大慧禅师语气沉缓道："将军这一阕《清平乐》实在让人过目难忘，尤其是下半阕，每每吟诵，便让人荡气回肠、豪情陡增！"

辛弃疾长长一声叹息："眼前万里江山，只在梦中了。"

"我看未必吧。"大慧微微一笑，语锋一转，"这次我还专程去江阴探望了陆游先生。"

辛弃疾关切地问道："好久没见到陆游先生了，他身体可好？"

大慧摇头叹息道："陆游先生近来心郁沉积，卧床不起了。"

辛弃疾问道："陆游先生患了什么疾病？"

"可以说是心疾吧。"大慧递上一卷文稿，"这是陆游先生为韩侂胄撰写的《南园记》，我特地抄回一份，让将军看看。"

辛弃疾接过文稿，埋头细读："庆元三年二月丙午，慈福有旨，以别园赐今少师平原郡王韩公。其地实武林之东麓，而西湖之水汇于其下，天造地设，极湖山之美。公既受命，乃以禄赐之余，葺为南园。……自绍兴以来，王公将相园林相望，皆莫能及南园之仿佛者。然公之志岂在于登临游观之美哉？……始曰许闲，终曰归耕，是公之志也。公之为此名，皆取于忠献王之诗，则公之志，忠献之志也……"

大慧问道："将军对此文有何见解？"

辛弃疾沉吟少许道："通读全文，除了对忠献王韩琦赞赏有加，倒也并未有半句阿谀之意。"

"说得好，到底是辛弃疾，慧眼识珠！"大慧击案而起，声色激动，"陆游先生从来骨气清高，品格如梅，怎么会去写那种溜须拍马的文章？"

辛弃疾道："不过，这句'公之志，忠献之志'未免言过其实了。韩侂胄何德何能，怎可与其祖忠献王韩琦相提并论？"

大慧道："公之志，忠献之志，文中争议的重点便是这一句，不过老衲认为文中的精髓也是这一句。文中多处提到忠献，先生分明是有意告诫韩侂胄应以忠献品格为楷模，以忠献之志为己志，本意是激励韩侂胄应有其祖忠献王韩琦一样北伐抗金、统一山河的决心和志向！"

大慧的评点让辛弃疾一怔，若有所思。

大慧道："最初，韩侂胄请杨万里为南园写记，并以翰林学士高官相许。你知道，杨万里也是清高耿介之人，当场便以'宁不做官，也不写记'八个字断然回绝！"

辛弃疾问道:"后来就找到了陆游先生?"

大慧道:"陆游先生毫不推辞,欣然命笔,写下了这篇《南园记》。谁知此文一出,立即引起杨万里等人和以朱熹为首的理学儒子一片骂声,陆游先生的病由此而起。"

辛弃疾道:"同为理学同道,为何同甫又来替韩侂胄传话,要我出山参政呢?"

大慧道:"所以,陈亮先生在理学儒界也成众矢之的,备受抨击围攻。"

辛弃疾一声叹息:"唉,这个同甫,刚从韩侂胄大牢出来,便马不停蹄为韩侂胄奔走,落得众叛亲离,这是何苦?"

大慧道:"听说陈亮先生被将军雪夜逐客,因受风寒,回到临安,病倒在床。"

辛弃疾心生愧疚道:"唉,当时实在过于冲动,真不该将他连夜逐走!"

大慧淡然摇头,语意深邃道:"将军与陈亮同为性情中人,不足为怪。只是将军逐走的不是一个陈同甫,而是逐走了天下有识之士的满怀热望,也逐走了将军也许是此生唯一一次北伐的机会!"

辛弃疾不解道:"大师何出此言?"

大慧道:"韩侂胄独揽军政,横行朝野,天下尽人皆知,陈亮先生与陆游先生也身受其祸。可他们都不计个人恩怨,冒着骂名甚至危险四处奔走。他们如此执着,并非为韩侂胄一人,而是为快要被人遗忘的北伐奔走,为国家的统一大业奔走,他们的品德志向实在令老衲钦佩和感动!"

辛弃疾浑身一震,沉默不语。

大慧神情庄重道:"将军清高入骨,视气节如生命,固然可贵。不过,在贫僧看来,个人名节与天下苍生相比,何足挂齿?个人恩怨与国家命运相比,孰轻孰重,将军自然比老衲明白!"

辛弃疾又是一震,神情越发凝重。

大慧道:"成大事者,非但要有大意气,更要有大格局、大智慧。令尊祖辛赞老先生便是这种人,陆游先生和陈亮先生也是这种人,将军你也应是这种人!"

大慧一席话如一阵惊雷滚过辛弃疾心头,尤其是当大慧提到为抗金复国委身事敌、蒙受骂名的爷爷之时,更是让他无比震撼。莫非长期的闲置,长期的沉郁忧烦,真的让自己变得心胸狭窄、目光短浅了?难道真如陈亮所言,他已经变成一个贪生怕死、计较个人恩怨、顾惜个人得失的庸常之辈了?不,他辛弃疾不是这种人,也不该是这种人。"己身之疾未弃,何以弃天下之疾?!"陈亮临走时留下的那句话,此时如一声惊雷在耳边炸响,将他从心神迷乱中彻底震醒过来。

大慧并未留意辛弃疾的神情变化，语气如常道："佛经中有这样一个故事，不知将军可曾听过？"

辛弃疾神情虔诚道："愿听大师讲来。"

大慧说道："地藏菩萨原本可以成佛，当他见到地狱挤满了冤魂饿鬼，便主动向佛祖立誓……"

辛弃疾陡然站起，双掌合十，神情凝重地道："我不入地狱，谁入地狱？地狱不空，我不成佛！"

"阿弥陀佛！"大慧激动难言，双掌合十，向辛弃疾深深一揖。辛弃疾满怀敬佩地合掌还礼。大禅师这一番点化，让他突然感觉到，在自己心中不仅有一尊大力尊者，还有了一尊大慧尊者。

六

回到家中，辛弃疾将决定赴京的打算告诉了寒鹊，立即遭到妻子的坚决反对，无论怎么解释恳求，寒鹊始终不肯答应。转眼过了清明，天气渐暖，他也越发焦急不安，决定不顾妻子阻拦，赶赴京师看看朝廷到底有何举措。谁知寒鹊从辛弃疾手中夺下吴钩紧抱胸前，堵住房门，哭着劝阻："说什么你也不能去，你还嫌韩侂胄把你害得不够吗？差点连老命都丢了！"

"这条老命不是还在吗？"辛弃疾诙谐一笑，继而感情复杂地叹息一声，"我在这里已经苟活了二十余年，白白耗去了大好时光。你看看这满头白发，还能再有一个二十年吗？你说，眼前这种机会，我辛弃疾期许了一生的机会，能轻易放过吗？"

让丈夫去临安，一身风险，留在家中，他从此会痛苦不堪。寒鹊纠结万分，紧抱吴钩，沉默不语。

辛十二背包携伞出现在门口。辛弃疾眉头舒展道："十二，行装收拾好啦？"

辛十二神情冷漠地点点头道："十二是来向哥嫂辞行的，十二要先走一步了。"

夫妻二人不禁一怔，辛弃疾愕然问道："先走一步，你不跟哥同路了？"

辛十二道："恐怕咱兄弟二人往后再不会同路了！"

辛弃疾更为不解："你，这话什么意思？"

辛十二道："十二不会跟着你去巴结韩侂胄这种奸佞之徒，更不会成为他的走卒帮凶祸国害民！"

寒鹃激动异常地道："十二弟你说得对,说得太对了。快劝劝你哥,不能再去上韩侂胄的当了！"

在辛弃疾眼中,辛十二一直是个乖巧随和的小兄弟,从未听他说过这种言辞犀利、咄咄逼人的话,顿时冲动起来："十二,哥是何等人你还不知道？我只是想去北伐中原,去收复失地,别无所求！"他停顿少许,情绪稍缓,"十二,你是哥最信赖的好兄弟、好帮手,跟我一起去吧,北伐大业,哥少不了你！"

辛十二冷笑摇头道："十二跟随你这么多年,学到不少做人的道理,不仅仰慕你的才华,更是敬重你的人品气节。你不也经常告诫我们,大丈夫当以功业自许、以气节自负吗？可如今……"他话锋骤停,强抑情绪,转向寒鹃,"嫂子,你慈母般的恩情十二终生不会忘记！"说毕含泪朝寒鹃深深一躬,转身决然而去。

寒鹃哭着追到门口喊道："十二弟,别走,回来和嫂子一起再劝劝你哥……"

"十二叔,你别走！"铁柱和穰儿哭喊着追出院门。

辛十二抱住兄弟二人,含泪叮嘱："要听你娘的话,一定保护好她！"说毕翻身上马,头也不回地策马离去。

"劝什么？他要走便走！"辛弃疾没想到曾经生死相随的十二弟在这种时候居然离他而去,心中又气又急,颓然倒坐椅上。

铁柱提着行囊来到门外,低头不语。"柱儿,快进来劝劝你爹,娘口都快说干了！"寒鹃如同见到救星,急忙将铁柱拉到辛弃疾面前,"快跪下替娘求求你爹,千万别去……"

穰儿突然挤进来,拉住父亲道："爹,穰儿跟你去！穰儿不怕死！"

辛弃疾看着小儿子,失声笑出："穰儿去做什么呢？"

穰儿道："帮助爹杀胡虏,还要保护爹,不让坏人欺负你！"

辛弃疾颇受感动,抱起穰儿道："好,只有穰儿不怕死,走,爹现在就带着你去杀胡虏！"

寒鹃慌忙放下吴钩,上前夺过穰儿紧抱怀中,又气又急地道："要去你去,我可不让孩子跟着你送死！"

"我这便去送死！"辛弃疾趁机飞快拿起吴钩,暗中朝铁柱挤了挤眼睛,冲出屋门,飞身上马离去。

铁柱问道："娘,爹真去了,咋办？"

寒鹃道："让他去吧,反正他心里没这个家！"

铁柱焦急地说道："娘，爹一个人去太危险了，出了事咋办？"

寒鹃浑身一抖，神情急切地道："愣着干吗？还不快跟上去，保护好你爹！"

"穰儿，娘交给你了！"铁柱抓起行囊奔出门外，跳上马背飞驰而去。

穰儿搂住寒鹃的脖颈安慰道："娘，放心吧，穰儿会保护你的！"

"还保护什么呢？说不定这个家就这么完了！"寒鹃一下坐在门槛上，搂着穰儿失声痛哭起来。

七

临安大内聚景园内，细柳摇翠，娇荷竞艳，彩莲含羞，一对鸳鸯在水面上交颈嬉戏。名为"鸳鸯浦"的荷池中一艘画舫上，歌声婉转甜润，琴瑟曼妙悠扬。

纤手抚琴的是当今皇后韩淑君，她品貌端庄，花容如玉，虽年近三旬，依然风姿绰约，仪态有度。她不仅贵为国母，而且还是曾为大宋朝立下丰功伟绩的韩氏家族后裔，当今权倾朝野的太师韩侂胄的侄孙女。

斜倚船栏舒展歌喉的是贵妃杨桂枝，她年长于韩皇后，虽无皇后那般花容月貌，却也气质不凡，才识过人，敏捷机警。赵扩做太子时，她原本是太后身边一名贴身宫女，因聪慧机敏，尤其是一副歌嗓深得太后宠爱。一日赵扩去向太后请安，听到杨桂枝正在吟唱秦观的《鹊桥仙·七夕》，凄婉轻柔的歌吟让太子如痴如醉，便缠着太后将杨桂枝赐给了他。赵扩登基为帝，封她为贵妃，一副歌嗓倾国倾城，深受皇帝恩宠。

她们吟唱的正是辛弃疾风靡京城的《卜算子·荷花》：

红粉靓梳妆，翠盖低风雨。占断人间六月凉，期月鸳鸯浦。　　根底藕丝长，花里莲心苦。只为风流几许愁，更衬佳人步。

船头上，一名娇小女子随歌起舞，轻盈曼妙的舞姿风情万种，摄人魂魄。她便是赵扩新近册封而且宠爱有加的美人曹玉娇。

赵扩一边品茶，一边欣赏歌舞，兴致怡然，陶醉于音韵词意之中。韩侂胄陪坐一侧，不时引颈眺望船外，似有所盼，显然在等候什么人。

辛弃疾在大内总管陈满贵引导下，穿廊过桥，登上画舫。他没料到一到临安，皇帝赵扩就要在御花园亲自召见他，让他既兴奋又有几分紧张，他担心在山野乡村闲散惯了,在皇上面前会有失礼仪。韩侂胄一见辛弃疾,急忙起身,满面笑容道:"辛公到了,快来见过皇上。"

辛弃疾趋步上前,大礼参拜道:"江西庶民辛弃疾叩见圣上,恭祝吾皇万岁万岁万万岁!"

赵扩欣喜地站起身来道:"辛卿快快请起,这是在御花园内,不必拘礼。"

韩侂胄一一介绍皇后和两位嫔妃。辛弃疾神情惊异,一一叩拜,不敢抬头。

韩侂胄和颜悦色道:"皇上担心你会过于拘谨,所以特意在御花园单独召见你,还特地安排皇后和嫔妃歌舞助兴。"

韩淑君莞尔一笑道:"我们姐妹早就想一睹你这位大英雄、大词家的风采了,今日可是如愿了。"

杨桂枝附和道:"娘娘说得是,天天吟唱稼轩先生的词,就是没见过先生本人,刚才还在吟唱先生《卜算子·荷花》呢!"

曹玉娇躲在杨桂枝身后,娇羞笑道:"原以为辛弃疾是一位病病快快的小老头,没料到竟是如此壮硕威猛,太帅了!"一席话逗得众人哈哈大笑。

赵扩道:"辛卿,你可不知道,听说你要来,她们天天嚷着要看看辛弃疾到底长得什么样,比朕还着急呢!"

韩侂胄道:"三位娘娘都成稼轩迷了,连这莲荷池也改名为鸳鸯浦,还养上了鸳鸯呢!"

又是一阵舒心的笑声,辛弃疾紧张的心情松弛了许多。赵扩待辛弃疾落座后,拿起桌上的《稼轩集》书册,一派诚挚地道:"朕也在拜读辛卿的《稼轩集》,从字里行间读到的是一股让人胸襟激荡的悲壮豪迈之气,也体味到一种人生的凄美隽永之情。谁共我,醉明月,这是何等美好的人生期许呀!"

韩淑君道:"谁共我,醉明月,先生这首词,我们姐妹几个读一遍哭一遍……"

曹玉娇道:"先生的词简直写进我们心里去了!"

辛弃疾神情激动,连连躬身致谢道:"各位娘娘如此美誉,弃疾实在无地自容。"

韩侂胄点头应和,随即过分地恭维道:"辛公,谁说你二十余年闲居枉受埋没?这部《稼轩集》不仅成为公卿仕子和深宫闺室争读之书,还被摆上了当今皇上御案,这可是难得的殊荣呀!"

"拙词能受到皇上和娘娘们如此关注抬爱,辛弃疾实在是受宠若惊。"辛弃疾再拜谢恩后,端坐一侧,静待转入正题。

韩淑君站起身来道："好了,大英雄、大词家也见着了,两位妹妹,他们男人们要谈正事了,我们自己找地方去玩吧。"

曹玉娇道："好呀,我们去池中划船采菱角吧!"

"如此甚好,三位娘娘水中自多当心。"韩侂胄恭送三个女人下船上岸后重新落座,干咳一声,故作轻松,"此次入京,辛公当年那篇《美芹十论》可随身带来了?"

"早让人拿去盖酒坛子了。"一提起《美芹十论》,辛弃疾心中一颤,情绪顿时低落下来。

韩侂胄尴尬一笑道："唉,侂胄知道,你我之间有一些误会,尤其是为飞虎军一事,辛公一直记恨侂胄!"

辛弃疾被一下触到痛处,浑身一震,一阵沉默后,语气和缓道："过去之事,就让它过去吧。辛弃疾心中只有靖康耻、臣子恨!"

赵扩一下站起,拊掌称叹："好,辛卿果然胸襟磊落,忠勇可嘉,有你辅佐朝政,大宋中兴,有何难哉?"

韩侂胄眼神中闪过一丝妒忌之色,接过话头："有辛公这句话,侂胄便放心了,之前还真以为你不肯出山呢!"

赵扩道："是呀,你要再不出山,朕便打算让太师亲赴江西相请呢!"

辛弃疾惶恐道："辛弃疾何德何能,让圣上如此垂青见爱?只是长期闲置,放浪林泉,云游山野,懒惰散漫已经习以为常,恐怕心力不济,有负圣恩和太师厚望。"

韩侂胄朗声大笑道："辛公何必过谦,你词中不是说'男儿到死心如铁,看试手,补天裂'吗?现在正是你施展雄才大略、一显身手的时候了,哈哈……"

赵扩一笑道："太师,你快把你的打算告诉辛卿吧,让他心中有底。"

韩侂胄站起身,展读圣旨："奉天承运,皇帝诏曰:晋封辛弃疾为枢密院都承旨,兵部侍郎兼两淮宣抚使,授集英殿大学士,督帅镇江,操练兵马,整修武备,北伐中原。钦此!"

辛弃疾跪接圣旨,激动而意外地应道："弃疾何能,敢当此重任?"

赵扩上前扶起辛弃疾,一派殷切而诚挚地道："当得起,当得起,如你辛弃疾都当不起,朝中还有何人能当得起?哈哈……"

韩侂胄一笑道："辛公不必过谦了!过两日我要在南园宴请百官,一表我北伐诚意,二为辛公饯行!"

辛弃疾颇为感动地道："皇上、太师既然决意北伐,辛弃疾誓将此残躯效命沙场!"

八

回到驿馆,辛弃疾仍然处于兴奋和激动之中。当初动身来临安时,完全抱着一种看一看,不行就走人的心态。皇上的真诚,韩侂胄的决心,完全打消了他的担忧和顾虑。陈亮急于知道召见结果,早就来到驿馆等候,得此消息,自然也喜不自禁,两人约定次日去江阴,将这一好消息尽快告诉病中的陆游。

根据在滁州时潜入北边探查到的军情,辛弃疾开始绘制北伐进兵图。陈亮就着烛灯看完誊抄一新的《美芹十论》,神情振奋地在进兵图上一一对照:"一路兵出镇江,取山东,下河北;一路渡淮水,夺符离,震汴梁,直捣燕京……辛兄,这《美芹十论》经你如此一添改,就更加切实可行了!"

"现在还只不过是纸上谈兵,战事瞬息万变,真若开战还得因势而为。"辛弃疾蹙眉思索,"眼下最令人担心的还是朝中时局,隆兴和议以来,主战之声一片喑哑,将无斗志,兵无战心。加之我朝长期积弱,财力空虚,要想一战获胜,没有充足的兵力物力,恐怕难以取胜!"

陈亮道:"辛兄言之有理,现在朝中各派势力也正在发生变化,人事之间因利益所系会变得更为复杂,恢复之路依然艰难!"

辛弃疾感慨道:"明枪易躲,暗箭难防,恐怕身后的较量会更加复杂,也更加残酷……"

正在这时,窗外一个人影一晃,辛弃疾一口吹灭烛灯,从床头抽出吴钩,推门巡视。

一镖飞来,当的一声钉在门上,镖尾飘着一条白绢。

铁柱闻声从隔壁冲出,只见假山下一黑影跃墙而去。铁柱迈步欲追,被辛弃疾止住:"一个送信的,不用管他!"

陈亮取下飞镖,展看白绢:"依附韩侂胄,得罪天下人。尔若不早省,当心全家命!"

铁柱不安地问道:"这是什么人?"

陈亮愤然道:"哼,除了那班媚敌卖国的奸佞,还会有谁?!"

"如此小儿伎俩,便想将我吓退?"辛弃疾凝视飞镖,坦然一笑。

陈亮神情凝重地道:"果然如辛兄所言,前方兵马未动,后方便已厮杀开了!"

"该来的总会来,休去管他!"辛弃疾送走陈亮后回到室内,向铁柱叮嘱道,"记住,给你娘写信时,千万别提这些事!"

"娘她一定还在生气呢!"铁柱一提起娘,眼眶湿润起来。

"放心吧,你娘是明白人,她分得清何为大家、何为小家!"辛弃疾极力抑制住自己的感情,在儿子面前,绝不能流露半分柔弱之情,随即岔开话题,"把我的锦袄胸甲准备好,明日穿上它去拜望放翁先生。"

九

江阴,陆游简陋的宅舍内,年近八旬的陆游在病榻上半卧半坐,面容枯槁。他放下手中《稼轩集》,闭目沉思。

书童入报:"先生,陈先生来了。"

陆游又惊又喜,挣扎下床道:"一直在等他的消息,快,快更衣!"

陈亮大步奔入朗声道:"先生不用客套,看我把谁带来了!"

门外,辛弃疾一身戎装,气宇轩昂,抱拳施礼道:"枢密院都承旨兼两淮宣抚使辛弃疾见过放翁先生!"

陆游疾步上前,紧紧握住辛弃疾双手,激动异常道:"我的辛将军,辛大帅,你到底出山了,愚兄真是望眼欲穿呀!"

陈亮神情庄严道:"为了扬威北伐,向先生一表壮心,辛兄特意身着戎装登门拜望。"

陆游满面欢欣道:"仅凭辛老弟此等武威神勇之状,胡虏见了定会胆战心惊!"

三人朗声大笑。辛弃疾扶陆游坐定,关切地问道:"先生的病可好些了?"

陆游连连点头道:"已经好了,全好了。见到你辛弃疾,什么病也都弃之千里了!"

辛弃疾大笑道:"临行前,大慧禅师一再叮嘱我到任之后,一定要身着戎装去看望先生,保准先生一见病除,此话果然灵验!哈哈……"

陈亮道:"先生患的是心病,心病当用心药医呀!我说得对吧,先生?"

陆游微笑点头道:"辛老弟若不出山,老朽恐怕真支撑不了多久。实不相瞒,我连遗诗都已经写好了!"说毕朝墙壁上一幅立轴指了指。

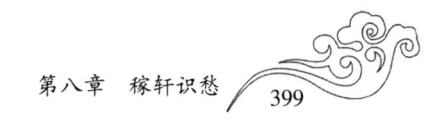

辛弃疾起身走近立轴,低声吟哦:

死后元知万事空,但悲不见九州同。
王师北定中原日,家祭无忘告乃翁!

陆游含泪微笑道:"辛帅今日不来,此诗恐怕真成绝笔了!"

辛弃疾神情激昂道:"先生之誓愿,乃弃疾之誓愿,天下人之誓愿。弃疾惭愧当初也误解了先生一腔忠义。"

陈亮道:"昨日辛兄和我会见了朱老夫子和几位理学同道,都深感歉疚,并一致表示捐弃前嫌,共谋大计,愿为北伐鼓与呼!"

陆游感慨万分道:"好啊,朝野上下,同心同德,北伐必胜!同甫,辛帅能够毅然出山,你可是奇功可居呀!"

"奇功?"辛弃疾似觉好奇,略作思索,"莫非往日讹传我率军渡江征战是你所为?"

陈亮和陆游相视而笑。

辛弃疾故作生气道:"好你个龙川先生,外表正人君子,背地里却暗施诡诈之术!"

陈亮笑道:"兵者,诡道也。我这是请将不如激将,激将不如逼将!"

"陈亮风雪访稼轩,定会传为千古佳话!"陆游无限感慨,"此次为让你出山,同甫可是费尽心力,受够讥讽唾骂,实在难为他了。待你北伐凯旋之时,再多罚他几杯庆功酒吧!"

辛弃疾道:"同甫,先生的话你别忘了。"

陈亮道:"忘不了的。可惜同甫一介文弱书生,不能随辛帅上阵杀敌,只好坐等喝庆功酒了。"

"楼船夜雪瓜洲渡,铁马秋风大散关。三十年前,我陆游在大散关前也曾挥刀杀敌,豪气一时。如今朽迈躯残,也只好病榻引颈,恭候辛帅北伐捷报飞来了。"陆游激动难耐,起身走至书案,铺纸抬笔,一气写下一首古风长诗《送辛幼安殿撰造朝》:

稼轩落笔凌鲍谢,退避声名称学稼。
十年高卧不出门,参透南宗牧牛话。

功名固是券内事，且葺园庐了婚嫁。
千篇昌谷诗满囊，万卷邺侯书插架。
忽然起冠东诸侯，黄旗皂纛从天下。
圣朝仄席意未快，尺一东来烦促驾。
大材小用古所叹，管仲萧何实流亚。
天山挂旆或少须，先挽银河洗嵩华。
中原麟凤争自奋，残房犬羊何足吓。
但令小试出绪余，青史英豪可雄跨。
古来立事戒轻发，往往逸夫出乘罅。
深仇积愤在逆胡，不用追思灞亭夜。

辛弃疾捧读诗章，谦虚地道："弃疾怎能与管仲萧何相比，先生过誉了。'古来立事戒轻发，往往逸夫出乘罅。'弃疾一定谨记先生勉励告诫，不计前嫌，谨慎用兵，全力辅佐韩太师完成统一大业，中原不复，决不生还！"

陆游稍作沉吟："辛帅初到任上，军务繁忙，老朽不便多留，行前有一事相托，请贤弟务必答应！"

辛弃疾道："先生请讲。"

陆游道："前日韩太师派何中军前来探病，并邀请我去为南园揭碑，我因病推辞了。此刻突然想到，如委托贤弟身着戎装前去代我揭碑，不仅在百官面前彰显北伐声威，同时还能震慑那些企图破坏北伐的宵小之徒！只是……"

辛弃疾问道："只是什么？"

陆游道："只是恐怕又会有人说三道四，又要给贤弟添闲话了。"

辛弃疾慷慨激昂道："我不入地狱，谁入地狱？弃疾答应先生！"

陆游万分高兴道："有劳老弟，拜托了，拜托了！"

"先生保重，请静候弃疾捷报！"辛弃疾和陈亮拱手告辞，转身出门，策马而去。

陆游朝着辛弃疾远去的背影深鞠一躬，眼含热泪道："为了中原父老，为了家国天下，万事拜托了！"

十

　　南园坐落于吴山东麓,本属皇家园林一处别园,园内楼阁参差,亭榭错落,奇花异木,秀色满园。因拥立有功,赵扩将南园赐予韩侂胄以示褒奖。韩侂胄又耗巨资重作整修扩建,其宏伟精致、用料讲究远比大内聚景园强过数倍。园内飞观杰阁、虚堂广厦、奇葩美木、清泉秀石无处不现。所有楼台亭阁均用韩侂胄祖父、两朝丞相忠献王韩琦的诗句命名,以彰显祖上荣耀。

　　正对园门的是当今皇上赵扩御赐匾额的许闲堂,堂前芳草坪上,一方红绸盖着一座巨大的石碑。石碑前,百官拥聚,气氛热烈。韩侂胄满面春风地走到碑前站定,语气庄严道:"《南园记》碑文由当今大诗人陆游先生亲笔题写,今日本该由陆游先生亲临揭碑,可惜他重病在身,不能莅临。先生亲口委托当今大词家、大英雄,即将奔赴两淮筹备北伐兵备的辛弃疾大帅代为揭碑!"

　　在鼓掌欢呼声中,辛弃疾神色激动地走至碑前,与韩侂胄一道揭下红绸。他今日在锦袄胸甲外面特意加了一件大红披风,在朝服冠戴的百官中显得格外耀眼夺目。

　　一座汉白玉石碑上用描金楷书镌刻着陆游那篇备受争议的《南园记》。

　　数名盛装美女为众嘉宾端上美酒,韩侂胄举起酒杯道:"侂胄今日借南园揭碑之喜,略备薄酒,一为与诸公共盟北伐之誓,二为辛帅即赴镇江筹备北伐兵备一壮行色!"

　　辛弃疾神情振奋,双手举杯道:"弃疾不才,愿以此残躯,效命朝廷,与诸公共挽银河仙浪,西北洗胡沙!"

　　百官振奋,争相向辛弃疾敬酒。一名身着绿色战袍、魁伟雄壮的少壮将军捧杯上前,谦恭施礼道:"辛帅,小将今生有幸能在帐前效命,深感荣耀!"

　　辛弃疾看着眼前这位雄姿威猛、英气逼人的年轻将军,一时惑然道:"这位是?"

　　韩侂胄上前介绍:"这位是当年跟随岳元帅东征西讨、屡立战功的名将毕进将军之后、殿前侍卫司马毕再遇将军,是我大宋一员猛将!"

　　辛弃疾神情惊异道:"毕再遇,你便是那位被金人叫作毕疯子的毕再遇?"

　　毕再遇道:"在下正是。此次北伐,毕再遇愿为辛帅马前开路!"

　　辛弃疾惊喜道:"失敬失敬,有毕将军这等猛将参战,北伐胜局已定!"

　　韩侂胄将吴曦带到辛弃疾面前介绍道:"辛公,这位是西蜀名将之后吴曦将军,此次北伐将由他统率西路兵马,经川陕挥师北上,与你东西夹击金军,收复中原!"

辛弃疾神情振奋道:"太师北伐帐前勇士齐聚,猛将云集,又有蜀中精锐之师出战,何愁胡虏不灭、中原不复!"

吴曦极显谦恭地道:"辛帅英名吴曦如雷贯耳,但愿能借辛帅虎威,百战不殆,多建奇勋!"

韩侂胄大喜过望,道:"好!本太师就在这南园恭候诸位的捷报,来,干了!"

苏师旦捧杯上前,满脸诡谲地笑道:"辛帅,师旦能与辛帅同帐共事,真是三生有幸!"

辛弃疾一怔,转头看着韩侂胄,眼神中疑问闪动。韩侂胄看出辛弃疾心思,急忙解释:"辛公,师旦一直在我身边多年,尽忠竭力,而且足智多谋,如今已升任知阁门事兼枢密院承务郎,将在军中协助辛帅共筹北伐大计,日后还望辛公多加训导。"随即朝苏师旦正色叮嘱道,"师旦,北伐之事,你可要多为辛帅分忧!"

苏师旦极显谦卑地道:"请太师放心,师旦一定尽心竭力辅佐辛帅,完成北伐大业!"

辛弃疾突然意识到,韩侂胄显然对他这个归正之人仍不放心,将其心腹安插身边,不仅监视他的一举一动,而且将在日后的军备运筹和统军作战中对他进行束缚牵制,想到这里,他心中顿时闪过一种不祥的预感。

史弥远面带阴笑地举杯凑过来,语含讥诮:"辛帅此次出山,身负众望,壮怀激烈,其情其景,与当初岳飞出征之时颇为相似呀!"

辛弃疾敏锐而从容一笑道:"辛某何能,怎敢与岳飞元帅相提并论?不过,史大人尽可放心,此行虽然险恶,我辛弃疾义无反顾!"

史弥远狡黠干笑道:"好,好,辛公如此忠勇,弥远钦佩之至。嘿嘿……"

"你这位和议高手是不是担心日后无事可做了?"韩侂胄一旁哈哈大笑,辛弃疾和毕再遇等人也朗声大笑起来。

"诸位,刚才有人提到岳飞,侂胄还真有岳飞的好消息相告!"韩侂胄挥手示意众人安静,大声宣布,"为振作国人北伐士气,彻底昭雪岳飞沉冤,侂胄采纳辛公建议并请准圣上旨意,追封岳飞为武穆王,以礼改葬,重修宗庙,撤销奸贼秦桧所有封诰,改赐谬丑,子孙九族,充军为奴,老贼之坟以生铁浇铸,令其永世不得翻身!"

众人欢呼不止,辛弃疾更是兴奋不已,慷慨激昂道:"岳元帅沉冤昭雪,秦贼九族获罪,国人无不欢欣,自当矢志奋力。辛弃疾也绝不负太师厚望,亦将全力以赴,扫

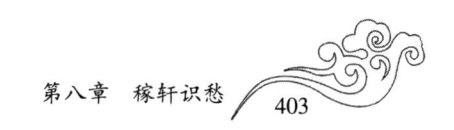

平胡虏,洗雪国耻,早日完成统一大业!"

韩侂胄道:"好!此情此景,辛公何不为南园留下雄心壮词,激励天下!"

辛弃疾微微一笑道:"不瞒太师,弃疾已有一阕《西江月》了。"

韩侂胄大喜道:"快请!"

辛弃疾走到碑前,略一沉吟:

堂上谋臣帷幄,边头猛将干戈。天时地利与人和,燕可伐与曰可。　此日楼台鼎鼐,他时剑履山河。都人齐和《大风歌》,管领群臣来贺!

众人齐声鼓掌叫好,韩侂胄激动异常,连声称绝:"此日楼台鼎鼐,他时剑履山河。辛公一阕壮词,胜过百万雄兵呀!快让乐班奏唱壮词,为辛帅壮行,为我北伐雄师壮威!"

乐班鼓乐高奏,齐声唱起《西江月》。

园门外,人声鼎沸,陈亮、朱熹等一群儒士聚集而来,相跟唱和,歌声响彻天际。

第九章　京口悲歌

一

滚滚长江潮头怒涌，浪似山叠，荡然东去。大江南岸，号子声此起彼伏，无数军士、民工筑垒造船，一派繁忙之景。

镇江古称京口，雄踞长江之南，北临大江，南接峻岭，形势险要，历来为兵家所重。东吴孙权，南朝刘裕，都在此据险屯兵，称雄一时。京口之地，自然也是辛弃疾整军备战之地。不过他在此据险屯兵，并非仅像东吴孙权只为北据曹魏，固守江东。他将如南朝刘裕那样渡江北伐，一统河山。

辛弃疾沿着江岸巡视。他登上峭崖，举目四望，脚下万顷惊涛，眼前千古江山，令他豪气陡生，神采飞扬。他理了理胸前被江风撩动的花白胡须，发出一声悠长的感叹：从二十二岁生擒叛将张安国渡江南归，到如今来镇江筹备北伐，整整过去了四十三个年头。这四十三个年头就如同眼前滚滚东逝的江水，一去不回，而这一去不回的四十三年，虽满怀壮志、一腔热血，竟是岁月蹉跎、时光闲流。如今终于等来期待了一生的机遇，终于能够在有生之年实现一生的誓愿了，他感到自己仿佛年轻了许多。

到镇江几个月来，他一直十分激动、亢奋，甚至热血沸腾。他以诗人的激情和兵家的睿智，对即将发动的北伐征战进行了战前和出兵后的精心谋划运筹。"袖里珍奇光五色，他年要补天西北"，这是当年在建康赏心亭上写给史正志的祝酒词，也是他毕生的誓愿，他热切地期望这一天尽早到来。

然而，当他巡视驻守江防沿线的几支守军后，他才发现自己把筹备北伐这件事想得太过简单了。驻守江防沿线的几支军马，都归属朝廷禁军，有陈孝庆统制的武锋军六万人、皇甫斌统制的武胜军五万人、秦世辅统制的武威军四万人、郭倬统制的武镇军四万人、李汝翼统制的武先军五万人，合计二十四万人。但这些将领良莠不齐，各有派系。除老将陈孝庆外，其他将领大都没有实战经历，即便上过阵的，也从无胜绩。最初，他只认为十年和议，久无战事，这些待遇丰厚的朝廷禁军虽长期骄惰、军纪涣散、斗志衰退，但只需加强整训操练即能消除陋习，重振王师军威。让他断然没料想到的是，盛传在三衙三司中的卖官鬻爵之风也在禁军之中泛滥成灾。据闻军中好些将佐职位都是从苏师旦手上明码实价买得的，一个统制二十万贯，一个副统制十万贯，一个偏将五万贯。这些人混入军中，不为守边御敌，不为报国尽忠，而是用尽心机贪军饷，吃空额，逐级卖官捞钱，把官位卖出去之后，很快找各种理由将这些刚买了职位的将校或解职，或贬罚，然后又将空缺卖给下一批，仅一个职位一年就卖出好几回。后来一些将校弄清了底细，聚众闹事，差点引起兵变。一支如此腐败、纪律涣散、贪财惜命、畏敌如虎的军队，上到战场将是什么结果可想而知。

　　一阵江风吹过，辛弃疾突然感到一阵寒意，这股寒意很快浸透全身，他忍不住接连打了两个喷嚏。回到大帐，铁柱将账簿放到父帅面前："修造船舰，铸造兵器，修缮营舍，军资已经甚是紧张。如果再要招募三万新军，这钱粮的缺口实在太大了！"

　　辛弃疾眉头紧锁，来回踱步：如不招募新军，靠那些老爷兵能上阵杀敌？那些捞得万贯家财的将军舍得以命相搏吗？更何况，号称二十四万人，其中到底有多少吃空饷的？一旦开战，又会有多少逃兵？想起来真让人不寒而栗！为此，他已向韩侂胄写了一封信函，陈述江防实情，要求加拨军资筹建新军，已过月余却迟迟未有回音。别无办法，他只好再给韩侂胄写第二封信函，着人立即赶赴临安呈送韩太师。

二

　　辛弃疾在长江沿线整顿兵马准备北伐的消息很快传到燕京，正在燕山脚下围猎骑射的完颜雍闻报大为震惊。他一直担心辛弃疾早晚会出山参政，早晚会统兵北伐，成为大金国的严重威胁，为此曾令党怀英专程潜入江西，趁辛弃疾落魄无助之时诱劝他返回北方。谁知他宋心不泯，铁下心要北伐中原，与大金为敌。他当即下令，停止狩猎，返回中都计议对策。

　　阿烈呼仍然是坚持早打大打，道："他要打就打，正愁没机会收拾他呢！"

　　"中原一带已经被剿灭的叛军，听说辛弃疾在整军北伐，纷纷死灰复燃。尤其是山东泰安一带，有一股叛军已经纠集了好几千人马。一旦开战，契丹残余和蒙古部落定会乘虚而入,各地叛军必定也会重起祸端,后果堪忧啊!"纥石烈志宁一语点中要害,认为眼下不宜动兵。

完颜雍道:"为平息契丹部落叛乱,我们已经筋疲力尽,西边蒙古部落也虎视眈眈,不断侵扰寻衅。而我国地广人稀,物产贫乏,真要打起来,我担心会比当年海陵王败得更惨!"完颜雍犹豫难决。宋金之间冲突征战已近百年,征来伐去,除耗费国力,伤及民生,谁也没能将谁灭掉。如今拥有中原大面积土地和人口,享用着南宋每年二十万捐银和二十万匹绢帛,一旦开战,财路就此中断了。胜了则罢,败了那便是生灵涂炭,灭种亡族。

纥石烈志宁道:"臣也以为能不动尽量不动,如今金宋国力相当,真打起来,谁也占不了便宜,能和最好。"

"据臣下收集到的南宋朝野的议论来看,韩侂胄主张北伐,纯属为独揽朝政,树立个人威望而虚张声势,别听他叫得厉害,并非真的想打!"刚从临安返回燕京的党怀英道出自己的判断。

完颜雍道:"韩侂胄是假打,那辛弃疾可是要真干呀!当初在滁州,不到一年,便建起民军,夺去了临淮关,接着又在潭州筹建一支飞虎军,闹得风风火火。无论何时何地,他都在寻找机会收复失地,灭我大金。如今南宋的几十万大军都由他统率,随便找个理由便可杀过江来。有备无患,还是多备一手吧。阿烈呼,你的天狼铁甲连环马要加紧操练,随时准备迎敌!"

阿烈呼应诺道:"天狼铁甲连环马新的战阵正在加紧操练,陛下请放心!"

完颜雍问道:"党怀英,你跟那个四川宣抚使吴曦谈得怎样了?"

党怀英道:"这个吴曦诡诈奸猾,一直不肯松口!"

纥石烈志宁道:"只要吴曦能与我大金合作,西线的威胁便可土崩瓦解,让东线的辛弃疾孤掌难鸣,韩侂胄的北伐大计就塌了半边天了!"

完颜雍道:"党卿,你本汉人,对汉人习性自然知之更多。你再走一趟,把吴曦追紧点,只要他能与我大金不相扰,共进退,尽量满足他的要求!"

党怀英道:"小臣这就尽快赶赴四川,决不负陛下使命!"

"纥石烈志宁,你继续向史弥远施压,要他想尽办法,化解此次兵戈!"完颜雍始终还是觉得利用南宋朝廷内部的派系争斗,从内部瓦解南宋主战势力是最佳方略,同时也命右丞相仆散忠义率八万大军坐镇汴京,做好以战逼和的准备。

三

　　醉月楼上，宾客满座，热闹异常。自从辛弃疾到长江沿岸筹备北伐兵备以来，醉月楼生意更加火爆，从早到晚座无虚席。人们来此求购辛弃疾的《稼轩集》，赏析吟诵辛弃疾的壮词悲歌，谈论和打听辛将军筹备北伐的近况和何时渡江进兵的讯息，更有一群人围着自制地图议论推演北伐进兵的各种战法和方略。因此，醉月楼被戏称为北伐进兵的民间枢密院。

　　刘过、杨民瞻、晁楚老几位老儒更是议论热烈。吕叔潜提来一坛好酒放到桌上道："我就知道，一听到辛将军出山，诸位一定会来醉月楼！"

　　刘过打趣道："我们也知道，只有这种时候，吕翁才肯把好酒拿出来！"

　　吕叔潜道："这酒在窖里放了好多年了，差点都给忘了！"

　　刘过感慨道："是呀，还以为再也喝不上这酒了！"

　　杨民瞻道："不过，我总想不明白，依着韩侂胄的为人，他会真心北伐吗？"

　　吕叔潜道："谁都看得出韩侂胄北伐是假，可咱们辛将军北伐那可是真的！"

　　刘过道："我只是担心我等的统一之梦会不会再次破灭？辛将军的满腔豪情会不会再次被冷落？"

　　吕叔潜道："所以咱们一定大造北伐声势，为辛将军呐喊助威，逼着韩侂胄假戏真做，不敢反悔！"

　　刘过道："对！这倒是个好主意。不过咱们该做些什么呢？"

　　吕叔潜道："远的先不说，就从我这醉月楼做起！"

　　刘过道："你是说……"

　　吕叔潜道："把辛将军的《稼轩集》加大印数，同时收集辛将军新作，编印《稼轩续集》散发全国，为辛将军呐喊助阵，为北伐鼓与呼！"

　　众人齐声赞同："对！韩侂胄再反复无常，为了他个人声誉颜面，也不敢轻易改口！"

　　晁楚老道："只是这可要好多银子呀！"

　　吕叔潜道："银子嘛，可以想办法，我家祖上有些田产，可以典些银子！"

　　刘过道："我们大家也都想想办法，赶紧把《稼轩续集》刊印出来！"

　　吕叔潜揭开酒坛，神情豪爽地道："一言为定，来，满上！"

几名儒生仕子过来围着吕叔潜急切催问："吕翁，辛将军的新词什么时候才刊印出来呀？大伙都等不及了！"

　　吕叔潜被围得满头热汗，不住地解释："新词正由辛夫人亲手编校，快了快了！"

　　也有仕子建议："吕翁，要不然我们今天留个号，先预订下了！"

　　吕叔潜觉得此法甚好，便爽快答道："行呀，大家排好队，留号预订吧！"

　　这一提议立即得到响应，儒生仕子们纷纷来到楼下排起了长队。

四

　　醉月楼火爆炽热的场面和氛围，引起了史弥远的不安甚至恐慌。辛弃疾刚到临安，他就让夏震到驿馆飞镖投诗，向辛弃疾发出警告。谁知非但没能吓住辛弃疾，如今朝野上下，包括那些曾经反对韩侂胄的人，一见辛弃疾也出山了，都一反常态，为韩侂胄北伐上下鼓噪，为辛弃疾出山呐喊助威，举国上下北伐中原、统一山河的声浪铺天盖地，日益高涨。他从夏震手中接下一本《稼轩集》，心绪烦乱地胡乱翻了翻，重重地扔在案上道："这辛弃疾在镇江闹得越欢，他的《稼轩集》现在就卖得越火了！"

　　"加上陈亮、朱熹一帮人乘机四处煽风点火，闹得朝野上下沸沸扬扬，不少持观望态度的人也纷纷倒向了主战一方。"夏震接口说道。他是史弥远的小舅子，殿前司副统制，也是史弥远主和派的死党和马前卒。

　　"这小小的醉月楼已经成了散发《稼轩集》、鼓噪北伐的祸乱之源，如此下去，可不是一件好事啊！"汤致在一旁阴沉着脸说道。他如今说话的口气和神态越发像他死去的老子汤思退了。

　　史弥远道："听说又要刊印续集了，而且大都是辛弃疾填写的新词！"

　　夏震回道："是的，每天在醉月楼留号预订的人排成了长龙！"

　　汤致道："辛弃疾不是在镇江前线吗？谁在编校这《稼轩续集》呢？"

　　夏震道："是辛弃疾的老婆范寒鹃在江西亲手编校！"

　　汤致道："原来是这样！这《稼轩续集》再一问世，不仅辛弃疾在镇江会闹得更欢，恐怕这把火会烧得更猛了。"

　　夏震道："如此一来，只怕韩侂胄想假打也不行了！"

　　史弥远道："金人那边对咱们也越来越不满了，逼着我想办法尽快将这把火灭掉！"

夏震摇摇头道："这火势太大了，难呀！"

史弥远略作思忖道："你就不会以火攻火吗？"

夏震一时不解地问："以火攻火？"

史弥远阴鸷一笑，从案上拿过《稼轩集》伸向烛炬，顿时燃烧起来。夏震恍然大悟，与汤致相视一笑。

史弥远将燃烧的《稼轩集》书扔在地上，顷刻燃烧殆尽。

就在那天午夜，醉月楼突然起火，火是从几处同时燃起的，火势迅猛，很快蹿上了房顶，照亮了半个建康夜空。

楼上烟火弥漫，吕叔潜、刘过等人冲入火中，奋力扑打火苗，抢救《稼轩集》，周围邻里纷纷赶来扑救，场面混乱不堪。

一阵惊呼声中，醉月楼被大火吞噬，轰然坍塌。

五

规模初成的南园扩建工地上，百十名工匠雕木凿石，忙个不停。南园改建后，虽然精美，韩侂胄总嫌不如大内御花园广阔气派，苏师旦献上一策，买下园后一片民宅，扩建成后园，与前园连成一片，既宽阔又气派，不比大内御花园逊色。韩侂胄一听正中下怀，扩建工程自然仍由苏大总管承揽。

扩建南园，彰显了韩氏为大宋立下的丰功伟绩，韩娘娘特意请准皇上又加拨了库银三万两，并答应竣工后她驾临赏园。为让娘娘早日驾临南园，韩侂胄将工期催得很紧，不时亲临现场巡查。

苏师旦却打着自己的小算盘，见韩侂胄又在催问，便答道："禀报太师，扩建进展还算顺利，只是……"

韩侂胄问："只是什么，是银子不够？皇上不是刚赏赐了三万两吗？"

苏师旦道："银子是够了，只是后园外有些刁民不肯拆迁，致使工期一再拖延。"

韩侂胄道："百姓们无非是想多要些银子罢了，每户再加五两银子，这总该满意了吧？"

苏师旦等的就是这句话，急忙连连点头道："应该满意了，应该满意了！"

韩侂胄满脸严肃地道："皇后前来赏园的黄道吉日是不容改动的，谁要是耽误了工期，可知道是什么后果？"

"太师请放心,师旦知道怎么办。"苏师旦连声应诺,心中为又一大笔银子将要进入自己腰包而暗自得意。银子是他一生中最喜欢的东西,无论多少,只要是银子,他绝不放过。他虽被韩侂胄提升为枢密院承务郎,官居三品,却仍兼任着太师府大总管,他深知什么官位、何等品级都远不如无级无品的太师府大总管实在。凭着韩侂胄权倾朝野的势力和对他的信任,他才敢于公开卖官鬻爵、贪赃枉法。从南园整修到扩建工程均由他一人独揽,从中侵吞不下五万两银子,仍在韩侂胄面前哭说银子不够。韩侂胄如数拨款,对他深信不疑。诚实忠厚的何从实在看不下去,私下提醒韩侂胄,反被韩侂胄斥责小人之心,难堪大用。

何从一旁提醒道:"太师,辛帅来函催问军资信函已过半月,请问何时回复?"

"急什么,等有钱了再回复不迟!"韩侂胄心不在焉,漠然离去。

何从一脸茫然,苏师旦凑过来道:"我说何兄,这事你着什么急呀?"

何从认真地说道:"这已经是第二封信函了,镇江那边急着要用军资征召新军呢!"

苏师旦淡然一笑道:"我说老何,你怎么这么死心眼?让辛弃疾操办北伐兵备,不过是做做样子罢了,你真以为太师会把钱往辛弃疾身上砸呀?"

何从依然似懂非懂地问:"你这话可是真的?"

苏师旦道:"你自个慢慢揣度去吧,我得对付那帮钉子户去了。"

何从道:"那都是些穷百姓,你可别太狠了!"

苏师旦一声冷笑道:"对那帮刁民,还真得狠点!"

两名年轻虞侯匆匆而来,一个名叫杜金魁,一个名叫杜银魁,是两兄弟,也是苏师旦的两个小舅子,一直跟着他在太师府做事。

杜金魁道:"姐夫,那陈老头油盐不进,死活不肯搬家!"

杜银魁道:"此时他正领着全族人在祠堂祭祖,怎么办?"

"祭祖?分明是在向咱太师府发难示威嘛,看看去!"苏师旦双眉一横,跟着两个小舅子来到后园外面。只见数十间民舍中央,一幢古旧低矮的祠堂内,族长陈老叟领着无数乡民跪伏院中,焚香燃烛,祭拜先祖。苏师旦领着杜金魁等一班侍从闯入祠堂。杜金魁推开众人,径直来到陈老叟面前,狐假虎威地道:"陈老头,你到底什么时候搬?"

陈老叟不卑不亢地道:"这是我陈氏一门的祖宗祠堂,列祖列宗一直供奉在此,让我们搬到何处去?"

杜银魁道:"不是在南郊为你们找了块风水宝地吗?就往那里搬呀!"

一乡民道:"什么风水宝地?那分明就是一处乱坟岗子!"

另一乡民道:"就你们那点儿钱,搭个守瓜的窝棚都不够,你们太师府也太抠门儿了!"

苏师旦官腔十足道:"如今太师正在重整军马,准备北伐,手头紧着呢,望各位父老乡亲以国家大局为重,多多体谅。苏某已向太师呈报了大家的难处,每户再加五贯铜钱,各位快领了钱搬家吧!"

一乡民道:"听说每户再加五两银子,怎么变成五贯铜钱了?"

杜金魁双眼一鼓,抽刀在手斥道:"是谁在放屁,想造反吗?"

杜银魁道:"娘的,给钱还不乐意!谁不领钱,老子一把火点了他家房子!"

一些胆小乡民纷纷领钱离开,最后,只剩下陈老叟独自站在院中。苏师旦走近陈老叟一声冷笑道:"陈老爷子,念你年迈,再给你多加五贯。别发呆了,搬家去吧!"说毕将几串铜钱扔在地上。

陈老叟仍然一动不动,苏师旦脸色一变,语带威胁道:"老东西,别不识抬举。你就算是颗钉子,我苏某也能将你拔掉!"

陈老叟双目含泪,面无表情,一言不发,突然转身,一头撞向身旁石碑。苏师旦先是一怔,继而一声冷笑道:"这倒好,不用我们费力了!"说毕从地上拾起铜钱,领着两个小舅子扬长而去。

六

当铁柱怀揣第三封信函星夜兼程赶到临安时,南园扩建工程已经全部竣工,正在进行一场隆重的皇家仪式。

沿途骑吹开道,禁牌高擎,护卫森严。悦耳的鼓乐声中,皇后韩淑君乘坐凤驾鸾仗来到南园。园门前,韩侂胄领着一班属僚跪地伏拜,恭迎皇后娘娘圣驾光临。

韩淑君由两名宫女搀下凤辇,她仪态有度,一脸笑容道:"起来,都起来吧!都说你这南园建得别致,早就想来看看了!"

"娘娘请!"韩侂胄恭恭敬敬上前搀住侄孙女在园中漫步。眼前的楼台亭阁、奇石秀水让这位皇后娘娘目不暇接,赞叹不已:"太美了,太精致了,简直赶上皇宫的御花园了!"

韩侂胄语含炫耀道："为感恩祖宗荫庇，彰显祖上荣耀，每一处厅堂馆舍、楼台亭榭，无不以先祖忠献王的诗句命名，不仅让祖上丰功伟绩流芳百世，更让韩氏子孙永享祖上之福，不忘忠献之德。"

韩淑君频频点头道："好好好，太师真是用心良苦，一座南园，就是咱老韩家一座丰碑呀，花再多银子都值！"

韩侂胄道："要不是娘娘在皇上面前多加美言，追加银两，这南园还不知要修到哪年哪月呢！"

韩淑君道："为了我们老韩家的荣耀和面子，本宫虽然出不上力，说几句话还是应该的！"

韩侂胄道："娘娘这几句话胜过十万两黄金呀！"

韩淑君来到陆游所题《南园记》石碑前停步观赏问道："这就是陆游先生写的《南园记》？"

韩侂胄道："正是陆游先生的手笔！"

韩淑君含笑点头道："有当今大诗人为这南园题记，真是为此园增色不少，一定要替本宫谢谢他！听说稼轩先生也在南园留有壮词？"

"是是是，就在许闲堂里，娘娘请！"韩侂胄领着韩淑君步入古雅别致的许闲堂，在一幅装裱精美的横幅前停下来。横幅上，奔放粗犷的行草写着辛弃疾出征前留在南园的壮词《西江月》。

韩淑君无限感慨："堂上谋臣帷幄，边头猛将干戈。此日楼台鼎鼐，他时剑履山河！哎哟，到底是大词家、大英雄，一读到这豪放霸气的壮词，连我这个弱女子也热血奔涌，恨不得披挂戎装驰骋沙场了！"

韩侂胄拊掌大笑道："娘娘真要出马，那我们韩氏一门又多了一位巾帼英雄了！"

韩淑君开心笑道："说起这辛弃疾倒也是个好男儿、伟丈夫，连曹美人都偷偷说，她若是还没进宫，一定要嫁给他呢！"

韩侂胄逗趣道："这话可不能让皇上听见。哈哈……"

韩淑君道："太师这么做的确很是高明，请得名震天下的稼轩先生出山参政，主持北伐军务，既让皇上龙颜生辉，也让朝野上下那班说三道四的人都闭上了嘴，咱老韩家的地位就更加稳固了！"

韩侂胄深鞠一躬道："全托娘娘之福！"

南园门外，铁柱风尘仆仆，疾驰而来。他跳下马背，直奔大门，被正在门口值巡的杜银魁挡住喝问:"什么人?敢闯南园!"

铁柱上前施礼道:"在下辛铁柱,两淮宣抚史帐前将校,有紧急信函呈送太师。"

苏师旦闻声走出,打量一阵,终于认出:"哦,是辛大公子呀!你不是随你父亲在镇江练兵吗,怎么溜回京师来玩了?"

铁柱抱拳施礼道:"奉家父之命,有紧急信函面呈太师!"

苏师旦道:"太师正陪皇后娘娘赏园,岂是你随便进的?把信留下吧!"

铁柱犹豫片刻,取出信函交给苏师旦恳求道:"军资紧缺,请务必尽快呈交太师!"

"原来是要钱的?"苏师旦讥诮一笑,接过信函,淡淡说道,"好了,你回去吧!"

铁柱一阵犹豫,无奈离去。苏师旦目送远去的铁柱,嘴角露出一丝冷笑,将信函撕成碎片。

韩淑君从南园回到坤宁宫后,感觉身子有些疲乏。赵扩过来看她,见她神态慵懒却更显娇媚,虽当夜应由杨妃侍寝,但还是留了下来。数日未见皇上,韩淑君强打精神,尽力侍奉皇上。次日赵扩离宫早朝后,韩淑君昏昏沉沉一直睡到中午,醒来时全身酸痛、虚汗淋漓,御医诊断为风寒所致,需要静养。

对皇后的病情韩侂胄极为关心,每日必入宫探视。他深知皇后如有什么不测,或是长期卧床不起,皇后的凤驾必然会被别的女人取而代之,他的地位和权势也必然动摇甚至倾覆。

韩淑君虽是韩侂胄的孙辈,但韩侂胄见到皇后都是大礼参拜,君臣之礼从来一丝不苟,常常让侄孙女十分感动。当然,她非常清楚韩侂胄能够权倾朝野,离不开她这座靠山。然而她更清楚,不确保韩侂胄震慑天下的权势地位,她的后位未必稳如泰山,觊觎后位的人多着呢。

这几日韩侂胄眼皮直跳,心中难免忐忑不安,总担心会发生什么不测,对皇后的病情更是放心不下。刚退了朝,他便匆匆来到坤宁宫,在病榻前跪伏问安。

韩淑君从凤榻上欠身坐起道:"太师快快请起,在家里面不用拘礼。论辈分,你还是爷爷辈的呢。"

韩侂胄再拜起身,恭敬有加道:"侂胄不敢忽略皇家君臣礼数。再则,如没有皇后荫庇,韩氏一门何来如此风光,侂胄哪有今日之荣耀?"

韩淑君道:"这也都是咱老韩家祖上积德所致,快坐下吧,正好和本宫拉拉家常解解闷。"

韩侂胄道:"不知前次呈献的高丽参娘娘服用之后可有效果?"

韩淑君道:"很好,服用太师的高丽参汤之后,精气神好多了。听说朝中仍有不少人对你主张北伐非议不断,连皇上听了都有些泄气了。"

韩侂胄道:"虽然已将叶适、华岳贬官降职,这班人依然在皇上面前说三道四,妄议不止。"

韩淑君道:"皇上那里你尽可放心,本宫说话还算管点用。叶适、华岳这班文官是在明处作对,不必太去在意,真正要提防的是那些暗中使坏的人!"

韩侂胄道:"史弥远?"

韩淑君问道:"听说他们史家与我们老韩家一直就是死对头?"

韩侂胄得意一笑道:"可是,从曾祖那一辈起,史家在朝中一直是老韩家的手下败将。娘娘放心,那史弥远也是侂胄的手下败将。"

韩淑君微笑点头道:"本宫相信你,不过对这种小人,还是当心点好。"

一宫娥端上参汤跪伏道:"娘娘,请用参汤。"

"这正是你送来的高丽参。"韩淑君接过玉盏,慢慢服下。就在韩淑君服用参汤时,韩侂胄无意间发现窗外有一太监正探头窥视,似觉可疑,正欲近前查看,只听到身后一声惨叫,韩淑君以手按腹,一脸痛苦,口鼻流血,玉盏落地摔得粉碎。

韩侂胄大惊失色,冲上去扶起韩淑君大声哭呼:"快叫太医!"

韩淑君轻轻哼了一声,歪倒在凤榻上,等太医赶到时,早已气绝身亡。

七

镇江的北固山是长江南岸一座险峻的峰峦,绝壁悬江,山势险固,山下大江东去,壮阔千里。当年刘备与东吴郡主孙尚香定亲的甘露寺耸立峰顶,因被诸葛亮誉作"天下第一江山"而驰名天下。这座令辛弃疾神往已久的雄峰奇山,因忙于练兵备战,筹划军务,虽来镇江一年有余,他却无暇登临览胜。如不是陈亮和朱熹这对一见面就争论不休的老冤家终于捐弃前嫌,相约同行,不远千里来镇江看望他,恐怕还不知何时才有空闲登上这座离军营仅数里之遥的"天下第一江山"。

早在江西时,三人曾书信盟约在江西上饶鹅湖相会,共论天时人道,但陈、朱二人因韩侂胄禁党入狱未能如愿。此刻能登上地处江防前沿的名川胜地谈兵论道,却又是拜韩侂胄主持北伐所赐,三位老朋友不禁为天道无常而百般感叹。

登上山顶,放目纵望,但见大江南岸,战船列阵,戈戟如林,旌旗蔽日,战马啸啸。陈亮无限感慨:"这京口雄踞大江,足以扼制南北,想不到仅此一年,辛兄便将这北伐前沿经营得兵强马壮,固若金汤,实在出人意料!"

辛弃疾苦笑摇头道:"你们看到的不过只是表象。自从隆兴和议以来,朝野上下国耻淡漠,家仇渐忘,恢复意冷,从上至下只知苟且偷安,争权夺利,奢靡成风。军中腐败盛行,士气涣散,军纪松懈,使得将无斗志,兵无战心。虽经一年多整顿操练,可毕竟难改长期养成的骄惰,且收效甚微……"

陈亮道:"听辛兄之意,眼下还不能出兵?"

辛弃疾点头称是:"江淮之地,多为诸州侨民,无事便斗力比武,甚是勇悍。如能招募二至三万本土劲勇,筹建一支像飞虎军那样骁勇善战的雄师劲旅,方可克敌制胜!"

陈亮问道:"辛兄是打算另行招募新军?"

朱熹道:"招募新军?你走到哪都要招兵买马,安徽、湖南、江西、福建……哪一次不是惹下一身祸,不是被污为心怀不轨,便是被责为用钱如泥沙,屡遭参劾贬官?弃疾,你这是旧疤未愈,又要添新伤呀!"

辛弃疾道:"这新伤怕是想添也添不上了。"

陈亮道:"辛兄何出此言?"

辛弃疾摇头叹息道:"韩太师迟迟不肯加拨军资,我正为此发愁呢!"

陈亮大惑不解道:"怎么,朝廷不肯拿钱?这兵如何练,这仗怎么打?"

朱熹道:"如何如何?我早就说他韩侂胄北伐是假,揽权是真,现在信了吧?"

陈亮道:"我说朱老夫子,你又急了?"

朱熹摆出争吵的架势道:"我急?你难道没听说韩侂胄扩修他的南园花了多少银子吗?那韩娘娘一句话,皇上就拨了三万两。三万两呀,招募三万飞虎军绰绰有余!"

"此事我也听说了……"陈亮一时不知说什么好。此时此刻,他不愿当着辛弃疾的面唱衰韩侂胄,怕凉了这位三军统帅的一腔热血和激情。

朱熹神色激愤道:"韩侂胄就是在欺骗你我,欺骗天下百姓。说到底,他就是在利用你辛弃疾!"

辛弃疾淡然一笑道:"我何尝不知他是利用我?他利用我去北伐,是为了那么点个人权势。而我也在利用他去北伐,为的是万千中原遗民,为的是我们的子孙后代。

朱兄，你说到底谁利用谁更划算？"

"当然是后者划算。我朱熹谁都不服，就服你辛弃疾！"朱熹恍然大悟，说完故意瞟了陈亮一眼。

陈亮讥诮一笑道："你朱老夫子到处讲学论道，竟然连如此简单的道理都弄不明白，唉，可悲呀！"

辛弃疾笑着劝解道："好了好了，二位暂且休战吧，还是说说京师的消息。"

陈亮一下想起，说道："对了，我临来镇江前去过醉月楼，吕老先生为了大造北伐声势，正在筹集资金增印《稼轩集》和《稼轩续集》。"

辛弃疾感动不已地道："这个吕翁，锐志雄心依然未减分毫，实在令人感动钦佩！"

陈亮略一沉思："辛兄，北伐不可遥遥无期，更不能半途而废，我即返京师，邀约有志同道奔走募捐，集资筹建飞虎军！"

朱熹双手一拍赞道："你陈同甫总算出了一回能入耳的主意，此事算我一个！"

"有同甫和朱兄相助，筹建飞虎军不用愁了！"辛弃疾神情激动，继而叮嘱道，"只是京师很不太平，朝中奸佞有恃无恐、肆无忌惮，你们可要多加当心！"

陈亮坦然一笑道："辛兄为了统一大业，抛家舍命在所不惜，我等怕从何来？"

朱熹拊掌，神情豪迈道："同甫言之有理，大不了咱俩又回到大理寺，在大牢里继续辩论先有理还是先有道！"

一句话引发三人大笑不已。江风骤起，惊涛拍岸，浪似山叠。辛弃疾登上耸立峰巅的北固楼，放目纵望，心潮滚滚，有如大江。当年孙权正是凭借这山川地势，坐断江东，称雄一方，与曹操、刘备鼎立天下。而南朝的开国皇帝刘裕也正是从这里亲率雄师横渡大江，扫灭割据藩镇，平定百年之乱，完成了国家统一。而自己不日也将统率王师，从这里横渡天险，金戈铁马，北伐中原，收复失地，完成统一大业，实现平生誓愿。想到这里，他不由得豪情陡生，一阕《南乡子》脱口吟出：

  何处望神州？满眼风光北固楼。千古兴亡多少事？悠悠。不尽长江滚滚流。 年少万兜鍪，坐断东南战未休。天下英雄谁敌手？曹刘。生子当如孙仲谋！

八

宣德殿上，百官依次列班，恭候皇帝圣驾临朝。赵扩神色倦怠地由内侍太监搀上大殿，在百官们关切的目光中坐上龙椅。因失去恩爱十年的韩皇后，他伤心欲绝，大病一场。

三叩九拜礼毕，史弥远迫不及待地出班奏道："皇上，皇后殡天已过三七，内宫不能久日无主。贵妃杨桂枝聪慧伶俐，博学多才，一直深受圣恩宠爱，恳请皇上册立贵妃杨桂枝为后，以保后宫安稳祥和。"

未等史弥远话音落地，立于三班之首的韩侂胄立即出班反对道："史尚书此议欠妥，杨贵妃虽然聪明有才，但心机深沉，且又比圣上年长三岁，若立为后，难免有恃宠干政之嫌。臣提议册立温婉贤淑、忠厚实诚的曹美人为后，方能母仪天下！"

两种奏议立即引发百官热论，韩侂胄与史弥远四目相对，敌意如锋。

其实赵扩心目中也认为立杨贵妃为后更为合适，曹美人温婉贤淑、忠厚实诚，可毕竟年龄太小，难以掌控后宫，但又不好当朝驳了太师面子，便淡淡说了一句："立后之事，容朕再做思量，退朝吧！"说毕起身走下丹墀，由内侍太监搀扶离去。

韩皇后死后，杨桂枝凭直觉认为皇上会立她为后，要管理好偌大一个后宫，她自认为强过曹美人许多。一个十六七岁的小丫头，只能供皇上玩玩，哪能执掌后宫？可是朝中派系众多，相互排斥，各派势力直接牵系后宫，左右皇上决断。她虽与史弥远暗通关节，许以好处，但仍感前景扑朔迷离，不免忧心忡忡、焦虑难安，终日在滋霖宫中跪拜观音，焚香祷告，保佑她顺利登上皇后之位。

总管太监陈满贵匆匆而入，杨桂枝忙起身，屏退宫女，迎上前去急切问道："怎么样？"

陈满贵摇摇头道："史弥远刚一提出册立娘娘为后，韩侂胄便立马跳出来横加反对，还当众说了娘娘一大堆的不是。"

杨桂枝柳眉倒竖，咬牙切齿道："韩侂胄这个老贼，早晚饶不了他！"

陈满贵道："韩侂胄极力举荐册立曹美人为皇后。"

杨桂枝大惊失色道："皇上准了？"

陈满贵道："我看皇上依旧钟情于娘娘，当时便推托再做思量，未做决定。"

杨桂枝松了口气问："今晚该谁侍寝？"

陈满贵道:"正好是曹美人。"

杨桂枝又是一惊道:"这么巧?曹美人比我年轻,妩媚娇嫩,又善做媚态,深得皇上宠爱,万一今晚皇上一高兴,当夜便封她为后,那就全完了!"

陈满贵略一思索道:"娘娘,依奴才之见,一不做二不休,送她去陪韩皇后,一了百了。"

杨桂枝略作犹豫道:"可本宫与曹美人情同姐妹,怎能忍心……"

陈满贵道:"过了今晚,天下也许还是姓韩,娘娘再无翻身机会了。"

杨桂枝问道:"你打算怎么办?"

陈满贵道:"刚才路过鸳鸯浦,见曹美人与两名宫女在池中划船采菱,正是个好机会。"

杨桂枝沉默少许,叮嘱道:"千万要做得干净点!"

"奴才明白!"陈满贵眼露凶光,匆匆离去。

在韩皇后与杨贵妃之间,曹玉娇与杨桂枝同是贫寒出身,自然走得近些。加之曹玉娇平日待人诚恳、性情温和,两人更是亲如姐妹。此时为了自身安危,她不得不出此下策,只能祝愿她黄泉路上一路走好。杨桂枝忐忑不安地回到观音像前,合十祈祷。

九

镇江宣抚司衙门内,一灯如豆,辛弃疾疲惫不堪地在木椅上坐下来。没日没夜的操劳,他瘦了不少,两鬓白发又添了许多。歇息少顷,他伸手挑亮油灯,缓缓抽出吴钩,凝眸良久,许多往事浮现眼前。从老师传剑到如今,已经整整五十个年头了,这柄复仇之剑也伴随他度过了五十个豪剑悲歌的春秋岁月。这柄复仇之剑,曾经让敌寇闻风丧胆、遇之溅血,然而更多的时间是闲置埋没、尘封空鸣。现在终于等到一展雄锋、亮剑杀敌之时,他却雪染双鬓,年迈体衰,几乎快要提不动吴钩了。想到这里,辛弃疾不由得一声自怜地轻叹,慢慢合上眼睛。

烛灯摇曳中,他梦境层叠:激越嘹亮的鼓角之声骤然响起,由远而近。泰安义军营寨旌旗飞扬,战马嘶鸣,千角冲天。他时而与耿京、马全福、贾瑞等义军将士围坐篝火,大块分食烤肉;时而与义军战士们击鼓翻弦,箫声相和,奏起雄浑悲壮的《满江红》;时而率领飞虎骑军冲入敌阵,挥剑砍杀,如入无人之境;时而锦袄铁骑,冒着横飞的箭矢,押解叛将驰如闪电;时而率领成千上万的飞虎军齐举利剑驰骋沙场,突然间,战马变成鼓翼疾飞的猛虎,在喊杀声中腾空而起,飞跃长江……

木椅上,陶醉在梦境中的辛弃疾脸上绽放出激奋豪放的笑容。铁柱走进来,见父亲睡得正香,便脱下披风为父亲盖上,放轻脚步转身欲出。辛弃疾一下惊起,茫然四顾,似乎依然沉醉梦中。

铁柱道:"爹,你做梦了?"

辛弃疾回味梦境,失笑道:"我刚才又回到泰安义军中去了,梦见耿大哥和全福哥,还有飞虎骑军的弟兄们,还梦见我们都骑着长着飞翼的猛虎,简直势不可挡!……呃,有事吗?"

铁柱递上书信:"陈先生有书信到。"

辛弃疾拆阅书信后,感动不已地道:"这个同甫,为凑集军资,竟把祖上留下的家产典卖了!"

铁柱钦佩道:"陈先生为了统一大业,真算得上竭尽全力、披肝沥胆了!"

"有了捐银,就不愁招募新兵,筹建飞虎军了!"辛弃疾兴奋地来回踱步,思索少许,"你速带百名轻骑连夜赶赴临安,押护捐银。噢,我要赋壮词一首,顺便带给同甫,表我杀敌雄心。"说毕拂开素笺,不假思索地挥毫写下《破阵子·为陈同甫赋壮词以寄之》:

醉里挑灯看剑,梦回吹角连营。八百里分麾下炙,五十弦翻塞外音。沙场秋点兵。　　马作的卢飞快,弓如霹雳弦惊。了却君王天下事,赢得生前身后名。可怜白发生!

铁柱走后,辛弃疾睡意全无,起身准备到军营巡查一番。刚走到门口,校卫领着一人匆匆而入报:"辛帅,这位大哥说什么也一定要见你!"

辛弃疾朝着来人定眼一看,不禁一惊道:"十二,是你!"

来人正是辛十二,他满面惭愧,一头跪下道:"大哥……"

辛弃疾急忙上前扶起辛十二高兴地说道:"我知道,你迟早会回来的!"

辛十二满面愧悔地道:"十二实在无礼,请大哥责罚……"

辛弃疾不禁大笑道:"何出此言?数十年来,你我兄弟二人出生入死、鞍马相随,你一直是我的得力助手,如今正在筹建飞虎军,你来得正是时候啊!"

"十二愧对大哥多年教诲,为弥补过失,便赶赴潭州,将遣散的飞虎军将士都带来镇江了!"辛十二仍然满面愧悔。他当初一时冲动,负气离开稼轩回到临安后,被钟义一顿臭骂,又在醉月楼让刘过等儒士们好一番奚落,方知误解大哥,闯下大祸,万分后悔自责。大哥的词品人格、志向胸襟、气节风骨,原本在他心目中高如泰斗,无人可及。自己竟因一时意气对大哥当面羞辱,绝情而去,深感追悔莫及,无地自容。吕叔潜见他诚心悔过,给他出了个将功补过的主意。于是他赶到潭州,四处奔走,将遣散在潭州各地的飞虎军旧部将士召集到一起,昼夜兼程来到镇江。

一听说潭州的飞虎军旧部都来到镇江,辛弃疾又惊又喜,急切催问:"弟兄们在哪儿?"

辛十二道:"有八百多人,就在营外。"

辛弃疾喜不自禁,飞奔而出,大营外面,虬须汉、雷乌、湘伢子、山猫等飞虎军将士一见辛弃疾,立即围拢过来,亲热异常。虬须汉紧紧拉着辛弃疾的双手,激动异常地道:"辛帅,听十二兄弟说你在镇江操练兵马,准备北伐,弟兄们就急着赶过来了!"雷乌上前施礼道:"辛将军,不,应该叫辛大帅,雷乌把瑶寨百余名青壮勇士都带来了,跟着你打过江去!"湘伢子和山猫挤到前面问道:"辛帅,还记得我们不?"

辛弃疾模仿起湖南口音:"记得的记得的,湘伢子、山猫,你们都长大了!"他扫视众人,一一辨认,"你们都是飞虎军?"众人掀开外衣,露出胸前的飞虎图案。

一个叫虎仔的后生挤上前道:"辛帅,我不是飞虎军,可我爹当过。他年老有病,让我来了!"随即拉开衣襟,露出飞虎军号衣。

辛弃疾问道:"你父亲是谁?"

辛十二回道:"他父亲就是独臂王五!"

辛弃疾一下记起,道:"啊,对了,是河南人,枪投得又快又准。"

虎仔得意地道:"爹把投枪绝技已经传授给我了,要叫那些胡虏一个也跑不掉!"

又一群后生挤到辛弃疾面前道:"辛帅,咱们没当过飞虎军,在路上听说你要打胡虏,就跟着来了!"

辛弃疾高兴无比道:"太好啦,你们来得正是时候,正是时候!"

正说笑间,一条长长的火龙在夜色中由远而近,在无数火炬映照下,数十辆满载粮袋的牛车来到营外。为首的一辆牛车上下来一位白发老者,步履蹒跚,拄杖大呼:"辛将军,辛大帅!"

辛弃疾闻声上前,一眼认出老者正是当年在滁州共事的老搭档范昂。二人虽时有书信来往,却难得谋面。老友相见,喜悦异常。

范昂指着身后牛车道:"滁州的乡亲们听说辛帅正在准备渡江北伐,便凑足万石米粮托我送来镇江,让勇士们吃得饱饱的,早日赶走胡虏,收复失地!"

辛弃疾连连拱手致谢:"不瞒范兄,弃疾正为军资和粮草发愁呢,这下可是解了燃眉之急了。多谢滁州的乡亲们,弃疾无以为报,唯有来日多打胜仗,早日收复国土,报答乡亲们的深情厚谊!"

范昂朝身后的一群青年后生一招手道:"孩子们,都过来参见辛大帅!"

百十名青年后生一齐来到辛弃疾面前道:"参见辛大帅!"

辛弃疾道:"这些娃娃都没见过,都是我离开滁州以后出生的吧?"

"正是,这些孩子都是滁州重生之后出生的。"范昂指着一个身形壮实的后生问道,"辛帅,你看看这后生像谁?"

辛弃疾欣然一笑道:"不用猜,王婶家小龙的!"

范昂道:"他叫重生,是小龙和唱花鼓的小凤姑娘的孩子。小凤说,没有辛将军,就没有小凤,没有小凤,就没有重生,让我一定要把重生亲手交到辛将军手上,跟着辛将军杀胡虏,救百姓!"

辛弃疾用力在重生壮实的肩头上一拍道:"好小子,和你爹一样,将来在沙场上定是一条猛龙!"

"这是杨参军的儿子,这是刘老汉家大孙子,这是立秋家的,这是张铁匠家的双胞胎……"范昂兴奋地一一介绍。看着眼前这群生龙活虎的青年后生,辛弃疾兴奋无比,激动异常,他相信这些滁州涅槃重生后成长起来的青年后生,一定会给久遭沦陷的中原大地带去重生的希望!

虬须汉急切问道:"辛帅,什么时候杀过江去?"

辛弃疾道:"现在你们先加紧操练,等新军招募齐备,练就一支雄兵铁马,自然会杀过江去!"

湘伢子从怀中掏出飞虎军军旗道:"辛帅,当初夫人亲手绣制的这面飞虎军军旗,我也带来了!"辛弃疾接过大旗,百感交集。眼前这八百名已经训练有素的飞虎军旧部加上滁州百十号精壮青年的到来,对他无疑是莫大的鼓舞。等铁柱押回捐银,就地招募三万新军,由他亲自训练成一支忠君爱国、骁勇善战的飞虎铁骑,驱除胡虏,收复失地,必胜无疑。

十

稼轩书舍内，寒鹃就着烛灯，认真地整理誊抄着《稼轩续集》词稿。《稼轩续集》收词三百余首，大多是辛弃疾在江西赋闲期间所作。她已把丈夫近期从镇江托人捎回的十余首新词用她隽美秀丽的小楷誊抄完毕，编入《稼轩续集》词稿中。

穰儿拿起一篇词稿，高声念出："何处望神州？满眼风光北固楼，千古兴亡多少事？悠悠。不尽长江滚滚流。"

寒鹃夸赞道："穰儿长大了，你爹的好多词都能念了！"

穰儿问："娘，这是爹新写的吗？"

寒鹃道："这是你爹在北固山上写的，刚托人捎回来。"

穰儿好奇地问："北固山在哪儿？"

寒鹃道："在长江边上，你爹正在那里忙着操练兵马，准备去打胡虏呢！"

穰儿道："娘，我也要去打胡虏！"

寒鹃道："穰儿还小，等你长大了，你爹会带你去的！"

穰儿道："穰儿都十岁了，刚才娘不也说穰儿长大了吗？"

寒鹃一下笑道："小机灵鬼，在这儿等着你娘呢！"

穰儿问道："娘，穰儿要多久才算长大呢？"

寒鹃道："能提得动吴钩就算长大了。"

穰儿道："长到像铁柱哥哥那样大吗？"

"不知道你爹和你铁柱哥哥现在怎么样了……"寒鹃心事触动，凝神自语。自从丈夫和大儿子离开后，她伤心了好久。她寒鹃并不是那种心胸狭窄、见识短浅的女人，作为当今大英雄、大词人辛弃疾的妻子，更懂得丈夫的报国雄心和家国情怀。她只是担心丈夫耿介刚直、威武不屈而得罪韩侂胄再招横祸，而且还要添上一个儿子。

她从不信神佛，为了丈夫和儿子安危，别无他法，只有到博山寺拜求神佛保佑丈夫和儿子早日平安归来，却从大慧口中得知，如今天下有识之士都在为支持丈夫北伐不遗余力，《稼轩集》供不应求，身为辛弃疾的夫人，更该为丈夫助一臂之力。她决定整理编校辛弃疾所作新词，编辑《稼轩续集》，送到醉月楼广为刊发，为丈夫北伐大业呐喊助阵。花了几个月时间，她终于将《稼轩续集》编校完成。

穰儿道："娘，我也好想爹和铁柱哥哥！"

"娘也好想他们……"寒鹃紧紧搂住穰儿。

房门突然被踢开,三个蒙面黑衣人执刀闯入。寒鹃大吃一惊,但很快镇静下来道:"你们是什么人?"

黑衣人摘下蒙布,原来是胡倬、金鱼眼和瘦猴。他在潭州胡作非为,引发众怒待不下去了,只好回到临安混在史弥远门下。

寒鹃又是一惊道:"是你?!"

胡倬得意一笑道:"没想到吧,我们又见面了!"

寒鹃怒目而视道:"深更半夜的,你要干什么?!"

胡倬道:"自然是来与故人叙叙旧呀!"

寒鹃斥道:"出去!"

穰儿问道:"娘,他们是胡虏吗?"

寒鹃道:"他们是坏人,是和胡虏一样的坏人!"

"说话何必如此尖酸!"胡倬一声奸笑,绕到桌前,"这便是夫人正在编校的《稼轩续集》吧?我正是为它而来!"

寒鹃急忙抓起《稼轩续集》样本紧抱胸前道:"你休想拿走它!"

胡倬上前抢夺,穰儿抓起扫帚朝胡倬劈头盖脸一阵猛击道:"打死你个坏蛋,打死你个胡虏!"

寒鹃大呼:"穰儿快跑,快去叫人!"

穰儿冲出屋外,边跑边喊:"抓坏人,抓胡虏啦!"

胡倬气急败坏地道:"快把小兔崽子抓住!"金鱼眼和瘦猴追出门外,穰儿挥动扫帚,一边抵挡,一边高声大呼:"吴大伯,抓坏人呀!抓胡虏呀!"

寒鹃抓过桌上烛台掷向胡倬,蜡烛引燃稿纸,屋内顿时大火熊熊。寒鹃乘他躲闪之际,奔向门外,大声呼救:"快来人哪,抓胡虏呀!穰儿,别管娘,快跑!"

"娘,别怕,穰儿来保护你!"穰儿转身奔向寒鹃,被金鱼眼追上来一剑刺中,倒在寒鹃怀里。

"穰儿,我的穰儿!"寒鹃抱着穰儿,嘶声哭呼。

屋内火势越来越猛,蹿上房顶,腾向空中,

一阵锣声突然响起,传出吴老汉的喊声:"抓胡虏呀!"

四周顿时响起一片锣声和呼喊声:"抓胡虏呀!"

胡倬大惊失色,上前一刀刺倒寒鹃,仓皇而逃。

乡亲们举着火把,挥舞棍棒锄头,从四面八方朝着火光奔来。胡倬三人戴上面罩,仓皇逃离。

吴老汉扶起寒鹃,大声呼唤。寒鹃双目微启,双手托起浸满血迹的《稼轩续集》样本,拼出全力:"请,请交给辛将军……"她看了穰儿最后一眼,合上带泪的眼睛。

十一

中军大帐,灯火通明。辛弃疾听完辛十二和虬须汉从江北打探回来的军情,兴奋异常地道:"好兄弟,辛苦了。你们探回来的消息太重要了,等收复了中原,一定记你们一大功!"

辛十二兴奋地说:"大哥,胡虏听说咱们有一支飞虎军,非常害怕,正在加紧操练铁甲连环马。"

辛弃疾不禁一笑道:"哦,咱们飞虎军不过千把人,想不到就让胡虏闻风丧胆了。"

虬须汉道:"铁甲连环马有什么了不起!当年金兀术的铁甲拐子马还不是让岳家军打得落花流水!"

辛十二道:"听说阿烈呼操练的铁甲连环马与金兀术的铁甲拐子马不一样,叫作天狼铁甲连环马。"

"天狼铁甲连环马?"辛弃疾略微一惊,"必须尽快摸清这种天狼铁甲连环马的长处和弱点。知己知彼,百战不殆,还得再辛苦你们了。"

"我们马上就去!"辛十二和虬须汉顾不得休息,匆匆离帐而去。辛弃疾送出二人,陷入沉思。早在泰安天平军时,他就对金军的铁浮屠和拐子马做过探究。铁浮屠作战阵式为人马皆身裹重铠铁甲,以三至五人为一伍,马匹之间用皮绳锁连,形成一个坚不可摧的整体,从正面撞击碾压,势不可当。当宋军阵营被冲得七零八落还未及重组战阵时,紧随其后的轻骑左右拐出,对尚在混乱中的宋军进行掩杀。金兀术这种战法一开始屡屡得手,让宋军吃了不少亏,被称为拐子马。接连几次交锋后,岳家军变换战法,破了金兀术的铁甲拐子马。在潭州训练飞虎军时,他便仿照岳家军破铁甲拐子马的一些战法进行过操练,还组建过一支钩镰枪营,专门对付拐子马。

对天狼杀的凶残狡诈他是有所领教的,而将拐子马用天狼杀的凶狠阴毒手段进行训练,必然比当初的铁甲拐子马更加厉害、更难对付。他迫切希望虬须汉和辛十二尽快探明天狼铁甲连环马的战法特性,找出破解之策。

很快,打探军情的辛十二独自从江北返回,探明天狼铁甲连环马和过去的铁甲拐子马果然不同。

"不同在什么地方?"辛弃疾不等辛十二站定,便急切问道。

辛十二道:"都打探清楚了,现在的拐子马连接的铁环用的全是活扣。"

辛弃疾道:"活扣?"

辛十二解释道:"就是马与马之间可以随意连接和分开!"

辛弃疾顿然省悟,过去铁浮屠在冲阵之时,如果一马受伤倒地,其他马匹便会受到拖累,无法继续厮杀。而用活扣连接,分合自如,正面冲击成功之后,不用等到后队轻骑左右拐出,正面冲击的重甲骑兵松开活扣,迅即变作单骑,对被冲散的败军快速展开追杀。这一招厉害呀!

辛十二道:"看来咱们飞虎军也要改变战法了!"

辛弃疾道:"敌变我变,飞虎军须尽快找到破天狼铁甲连环马的招数!呃,大胡子呢?"

辛十二道:"他听说山东一带聚集了不少义军,就让我先回来,他独自绕道山东联络义军去了!"

辛弃疾高兴异常地道:"好啊,去得好!如能与那里的义军联络上,到时候两面夹击,定能大获全胜!"

辛十二笑道:"万事俱备,只欠东风了!"

辛弃疾道:"等同甫筹集的捐资一到,立即招募新兵,扩大飞虎军!"

十二

在临安刘过的住宅里,陈亮举着烛灯,兴致勃勃地查点账簿,刘过和几名仕子忙着清点箱中捐银。为了这些捐银,他和朱熹、刘过等同道志士四处奔走,费尽心力,他甚至还典卖了永康老家的房产。

刘过道:"你不是说辛帅要招募三万新军吗?这可还差一大截呢!"

陈亮道:"按辛帅的计划是要招募三万新军,先将这些捐银运到镇江以后,接着再想想办法!"

一仕子将清点账目交给陈亮:"陈先生,清点完了,整整十万贯。"

陈亮兴奋道："整整十万贯！好啊，足够招募一万新军了！"

刘过道："这么多捐银放这里难保有失，辛帅的人何时能到？"

"应该就在这两日吧……"陈亮话未说完，院外响起一阵敲门声。说来便来了！陈亮一喜，急忙奔出屋外打开院门，几个蒙面人执刀闯入，不容他开口，便被为首一人打倒在地。

刘过等众人大吃一惊，急忙上前阻拦。几个文弱书生哪是对手？纷纷被蒙面人砍倒在地。为首的黑衣蒙面人低声下令："快将捐银搬走！"身负重伤的陈亮挣扎爬起，扑上前扯下他脸上蒙布，原来正是夏震。夏震不容陈亮喊出声来，一刀刺入陈亮的胸膛。远处传来急骤的马蹄声，夏震一惊，命手下抬起捐银木箱飞快地消失在黑暗之中。

铁柱率领虎仔、山猫等轻骑赶到，他跳下马背，见院门大开，急忙冲进小院，被眼前情景惊得目瞪口呆。院中横七竖八地躺着几具尸体，遍地血迹。铁柱一头跪下，声泪俱下，悔恨交集道："陈先生，只怪铁柱来迟一步，回去我怎么向爹交代啊！"说毕拔剑就要自刎，被虎仔和山猫等人紧紧抱住。铁柱突然站起，转悲为怒道："快给我追，抓住这些王八蛋，碎尸万段！"

山猫道："京师这么大，弟兄们人生地不熟，恐怕难有结果！"

铁柱沉思片刻道："山猫大哥，你留下几个弟兄把陈先生他们后事安顿好，我马上赶回镇江复命请罪！"说毕带领虎仔和其余兵士策马飞速赶回镇江。

长江上空，天色阴沉，黑云压顶，风雨欲来，江面惊涛骤起，猛烈撞击着江岸。自铁柱前往临安押护捐银后，辛弃疾的心似乎也跟着去了临安，一有空便在大帐外朝着通往京师的方向眺望，期待铁柱尽早将捐银运回，以便立即着手招募新军。这几天，他对潭州来的飞虎军加紧进行操练和训导，等新军招募完毕，将潭州飞虎军分配到各新军营中担任教习和各级头领，用不了三五个月，这支骁勇善战的飞虎军便能成为北伐中原的主力，收复失地、一统山河指日可待。而且他还让辛十二做好准备，只等捐银一到，立即前往广西买回几百匹好马，加上现有的马匹，组成一支上千人的飞虎骑军，战力将会大大增强。

"现在就等铁柱了！"也在一旁引颈盼望的辛十二话未落地，只见铁柱呼喊着策马疾驰而来，未等马蹄停稳，便滚落马下，跪地痛哭。

辛弃疾和辛十二同时一惊问道："出了什么事？"

铁柱泣不成声，辛弃疾焦急万分，一把将他从地上扯起道："哭什么，快说呀！"

铁柱又一头跪下道："儿子该死,迟到一步,陈先生被人杀害,捐银也被抢走!"

一声霹雳当头炸响,辛弃疾如雷击顶,五内俱焚,他感到头痛欲裂,站立不稳,一个踉跄摔倒在地上。

十三

鸳鸯浦平静的水面上,柳絮飘零,莲荷凋残,一只雄性鸳鸯在残荷的焦叶之间孤独寻觅。

画舫上,赵扩凝眸水中,目光随着游弋在莲叶间的鸳鸯时远时近,神色忧郁,情绪低落。不到一个月,连失二姬,不仅让他心疼不已,更让他对即将进行的北伐心存忧虑。

新近册立的皇后杨桂枝将赵扩搀回到座位上,用纤纤细手剥开一枚荔枝放进赵扩口中,安慰中带着几分奚落:"皇上想开些,人死不能复生,保重龙体要紧。"

赵扩神情伤感,斜躺龙椅,闭目养神。

杨桂枝道:"皇上,史弥远提出罢兵休战,重启和议的奏议你到底怎么想的,好歹总要说句话呀!仍由韩侂胄如此瞎折腾,咱大宋的江山社稷迟早要毁在他的手上!"

"依你怎么办?"赵扩心不在焉,闭着眼问道。

杨桂枝道:"依臣妾看,那就听史弥远的,下一道圣旨,罢兵休战不就完事了!"

赵扩道:"真如你说的这么简单就好啦,如今北伐阵势都摆开了,骑虎难下呀!"

史弥远跟着陈满贵登上画舫,杨桂枝待史弥远参拜完毕,便急切问道:"史尚书,你见到金国使臣了吗?是怎么说的?"

史弥远道:"金国使臣说,隆兴和议以来两国一直和睦相处,互无侵扰……"

赵扩睁开眼睛道:"别的不用说,朕只想知道,免去跪接国书一款,他们到底答不答应?"

史弥远回道:"经臣一再提出,金国使臣勉强答应可由太师代替皇上跪接国书。"

杨桂枝道:"呃,这个主意好,就让韩侂胄代替皇上跪接国书。"

赵扩一声冷笑道:"你说太师会向金人下跪吗?"

杨桂枝道:"他身为太师,替皇上分忧理所应当!"

史弥远摇摇头道:"如今韩侂胄独揽朝政,威慑宫省,仗着军权在手,为所欲为,皇上都快要向他下跪了,他岂会替皇上下跪?"

杨桂枝蛾眉倒竖道:"听说他还串通苏师旦一帮大臣要将我这个皇后废掉,再换上他们韩家的人。如此下去,这江山真要改姓韩了!"

"跪接国书一款不改,那就开战!"赵扩负气地说道。撤销跪接国书一款是他的底线。

史弥远道:"金国使臣说,如果我朝要轻举妄动,首先挑起战争,他们便要倾其国力,挥师南下,一举灭了我朝。"

赵扩一声冷笑道:"大言不惭,我们的大英雄辛弃疾正在两淮等着呢!"

史弥远道:"可是皇上,金人威猛彪悍,又训练出天狼铁甲连环马,天下无敌,辛弃疾这个过气的英雄哪是对手啊!真要开战,只会大祸临头,追悔莫及!"

赵扩紧闭双目,一声不吭。

杨桂枝朝史弥远以目示意,用手指了指天上。史弥远立即会意道:"皇上,王师兵马未动,后宫便连丧两位娘娘,这可是不吉之兆啊!人愿尚可弃,天意不可违啊,皇上!"

"天意,难道真是天意?"赵扩心中一怔,猛然坐起,史弥远这句话一下击中他的要害。

杨桂枝道:"是呀,要不然怎么会接连出事?如果再任由韩侂胄折腾,不知还要出什么大事呢!"

史弥远道:"皇上,有先虑而无后忧,为防患于未然,可先免去他平章军国事一职,没有了军权,他便不敢再目无皇上、肆意妄为了!"

杨桂枝道:"对,这平章军国事的职位只有交给史尚书这样的忠臣才放心!"

二人一唱一和,赵扩更加六神无主,倒坐椅上,闭目养神。他突然从心底生出一种厌倦,甚至有些懊悔,早知道前朝后宫是如此明争暗斗、危机四伏、腥风血雨,还不如一直做他的三太子,安闲自在,凡事不用操心费神,更不会去向那些可恶的虏寇下跪受辱。

韩侂胄近日的心情也是糟糕透顶,见到谁都怒容满面,火气十足,连平时两名宠爱有加的侍妾也不敢大声说话,能躲便躲,生怕一不小心成了千古恨。韩皇后和曹美人相继被害,真凶分明是杨桂枝和史弥远,可查来查去,就是找不到真凭实据。眼看着二人在皇上面前日益得宠,步步紧逼,加上朝中不少他曾经得罪过的大臣非议不断,他开始觉察到自己一家独大的权势和地位正面临严重威胁,随时都有倾覆的危险。一大早他便叫何从将主管大内安防的皇城探事司提典使钱鉴传到南园望岱轩责问案情。钱鍪是他心腹,荣辱休戚相关,查案自然格外用力,抓了不少宫女太监,施尽各种酷刑,可始终找不到任何蛛丝马迹。韩侂胄除了一顿责骂,却是毫无办法。

苏师旦急匆匆走进望岱轩,见钱鍪正躬立在韩侂胄面前接受训斥,便站在一旁等候。韩侂胄似觉苏师旦有急事,便对钱鍪正色道:"再给你十天,如仍无结果,休怪老夫不念情面,去吧!"

待钱鍪拜辞退出后,苏师旦凑近韩侂胄低声说道:"刚从后宫传出密报,杨皇后正逼着皇上要太师交出兵权……"

韩侂胄话未听完,将茶杯重重一放怒道:"要我交出兵权,我看谁敢?!"

苏师旦略作沉吟:"杨皇后为立后之事一直对太师耿耿于怀,恐怕不会善罢甘休。皇上龙体欠安,耳根又软,加上史弥远趁着皇上龙体欠安、神志恍惚,鼓动一些对太师不满的朝臣从旁煽风点火,如此内外夹击,难保皇上顶不住。"

韩侂胄又气又恨,咬牙切齿道:"他史弥远一直与我争夺军权,竟如此不择手段,等查到证据,看怎么收拾他!"

苏师旦道:"军权一旦落到史弥远手中,太师在朝中将无立足之地!"

何从一旁说道:"对呀,失去军权,太师苦心筹划的北伐大业,也将付诸东流。"

韩侂胄焦灼不安地道:"依你们之见……"

"北伐?!"苏师旦被何从一句话提醒,眼珠一转,"对呀,太师何不趁着兵权在手,立即出兵北伐!"

"北伐?!"韩侂胄心中一动,倏然转身,"好,这个主意好!师旦,你不愧是我的好军师。好!我要立即出兵北伐,而且要一战取胜!"

何从忧虑道:"仓促出兵,恐怕……"

韩侂胄白了何从一眼不满地道:"什么叫仓促出兵?兵书有云,出奇才能制胜!"

苏师旦双手一拍道:"对!只要一战获胜,盖世奇功唾手可得。到那时候,谁敢再对太师说半个'不'字?"

"想算计我韩侂胄的人,只怕尚未出世!"韩侂胄傲然冷笑,随即威严下令,"何从,立即着人快马赶往西蜀,传命吴曦整军待命。师旦,吩咐下去,三日之后本太师亲赴镇江,点兵北伐!"

十四

　　陈亮被害,捐银被劫,不仅让辛弃疾悲痛万分,而且越发焦灼不安。他心中非常清楚,如不建一支飞虎军那样敢打敢拼的雄师劲旅,即便他再有雄心壮志,北伐也是一句空谈。为筹措军资,他想尽各种办法却收效甚微。正当他一筹莫展时,辛十二领着一个壮汉径直来到后帐道:"大哥,你看谁来了?"

　　刚刚睡下的辛弃疾睁开惺忪眼睛问:"这么晚,是谁呀?"

　　壮汉一头跪下道:"罪人赖文政,拜见恩公!"

　　一听"赖文政"三字,辛弃疾猛吃一惊,翻身坐起道:"你,你怎么能来这里?不要命了?!"

　　赖文政神色激动地道:"小人这条命是辛帅给的,今天特来报答不杀之恩!"

　　"十二,这到底怎么回事?"辛弃疾疑惑不解。他绝没想到这个当年轰动朝野的茶商军首犯,时隔二十多年,居然会来到军营之中,当初将他放走时,曾一再叮嘱他,离开宋境,不可返回。

　　辛十二道:"赖壮士听说大哥筹建飞虎军缺少军资,便筹集了五万贯从南诏赶来,还带来一百匹好马。"

　　"哦,你真是及时雨呀!只是你这么抛头露面,太危险了!"辛弃疾又惊喜又感动,扶起赖文政在床沿上坐下,"你这些年都怎么过来的?"

　　赖文政讲起自己的经历:"当年承蒙辛帅留得性命,为了不连累辛帅,便远离宋地,逃到了南诏国,跟着朋友赶马帮贩茶,攒下些钱财自己开了家茶行,算是立下脚跟。不久前听到从内地来的茶贩说辛帅在镇江整军北伐,军资短缺,就变卖了家产,并买了些马匹送到军中,一是报答辛帅大恩,二是为北伐尽一点微薄之力,并愿跟随辛大帅上阵杀敌,洒血沙场。"

　　辛弃疾一听颇受感动地道:"当初将你救下,就因你是一位情义侠士。如要报恩,那就以一腔忠义报效国家吧!"

　　赖文政神情庄严地道:"谢辛帅不弃,刀山剑丛,文政万死不辞!"

　　辛弃疾略作思索:"好在时隔二十多年,能认出你的人不多。不过,为安全起见,日后就叫你赖正吧。你也算带过兵,又与雷乌熟识,先去协助他带领瑶兵营。"待辛十二领着赖文政离去后,他披着袍服,手提烛灯来到马厩,一百匹清一色的河曲马,膘肥体壮,毛色光鲜。这种产自黄河源头的名马耐力好,足力强,尤能耐寒,稍加调训便可在疆场上驰骋如飞。赖文政带来的五万贯银钱,能够招募五千新军,但离三万新军差额尚远。回到后衙,他毫无睡意,在床上辗转反侧,直到凌晨,才慢慢合上眼睛。铁柱已经醒来,见父亲和衣而卧,取过一件披风,盖在辛弃疾身上,轻步走出帐外,正好与迎面进来的虬须汉撞个满怀。铁柱高兴叫道:"胡子叔,你可回来了!"

虬须汉指着身后的一个大汉道:"铁柱,你看这是谁?"

铁柱凝视良久,未能认出。

大汉朝铁柱当胸一拳道:"好小子,长成一座黑铁塔了,连全福大叔也认不出来了?"

"全福叔,真是你呀!"铁柱终于认出,惊喜地扑上前抱住马全福。

"全福,全福在哪儿?"辛弃疾闻声从后帐奔出。

马全福上前拉住辛弃疾,神情激动地道:"弃疾,俺在这儿,俺在这儿!"

辛弃疾紧紧拉住马全福,一脸惊疑地道:"果真是你,你还活着?"

马全福大笑道:"活着活着,这胡虏一天没杀完,俺就得好好活着。哈哈……"

辛弃疾道:"这些年你躲哪儿去了,还真以为你见阎王爷去了!"

马全福诙谐一笑道:"是去阎王爷那里走了一遭,可阎王爷一见俺,眉头一皱,你胡虏未灭,来此作甚,就让牛头马面将俺赶回阳间来了。"

铁柱问:"全福叔,你真见到阎王爷了?"

马全福在铁柱头上一拍,笑道:"傻小子,真是个铁疙瘩,说句玩笑话你还当真了。俺跳江之后,背上中了一箭,忍痛潜过湘江,辗转逃回山东去了。"

辛弃疾笑着当胸擂了马全福一拳道:"难怪呀!我们沿江打捞,每一条岩石缝都找遍了,总找不到尸体,还以为你被鱼吃掉了呢!"

铁柱道:"爹还跪在江边哭了你两天两夜呢!"

众人一齐大笑起来。

辛弃疾问道:"全福大哥,你又在山东召集了人马?"

马全福道:"还是在泰安老地方,联络到不少过去被打散的老兄弟,咱们义军仍叫'天平军',而且还建了一支几百人的飞虎骑军。"

虬须汉道:"马大哥已经聚集了好几千人马,还和金军打过好几仗呢!"

辛弃疾神情振奋道:"啊,这可太好啦,北伐之日,不愁没有内应了!"

马全福问道:"弃疾,辛帅,你打算何时率领王师打回去?"

"等到……对,我马上给太师写信再催一催军资……"辛弃疾按捺激动,说毕来到案前提笔写信。

一名锦甲骑校飞马来到帐前,一声大喝:"太师驾到!"

众人一惊,辛弃疾深感异外,示意马全福后帐躲避,叮嘱他无论发生什么事情千万不可露面,随即急忙出帐恭迎。只见一乘八抬官轿在骑校簇拥下来到大帐前停下,韩侂胄走出大轿,昂首步入大帐,朝辛弃疾客套地微微一笑道:"韩某唐突而至,让辛帅受惊了!"

辛弃疾惊疑稍定,躬身施礼道:"不知太师驾到,有失远迎!"

韩侂胄毫不客气地来到案前坐定,顺手拿起尚未写完的催款信函看了看,悄然一笑道:"辛帅是在给我写信?"

辛弃疾道:"弃疾正要写信向太师禀报北伐军备事宜……"

韩侂胄问道:"哦,我也正想知道北伐兵马筹备如何了?"

辛弃疾回道:"回太师,北伐兵备尚在筹备之中,属下探知金军正在加紧训练一支天狼铁甲连环马……"

韩侂胄问道:"天狼铁甲连环马为何物?"

辛弃疾回:"据说这天狼铁甲连环马远比当年金兀术的铁浮屠和拐子马更加厉害。"

韩侂胄将信将疑:"啊,辛帅打算如何对付?"

辛弃疾道:"属下正在加紧操练一支专门对付天狼铁甲连环马的飞虎军,打算再招募三万新军,只是……"

韩侂胄扬了扬信函道:"只是军资不够?"

辛弃疾道:"正是缺乏军资,未能尽快招募新军和打造兵器甲杖。"

"辛帅,太师下拨的军资你都用到哪去了呢?不会是中饱私囊了吧?"苏师旦语含讥刺,他不失时机地想将辛弃疾一军。

"所拨军资,笔笔有账。"辛弃疾朝苏师旦怒扫一眼,"正好请太师详查,朝廷所拨军资到底去哪儿了?"

韩侂胄见辛弃疾神色不快,便狠狠瞪了苏师旦一眼道:"住口,辛帅是何等样人,我还信不过?"他心中明白,眼下正是用人之际,不可得罪这位即将为他冲锋陷阵的大帅。他慢慢撕掉手中信函,语意平和但很恳切地道:"辛公,军资不会少你。实不相瞒,侂胄这次连自己家底都带上了,足足二十万两。但是你要立即出兵,还要一战获胜!"

辛弃疾一怔,神情惊疑地道:"立即出兵,一战获胜?!"

"对,不宣而战,出奇制胜,先发制人!"韩侂胄骄矜一笑,"师旦,你来将出兵部署告知辛帅吧。"

苏师旦令杜金魁挂好进兵地图,煞有介事在地图上不住比画,口中振振有词:"谨遵太师部署,东线兵马分左中右三路,毕再遇将军为中路先锋,已在滁州一带集结待命,即日强渡淮水,夺下颖州,然后挥师北上,横扫蔡州、新息、虹县、泗州。与此同时,西线吴曦将军从西蜀发兵,出大散关,取荆门、襄阳之后,再克唐、邓二州。我东线大军随即乘胜北上,以迅雷不及掩耳之势,横扫胡虏,以摧枯拉朽之势,攻克符离,北伐首役大功告成……"他口若悬河,吐沫四溅。韩侂胄端坐椅上,时而闭目静听,时而拈须颔首,对自己亲手筹划的北伐进兵部署面露得意,仿佛此刻已经坐在黄龙府的庆功宴上,接受着百官的膜拜朝贺。

铁柱暗笑低语:"这小子真会纸上谈兵。"

辛十二道:"哪是谈兵?是在说书!"

苏师旦依然口若悬河,口沫四溅,辛弃疾忍无可忍,实在难以听下去了打断他道:"请问太师,如此排兵布阵,可知敌方态势,可与三路军马统帅有过计议、有过推演?"

韩侂胄道:"局势紧迫,来不及计议推演,先出兵,后再议!"

辛弃疾道:"制定出兵方略,却未审度敌势,兵马整顿尚未就绪,如此仓促开战,实属兵家大忌,万望太师三思!"

苏师旦正说到兴头,却被贸然打断,不禁大为光火道:"太师高瞻远瞩,运筹帷幄,你竟然如此藐视太师北伐方略,未免也太狂妄了!"他显然是想趁机激怒韩侂胄。

辛弃疾对苏师旦不屑一顾,也没在意韩侂胄脸色变化,恳切直言:"太师,北伐中原,收复国土,是弃疾平生誓愿,也是天下人之誓愿,如此盲目草率……"

韩侂胄沉下脸色,隐忍道:"你不是来镇江快两年了吗?堂上谋臣帷幄,边头猛将干戈。这可是你出征前写在南园的壮词,现在本太师已谋划完毕,就等你这位猛将剑履山河了!"

辛弃疾接口反驳:"出兵征战可毕竟不是吟诗作词,更不能够……"

"够了够了,本太师是来亲临督战的,不是来听你教我用兵之道的。"韩侂胄极不耐烦地将手一挥,以目逼视,"你到底出不出兵?"

辛弃疾重重摇头道："弃疾不能视万千子弟性命如草芥,更不能将国家安危视作儿戏!"

"住口!"韩侂胄以掌击案,愤然而起,"你,你敢抗命!"他没料到这个归正之人竟然如此狂妄自大,不识抬举,根本没将他这个一人之下、万人之上的九千岁放在眼中,对他精心谋划制定的进兵方略如此不屑一顾、断然否决,甚至公然抗命,拒不出兵。

何从急忙上前劝慰："太师请息怒,辛帅实属耿介之人,并非有意冒犯。大战在即,将帅失和,出师不利呀!"

"本太师不信,没有你辛弃疾就北伐无人了!"韩侂胄怒气难消,环视左右,"苏师旦!"

苏师旦闻声上前："太师有何吩咐?"

韩侂胄道："本太师命你为北伐东线兵马大都统,立即统军渡江北伐!"

苏师旦一怔,他万没料到韩侂胄会把统军北伐大任交到他头上,转眼间变成三军统帅,随即按捺狂喜,纳头跪拜道："师旦决不负太师重托,誓死为太师效命疆场!"

何从也是一怔,苏师旦这等人玩点权术、算计点钱财倒是高手,如去统兵征战,简直如同小儿过家家。本想上前提醒韩侂胄不可感情用事,可又见他正在气头上,便欲言又止,最后无奈地低头叹息。

"又不要辛弃疾了,他娘的还靠谁去北伐?!"马全福突然从后帐冲出,忘乎所以地大声喊叫,"靠苏师旦这等厌货,不是让弟兄们白白送死吗?"

满帐皆惊,韩侂胄一脸惊讶道："你……"

苏师旦一下认出："好哇,原来是你!来人,快将逃犯马全福拿下!"众校卫一拥上前,将马全福按倒在地。

马全福挣扎怒呼："韩侂胄,你这个奸恶狗贼,由你他娘的这般胡来,是在毁了北伐,断了俺中原父老乡亲的盼头呀!"

韩侂胄勃然大怒道："推出去斩了!"

辛弃疾挺身上前道："慢!太师,马全福如今是山东天平义军首领,手下有数千人马愿做北伐内应,今日前来,正是联络王师,共商北伐大计!"

韩侂胄一下怔住。何从上前道："太师,我军北伐如有内应,必将大获全胜。"

苏师旦道："太师,马全福竟敢公然侮骂太师,足见其反骨难正。如他手中真有数千人马,岂不更加目无太师、目无王法,危害岂不更大?"

韩侂胄看着众人，犹豫难决。

辛弃疾道："太师，你杀了一个马全福，寒的可是北方父老期盼王师北伐的心啊！他虽然有罪，但事出有因，请免他一死，到沙场上去戴罪立功吧！"

帐外，铁柱、辛十二、虬须汉等飞虎军纷纷跪下，齐声大呼："太师开恩！"

何从极力劝阻："太师，临阵斩将，恐出师不利！"

韩侂胄仍在犹豫，苏师旦近前附耳道："太师，放虎归山，后患无穷，此人千万留不得！"

韩侂胄略作沉吟，默默点头。苏师旦将手一挥，几名校卫将马全福拖到帐外。"全福大哥——"辛弃疾转身追出，被校卫上前强行将他拦住，眼睁睁看着马全福被斩杀于旗杆下。他终于忍无可忍，狂怒地大吼一声，三拳两脚打翻上前阻拦的校卫，扑到身首异处的马全福尸体前痛哭。少顷，他猛然站起，仰天一声长啸，一掌将旗杆劈为两截。一片惊呼声中，辛弃疾凭空跃起，扯下宋字军旗，含泪覆盖在马全福尸体上。

飞虎军众将士一齐跪下，泣不成声。

韩侂胄由惊愕转为震怒："大胆！兵未出师，先折军旗，罪不容赦！"

苏师旦趁机大呼："将辛弃疾拿下！"校卫应声上前，早已忍耐不住的铁柱猛然站起，拔剑大吼："谁敢？"赖文正拉开铁柱，横刀上前，一声狮吼："谁敢动辛帅半根毫毛，这里便要血流成河！"辛十二、虬须汉、雷鸟等飞虎军将士应声站起，拔剑虎视。

双方剑拔弩张，厮杀一触即发。苏师旦从未见过这等阵势，吓得浑身发抖，急忙躲到韩侂胄椅后，不敢吭声。

突如其来的变故，让韩侂胄一时手足无措。何从一脸惊慌，苦苦哀求道："太师千万不可冲动，一旦激起兵变，北伐不战自溃！"韩侂胄似被提醒，一时僵住。何从见韩侂胄情绪有所缓解，迅速挥退校卫，并着人将马全福尸体用军旗裹好移开。

何从的提醒，让韩侂胄冷静下来。看着拔剑怒目的飞虎军，他相信，稍有不慎，这里真会血流成河，为独霸朝政的北伐也将未战先溃，想到这里，心里先软了下来，小不忍则乱大谋。沉默片刻，他缓步来到辛弃疾身边，堆下笑脸，语气和缓道："辛公，侂胄一时冲动，还请多加见谅。"

辛弃疾僵立不动，面无表情，一阵头疼，昏眩欲倒，急忙扶住半截旗杆。韩侂胄极力显出雍容大度，语含关切地道："怎么，头疾又犯了？唉！这两年让你吃苦受累了。辛公不是写过'宜醉宜游宜睡，管竹管山管水'的词句吗？就请暂回账中歇息，别的事不须操劳了,等军务稍为缓和,我再派人护送你回江西,安享清福。"

"宜醉宜游宜睡,管竹管山管水……"辛弃疾呓语般,突然又是一阵头痛。他摘下戎冠,抛给韩侂胄,双手抱头,发出令人战栗的狂笑。铁柱、辛十二、虬须汉等人扶住辛弃疾,无不悲愤至极。

"老子不干了!"虬须汉突然转身便走。

"对,不干了!"湘仔子、雷乌、虎仔等飞虎军将士纷纷负气而去。

辛弃疾猛然一惊,竭力大喊:"回来,都给我回来!"

众人闻声站住,铁柱强压悲愤道:"爹,我送你回家去。"

辛弃疾凝视儿子道:"怕死了?"

铁柱含泪摇头。他紧紧抱住儿子,感情复杂而压抑,"记住,你可是辛家铁柱,别给辛家丢脸,别给飞虎军丢脸!"随即转向众人,神情悲壮,"弟兄们,你们不是心心念念要跨过淮河,杀过长江吗?快去吧,中原父老乡亲在等着你们呢!"

铁柱一头跪下,神情庄严地道:"爹,你放心,胡虏不灭,誓不还家!"

众人一齐跪下道:"胡虏不灭,誓不还家!"

辛弃疾将铁柱和辛十二、虬须汉拉过一旁,低声叮嘱道:"切记,苏师旦定会让飞虎军去打头阵,假胡虏之手灭掉飞虎军。你们渡江之后,不可恋战,尽快与毕再遇将军会合,相互依存,一可保飞虎军安全,二可随毕将军奋力杀敌。大胡子,过江以后,你立即去联络山东天平义军,切莫让他们失望!"叮嘱完毕,他手指耸立江岸的北固山,神色凝重,"我不会离开你们的,我就在北固山头看着你们杀过江去,等着你们凯旋!"言罢脱下锦袄胸甲穿在儿子身上,眼含热泪,绝望地一挥手,"去吧!"

铁柱和众人洒泪拜别离而去。营门外,吴老汉赶着一辆牛车,一路风尘而来。辛弃疾惊疑地迎上前搀下吴老汉问:"吴大哥,你怎么来了?"

吴老汉老泪纵横道:"将军,出事了,家里出大事了!"

辛弃疾心头一颤,强作镇静道:"吴大哥,别着急,慢慢说!"

吴老汉从怀中取出浸满血迹的《稼轩续集》样本道:"夫人和小穧儿被,被……"

辛弃疾顿感不祥,急切问道:"寒鹊和穧儿怎么了?快说,他们怎么了?"

吴老汉悲戚道:"夫人被贼人害死了!"

辛弃疾大愕,急促追问:"谁,他们是谁?"

吴老汉摇头道:"都蒙着脸,这些天杀的!"

辛弃疾问道:"穧儿呢?"

吴老汉道:"小穗儿受了重伤,已经让湘娥接回家去了。"

辛弃疾凝视着《稼轩续集》样本,头痛欲裂,眩晕欲倒,吴老汉急忙将他扶住。

校场上,正在列队的铁柱满脸疑惑地跑过来,不停喊道:"爹,你怎么了?"

辛弃疾一下猛醒,藏过《稼轩续集》样本,低声叮嘱:"吴大哥,千万别让铁柱知道,就说是他娘让你来看望我们的。"

铁柱近前担心问道:"爹,又头疼了,你没事吧?"

辛弃疾强作镇定道:"爹没事。"

铁柱一下看到吴老汉,惊奇问道:"吴大伯,你怎么来了?"

吴老汉支支吾吾道:"我,你娘让我来看看你们,看看你们……"

铁柱问道:"噢,我娘和弟弟还好吗?"

吴老汉忍往泪水,强作笑容道:"好,好……"

铁柱一脸疑惑道:"吴大伯,我娘她……"

辛弃疾一旁催促:"铁柱,大家都在等你了,快去吧!"

铁柱看着二人,神色犹豫。

辛弃疾声色俱厉道:"还不快去!"

"爹,你多保重,铁柱去了!"铁柱无奈离去,走了几步又回转头来,"吴大伯,告诉我娘,杀完胡虏,我就回去看她!"

辛弃疾背转身去,两行泪水终于喷涌而出。

苏师旦换上一身戎装走出帐外,威风凛凛地尖声喊道:"太师有令,飞虎军前面开路,三军随即渡江北伐!"

辛弃疾浑身一震,缓缓抬头,翘首北望,惨笑道:"北伐……"突然一口鲜血喷出。

十五

江淮前线,巨浪滔滔,战船飞渡,鼓角惊天,旌旗蔽日。南宋大军兵分多路出击,所向披靡,势如破竹。金军猝不及防,仓促应战,无法阻挡宋军潮水般的进攻,防线逐渐崩溃。先锋军统制毕再遇率先强渡淮水,轻取濠州,首战大捷。接着武锋军统制陈孝庆收复光州。一时间捷报频传,宋军士气大振。

铁柱率领六千飞虎军在前一路勇猛冲杀,突破江北防线,攻克濠州后,直奔泗州而来。

泗州是南北要冲，属宋金前沿重镇。当年韩世忠曾拥军驻守，与金军对峙于此。毕再遇顺江挺进，直逼泗州城下。金军守将泥庞古依仗兵力雄厚，在城外摆开阵势，趁宋军立足未稳，截住宋军厮杀。这泥庞古是金国一员悍将，力大无比，使一柄六十斤追魂刀拨风般直朝毕再遇连斩带劈。毕再遇舞动手中双刀相迎。两将在城下杀得难分难解。金军阵中猛将铁力戈见主将一时未能取胜，拍马挥刀上前助阵。毕再遇力敌二将，毫无惧色，愈战愈勇。铁柱率飞虎军杀到，他一见毕字旗号，便知终于追上了先锋军，不禁一喜，却见一员宋将正与两员金将厮杀正酣，估计是毕再遇，便拍马冲入阵中截住铁力戈厮杀。毕再遇得到增援，勇力大增，双刀旋风般盖住泥庞古面门。泥庞古一时慌乱，转身就逃。铁柱一边力战铁力戈，一边大喊："毕将军少歇，小将替你取这厮狗命！"毕再遇不知突然冒出的这黑小子是谁，虽然冒失，倒也武勇可嘉。回头一看，发现自己阵中多了一面飞虎军旗号，原是辛帅亲率飞虎军前来助阵，连忙返回阵中激动大呼："辛帅，辛帅，你可来了！"辛十二上前施礼："毕将军，辛帅已被太师剥去军职，不能前来了。"并将缘由简要地告诉了毕再遇。

"太师怎么能如此……"毕再遇又惊又气，正待发作，一下意识到此时不便再说，便打住话头，指着阵前厮杀正酣的铁柱问道，"这员小将是谁？"

辛十二道："辛帅的公子铁柱！"

二人说话间，只见阵前的铁柱手中利剑一抖，呼啸之声顿起，就在铁力戈惊疑的一刹那，手中刀柄断为两截，未及回神，已被斩于马下。

辛十二率飞虎军冲入敌阵，如入无人之境。毕再遇指挥大军掩杀，金军四散溃逃，不足两个时辰，泗州回到大宋手中。

泗州收复后，苏师旦依照韩侂胄之命，将东路统领行辕移往泗州城内，以便督促毕再遇先锋军加速进军，尽快攻克虹县和灵璧，然后左中右三路大军合兵取下符离，便可凯旋班师，重掌朝柄。

有飞虎军的加入，毕再遇的先锋军如虎添翼，一路所向披靡，无人能敌，次日便杀到虹县城下。南宋降将邵宏在城楼上望见由远而近的宋军扬尘而来，脸色大变，仓皇连呼："紧闭城门，不可出战！"当初他从中作梗，导致李显忠符离兵败，怕邵宏渊拿他做替罪羊，索性鼓动一些兵将降了金国。

宋军兵至城下，飞虎军军旗突然展开，喊声震天："飞虎军已到，快开城投降！"

邵宏早闻飞虎军势不可挡，吓得胆战心惊，不知所措道："完了完了，飞虎军来了，毕疯子这个煞星也来了，这虹县定是守不住了！"

飞虎军再次大喊："开城投降,免其不死!"

邵宏部下多是当初随他降金的兵将,见状惊慌失措道："还保什么城,保命要紧,大人,快降了吧,飞虎军杀进来,全都没命了!"

"打开城门,献城保命!"邵宏领着众将来到城门外齐齐跪倒在铁柱马前,"小将邵宏愿献城投降,但求留条性命!"

毕再遇驱马上前问道："你便是邵宏?"

邵宏连连叩首道："降将邵宏,只求留得性命,为将军效力。"

毕再遇一声冷笑,转向铁柱道："这个邵宏便是当年叛国投敌、在符离协助胡房致使李显忠将军全军覆没的叛贼!"

铁柱怒不可遏道："这样的狗贼,决不受降!"

毕再遇点点头,随即吩咐部下："传我将令,除邵宏一人,其余投降将士分遣各营,粮饷照发,随军作战!"

铁柱问道："毕将军,如何收拾这个狗贼?"

毕再遇道："任由少将军处置!"

铁柱唰地拔出剑,邵宏不住叩头乞求道："求将军不要杀我!"铁柱突然收回剑,邵宏连连叩头,"谢将军不杀之恩。"

"杀你会脏了我手中的剑,你这种狗贼只配拿去喂狗!"铁柱一挥手,命几名飞虎军将邵宏拖走。

次日午时,毕再遇率先锋军一路勇猛冲杀,来到灵璧城下,铁柱带领飞虎军冲在最前头。金兵望见飞虎军旗号,吓得弃城而逃,边跑边喊："飞虎军来了,快逃命呀!"

南宋大军一路欢呼开进灵璧城中,宋字旗号在城头猎猎飞扬。毕再遇拉住铁柱赞不绝口："少将军,你们飞虎军果然名不虚传,个个威猛善战,人人不畏生死,难怪胡房一见飞虎军旗号就吓得屁滚尿流,闻风丧胆。我本是东线先锋,如今你们飞虎军却成了先锋的先锋,我要为飞虎军请功!"

铁柱道："可惜飞虎军人数太少,号称六千,实则五千未足。"

辛十二道："这一路厮杀,死伤已去二成,如无兵员补充,恐怕用不了多久,飞虎军就没有了!"

毕再遇若有所思道："辛将军,如不嫌弃,从我的人马中抽选三千勇士壮大飞虎军如何?"

铁柱大喜道："太感谢毕将军了!"

毕再遇道:"不客气,飞虎军是先锋的先锋嘛!"

铁柱问道:"毕将军,下一仗怎么打?"

毕再遇道:"下一仗就打符离!"

辛十二道:"三十年前,李显忠将军在符离全军覆没,留下的国耻军恨也该洗雪了!"

毕再遇道:"对,符离是大宋王师之痛!拿下符离,替李将军报仇,为大宋王师雪耻!"

铁柱大喜道:"好,一鼓作气,乘胜拿下符离,不仅可以鼓舞我军士气,也可震慑胡虏!"

毕再遇道:"不过,符离城高墙厚,有重兵防守,加之附近有敌军策应增援,恐怕是一场恶仗。"

辛十二略显担忧地道:"毕将军,当年李显忠将军孤军深入,就是在符离被胡虏大军重重包围,而眼下我们先锋军如果也要孤军深入……"

毕再遇摇头一笑道:"这次打符离不一样,有蜀中骁将吴曦将军在西线牵制大量胡虏,我们是没有后顾之忧的。"

铁柱道:"毕将军言之有理。请下令吧,我们飞虎军还是打头阵!"

毕再遇威严发令:"兵贵神速,传令三军途中不必埋锅造饭,多煮黄豆备作干粮,三更造饭,五更拔营,进军符离!"

从前线传送战报的信使马不停蹄,往返匆匆,各路兵马的战报如雪片般飞到韩侂胄案头。何从与几名慕僚随从忙不迭地拆阅战报,他拆开一份战报:"太师,这一份是中路苏统领送来的。"

韩侂胄急切催问:"快看苏师旦说些什么?"

何从展读战报:"太师运筹帷幄,调度有方,军威浩荡,将勇兵强……"

韩侂胄急切催促道:"拍马屁的话打住,拣要紧的念!"

何从翻过一页继续读道:"……中路大军连克濠州、淮州、虹县数城,统领行辕已经前移至泗州,先锋毕再遇将军正向符离挺进。"

"好,催促左右两军火速进军符离,拿下符离,不仅为符离惨败一雪前耻,更让天下人知道,非我韩侂胄,何人能为大宋建此奇勋?传我军令,不管死多少人也要拿下符离!"韩侂胄来回踱步,一脸亢奋,"何从,马上汇总各路战报,拟一份捷报,写上我军将士雪恨心切,同仇敌忾,所到之处,敌军望风披靡,大宋旗号即将在符离上空飞扬!"

幕僚随从们异口同声:"恭贺太师旗开得胜,奇勋盖世!"

韩侂胄得意扬扬道:"捷报八百里加急报送朝廷,先堵住史弥远、杨皇后那班人的嘴巴。还有叶适那条老狗,竟公然拒不肯为我写宣战诏书。哼,等老夫得胜班师回朝,再好好收拾他们!对了,别忘了也抄送一份战报给辛弃疾,让他也看看,没有他辛弃疾照样打胜仗!"

十六

捷报八百里加急送到临安,正躺在病榻上的赵扩将捷报连看了两遍,才确信是真,顿时神情激越,翻身坐起大呼道:"好啊!我王师连克数城,如再拿下符离,一雪前耻,功垂万古,韩太师这一仗打出了我大宋的威风。照这么打下去,用不了多久,朕便可驾临燕京了!"

"哎哟,我的皇上,你有病在身,怎么坐起来了,快躺下快躺下!"杨桂枝急忙扶赵扩躺下。

"皇上龙体要紧,请快快躺下歇息!"前来探病的史弥远一旁劝慰。

赵扩扬着手中捷报,兴奋不已道:"韩太师打了大胜仗,朕怎么还躺得住?快备笔墨,朕要亲笔写一道诏书,嘉奖韩太师和全军将士!"

杨桂枝淡然冷笑道:"皇上可别高兴得太早了,他要真打了胜仗,眼中更没你这个皇上了!"

史弥远接过话头:"皇后说得是。未战之前,韩侂胄已经视百官如草芥,将皇上当傀儡。如果他真打了胜仗,会更加肆无忌惮,只怕皇上更不在他眼中了!"

赵扩淡然一笑道:"他要真打了胜仗,为大宋收复失地,这皇帝不做又何妨?!"

杨桂枝道:"那不行,我这皇后还没做够呢!再说,这赵家的天下交到你的手上,可不是小孩子过家家的事儿!"

赵扩被皇后一顿数落,扔下捷报,默然无语。

杨桂枝道:"史尚书,你得想想办法。皇上的安危、国家的前途就担在你这样的老臣肩上了!"

史弥远故作矜持道:"容臣好好想想……"

"让皇上静心休息吧,史尚书,我们到外面坐坐。"杨桂枝知他当着皇上说话不便,于是将史弥远让到前厅。

韩侂胄贸然动兵,居然连获大捷,这是史弥远和杨桂枝没有料到的。如果攻下符离,北伐大获全胜,韩侂胄班师回朝之日,便是他两人末日降临之时。一来到前厅,不待坐定,杨桂枝便咬牙切齿道:"无论你用什么方法,决不能让老匹夫回到临安!"

"遵旨!"史弥远一躬到底,他要的就是皇后这句话。皇上说话不管用,皇后的话便是圣旨,有了这句话,他便可放开手脚与韩侂胄一搏了。

十七

北固楼上,辛弃疾须发散乱,神情悲怆地纵目北望。虽时值初夏,江风仍带寒意,让他不得不裹紧披风。尽管吴老汉一直劝他先回江西养病,但他执意不肯。大江对岸,有他正在浴血奋战的亲人,有他魂牵梦萦的中原大地,有他为之追寻一生的期望与梦想。

这几天,他含着眼泪再次将染着寒鹃血迹的《稼轩续集》细读了一遍。寒鹃秀丽工整的小楷再次勾起他无限伤痛和悲愤,而经她按照时间顺序精心编校的近三百首词,又在心中掀动他一路走来的狂风暴雨和惊涛骇浪,激起他满怀豪情和一腔忠愤。

他想起南朝宋文帝刘义隆在元嘉年间因准备不足从这里草率出兵北伐,结果惨遭失败,那段历史与眼前情景极其相似,顿时伤感中更添忧虑。看着吴老汉递上的饭碗,他不禁心生苍凉,当年老将廉颇当着客人吃下五斛米、十斤肉,以显示身体雄健,勇力依然。而他此刻即便饭量尚好,不仅无人问津,反而在即将去跃马横刀、冲锋陷阵之时,被人拉下马背,扔到一旁,成了一个无用的旁观者。一时间悲情陡生,他放下手中饭碗,起身挥动毛笔,在墙壁上写下一阕《永遇乐·京口北固亭怀古》,阵阵沉闷的涛声伴随着他苍凉的低吟:

千古江山,英雄无觅孙仲谋处。舞榭歌台,风流总被雨打风吹去。斜阳草树,寻常巷陌,人道寄奴曾住。想当年,金戈铁马,气吞万里如虎。　元嘉草草,封狼居胥,赢得仓皇北顾。四十三年,望中犹记,烽火扬州路。可堪回首,佛狸祠下,一片神鸦社鼓。凭谁问,廉颇老矣,尚能饭否?

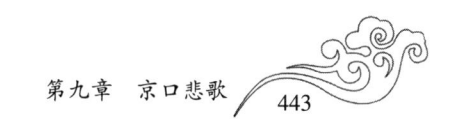

他草就吟罢,扔掉手中毛笔,神情怅然。

何从匆匆登山而来,大汗淋漓,身后跟着两名扛着米粮的军校,他一直定时为辛弃疾送来米粮及所需物品。他将米粮交给吴老汉后取出一份战报道:"太师知道辛帅关心前方军情,令在下送来前线战报!"

辛弃疾急切地问道:"前线战况如何?"

何从递上战报:"我军进展神速,已收复多处失地,正挥师北上。东线先锋毕再遇将军连克数城,正在攻打符离!"

辛弃疾急切展读战报,脸上闪过一丝意外的惊喜:"这么快就打到符离了?!"

何从道:"苏师旦那帮人能打什么仗?还不是靠辛帅的飞虎军!"

辛弃疾苦笑道:"飞虎军不过几千人,能支撑多久哦!"

何从道:"有消息说,飞虎军作战勇猛无比,金军一见到飞虎军旗号要么开城投降,要么望风而逃,先锋毕再遇将军也说飞虎军成了他的先锋了!"

辛弃疾神情欣然道:"战局进展如此顺利,倒是有些出乎意料!"

何从道:"是呀,连韩太师也说没想到金人原来如此不堪一击,他待取了符离,不打算收兵,而要乘胜直取汴京,继而长驱直入,收复燕云十六州……"

辛弃疾凝视战报沉思不语,眉头越皱越紧。何从见辛弃疾神色有异,便问道:"辛帅认为……"

辛弃疾担忧道:"阿烈呼的天狼铁甲连环马还没出现?"

何从摇摇头道:"尚无消息。"

辛弃疾问道:"西线战况如何?"

何从道:"东线战局还算顺,可西线毫无动静。"

辛弃疾一惊道:"怎么,四川的吴曦还没有发兵?"

何从道:"太师已经着人前往催问,尚无回报!"

"东线孤军深入,西线毫无动静,金军用于决战的天狼铁甲连环马还没现身……不祥之兆呀!"辛弃疾沉默良久,神色不安,"符离,还是符离!"

何从顿感紧张道:"辛帅,你是说会像当初符离之战那样?"

辛弃疾道:"简直太相似了!"

何从道:"早闻这个吴曦心怀异志,会不会……"

"这个吴大疤子要坏大事!"辛弃疾不禁倒吸一口凉气,神情顿时紧张起来。

十八

就在韩侂胄引颈期盼西线出兵的时候,吴曦却剃头蓄辫,身着胡服,站在修建一新的川陕节度使府邸门前,亲自指挥着游睨和几名已经换上金兵军装的军校,从门楣上取下"川陕节度使府"牌匾,换上"蜀王府"匾额。他不顾吴氏家族和不少将领的反对,甚至不顾及母亲含羞上吊自尽,与金国特使党怀英几番讨价还价,终于接受金国皇帝的诏书,叛宋降金,登上了他梦寐以求的蜀中之王宝座。

鼓乐声中,吴曦在金国特使党怀英陪同下步入大殿,登上王位。他踌躇满志,春风得意,脸上大疤因为过于兴奋而黑里透亮。

"恭贺大王登基,蜀王万岁万岁万万岁!"游睨率领众臣拜贺。他也因拥立有功,被封为蜀国兵马大将军。

党怀英容光焕发,被吴曦躬身请到首席坐定。显然,他对策反成功十分得意。吴曦叛宋降金,韩侂胄的北伐西线攻势瞬间瓦解,金国大军便可全力对付东线宋军,这正是完颜雍破解韩侂胄北伐的一招绝杀。酒过三巡,党怀英停杯问道:"登基大典礼成,不知蜀王打算何日出兵?"

吴曦当即答道:"本王明日便亲点蜀中十万精锐,沿嘉陵江而下,攻取荆襄,与大金联合作战,将宋军歼灭于符离城下!"

党怀英又敬上一杯道:"好,蜀王真是爽快人!"

"只是……"吴曦放下酒杯,色呈犹豫。

党怀英问:"蜀王还有何顾虑?"

吴曦道:"听说辛弃疾仍在镇江?"

党怀英问道:"怎么,蜀王是担心辛弃疾?"

"韩侂胄已经剥去他兵权,他还守在北固山上等什么呢?"吴曦摸了摸脸上大疤,心有余悸,一想到当年辛弃疾在上万军中只身擒拿叛将张安国,还真有点后背发凉。

"蜀王原来是害怕辛弃疾也将你……哈哈……"党怀英笑得前仰后合。

吴曦被击中要害,红着脸干笑几声,为不在部下们面前显出尴尬,急忙一转话题:"听说特使大人与辛弃疾曾是同窗好友?"

党怀英点点头道:"当年曾在济南与他同窗数年,也甚是要好!"

吴曦感叹道:"此公勇武过人,才华出众,可惜未遇明主,英雄一世,却无用武

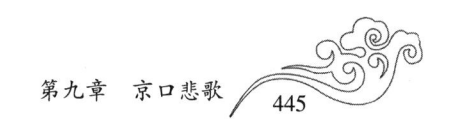

之地！"

党怀英道："要怪只能怪他太迂腐、太执拗。他若能像蜀王你这样通达务实，何至如此！"

吴曦道："我吴某能有今日，也多亏了特使大人明灯引路、劝化有方呀！"

党怀英惋惜叹道："那辛弃疾简直就是铁石一块，冥顽难化。大金国皇帝惜他人才，委以重任，让他归返北方，他居然宁可赎米糊口，也不肯俯首屈尊。我千里迢迢赶去好言相劝，他差点要了我性命，简直不识好歹！"

"此公可叹，此公可悲呀！"吴曦心绪不宁地连连摇头叹息，不知是在为辛弃疾哀叹还是在宽慰自己。自从接受金国诏书以来，他夜夜噩梦不断，总是梦见有人来抓他，那抓他的人极像辛弃疾。

十九

符离，这座一度成为金军的骄傲和宋军耻辱的城池，也是三十年前宋国隆兴北伐的噩梦之城。此刻毕再遇所率中路两万先锋军已经兵临城下，只待左、右两军到达，三军会师城下，一举拿下符离，为三十年前王师惨败一雪耻辱。

驻守符离的金军拥有精兵三万，战将数员。主将完颜蒲喇早已接到主帅仆散忠义军令："坚守城池，不可出战，以待援军！"仆散忠义自己则亲率八万大军从汴京直扑符离，副帅纥石烈志宁正率从西线撤回的十万大军朝符离一路杀来。

符离就敌对双方而言，国誉军威，在此一战。

金军悍将扑仡莫和泥庞古立功心切，见宋军兵力不足，不顾完颜蒲喇阻拦，挥舞大刀领军杀出。

铁柱一马当先，冲到阵前，与二金将杀作一团。不出三回合，便将扑仡莫大刀斩为两截，未等他回过神，又一剑将他斩于马下。泥庞古见扑仡莫被斩，拨马转身欲逃，被铁柱追上一剑砍翻。

辛十二挥军掩杀，飞虎军齐声呐喊冲入敌阵。金兵抵挡不住飞虎军勇猛冲杀，败退城中。城楼上，金军主将完颜蒲喇惊恐大呼："飞虎军果然厉害，闭门死守，等待援军！"

一阵箭雨飞向城头，不少金兵中箭坠落，宋军架起云梯，乘胜攻城。

宋军中路先锋军连破四城，正向符离挺进。接连不断的捷报传到泗州行辕大帐,让苏师旦喜不自禁,忘乎所以。进军如此顺利,北伐也不过如此简单,他自己也意想不到。辛弃疾拒不出兵,太师一怒之下胡乱点将,当时他还真吓出一身冷汗。虽然也读过几本兵书,对兵法却从无探究,更不用说亲自统兵上阵了。多亏那辛弃疾不识时务,天赐良机让拜相封侯的殊荣落在了自己头上。原以为这一辈子只能跟在韩侂胄屁股后面摇尾乞怜,永远是任韩家驱使的一条狗。如今北伐胜利在望,该他苏师旦出人头地,一步登天了。

"都说胡虏如何厉害,也不过如此嘛!我军所到之处如入无人之境,用不了多久,咱们就该在金国皇宫里喝酒了!"苏师旦满脸得意。移师泗州后,接连几天他与两个小舅子搂着俘来的胡女饮酒作乐,忘乎所以。

杜银魁道:"大哥,等灭了金国,我等便是有功之臣了,就等着封王拜侯吧!"

杜金魁道:"先锋大将毕再遇已经连破四城,马上就要攻下符离了,咱哥儿几个就跟在后面喝酒吃肉等捷报吧!哈哈……"

杜金魁道:"大哥,饷银运来多时了,再不发放,那些当兵的快要造反了!"

苏师旦道:"老规矩,留七发三。"

杜银魁道:"这次怕拖不过去了。"

苏师旦道:"就说饷银一时没有运齐,先欠着,打完仗加倍补偿!"

杜银魁:"加倍补偿,那还不得倒贴了?"

杜金魁道:"你就是个猪脑子!哪一仗不死个千儿八百人,死人还会回来领饷吗?"

杜银魁恍然大悟:"全省了!还是哥你精明,哈哈……"

一虞侯入报:"禀大统领,太师来人催问最新战况,十分关切斩杀敌军人数!"

苏师旦神情得意地道:"再给太师写一道捷报,我军所向披靡,敌军望风而逃,斩杀人头……斩杀人头数不过来!"

杜金魁道:"大哥,你这是谎报军情呀,哈哈!"

苏师旦道:"就这么报!先让老头子高兴高兴,好给咱哥儿几个多记几个大功!"

杜银魁道:"说到这大功,只怕轮不到咱们头上吧?"

杜金魁道:"为什么?给谁记功,还不是大哥在太师面前一句话!"

杜银魁道:"最近军中盛传飞虎军如何如何勇猛,金人一听到飞虎军三字便望风而逃!"

杜金魁道:"对,听说毕先锋对飞虎军也大加赞赏,还说要为飞虎军请头功!"

"为飞虎军请头功,不就是为辛弃疾请头功吗?"苏师旦一惊,双眉倒竖,"决不能让辛弃疾白捡这个便宜!"

"苏大统领言之有理!"一蒙面人步入帐中,击掌称道。苏师旦惊疑审视道:"你是何人?"蒙面人摘下面巾,原来是史弥远。苏师旦一惊:"史……"

史弥远以手示意苏师旦低声,递上锦卷道:"皇上密旨!"

苏师旦展看密旨,惊疑失色。史弥远收回密旨,神秘一笑道:"事成之后,回到京师,等着老弟的可是丞相高位呢!"

丞相高位!这不是刚才还在想着的天大好事吗?苏师旦心中一阵狂喜,但又觉得这种好事来得突然,加上深知史弥远的阴险狡诈,他看着对方阴鸷的目光,犹疑难决。

"如若抗旨,那就是另一说了!"史弥远也看出苏师旦的心思,沉下脸色,转身欲走。

"史大人留步!"千载难得的机会,苏师旦哪肯错过,顾不得多想,牙齿一咬,"金魁,带上兵符,传我军令,速将飞虎军撤下,另有调遣!"

杜金魁问道:"毕先锋追问起来怎么办?"

苏师旦道:"就说太师口谕,军机不可泄漏。快去!"

二十

看到毕再遇呈送的战报中屡屡提到飞虎军的英勇战绩,韩侂胄颇感惊奇,不由得向随从自我解嘲地苦笑道:"早知飞虎军如此能打,当初不用在潭州将飞虎军遣散,还惹得辛弃疾记恨我一辈子。"正说话间何从领着辛弃疾匆匆入报:"太师,辛帅求见。"

韩侂胄欣然一笑道:"我们正说到辛公的飞虎军,真是说曹操曹操到,给辛公看座。"他显然心情极好,对辛弃疾格外地客气,"战报看过了?"

辛弃疾微微点了点头。

韩侂胄满脸陶醉道:"你的飞虎军果然骁勇善战,用不了几天,韩某请辛公一道去符离城中祝捷庆功,到时候定要好好敬辛公几杯,哈哈……"

辛弃疾忧心如焚,直言不讳道:"东线早已孤军深入,而西线至今未见一兵一卒,难道太师没有觉察到其中可能有变故?"

韩侂胄不以为意道："辛公是担心吴曦有变？"

辛弃疾道："弃疾确有此担心，所以贸然前来打扰太师……"

韩侂胄失声大笑道："吴曦是我一手提拔的，备受韩某重用，与苏师旦一样，视如手足，难道他会负我不成？辛公，你多虑了，多虑了，哈哈……"此时他完全陶醉在眼前的胜利之中，感到辛弃疾的疑虑实在可笑。

何从道："听说这个吴曦当初曾有反叛朝廷，独自称王之念，他父亲吴挺将军一怒之下将他推入火中，他脸上那块黑疤便是当时所留。"

韩侂胄摇头淡笑道："那只是讹传，我从未相信！"

辛弃疾犹豫片刻道："那……太师可曾想过吴曦何故迟迟未发兵呢？"

韩侂胄自信地淡然一笑道："当然想过，吴曦这厮，虽说为人刁蛮，可打起仗来，鬼点子不少。我想他迟迟未发兵，无非是想等胡虏得意忘形之时突发奇兵，一举获胜。辛公熟读兵书，莫非忘了出奇制胜的用兵之道？"

一虞侯匆匆奔入，呈上战报："禀报太师，毕再遇将军久攻符离不下，伤亡惨重，情势危急！"

韩侂胄一惊道："左右两军为何还未赶到符离？"

虞侯道："左右两军突遭金军重兵围攻，自顾无暇！"

辛弃疾鼓起勇气道："太师，我军在东线的左右两路受阻，中路毕再遇孤军深入，如果西线再按兵不动，符离惨败，前车可鉴呀！"

韩侂胄勃然大怒道："一派胡言！你是说本太师此次北伐也会惨败吗？！"

辛弃疾一下噎住，哑然无语。韩侂胄似觉失态，语气缓和道："辛公忧虑过重，显然身体神志越发不济了，还是尽快回到江西家中休养去吧！"

"回家，家在哪儿啊？"辛弃疾心事触动，双目含泪，既然韩侂胄已下了逐客令，再多说无益，默然起身，目光呆滞地缓步走出大帐。

何从道："太师，辛公的夫人被歹人所害，幼子身受重伤，家也被焚毁了！"

韩侂胄又是一惊，问道："何人所为？"

何从道："除了史弥远，还能有谁？"

韩侂胄一掌击案道："这个狗贼，早晚饶不了他！"

何从一声叹息："辛公为了北伐大业，牺牲太多了，到头来……"

韩侂胄神色沉重，略感歉疚道："是我对不起他……何从，你去多备银两，着人护送辛公返乡，重建家园。等得胜班师回朝之后，在我的美妾中挑两名上等的赠送与他。"

辛弃疾刚离大帐,前线战报接连传来:皇甫斌兵败唐州;秦世辅弃蔡州城,全军溃散;武镇军统制郭倬杀死副统制方云,已向金人投降……韩侂胄还未及回过神来,一虞侯飞奔入报:"太师,毕再遇先锋军在符离城下突遭胡房大军围攻,死伤惨重,加之大批降兵反水哗变,现已危在旦夕!"

韩侂胄大惊失色道:"不是捷报频传吗?苏师旦这个废物!"

何从长叹一声:"看来符离又是一场噩梦了!"

韩侂胄道:"不是还有辛弃疾的飞虎军吗?"

何从道:"飞虎军不过几千人,怕是早打光了!"

虞侯报:"数日前飞虎军奉太师口谕,早已调离前线,现尚不知去向!"

韩侂胄惊疑交集道:"奉我口谕?岂有此理,我何时传过什么口谕?!"

虞侯报:"在彭城一带发现胡房天狼铁甲连环马正在集结!"

韩侂胄不以为意道:"铁甲连环马算得什么?吴家军有钩镰枪阵法专破他的连环马!"

何从问:"为何西线还没有出兵的消息?"

韩侂胄仍然十分自信地道:"放心吧,吴曦十万精锐一到,战局自有改观!"

又一虞侯急报:"太师,出大事了!"

韩侂胄强作镇静道:"急什么?说清楚!"

虞侯报:"西线统帅吴曦已经向金人投降,在四川自立为王了!"

韩侂胄一脚将其踹翻,斥道:"你敢胡说?!"

虞侯趴在地上连连磕头道:"小的不敢胡说!"

"太师请息怒!"何从扶起虞侯,神情严肃,"事关重大,你所言可是真的?"

虞侯报:"千真万确,吴曦已经与金军合兵一处,我军东线兵马已全线崩溃!"

韩侂胄惊得目瞪口呆,一下跌坐椅上,半天说不出话来。

何从走近韩侂胄,低声道:"西线反叛,东线已经溃败,大势已去,太师快下令退兵吧!"

韩侂胄气急败坏道:"退兵,往哪退?史弥远和杨皇后正在临安等着呢!难道我还有退路吗?"

"退路我已经为太师找好了!"史弥远领着夏震等人应声而入。

韩侂胄一怔道:"史弥远,你怎么来了?"

史弥远淡然道："弥远是为太师收拾残局来了！"

"残局？本太师用得着你来收拾残局？！"韩侂胄一头站起，指着帐外，"给我出去！"

史弥远大模大样坐到太师椅上，一脸奸笑道："弥远奉圣上旨意，与金人达成和议，专程前来向太师索取一件东西！"

韩侂胄问："什么东西？"

史弥远朝外喊道："苏大统领，还是你来告诉你的旧主吧！"

韩侂胄一脸迷茫，一下看到帐外的苏师旦，大吃一惊道："苏师旦，你不在军中领兵，为何在这里？"

苏师旦支吾不语，韩侂胄恍然大悟："哦，我明白了！我说仗怎么会打成这样，他史弥远给了你什么好处，竟敢出卖老夫？来人，推出去斩了！"

史弥远故作大度道："太师不必动怒，苏大统领此次能大义灭亲，促成和议，回到京师，自然前程无量！"

韩侂胄又气又恨道："好你个吃里爬外的东西，为了屁大点好处，让我大宋身陷危局！"

史弥远讥讽一笑道："太师此言差矣，应当说身陷危局的是太师你自己吧？"

韩侂胄斥道："胡说！"

史弥远道："你我二人在朝里朝外斗了几十年，谁还不知道谁呀？"

韩侂胄傲然而笑道："斗了几十年，韩某哪次输过不成？"

史弥远道："是呀，有的人无非靠着后宫之宠罢了。"

韩侂胄道："可你史家靠什么，不就靠着会向金人送金银珠宝加美女吗？这一次又送去了多少？"

史弥远诡谲一笑道："这一次金国仆散忠义元帅说再多金银珠宝美女也不要，只要一件东西！"

韩侂胄冷笑道："想要什么？不会是要我韩某的项上人头吧？"

史弥远淡然微笑道："太师实在英明！"

韩侂胄惊怒交集道："哼！老夫早就知道，你随时都惦记着我这颗人头！"

史弥远道："弥远是奉旨行事！"

韩侂胄道："奉旨，你史弥远假传圣旨干的坏事还少吗？等回到朝中再与你等计较！"

史弥远一声冷笑道："仗打成这样,你还回得去吗?"

韩侂胄道："你别高兴得太早!"

史弥远道："唉!侂胄兄,说句心里话,你我在朝中玩玩权术、斗斗心眼还行,要说统兵上阵,还真不是你我能干的!"

"哼!若不是你等暗中弄鬼,何至于此!"局势突然逆转,眼看即将大获全胜,朝中大权依然在握,谁知竟然被两个最为信任、最为倚重的亲信出卖,韩侂胄懊悔不迭,"唉!辛弃疾哦辛弃疾,韩某悔不该没听你的!"他突然四顾大呼,"辛弃疾,辛弃疾呢?"

何从道："刚刚送走!"

韩侂胄喊道："快,快去把辛弃疾给我追回来!"

何从道："这种时候,就算他回来,又能有什么用哦!"

"你们有用?你等谁能挽回败局,我给他封王封侯!"韩侂胄勃然大怒,连连跺脚,"还不快去?追不回辛弃疾我斩了你……不,我还是亲自去吧!"他急奔出帐,翻身上马,冲出大营。

苏师旦回视史弥远问道："现在该怎么办?"史弥远阴鸷一笑,起身朝外走去。苏师旦尾随其后恶狠狠地道："干脆趁机把那辛弃疾一并做掉!"

史弥远停住脚步摇摇头道："那辛弃疾现在得留下!"

苏师旦不解地问道："为什么?"

史弥远道："他现在是我们议和的最好筹码,有他在,金人就不会漫天要价!"

苏师旦不住点头钦佩道："大人不愧为议和高手!"

"快走吧,咱们也去看看太师怎样求那辛弃疾的!"史弥远翻身上马,领着众人扬鞭驰出营门。

二十一

江边驿道上,吴老汉赶着牛车缓缓而行。辛弃疾斜倚牛车,紧抱吴钩,神情木讷。北伐败局已定,恢复之梦泯灭,他只想尽快离开京口这处伤心地,回到另一处伤心地——江西铅山。一阵秋风撩起他满头白发,他回头凝望着耸立江岸的北固山,眼前不时闪过一幕幕金戈铁马的往昔场景,禁不住两行浑浊的老泪滚落下来,双眸中交织着悲痛、愤懑、疲惫和绝望。

"辛公，辛公等一等！"尘土飞扬中，韩侂胄敞怀散发，策马飞驰而来。他追上牛车，喘息急促。辛弃疾视若不见，牛车依旧缓缓而行。韩侂胄踉跄下马，上前拦下牛车乞求道："辛公，快留步，快留步！"

辛弃疾面无表情，神色呆滞地道："太师不用送了。"

韩侂胄顾不得身份，官威全无，"我是来令你，不，是来请你返回军中，统率大军上阵杀敌的！"

辛弃疾微微一震，双目闪亮道："上阵杀敌？"

韩侂胄正了正袍服，极尽谦和地说道："本太师亲自前来请你返回军中主持北伐军务！"

辛弃疾凄然一笑道："主持北伐军务？太师在说笑话吧！"

韩侂胄近乎哀求："辛公，为了大宋，请你赶快返回大营重整军马，挽救危局吧！"

辛弃疾一惊道："挽救危局？"

史弥远跟了上来，脸露奸笑道："太师是要你挽救他的项上人头！"

辛弃疾扫视史弥远和苏师旦等人，惊奇地问："你们怎么也在这里？"

史弥远得意一笑道："如此局势，辛公应该猜到我这个礼部尚书此行何为了？"

辛弃疾若有所悟，道："不用猜，天下有几人不知道你这个求和尚书呀？"

史弥远欲怒又忍道："求和也是为了大宋！"

辛弃疾忍不住仰天大笑道："为了大宋？你们争权夺利、尔虞我诈、营蝇狗苟是为了大宋吗？你们贪腐淫乐、媚外侮国、卖祖求荣是为了大宋吗？"

吴老汉拉住辛弃疾担心地说："将军少说两句，我们回吧。"

辛弃疾道："不用拦我，这些话我已经憋了几十年了！"

苏师旦怒斥道："辛弃疾，休得胡言！"

辛弃疾转向苏师旦，一脸不屑道："还有你这种无耻鼠辈，投机取巧，欺上压下，卖官鬻爵，贪婪无度，也是为了大宋吗？"

史弥远和苏师旦气得咬牙切齿。辛弃疾越说越怒："大宋，大宋只不过是你们这些高官权贵掌中的玩物而已。不是卖国，就是害国，大宋已经成了让你等蛀空的皮囊。有你等人在，只能民不聊生，国无宁日，大宋早晚毁在你等手上！"

吴老汉情不自禁拍手叫好："痛快！我的爷，骂得痛快！"

苏师旦无从发泄，怒指吴老汉道："再胡说，要你老命！"

吴老汉袒胸上前道："来呀，你们这些个混账王八蛋，除了会祸害国家，欺压百姓,还有啥能耐?"

苏师旦尖声叫道:"把这老东西给我砍了!"

杜金魁上前举刀便砍,辛弃疾吴钩一挥,杜金魁手中刀断为两截。杜银魁等众随从一脸惧色,迟疑不前。苏师旦大喊:"他就一个人,怕个啥,给我上!"杜银魁等众随从仗着人多,围住辛弃疾厮杀。辛弃疾毫无惧色,挥动吴钩,一声大吼,将杜银魁等众随从战刀斩为两截。杜银魁等众随从大惊失色,四散奔逃。

史弥远一声惊叫:"这是什么兵器?"

"这就是你们一直在找的吴钩神剑!"辛弃疾举剑直指苏师旦。

苏师旦吓得跪伏地上求饶道:"辛帅饶命,饶命!"辛弃疾一脚踏在苏师旦身上,愤声斥责:"你这个奸恶小人,为了私仇,害死了马全福,为了贪功,毁了北伐大业,还害死了我多少飞虎军弟兄,今天我就先用你的狗头祭奠他们!"

吴老汉道:"对,还有夫人和小公子!"

苏师旦不住地叩头求饶:"辛帅饶命,你的飞虎军还在,还在……"

辛弃疾上前拎起苏师旦,急切追问:"你说飞虎军还在?"

苏师旦连连点头道:"还在,还在。"

辛弃疾剑逼其项问:"实话?"

苏师旦战战兢兢道:"实话,实话!在下深知飞虎军骁勇善战,便让他们打头阵,金兵一路败退。后来,后来……怕他们抢了头功,便把他们撤下来,分遣到各营押运粮草,养马做饭。"

辛弃疾松开苏师旦,沉思自语:"还在?铁柱还在,十二还在,弟兄们还在……"

韩侂胄怒不可遏,挥鞭朝苏师旦一顿狠抽骂道:"混账东西,你为什么不让飞虎军一直打下去,快说,为什么?"

苏师旦心虚地瞟了瞟史弥远,韩侂胄顺着苏师旦的目光盯住史弥远,怒不可遏地道:"果然是你!为了扳倒我韩侂胄,你竟然有意让王师北伐惨遭大败!"

史弥远淡然冷笑道:"你为了长期独霸朝政,擅自动兵征战,惨败势在必然!"

"够了!天理昭昭,你们还知道半点羞耻吗?"辛弃疾愤然断喝。他怒目扫视二人,既恨又痛。恨的是眼前这些衣冠楚楚、道貌岸然的达官贵人,执掌朝廷大权,身系国家安危,却只知道尔虞我诈、争权夺利、中饱私囊,黎民百姓怎能不苦,江山社稷怎能不亡?他痛的是一腔热血,满怀壮志,却救民无路,报国无门。他举目望苍穹,仰天长啸:"辛弃疾哦辛弃疾,你戎马一生,终日高呼杀敌,你可知道敌在何处?真正的大敌不就在你的身边吗？弃疾，弃疾，你弃的什么疾？你能弃什么疾呀？！"

吴老汉道："将军，咱们回家吧。大好河山被糟践成这个样子，不能怪你呀！什么恢复？什么统一？有这些败家子，没指望了！"

辛弃疾朝史弥远和韩侂胄蔑视一眼，出语凝重："吴大哥你放心，祸国殃民者，迟早会自取其辱；失地迟早要收复，国家终归会统一，谁也挡不住！"

韩侂胄媚笑上前，近乎乞求："辛公说得好！侂胄知道你有怨气，侂胄向你赔不是了。不过，眼下战事危急，还是请辛公不计前嫌，尽快扭转战局！"

辛弃疾不再说话，转过头去，凝眸远望，他似乎看到阿烈呼正率领天狼铁甲连环马横冲直撞，宋军不战自乱，溃不成军……

"辛公，我的辛帅，此刻只有你才能扭转战局了……"韩侂胄神情绝望，声带哭腔，几乎跪倒在地。

辛弃疾神情木讷，慨然长叹："扭转战局？晚了，晚了！"

韩侂胄道："不晚不晚，有你辛弃疾在，有吴钩神剑在，还有你的飞虎军在！"

"飞虎军！"辛弃疾一听飞虎军三字，不由得神情陡振，举目四顾，随即撩起袍服，在吴老汉搀扶下，蹒跚着朝北固山顶奔去，在那里，兴许能望得见儿子和飞虎军弟兄们。

韩侂胄追上几步，焦急大呼："辛公，辛帅！"史弥远朝苏师旦递目示意，苏师旦从地上抓起战刀，绕到韩侂胄身后，但又有些犹豫。史弥远脸色一沉，厉声催促："苏师旦，你还等什么？！"苏师旦一咬牙，举刀一挥，韩侂胄人头滚落丈外。

何从等人赶到，一齐抽刀上前。史弥远一扬手中圣旨，厉声断喝："本官奉旨取韩侂胄首级，与你等无关，还不退下！"何从等人略一犹豫，见大势已去，一哄而散。

史弥远上前朝着韩侂胄人头俯身一揖，戏语笑道："韩太师，现在不妨告诉你，这圣旨还真是假的，我们下辈子再斗吧！"

"什么，圣旨是假的？！"苏师旦闻声一惊，他感到已落入史弥远的圈套。

史弥远一脸狞笑道："不过，金国元帅仆散忠义索要两颗人头可是真的！"

苏师旦神情惊疑道："两颗人头，还有一颗是谁？！"

史弥远道："金人说了，此次犯境，首祸是韩侂胄，主谋是苏师旦！"

苏师旦大吃一惊，方知上当，转身欲逃，被夏震一刀砍下人头。史弥远将韩侂胄首级一脚踢到夏震脚下，催促道："快，立即将二贼首级送往金营！"

此时，辛弃疾并不知道身后发生的事情，他疾步登上北固山顶，纵目北望，长江

第九章 京口悲歌

对岸，溃败的宋军丢盔弃甲，仓皇奔逃，尸横遍野。金军天狼铁甲连环马奔突而来，如入无人之境。

辛弃疾神情悲愤，放声大呼："铁柱，你在何处？飞虎军弟兄们，你们在哪儿啊？！"

呼唤声中，飞虎军大旗在天地之间骤然飞出，铁柱、辛十二领着飞虎军冲杀而来，奋勇迎敌。

金军天狼铁甲连环马排开连环阵容，稳步向前推进，尘埃蔽日，声势慑人。

飞虎军弓弩手一齐放箭，箭矢碰在铁甲上叮当作响却未能伤其毫发。天狼铁甲连环马依仗铁甲重铠，连接成阵，继续强势进逼。

阿烈呼收缰勒马，一脸骄横道："辛弃疾呢？快快出来，看看今天谁是真正的英雄！"

铁柱迈步上前，怒目而视道："用不着他老人家亲自动手！"

阿烈呼一怔道："你就是辛弃疾的儿子？"

铁柱傲然昂首道："辛家铁柱，大宋铁柱！"

阿烈呼道："你父亲为何不来，辛弃疾为何不来？"

铁柱蔑然一笑道："他老人家正在北固山上等着我的杀敌捷报！"

"好小子，本帅的天狼铁甲连环马今天先踏平你们飞虎军！"阿烈呼怒不可遏，狼牙棒一挥，马队排列成阵，呼啸冲来。

虎仔率飞虎军投枪手跃步上前，奋力投出长矛，无数铁矛飞向马阵，在铁矛与铁甲撞击的金属响声中，天狼铁甲连环马仍然毫无阻挡地迎着枪林箭雨，如潮水般席卷而来。

飞虎军阵容一阵慌乱，铁柱一声大喊："弟兄们，跟胡虏拼了！"率先迎头冲向敌阵。

裹满铁甲的天狼铁甲连环马卷起漫天尘沙，发出疯狂的咆哮声猛扑过来，这群疲惫不堪、衣甲不整的飞虎军瞬间就将被一群凶猛恐怖的怪兽吞没。突然之间，侧翼响起惊天动地的喊杀之声，虬须汉高举"山东天平军"大旗，带领山东天平义军冲入马阵之中，挥动钩镰枪连钩带刺。突然杀出的一支大军，让天狼铁甲连环马措手不及，又因铁环相连，一时难以掉转，反而相互拖累自相碰撞，阵形顿时大乱。

阿烈呼将手中狼牙棒举向空中左右晃动，牛角号声顿起，天狼铁甲连环马突然松开环扣，化整为零，驰骋自如，迅猛异常，飞虎军和天平军猝不及防，死伤惨重。

山猫被几名金兵围住,辛十二上前杀退金兵,救下山猫,一阵箭雨飞来,辛十二和山猫身中数箭,相拥倒下。

金兵铁骑横冲直撞,飞虎军抵挡不住,纷纷后退。铁柱无意间碰到腰间的干粮袋,急中生智,取下干粮袋,一边将袋中煮熟的豆子撒在地上,一边大喊:"快把干粮撒在地上!"飞虎军战士们迅即将煮熟的黄豆撒满一地。早已疲惫不堪、饥饿难耐的战马闻到豆香,只顾抢食地上的黄豆,战阵顿时乱作一团。飞虎军乘机返身杀回,铁柱就地几个滚翻,挥剑斩断裸露的马腿,战马纷纷翻倒在地,身着重甲的金兵来不及从地上爬起,铁柱跃身上前,举剑刺穿骑手厚甲,随即高喊:"斩马腿!"

"斩马腿!"湘伢子、重生等飞虎军战士齐声大喊,低身翻滚向前,挥剑朝裸露的马腿连钩带砍,金兵纷纷落马。金军右军主将突牙莫暗张弓箭,射向铁柱,赖文正飞跃上前以身挡在铁柱面前,在他中箭的同时,奋力投出朴刀,洞穿突牙莫前胸,滚落马下。

落马金兵受重甲所累,行动笨拙,雷乌率瑶军营战士挥动短斧,专砸落马金兵脑袋。金军左军主将尤出鲁被撞下马背,在地上未及翻身,雷乌上前一斧将他戴在头上的铁兜鍪砸成数瓣。依仗铁甲护身,刀枪难透的金兵顿时失去优势,四处奔逃。佯作败退的天平义军突然返身杀回,金军被杀得落花流水,呼爹叫娘。

阿烈呼没料到飞虎军会有"撒豆成兵"这一招,气急败坏地策马四处奔突,在混战厮杀的人群中寻找铁柱。铁柱也一边厮杀一边寻找阿烈呼,尘沙弥漫中,两个对手终于发现对方。两人怒目相对,虎视眈眈,几乎同时一声大吼,冲上去杀作一团。双方主将以命相搏的厮杀,再次激起敌对双方士兵拼斗的欲望和激情,呐喊声,怒骂声,惨叫声,战马嘶鸣声,刀剑碰击声,此起彼伏,撼天动地,将一场实力悬殊的拼死搏杀推至惨烈的巅峰。

阿烈呼急于求胜,凭借厚甲护身和人马合一的高超骑术,手中狼牙棒如泼风般劈向铁柱。铁柱尽管身处劣势,却毫无惧色,沉着应对。他心中十分清楚,北固山头有一双期待的目光正在盯着他,眼前这个人曾是父亲的手下败将,也必须是他的手下败将。他以步战的灵敏,轻松自如地左右腾挪,尽量消耗披挂铁铠厚甲的拐子马耐力,寻找人剑合一的瞬间。长时间负重的战马被阿烈呼驱使着来回折腾,渐渐失去耐性,开始暴躁失控。就在狼牙棒出现迟疑的一刹那,铁柱跃步上前,挥剑猛然劈下,阿烈呼手中狼牙棒被斩为两截,狼头飞出丈外。阿烈呼大惊失色,迅即取出短弩,对准铁柱。铁柱一个侧身翻滚,挥剑斩向马腿,战马突然惊起,阿烈呼摔下马背,一只脚被铁环卡住无法解脱,瞬间被拖拽远去,消失在一路尘烟之中。

"杀敌!"飞虎军战士和山东天平义军齐声呐喊着冲向敌阵。虬须汉挥舞飞虎军大旗横扫敌军,天狼铁甲连环马队阵形大乱,溃散四逃。

铁柱举剑发令,飞虎军和天平军重组战阵,高喊"杀敌",猛虎般扑向敌群,展开一场惊天动地的厮杀。

"杀敌!"喊杀之声不绝于耳,震天动地。

北固山头,狂风大作,云涛怒涌。辛弃疾神情亢奋,双目如炬,腰间吴钩发出激烈的震动,一阵呼啸之声骤然而起,如战鼓,如奔雷,如千军万马席卷而来。他奋力拔出吴钩,劈向空中,大声咆哮:"杀敌!"

江面上,巨浪排空,激荡的涛声轰然而起,辛弃疾挥剑欲飞的身影定格山顶,如一尊雕塑。

后 记

  公元1207年,史弥远与杨皇后相勾结,假传圣旨杀害了韩侂胄,将人头献与金国,并向金国交纳战争赔偿三百万两,岁银每年增至三十万两,绢增至三十万匹,金宋由叔侄之国降为伯侄之国,恢复秦桧申王爵位及忠献谥号,史称"嘉定和议"。

  同年,辛弃疾在江西铅山忧愤去世,终年六十八岁。他生前留下壮词悲歌六百八十余篇,成为中华民族文学宝库中一颗璀璨夺目的明珠,而辛弃疾忠勇爱国的精神和英雄气概,以功业自许、以气节自负的优秀品格将与天地共存、与日月同辉!

  符离血战之后,铁柱再无消息,有人说他已经阵亡,有人说他率领幸存的飞虎军回到山东,加入了泰安天平义军……